FOLIO POLICIER

Henry Joseph

Le paradis des dinosaures

Traduit de l'américain
par Daniel Lemoine

Gallimard

Titre original :

BLOODWORK
suivi de
DINOSAUR HEAVEN

Né en 1948 à Calhoun (États-Unis), très discret sur sa biographie, Henry Joseph a grandi dans le Vieux-Sud profond, en Géorgie où il prétend que les Noirs lui ont tout appris et notamment à chanter le blues « pour se libérer de la culture blanche ». Diplômé de psychologie, grand voyageur ayant passé près de vingt ans à parcourir l'Amérique du Sud, l'Europe ou l'Asie, il a été révélé et défendu en France par James Crumley. Cinq de ses romans sont déjà parus aux Éditions Gallimard. On lui doit notamment *Pavillon noir* et *Les putains du Pelourinho*.

LIVRE I

Tâche de sang

À ma mère, qui a ardemment espéré un changement.
À mon père, qui n'a pas vécu assez longtemps pour le voir.

Sur une colline, au loin, se dressait une vieille croix robuste,
Emblème de souffrance et de honte ;
Et j'aime cette vieille croix où le plus cher et le meilleur
Pour un monde de pécheurs a été assassiné.
C'est pourquoi je chérirai la vieille croix robuste
Jusqu'au jour où je poserai mes trophées ;
Je serai fidèle à cette vieille croix robuste
Et l'échangerai un jour contre une couronne.

La vieille croix flétrie
Cantique de GEORGE BENNARD

CHAPITRE 1

Par un beau mercredi après-midi de la mi-octobre, Lucius O'Dell volait droit sur un soleil couchant si brillant qu'il fut un instant aveuglé quand il passa au-dessus de Blackjack Mountain, à l'extrême ouest de la Géorgie. Lorsqu'il recouvra la vue, il avait franchi la frontière de l'Alabama. Très déçu, il inclina l'hélicoptère et vira sèchement à droite. Quand il eut tourné presque à cent quatre-vingts degrés, il aperçut les tours d'Atlanta, qui se dressaient à cent kilomètres. Lucius se dit qu'il allait rentrer les mains vides et une intense sensation d'échec s'empara de lui. La saison des vols de reconnaissance se terminerait dans deux jours et, même s'il avait trouvé plusieurs petits lopins de marijuana et trois champs de bonne taille, rien ne correspondait aux exigences du Révérend Clyde Causey. Lucius travaillait en théorie pour le programme d'éradication de la marijuana financé par l'État de Géorgie, mais seule le préoccupait vraiment la mission secrète que lui avait confiée le Révérend Clyde. Le Révérend Clyde avait fait cesser les flash-back qui tourmentaient Lucius depuis vingt et un ans. Lucius considérait le Révérend Clyde comme son sauveur.

Lucius décida d'appeler les adjoints du shérif du comté de Carroll, qui étaient sur le terrain, et de rentrer. Il vit la première plante au moment où il tendait la main vers le micro de la radio. Puis son œil entraîné repéra les longues rangées irrégulières, de part et d'autre d'une petite rivière qui coulait au fond d'une étroite vallée nichée entre deux pentes abruptes. On avait apparemment coupé tous les arbres de la vallée et planté des pins, qui faisaient à présent entre deux mètres cinquante et trois mètres. Lucius dénombra approximativement cinq cents plantes, presque parfaitement dissimulées, si chargées de fleurs que le sommet des tiges s'inclinait et touchait presque le sol.

Un chemin de débardage creusé de deux ornières constituait le seul accès à la vallée, qui se trouvait à huit cents mètres de la maison la plus proche. Lucius en marqua soigneusement l'emplacement sur la carte du comté, puis appuya sur le bouton du micro.

— Œil d'aigle à Chien de chasse. Vous me recevez ?

— Parfaitement, Œil d'aigle, répondit un membre de l'équipe au sol.

— Je rentre, Chien de chasse. À demain matin huit heures à Carrolton Regional.

— Bien reçu, Œil d'aigle.

Une joie immense s'empara de Lucius quand il prit la direction d'Atlanta, où il arriverait quarante minutes plus tard. Pour la première fois de la journée, il prit conscience des riches couleurs du feuillage, en bas. Voilà, se dit-il. Ça va prouver au Révérend Clyde que je suis loyal. Maintenant, je pourrais être plus proche de lui, peut-être même m'installer au domaine de l'Église, dans les montagnes.

Vaguement, il s'interrogea sur la raison de la mission. La confiance absolue que le Révérend Clyde lui inspirait effaça cette interrogation sans lui laisser le temps de prendre racine. Pour la première fois, la perspective de rencontrer Clint DuBois lui fit plaisir.

*

À 7 h 45, Clint DuBois entra dans le restaurant vietnamien du carrefour de Peachtree et de la Dixième Rue. Il aimait arriver en avance quand il avait rendez-vous avec le petit Lulu, surnom qu'il donnait à Lucius O'Dell. Parmi les Vietnamiens, il avait un peu l'impression d'être un chasseur de daims proche de ses proies alors que la chasse est fermée. Il éprouvait une sorte de familiarité.

Mme Ky, la patronne, qui avait la cinquantaine, frissonna quand elle le vit entrer. Elle avait autrefois vu beaucoup d'hommes tels que lui. Ses semblables n'avaient pas le regard vague et douloureux. Ses semblables n'avaient pas les yeux morts parce qu'ils en avaient trop vu. Le feu glacé qui brûlait dans les yeux de DuBois démontrait qu'il n'avait pas vu assez de morts. Qu'il ne verrait jamais assez de morts.

Mme Ky le regarda approcher, tel qu'il était chaque fois qu'il venait. Grand et mince, il se dirigeait vers elle d'une démarche souple, prudente, qui révélait qu'il n'était jamais sorti de la jungle. Qu'il n'en sortirait jamais. Elle vit les courts cheveux aussi noirs que du charbon, sans la moindre trace de gris, et comprit qu'il ignorait tout des tourments. Elle considéra son visage parfaitement impassible et sa barbe d'un noir bleuté, extrêmement dense, qui, bien que rasée de près, semblait sur le point de pousser à toute vitesse, comme une plante rampante de la jungle, et d'étouffer tout ce qui l'entourait. Pour éviter ses yeux d'onyx, elle fixa le mur, juste derrière son épaule droite, et se demanda combien de fois ces yeux avaient été la dernière chose que des gens avaient vue.

— Bonsoir, madame Ky, dit DuBois.

Mme Ky le salua d'un signe de tête et montra une table au fond, dans le coin droit. Elle ne lui avait jamais adressé la parole. Elle ne lui parlerait jamais. D'un léger mouvement de la tête, elle ordonna à un serveur de s'occuper de lui.

DuBois refusa le menu et commanda une bière Tsing Tao. Il n'avait pas l'intention de dîner avec le petit Lulu. La raison pour laquelle il donnait rendez-vous au petit homme ici était simple. En présence de Vietnamiens, Lucius était très nerveux et, de ce fait, très vulnérable. DuBois aimait voir les yeux bleus et humides du petit Lulu se dilater, quand il arrivait. Il aimait voir Lulu s'efforcer de garder son calme et échouer systématiquement. DuBois connaissait le secret de Lulu. Il était là, le jour où Lulu avait avoué au Révérend Clyde qu'il avait détruit un village par erreur, aux commandes de son hélicoptère, un jour où il était défoncé au LSD. L'énormité de ses regrets, la profondeur de sa culpabilité émerveillaient DuBois. Il savait que, le jour où l'heure viendrait, la culpabilité de Lucius accentuerait son plaisir. Et cette heure viendrait. Il en était certain.

Quand Lucius s'engagea dans Peachtree, au carrefour de la Dixième Rue, une sueur glacée mouilla ses aisselles. Il s'arrêta exactement devant le restaurant et respira profondément à plusieurs reprises. Chaque inspiration emplit son nez de l'odeur aigre, âcre, de sa peur. Cette peur le troubla, comme chaque fois qu'il voyait Clint. Il ne comprenait pas pourquoi il redoutait l'homme qui l'avait conduit au Révérend Clyde. Quand il l'avait rencontré, lors d'un rassemblement d'anciens combattants du Viêt-nam, au bord du lac Allatoona, le 4 juillet de l'année précédente, Lucius avait été séduit par Clint. À présent, il le séduisait et le dégoûtait tout à la fois. Ce soir, ça sera différent, se dit-il. Ce soir, j'ai des bonnes nouvelles.

Lucius s'assit en face de Clint et lui adressa un sourire que les muscles crispés de son visage transformèrent en grimace.

— Je crois que j'ai enfin trouvé.

— Raconte-moi ça, dit Clint.

Lucius sortit de la poche de sa chemise la feuille de papier pliée sur laquelle il avait dessiné un plan. Quand il la tendit à Clint, le serveur arriva. Lucius hésita, recula légèrement la main, laissa finalement la feuille de papier tomber sur la table.

— Seu-seulement d-du t-t-thé, bredouilla-t-il.

Clint attendit que le serveur soit parti et dit :

— Du calme, Lucius. Respire un bon coup et raconte-moi ce que tu as trouvé.

— C'est à peu près cinq cents plantes, Clint. Des grandes. Enfin, pas vraiment hautes, deux mètres soixante-dix ou trois mètres, mais on dirait des petits arbres de Noël. Vraiment bien développées. Elles ont tellement de boutons qu'elles s'inclinent presque toutes vers le sol. J'en ai jamais vu d'aussi belles. Les types qui les ont plantées savaient vraiment ce qu'ils faisaient.

— Dis-moi où elles se trouvent.

— Il y a un chemin de débardage qui prend sur le Highway 5, à peu près à mi-chemin entre Tyus et Bucktown. Sur la droite, en venant de Tyus, tu verras un magasin brûlé, à peu près à cinq kilomètres de Tyus. Le chemin de débardage est à droite, un peu moins d'un kilomètre après le magasin. Il conduit dans une petite vallée et se termine en impasse. La vallée est bordée par des crêtes qui restent parallèles sur à peu près quatre cents mètres, puis se rejoignent. Elles forment plus ou moins une vallée fermée. De toute façon, à l'endroit où la route s'arrête, tu verras une rivière, sur ta gauche, à une centaine de mètres. Prends à droite et tu trouveras la marijuana, de part et d'autre de la rivière, sur plusieurs centaines de mètres.

— Est-ce qu'il y a des maisons, aux alentours, d'où on peut voir ce qui se passe sur le chemin de débardage ?

Lucius secoua la tête.

— Il n'y a pas une seule maison, sur le Highway 5, de part et d'autre, sur presque deux kilomètres. En plus, le chemin est au pied d'une colline et il faudrait être sur la crête pour te voir arriver et partir. Exactement ce que tu voulais.

— Pas ce que je voulais. Ce que le Révérend Clyde voulait. Oublie pas, Lucius.

Lucius acquiesça.

— Est-ce qu'une barrière ferme le chemin de débardage ?

— Non.

— Des maisons près du fond de la vallée ?

— Pas une maison à moins de huit cents mètres.

— Une dernière question, Lucius. Est-ce que cette zone sera à nouveau survolée ?

— Non. Demain, on fait le nord du comté de Carroll et le comté de Haralson. Devrait y avoir personne dans un rayon de trente kilomètres.

DuBois déplia la feuille de papier et étudia le plan pendant une trentaine de secondes.

— C'est du très bon travail, Lucius. Le Révérend va être très fier de toi.

Rassuré, Lucius adressa un large sourire à Clint.

— Bon, alors on se verra dimanche, hein ?

DuBois répondit au sourire de Lucius par un regard fixe, neutre.

— J'ai failli oublier. Le Révérend Clyde pense que tu devrais éviter de venir pendant quelque temps.

Les paroles de DuBois firent à Lucius l'effet d'un coup de marteau au plexus solaire. Son cœur se mit à cogner et il eut du mal à respirer.

— M-m-mais p-p-pourquoi ? Et q-q-quand…

DuBois se leva et se pencha sur la table.

— Écoute, Lucius, le Révérend a toujours raison. Tu le sais. Pas vrai ?

— Oui, mais je croyais…

— Je suis sûr que ça ne va pas durer longtemps. Je te préviendrai dès que tu seras autorisé à revenir.

Les yeux humides et les lèvres tremblantes, Lucius dévisagea DuBois. Son expression était si poignante et douloureuse qu'un vague sourire éclaira le visage de DuBois.

De l'autre côté de la pièce, Mme Ky surprit le sourire de DuBois et eut toutes les peines du monde à retenir un geste destiné à chasser le mauvais œil.

CHAPITRE 2

Quand le jour se leva, Jack Lee, songeur, regardait la tendre complication qui dormait près de lui. Les rideaux légèrement entrebâillés laissaient entrer un mince rai de lumière blanche et terne qui, sur deux centimètres de large, éclairait la crinière rebelle de cheveux auburn sombre répandue derrière la tête de la jeune femme. Un parfum, qui évoquait celui des pommes fraîchement cueillies, s'échappait entre ses lèvres entrouvertes et montait jusqu'au visage de Jack. Il ferma les yeux et, émerveillé, huma la miraculeuse douceur de sa respiration matinale. Son nom roula dans son esprit. Deborah O'Hara. Il songea qu'il était trop vieux et pas du tout prêt. Mais c'était trop tard. Quand ils avaient fait l'amour, la veille au soir, elle s'était donnée si complètement que le simple fait de la posséder avait ravi son cœur. Ensuite, ils n'avaient pas eu besoin de parler pour comprendre qu'ils étaient liés l'un à l'autre. Elle s'était endormie le sourire aux lèvres. Il n'avait pas fermé l'œil de la nuit, avait déblayé dans son esprit les gravats de ses projets abattus.

Ils s'étaient rencontrés trois semaines auparavant, jour pour jour. Jack était récemment sorti de trois ans de solitude. Un mois avant son quarante-deuxième anniversaire, il avait été reconnu innocent de complicité d'importation de marijuana, un délit fédéral. Le procès, long et éprouvant, couronnait une carrière de hors-la-loi de vingt ans, qui l'avait épuisé physiquement et psychologiquement. Il renonça aux affaires avec un demi-million de dollars et en pleine banqueroute spirituelle.

Pendant trois ans, Jack vécut dans une petite maison située sur une crête, dans les montagnes de Géorgie. La maison se trouvait sur douze hectares de forêt et, hormis l'électricité et l'eau courante, ne bénéficiait pas du confort moderne. Il lisait, méditait, jardinait et marchait. Marcher dans la forêt devint une passion qui occupait souvent l'essentiel de ses journées. Son corps réagit à l'exercice et à l'hygiène de vie, son esprit apprit le calme grâce à deux heures de méditation quotidienne, et Jack trouva un rythme qui, de la fin de la première année, demeura immuable jusqu'au terme de la troisième. Puis ce fut simplement terminé. Un matin, assis sur la terrasse de la maison, après avoir médité, il s'aperçut qu'il était à nouveau lui-même.

La première chose que fit Jack fut d'aller à Whitesburg et de rendre visite à Jim Smiley, son ami et ancien associé, qui habitait une imposante maison au bord de la Chattahoochee. Smiley fendait des bûches à l'aide d'une machine très bruyante quand Jack engagea son vieux Chevy Apache de 1956 dans le long chemin privé gravillonné. Quand, une fois descendu de voiture, Jack se dirigea vers Smiley, il aperçut Marge, la femme de Smiley, qui lui adressait des signes joyeux, derrière la fenêtre de la cuisine. Il posa le doigt sur les lèvres, rejoignit Smiley et lui tapa sur l'épaule.

Smiley pivota sur lui-même et se mit en garde, l'épaule gauche légèrement baissée, les poings à la hauteur du visage. Son visage marqué passa en une seconde de la colère à la stupéfaction et à la joie.

— Nom de Dieu, Jack, tu sais que je ne supporte pas qu'on vienne comme ça derrière moi, dit Smiley dont les yeux gris scintillaient dans un visage ridé par le sourire. Merde, mon vieux, c'est enfin fini ?

— C'est fini, répondit Jack, qui ouvrit les bras.

Smiley, qui était trapu et puissant, se jeta contre Jack avec férocité. Finalement, il le lâcha, se dressa sur la pointe des pieds et força Jack, qui était plus grand, à se pencher. Puis il l'embrassa sur la joue.

— Tu nous as manqué, Jack, dit Smiley, ému. Nom de Dieu, qu'est-ce que tu nous as manqué !

— Moi aussi je suis content de te voir, je crois, dit Jack, qui se tenait les côtes. Tu prends des stéroïdes, ou quoi ?

Smiley adopta une attitude à la Monsieur Univers, puis adressa un sourire légèrement suffisant à Jack.

— J'essaie de rester en forme. Viens dire bonjour à Marge.

Jack sourit, secoua la tête et suivit le petit homme trapu jusqu'à la maison. Boxeur amateur dans sa jeunesse, Smiley avait fait soixante combats dans la catégorie des poids welters, et en avait gagné cinquante-cinq. Jack ne l'avait jamais vu sur le ring, mais il l'avait vu assommer trois marins ivres et agressifs, un jour, dans un bar de Montego Bay. Les trois hommes n'avaient rien pu faire face à une rapide succession de méchants crochets au corps, suivis d'uppercuts, qui leur réglaient leur compte quand ils avaient involontairement baissé la tête. Jack croyait sérieusement que Smiley était le seul homme capable de le battre.

Marge, qui faisait presque dix centimètres de plus que son mari, dit :

— Alors, Jack, tu es descendu de ta montagne ?

— Ouais, et ça te donne l'occasion d'être la première femme à me serrer dans ses bras depuis trois ans.

Jack perçut la fragilité de ses os délicats, quand ils se serrèrent l'un contre l'autre. Elle le repoussa tendrement et dit :

— Laisse-moi te regarder.

Marge était une des rares personnes capables de sourire sans que les muscles de son visage fassent le moindre mouvement. Au premier abord, elle semblait ordinaire. Quand on l'avait côtoyée pendant quelque temps, on pensait en général, avec étonnement : « Comme elle est belle ! Pourquoi ne m'en suis-je pas aperçu plus tôt ? »

— Ton séjour là-haut t'a fait du bien, dit-elle après une minute entière. Tu sais que j'ai prié pour toi.

— Je le savais, Marge. Il y avait des moments où je sentais que tu étais avec moi, là-haut.

— Bon sang, Marge, dit Smiley, on le fait entrer oui ou non ?

— Silence, fit Marge avec bonne humeur. Comme tu vois, Jack, rien n'a changé, ici. Entre. Je vais faire du thé.

Le couple suscita chez Jack une chaude sensation d'affection, tandis qu'il le suivait à l'intérieur. Leur union de personnalités opposées était une réussite dont il ne connaissait pas d'équivalent. C'étaient des gens qui avaient descendu la rivière avec lui et il était heureux d'être en leur compagnie.

Ils bavardèrent pendant toute la matinée, puis ils bavardèrent pendant tout l'après-midi, comme les vieux amis ont tendance à le faire après une longue absence. Ils abordèrent tous les sujets qui les intéressaient et les heures passèrent tranquillement. Smiley avait acheté une petite vedette Ranger et créé une modeste entreprise de pêche sportive sur West Point Lake, qui se trouvait à proximité. En dépit de ses tâches ménagères et maternelles, Marge avait trouvé le temps d'écrire des poèmes, dont certains avaient été publiés dans des revues de l'État et de la région. C'était, selon Jack, le genre de femme qui donnait ses lettres de noblesse à la tâche d'épouse au foyer. Jack apprit que les enfants allaient bien. Carson, leur fils de douze ans, sportif en herbe et, comme son père, passionné de pêche, était en sixième. Laurie, leur fille de neuf ans, enfant belle et grave qui écrivait déjà des récits dont le contenu sombre inquiétait un peu ses parents, était au cours moyen.

Jack, pour sa part, tenta d'expliquer la paix relative qu'il avait trouvée sur la crête. Marge écouta en silence, avec un sourire songeur et de brefs hochements de tête. Smiley, toujours porté sur l'action, l'interrompit périodiquement et exprima son incrédulité.

— Bon sang, mon vieux ! Toi ! Pas d'alcool. Pas de dope. Pas de femmes. Même pas une télé et une putain de radio ! Nom de Dieu !

Le déclin du soleil correspondit à celui de la conversation. Quand Jack se leva et annonça qu'il s'en allait, Smiley se frappa légèrement le front de la paume de la main.

— J'allais oublier, dit-il. Écoute, mon vieux, on fait une petite fête, ici, demain. Des gens de Greenpeace organisent un rassemblement pour sauver la Chattahoochee. Il y aura beaucoup de monde, des bonnes choses à manger, de la musique, la totale, mon vieux. On va en profiter. Tu devrais sortir une partie du magot que tu as enterré et faire un don. De toute façon, tu es invité. Viens, je te raccompagne jusqu'à ta voiture.

Quand ils arrivèrent près du pick-up, Smiley dit :

— Faisons quelques pas. Il faut que je te parle d'un truc.

Ils marchèrent quelques instants au bord de la rivière. Smiley baissait la tête et avait profondément enfoncé les mains dans les poches de ses jeans. Smiley réfléchissait intensément, cherchait ses mots.

La chaleur de la fin septembre était enfin tombée. Une brise légère apportait l'air frais, humide, de la rivière moribonde qui, sous le soleil couchant, était d'or et d'ambre. Jack regarda les traînées de brume qui flottaient au-dessus de l'eau et attendit que Smiley prenne la parole.

Smiley s'arrêta et regarda la rivière.

— Ils l'ont presque tuée, Jack. Quand j'ai fait construire ici, il y a quinze ans, on s'y baignait et on mangeait les truites qu'on y pêchait. Maintenant, c'est plus qu'un égout. Tout ce qui se trouve au sud d'Atlanta meurt. Les poissons ont des plaies purulentes. Il y a là-dedans des produits chimiques dont je peux pas prononcer le nom. C'est terrible, mon vieux. J'ai envie de vendre et d'aller m'installer en Caroline du Nord. Peut-être dans la région d'Asheville. De faire construire une maison dans les montagnes et de m'y enterrer définitivement. Tu vois ?

Jack regarda Smiley et hocha la tête, conscient du fait qu'il avait du mal à aborder le véritable sujet.

— Allez, Smiley, qu'est-ce qui te tracasse ?

Smiley lui adressa un sourire crispé et gratta le sol de la semelle de ses chaussures.

— Bon, en fait, Jack, c'est devenu difficile. Vraiment difficile. Je suis resté en dehors des affaires depuis le procès. J'ai pris le risque d'acheter cette vedette de luxe. Il y a un mois que je n'ai pas eu un client. Ça a bien marché la première année. Et puis ça a été la récession et les gens ont arrêté de dépenser. Je sais que tu n'es pas au courant, mais c'est devenu dur partout. Il y a deux ans que je n'ai pas eu de rentrée et avec les mômes, les factures — les dépenses quotidiennes — tout ce que j'ai mis de côté fond à vue d'œil.

— Écoute, Smiley, j'ai de l'argent. Si tu as besoin d'un prêt, dis-le.

— Non, j'ai encore cent mille dollars à gauche. Ce que je voudrais que tu fasses, Jack, c'est que tu m'aides à vendre ma récolte quand elle sera prête.

— Qu'est-ce que tu racontes, Smiley ?

— J'ai planté de l'herbe, mon pote. J'ai presque cinq cents pieds et je suis sûr que tu n'en as jamais vu d'aussi beaux. De l'Indica pure. J'ai commandé les graines sur un catalogue hollandais. C'est de l'Indica d'Oakland. Grosse productivité. Je crois que je vais avoir cent kilos de sinsemilla pure, peut-être cent vingt.

— Désolé, Smiley. Ce que j'ai dit il y a trois ans tient toujours. Je ne fais plus d'affaires.

— Ouais, j'étais pratiquement sûr que tu dirais ça, mais écoute. Cette merde se vend cinq mille dollars le kilo en gros. J'accepterai trois mille, je ne suis pas gourmand. Tu peux en prendre mille pour toi et tu te retrouveras encore mille dollars sous le prix du marché.

— Je ne veux pas mille dollars, Smiley. Je ne veux pas un sou. Je ne fais plus d'affaires. *Comprende ?*

— Écoute, Jack, c'est toujours toi qui as eu les contacts. Je pilotais les bateaux. C'était ma spécialité. Quand ça a été le merdier, j'ai personnellement ramené le dernier bateau de cigarettes de Belize. Sans ça, on se serait retrouvés sans rien, toi et moi. Entre les avocats et les pattes qu'il fallait graisser, il ne nous serait rien resté. Je pourrais vendre cette merde au détail, mais j'espérais que je ne serais pas obligé de prendre des risques dans les rues. Ces types que tu connais, merde, ils m'en débarrasseront d'un coup. Propre et net. Je peux te comprendre, Jack. Tu ne veux pas en être, d'accord. Présente-moi ces types de New York. Je m'occuperai du reste. Et puis j'arrête. Pour de bon. Qu'est-ce que tu en dis, Jack ?

Jack resta un long moment silencieux. Smiley se prépara à la colère qui éclatait invariablement quand il poussait Jack dans ses retranchements. De son côté, machinalement, Jack attendit aussi le jaillissement de la colère. Mais ce fut une image qui se forma dans l'esprit de Jack. Des gyrophares bleus. Des hommes, en uniforme et en civil, l'arme à la main. Smiley qu'on poussait vers une voiture de patrouille, les mains menottées dans le dos. Marge, entre ses deux enfants, en larmes, à la limite du cadre. Quand l'image s'estompa, Jack regarda le visage attentif de Smiley et y lut un désespoir qu'il ne comprit pas. Sa raison lui indiqua que, s'il n'aidait pas Smiley, il était très probable que l'image qu'il avait vue deviendrait vraie.

— D'accord, Smiley. Tu récoltes quand ?

Smiley frappa énergiquement les mains l'une contre l'autre et dit :

— Bien. Dans trois semaines jour pour jour, Jack. Le vendredi dix-neuf. Elle sera séchée, nettoyée et emballée deux semaines plus tard. Je te remercie, mon pote, vraiment.

— Écoute, Smiley, je donnerai un coup de téléphone. Je proposerai ta merde à quatre mille. Si ces gens sont intéressés, très bien, je te mettrai en contact avec eux. Ensuite, terminé. Je ne veux rien. Et je ne veux pas que tu me demandes à nouveau ce genre de chose. Jamais. C'est compris ?

— Compris, Jack. Tu le regretteras pas.

CHAPITRE 3

Jack retourna chez Smiley le lendemain matin et trouva de nombreuses rangées de voitures et de pick-up garés dans le grand jardin. Il ne s'attendait pas à ce que le rassemblement destiné à sauver la Chattahoochee attire une foule aussi nombreuse, et il envisagea vaguement, pendant quelques instants, de s'en aller. Puis il se souvint de l'enveloppe qu'il avait dans la poche. Smiley vint à sa rencontre tandis qu'il se dirigeait vers la maison.

— Salut, mon vieux. J'ai cru que tu ne viendrais pas.

— J'ai failli partir quand j'ai vu la foule. Tu crois que Greenpeace peut apporter quelque chose à la campagne de défense de la Chattahoochee ?

— Parfaitement, mon pote. Regarde cette foule. C'est la plus grosse réunion depuis que les avalistes tentent de s'organiser pour lutter contre ces salauds d'Atlanta.

— Les avalistes ?

— Ouais, tu sais, les gens qui vivent en aval d'Atlanta. C'est le nom qu'on se donne. Viens, une responsable de Greenpeace a pris la parole, une spécialiste de biologie marine.

Quand ils s'engagèrent sur la pente conduisant à la berge, Jack vit environ cent cinquante personnes installées çà et là sur des chaises et des couvertures. Devant elles, se tenait une femme de haute taille, athlétique, dont la longue crinière bouclée de cheveux auburn semblait animée d'une vie propre. Elle parlait d'une voix claire, grave, qui portait sans effort jusqu'à l'endroit où Jack s'était arrêté, cinq ou six mètres derrière la foule. Les gestes élégants, liquides, de ses mains rappelèrent à Jack les mudra de la danse indienne classique. Presque fasciné par les mouvements de ses mains, Jack entendit sa voix mais ne comprit pas un mot des statistiques qu'elle cita, des sociétés et entreprises qu'elle énuméra, des stratégies qu'elle esquissa. Quand ses mains s'immobilisèrent et qu'elle se tut, Jack leva la tête et s'aperçut qu'elle le regardait. Un sourire de pure lumière apparut sur son visage et le tira brutalement de sa rêverie. Il lui rendit son sourire, conscient du fait que plusieurs têtes, dans le public, s'étaient tournées vers lui.

Jack reçut un coup de coude dans les côtes et se tourna vers Smiley, qui souriait.

— Tu veux que je te présente ? demanda Smiley.

Ils se frayèrent un chemin dans la foule massée devant les tables destinées aux dons et à la vente de kits d'analyse de l'eau. Quand Jack s'aperçut que la femme collectait les dons, il dit à Smiley qu'il se présenterait lui-même et prit place dans la file d'attente. Il la regarda bavarder avec les gens tandis que la file avançait lentement. Les boucles auburn encadraient un visage énergique. Sous son front haut, ses yeux noisette, légèrement félins, embrassaient le monde d'un seul regard. Le long nez droit allait bien avec les hautes pommettes très écartées, la bouche aux lèvres roses et pleines, et le menton creusé d'une légère fossette. Elle avait un corps de nageuse : larges épaules, seins moyens qui gonflaient son T-shirt de Greenpeace sans la moindre assistance, taille fine, jambes longues et derrière ferme, compact, que de nombreuses actrices auraient pu lui envier. Elle faisait un mètre soixante-dix et n'avait pas un gramme de graisse superflue.

Quand Jack arriva enfin devant elle, elle tendit la main et dit :

— Ah, monsieur Jack Lee. Je suis Deborah O'Hara.

Jack serra sa main chaude et sèche. Il la garda un instant dans la sienne, remarqua la fermeté de son étreinte.

— Ah, fit-il. Marge a ressorti ses poupées vaudoues.

— C'est exactement l'impression que j'ai eue quand Marge m'a dit que vous viendriez aujourd'hui. Il y a plus d'un an qu'elle me parle de son ami, le mystérieux homme des montagnes.

Jack rit.

— Il y a plus de dix ans qu'elle essaie de me marier.

— Ne vous en faites pas, monsieur. Avec moi, vous ne risquez rien.

— Dans ce cas, êtes-vous libre pour déjeuner ?

— Je suis libre, point, monsieur Lee, et, oui, ça me plairait. Vous êtes végétarien ?

Jack hocha la tête.

— Dans ce cas, je prendrai la même chose que vous. Je vous rejoindrai dès que j'aurai compté cet argent et, visiblement, ça ne prendra pas longtemps.

Une majorité de billets d'un dollar saupoudrée de billets de cinq et de dix ainsi que de rares billets de vingt, emplissaient à moitié le petit récipient en fer-blanc. Jack sortit une grosse enveloppe de sa poche.

— J'ai failli oublier. Mais, d'abord, est-ce que l'argent collecté ici va directement au fonds destiné à la Chattahoochee ou bien dans la caisse générale ?

— Ces dons vont exclusivement au projet concernant la rivière. Garanti. Je peux vous expliquer l'affectation des fonds pendant le déjeuner, si vous voulez.

— Et l'anonymat est garanti, lui aussi ?

— Parfaitement.

— Dans ce cas, amusez-vous bien, dit Jack, qui jeta l'enveloppe dans le récipient. Je m'occupe des victuailles.

Un quart d'heure plus tard, elle rejoignit Jack, qui était assis sous un grand chêne près de deux plateaux contenant de la soupe indienne épicée, du riz complet, un ragoût de légumes et de la salade.

— Bon sang, Jack, dit-elle, le rouge aux joues.

Jack lui adressa un regard affable et haussa les épaules.

— Pourquoi neuf mille neuf cent quatre-vingt-dix-neuf dollars ?

— Je ne fais rien pour la communauté, depuis quelque temps, et j'aime cette rivière.

— Non, je veux dire : pourquoi exactement cette somme ?

— Est-ce que c'est une question rhétorique ?

— Vous savez très bien quel genre de question c'est.

— Selon la loi, toute transaction supérieure à dix mille dollars doit être signalée à l'IRS. J'aimerais autant m'en passer. Si vous voulez en savoir plus, il faudra que vous m'accompagniez chez moi.

Elle rejeta la tête en arrière et rit.

— Vous avez un sacré culot. Donnez-moi une bonne raison de le faire ?

— Je vais vous en donner deux. Il m'est arrivé quelque chose, quand je vous ai vue. Je crois que ça vous est arrivé aussi.

— Et qu'est-ce qui vous est arrivé, Jack ?

— Mon cœur a fait un saut périlleux.

— Le mien aussi, Jack. Dieu nous protège, mon cœur a aussi fait un saut périlleux.

*

Jack roula doucement sur le dos et regarda les grains de poussière qui volaient dans la lumière, à présent plus intense. Mon cœur continue de faire des sauts périlleux, se dit-il. Si elle ne veut pas venir avec moi, je resterai avec elle.

Après avoir quitté Smiley, ils étaient allés dans la petite maison de Jack, sur la crête. Pendant trois jours, ils avaient fait l'amour, s'étaient confiés l'un à l'autre, avaient échangé leurs secrets comme des voleurs au cœur de la nuit. Ils s'étaient aperçus qu'ils se sentaient l'un avec l'autre comme on se sent dans un vêtement usagé. La perspective d'une séparation était si ridicule qu'il semblait impossible de la mentionner.

Quand Deborah dut reprendre son travail, Jack s'installa chez elle, à Atlanta. Après avoir vécu au présent pendant deux semaines, ils commencèrent à songer à l'avenir. Elle pensait qu'elle se devait à son travail. Jack avait envie de prendre des billets d'avion et de voyager dans le monde entier au gré de sa fantaisie. À l'origine, il avait envisagé ce tour du monde comme une entreprise solitaire, comme le contrepoint parfait de trois années d'enracinement.

À présent, la perspective de partir sans elle avait perdu toute séduction. Après avoir tourné sur la pointe des pieds autour du sujet pendant plusieurs jours, ils avaient décidé de partir en week-end et de prendre une décision. Smiley leur avait donné la clé de la maison de ses parents, située dans les montagnes du nord-est de la Géorgie, au bord du lac Burton, et ils y étaient partis en voiture le vendredi après-midi.

Jack se leva et enfila un ample peignoir de flanelle. Les marches furent froides, sous ses pieds nus, quand il descendit silencieusement l'escalier. Après avoir allumé le radiateur à gaz et mis l'eau du thé à chauffer, il ouvrit les rideaux du salon et fut accueilli par le soleil qui, couleur de safran, se levait au-dessus des montagnes.

Quand le thé de Ceylan eut infusé, Jack s'en servit une tasse, y ajouta du miel et du lait, puis sortit sur la terrasse. Les rayons du soleil levant conféraient à l'eau ridée de la petite crique l'aspect de l'or fondu. Une brise légère, qui faisait frissonner les feuilles aux couleurs de l'automne, créait un bruissement incessant. Jack offrit son visage à la chaleur du soleil et ferma les yeux. Le poids de la décision ne pesait plus sur ses épaules et il se sentait d'une légèreté presque intangible, avait l'impression d'être une créature aérienne. Je vais rester ici, dans cette lumière, et jouir de mon bonheur, se dit-il. Et je n'aurai besoin de rien d'autre.

CHAPITRE 4

Courtney Fowler prit la décision au *Dante's Down The Hatch*, pendant un dessert de crêpes au chocolat, de café et de cognac. Ses doutes sur Tom Doyle avaient commencé à céder du terrain pendant un long dîner romantique au *Ritz-Carlton* de Buckhead. Pendant quelque temps, elle avait cru que le but de Tom consistait à la convaincre de quitter son poste à *Atlanta Today* afin de l'attirer dans la rédaction régionale du réseau national où il présentait le journal télévisé. Ces doutes l'avaient amenée à garder ses distances sentimentalement et physiquement. Elle supposait que Tom disparaîtrait avec élégance quand elle aurait signé son nouveau contrat avec *AT*. Elle constata, étonnée et ravie, que ses attentions se faisaient plus pressantes. Les fleurs, les dîners élégants, les moments d'intimité pendant lesquels ils dansaient sur des rythmes lents, l'avaient agréablement changée de la frénésie nourrie de cocaïne et d'alcool qui caractérisait le milieu où la solitude et l'ennui l'avaient poussée. Ce soir, je vais t'étonner, se dit-elle.

En rentrant chez elle, Courtney songea à l'année écoulée. Elle avait été sélectionnée pour le Pulitzer, à la suite d'une série de reportages d'investigation sur la corruption d'élus locaux par des intérêts économiques japonais, et c'était la première fois qu'un journaliste appartenant à une publication locale indépendante jouissait d'un tel honneur. De ce fait, elle avait été incluse dans des débats télévisés, au niveau local et régional, sur la vente du Sud à des groupes d'intérêts étrangers. Le mordant de ses commentaires, le charme de son élocution et sa beauté suscitèrent rapidement les convoitises. Après son passage dans l'émission de McNeil-Lehrer, les propositions des médias, imprimés et électroniques, se mirent à pleuvoir.

Pendant ce temps, le tirage d'*AT* passa de cent mille à cent cinquante mille exemplaires. Les rentrées publicitaires avaient doublé, permettant à la publication, qui était hebdomadaire, de devenir bihebdomadaire. Enfin, élément déterminant dans la décision que prit Courtney de rester à *AT*, la société mère avait dégagé les crédits permettant à *AT* d'acheter une petite station de télévision indépendante, captée dans un rayon de soixante kilomètres, qui était confrontée à des difficultés financières.

Quand le président *d'Atlanta Today* lui avait proposé, par téléphone, un pour cent des parts de la société, cent cinquante-neuf mille dollars par an plus les frais, une émission hebdomadaire d'une demiheure dans le cadre de laquelle elle bénéficierait d'une équipe mobile de prise de vues et de prise de son, ainsi que la poursuite de la publication de son éditorial hebdomadaire dans le journal, elle avait signé un contrat de cinq ans sur-le-champ.

Et maintenant ça, se dit-elle quand ils arrivèrent devant sa maison de Brookhaven, récemment restaurée. Le sentiment de plénitude que Tom réveillait en elle touchait une partie d'elle-même qui était depuis si longtemps sous clé qu'elle avait oublié jusqu'à son existence. Ce sentiment conférait une signification plus profonde au reste de sa vie, un équilibre qui lui faisait cruellement défaut. Quand il se pencha vers elle, elle se tourna vers lui et son ventre se crispa brièvement.

— Ça a été une belle soirée, dit-il. Plus que belle, en fait. Parfaite.

Elle regarda son visage. Il était d'une beauté un peu rugueuse. Ses yeux noirs suggéraient une longue expérience, alors qu'il n'avait que quarante-cinq ans. Courtney supposa qu'il avait connu de nombreuses femmes, du fait qu'il avait été correspondant de la chaîne à l'étranger pendant dix ans. Elle lut le désir sur son visage et l'aima parce qu'il n'avait pas tenté de lui imposer ce désir. Elle se pencha vers lui puis, simultanément, tourna la clé de contact de la main droite et, de la gauche, attira son visage vers le sien. Elle passa légèrement les lèvres sur les siennes, puis l'embrassa. L'embrassa intensément et sans détour. Quand ils se séparèrent, elle vit sur son visage l'expression qu'elle espérait voir. Cette expression trahissait un appétit et un désir immenses.

— La soirée n'est terminée que si c'est ce que tu veux, dit-elle. J'aimerais que tu restes.

Ils gagnèrent la porte bras dessus bras dessous. Elle vit l'enveloppe collée sur le battant quand elle arriva sur la dernière marche. Miss FOWLER, URGENT, était tapé à la machine dessus.

L'enthousiasme, la déception et une vague inquiétude se mêlaient en elle quand elle prit l'enveloppe et l'ouvrit. Elle ne contenait qu'une feuille, dont la partie supérieure comportait un plan et la partie inférieure un bref commentaire tapé à la machine. Le plan indiquait un trajet qui allait d'Atlanta à Douglasville par l'Interstate 20 ouest, puis vers le sud, par le State Highway 5, sur exactement soixante-quinze kilomètres six cents. Un X marquait l'entrée d'une route à droite, juste après le dessin d'un bâtiment sous lequel était indiqué, d'une écriture enfantine : MAGASIN GÉNÉRAL BRÛLÉ. Une flèche, au-dessus de la hampe de laquelle était écrit : CHEMIN DE DÉBARDAGE — CINQ CENTS MÈTRES, indiquait un deuxième X. POUR LE REPORTAGE DE VOTRE VIE, SOYEZ LÀ SAMEDI AU LEVER DU JOUR était tapé à la machine en bas de la feuille.

Courtney sentit la journaliste s'éveiller en elle, l'instinct qu'elle avait toujours suivi entrer en action. Le mot « non » franchit ses lèvres, à peine audible. Des émotions contradictoires entrèrent en guerre dans son esprit et son cœur. Son désir d'être avec Tom s'allia à son esprit rationnel. Ne sois pas idiote, disaient la raison et le désir. C'est une blague. Ne laisse pas passer cet instant. L'instinct se réveilla complètement, bâilla et dit : « Allez, conasse, au boulot ».

— Un problème ? demanda Tom.

— Il se passe quelque chose. Le travail. Je suis absolument désolée, Tom. Est-ce qu'on peut remettre ?

La déception remplaça l'inquiétude, sur le visage de Tom. Il se reprit rapidement et lui adressa un sourire crispé, sans joie.

— Le travail. Je ne comprends que trop bien.

Il l'embrassa sur le front et ajouta :

— On peut remettre.

Debout sur le perron, elle regarda la voiture de Tom disparaître dans la nuit, puis elle jeta un coup d'œil sur sa montre. Le soleil se lève dans cinq heures et demie, se dit-elle. Puis elle entra et entreprit de gâcher la nuit de ses collaborateurs.

CHAPITRE 5

Deborah se réveilla et, s'apercevant qu'elle était seule, étendit voluptueusement ses membres sur toute la largeur et toute la longueur du lit. Les petites douleurs et meurtrissures que ces gestes réveillèrent lui remirent brusquement les étreintes de la nuit en mémoire. Elle sourit et posa une main légère sur ses parties intimes meurtries, d'où émanait une douleur vague, sourde. Quelques souvenirs précis la firent rougir. Elle leva les mains et rit quand elle s'aperçut que ses joues étaient brûlantes.

Elle ferma les yeux et forma une image de lui dans son esprit. Oh, Jack Lee, comme je t'aime, se dit-elle. Comme j'aime ton long visage où ta vie se reflète, et comme j'aime tes yeux bleu clair. Tes cheveux couleur de cuivre et parsemés de gris. Ton corps mince, fort, qui connaît si bien le mien. Avoir l'impression d'être tantôt une écolière rieuse et tantôt une courtisane expérimentée. Avoir la sensation d'être liée comme je ne l'ai jamais été.

Elle pressa très fort les bras contre ses flancs et resta parfaitement immobile. J'irai avec lui, se dit-elle. Je peux prendre une année sabbatique. Je peux prendre toute une vie, si nécessaire.

Quand Deborah, après sa toilette, s'engagea dans l'escalier, elle perçut les parfums du café frais et des beignets de sarrasin. Quand elle arriva en bas, Jack faisait cuire un beignet dans un poêlon en fonte.

— Tu as faim ?

— Très, répondit-elle, puis elle remarqua ses yeux gonflés de sommeil et demanda : Tu as dormi ?

— Pas pendant la nuit. J'ai passé la nuit à réfléchir. Mais je me suis levé à l'aube et puis j'ai roupillé trois heures sur le canapé.

— Mon Dieu, quelle heure est-il ?

— Presque midi.

— Eh bien, j'ai dû réfléchir en dormant, parce que j'avais pris ma décision quand j'ai ouvert les yeux.

— La mienne était prise quand je les ai enfin fermés.

— Commence.

— Non, les dames d'abord.

Deborah rit, prit le stylo et le bloc qui se trouvaient près du téléphone. Elle nota quelque chose sur une feuille, l'arracha, puis donna le stylo et le papier à Jack.

— Écris ce que tu as décidé et on échangera.

Quand ils eurent échangé et lu ce que l'autre avait écrit, ils éclatèrent de rire et tombèrent dans les bras l'un de l'autre.

— Il va falloir qu'on s'occupe de ça avec tout le sérieux que ça mérite, dit Jack.

— Comment ça ?

— Tu as une pièce ?

Deborah fouilla dans la poche de ses jeans et en sortit vingt-cinq cents.

— Lance-la, dit Jack. Pile on voyage, face on reste.

Elle lança la pièce si haut qu'elle toucha presque le plafond. Elle tournoya rapidement, tomba sur le tapis posé sur le dallage de la cuisine, fit presque un cercle complet sur la tranche, vacilla puis tomba à plat.

— Ça sera Noël dans les îles, dit Jack. Ça te va ?

— Est-ce que je peux choisir les îles ?

— Sûr.

— Dans ce cas, c'est parti.

Ils prirent tranquillement leur petit déjeuner en évoquant les endroits qu'ils avaient envie de visiter. Jack tenta de déceler des indices de regrets sur le visage de Deborah, n'en trouva pas et fut rassuré. Deborah s'étonnait de l'intensité de l'enthousiasme qu'elle sentait grandir en elle.

Après le petit déjeuner, ils décidèrent de faire une promenade en bateau sur le lac. Jack fermait la porte quand le téléphone sonna. Smiley, se dit-il, en retard, comme d'habitude. Smiley devait en effet l'appeler à 10 heures pour lui dire si la récolte, qu'il devait faire la veille, s'était bien passée.

Quand Jack eut décroché, il entendit des sanglots de femme avant même d'avoir pu porter l'appareil à son oreille.

— Allô ? Marge ?

— Oh, Jack. Mon Dieu. Mon Dieu ! Mon Dieu ! gémit Marge entre de longs sanglots.

— Qu'est-ce qui se passe, Marge ?

— C'est Smiley, Jack. À la télé.

Jack éprouva une angoisse étrangement familière quand il lui demanda quelle chaîne elle regardait.

— ATV, Jack, ATV. Je ne peux rien dire de plus maintenant.

Un nouveau sanglot l'interrompit, puis elle raccrocha. Jack gagna la porte en courant et l'ouvrit.

— Deborah, qu'est-ce que c'est qu'ATV ? demanda-t-il d'une voix exagérément forte, teintée d'une panique qu'il n'avait pas eu l'intention de trahir.

— C'est une nouvelle station d'Atlanta, répondit

Deborah, qui se trouvait sur l'embarcadère. Sur le canal cinquante-deux. Pourquoi ? Qu'est-ce qu'il y a ?

Sans répondre, Jack courut au salon, où il y avait un Sony sur lequel était posé la télécommande. Il appuya sur le bouton de mise en marche et espéra avec ferveur que l'antenne parabolique capterait le canal cinquante-deux clairement. Quand il eut composé les chiffres, Smiley apparut sur l'écran et le temps s'arrêta.

Jack fixa l'écran avec une fascination horrifiée. Il eut l'impression que son esprit tournait à vide, sentit en fait quelque chose comme un choc électrique, à l'intérieur de sa tête, lorsqu'il tenta de dégager le sens de la scène qui s'offrait à ses yeux. Puis le frisson glacé qui parcourut son corps le plongea dans un état d'apesanteur émotionnelle.

Smiley était cloué sur une croix de bois, par les mains et les pieds, avec ce qui semblait être des pitons tels que ceux que les alpinistes utilisent. La croix se dressait parmi des plans de marijuana. Une couronne de fleurs de marijuana tressées couvrait la tête baissée de Smiley. On lui avait coupé les oreilles et deux traînées jumelles de sang coulaient sur sa poitrine et sur le reste de son corps. Son corps, uniquement vêtu d'un caleçon, était rigide et bleu de froid.

Jack perçut, derrière lui, un haut-le-cœur. Il entendit Deborah sortir de la pièce en courant, la porte claquer, puis de violents hoquets.

Une belle femme, les yeux pleins de larmes, apparut sur l'écran et parla dans un micro qu'elle tenait à la main, sur un fond de pins de trois mètres de haut. Jack fut incapable de comprendre ce qu'elle disait jusqu'au moment où elle conclut.

— Courtney Fowler, WATV News, en direct du comté de Carroll.

CHAPITRE 6

À 11 h 30, le samedi matin, Lucius O'Dell se réveilla entre les draps moites de sueur de son lit, se leva et se traîna jusqu'au salon de sa petite maison de Los Angeles Avenue, à la limite de North Highland. Les mains tremblantes, il arracha l'enveloppe en plastique de deux cachets de dix milligrammes de Valium. Puis il se baissa, prit une cruche à moitié pleine de porto blanc Gallo, mit les cachets dans sa bouche et les avala avec quatre longues gorgées de vin. Debout, les genoux flageolants, il gagna la bataille contre l'envie de vomir. Quand il fut convaincu qu'il ne rendrait pas, il se laissa tomber sur son fauteuil et s'appuya contre le dossier, la cruche entre les jambes.

Depuis que, mercredi soir, Clint DuBois lui avait annoncé qu'il ne pourrait voir le Révérend Clyde pendant une période indéterminée, Lucius buvait beaucoup et prenait le double de sa dose habituelle de Valium. Cette nouvelle avait suscité en lui un désespoir presque insurmontable et les symptômes annonciateurs des visions hallucinatoires dont il était souvent victime.

En 1969, alors qu'il effectuait sa dernière mission

en service commandé, Lucius avait reçu par radio l'ordre de détruire immédiatement un petit village de la région du delta du Mékong, tenue par le Viêt-cong. Il faisait partie du soutien aérien de la Neuvième Division US, chargée de « nettoyer la zone », où il y avait encore des Viêt-cong, dans le cadre de la Campagne Accélérée de Pacification.

La veille au soir, pendant une fête, on avait donné à Lucius un morceau de buvard de quatre cents microgrammes de LSD 25 Sandoz. On lui avait aussi donné une cassette de Jimi Hendrix. Quand il arriva sur le village, il était encore sujet à de vagues hallucinations. Le haut-parleur de son lecteur de cassettes beuglait *Purple Haze*.

Des tourbillons de couleurs vives jouaient à la périphérie de son champ visuel tandis qu'il prenait position et calculait son angle d'attaque. Quand Lucius vomit son énorme cargaison sur le village, le feu d'artifice magnifié par l'acide le stupéfia. Quand la fumée se fut dissipée, il fit lentement le tour du périmètre. Au moment où son esprit embrumé prit enfin conscience de la véritable nature de ce qu'il y avait en bas, il vomit sur le tableau de bord.

Le total définitif des victimes s'éleva à quatre-vingt-un morts et cinquante-trois blessés. Il y eut un survivant, une petite fille d'un an qu'on retrouva, indemne, sous le cadavre d'une vieille Vietnamienne. Parmi ces morts et ces blessés, il y avait cent huit enfants et vingt-six vieilles femmes. Des renseignements erronés étaient à l'origine de l'attaque, et Lucius n'était en rien responsable, mais cela ne parvint pas à dissiper l'horreur qu'il éprouva. Quelques mois après son retour aux États-Unis, il commença à revivre l'expérience, tout d'abord en rêve puis en état de veille, au cours de crises hallucinatoires qui duraient parfois jusqu'à cinq minutes. Des démangeaisons aux extrémités, des rugissements dans les oreilles et un intense goût cuivré dans la bouche précédaient toujours ces flash-back.

Lucius fut soulagé quand les doigts apaisants du Valium commencèrent à masser son corps. Il savait depuis mercredi soir que les forces de l'hallucination grandissaient en lui, qu'elles n'attendaient qu'un instant d'inattention pour attaquer. Il leva la cruche et but une longue gorgée de vin, puis il tendit la main vers la table qui se trouvait près de lui et raccrocha le téléphone, qui était décroché depuis mercredi soir. Il ne reste qu'un Valium, se dit-il. Faut que j'appelle le docteur Cole. Il composa le numéro, puis raccrocha après la première sonnerie. Je vais d'abord la regarder, se dit-il.

Lucius était tombé amoureux de Courtney Fowler le jour où il l'avait vue pour la première fois à la télévision. Depuis ce jour, six mois plus tôt, il n'avait pas manqué une seule fois son émission du samedi midi. C'était la première fois qu'une femme le touchait aussi profondément depuis sa fiancée, Jenny. Sa relation avec Jenny s'était dégradée peu après son retour du Viêt-nam, et, quand une année eut placidement remplacé celle qui la précédait, il comprit qu'il ne connaîtrait plus de véritable relation avec une femme. Avec Courtney c'était différent. Il l'aimait de loin et jouissait de ce fait d'une pureté de sentiments que les rapports directs ne pouvaient souiller. Il avait accepté les limites de son amour à distance et n'avait pas envie de connaître personnellement Courtney.

Quand le visage de Courtney apparut sur l'écran, les yeux pleins de larmes, sur un fond de forêt, Lucius fut déconcerté. Il avait l'habitude de son visage souriant dans le décor du studio. Quand l'homme cloué sur la croix apparut, Lucius fut totalement sidéré. Puis il vit les plants de marijuana et quelque chose se crispa dans sa poitrine. Il reconnut la vallée quand la caméra fit un lent panoramique sur ce qui se trouvait derrière le crucifié. Lorsque Courtney indiqua qu'elle était à proximité du Highway 5, dans le comté de Carroll, Lucius se mit à hurler.

*

Clint DuBois s'engagea dans Los Angeles Avenue au moment même où Lucius claquait la porte de chez lui, traversait la cour en titubant, ouvrait la portière de sa Toyota et se laissait tomber, tel un ivrogne, sur le siège. Clint braqua de telle façon que sa camionnette bloque la Toyota, mais décida au dernier moment d'y renoncer, gagna le carrefour suivant et fit demi-tour. Ce petit connard est au courant, se dit-il tandis qu'il suivait la Toyota sur North Highland en direction du sud. Clint suivit la petite voiture à la trajectoire erratique jusqu'à Ponce de Leon, où Lucius tourna à gauche et fila vers l'est à toute vitesse. Ce salaud va se faire arrêter avant que je puisse voir où il va, se dit Clint. Il accéléra, perdit la Toyota de vue pendant quelques instants, puis la retrouva au moment où elle prenait Clairmont à gauche. Six cents mètres plus loin, la Toyota s'arrêta dans la cour d'une maison en briques d'un étage, qui se dressait à droite de la chaussée. Il nota le numéro indiqué sur la boîte aux lettres et, comme il ne trouva pas de place de stationnement convenable, roula dans le quartier à petite vitesse.

CHAPITRE 7

Quand la sonnette retentit, le docteur Benjamin Cole, psychiatre, était en train de pénétrer Candice Miller, seize ans, une ancienne patiente. Quand Cole voulut se retirer, Candy tendit ses longs bras, lui saisit les fesses et le ramena violemment en elle.

— Allez, Doc, je suis à point. Laissez tomber la porte.

Cole vit l'expression lascive de son regard et décida qu'elle avait raison. En ce qui concerne le sexe, ma chère, tu as toujours raison, se dit-il. Puis il adopta un rythme lent. Candy avait été une de ses dernières patientes officielles. Ses parents la lui avaient amenée alors qu'elle avait douze ans et était sexuellement précoce, parce qu'ils craignaient qu'elle soit nymphomane, ou pire. Quand deux patients, un homme et une femme, avaient attaqué le médecin en justice parce qu'il avait eu des rapports sexuels avec eux pendant la thérapie, sa clientèle, y compris Candy, avait disparu. Cole était parvenu à conserver sa licence et était devenu prescripteur professionnel, fournisseur de drogues autorisées à une clientèle toujours plus florissante de junkies légaux. Quand Candy avait frappé à sa porte, au tendre âge de quinze ans, un an au-delà des limites libérales du droit de Géorgie, Cole s'était dit qu'il n'avait rien à perdre, surtout sur le plan de sa réputation.

Le doc et Candy en étaient aux aller-retour précipités quand un déluge de coups de poing s'abattit sur la porte et qu'une voix plaintive supplia le médecin d'ouvrir parce que c'était une urgence. Cole se dégagea, se leva et, hors d'haleine, s'appuya contre le mur de la chambre. Tandis qu'il reprenait son souffle, il reconnut la voix. Dégoûté, il prit un peignoir dans le placard et gagna la porte au pas de charge.

Cole s'était promis d'envoyer promener l'importun, mais les mots moururent dans sa gorge quand, après avoir ouvert, il découvrit le visage de Lucius. Les pupilles de Lucius étaient si dilatées que seul un mince cercle bleu les entourait. Le blanc de ses yeux était rouge tomate et ses joues trempées de larmes. Il émettait une salade verbale dont les ingrédients échappèrent au médecin, hormis les mots Judas, Révérend Clyde, Clint et Crucifié.

Cole prit Lucius par le bras, l'entraîna jusqu'à un fauteuil et le fit asseoir. Quand Candy, vêtue d'une serviette, entra dans la pièce, Lucius s'écria :

— Oh, Courtney !

Puis il se leva et, vacillant, se dirigea vers elle.

Le médecin l'intercepta, le repoussa dans le fauteuil puis entraîna Candy dans la chambre, où il lui dit de s'habiller et de sortir par-derrière, vite.

Hippocrate lui parlait à une oreille et Satan à l'autre tandis que Cole, debout dans le couloir, paralysé, se demandait quoi faire. Ce type perd complètement les pédales, se dit-il, il est prépsychotique. Il y a trois ans que je lui prescris trop de Valium. Nom de Dieu, j'ai pas besoin de ça.

Lucius retrouva une part de lucidité quand Cole

le conduisit dans le cabinet, qui donnait sur l'arrière de la maison. Le médecin décida d'adopter une attitude plus ou moins grave, professionnelle.

— Écoutez, Lucius, vous savez que c'est tout à fait contraire aux règles. Que c'est en fait totalement inacceptable. Qu'est-ce qui peut bien être si important que vous ne puissiez pas attendre lundi et l'ouverture du cabinet ?

Lucius tenta de s'expliquer, puis craqua. Quand il baissa la tête, de grosses larmes s'écrasèrent sur ses genoux. Ses épaules tremblèrent, se soulevèrent, et plusieurs sanglots violents, dévastateurs, secouèrent son corps. Quand la crise fut passée, Lucius leva la tête et présenta un visage qui, hormis les larmes et les yeux rouges, était étrangement calme.

— Ils m'ont transformé en Judas, Doc, dit-il d'une voix neutre, monocorde. Ils l'ont crucifié et m'ont transformé en Judas.

— Qui a crucifié qui, Lucius ? demanda le médecin, qui cherchait désespérément le moyen de mettre un terme à la conversation et de faire sortir Lucius de chez lui.

— Le Révérend Clyde et Clint, sûrement. Je sais pas qui est le type qu'ils ont crucifié, mais ils m'ont transformé en Judas. Je leur faisais confiance, Doc, et ils se sont foutus de moi.

— Lucius, est-ce que vous avez eu des hallucinations ?

— Pas encore, mais je sens qu'elles viennent. J'ai plus de cachets, Doc, et j'en ai vraiment besoin, tout de suite. C'est pour ça qu'il fallait que je vienne.

Le docteur Cole se demanda s'il pouvait se débarrasser de lui sur-le-champ sans déclencher une scène et décida que ça n'était pas possible. Je vais lui faire une ordonnance et ça sera la dernière, se dit-il.

— Est-ce que vous avez volé, Lucius ?

— Pas depuis mercredi, quand Clint m'a dit que je ne pourrais pas voir le Révérend Clyde. C'est à ce moment-là que j'ai senti que ça revenait. Et puis quand j'ai vu Courtney à la télé, ce matin, j'ai plus ou moins perdu la boule.

Je ne veux rien savoir de tout ça, se dit le médecin. Ce type est sur le point de s'écraser en flammes.

— Écoutez, Lucius, je vous ai dit de nombreuses fois que vous ne devez pas voler quand vous êtes sous médicaments, n'est-ce pas ?

— Sûr, Doc. Écoutez, j'ai seulement besoin d'une ordonnance et je m'en irai. Je me sens pas en forme.

Le médecin rédigea une ordonnance de vingt-cinq Valium, non renouvelable, et la donna à Lucius. Il lui semblait extraordinaire que l'homme qui se trouvait en face de lui eût tenu le coup si longtemps, alors qu'il volait. Mais c'est fini maintenant, Lucius. Tu ne t'en sortiras pas.

— Je regrette, mais il faut que ce soit votre dernière visite, Lucius. Je crois que je ne suis pas en mesure de vous prodiguer les soins dont vous avez besoin. Il serait peut-être temps que vous consultiez un spécialiste des névroses post-traumatiques. Je vous suggère d'essayer l'hôpital des anciens combattants du Viêt-nam. Ils ont d'excellentes équipes.

Effondré, Lucius se tourna vers le docteur Cole et dit :

— Vous aussi, hein, Doc ?

Puis il se leva et s'en alla lentement.

CHAPITRE 8

Le dimanche matin, quand Jack se réveilla, la grâce de l'oubli lui fut brièvement accordée. Puis le souvenir de la mort de Smiley submergea sa conscience et produisit une sensation de chute qui dura un long moment. Quand il toucha enfin le fond, il resta parfaitement immobile et tenta de comprendre les événements de la veille. Il eut l'impression que son cerveau avait des ratés, que les pensées tentaient de franchir les synapses et, ayant échoué, tombaient dans l'abîme des idées perdues.

La veille, Deborah et lui étaient rentrés à Atlanta dans un silence presque complet. Jack avait l'impression qu'un Dieu malveillant lui avait assené un coup violent et l'avait, sans raison, privé de la parole. Le choc avait transformé les entrailles de Deborah en eau, si bien que ses crises de vomissements et de diarrhée les obligèrent à s'arrêter plusieurs fois.

Jack avait téléphoné à Marge de chez Deborah et avait constaté que la police était en train de fouiller la maison. Ils avaient décidé qu'il attendrait le dimanche matin avant d'aller la voir.

Jack perçut un mouvement près de lui, puis une main froide se glissa dans la sienne. Il accepta Deborah dans ses bras, mais se sentit vide. Il se rendit compte qu'elle pleurait en silence et tenta de la réconforter, s'apercevant du même coup qu'il n'avait pas de réconfort à donner.

— Il faut que tu partes à quelle heure ? demanda-t-elle.

— Il faudrait que je m'en aille tout de suite.

— Est-ce que tu es sûr que je ne peux pas être utile ?

— Elle a dit très clairement qu'elle voulait être seule. C'est aussi ce que je ressens. J'ai l'intention de ne rester chez elle que le temps nécessaire, et de monter ensuite sur la crête. Pour réfléchir à tout ça.

— Je serai ici si tu as besoin de quelque chose. Dis aussi ça à Marge.

— Je le lui dirai. Je resterai peut-être absent un moment. Je téléphonerai quand je saurai ce qu'il faut que je fasse.

— Comment ça, Jack, ce qu'il faut que tu fasses ?

— Je ne sais pas.

Tout au long des cent kilomètres qui le séparaient de chez Marge, une angoisse mortelle et l'idée exaspérante que quelque chose clochait dans l'article de la première page de l'*Atlanta Journal Constitution* tourmentèrent Jack. Il s'était arrêté prendre un café dans un drugstore et l'avait bu en lisant le journal. À une quinzaine de kilomètres de Whitesburg, il se souvint de sa conversation avec Smiley, au bord de la rivière. Smiley lui avait dit qu'il avait presque cinq cents pieds. D'après l'article du journal, l'adjoint du shérif avait déclaré qu'on avait trouvé deux cents pieds. Courtney Fowler, la journaliste, était arrivée la première sur place si bien que, contrairement à ce qui se passait de temps en temps, la police ne pouvait avoir sous-estimé la récolte et conservé la différence. Peut-être Smiley avait-il coupé une partie de la production avant… avant quoi ? se dit Jack. Son esprit recula face à l'idée de ce qui était arrivé à Smiley. Face à la façon dont c'était arrivé.

Laurie, la fille de Smiley et de Marge, était dans la cour quand Jack s'y arrêta. Lorsqu'il l'eut rejointe, Jack se trouva complètement à court de mots, face à son visage lugubre, aux yeux noirs.

— On a crucifié mon papa, oncle Jack. Exactement comme Jésus.

Sans laisser à Jack le temps de réagir, la petite fille pivota sur elle-même et courut vers la rivière. Ses paroles touchèrent profondément Jack et accentuèrent la sensation de rupture et d'irréalité dont il souffrait depuis qu'il avait vu Smiley sur l'écran, au bord du lac. Il fixa la maison jusqu'au moment où Marge sortit sur la terrasse latérale.

— Est-ce que tu as vu Carson en arrivant ? demanda Marge.

Jack secoua la tête et gagna la maison. Marge avait les traits sévèrement tirés et jamais Jack ne lui avait vu les yeux aussi ternes. Elle tendit les mains, saisit les siennes et les serra si fort qu'il retint un cri.

— Je ne sais absolument pas ce qu'il faut faire ou dire, Marge.

— Rien, Jack. J'ai tellement pleuré que je n'ai plus de larmes et tellement réfléchi que j'ai l'esprit vide. Entre et reste un peu avec moi.

Ils s'assirent et regardèrent longtemps la rivière. Tandis qu'il attendait qu'elle prenne la parole, Jack sentit la tristesse qui s'était abattue sur la maison devenir palpable autour de lui. Quand Marge rompit le silence, sa voix parut froide, distante.

— Tu devrais rester quelque temps sans venir. Il

va y avoir des tas de policiers, des tas de questions. De toute façon, tu ne peux pas faire grand-chose.

— Ils sont restés longtemps ?

— Je t'ai téléphoné à midi et ils sont arrivés juste après. Ils étaient là quand tu as appelé, à trois heures, mais tu es au courant. Ils ont terminé la perquisition vers cinq heures. Un type du *Georgia Bureau of Investigation* est resté et m'a interrogée pendant encore une heure. J'ai dit que je ne savais rien.

— Qu'est-ce qu'ils cherchaient ? Qu'est-ce qu'il y avait sur le mandat ?

— De la marijuana. Ils semblaient croire que Smiley avait récolté une partie des plantes...

— Est-ce qu'il l'avait fait, Marge ?

— Non. Enfin quelques-unes, la semaine dernière, qu'il a rapportées ici. Mais ils ne les ont pas trouvées. Elles sont dans la cachette, avec l'argent.

— Il vaudrait mieux que j'emporte cette came, Marge. Tout de suite.

Ils montèrent dans la chambre de Marge et Smiley, où Jack ouvrit la porte d'un grand placard. Marge monta sur un tabouret et fit pivoter une trappe de soixante centimètres sur trente, qui se trouvait dans le coin postérieur droit du plafond. Elle plongea la main à l'intérieur et en sortit un sac à dos étanche, qu'elle donna à Jack, puis une boîte à munitions de l'armée.

— L'herbe est dans la boîte, dit Marge.

Jack ouvrit la boîte et y trouva six sacs de congélation, hermétiquement fermés, de came de première qualité. Il montra le sac d'un signe de tête et demanda :

— L'argent est là-dedans ?

— Cent mille dollars, je crois, ce qui reste de l'affaire de Belize.

— Il m'a dit que c'était ce qu'il lui restait. Il ne faut pas que tu le gardes ici. Il faut le mettre en lieu sûr. Ils peuvent revenir n'importe quand.

Ils regagnèrent la terrasse et restèrent un moment immobiles, gênés. Quand Jack passa le bras autour de la taille de Marge, elle se dégagea.

— Je m'excuse, Jack. Je ne sais pas pourquoi j'ai fait ça. Tout est tellement sens dessus dessous que je…

Marge ne termina pas, les yeux fixés sur la lisière de la forêt qui bordait la propriété. Carson, son fils, se dirigeait vers eux à grands pas. En tenue de camouflage, il portait un carquois plein de flèches sur le dos et un long couteau de chasse à la ceinture. Il avait un arc à poulies dans la main droite et, dans la gauche, un gros lapin qu'il tenait par les oreilles. Son visage était figé en un masque de douleur et de colère, et il fit comme s'il n'avait pas vu Jack et Marge lorsqu'il gagna la table destinée à la préparation du gibier, qui se trouvait entre deux chênes, dans la cour.

Jack regarda le jeune garçon jeter le lapin sur la table, sortir son couteau de son étui et, presque méchamment, éventrer l'animal. Quand Jack se tourna vers Marge, il s'aperçut qu'elle avait les yeux pleins de larmes.

— Il faut que je sois forte, pour les enfants, mais je te jure, Jack, que je me sens si vide à l'intérieur que j'ai l'impression de ne plus rien avoir à donner.

— Je sais, Marge. Cette affaire est si monstrueuse, tellement incompréhensible que… Je vais essayer de trouver ce qui s'est passé. Il faut que je sache… Je ne serai pas tranquille tant que je n'aurai pas compris.

Marge lui prit les mains et les serra une nouvelle fois très fort.

— Moi non plus, Jack. J'ai peur. Quand j'ai vu Smiley à la télévision, j'ai eu l'impression de perdre la raison. Au sens propre. Comme si un vide horrible l'aspirait hors de moi. Je la sentais littéralement s'échapper. Je ne devrais pas demander ça, mais je crois que je n'ai pas le choix. Trouve qui a fait ça, Jack. Et pourquoi. Si je sais ce qui s'est passé, je ne deviendrai peut-être pas folle.

— Je vais aller sur la crête et essayer de réfléchir. Est-ce que tu as pris contact avec un avocat ?

— Non. Et je ne sais même pas quand ils vont me rendre le corps de Smiley. Ils devaient l'autopsier aujourd'hui. Je n'ai pas encore eu le courage de téléphoner.

— J'irai voir Yeats Murphy demain et je lui verserai une avance. Tu devrais peut-être lui téléphoner maintenant. Lui raconter ce que tu sais. Lui dire que je passerai demain. Et, Marge, suis ses conseils. Tu peux lui faire confiance.

Jack monta dans son pick-up et se tourna vers la terrasse où Marge était restée debout, les bras croisés sur la poitrine. Il craignit que, sous le poids de plus en plus écrasant de cette épreuve, la sensibilité qui faisait son charme soit sa perte.

*

Un vent glacial accueillit Jack quand il descendit de voiture et ouvrit la barrière de son chemin privé. Le front froid était le troisième d'une succession d'offensives hivernales qui balayèrent le Sud, cet automne-là, beaucoup plus tôt que d'habitude. Jack se sentit moins accablé aussitôt après avoir fermé la barrière à clé derrière lui. La solitude. Pendant quelques instants, les événements des trois semaines écoulées lui parurent irréels, rêvés. Mais seulement pendant quelques instants.

Jack prit des bûches de chêne sec sur le tas de bois puis ouvrit la porte, qui n'était pas fermée, et constata avec satisfaction que tout semblait en ordre. Pendant les années passées sur la crête, il n'avait jamais fermé, et la maison n'avait jamais été vraiment visitée. Un été, de retour après quatre mois d'absence, il avait trouvé un mot poli laissé par un chasseur qui, égaré et assoiffé, était entré boire de l'eau.

Un quart d'heure plus tard, le feu qui crépitait dans l'énorme cheminée avait chassé le froid. Jack s'assit sur le canapé à coussins de velours qui se trouvait devant et posa les pieds sur une table basse en chêne qu'il n'avait pas pris le temps de terminer. À l'instant même où il se fut confortablement calé contre les coussins, il comprit qu'il allait boire un verre. Il tourna et retourna l'idée dans sa tête, constata qu'elle était parfaitement appropriée et qu'elle lui plaisait.

Il se leva, gagna la cuisine, ouvrit le placard qui se trouvait au-dessus de l'évier et en sortit une boîte en bois sur laquelle un blason et les mots *Glen Grant* étaient gravés. Un ami qui travaillait dans le pétrole à Aberdeen, en Écosse, lui avait offert le scotch peu après son acquittement, trois ans auparavant, et lui avait recommandé de ne pas le gâcher en compagnie d'imbéciles incapables de l'apprécier ou quand l'occasion n'en vaudrait pas la peine. Au moins, se dit-il, l'occasion en vaut la peine.

Quand il eut manœuvré le petit crochet en cuivre, la boîte s'ouvrit en deux sur une carafe en cristal et une bouteille de scotch de vingt-cinq ans d'âge nichées dans des coussins de soie jaune. L'étiquette de la bouteille indiquait que le précieux liquide provenait de la réserve du propriétaire et n'était commercialisé qu'une année sur deux.

Jack emplit une cruche d'eau de source, puis il prit la bouteille, un verre et regagna le canapé. Il versa le whisky, de couleur sombre, dans le verre et le contempla un long moment avant de tendre la main vers lui. Puis il leva le verre à la mémoire de Smiley. À ta santé, mon frère, se dit-il en vidant le verre.

Le whisky pur malt était extrêmement rond et avait un discret goût de fumée sur la fin. Jack le sentit atteindre son estomac, puis remonter en vagues chaudes qui se répandirent dans sa poitrine. Après trois verres de whisky, il se souvint de l'herbe, qui était restée dans la voiture, et alla la chercher.

De retour devant la cheminée, Jack ouvrit la boîte à munitions et en sortit un des six paquets. Il le soupesa et estima qu'il faisait environ cent grammes. Quand il eut ouvert le sac, le parfum intense, tannique, de l'Indica s'éleva et se répandit dans la pièce. Il prit une fleur ciselée, nota son aspect rebondi et sa densité extrême. Il émietta de quoi rouler un gros joint et ne trouva pas de graines. Un trait vraiment distinctif, se dit-il. Je n'ai jamais rien vu de tel. Il chercha, dans sa mémoire, le nom que Smiley avait employé : Indica d'Oakland.

Après avoir fouillé dans les tiroirs de la cuisine, Jack trouva un paquet de papier à cigarettes et roula un joint. Quand il l'eut allumé, le goût et le bouquet exceptionnels de l'herbe l'impressionnèrent immédiatement. Quand il fut arrivé à la moitié du joint, ses oreilles bourdonnaient et son cœur cognait dans sa poitrine. Sacrée dope.

Les yeux fixés sur les flammes, Jack plongea en lui-même. Il y a un monstre en liberté, Smiley, et il a ta dope, se dit-il. Et c'est comme ça que je vais le trouver, Smiley. Grâce à ta dope.

Jack but un nouveau scotch et s'appuya contre le dossier du canapé. Tandis qu'il fixait les flammes, un plan prit forme.

CHAPITRE 9

Dimanche, à 16 h 15, Courtney Fowler tapa le dernier mot de son article et se sentit accablée par l'épuisement, qu'elle était parvenue à maintenir à distance jusqu'ici. Elle n'avait eu que trois brèves heures de sommeil, la nuit précédente, depuis lundi matin. Les interrogatoires interminables de la police et l'impérieuse nécessité d'avoir terminé à 17 heures avaient épuisé ses dernières réserves d'adrénaline et de volonté.

Elle ferma les yeux et se massa doucement les tempes. Il faut que je prenne un peu de repos, se dit-elle. Et je n'ai pas envie d'être seule.

Quand Courtney ouvrit les yeux et regarda la dernière page de son article, les mots dansèrent devant ses yeux. Elle rassembla les six pages tapées à la machine, gagna le couloir et les apporta à son relecteur, chargé de les revoir une dernière fois.

Tandis qu'elle regagnait son bureau, Courtney décida de téléphoner à Tom Doyle. Elle fut soulagée quand il décrocha à la troisième sonnerie.

— Est-ce que tu peux réconforter une femme complètement crevée ?

— Je suis justement seul avec Debussy et une bouteille de château-margaux. Qu'est-ce que tu en dis ?

— C'est divin. Tom, j'en ai bavé, ces derniers jours, je suis très secouée et je... je crois que je m'invite à passer la nuit chez toi. Qu'est-ce que tu dirais d'héberger quelqu'un ?

— Que je te suis très reconnaissant d'avoir décidé de m'appeler. Tu sembles aussi faible qu'un chaton. Tu veux que je vienne te chercher ?

— Non. Je tiendrai jusque chez toi. Et, Tom, je te remercie.

— Moi aussi, chérie. Dépêche-toi.

Courtney raccrocha, soulagée. C'était la première fois, depuis de nombreuses heures, que ce qu'elle trouverait après le virage suivant lui faisait plaisir. Lève-toi, se dit-elle, prends tes affaires, enfile ta veste, sors et ne dis à personne où tu seras. Fuis. Tout de suite.

Lois Poole, seule secrétaire de service ce jour-là, passa la tête dans le bureau au moment où Courtney enfilait sa veste.

— Vous avez un appel sur la trois, Miss Fowler. Je sais que vous ne prenez personne, mais c'est un type un peu bizarre. On dirait qu'il parle à voix basse. Il dit qu'il a des informations sur le meurtre de Smiley et il ne veut parler qu'à vous.

Courtney décida de ne pas prendre l'appel et se dirigea vers la porte. Puis l'hésitation perça la brume de l'épuisement et elle regagna son bureau. Bon sang, se dit-elle, ça a intérêt à être bon.

— Ici Courtney Fowler. Qui est à l'appareil ?

— Pas de noms, Miss Fowler, souffla une voix masculine à peine audible. Le Révérend Clyde et Clint. Ils sont peut-être impliqués dans la crucifixion de votre reportage d'hier.

Son correspondant raccrocha sans lui laisser le temps de poser une question, et elle remit violemment le combiné en place. Terminé, se dit-elle. Je ne veux plus entendre parler de rien. Elle nota rapidement Révérend Clyde et Clint sur son bloc. Puis elle quitta son bureau et ne s'arrêta que lorsqu'elle fut près de sa voiture. Elle respira profondément l'air froid de l'après-midi, puis gagna rapidement un refuge nommé Tom Doyle.

*

Le docteur Cole raccrocha son téléphone de voiture et accéléra jusqu'à cent kilomètres heure. Il se demanda s'il était possible de déterminer l'origine de son appel, puis rejeta cette éventualité. Il avait eu l'idée de téléphoner à Courtney Fowler peu après avoir vu son reportage sur l'homme crucifié dans le champ de marijuana. Nerveux, il avait allumé la télé après la visite de Lucius O'Dell, samedi après-midi. Il avait compris immédiatement qu'il y avait un lien entre les propos sans suite de Lucius et la chose horrible qu'il voyait sur l'écran. Il avait renoncé à téléphoner, mis rapidement quelques affaires dans un sac et pris le Highway 400 jusqu'à Dahlonega, dans les montagnes. Les montagnes étaient bourrées de citadins venus se mettre au vert pour le week-end et il avait eu un mal fou à se loger. Il avait fini par trouver une chambre trop chère, au lit usé et sans télévision, dans un petit motel crasseux situé sept kilomètres au nord de la ville. Les images de Lucius et de l'horreur qu'il avait vue à la télévision tourmentèrent Cole pendant toute la journée et le poursuivirent jusque dans son sommeil troublé. À l'aube, un cauchemar dans lequel il était le crucifié l'avait réveillé.

Dimanche matin, après le petit déjeuner, Cole

était allé à Brasstown Bald et avait contemplé le magnifique point de vue qu'on découvre du sommet du point culminant de la Géorgie. Quand il distingua les gratte-ciel d'Atlanta, qui se dressaient à plus de cent kilomètres, le médecin se dit que le moment de prendre de vraies vacances était peut-être venu. Au Sud. Dans le Yucatán, ou peut-être à la Jamaïque. Cette idée s'imposa plus énergiquement encore quand, à 16 h 30, un bulletin d'information annonça que Lucius O'Dell, quarante-quatre ans, avait été assassiné chez lui dimanche après-midi. Un collègue de travail, inquiet parce que Lucius était absent depuis plusieurs jours, avait trouvé le cadavre. Selon le présentateur, on avait ligoté Lucius sur une chaise, on lui avait tiré une balle entre les deux yeux, puis on lui avait coupé les oreilles. Il avait de nombreuses brûlures sur la poitrine. À la fin du bulletin d'information, Cole avait décroché le téléphone.

Plus de publicité, se dit Cole après avoir pris résolument la route de chez lui. Dieu sait combien d'ordonnances ils ont trouvé chez Lucius. Ils vont vouloir m'interroger. Ça sera dans tous les médias. *Le médecin obsédé sexuel lié au meurtrier coupeur d'oreilles*. Je me barre, se dit-il. Je passe chez moi et je fais ma valise. Je file à Jacksonville. Je prends un vol pour le Sud. Pourvu qu'ils ne m'attendent pas quand j'arriverai.

CHAPITRE 10

Jack se leva d'un bond quand le réveil sonna, à 5 heures, le lundi matin. Il se traîna jusqu'à la cuisine et chercha en vain le réveil. Quand il eut l'idée d'allumer la lampe, le vieux mécanisme à ressort s'était arrêté. Il lui fallut plusieurs secondes pour comprendre pourquoi une créature velue avait élu domicile dans sa bouche et pourquoi il avait une douleur sourde à la base du crâne. Debout, immobile, il refit connaissance avec de vieux maux familiers, aux vieux endroits familiers.

— Content de te revoir, dit-il à la gueule de bois.

Après une douche, Jack fit du thé de Ceylan fort et gagna la cheminée. Il posa deux bûches de chêne sec sur les braises et, après les avoir tisonnées, vit avec satisfaction le bois prendre. Quand il eut fini la deuxième tasse de thé, il était complètement réchauffé. Puis il sortit, la boîte de munitions sous le bras, prêt à affronter la longue journée qui l'attendait.

Les premiers rayons du soleil jouaient sur le dôme doré du capitole quand Jack sortit de la I-20 à Spring Street. Atlanta, capitale du Nouveau-Sud, se dit Jack, ironique. L'image exagérément glorifiée du Nouveau-Sud, dont on faisait tout un plat, était exactement ça : une image. Et l'image était égale, en substance, à un mince vernis de mauvaise laque japonaise, sous lequel on trouvait l'antique mosaïque de bigoterie et d'animosité raciale. L'intégration avait donné naissance à un nouveau mépris mutuel issu de la familiarité, mépris personnalisé, qui n'aurait pas été possible à l'époque où la ségrégation maintenait des distances.

Quand Jack prit Spring Street, les sans-abri quittaient le confort rudimentaire de leurs matelas en carton et commençaient l'horrible promenade matinale dans l'espoir que l'exercice réchaufferait leurs os glacés. Jack frémit et eut envie de fuir la ville, d'oublier ce qui était arrivé et de se réfugier sur la crête, où il serait en sécurité. Puis l'image de Smiley crucifié chassa ses doutes.

Quand il arrêta son pick-up à l'entrée du parking souterrain de l'Omni, Jack fut accueilli par un gardien aux yeux écarquillés.

— Mon vieux, on n'accepte pas les dinosaures, blagua-t-il avant de donner un ticket à Jack.

Tu n'as pas intérêt à toucher ce qu'il y a sous le siège, se dit Jack tandis qu'il gagnait le rez-de-chaussée. Il couvrit rapidement la distance qui le séparait du bureau de Murphy, dans Nassau Street, et espéra que son intuition ne l'aurait pas trompé. Depuis la mort de sa femme, cinq ans plus tôt, Yeats passait une nuit sur deux dans deux pièces qu'il avait fait aménager au premier de l'immeuble d'un étage qui abritait son cabinet. S'il n'y avait pas passé la nuit de dimanche à lundi, Jack serait obligé de tuer une heure en ville, perspective qui ne lui souriait pas.

Arrivé devant la porte de l'immeuble, Jack se baissa et appuya sur un petit bouton caché derrière la moulure du coin inférieur droit de la porte. Quelques secondes plus tard, il entendit les parasites de l'Interphone.

— Qui trouble ma quiétude à cette heure indécente ? demanda Yeats Murphy d'une voix chantante sous les effets conjugués de l'accent du Sud et de ce qu'on appelle les classes supérieures.

— C'est Jack Lee, Yeats.

— Ah, Jackson Robert E. Lee, vaurien avéré et perturbateur de la quiétude matinale.

La mention de son nom complet fit blêmir Jack. Il n'avait pardonné à ses parents de lui avoir donné ce nom qu'après leur mort. Il n'avait pas honte de son nom. Mais il avait fini par haïr la curiosité et les commentaires que l'emploi de son nom complet avaient suscité à l'école et, plus tard, pendant son procès, quand la presse nationale s'en était emparée et l'avait présenté comme une sorte de Rhett Butler moderne. Yeats Murphy était une des rares personnes autorisées à employer ce nom. Il aimait beaucoup le vieil homme.

Jack le regarda descendre l'escalier avec l'énergie d'un homme de vingt-cinq ans son cadet. Foutrement vert, pour soixante-neuf ans, se dit-il.

Yeats Murphy était un homme d'un mètre quatre-vingts, aux cheveux blancs et en pleine santé, dont les yeux bleus pétillants et des sourcils noirs broussailleux dominaient le beau visage, long et étonnamment dépourvu de rides. Une énergie, un charme et une joie de vivre si intenses émanaient de lui que ses adversaires mal informés avaient tendance à ne pas le prendre au sérieux, ce qui était une erreur fatale. Ce matin, il portait un pyjama de soie blanche sous un peignoir de brocart de soie bleu marine, qui touchait presque ses mules en cuir noir. Il avait une

Sobranie Balkan dans la main gauche, première cigarette de sa ration quotidienne de dix.

Yeats ouvrit la porte de la main gauche et invita Jack à entrer d'un ample geste de la droite.

— Trois ans et pas un mot, mon garçon. Néanmoins, je reconnais que j'ai éprouvé une certaine joie quand cette malheureuse Marge m'a annoncé que tu m'accorderais la faveur d'une visite. Entre et sois le bienvenu.

Jack entra, s'immobilisa devant l'homme à qui il devait sa liberté et prit conscience de l'affection qu'il lui inspirait. Après s'être mutuellement regardés pendant un moment, ils se donnèrent l'accolade, un peu comme un père et un fils longtemps séparés.

— Tu as dit que tu resterais un moment sans donner de nouvelles. Jamais je n'aurais cru que ça serait trois ans.

— Je sais que c'était trop long, Yeats. Si tu as quelques minutes, je m'expliquerai.

— Je suis libre jusqu'à midi. Monte, on va parler pendant le petit déjeuner. Ensuite, tu m'exposeras le problème qui t'a conduit jusqu'à moi.

Jack constata que l'appartement était exactement conforme au souvenir que sa dernière visite lui en avait laissé. La petite salle de séjour était lambrissée de bois de rose et meublée d'un canapé et d'un fauteuil assortis en cuir marron clair. Un tapis persan bordeaux mettait en valeur le parquet de chêne ciré. Une ambiance typiquement masculine émanait de la pièce, et Jack savait que Yeats ne recevait pratiquement personne dans ce qui était, essentiellement, sa retraite.

Yeats fit du café pour lui et du thé pour Jack dans la petite cuisine et coin-repas, où ils bavardèrent tandis que Yeats préparait le petit déjeuner. Jack raconta ce qui lui était arrivé sur la crête et se demanda, tandis qu'il parlait, quelle serait la réaction de son vieil ami. Yeats écouta en silence, sans l'interrompre, jusqu'à la fin.

— Et parmi les choses que tu as apprises pendant tout ce temps, Jack, quelle est la plus importante ?

— J'ai appris à être seul. À vivre avec moi-même.

Yeats apporta des assiettes, qui contenaient de grosses parts de Cheddar et d'omelette aux champignons, des tranches de tomate, un toast de pain complet, un quartier de melon. Il s'assit et regarda affectueusement Jack, un sourire tendre aux lèvres.

— C'est une chose que la plupart des gens n'apprennent jamais. Elle t'a visiblement changé. En vérité, je ne t'en croyais pas capable. De changer, je veux dire. On apprend beaucoup sur les gens, pendant un procès, surtout quand il est aussi éprouvant que le tien. J'admirais ton attitude, la façon dont tu soutenais tes amis. J'admirais ton intelligence, ton courage, ta loyauté, mais je ne croyais pas que ces qualités pourraient te permettre d'échapper à ton entêtement. Je me suis même demandé si l'acquittement n'était pas ce qui pouvait t'arriver de pire. J'avais peur que tu repiques aussitôt au truc, que tu continues de brûler la chandelle par les deux bouts jusqu'au moment où il n'y aurait plus rien à brûler. Tu n'aurais pas tenu le coup longtemps, mon garçon. Le bord de l'ombre planait au-dessus de toi. Donc, mon vieux cœur est heureux de te voir tel que tu es. Bon sang, écoute-moi ! Plus on vieillit, plus on devient bavard, hein ? Attaque pendant que c'est chaud.

Ils mangèrent en silence, parce qu'ils n'avaient envie ni l'un ni l'autre de terminer le repas et d'aborder la pénible affaire qui les réunissait. Jack termina le premier et attendit que Yeats rompe le silence. Quand Yeats eut fini, il posa soigneusement son couvert sur son assiette et regarda Jack. Ses yeux ne pétillaient pas.

— Alors, mon garçon, tu es pressé de passer aux choses sérieuses ?

— Le temps est un élément dont il faut tenir compte.

— Avant d'aller dans mon bureau, où je jouerai le rôle de l'avocat, il y a une chose que je voudrais te soumettre en tant qu'ami. Elle exigera de l'ouverture d'esprit et ton attention sans partage.

— Je suis prêt, Yeats.

Yeats s'excusa et quitta la pièce. Quand il revint, il avait un dossier marron. Jack vit son nom à l'encre rouge sur la chemise.

— Quand Marge a téléphoné, hier, j'en ai profité pour jeter un coup d'œil sur mes dossiers. Je suis tombé sur le tien et je me suis plongé dedans, hier soir. Pendant que je le lisais, j'ai eu une idée que je voudrais t'exposer. Quand tu as quitté l'université, en dernière année, tu avais une moyenne de 3,8 sur un maximum possible de 4 points.

— Je n'ai pas quitté l'université, Yeats. J'ai été exclu définitivement.

Jack prit conscience d'une colère qu'il croyait morte depuis longtemps. Il était entré à l'université grâce à une bourse. Il comptait parmi les meilleurs joueurs de football du pays, au terme du lycée. On lui prédisait de grandes choses et on attendait beaucoup de lui.

Pendant la deuxième semaine d'entraînement, Jack avait rattrapé une passe courte et imprécise, puis s'était élancé vers la ligne de but, qui se trouvait à cent mètres. Pendant qu'il courait, l'absurdité de ce qu'il faisait lui apparut avec une netteté aveuglante. Quand il arriva sur la ligne, Jack lâcha la balle et, sans ralentir, prit le chemin des vestiaires. Incrédule, l'entraîneur le poursuivit et lui demanda ce qui lui passait par la tête. « Je démissionne », fut la seule explication que Jack donna. Nombreux furent ceux qui ne lui pardonnèrent pas cette transgression.

Plus tard, en dernière année, Jack participa à une manifestation contre l'invasion du Cambodge, ordonnée par Nixon. Un groupe de « provocateurs extérieurs » se joignit au rassemblement, vêtus de kaki et adoptant une attitude violente, agressive. La direction de l'université, qui tremblait de peur, appela la police antiémeute. Un face-à-face non violent s'ensuivit, puis un des manifestants venus de l'extérieur sortit des rangs, une grenade lacrymogène à la main. « S'ils veulent pas nous gazer, on va se gazer nous-mêmes, cria l'homme en chemise brune avant de dégoupiller la grenade. Ça va peut-être obliger ces péquenots nationalistes à bouger leur cul. »

Jack arracha la grenade des mains de l'homme, qui se révéla être membre d'une organisation officielle de Washington. Dans la bagarre, il lui cassa la rotule droite et le bras gauche. L'incident fut filmé et, en dépit du fait que de graves émeutes avaient été évitées, Jack fut exclu de l'université sans possibilité de réintégration. Jack avait eu l'impression que la sévérité du châtiment était liée au fait qu'il n'avait pas tenu ses promesses sur le terrain de football.

— Tu m'écoutes, mon garçon ?

— Je m'excuse, Yeats. Continue.

— Tu n'as pas été inculpé, après l'incident qui a causé ton expulsion, exact ?

— Exact. Le type avait l'air très pressé de quitter la ville.

— Beaucoup de choses changent, en vingt ans, Jack. La direction de l'université a été entièrement renouvelée. J'ai des amis qui occupent des postes importants à la Faculté de droit. On a créé de nouveaux examens destinés à faciliter l'obtention de certains diplômes aux personnes dans ta situation. Avec un peu d'aide, tu pourrais à mon avis obtenir ton diplôme de droit en quatre ans.

Jack voulut protester, mais Yeats l'interrompit, la main ouverte tendue vers lui.

— Tu as accepté de m'écouter. Laisse-moi finir. Je ne t'ai jamais parlé de mon fils. Richie aurait quarante-cinq ans, exactement comme toi. Il était en deuxième année de droit quand il s'est tué en voiture. Un misérable ivrogne a franchi la ligne blanche et l'a percuté de face. Il y a des fils qui ne veulent pas suivre le même chemin que leur père. Richie voulait. Murphy et Murphy. On avait tout prévu, Jack. Il était brillant, le premier de sa classe. Une perle irremplaçable. Je ne veux pas essayer de le remplacer. Mais j'ai construit quelque chose, ici. Un des cabinets criminels les plus prestigieux du pays. Et je n'ai personne pour prendre ma succession. Tu es fait pour ça. Pendant ton procès, tu as montré que tu as l'instinct du droit criminel. Ça ne s'apprend pas à l'université. Évidemment, l'enseignement de l'université n'est pas inutile mais, pour l'essentiel, l'université est une formalité. Je t'apprendrai ce que tu as vraiment besoin de savoir. Je te guiderai pas à pas. Je te présenterai aux gens que tu auras besoin de connaître. Quand tu seras prêt, je me retirerai et je te laisserai te débrouiller. Tu dis que tu as rencontré une femme que tu aimes. Que tu hésites sur ton avenir. Choisis cet avenir, Jack. Un homme aussi intelligent que toi a besoin d'une carrière. Qu'est-ce que tu en dis, mon garçon ?

Les propos du vieillard touchèrent profondément Jack. Il comprit que Yeats lui offrait tout ce qu'il avait. Qu'il lui offrait au fond ce qu'il avait de plus précieux : lui-même. Il comprit aussi, immédiatement, qu'il n'accepterait pas cette proposition, que tel n'était pas le chemin qu'il devait prendre. Il resta un long moment silencieux, chercha les mots justes.

— Yeats, c'est la première fois qu'on me fait une proposition aussi affectueuse et généreuse. Je t'aime, parce que tu l'as faite, et j'espère que tu accepteras ma réponse avec l'amour et les remerciements qu'elle comporte. Je ne peux pas accepter. Je ne sais pas ce que l'avenir me réserve, c'est vrai. Mais je sais que je ne vivrai jamais normalement dans ce monde. Pour le moment, c'est la seule chose dont je sois sûr. Je regrette.

La contrariété fut un instant visible, sur le visage de Yeats, tandis que Jack parlait. Puis un sourire, sage et compréhensif, apparut et parvint presque à la cacher.

— La proposition reste valable, mon garçon. À présent, est-ce qu'on passe dans mon bureau ?

Devant la porte du bureau, qui se trouvait de l'autre côté du couloir, face à l'appartement, Yeats se tourna vers Jack.

— Ce qu'on a fait à Smiley me révolte. C'est à dessein que je n'ai pas abordé le sujet plus tôt. Je voulais qu'on puisse bavarder un peu sans être accablés par le chagrin.

Jack perçut le changement d'atmosphère quand ils entrèrent dans le bureau. Yeats prit place derrière sa table de travail et fit asseoir Jack sur la chaise disposée devant. Après avoir allumé une cigarette, Yeats s'appuya contre le dossier de son fauteuil et souffla un nuage de fumée en direction du plafond. Puis, en un unique mouvement fluide, il se pencha en avant et regarda Jack droit dans les yeux. Son visage prit l'expression prédatrice de la concentration et son corps demeura immobile.

— Qu'est-ce que tu veux, Jack ?

Même si l'expression de froideur impitoyable que Yeats affectait lorsqu'il entrait dans son bureau lui était familière, Jack fut vaguement troublé par la transformation. L'acier était perceptible chez l'homme assis derrière la table de travail.

— Quelle est la situation de Marge, Yeats ? Est-ce qu'elle a quelque chose à craindre, juridiquement ?

— Juridiquement, Marge ne risque rien. J'y veillerai. Psychologiquement, eh bien, c'est autre chose.

— Je m'occupe des honoraires. Tiens-moi au courant.

— Mes honoraires sont au-dessus de tes moyens, à présent, mon garçon. En outre, tout ça est officieux. Maintenant, Jack, crache le morceau. Qu'est-ce que tu veux ?

— J'ai besoin d'un enquêteur. Un bon. Quelqu'un qui soit bien introduit chez les flics et accepte de travailler au noir. Tu en connais un ?

— Merde, Jack, pourquoi tu as besoin d'un enquêteur ?

— Compte tenu de tes liens avec les tribunaux, il ne faut pas que tu le saches.

Yeats s'appuya contre le dossier de son fauteuil et leva les bras au ciel, si bien que la cendre de sa cigarette tomba sur son épaule. Il épousseta son peignoir d'un geste irrité puis se leva.

— Alors tu veux trouver l'assassin de Smiley ?

C'est ça ? Et après ? Œil pour œil ? La vengeance ? Tu ne peux pas te permettre d'être mêlé à ça. Tu n'es pas un citoyen ordinaire, Jack. S'ils peuvent t'avoir une nouvelle fois dans le collimateur, ils t'enterreront. Au figuré ou au propre. Tu t'en es tiré, la dernière fois, et ils te haïssent. Ne te mêle pas de ça ! Il s'agit d'un tueur en série. Ils ont lâché tous les chiens.

— Une minute, Yeats. Quel tueur en série ?

— Il y a combien de temps que tu n'as pas entendu les informations ?

— J'ai lu le journal hier, juste avant d'aller sur la crête.

— Merde, mon gars ! Depuis, il y a deux types qui ont perdu leurs oreilles.

Jack eut l'impression que ses entrailles se liquéfiaient.

— Crucifiés ?

— Non. Une balle entre les deux yeux. Des brûlures sur le torse. Les oreilles coupées. Dans les deux cas, on les a trouvés chez eux. Ligotés sur une chaise. Et ce n'est pas tout. On a découvert le premier hier après-midi. Un certain Lucius O'Dell. Un pilote d'hélicoptère, Jack. Fonctionnaire de l'État de Géorgie. Dans le Programme d'Éradication de la Marijuana. Devine ce qu'il survolait, la semaine dernière ?

— Le comté de Carroll.

— Tu comprends vite, mon garçon. La deuxième victime est le docteur Benjamin Cole. *Le* docteur Cole, spécialiste des ordonnances. Le médecin qui écrit plus vite que son ombre. Devine qui faisait partie de ses clients ?

— Lucius O'Dell.

— En personne.

— Tu crois que l'assassin de Smiley est aussi celui de ces deux types ?

— Le contraire serait étonnant. Trois cadavres en trente-six heures. Le point commun : des oreilles. Compte tenu du temps écoulé, impossible que ce soit un imitateur. Les meurtres sont trop rapprochés. Et puis, on trouve Smiley dans un champ d'herbe du comté de Carroll, on peut placer O'Dell approximativement dans le même coin, au même moment et dans le cadre d'une mission officielle, et il y a un lien de médecin à client entre le bon docteur et O'Dell. Trop de relations pour qu'il s'agisse d'une coïncidence, tu ne trouves pas ?

— Je ne sais pas quoi penser, Yeats. Ça me donne le vertige.

— Tu n'es pas le seul, mon garçon. C'est une affaire nationale. C'était le gros titre de toutes les chaînes hier soir. Sur la base de Smiley et O'Dell. Ça s'est intensifié depuis qu'on a trouvé le docteur Cole. Il y a quelques années, il a été impliqué dans un scandale sexuel très médiatisé. La presse en fait ses choux gras. Le gouverneur a déjà demandé une équipe du FBI. Tu comprends, maintenant, pourquoi je dis que tu ne dois pas t'en mêler ? Jackson Robert E. Lee, l'incarnation de Rhett Butler ! Tu te souviens de La Nouvelle-Orléans ? Si les paparazzi découvrent un lien entre toi et cette affaire, ils ne se sentiront plus. On ne parle plus de toi, Jack. Arrange-toi pour que ça dure. Laisse tomber. Tu n'as rien à gagner dans cette situation.

— J'ai tout de même besoin d'un enquêteur.

— Nom de Dieu, tu n'as donc pas écouté ce que je viens de dire ? Ne t'en mêle pas !

— J'ai écouté, Yeats. J'ai tout de même besoin d'un nom. Je croyais que tu pourrais m'aider. Merci pour le petit déjeuner.

— Oh, assieds-toi, espèce d'entêté. Je vois que ton sang de mule s'est mis à bouillir. Si je ne peux pas te convaincre de renoncer, je peux au moins m'assurer que tu ne tomberas pas sur un voyou.

Yeats sortit une carte de visite du tiroir de son bureau et décrocha le téléphone.

— Tu es libre toute la journée ? demanda-t-il à Jack pendant qu'il composait un numéro.

— Après une heure.

Au terme d'une brève conversation, Yeats raccrocha, se pencha et donna une carte de visite à Jack. Le nom indiqué dessus était Darrell Day. Le mot *Enquêtes* était imprimé dans le coin inférieur gauche. Dans le coin inférieur droit, il y avait une adresse dans Peachtree et un numéro de téléphone.

— Darrell sera au *Manuel's Tavern* à une heure. Il a un déjeuner de travail en ville à midi et un rendez-vous en banlieue à deux heures. Il me demande de te dire qu'il ne peut t'accorder qu'une demi-heure, puisque tu veux le voir le plus tôt possible.

— Qui est ce type, Yeats ?

— Un ancien membre du Bureau qu'on a poussé à prendre sa retraite il y a cinq ans. Il était responsable de l'antenne d'Atlanta. Il a refusé d'étouffer des irrégularités commises pendant une enquête du ministère de la Justice sur la corruption de responsables municipaux. Ça n'a pas plu et on l'a muté dans un trou du Wyoming. Il y a attendu d'avoir trente ans de service, puis il a pris sa retraite. Il est revenu ici et s'est mis à son compte. C'est un type bien, Jack. Un homme de parole. Il a de bons contacts. Il est brillant et il a de la chance. Il n'y a pas mieux dans les dix États de la région.

— C'est un sacré compliment, venant de toi.

— À la mesure de la facture que tu recevras, s'il décide de t'aider.

— Comment est-il ?

— Environ un mètre quatre-vingts. Robuste. Barbe drue, du genre qu'il faut raser trois fois par jour. Il dit qu'il porte un blazer bleu et une cravate rouge. Yeux d'un noir de charbon qui semblent capables de tuer. Tu ne peux pas manquer ses yeux.

— Merci, Yeats.

— Ce n'est pas de bon cœur. Si tu as besoin de moi, téléphone. Dans le cas contraire, préviens-moi quand ça sera terminé.

Jack récupéra le pick-up et vérifia le contenu de la boîte de munitions cachée sous le siège. Le parfum de l'herbe emplit immédiatement la cabine. Si quelqu'un peut m'aider, se dit-il, c'est Le Maigre.

La circulation était fluide quand il descendit Spring Street jusqu'à Peachtree Street et prit à gauche. Il songea à Deborah et éprouva un vague malaise. Il se demandait quoi lui dire, et même s'il fallait lui dire quelque chose. Je la verrai cet après-midi, quand elle rentrera du travail, se dit-il. J'essaierai d'expliquer. Je suis incapable de le faire maintenant.

Jack se vida la tête et se concentra sur la meilleure façon de présenter sa proposition au Maigre. Quand il prit West Paces Ferry Road à gauche, il avait décidé que l'approche directe était la meilleure. La perspective de voir Le Maigre et Lucy lui faisait plaisir. Parmi les gens de son âge, c'était un des couples les plus durables. Ils sont ensemble depuis presque vingt ans, se dit-il.

West Paces Ferry est le quartier prestigieux d'Atlanta. Y vivre est un symbole de réussite. Les villas extravagantes et les propriétés se dressent, magnifiques, parmi les arbres disposés avec soin sur les pelouses immaculées, parsemées de parterres de fleurs et d'arbustes. Quand Jack passa devant la villa du gouverneur, il se demanda si les résidents soupçonnaient la nature des nouveaux propriétaires qui avaient débarqué là quelques années plus tôt.

Quand il vit la grille en fer forgé noir de deux mètres de haut, Jack ralentit et tourna à gauche dans le chemin privé d'une villa néovictorienne de deux étages. Le monstre de briques rouges se dressait à trente mètres de la rue, au milieu d'un parc de deux hectares. Jack descendit de voiture et gagna le portail fermé à clé. Près d'un petit banc en fonte, placé sous un dais, se dressait un poteau métallique d'un mètre cinquante de haut, au sommet duquel était fixé un microphone. Jack appuya sur le bouton situé dessous. Quelques secondes plus tard, l'inimitable voix stridente de Lucy sortit du haut-parleur.

— Qui est là ?

— C'est Jack Lee, Lucy.

— Doux Jésus, Jack ! Quelle surprise ! Je t'ouvre.

Un moteur électrique ronronna et le portail pivota rapidement vers l'intérieur. Jack contourna la villa et s'arrêta sur une place près de laquelle une pancarte indiquait : Service. Quand il descendit du pick-up, une porte s'ouvrit et Lucy, en caftan blanc, descendit les marches du perron.

— Oh, Jack, tu as toujours été tellement imprévisible, dit Lucy qui, les bras tendus, se dirigea vers lui.

Jack subit l'étreinte dévastatrice des bras puissants d'Anton Ledbetter, alias Lucy, autrefois surnommé Lucifer. Il avait acquis ce sobriquet lors d'un accrochage avec cinq motards qui s'étaient introduits chez Le Maigre, en 1970, dans l'intention de dévaliser le célèbre « roi des rues ». Quand une voix de soprano leur dit qu'il n'y aurait pas de casse s'ils partaient immédiatement, les motards ivres éclatèrent de rire. Anton, qui était capable mais ordinairement non violent, avait été profondément vexé.

Quand un ambulancier demanda à un des motards blessés ce qui lui était arrivé, les curieux rassemblés sur le trottoir, devant chez Le Maigre, l'entendirent marmonner :

— On est tombé sur Lucifer, mec.

Quelques minutes plus tard, l'histoire de Lucifer et des motards avait fait le tour du quartier chaud, partie de Peachtree située en gros entre la Dixième Rue et la Quatorzième qui, à Atlanta, abritait à l'époque le cirque en plein air de la contre-culture. Le lendemain, dans les rues, les cris de « Lucifer ! Lucifer ! » avaient salué Anton. Une légende était née.

Jack échappa à l'étreinte du géant blond et le regarda avec une stupéfaction fortement accentuée par la séparation. Lucy, qui faisait un mètre quatre-vingt-quinze, avait les yeux bleus et le visage énergique d'un dieu nordique. Son cou de borne d'incendie reposait sur des épaules d'un mètre de large sous lesquelles une poitrine énorme surmontait une taille fine.

— Moi aussi je suis content de te voir, Lucy. Est-ce que Le Maigre est ici ?

— Parfaitement, et je suis sûr qu'il sera ravi de te voir. Entre, Jack.

Jack pénétra dans une pièce immense qui occupait tout le rez-de-chaussée. Seuls l'éclairaient trois vitraux qui allaient du sol de marbre noir poli au plafond, cinq mètres au-dessus. Les vitraux coloraient la lumière en un kaléidoscope changeant, du violet pâle au doré scintillant, du bleu azur au rouge rubis, et produisaient un effet hypnotique. Aux deux extrémités de la pièce, des cheminées énormes abritaient des feux qui semblaient étrangement dépourvus d'éclat et ne dissipaient guère une sensation de froid à la fois imprécise et omniprésente. Les seuls meubles étaient une longue table et douze chaises à haut dossier et coussin pourpre. L'ensemble évoquait le Moyen Âge et suscita chez Jack une sensation insaisissable, atavique.

Quand Lucy se fut excusé et eut pris l'escalier en acajou afin d'aller chercher Le Maigre, Jack gagna la cheminée située à l'extrémité sud de la pièce. Tandis que le feu réchauffait ses os, il songea à l'occupant de cette étrange demeure. Le Maigre n'avait pas terminé le lycée et avait fait fortune dans les produits psychédéliques, principalement le LSD, à l'époque glorieuse de la fin des années soixante. Atlanta ravitaillait alors tout le Sud, même s'il n'était pas rare de voir des acheteurs venir du Michigan et de l'Arizona. Grâce à une grande intelligence naturelle, au sens inné du capitalisme et à une intuition presque inquiétante sur la nature humaine, Le Maigre avait rapidement gravi les échelons et avait su se maintenir au sommet. Selon la rumeur, Le Maigre détenait certains secrets relatifs à des personnalités haut placées qui, en échange, n'intervenaient pas dans ses activités. Jack n'en était pas certain et ne s'en souciait pas. Il savait simplement que Le Maigre était d'une honnêteté scrupuleuse et d'une discrétion méticuleuse. Il savait aussi que Le Maigre ne consommait pas de stupéfiants et n'en faisait pas le commerce. Quand les produits psychédéliques étaient passés de mode, Le Maigre s'était tourné vers la marijuana de haute qualité et était devenu le grossiste le plus important d'Atlanta sur le marché en expansion de l'herbe produite dans la région. Jack était convaincu que Le Maigre serait informé de toute transaction exceptionnelle supérieure à vingt-cinq kilos.

— Jack Lee.

Son nom fut prononcé d'une voix grave en haut de l'escalier. Il leva la tête et vit Le Maigre, vêtu de noir, sur la dernière marche, une expression sérieuse sur son visage mince, anguleux. Sec comme un coup de trique, il descendit l'escalier en une élégante harmonie d'angles.

Ses yeux attirèrent immédiatement l'attention de Jack. Ils étaient marron clair et avaient des reflets jaunes. Des yeux de chat. Autour de ces yeux, le visage était long, d'une minceur sévère, presque cadavérique. Les cheveux courts, gris acier, ajoutaient une touche d'ascétisme. Le Maigre faisait un mètre soixante-quinze et ne devait pas peser plus de soixante-cinq kilos.

Jack s'aperçut que les yeux du Maigre le sondaient tandis qu'il allait du pied de l'escalier à la cheminée devant laquelle il se tenait. Le vague du regard était au guerrier du psychédélique ce que la fixité du regard était à l'ancien combattant las de la guerre. On avait parfois l'impression que les yeux du Maigre contemplaient des galaxies lointaines.

— Je suis heureux de te voir, après toutes ces années, Jack, dit Le Maigre, qui tendit une main osseuse, aux doigts longs.

Jack serra la main offerte, qui était chaude et étonnamment forte.

— Le bonheur est partagé, Le Maigre. Je regrette que les circonstances soient aussi pénibles.

— Je me disais bien que ce n'était pas une simple visite amicale. C'est à propos de Smiley et des autres.

— Pas des autres. Seulement de Smiley.

— Pouvons-nous bavarder en marchant ?

Jack acquiesça et prit le chemin de la porte.

— Non, Jack. On va marcher ici. Viens.

Jack régla son pas sur celui, lent, du Maigre et remarqua que le marbre noir était très légèrement dépoli selon un itinéraire à peine visible. Cet itinéraire couvrait toute la longueur de la pièce et formait une boucle dans le coin opposé.

— Qu'est-ce que tu penses de cette pièce, Jack ?

— Elle est à la fois belle et troublante. Quand j'y suis entré, j'ai eu l'impression de remonter dans le temps.

— Je sais. J'ai vu cette pièce en rêve. C'était un rêve très net et, quand je me suis réveillé, il me semblait que je devais recréer cette pièce rêvée dans le monde réel. Au début, j'ai résisté. Puis la résistance a entraîné une nervosité qui m'empêchait de me concentrer et provoquait une sensation d'insatisfaction. Finalement, j'ai abattu tous les murs et créé ceci. Quand tout a été terminé, j'ai éprouvé un immense sentiment de paix. À présent, je marche dans cette pièce pendant des heures. Mon esprit se vide. Ça devient une forme de méditation ambulatoire. Je médite sur le Mal depuis que j'ai vu les images de Smiley. Qu'est-ce que tu penses du Mal, Jack ?

Ils marchèrent quelques instants en silence. La sensation d'avoir franchi un seuil, pénétré dans un autre temps et un autre lieu, était très présente à l'esprit de Jack.

— Je crois à l'existence du Mal. Je crois que l'exercice du Mal exige de l'être humain un degré exceptionnel d'intelligence et de volonté. Mais il s'agit là d'une forme de Mal totalement différente. Élémentaire. Parfaite en elle-même. Cause et effet tout à la fois. En réalité, je suis incapable d'exprimer ce que je pense.

— C'est très intéressant, Jack. Je perçois la distinction que tu tentes de faire. Je crois que Smiley s'est trouvé par hasard sur le chemin du Mal. De quelque chose qui dépasse la simple folie.

— Je veux savoir, Le Maigre. Je suis venu demander ton aide.

— Je l'ai senti. Qu'est-ce que tu veux ?

— Avant son assassinat, Smiley m'a demandé de vendre sa récolte. Il avait cinq cents pieds et espérait récolter cent vingt kilos. Je suis retiré des affaires depuis trois ans, mais j'ai accepté, à contrecœur, parce que j'ai eu l'impression que Smiley tenterait de négocier l'herbe lui-même. Les rapports de police ne mentionnent que deux cents pieds. Je crois que celui qui a buté Smiley s'est aussi emparé de plus de la moitié de la récolte. J'ai une livre d'herbe. Des fleurs qu'il avait cueillies à titre d'échantillon, sans doute. Elle est très particulière. J'espérais que tu accepterais d'y jeter un coup d'œil et de m'avertir si tu apprends qu'on en propose une quantité importante sur le marché. Je crois que quelqu'un est, en ce moment même, en train d'en faire sécher soixante-dix ou quatre-vingts kilos. Préparer une telle quantité d'herbe prend beaucoup de temps. Il essaiera peut-être de la fourguer telle quelle. Je ne sais pas. C'est ma seule piste. Si quelqu'un est mieux à même que toi de se voir proposer une telle quantité, je ne sais pas qui c'est.

— Où est cette herbe, Jack ?

— Dans mon pick-up.

— Tu devrais aller la chercher et j'y jetterai un coup d'œil.

Quand Jack revint dans la pièce, Le Maigre était assis au bout de la longue table. Il y avait, devant lui, un plateau et un cahier de papier à cigarettes. Il indiqua à Jack la chaise qui se trouvait à sa droite.

Jack posa la boîte à munitions sur la table et s'assit. Quand il ouvrit la boîte, le parfum de l'herbe satura immédiatement l'air. Le Maigre le huma et son regard s'éclaira.

— C'est un bouquet très particulier, dit-il.

— Goûte-la, dit Jack, qui tendit un sachet fermé au Maigre.

Le Maigre sortit un canif de sa poche et éventra le sachet. Il en versa le contenu sur le plateau, choisit une fleur rebondie et la pressa doucement sous son nez.

— C'est la première fois que j'en vois sur la Côte Est, dit Le Maigre.

— Tu connais cette variété ?

— À première vue, je dirais que c'est de l'Indica d'Oakland. Évidemment, il faudrait que j'en fume pour en être certain, dit-il avec un sourire. Je peux ?

— Je t'en prie.

Jack regarda Le Maigre briser la fleur en petits morceaux entre ses doigts minces. Un rayon de lumière dorée éclairait le plateau, faisait scintiller les cristaux argentés de la résine déposée sur l'herbe.

Après avoir roulé le joint, Le Maigre tira plusieurs fois dessus, longuement, avant de l'allumer.

— Un goût incroyable, pas vrai ? Comme du vieux Porto.

Jack acquiesça et regarda Le Maigre allumer le joint, tirer une longue bouffée puis, après avoir gardé la fumée cinq secondes dans ses poumons, souffler un nuage dense qui emplit la pièce d'un parfum âcre. Quand il lui proposa le joint, Jack secoua la tête et leva la main. Le Maigre tira une deuxième bouffée, puis posa le joint sur le plateau. Un serpentin de fumée gris bleu s'en éleva. Des rayons de lumière, diversement colorés par les vitraux, jouèrent sur le filet de fumée.

Le Maigre ferma les yeux et s'appuya contre le dossier de sa chaise. Une ou deux minutes plus tard, quand il les rouvrit, ils étaient rouges et vaguement vitreux. Les traits aigus de son visage s'étaient sensiblement adoucis.

— De l'Indica d'Oakland, aucun doute. Mise au point par les Hollandais au terme d'un processus de sélection. Trois dollars la graine, par la poste, sur catalogue.

— Donc, tu crois que tu pourras identifier cette récolte si tu la vois passer ?

— Certainement.

— Alors quelle est ta réponse ? Est-ce que tu m'aideras ?

— T'aider à quoi, Jack ? Qu'est-ce que tu tires de ça ? Qu'est-ce qui arrive au monstre qui a fait ça à Smiley ?

— Je n'y ai pas encore réfléchi.

— Tu essaies de tromper quelqu'un, mais je ne crois pas que ça soit moi. Tu sais, la vengeance détruit souvent toutes les parties concernées. Je ne voudrais pas, en t'aidant, contribuer à ta disparition.

— Le Maigre, tu es vachement profond, pour un type qui n'a pas terminé le lycée.

Le Maigre sourit, découvrant des dents supérieures minuscules, parfaites, semblables à des perles. Puis il rejeta la tête en arrière et éclata d'un rire grave qui roula et se répercuta dans l'énorme pièce. Les enfants fondent en larmes et les chiens s'enfuient la queue entre les pattes quand ils entendent un tel rire. Jack frissonna.

— Profond est encore très loin de la vérité, Jack. Laisse-moi cette herbe. Je peux te contacter comment, en cas de besoin ?

— Je vais beaucoup bouger. Si je te téléphonais tous les jours ?

Le Maigre sortit un carnet de la poche de sa chemise et y nota un numéro de téléphone. Il arracha la page et la donna à Jack.

— C'est une ligne que pratiquement personne ne connaît. Appelle le matin entre huit et neuf. Seulement depuis une cabine. Attends deux ou trois jours avant de téléphoner.

— Merci. À bientôt.

— Inutile de me remercier. Smiley était un chic type. Je me sens concerné, moi aussi. Sois prudent.

CHAPITRE 11

Un agréable parfum de café frais réveilla Courtney Fowler. Elle s'étendit paresseusement, puis, les yeux fermés, s'allongea à nouveau dans le lit chaud.

Lorsqu'elle fut complètement réveillée, elle s'aperçut qu'elle n'était pas dans sa chambre et fut désorientée. Elle ne se souvenait pas comment elle avait abouti dans ce lit inconnu. Quand elle ouvrit les yeux et vit ses vêtements proprement pliés sur une chaise, la panique s'empara un instant d'elle. Enfin, quand elle comprit qu'elle était chez Tom, elle se détendit.

Courtney appela Tom, attendit et tenta de reconstituer les événements de la soirée. Son esprit était totalement vide. Quand Tom ouvrit la porte et apporta jusqu'au lit un plateau de café, de jus d'orange et de beignets au fromage blanc, les joues de Courtney s'empourprèrent.

— Tom, je ne me souviens... de rien. Seulement d'avoir garé la voiture en bas. Qu'est-ce qui s'est passé ?

— J'ai été tellement ennuyeux que tu t'es endormie au bout de dix minutes, répondit Tom, souriant.

— Mon Dieu ! Je suis désolée, Tom.

— Il n'y a pas de raison. Tu as été formidable.

Courtney s'aperçut soudain qu'elle était nue entre les draps.

— Est-ce qu'on… ? Est-ce que tu as… ?

— J'ai eu ce que je voulais. Tu ne te souviens donc de rien ? fit Tom quand il posa le plateau sur ses genoux.

— Oh, non, je suis terriblement gênée. Je t'en prie, dis-moi ce qui s'est passé.

— Eh bien, ma chère, tu as bu la moitié d'un verre de vin et tu t'es endormie au milieu d'une phrase. Je t'ai portée ici, dévêtue et bordée. Tu as dormi approximativement quinze heures et demie.

— Quelle heure est-il ?

— Un peu plus de neuf heures.

— Bon sang, je suis en retard.

Courtney prit le plateau posé sur ses genoux et le posa près d'elle. Doucement, mais avec fermeté, Tom la repoussa contre les oreillers et remit le plateau en place.

— Tu ne bougeras pas tant que tu n'auras pas pris ton petit déjeuner. Tu es une femme exceptionnelle, d'accord, mais il faut bien que tu dormes et que tu te nourrisses de temps en temps.

— Est-ce que tu as écouté les informations ?

— Évidemment. Je suis journaliste, tu te souviens ? À présent, je vais te laisser prendre ton petit déjeuner. Quand tu auras fini, habille-toi et rejoins-moi. Je te raconterai.

Courtney trouva Tom debout devant la porte-fenêtre du salon. Elle le rejoignït et constata que le beau temps était revenu. Il y avait peu de circulation sur Roswell Road. Quand Tom se tourna vers elle Courtney comprit, à l'expression troublée de son visage, que la situation était inquiétante. Il la prit par la main et la conduisit jusqu'au canapé, où il exposa, clairement et avec concision, ce qui s'était passé pendant qu'elle dormait.

Ébahie, Courtney écouta en silence. Tom s'était tu depuis quelques instants quand elle fut en mesure de formuler ses questions.

— Le docteur Benjamin Cole. Le docteur Cole qui a récemment défrayé la chronique ? Et il soignait ce O'Dell ?

Tom acquiesça en silence.

— Et O'Dell pilotait pour le compte de l'État ? Et il était dans le comté de Carroll la semaine où Smiley a été assassiné ?

— C'est tout ce que je sais, mais je crois que tu es en danger. Celui qui a laissé ce mot sur ta porte vendredi soir est toujours en liberté, Courtney. Je ne sais pas quel est le lien entre ces meurtres, mais il y a un lien et tu es au beau milieu de cette affaire. Est-ce que tu as des informations supplémentaires ? Est-ce que tu gardes quelque chose en réserve ?

Courtney envisagea de parler à Tom du coup de téléphone qu'elle avait reçu juste avant de venir chez lui, puis, conformément à son habitude, solidement ancrée, de garder le secret sur son travail, rejeta cette idée.

— Pourquoi cette question ?

— Je ne sais pas. Je suppose que je suis inquiet parce que tu sais peut-être quelque chose que ce dément préférerait te voir ignorer. Quoi qu'il en soit, je crois que tu devrais t'installer chez moi jusqu'à ce que cette affaire soit résolue. Je ne supporte pas l'idée de te savoir seule la nuit alors que cet assassin est en liberté. En fait, j'insiste. Tu m'as demandé deux fois de remettre et je te demande de rembourser tes dettes. Tu ne peux pas refuser.

Courtney reconnut intérieurement qu'elle avait un peu peur. Pas seulement un peu, en fait. De toute façon, ça lui permettrait de partager quelques instants d'intimité avec Tom, perspective qui déclencha un agréable frisson au creux de son ventre.

— J'accepte. Mais seulement pour une question d'honneur. On n'a jamais pu m'accuser d'avoir refusé de payer une ardoise. Je suis une femelle en bonne santé et reposée, mon pote, donc tu as intérêt à prendre des vitamines.

Tom rit et l'embrassa légèrement. Elle l'attira contre elle et l'embrassa longuement, intensément. Il lui prit la main et y glissa une clé.

— Je commence à seize heures et je termine après le journal de vingt-trois heures. À mon retour, j'espère te trouver confortablement installée, pratiquement sans rien sur le dos. Sérieusement, entre et fais comme chez toi.

— Ça marche. Je m'occuperai des courses, en sortant du bureau, et je préparerai un petit dîner aux chandelles. Maintenant, il faut que je file.

Quand Courtney Fowler entra dans son bureau, le lundi matin à 10 h 30, le témoin rouge de son répondeur clignotait et les messages s'entassaient sur sa table. Elle composa le numéro de Lois Poole et attendit. Quand la secrétaire eut décroché, le ton de sa voix indiqua à Courtney qu'il se passait quelque chose.

— C'est le cirque, ici, depuis ce matin. Tu es au courant des deux nouveaux meurtres ?

— Je suis au courant, Lois, et il faut que tu réunisses tout ce qui a été publié sur ce sujet depuis hier après-midi. Et, Lois, est-ce que les messages qui sont sur mon bureau sont à jour ?

— Tous sauf celui de l'agent spécial Tommy Dalton, du Georgia Bureau of Investigation. Il a rappelé deux fois depuis neuf heures et demie. Il dit qu'il passera à treize heures et qu'il faut qu'il te voie le plus vite possible.

— Parfait. Merci, Lois.

Saletés de flics, se dit-elle. Ils vont encore me cuisiner. Je n'ai pas le temps de m'occuper de ces conneries. Je lui ai dit que je lui téléphonerais si j'apprenais quelque chose.

Elle prit les messages posés sur son bloc et vit les noms, *Révérend Clyde* et *Clint*, qu'elle avait notés sur la première page. Elle fixa les noms pendant quelques instants, puis arracha la page, la plia soigneusement et la rangea au fond du tiroir de son bureau. Je m'occuperai de ça plus tard, se dit-elle. Il faut commencer par le commencement.

Elle rappela le directeur de la station et apprit qu'il avait vendu les images du meurtre de Smiley aux grands réseaux et en avait tiré un bon prix. Elle accepta ses interminables compliments avec impatience et promit de consacrer entièrement son émission de samedi aux meurtres.

Ensuite, elle téléphona à son éditeur et reçut d'autres compliments, cette fois à la suite de l'article paru dans le numéro *d'Atlanta Today*, qui venait d'être livré aux marchands de journaux. Oui, affirma-t-elle, un article explosif serait prêt pour le numéro de vendredi. Non, elle ne savait pas que d'innombrables journaux, dans tout le pays, voulaient publier ses articles sur les meurtres.

Dès que Courtney eut répondu à ses messages, elle feuilleta son Rolodex en quête de noms et de numéros de téléphone susceptibles de lui fournir des informations ou des indices sur les meurtres. Au terme de deux heures au téléphone, elle n'avait gagné qu'une douleur sourde à l'oreille.

Lois lui apporta une pile de journaux et une tasse de café. Après avoir lu les journaux, elle n'en savait pas plus qu'avant. Cependant, elle était de plus en plus convaincue que la police était dans le brouillard. Ils n'ont pas de piste, se dit-elle.

Courtney jeta un coup d'œil sur la pendule murale et constata qu'il était 13 h 05. C'est le moment d'appeler un mercenaire, se dit-elle. Elle feuilleta le Rolodex et trouva le numéro de Darrell Day. Il avait fait de l'excellent travail dans l'affaire de l'influence japonaise. Peut-être pourrait-il trouver quelque chose sur ce Révérend Clyde. Et sur ce Clint. C'était, pour le moment, sa seule piste.

La secrétaire de Darrell Day lui indiqua que M. Day n'était pas là, mais qu'elle pouvait le joindre au *Manuel's Tavern* jusqu'à 13 h 30. Courtney composait le numéro du restaurant quand on frappa sèchement à sa porte.

Elle raccrocha et se leva dans l'intention d'aller ouvrir. Elle n'avait pas atteint la porte quand un jeune homme de haute taille, en trench-coat, poussa le battant et entra.

— Entrez donc, fit Courtney sur un ton qu'elle n'avait pas voulu aussi sarcastique.

— Désolé, dit l'homme.

Visiblement, il ne regrettait absolument pas d'avoir forcé la porte de son bureau. À y regarder de plus près, il n'était pas aussi jeune qu'il paraissait. Un peu plus de quarante ans, peut-être. Il avait des cheveux blonds coupés en brosse et des yeux bleu clair, mais la ligne cruelle de sa bouche gâchait un visage qui, sans elle, aurait été beau. Son attitude était arrogante et il ne prit pas la peine de cacher l'aspect franchement sexuel de la façon dont il la regarda. Si on commandait un détective sur catalogue, se dit-elle, c'est ce qu'on recevrait. Elle sut tout de suite qu'elle ne partagerait rien avec cet homme.

— Je m'appelle Tommy Dalton, Miss Fowler. J'appartiens au GBI et il faut qu'on parle.

— Monsieur Dalton, je n'ai rien à ajouter à la déposition que j'ai faite devant la police du comté de Carroll. Avez-vous vu cette déposition ?

— Oui, mais il faut tout de même que je vous pose quelques questions. J'espérais que ça pourrait rester informel. Qu'on pourrait bavarder en mangeant un morceau. À propos, vous pouvez m'appeler Tommy.

— Monsieur Dalton, je suis extrêmement occupée. Et je suis sûre que vous l'êtes aussi. Je ne peux vraiment rien ajouter à ma déposition. Si vous me laissez un numéro, je vous appellerai si je me souviens de quelque chose ou si ce que j'apprends peut vous être utile.

— Miss Fowler, il y a deux méthodes : la mienne et celle qui fâche. Si vous préférez subir un interrogatoire officiel dans nos locaux, ça peut s'arranger. C'est à vous de choisir.

Courtney vit la dureté des yeux de son interlocuteur et comprit qu'il pourrait la mettre dans une situation très inconfortable s'il décidait de le faire. Elle changea de tactique, lui adressa un joli sourire et leva les mains, paumes vers le plafond, en un geste d'impuissance.

— Je m'excuse. Tommy, n'est-ce pas ? Je subis de très fortes pressions, depuis quelque temps, et j'ai tendance à faire de l'hypoglycémie quand ça arrive. En fait, il faudrait effectivement que je mange un morceau. Si votre proposition tient toujours, bien entendu.

— La proposition tient toujours, Miss… Courtney. Est-ce que je peux vous appeler Courtney ?

— Absolument, Tommy. Il faut seulement que je donne un petit coup de téléphone avant de partir. Voulez-vous m'attendre dans le hall ? J'en ai pour une minute.

Quand Dalton eut fermé la porte du bureau derrière lui, Courtney composa une nouvelle fois le numéro du restaurant et le barman beugla : « Allô, *Manuel's Tavern* », afin de couvrir le brouhaha de la foule bruyante de midi. Oui, Darrell Day était là. Elle sortit la feuille pliée en quatre du tiroir et attendit.

CHAPITRE 12

Jack Lee franchit la porte du *Manuel's Tavern* à 13 heures. Le restaurant était plein, l'air chargé de bruits de conversations, de verres, de couverts en action, et de fumée. Au bar, sur sa droite, Jack vit un homme de haute taille, brun, en blazer bleu et cravate rouge. Quand Jack arriva à trois pas de lui, l'homme se tourna vers son voisin de droite, si bien que Jack vit clairement son visage, qu'éclairaient des yeux sombres et humides d'épagneul. Ces yeux de chiot ne correspondaient manifestement pas à Darrell Day tel que Yeats l'avait décrit.

Jack s'immobilisa et regarda la salle. Dans le dernier box de gauche un homme en blazer bleu, seul, fixait sa tasse de café. Quand il leva la tête et se tourna vers la porte, des yeux noirs redoutables, qui brillaient au fond d'orbites légèrement creuses, apparurent. Jack gagna le box sous le regard attentif de ces yeux inquiétants.

— Monsieur Day ?

— Asseyez-vous, monsieur Lee.

Jack prit place dans le box et examina le visage marqué de Darrell Day. Des rides profondes allaient, sur ses tempes, des coins des yeux à la naissance des cheveux. Deux sillons prenaient naissance de part et d'autre d'un nez fort, encadraient une petite bouche aux lèvres pleines et disparaissaient sous une mâchoire proéminente, de chaque côté de la fossette profonde du menton. Une barbe d'un noir bleuté, si dense qu'elle cachait complètement la peau, paraissait pousser à vue d'œil. Une crinière noire et ondulée, qui ne contenait pas la moindre trace de gris, couvrait la tête de Day. Jack se demanda s'il connaissait une autre trogne aussi inquiétante, et décida que non.

— J'ai dit à Yeats que je n'avais que quelques minutes. Vous pourriez peut-être m'expliquer ce que vous voulez.

— Un de mes amis a été assassiné. Je veux identifier le coupable. Vite et discrètement.

— C'est généralement le travail de la police. Et les enquêtes sur les meurtres sont rarement rapides et discrètes. Les flics n'apprécient pas beaucoup la concurrence du privé, monsieur Lee.

— Je n'apprécie pas beaucoup les flics, monsieur Day. J'ai besoin d'aide et je suis prêt à bien payer. Est-ce que je continue ?

— Je vous écoute.

— Officieusement ?

— Si c'est ce que vous voulez. J'écouterai ce que vous avez à dire. Si je peux vous aider, parfait. Si je ne peux pas, j'oublierai tout.

— Est-ce que vous avez entendu parler du meurtre de Smiley ?

Les yeux de Day se firent plus brillants et il se pencha sur la table.

— Le type qu'on a crucifié ?

Jack acquiesça.

— Foutre oui. Comme la moitié de la planète.

— Smiley était mon ami. Celui qui l'a tué a pris quelque chose de très important. Quelque chose qui appartient à la veuve et aux enfants de Smiley, et que je veux récupérer. Il faut que je mette la main sur le meurtrier avant la police.

— Vous êtes complètement cinglé.

— Ça ne date pas d'hier. La question à cinquante mille dollars est : est-ce que vous l'êtes aussi ? C'est ce que je suis prêt à payer si vous pouvez me conduire au salaud qui a buté Smiley. Vous essayez sérieusement et vous échouez, vous aurez tout de même dix mille dollars.

— Qu'est-ce que vous voulez récupérer ?

— Plus de cinquante kilos de marijuana de première qualité.

— Et qu'est-ce qui se passera si vous avez de la chance et si vous retrouvez cette personne ?

— Ça ne vous regarde pas. À partir de là, votre boulot sera terminé.

— Est-ce que vous savez par où commencer ?

— J'ai appâté une ligne de fond grâce à cinq cents grammes d'herbe récoltée par Smiley. Je l'ai confiée ce matin à un ami qui est au courant de ces choses. C'est tout. J'espérais que vous auriez des contacts au siège de la police. Je sais que ça risque de ne rien donner.

— Il faut que je réfléchisse un peu. Beaucoup. Comment puis-je vous joindre ?

Jack n'avait pas eu le temps de répondre quand un serveur apparut et dit à Darrell Day qu'on le demandait au téléphone. Une femme.

Quand le détective revint, il ne s'assit pas. Il se contenta de tendre la main et de dire :

— Je regrette, mais il y a un conflit d'intérêts. Je ne pourrai pas vous aider. Désolé.

Jack lui serra la main et le regarda gagner rapidement la porte de derrière. Jack sortit par celle de devant et se demanda quel conflit d'intérêts était apparu aussi brutalement, pendant la brève conversation téléphonique de Darrell Day.

Une intense sensation d'épuisement s'empara de Jack tandis que, debout devant le *Manuel's Tavern*, il se demandait ce qu'il allait faire. Il était désœuvré et flottant. Il finit par comprendre ce qu'il fuyait.

Il gagna Inman Park et se gara devant une maison d'un étage, restaurée avec goût, d'Elizabeth Street. Une banderole, qui représentait un papillon bleu et rouge sur fond blanc, symbole d'un quartier désormais fier, remis en état par ses habitants alors que l'absence d'entretien le conduisait à la ruine, flottait à une barre métallique scellée dans la façade de la maison. Jack gagna l'arrière et gravit l'escalier de l'appartement de Deborah.

Le petit appartement était totalement calme et il y régnait un silence presque absolu. Jack traversa la petite cuisine méticuleusement propre, gagna le couloir sur lequel donnaient le salon, la salle de bains et la chambre. Immobile, il tendit l'oreille. Un bruit si infime qu'il était à peine audible, un bourdonnement monocorde et ininterrompu que Jack associait au bruit du temps, emplit ses oreilles. Quand il l'eut écouté une minute, son corps lui parut lourd et il eut l'impression qu'il allait s'endormir. Comme un somnambule, il mit lentement un pied devant l'autre et gagna la chambre. Il quitta ses chaussures et s'allongea, tout habillé, sur le lit. Dès qu'il eut fermé les yeux, il fut emporté. L'impression de tomber lentement dans l'espace fut la dernière chose dont il eut conscience avant de glisser avec soulagement dans l'oubli du sommeil.

Une joie reconnaissante emplit le cœur de Deborah O'Hara quand elle constata que le pick-up de Jack était garé devant chez elle. Elle s'arrêta devant la porte fermée de son garage et gagna en hâte l'escalier de derrière. Quand, après avoir ouvert la porte, elle perçut le silence, elle quitta ses chaussures et, sans bruit, rejoignit Jack dans la chambre.

Il dormait mais la paix et la sérénité qui avaient séduit Deborah n'étaient plus visibles sur son visage. Elle y lut au contraire l'inquiétude et l'incertitude. Elle avait senti qu'il se détachait d'elle dès l'instant où ils avaient vu Smiley à la télévision. À mesure qu'il s'éloignait, un aspect nouveau de la personnalité de Jack, qu'elle ne pouvait définir, avait fait son apparition. Elle avait eu l'impression de le perdre aussitôt après l'avoir trouvé et s'était sentie totalement impuissante face à cette situation.

Deborah contourna le lit et s'allongea doucement près de Jack. Quand il ouvrit les yeux, elle les ferma tendrement du pouce et de l'index de la main gauche, puis elle lui massa les tempes.

— J'étais si heureuse de voir ton pick-up ! Hier, quand tu es parti, et que tu as dit que tu téléphonerais, j'ai eu l'impression que je resterais longtemps sans te voir.

Jack roula sur le flanc et la prit dans ses bras. Il respira le parfum de ses cheveux, perçut la chaleur de son corps offert et s'aperçut que sa résolution fondait. À regret, il la repoussa jusqu'au moment où il put voir son visage.

— Il faut que je te dise quelque chose. Je ne pouvais pas t'en parler par téléphone.

— Tu m'inquiètes, Jack.

— Il faut qu'on se sépare pendant quelque temps. Jusqu'au moment où toute cette histoire à propos de Smiley sera éclaircie.

— Je ne comprends pas. Quelle histoire ?

— Il risque de se passer des choses qui... Enfin, il y aura peut-être des problèmes. Des problèmes auxquels il ne faut pas que tu sois mêlée. Je ne peux pas expliquer. Fais-moi confiance.

Deborah se dégagea et s'assit en tailleur sur le lit. La souffrance et la colère jouaient sur son visage. Ses yeux noisette s'emplirent de larmes. Ses lèvres frémirent brièvement quand elle prit la parole.

— Comment peux-tu me dire ça ? Il y a deux jours, on choisissait la vie qu'on allait mener ensemble. Qu'est-ce que tu fais, Jack ? Comment peux-tu projeter quelque chose qui nous sépare ? Est-ce que c'est plus important que nous ? Je t'en prie, ne fais pas ça. J'ai peur pour toi et j'ai peur de te perdre. Smiley est mort. Quoi que tu fasses, tu ne peux rien y changer. On a l'occasion de vivre quelque chose d'exceptionnel. Ne la gâche pas, Jack, je t'en prie.

Ses paroles et la prière qu'il lut dans ses yeux touchèrent Jack. Mais la chose implacable qui grandissait en lui resta insensible. Il la perçut, dure et inflexible, juste derrière son sternum, et il comprit qu'elle lui dicterait sa conduite jusqu'au moment où il aurait fait ce qu'il devait faire.

— Je ne peux pas expliquer. Tout ce que je dirais risquerait de t'impliquer dans... je ne sais pas dans quoi. Je sais seulement que c'est une chose à laquelle je ne peux pas renoncer. Je regrette.

— Moi aussi, Jack, je regrette. Je regrette, je suis désemparée, j'ai mal, je suis furieuse et je crois que tu devrais peut-être t'en aller tout de suite.

Une brise fraîche accueillit Jack quand il sortit de l'appartement. Lorsqu'il descendit l'escalier, la sensation de soulagement grandit à chaque marche.

Il se sentit libre de traquer le monstre qui, quelque part, l'attendait. Tandis qu'il regagnait la crête, face au soleil couchant, il se demanda quelle sorte d'homme il recherchait. Je veux te trouver, se dit-il. Dieu me protège, je ne devrais pas le vouloir avec une telle violence.

*

Mardi matin, à 11 h 45, Jack Lee était sous la pomme de la douche, qui projetait un déluge d'eau presque bouillante sur ses épaules et son dos. Il s'était levé à l'aube, avait marché trois heures dans la forêt et coupé du bois pendant quarante-cinq minutes. L'eau chaude et la vapeur l'occupaient entièrement quand des coups violents frappés contre la porte le tirèrent brutalement de sa rêverie.

Jack jura, sortit de la douche et enroula une serviette autour de sa taille. Sur le chemin de la porte, il prépara ce qu'il dirait au chasseur égaré qu'il s'attendait à trouver sur le seuil. Il ouvrit brutalement la porte et découvrit Darrell Day, instable sur ses jambes, une bouteille de whisky à moitié vide dans une main et une revue dans l'autre.

Il semblait avoir dormi dans un séchoir à linge industriel réglé sur la vitesse maximale. Il portait les mêmes vêtements que la veille, quand Jack l'avait rencontré. Ses cheveux étaient dressés sur sa tête, comme s'il avait été récemment branché sur le réseau de distribution d'électricité. Inquiétants la veille, ses yeux noirs, injectés de sang, étaient à présent carrément déments. D'innombrables rides nouvelles creusaient son visage marqué et sa repousse de barbe semblait capable de poncer l'écorce des arbres. Il marmonna et foudroya Jack du regard.

Quand Jack ouvrit la contre-porte, il se précipita à l'intérieur, lança la revue à Jack puis porta la bouteille à ses lèvres. Après trois longues gorgées, il s'essuya les lèvres du dos de la main.

— Le monde est une putain de vacherie, mon vieux. Il est plein d'ordures qui pensent qu'à tuer, c'est moi qui te le dis. Tu cherches toujours un meurtrier, Jack Lee ?

— Je croyais qu'il y avait un conflit d'intérêts.

— Il y avait. Il y a plus. On lui a coupé les oreilles hier soir.

— À qui ?

— À Courtney Fowler, voilà à qui.

— La journaliste ?

— Ouais. C'est elle qui m'a téléphoné, hier, au *Manuel's Tavern*. Elle voulait que je me renseigne sur un certain Révérend Clyde Causey et sur un type nommé Clint. Elle avait reçu un coup de téléphone anonyme. Son correspondant lui avait dit que ces types étaient liés aux meurtres. Et puis il a raccroché. Il faut que je m'asseye.

Jack lui indiqua le canapé, s'excusa et alla s'habiller. Il lança la revue sur le lit et regarda la couverture pendant qu'il boutonnait sa chemise. Il s'agissait de *Mountain Life*. La couverture montrait le visage d'un homme âgé, à l'abondante chevelure neigeuse, dont la longue barbe blanche, jamais taillée, cachait la bouche. C'était à peine si, dans ses yeux fiévreux, on distinguait le bleu pâle du blanc. Des sourcils spectaculaires flottaient sous un front énorme, si bombé qu'il était presque sur la même ligne que le bout du nez proéminent. Le visage rappela à Jack un tableau intitulé *La fureur de Zeus*, qu'il avait vu dans son enfance.

— Hé, comment tu m'as trouvé ? cria Jack.

Comme il n'obtenait pas de réponse, il regagna le salon où Darrell Day, ivre mort, était affalé sur le canapé. Un filet de salive s'était formé au coin de sa bouche aux lèvres molles. Un gargouillis grave accompagnait chaque expiration. Jack voulut le réveiller, puis y renonça. Il se contenta d'étendre une vieille couverture de laine sur lui et d'ajouter des bûches sur le feu. Puis il emporta la revue à la cuisine et chercha l'article consacré au Révérend Clyde Causey, qui s'intitulait : CONVERSATIONS AVEC DIEU.

Quand il posa la revue, une demi-heure plus tard, Jack était moins troublé par ce que contenait l'article que parce qu'il omettait. Il n'y avait aucune indication sur le passé du Révérend Causey. L'article débutait par la description de l'arrivée du Révérend à Sugar Valley, en Géorgie, l'achat de cent cinquante hectares de terre dans la région de Snake Creek Gap et la fondation de l'Église du Glaive Rédempteur, à la chaire de laquelle le Révérend Clyde développa une doctrine basée sur la suprématie des Blancs, l'autarcie et la purification de l'Amérique, nation élue de Dieu. L'énorme église de pierre, qui évoquait une forteresse, pouvait accueillir sept cent cinquante personnes. Sa construction avait duré un an, et on estimait qu'elle avait coûté plus de deux millions et demi de dollars. L'article n'indiquait pas la source du financement de l'achat du terrain et de la construction de l'église. Il remarquait cependant que l'église précédait nettement la congrégation qui, à l'exception du petit noyau des fidèles du Révérend Clyde, n'existait pas à la fin de la construction de l'église. Lors de la publication de l'article, en septembre 1990, l'église comptait six cents membres, dont deux cents vivaient sur la propriété.

L'article citait les propos du Révérend Clyde, selon lesquels la source de son autorité n'était autre que Jéhovah, Dieu de Moïse et père de Jésus-Christ, qui lui avait parlé et lui avait ordonné de fonder une église et de créer une communauté. Selon le Révérend, tous ses propos et tous ses actes étaient directement inspirés par la parole divine. Conformément au désir de Dieu, le Révérend Clyde consacrait soixante-quinze hectares de terre à la culture intensive et soixante-quinze à l'élevage. De ce fait, la communauté était presque autonome en matière de nourriture. La technologie solaire et les éoliennes lui permettaient de produire pratiquement toute son énergie. Le but avoué du Révérend Clyde était l'autonomie totale, dans tous les secteurs de la vie. Il prévoyait que cette entreprise mère engendrerait un réseau de communautés religieuses destinées à devenir l'influence dominante jusque dans les régions les plus reculées de l'Amérique. En l'an 2000, selon lui, l'Amérique serait un vase pur contenant la foi d'une population totalement blanche. Il n'indiquait ni comment réaliser cette Amérique totalement blanche ni quel sort serait réservé aux Américains non blancs.

Au sein de la communauté, tous les hommes devaient suivre une formation consacrée à la défense de la communauté et aux techniques de survie. Une photo en couleurs, à la dernière page de l'article, montrait trente hommes sur trois rangs de dix. Ils étaient en tenue de camouflage et présentaient des armes qui semblaient être des AR-15 Colt. Devant le groupe se tenait un homme mince, de haute taille, vêtu de la même façon, au visage couvert de crème de camouflage noir et marron. La légende du cliché indiquait qu'il s'agissait de Clint DuBois, responsable de la défense de la communauté et professeur de techniques de survie. La seule information personnelle concernant DuBois était qu'il s'agissait d'un ancien béret vert ayant combattu au Viêt-nam.

Jack prit la revue et relut l'encadré qui se trouvait à la fin de l'article. Deux services hebdomadaires étaient ouverts au public. Il y avait une réunion de prière le mercredi à 19 heures et une messe le dimanche à 11 heures. À 18 heures, le mercredi soir, un dîner précédait la réunion de prière.

Un ronflement puissant, venu du salon, rompit le silence. Jack s'y rendit et constata que Darrell Day s'était tourné sur le côté droit, le visage contre le dossier du canapé, de telle façon que son nez, plié, touchait presque sa joue. Jack regarda l'homme pendant quelques instants et se demanda pourquoi la mort de Courtney Fowler l'avait touché aussi durement. Il vaut mieux le laisser dormir, se dit-il. On parlera quand il aura récupéré.

Jack fit réchauffer un reste de haricots noirs et de pain de maïs, puis emporta le plateau sur la terrasse. C'était encore une magnifique journée d'automne. Un soleil jaune vif, qui illuminait le tapis de couleurs étendu sur la vallée, était seul dans le ciel clair. Au sud, à une vingtaine de kilomètres, une ligne de crêtes semblait enneigée dans la lumière trompeuse de l'horizon. Un vol de buses planait langoureusement dans un courant ascendant, très haut, au-dessus du centre de la vallée. Jack regarda les rapaces et songea à tout ce qui lui était arrivé en vingt-cinq jours, depuis qu'il avait mis un terme à sa retraite de trois ans. Le fandango d'amour et de mort qui avait suivi son retour au monde lui semblait incroyable, semblable à un rêve. Le paysage dément qui se déployait devant ses yeux était-il simplement une illusion, le Maya de la philosophie hindoue ? Si c'est une illusion, se dit-il, la réalité doit être carrément diabolique.

Quand Jack eut fini de déjeuner, il retourna dans la cuisine et lava la vaisselle. Puis il gagna la chambre et s'allongea sur le lit. Immobile, il regarda ses pensées prendre la direction de Sugar Valley, du Révérend Clyde et de Clint DuBois. Juste avant de s'endormir, il entendit le hululement grave d'une chouette. Les chouettes qui hululent à midi, se dit-il. Le monde est vraiment sens dessus dessous.

*

Jack émergea lentement, dut traverser de nombreuses couches de sommeil brumeux avant d'atteindre la surface de l'éveil. Il était fatigué, ne se sentait pas reposé et n'avait pas envie d'affronter ce qui l'attendait. Il identifia les premiers indices d'une dépression imminente, la première depuis la fin de son procès. Péniblement, il se contraignit à se lever. Les rayons du soleil couchant entraient par la fenêtre de la chambre, qui donnait à l'ouest, et éclairaient la danse des grains de poussière. Le silence qui régnait dans la petite maison indiqua à Jack que Darrell Day dormait toujours.

Jack gagna la salle de bains et se passa de l'eau froide sur le visage. Quand il baissa la serviette et vit son reflet dans le miroir, il n'y décela aucune trace de bonheur.

Day dormait sur le ventre quand, sur le chemin de la cuisine, il traversa le salon. Il se demanda s'il devait moudre du café dans la machine bruyante et décida que c'était une bonne idée. Quand le vacarme de la machine cessa, un gémissement étouffé retentit dans le salon.

Quand Jack y entra, Darrell Day était assis, les mains sur le visage.

— Café ?

Day écarta les mains, révélant un visage de gargouille.

— Ouais, merci. Quelle heure est-il ?

— Un peu plus de seize heures.

— Merde.

Jack versa le café dans deux grandes tasses en céramique, ajouta du lait et du miel dans le sien, puis regagna la cheminée. Il posa la tasse de Day sur la table basse, le regarda prendre la bouteille à moitié vide de Maker's Mark et y ajouter une solide rasade de bourbon.

— Le mal par le mal, fit Day, qui proposa ensuite la bouteille à Jack.

Jack refusa d'un signe de tête et garda le silence.

— Je m'excuse d'avoir débarqué chez toi dans cet état. J'ai perdu le nord quand j'ai appris la mort de Courtney.

— Pas de problème. Comment tu m'as trouvé ?

— J'ai demandé à Yeats Murphy. Il m'a indiqué le chemin, mais ça m'a pas empêché de me perdre. Je me suis retrouvé en pleine forêt.

— Tu es en état de prendre l'air ?

— Ouais. Ça me fera peut-être du bien.

Debout sur la terrasse, immobiles, ils burent du café et contemplèrent le paysage. Un léger vent d'ouest faisait bruire les feuilles jaunes qui ne tarderaient pas de tomber.

— C'est un bel endroit. Paisible. Pas grand-chose à voir avec ce que je m'attendais à trouver de la part de la réincarnation de Rhett Butler.

— Ça va, Day.

— Darrell. Et je t'appellerai Jack, si ça t'ennuie pas.

— Pas de problème. Je voudrais savoir pourquoi tu es venu jusqu'ici.

— Ce matin, à six heures, ma secrétaire m'a téléphoné. Elle m'a dit d'allumer la télévision. Apparemment, vers minuit, Tom Doyle avait trouvé Courtney dans la chambre de son appartement. Elle était ligotée sur une chaise, morte. Plus d'oreilles. Des brûlures du cou à la taille. Une seule balle de petit calibre entre les yeux. De très près. Même mode opératoire, même signature que les meurtres d'O'Dell et de Cole. D'après Doyle, elle s'était installée chez lui par mesure de sécurité.

— Horrible. Vous étiez proches ?

— On avait travaillé ensemble. Elle m'avait demandé d'enquêter sur les députés de l'État et on avait sympathisé. Elle était à peu près du même âge que ma fille. Très intelligente. Belle. Vachement ambitieuse. Elle venait de perdre son père quand on s'est rencontrés. On a été plus ou moins entraînés dans une relation de substitution. Un peu comme toi et Yeats, hein ?

— Peut-être. Qu'est-ce que Yeats t'a raconté sur moi ?

— Ce qu'il m'a dit m'a permis d'envisager de te faire confiance. Je connais Yeats depuis un bon moment et, jusqu'ici, il ne s'est trompé sur personne.

— Il t'estime. Et, de mon point de vue, ça suffit. La proposition d'hier tient toujours.

Darrell se tourna vers Jack et le foudroya du regard.

— Hier, c'est le passé. Aujourd'hui, c'est une affaire personnelle. Je veux que le coupable soit mis hors circuit. Définitivement.

— Tu crois que le coup de fil que Courtney a reçu reposait sur quelque chose ?

— Je ne sais pas, mais je n'ai pas d'autre point de départ. Elle le prenait au sérieux et son intuition ne la trompait jamais.

— Tu pourrais avertir les flics.

— Comme je l'ai dit, je veux que le coupable soit mis hors circuit. J'ai vu des tas d'enquêtes ne conduire nulle part ou, pire, aboutir à des inculpations sans conviction, à des peines de prison négociées, même à des acquittements. Tu m'en voudras pas si je dis que j'ai eu l'impression, hier, que tu avais quelque chose de plus radical en tête. Et aussi le fait que Yeats se fait énormément de souci pour toi. D'après lui, tu es capable de tout. Il veut que je garde un œil sur toi. Je n'ai pas l'intention de tenter de te convaincre de renoncer à ta vengeance ou à ce que tu projettes de faire. Je me fais comprendre ?

— Parfaitement. Comme tu as l'air de savoir mieux que moi ce que je projette, tu pourrais peut-être me dire quelles sont TES intentions.

— D'accord, je vais commencer par le début. Quand j'ai vu Courtney, hier après-midi à quatorze heures trente, elle venait de déjeuner avec Tommy Dalton, un agent spécial du GBI. Il l'avait mise sous pression parce qu'il croyait qu'elle lui cachait quelque chose. Elle a tenu bon, lui a dit gentiment qu'elle était dans le brouillard, elle aussi, et lui a demandé de la laisser tranquille. Je suis pratiquement sûr que les flics pataugent. Le type qui fait ça est malin, ne laisse pas d'indices.

— Pourquoi Courtney ne collaborait-elle pas avec les flics ?

— Je t'ai dit qu'elle était très ambitieuse. L'attitude agressive de Dalton ne lui plaisait pas et elle flairait le Pulitzer. Donc on se voit et elle me parle du coup de téléphone qu'elle a reçu. Je prends contact avec des potes spécialisés dans des affaires religieuses et je demande des renseignements sur un certain Révérend Clyde. Un type dit : « Ouais, il y a un vieux type un peu dérangé, dans les montagnes, et je crois que j'ai une revue dans mes paperasses », et il me donne le titre de la revue. Je vais à la bibliothèque, je lis l'article, je trouve le nom et la photo de Clint DuBois. Donc, on a le Révérend Clyde et Clint, exactement comme dans le coup de téléphone.

« Ensuite, j'appelle un vieux pote du Bureau, qui fait partie d'une unité de lutte contre les groupes racistes, les sectes et tout ce qui s'y rapporte. Je lui demande des renseignements sur l'Église du Glaive Rédempteur. Il me dit qu'elle est sur la liste mais qu'on ne sait pas grand-chose sur elle. Difficile de l'infiltrer. Qu'ils ont des types en marge, mais personne à l'intérieur. Donc je reprends mon téléphone et je cherche à savoir qui sont ces deux types. J'aurai probablement quelque chose mardi.

« En attendant, la question est : est-ce que le coup de téléphone que Courtney a reçu était sérieux ou est-ce que c'était du bidon ? Je suis persuadé qu'il était sérieux. Et je suis aussi persuadé que c'est Cole qui l'a appelée après que O'Dell, son malade, se soit confié à lui. Enfin, tous ces gens ont été torturés. Pourquoi ?

— Pour savoir s'ils avaient parlé à quelqu'un après avoir trouvé qui était responsable des meurtres.

— Yeats a bien dit que tu avais quelque chose dans la tête. Donc, on a un lien entre O'Dell et Smiley et un lien entre Smiley et Cole. Et peut-être un entre Cole et Courtney.

— Et entre Courtney et toi.

— Effectivement.

— Donc, si Courtney a dit qu'elle t'avait averti, tu es le suivant.

— Ça semble logique.

— Tout ça se tient, sauf Smiley. Pourquoi Smiley ?

— La seule chose évidente, c'est l'herbe. Si c'était seulement l'argent, pourquoi ne pas avoir tout pris ? Si on trouve qui, on comprendra pourquoi. Pour le moment, il faut que l'un d'entre nous aille à Sugar Valley et se renseigne sur le Révérend Clyde. Ma tête est connue dans les milieux policiers et il y a sûrement des flics sur les lieux. Donc il reste toi.

— J'avais l'intention d'assister à la réunion de prière de demain soir.

— Tu crois en Dieu ?

— Je ne sais pas. En ce moment, je dirais que si Dieu existe, c'est un lanceur vicelard.

Pour la première fois depuis leur rencontre, Darrell Day sourit. Ce n'était pas un spectacle séduisant.

— Je crois qu'on va s'entendre, Jack. Tu as l'intention de partir à quelle heure ?

— Il y a un dîner avant le service religieux. Je me disais que je pourrais rompre le pain avec la congrégation, puis le digérer avec le feu et le soufre. Il faudrait que j'arrive vers seize heures, que je jette un coup d'œil dans les environs.

— Écoute, je vais rester chez moi, travailler sur l'ordinateur, attendre des coups de fil. Si le coupeur d'oreilles vient, je veux être là pour le recevoir. Téléphone-moi vers midi, au cas où il se passerait quelque chose d'ici là.

Day nota quelque chose sur un bloc, arracha la page et la donna à Jack. Il y avait écrit un numéro de téléphone et une adresse sur Northside Drive.

— J'appellerai entre midi et midi et demi. Ta voiture est à la barrière ?

— Ouais. J'ai failli me tuer en escaladant cette saloperie.

— Je vais t'accompagner et ouvrir.

Ils parcoururent en silence les deux cents mètres qui les séparaient de la barrière. Jack tenta de s'accoutumer à l'idée qu'il faisait équipe avec le FBI. Avec un putain de *G-Man* de carrière. Quand ils atteignirent la barrière, Day eut un rire étouffé.

— Un lanceur vicelard, hein ?

Jack ouvrit la barrière et tendit la main à Darrell.

— J'aurais jamais cru que le soleil brillerait aujourd'hui, *G-Man*. Associé.

L'amusement et l'amertume s'opposèrent dans les yeux de Darrell quand il serra fermement la main de Jack.

— Baisse la tête et garde ta poudre au sec, Rhett.

— Fiche-moi le camp.

De retour dans la maison, Jack s'assit dans l'intention de méditer. Son esprit se vida facilement et il glissa lentement vers le cœur du silence, entre les respirations où tout s'arrête. Juste avant que le minuteur signale la fin de l'heure, une vision prit corps dans son esprit, une vision si horrible qu'elle l'arracha à la méditation, le souffle court, comme lorsqu'on est réveillé par un cauchemar.

Secoué par ce qu'il avait vu, Jack prit la bouteille de bourbon laissée par Darrell et alla s'asseoir sur un des fauteuils de la terrasse. Il but une gorgée d'alcool au goulot et se demanda de quelle quantité de whisky il aurait besoin pour accomplir ce qui se préparait.

Une lune aux trois quarts pleine, nette et argentée, se leva à l'est. Jack sirota longtemps du whisky dans sa lumière dure. Quand il se leva pour aller se coucher, une étoile tomba des cieux en une superbe traînée tricolore, vert, jaune et bleu. Jack se retint de faire un vœu, de peur qu'il se réalise.

CHAPITRE 13

Le vendredi matin, à 3 h 42, Darrell Day fut réveillé par le crissement des griffes de Rommell, son berger allemand, sur le parquet de sa chambre. Le chien faisait les cent pas devant la porte-fenêtre coulissante qui donnait sur le patio et le jardin. Le gémissement strident de Rommell était différent de celui qui indiquait son désir de sortir faire ses besoins. La voix du chien trahissait une impatience telle que Darrell fut bientôt complètement éveillé. Il posa silencieusement les pieds par terre et tâtonna à la recherche de ses pantoufles. Il prit son Colt .45 dans la main droite et une torche au magnésium dans la gauche. Il se leva lentement et écouta. Un faible raclement provenait du garage, situé à l'extrémité opposée de la maison.

Quand Darrell arriva près de la porte-fenêtre, il perçut les coups réguliers de la queue de Rommell contre sa jambe. À voix basse, il ordonna au chien de s'asseoir, puis il déverrouilla prudemment la porte. Il la fit coulisser sur une vingtaine de centimètres et l'air froid lui fouetta le visage. Contre la jambe, Rommell se crispa. Quand la porte du garage glissa sur son rail, il ouvrit la porte-fenêtre et lâcha

Rommell. Le chien émit un grondement grave et fila vers l'extrémité opposée de la maison. La lumière de la lune montante lui permit de voir Rommell tourner au coin de la maison. Il suivit le chien, les genoux fléchis, le .45 braqué droit devant lui et la torche près de l'oreille, le doigt sur le bouton d'allumage. Il avait fait moins de douze pas quand un hurlement de souffrance perça la nuit pendant plusieurs secondes.

Darrell courut jusqu'à l'extrémité de la maison et s'immobilisa au coin du garage. Il posa la joue contre le mur de briques froides, se pencha jusqu'au coin et jeta un coup d'œil prudent au-delà. Une silhouette vêtue de noir sortit silencieusement du garage et contourna le coin opposé du bâtiment. Darrell avait fait deux pas à sa suite quand un objet métallique réfléchit le clair de lune à l'endroit où la silhouette venait de disparaître. Darrell se jeta à plat ventre. Une arme équipée d'un silencieux émit trois pets. Deux balles atteignirent le chambranle de la porte du garage, juste derrière Darrell. La troisième rebondit sur le mur de briques, à l'intérieur, et cassa une des vitres de la voiture.

Un bruit de course fit réagir Darrell. Il tourna au coin d'où on avait tiré et entendit le tintement de la chaîne de la clôture, à l'extrémité opposée de la maison. D'une démarche rapide et silencieuse, il se dirigea vers l'origine du bruit, puis s'arrêta à mi-chemin de la clôture et écouta. Comme il n'entendait rien, il braqua le faisceau de sa torche sur la clôture. Rien. Il regarda les maisons voisines et constata qu'elles étaient dans le noir. Tout était silencieux. Le coupeur d'oreilles sait se déplacer, pensa-t-il.

Quand il eut allumé dans le garage, Darrell constata que Rommell gisait dans une flaque de sang. Une profonde entaille barrait la gorge du chien. Darrell examina la plaie. L'arme devait être extrêmement tranchante, puisqu'elle n'avait pas glissé sur l'épaisse fourrure de Rommell. Un rasoir, peut-être.

Darrell alla chercher une vieille couverture dans la maison. Tirant le chien par les pattes de derrière, il le fit glisser sur la couverture. Puis il emporta l'animal, qui était son meilleur ami depuis cinq ans, dans un coin du jardin que des arbres protégeaient des regards. Pendant le trajet, il sentit son sang s'échauffer et atteindre le seuil critique. Il posa doucement le chien par terre, resta debout près de lui plusieurs minutes, pendant lesquelles il respira profondément et tenta de dominer la colère qui précipitait les battements de son cœur.

Après avoir lavé le sol du garage, Darrell gagna la cuisine et fit du café. Pendant que le café passait, il alla chercher, dans l'abri de jardin, une pioche et une pelle qu'il posa près du patio. Puis il mit la cafetière, une tasse, une bouteille de Maker's Mark et son .45 sur un plateau. Il emporta le plateau dans le patio, le posa sur une table ronde en fer forgé et s'assit. Après avoir versé du café et du bourbon en quantités égales dans sa tasse, Darrell Day s'appuya contre le dossier de sa chaise et attendit l'aube pour enterrer son chien.

CHAPITRE 14

Le mercredi matin, un rêve érotique réveilla Jack Lee très tôt. Il avait une énorme érection et une douleur sourde dans les testicules. Il toucha son membre palpitant et envisagea de se libérer. Mais il se leva et alla uriner dans la salle de bains. Tandis que son eau se mêlait à celle de la cuvette, il ferma les yeux et reconstitua l'image de Deborah, sous lui, dans le rêve. Le désir qu'elle suscitait en lui commençait à prendre la forme d'un malaise physique indéfinissable. Il était victime de ce que sa grand-mère appelait une obsession.

Après avoir fait une théière d'Earl Grey, il ouvrit la carte de Géorgie sur la table de la cuisine, s'assit et localisa Sugar Valley. Elle se trouvait à environ cent vingt kilomètres au nord-ouest d'Atlanta, près de la I-75, à la lisière est de la Forêt nationale de Chattahoochee. Jack constata avec intérêt qu'il y avait, à une quinzaine de kilomètres de Sugar Valley, dans un endroit nommé The Pocket, une base de loisirs et un terrain de camping. Le nom de l'endroit lui plut, si bien qu'il décida d'emporter son matériel et d'y passer la nuit si rien ne s'y opposait.

Quand il eut fini son thé, Jack enfila des jeans et

une chemise de flanelle, puis gagna en voiture la cabine téléphonique la plus proche, qui se trouvait à sept kilomètres. Le Maigre décrocha à la deuxième sonnerie et dit qu'il n'avait pas de nouvelles. Il ajouta qu'il serait pris jusque tard dans la soirée et demanda à Jack de ne pas l'appeler avant le lendemain à midi.

Sur le chemin du retour, Jack longea un champ de ku-dzu couvert de rosée qui étincelait au soleil. Sur l'accotement, un bouc noir broutait les feuilles, semblables à des diamants verts, des longues tiges. Quand Jack passa, le bouc leva sa tête cornue et posa ses yeux calmes et jaunes sur lui. Puis il secoua la tête d'une façon qui fit à Jack l'effet d'un avertissement plein de sagesse. Un vague malaise s'empara de lui, puis disparut.

Après un solide petit déjeuner de pommes de terre sautées à l'oignon et à l'ail, de pain complet grillé et de fromage blanc, le tout arrosé de deux verres de lait, Jack chargea son matériel de camping et des vêtements de rechange dans son pick-up, puis prit la route d'Atlanta. L'anticyclone installé sur la région depuis plusieurs jours ne faiblissait pas, si bien que le ciel était bleu, sans nuages, et la visibilité excellente. Tandis qu'il roulait vers le nord, sur le flanc ouest de Blackjack Mountain, le mont Cheaha, point culminant de l'Alabama, qui se dressait à cent kilomètres de là, se découpait nettement sur l'horizon occidental. Arrivé sur la I-20, il prit la direction de l'est et se joignit à la circulation clairsemée qui filait à 110 kilomètres à l'heure. Jack couvrit en pilote automatique les cent kilomètres qui le séparaient de Moreland Avenue. Il s'aperçut, quand il sortit à North Moreland, qu'il était incapable de se souvenir de ce qu'il avait pensé pendant l'heure écoulée. Tu as intérêt à te réveiller, mon gars, se dit-il.

À Little Five Points, Jack prit Euclid à gauche et s'arrêta sur le parking du Sevananda Natural Foods Co-op. Un Noir aux dreadlocks extravagants jouait de la flûte devant la boutique. Sur le trottoir, à ses pieds, plusieurs instruments en bambou, qu'il vendait, étaient posées sur un morceau de tissu aux couleurs vives. Quand Jack passa près de lui, il dit :

— Hé, mon frère, mes flûtes sont chouettes ?

— Jamaïcain ? demanda Jack.

— Non, mon frère. Trinidad, répondit l'homme, qui feignit une grimace de souffrance.

À l'intérieur, Jack acheta un pain complet et un pain noir, du fromage de chèvre, des olives vertes et noires, deux boîtes de chili végétarien, quinze litres d'eau de source, des fruits et d'énormes cookies au beurre de cacahouète. Après avoir mis ses achats dans sa voiture, il entra au *Calcutta*, le restaurant voisin.

Émerveillé par son appétit, Jack commanda le dîner végétarien de la carte du soir, ainsi qu'un poulet biriany à emporter. Quand il sortit, trois quarts d'heure plus tard, il se sentait prêt à affronter n'importe quelle épreuve.

Quand il donna les boîtes en carton au joueur de flûte, l'homme les renifla et eut une expression approbatrice.

— Qu'est-ce que c'est, mec ?

— Du carburant pour la flûte.

L'homme se baissa et posa la nourriture sur le morceau de tissu. Quand il se fut redressé, il tendit une petite flûte à Jack. Jack tenta de refuser. Il savait que l'homme ne pouvait pas se permettre de donner.

— Oui, mec. Une bonne chose en mérite une en échange.

Jack sourit et prit la flûte. L'homme de Trinidad lui adressa un sourire d'une blancheur de perle, empreint d'une fierté et d'une dignité dont les rues sordides d'Amérique n'étaient pas encore parvenues à le dépouiller. Jack acquiesça, certain que l'échange avait été à son profit.

Quelle matinée bizarre, se dit-il, tandis qu'il gagnait la cabine téléphonique située devant le Yacht Club d'Euclid. Boucs noirs, dreadlocks et rêves X.

Darrell Day décrocha avant la fin de la première sonnerie. Son « allô » évoqua davantage un défi qu'un salut.

— J'ai l'impression qu'il n'y avait pas de bon pied, ce matin, quand tu t'es levé, dit Jack.

— Tu es à Atlanta ?

— Ouais. Je suis à Little Five Points.

— Tu as mon adresse ?

— Oui.

— Tu devrais peut-être passer chez moi avant de prendre le chemin du nord. Suis la I-75 jusqu'à Mount Paran, va jusqu'à Northside et prends à gauche. C'est à quelques kilomètres. Le numéro est sur la boîte aux lettres. Tu en as pour combien de temps ?

— Je pars. Je serai là dans vingt minutes.

*

Jack s'engagea sur le chemin privé et prit le temps d'admirer les deux grands magnolias qui dominaient la cour située entre le trottoir et la maison en briques, construite au sommet et sur le flanc sud d'une petite éminence. Il s'arrêta juste derrière la porte ouverte du garage, derrière une Chrysler Le-

Baron noire. Quand il descendit de voiture, la porte reliant le garage à la maison s'ouvrit et Darrell Day lui fit signe d'entrer. Un petit trou entouré de fêlures en étoile, dans la vitre arrière droite de la Chrysler attira son attention quand il traversa le garage. Il adressa un regard interrogateur à Darrell Day et reçut, en réponse, un hochement de tête sec.

Jack entra dans la cuisine et scruta le visage hagard du privé dans la lumière crue du tube fluorescent. Il était plus marqué que la veille. Des taches noires semblables à des demi-lunes avariées soulignaient ses yeux fatigués, injectés de sang. La crispation morne de sa mâchoire était le seul trait ferme d'un visage qui semblait s'être tassé sur lui-même dans une cascade de rides. Quand il prit la parole, la lassitude alourdit ses mots.

— Il est venu.

— Hier soir ? demanda Jack.

— Vers quatre heures moins le quart du matin. Viens, on va s'asseoir dehors.

Jack traversa la cuisine à la suite de Darrell et sortit sur un patio dallé qui occupait toute la longueur de la maison et se prolongeait sur six mètres dans le grand jardin. Dans le coin gauche du jardin, on apercevait un monticule de terre récemment retournée. Le regard de Darrell alla de Jack à la tombe.

— Ce fils de pute a tué mon chien, Rhett. Il va me manquer davantage que ma femme quand elle m'a quitté.

— Tu l'as vu ?

— Il faisait trop noir. Et il fallait que j'esquive les balles.

Ils s'assirent de part et d'autre de la table en fer forgé. Jack remarqua le cendrier, dans lequel deux morceaux de métal aplati luisaient comme des yeux morts.

— Je les ai sortis ce matin du chambranle de la porte du garage. Calibre .22. J'ai de la chance qu'on n'ait pas eu besoin de les sortir de mon corps.

— Tu as appelé les flics ?

— Non. Et les voisins non plus, parce qu'ils n'ont rien entendu. Le type avait un 22 équipé d'un silencieux, l'arme préférée des assassins. Je ne sais pas qui c'est, mais il est très fort.

Jack écouta en silence tandis que Darrell racontait les événements de la nuit. Quand il eut terminé, Darrell se leva et fit signe à Jack de le suivre. Ils entrèrent dans la chambre de Darrell par la porte-fenêtre puis gagnèrent un couloir qui traversait la maison et se terminait par une porte. Darrell l'ouvrit et précéda Jack dans une petite pièce bourrée de matériel électronique et de classeurs. Sur le grand bureau installé devant la baie vitrée qui donnait sur la rue, il y avait un modem, un fax et deux chemises brunes. Sur la chemise du dessus, on avait écrit, à l'encre rouge sur un morceau de papier collant : Révérend Clyde Causey. Darrell prit les chemises et les donna à Jack.

La chemise du Révérend Clyde contenait soixante-sept pages et celle de Clint DuBois vingt-trois. Jack fut étonné et impressionné.

— Bon sang, tu travailles vite, dit Jack.

— Des outils adaptés et les bonnes relations, répondit Darrell qui, d'un geste las du bras, montra son matériel. Plus la motivation, ajouta-t-il. Tuer le chien de quelqu'un suffit à mettre le quelqu'un en question en rogne.

— Écoute, il faut que je prenne rapidement la route. Tu crois que tu pourrais résumer tout ça en quelques milliers de mots, ou même moins ?

— Je ne suis pas sûr de pouvoir rendre justice à ces deux fêlés en aussi peu de mots, mais je vais essayer. Allons boire un café.

Jack s'assit au comptoir de la cuisine et accepta une grande tasse de café. Darrell se mit à faire les cent pas.

— Bien, voyons, je vais commencer par les faits et je passerai ensuite aux commentaires. Mais ne t'y trompe pas, ces deux types valent le détour, aucun doute.

« Clyde Augustus Causey est né en 1922 à Macon, Géorgie, de Noble et Emma Causey. Noble a fait fortune dans le coton et amassé en même temps d'énormes intérêts dans la terre et les égreneuses d'un bout à l'autre de l'État. Clyde avait dix ans quand Emma Causey est devenue folle et a été placée dans un asile, comme c'était arrivé à sa mère et à sa sœur aînée. Elle est morte à l'asile en 1972.

« Noble Causey a élevé son fils avec l'aide de sa sœur cadette, Maude, vieille fille profondément croyante qui s'est installée dans la maison familiale peu après le placement d'Emma. Elle a apparemment exercé une grande influence sur Clyde qui, sous sa tutelle, s'est mis à prêcher alors qu'il était encore très jeune, et est devenu une sorte de phénomène. D'après son dossier psychiatrique, Clyde s'est détaché sentimentalement de son père dès la mort d'Emma.

« En 1940, à dix-huit ans, Clyde est passé directement du lycée au séminaire baptiste de Knoxville, dans le Tennessee. C'est là que ça devient intéressant.

« Pendant sa deuxième année de séminaire, Clyde s'est mis à faire des sermons improvisés dans lesquels il présentait les membres du corps enseignant du séminaire comme des scribes, des pharisiens, des blasphémateurs et, plus généralement, comme des corrupteurs de la parole du Christ. Il a été exclu pendant trois mois, puis réintégré. Sa réintégration a coïncidé avec une importante donation faite par son père au séminaire.

« Peu après sa réintégration, Clyde a repris ses sermons insultants et a été définitivement exclu. Le dimanche suivant son renvoi, Clyde est apparu sur les marches de la chapelle du séminaire pendant l'office. Comme ses vociférations troublaient la cérémonie, les membres de la congrégation ont ouvert les portes et sont tombés nez à nez avec Clyde Causey, nu, blessé au flanc et chargé d'une grande croix de bois. En pleine tempête de neige, ni plus ni moins.

« Après plusieurs minutes de divagations injurieuses que des témoins ont qualifiées de "blasphèmes dépravés", les membres de la congrégation se sont assurés de la personne de Clyde et l'ont conduit à l'hôpital. Par la suite, son père l'a confié à une institution privée proche de Macon. Peu après son arrivée, il a blessé un employé, lui a infligé plusieurs graves morsures qui se sont par la suite infectées et ont failli provoquer la mort de sa victime. On lui a laissé la camisole de force pendant deux ans, puis on l'a maintenu dans sa chambre. Il y est resté jusqu'à l'année précédant sa sortie, en 1983.

— Il a été enfermé quarante ans ? demanda Jack.

— Sans visites. Clyde a toujours refusé de recevoir son père qui, à son tour, a interdit à la tante, Maude, d'aller le voir. Noble rendait les obsessions religieuses de Maude responsables de l'état du jeune homme.

— Quel était son état ? Le diagnostic ? demanda Jack.

— Tout et n'importe quoi. Pendant son séjour, Clyde a été considéré comme paranoïaque-schizophrène, maniaco-dépressif cyclique, et on lui a appliqué toutes les étiquettes qui ont été à la mode pendant ces quarante ans. Ses symptômes comportaient toute la palette : voix, hallucinations, paranoïa, identification au Christ, actes d'autodestruction. Finalement, il a plongé dans un état autistique. Pendant les douze ans qui ont précédé sa sortie, il est resté dix ans sans prononcer un mot ni réagir à ce qui l'entourait. À la mort de son père, en 1982, sa tutelle est revenue à sa tante, Maude, qui était sa seule parente. Son autisme a disparu lors de sa première visite. Ensuite, a commencé une guérison apparemment miraculeuse. Un an plus tard, on l'a confié à sa garde et il a regagné la demeure familiale. Au décès de la tante Maude, en 1985, Clyde a hérité d'une fortune de dix-sept millions de dollars. Un an plus tard, il est arrivé à Sugar Valley.

— Tu es raisonnablement sûr de l'exactitude de tout ça ?

— Je t'ai dit hier qu'un de mes anciens amis du Bureau faisait partie de l'unité chargée de lutter contre les groupes racistes, les sectes, etc. Ces types font des recherches approfondies sur le passé des dirigeants de ces groupes. Donc, ouais, je crois que ce sont des renseignements d'excellente qualité. J'ai omis pas mal de choses, mais tu sais l'essentiel.

— C'est apparemment comme une tare. La folie dans la famille de la mère.

— Mes connaissances en matière de psychiatrie sont minces, mais il semble effectivement qu'il y ait là une composante génétique. Tu pourras lire le rapport en entier quand tu auras vu le bon Révérend.

— D'accord. Et Clint DuBois ?

— On pourrait intituler ça L'ENTRÉE EN SCÈNE DU PSYCHOPATHE. Clinton William DuBois est né à Gainesville, Géorgie, d'Amanda et Robert DuBois. Robert a abandonné la mère et l'enfant peu après la naissance de Clint. Amanda ne s'est pas remariée et a embrassé la carrière de femme de mauvaise vie.

« Le petit Clint a commencé une longue succession de problèmes disciplinaires dès son entrée à l'école. Malgré un QI de 145, il n'obtenait pas de bons résultats et manifestait de fortes tendances antisociales. Il a été exclu à plusieurs reprises à la suite de bagarres, notamment au collège. Il a quitté l'école le jour même où il a été en droit de le faire. Un mois plus tard, il a été arrêté pour vol. Une succession de délits mineurs, de tribunaux pour enfants et de condamnations avec sursis a suivi. Il a été accusé d'empoisonner les chiens des voisins, mais son innocence a été reconnue.

« À quinze ans, Clint a attaqué sa mère et un de ses clients avec un couteau de boucher. Ils ont été sérieusement tailladés, mais se sont rétablis. Clint a écopé de trois ans à Alto, maison de correction extrêmement dure. C'est un endroit qui sort tout droit de Dickens. Clint est devenu un détenu modèle, a obtenu son diplôme de fin d'études secondaires et a été libéré en 1966, à dix-huit ans. Un mois plus tard, Clint était dans l'armée.

« Après ses classes, Clint a été envoyé au Viêt-nam. Après un séjour dans une unité de fantassins, il s'est rengagé, cette fois comme mitrailleur dans un hélico. Vers la fin de son deuxième séjour, il a été blessé et envoyé en convalescence au pays. Six mois plus tard, il a été autorisé à subir l'entraînement des Forces Spéciales et a bientôt entamé son troisième séjour au Viêt-nam.

« Là, les choses deviennent moins claires. Au milieu de son troisième séjour, Clint a disparu dans la jungle et n'a refait surface que trois mois plus tard, à la suite de quoi il a été aussitôt renvoyé aux États-Unis et détenu pendant dix-huit mois, officiellement pour cause de psychose traumatique. Je dis officiellement parce que l'expression *psychose traumatique* couvre une grande variété d'irrégularités qui n'apparaissent pas dans les archives officielles. L'établissement où il a été détenu et le traitement qu'il a subi ne sont mentionnés nulle part. Il a été démobilisé avec les honneurs après sa sortie, en 1971.

« Entre 1971 et 1986, époque à laquelle on le retrouve à Sugar Valley, auprès du Révérend Clyde, il n'y a absolument rien. Ni impôts, ni inscription sur les listes électorales, ni polices d'assurance, *nada*.

— Qu'est-ce que signifient cette disparition au Viêt-nam et les dix-huit mois de détention ? Est-ce que ce genre de chose est normale ?

— Normale ? Non. Je ne sais pas quoi en penser. J'ai un vieil ami, dans les services de renseignements de l'armée, qui fait des recherches. Clint est un vrai mystère.

— Je le verrai peut-être ce soir.

— À propos de ce soir, sois très prudent. Pas question de fouiner. Ne donne aucune information sur toi. Observe et appelle-moi demain. À midi ?

— Parfait. Il faut que je téléphone à l'ami qui guette l'arrivée de l'herbe de Smiley sur le marché à peu près à cette heure-là. Je t'appellerai tout de suite après.

— Ça n'a encore rien donné, hein ?

— Que dalle, mais il est encore un peu tôt. Et toi ? Tu n'as pas l'air en forme, mon vieux. J'avais l'intention de camper dans la montagne, cette nuit, mais je pourrais revenir et monter la garde pendant que tu dormiras. Tu auras peut-être une nouvelle visite.

— Merci, mais ne change rien à tes projets. Un ami passera ici cet après-midi et je roupillerai à ce moment-là. Je crois que le coupeur d'oreilles ne reviendra pas.

Darrell accompagna Jack jusqu'à son pick-up et resta au bout du chemin privé. Ses bras pendaient mollement contre ses flancs et sa tête était partiellement baissée. Tandis que Jack sortait du chemin en marche arrière, Darrell leva lentement le bras droit, en un au revoir sans enthousiasme, geste qui inspira pour la première fois à Jack de l'affection pour Darrell Day.

CHAPITRE 15

À 15 h 25, Jack franchit l'Oostanaula River, cours d'eau d'un rouge boueux qui sépare Calhoun, petite ville de montagne, de la communauté de Sugar Valley. Quand il descendit dans la vallée, Jack constata qu'une barre montagneuse ininterrompue la bordait à l'ouest. À l'extrémité nord, une deuxième longue barre se prolongeait jusqu'au sud-est. La crête sud, au flanc de laquelle Jack descendait, constituait la troisième muraille de cette vallée à trois côtés, dont le fond plat couvrait plusieurs kilomètres carrés. Les fermes et les maisons, éparpillées çà et là, donnaient l'impression que la vallée était peu peuplée. Les champs récemment labourés de certaines fermes révélaient un fertile humus rouge sombre.

Jack constata que Sugar Valley proprement dit était moins une ville qu'un bourg. Près des voies de chemin de fer et du passage à niveau, une petite usine textile, deux boutiques et quelques courtes rues bordées de maisons à armature de bois constituaient le noyau de la communauté. Plus loin, Jack passa devant une école en pierres qui, apparemment à l'abandon, ne recevait plus d'élèves depuis longtemps. Plus loin encore, une église baptiste étonnamment grande, en excellent état, témoignait du fait que la communauté prenait la religion au sérieux. Cet environnement rural parut à Jack en totale contradiction avec la présence d'une bande haineuse telle que celle du Révérend Clyde.

Juste après l'église, Jack trouva un cimetière bien entretenu, qui semblait très ancien. Il s'arrêta sur le bas-côté de la route et descendit se dégourdir les jambes. Le cimetière se trouvait sur une petite éminence et les tombes en marbre portaient des noms tels que Watkins, Walraven, DeFoor, Holsumback et Brown. Il y avait des fleurs fraîches sur plusieurs d'entre elles. L'amour et le respect dont les morts faisaient manifestement l'objet amenèrent une nouvelle fois Jack à s'interroger sur la présence de l'Église du Glaive Rédempteur dans cette belle petite vallée.

Jack parcourut quinze kilomètres en direction du nord et décida, quand il eut traversé Snake Creek Gap, qu'il avait dû manquer le panneau indiquant l'entrée de la propriété du Révérend Clyde. Il revint sur ses pas et manqua une nouvelle fois le panneau mentionné dans l'article de *Mountain Life*. Troublé, Jack s'arrêta sur le parking d'un antique magasin général situé à l'extrémité sud de Snake Creek Gap. C'était un vieux bâtiment en sapin patiné, couvert de tôles ondulées rouillées. Face à lui, Jack éprouva une vague sensation de vertige. Défiant la pesanteur, tous les murs penchaient dans une direction différente. Le toit semblait sur le point de s'effondrer au premier coup de vent. Les planches du perron, concaves, formaient un creux de trente centimètres juste devant la porte. Face à cet assemblage d'angles contradictoires, Jack eut l'impression que le bâtiment bougeait. Une vieille enseigne blanche ornée du logo de Coca-Cola à chacune de ses extrémités et suspendue au-dessus de la porte indiquait qu'il s'agissait de *DeFoor's General Store*.

Quand Jack gravit les marches et gagna la porte, les planches s'enfoncèrent de quelques centimètres supplémentaires sous son poids. Après être prudemment entré dans le magasin, il se retourna afin de voir si le perron s'était effondré. Derrière lui, un rire joyeux, musical, retentit.

— Te casse pas la tête, petit. La mère Brown fait cent cinquante kilos et elle est pas encore passée à travers.

Jack pivota sur lui-même et découvrit un vieillard assis dans un rocking-chair près d'un petit poêle ventru. Il hochait sa tête chauve, et son visage buriné exprimait un amusement espiègle. Ses formidables yeux verts brillaient avec une intensité innocente, enfantine, comme éclairés par une lumière intérieure pure. Il portait une vieille chemise en laine noir et vert, dont les manches roulées laissaient voir un tricot de corps. Sa salopette était rapiécée et élimée. Tout au long de leur carrière, ses brodequins avaient réussi à échapper au cirage. Jamais Jack n'avait rencontré un être humain aussi à l'aise et en paix avec lui-même.

— Bonjour. J'espérais que vous pourriez me renseigner.

— Qu'est-ce que tu cherches au juste ?

— Eh bien, d'après mes informations, il devrait y avoir, un peu plus loin, sur la gauche, un panneau indiquant l'Église du Glaive Rédempteur.

— Oui, fit le vieillard.

Son visage se ferma. Il plissa les paupières et ses yeux se firent méfiants, scrutateurs.

— Sauf si je deviens aveugle, il n'y a pas de panneau.

— Non.

— Je vous serais reconnaissant de m'indiquer le chemin.

Le vieillard se leva avec élégance et vint se planter à une dizaine de centimètres de Jack. Ses yeux vert clair cherchèrent ceux de Jack et les fixèrent un long moment.

— T'as pas l'air d'être comme eux, petit. Mais si tu l'es, t'as intérêt à t'en aller, parce qu'ils ont pas leur place ici.

Jack s'aperçut que le vieillard avait mis ses mains dans ses poches. Il comprit qu'il y avait une arme dans une de ces poches profondes et l'expression du visage du vieillard lui indiqua qu'il n'hésiterait pas un instant à s'en servir.

— Je ne suis pas comme eux, monsieur. C'est une affaire personnelle qui m'amène ici.

Le vieillard secoua la tête.

— Va falloir que tu m'excuses, petit. Cet endroit est un cancer dans notre vallée et ces gens me font perdre la boule. Je vis ici depuis toujours et j'ai jamais rien vu de pire que cette bande.

— Apparemment, c'est une bande de sauvages, approuva Jack.

— T'as pas idée. Tiens, j'en oublie la politesse. Je m'appelle LaFayette DeFoor. Fate pour les amis.

Jack serra la main tendue et constata qu'elle était étonnamment forte. Il se demanda s'il devait donner son vrai nom au vieillard, puis décida qu'il serait déraisonnable de ne pas être complètement sincère. Il faisait naturellement confiance à Fate DeFoor et avait l'impression que le vieux bonhomme avait en son temps remis pas mal d'arnaqueurs à leur place.

— Je m'appelle Jack Lee, Fate. Enchanté.
— T'as le temps de boire un Coca ?
— Merci. J'ai soif.
— Assieds-toi, dit Fate, qui montra le rocking-chair voisin du sien.

Fate gagna le réfrigérateur d'époque, en rapporta deux petites bouteilles de Coca et s'assit. Il en donna une à Jack et sourit.

— Alors tu voulais que je t'indique le chemin du repaire du diable. Il est bizarre, ce panneau. On dirait qu'il disparaît dès qu'ils le remplacent.

— Est-ce que les autres habitants de la vallée sont du même avis que vous sur ces gens ?

— Ça dépend plus ou moins de la distance à laquelle ils habitent, mais personne les apprécie. Moi, par exemple, j'habite à côté de chez eux. Donc on peut sûrement dire que c'est moi qui ai les meilleures raisons de pas les aimer. Et toi ? Qu'est-ce qui t'amène par ici ?

— Disons que j'ai appris que Dieu parlait au Révérend Clyde et que je veux me faire une idée personnelle sur lui.

Fate DeFoor se leva et gagna la porte.

— T'as un joli pick-up. Un Apache, pas vrai ?
— Oui.
— J'avais exactement le même quand j'étais jeune. Je l'avais acheté neuf en 56. Ça t'embête si j'y jette un coup d'œil ?
— Pas du tout.

Tandis qu'ils se dirigeaient vers le vieux pick-up, trois voitures en piteux état passèrent, l'une derrière l'autre, en direction du nord. Toutes étaient bourrées d'hommes, de femmes et d'enfants.

— Les voilà qui arrivent. Ces saletés de réunions du Révérend Clyde attirent tous les bons à rien blancs dans le coin. T'as l'intention d'aller à la réunion de prière de ce soir ?

— Je me disais que j'irais y jeter un coup d'œil.

— Tu sais, Jack Lee, quelque chose me dit que tu viens pas soutenir la cause du Révérend. T'as le temps de faire un tour ? J'aimerais bien faire une balade dans ce vieux tacot.

Jack sortit ses clés de sa poche. Il les jeta en l'air, les rattrapa de la main droite, puis les lança à Fate par-dessus le capot.

— Faut que j'accroche la pancarte sur la porte.

Fate se pencha à l'intérieur et en sortit un panneau en carton. Il ferma la porte, empala la pancarte sur un clou, la redressa. JE REVIENS DE SUITE était écrit dessus en lettres d'imprimerie irrégulières et enfantines. Jack ne vit pas Fate fermer la porte à clé.

Quand Fate fut installé au volant, le sélecteur de vitesses monté sur la colonne de direction le troubla.

— Automatique ?

— Ouais, j'ai demandé à un ami de l'installer quand il a changé le moteur.

Fate tourna la clé de contact et quand le moteur eut démarré, faisant vibrer l'ensemble de la carrosserie, il s'appuya contre le dossier du siège et regarda Jack.

— Whoa ! Vingt dieux, petit, qu'est-ce qu'il y a sous ce fichu capot ?

— Un V-8 de trois litres cinq. Vous croyez que vous vous en sortirez ?

— Ha ! Accroche-toi.

Fate fit demi-tour sur le parking et fonça à toute vitesse dans Snake Creek Gap en direction du nord. Huit cents mètres plus loin, il ralentit et montra, sur la gauche, une boîte aux lettres. Un chemin creusé de deux ornières rejoignait la route à un mètre de la boîte.

— Ma maison est un peu plus loin.

Jack ne vit que des bois.

— On la voit pas depuis la route. Et le panneau que tu cherchais était juste là.

À l'entrée d'un chemin gravillonné, Jack vit les souches de deux poteaux de bois traité, qui semblaient avoir été récemment sciés au niveau du sol.

— L'église est là-bas ?

— Ouais. Il y a un poste de garde juste derrière le rideau d'arbres, pour qu'on puisse pas le voir depuis la route. Ils vont pas te laisser entrer comme ça.

— Donc ils ont un service de sécurité efficace ?

— Ils appellent ça service de sécurité. Moi, j'appelle ça autrement. Écoute, on va pas passer toute cette belle journée à parler de cette vermine. T'auras tout le temps de voir ça ce soir. Je me disais qu'on pourrait faire le tour par The Pocket, que je pourrais te montrer de beaux paysages. Il y en a pour une demi-heure.

— J'ai du temps devant moi. En fait, j'avais l'intention de planter ma tente au terrain de camping de The Pocket.

— J'ai vu ton matériel dans la benne du pick-up. Mais la saison est finie et le terrain de camping est fermé. J'ai un petit pâturage qui te conviendra peut-être. Je te le montrerai tout à l'heure.

Depuis qu'ils avaient dépassé le panneau indiquant le début de la Forêt Nationale de Chattahoochee, ils montaient. Fate roulait tranquillement à soixante-dix et fredonnait. L'air vif de l'automne se faisait plus fraîchement vivifiant à mesure qu'ils prenaient de l'altitude. Le feuillage atteignait son apogée, couvrait les montagnes de couleurs que la palette d'un maître n'aurait pu capturer.

Peu après que la route eut tourné vers l'ouest, Fate prit, à gauche, The Pocket Road. Ils roulèrent en direction du sud, parallèlement à Sugar Valley Road qui se trouvait, invisible, sur leur gauche, plusieurs centaines de mètres plus bas. À leur droite, un soleil embrasé avait entamé sa descente dans le ciel occidental et approchait de la crête d'une autre barre montagneuse.

— À droite, c'est John's Mountain. Horn Mountain est sur notre gauche. The Pocket se trouve exactement entre les deux. Elle fait des kilomètres et des kilomètres. C'est complètement sauvage, ici, comme le Bon Dieu l'a voulu.

Jack acquiesça. Hormis quelques vieilles maisons çà et là, la région semblait pratiquement déserte. Il y avait des kilomètres qu'ils n'avaient pas croisé une voiture.

Fate s'arrêta, à gauche, dans une petite clairière.

— Là-bas, dit-il, l'index braqué sur la lisière de la clairière, il y a une vieille piste qui descend jusque chez moi. Elle va aussi jusqu'à la Caverne du Fémur, qui se trouve sur les terres du Révérend Clyde.

— La Caverne du Fémur ?

— Ouais, c'est là que le Révérend parle avec Dieu. C'est lui qui le dit. Ce vieux maboul y prie et y jeûne pendant des jours. L'endroit s'appelle comme ça depuis le jour où un archéologue y a trouvé un fémur, il y a quelques années. Il a fait des expériences dessus. D'après lui, il avait quatre ou cinq cents ans, quelque chose comme ça.

Tandis qu'ils négociaient une longue courbe, le paysage se déploya devant eux, dominé par une haute montagne au pic incliné.

— Comment s'appelle cette montagne ?

— C'est Horn Mountain. C'est là qu'on va. Pendant la guerre entre les États, une femme de la famille de ma mère, une Watkins, a franchi cette montagne et est allée jusqu'à Resaca pour se procurer du sel. Les gens, par ici, étaient prêts à tout pour avoir du sel. Ils ont même fait bouillir la cendre des fumoirs pour s'en procurer.

Quand ils arrivèrent au sommet de la montagne, Fate gara le pick-up sur un espace dégagé et fit un geste circulaire de la main droite.

— Ça c'est un point de vue, pas vrai ?

Ils descendirent de voiture et s'immobilisèrent au bord du pic, dans un vent violent. À l'ouest, The Pocket, qui serpentait entre les montagnes, était nettement visible. À l'est, tout en bas, Sugar Valley se déployait, tel un Eldorado mythique et secret. La majesté du paysage stupéfia Jack, qui se demanda également pourquoi il n'avait jamais entendu parler de cet endroit.

— Je connais ce paysage depuis que je suis tout petit et il me fait toujours quelque chose. Qu'est-ce que tu en dis, Jack Lee ?

— C'est très beau, Fate. Je crois que je dois vous remercier de me l'avoir montré.

— De rien. Je te remercie de m'avoir laissé conduire ton pick-up. Peut-être qu'on devrait rentrer, maintenant.

Ils descendirent par la face abrupte de Horn Mountain et rejoignirent Sugar Valley Road à l'endroit où elle franchit la voie de chemin de fer, au cœur de la petite communauté. Fate prit à gauche et emprunta le chemin par lequel Jack était arrivé. Quand ils furent arrêtés devant la boutique, Fate coupa le contact et s'adossa au siège.

— Eh bien, ça m'a vraiment fait plaisir. Tu sais, quand t'en auras fini avec ces gens, là-bas, passe chez moi. Je serai fier de te recevoir. Je suis tout seul et, à vrai dire, un peu de compagnie me ferait plaisir. Sauf, évidemment, si t'as d'autres projets.

Le vieillard n'avait pas une once de malice. Jack aimait la compagnie de Fate et la proposition était un répit bienvenu.

— Si vous êtes sûr que je ne vous dérangerai pas, j'accepte, Fate.

— Ça me dérange absolument pas. Peut-être même qu'on débouchera une bouteille et qu'on se racontera un peu notre vie.

— Est-ce que vous avez une pièce, dans la boutique, où je pourrais me changer ?

— Sûr. Viens.

Un quart d'heure plus tard, Jack sortit de la boutique vêtu d'une chemise blanche usagée, au col ouvert, d'une veste de sport en tweed, aux coudes presque percés, de jeans et de mocassins marron crasseux, éculés. Il espérait faire l'effet d'un homme dans une mauvaise passe qui s'efforce cependant de rester digne.

Après avoir mis tout son matériel dans la cabine du pick-up, Jack gagna le chemin de la propriété du Révérend Clyde et s'y engagea. Depuis qu'il était passé devant, une heure plus tôt, on avait installé un panneau provisoire sur lequel on avait peint une flèche et « Église du Glaive Rédempteur ».

Jack se joignit à la file de voitures qui s'étendait du rideau d'arbres jusqu'à mi-chemin de la route. La voiture qui le précédait était un break Ford, immatriculé dans le Tennessee, sur le toit duquel s'entassaient un matelas, des sommiers et plusieurs caisses en carton. Un petit garçon d'une dizaine d'années montra les dents à Jack, par la lunette arrière, et fit une grimace sans doute censée évoquer un chat en colère. Ou pire. Jack prit une profonde inspiration et admit que ce qui l'attendait au-delà du rideau d'arbres l'inquiétait un peu.

CHAPITRE 16

— C'est la première fois que vous venez ? demanda le colosse qui était sorti du poste de garde en pierre et passait pratiquement la tête à l'intérieur du pick-up de Jack.

Jack sentit le souffle du gardien sur sa peau et éloigna légèrement la tête du visage porcin auquel il était confronté. Les yeux rapprochés de l'homme, marron et méfiants, scrutèrent l'intérieur de l'habitacle et s'arrêtèrent sur le sac à dos de Jack.

— C'est la première fois, répondit Jack.

— Vous avez des armes à feu ou de l'alcool ?

— Non, monsieur.

— Le parking est à droite, dit le gardien, qui glissa sous l'essuie-glace un rectangle de papier sur lequel était indiqué : « Visiteur ».

Vingt mètres après le poste de garde, derrière le rideau d'arbres, Jack découvrit un spectacle qui le stupéfia. Une énorme église en pierre se dressait dans le crépuscule. Ses étroites fenêtres verticales, qui allaient pratiquement du niveau du sol au sommet de murs de quinze mètres, étaient faiblement éclairées. Quatre colonnes gigantesques soutenaient le toit de l'imposant perron en pierre qui permettait d'accéder à un portail en bois de quatre mètres de haut. Devant le toit d'ardoises aux pentes abruptes se dressait un clocher surmonté d'une croix en bois de six mètres. Au moment où la cloche se mit à sonner solennellement, un coup de klaxon retentit derrière Jack, qui s'était arrêté, saisi par le spectacle.

Jack démarra et trouva une place sur le vaste parking gravillonné qui s'étendait devant une sorte de halle édifiée près de l'église. Des rangées de tables de pique-nique en aluminium, à bancs intégrés, étaient disposées sur le sol bétonné. Plus de deux cents personnes, selon l'estimation de Jack, allaient et venaient, portaient des plats couverts et plaçaient les convives aux tables.

Jack descendit de son pick-up et gagna l'extrémité gauche de l'église. De cet endroit, il découvrit quatre larges rues en demi-cercle, une cinquantaine de mètres au-delà de l'église. Des lampadaires de faible intensité les éclairaient et de petits groupes de gens se dirigeaient vers l'église. Des petites maisons en pierre bordaient trois de ces rues, qui faisaient entre six et huit cents mètres de long. Il y avait une petite éolienne, sur le toit de chaque maison, et un panneau solaire, à l'extrémité d'un bras permettant de l'orienter, dans toutes les cours. Huit bâtiments en pierre, qui évoquaient des dortoirs, bordaient la rue située à l'extrême gauche de Jack. D'un côté de la rue, des hommes en kaki se dirigeaient vers l'église. Du côté opposé, des femmes en robe sombre faisaient de même par groupes de deux ou trois.

Au-delà des dernières maisons, Jack distingua des granges et des étables. Derrière, s'étendaient des champs cultivés. Dans la lumière faiblissante, Jack vit une haute croix de bois dressée à mi-pente de la barre montagneuse qui limitait les champs les plus éloignés. Il fixa la croix jusqu'au moment où elle disparut dans le noir.

Jack regagna le bâtiment où un homme de petite taille, vêtu d'un costume bleu mal ajusté, l'accueillit.

— Je suis le frère Olin et je ne crois pas vous avoir déjà vu ici. Est-ce votre première visite ? Frère... ?

— Frère Jack. Oui, monsieur, c'est la première fois que je viens. C'est un bel endroit, ça on peut le dire.

— Grâce à Dieu et au Révérend Clyde. Il est effectivement très beau et nous sommes fiers de vous y recevoir. Permettez-moi de vous conduire aux tables réservées aux visiteurs.

Jack suivit le frère Olin jusqu'à un groupe de tables disposées au milieu du réfectoire. Toutes avaient une affichette indiquant qu'elles étaient destinées aux visiteurs et toutes étaient couvertes d'une nappe à carreaux rouge et blanc, contrairement aux tables voisines, qui étaient nues. Jack prit la seule place restante. Le petit garçon qui lui avait fait des grimaces par la lunette arrière du break immatriculé dans le Tennessee était en face de lui.

— Est-ce que tu viens t'installer ici, toi aussi ? demanda le petit garçon avec un fort accent des montagnes.

Sans laisser à Jack le temps de répondre, l'homme assis à la gauche du petit garçon fit, sous la table, quelque chose qui provoqua une grimace de douleur chez l'enfant.

— Tais-toi et tiens-toi bien, dit l'homme, le regard dur.

— Il n'y a pas de mal, fit Jack, qui sourit à l'enfant.

L'homme se tourna vers Jack, le regard à peine

moins dur que lorsqu'il avait réprimandé le petit garçon. La peau de son visage étroit, très tendue sur les os, faisait ressortir ses yeux marron, proéminents, fixes et d'une luminosité maladive. Sous ses cheveux châtains clairsemés, la peau de son crâne souffrait d'eczéma. Pendant qu'il était tourné vers Jack, une pellicule d'un blanc luisant tomba de la mèche qui lui barrait le front et se posa sur le bout de son long nez maigre. Il loucha, examina le bout de son nez, puis avança la lèvre inférieure de sa minuscule bouche pincée et souffla. Fasciné, Jack vit la pellicule voleter puis atterrir au beau milieu d'un des carrés rouges de la nappe.

— J'ai bien élevé ce gamin et il devrait pas poser des questions aux gens qu'il connaît pas. Je m'excuse.

— Comme j'ai dit, il n'y a pas de mal. J'étais derrière vous, au poste de garde, et on s'est vus à ce moment-là, le petit et moi.

— Je crois que je suis un peu énervé, monsieur. On vient de quitter le Tennessee avec tout ce qu'on a pu emporter et on vient ici dans l'espoir que le Révérend Clyde va nous accepter. On est un peu déboussolé quand on sait pas ce que réserve l'avenir. Je m'appelle Lester Cade.

Jack tendit la main et serra celle de l'homme, qui était molle.

— Je m'appelle Jack. Enchanté.

Jack fut soulagé quand deux adolescentes apportèrent des plateaux à compartiments chargés de nourriture fumante. Le service à table était apparemment réservé aux visiteurs. Les autres convives allaient se servir au buffet, tables sur lesquelles étaient disposés des plats couverts préparés par les membres de la congrégation.

Le plateau de Jack contenait de la dinde rôtie farcie au pain de maïs, de la purée de pommes de terre, des haricots verts, une salade de carottes et de raisins secs et une énorme part de tarte à la noix de pécan. Malgré la fraîcheur, qui était descendue sur la vallée, on posa deux pichets de thé glacé sur chacune des tables des visiteurs. Le froid, auquel Jack fut sensible, ne parut pas affecter ses voisins. Ils se jetèrent sur la nourriture comme des loups affamés. Ils mangèrent la tête au-dessus du plateau, leur fourchette allant et venant rapidement entre les assiettes et la bouche.

Quand Jack eut mangé les légumes et la tarte, il leva la tête et s'aperçut que le petit garçon fixait avec convoitise la dinde restée sur son plateau. Une jeune serveuse s'en empara sans lui laisser le temps de la proposer à l'enfant. Le petit garçon suivit tristement le plateau des yeux jusqu'au moment où la jeune fille disparut.

Jack s'excusa et se leva. Sur le chemin de la sortie, il aborda une serveuse et lui demanda si elle pouvait lui indiquer Clint DuBois. La jeune fille lui adressa un regard étrange et répondit que Clint n'était plus là.

Jack gagna la façade de l'église et regarda le clocher qui supportait la croix de bois. Quatre murs de pierre d'un mètre cinquante de haut formaient la partie inférieure du clocher et lui conféraient l'aspect fortifié d'un donjon. Quatre hommes au moins, un sur chaque face, pouvaient apparemment y prendre place. Une voix toute proche, derrière lui, le fit sursauter.

— Il paraît que vous posez des questions sur Clint DuBois ?

Jack pivota sur lui-même et se trouva confronté à

un homme qu'il n'avait pas entendu arriver. Malgré l'obscurité, Jack vit qu'il était grand et athlétique. L'ombre de Jack cachait son visage.

— J'ai lu un article sur l'École de Survie et je voulais me renseigner.

— Il y a neuf mois que Clint est parti. Je m'appelle Early VanZant. Je remplace Clint à la tête du service de sécurité et de l'École de Survie. Alors la survie vous intéresse, monsieur... ?

Jack fit un pas à droite afin que son ombre ne tombe plus sur le visage de VanZant. Deux yeux bleu foncé fixaient attentivement Jack dans un visage carré et charnu, au nez retroussé et au menton proéminent. Une bouche sensuelle, presque féminine, semblait déplacée entre ce nez mutin et ce menton disproportionné. Ses cheveux blonds, presque platine, étaient très courts, à la mode militaire.

L'énorme cloche, qui appela la congrégation à suivre l'office, couvrit la réponse de Jack.

— Venez me voir après la cérémonie, dit VanZant, qui prit ensuite le chemin de l'escalier principal.

Tandis que VanZant s'éloignait, Jack prit la mesure du fait que moins de cinq minutes s'étaient écoulées entre le moment où il avait interrogé la serveuse sur Clint DuBois et l'arrivée du chef de la sécurité. Il résolut de ne plus poser de questions et gagna les marches de l'église.

Quand il se joignit à la longue file de gens qui franchissaient l'énorme portail, Jack constata que la congrégation comportait trois groupes distincts : les familles composées du mari, de la femme et des enfants ; les jeunes hommes seuls entre vingt et quarante ans ; et les personnes âgées, dont les hommes en kaki et les femmes en bleu foncé qu'il avait aperçus dans la rue des dortoirs constituaient l'essentiel. Presque tous les vieillards avaient le visage profondément ridé et le corps usé des alcooliques. Les jeunes hommes avaient quelque chose de militaire, comme s'ils venaient de troquer leur uniforme pour des vêtements civils.

Le frère Olin accueillit Jack à la porte.

— Frère Jack, veuillez prendre place dans la section des visiteurs, devant à droite.

Une large allée centrale couverte d'un tapis marron séparait de longues rangées de prie-Dieu en bois ciré et aboutissait à la chaire, trente mètres plus loin. L'odeur de la cire se mêlait à celle des vêtements propres et créait un bouquet sain qu'aucun effluve de lotion après rasage ne venait polluer. L'église, qui se remplissait rapidement, était extraordinairement silencieuse. Les conversations étaient murmurées et le bruit dominant était le faible bruissement des vêtements lorsque les fidèles s'asseyaient.

Un homme indiqua à Jack le milieu du deuxième rang. De part et d'autre de l'allée, le premier rang était occupé exclusivement par des jeunes gens convenables. La chaire était une énorme chose en chêne ciré, flanquée de deux ailes déployées, scellées dans le sol même de l'église. Deux chaises en chêne, à haut dossier et dépourvues de coussins, étaient disposées derrière elle. Les stalles du chœur étaient de part et d'autre contre les murs.

Les fenêtres hautes et étroites des murs nus étaient équipées de volets métalliques dans lesquels s'ouvraient de minces fentes qui évoquaient des meurtrières. Jack suivit les fenêtres des yeux jusqu'au plafond, où des poutres énormes traversaient la pièce immense. Il estima que la partie la plus haute du plafond, au-dessus des poutres, se trouvait à vingt mètres du sol. Une impression de puissance compacte émanait du bâtiment, qui semblait capable de soutenir un siège. Jack frissonna et se demanda si la chaleur animale était la seule source de chauffage.

Les plafonniers s'allumèrent et les membres du chœur, en aubes rouges, entrèrent en file indienne par l'arrière. Un homme de haute taille, maigre, vêtu d'un costume de bonne coupe, arriva à leur suite et gagna la chaire. Quand il prit la parole, sa voix mélodieuse de baryton emplit l'église sans l'aide d'un micro.

— Veuillez ouvrir votre hymnaire page soixante-deux.

Jack prit l'hymnaire du prie-Dieu qui se trouvait devant lui et trouva le cantique : GLOIRE À TOI ! JÉSUS QUI FUT MÉPRISÉ ! Sur un signe du chef du chœur, un piano que Jack ne voyait pas, à gauche de la chaire, joua l'introduction. Quand la congrégation se mit à chanter, les centaines de voix parurent, grâce à l'acoustique du bâtiment, devenir des milliers. Jack, qui n'avait pas entendu le cantique depuis son enfance, fut troublé.

« Gloire à Toi ! Jésus qui fut méprisé ! Gloire à Toi, Roi de Galilée ! Tu as souffert pour nous libérer ; Tu as apporté le salut. Gloire à Toi, Sauveur torturé, Porteur de nos péchés et de notre honte. Par Toi nous trouvons le pardon ; Ton nom donne la vie. »

À la deuxième strophe, Jack joignit sa voix à celle des autres et chanta jusqu'à la fin de l'hymne. Le silence qui suivit fut impressionnant et lourd d'attente. Quand le chef du chœur descendit les marches et prit place parmi les fidèles, la lumière baissa. Puis un homme de haute taille, émacié, aux cheveux et à la barbe blancs, entra par une porte située derrière la chaire et se dirigea lentement vers elle. Une lourde aube blanche couvrait son corps décharné, si longue qu'elle touchait le sol et cachait ses pieds.

Quand il eut atteint la chaire, l'homme garda un long moment la tête baissée. Quand il se redressa et fixa les fidèles, Jack lut sur son visage une expression de haine qu'il n'avait pas vue depuis la disparition du mollah fou d'Iran. Les yeux bleu pâle brillaient sous des sourcils épais. Ils scrutèrent les fidèles et s'arrêtèrent finalement sur les visiteurs. Quand l'homme prit la parole, ce fut d'une voix de basse aussi puissante qu'autoritaire.

— Je suis Clyde Causey, prophète du Seigneur Jéhovah, Dieu de Moïse et père de Jésus-Christ, sur le commandement de qui j'ai bâti cette église et rassemblé ce troupeau. Je souhaite la bienvenue aux visiteurs, ce soir, en Son nom. Votre présence montre que vous avez été conduits sur le chemin de la vertu. Puissiez-vous ne jamais vous éloigner de lui.

Clyde Causey saisit les ailes déployées de part et d'autre de la chaire, se pencha et embrassa l'ensemble de la congrégation du regard.

— Dimanche dernier, je suis allé à la caverne de prière, où j'ai prié et jeûné jusqu'au moment de venir ici ce soir. Pendant ce temps, Dieu m'a parlé et a dévoilé son projet ultime. En ce moment même, Il me demande de retourner dans la caverne, où je dois subir l'ultime purification, qui me rendra digne de vous révéler Son projet. Après ce bref service, vous devrez aller dire à tous les frères que ce dimanche sera un jour de gloire.

« Quand Dieu m'a parlé et commandé de bâtir

cette église et de rassembler ce troupeau, Il m'a dit que cette église ferait de grandes choses. Il m'a à présent révélé que notre tâche consiste en rien de moins que la purification de l'Amérique.

« Exception faite de nos ancêtres chrétiens blancs, qui ont fondé ce grand pays, l'histoire de ce monde misérable est principalement l'histoire du rejet de Jésus-Christ, vrai fils de Dieu.

« Le peuple même du Christ, le peuple juif, l'a rejeté et s'est moqué de lui. Aujourd'hui encore, il demeure obstiné et impénitent. Le message du fils unique de Notre Père est porté jusqu'aux régions les plus reculées de la Terre depuis presque deux mille ans. Pour quel résultat ? demandez-vous.

« La nation musulmane a placé le faux prophète Mahomet au-dessus de notre cher Seigneur. Les idolâtres d'Orient n'ont pas renoncé à leurs images abominables. Ils s'entêtent à adorer une multitude de dieux insignifiants ou le Bouddha mangeur de lotus.

« Plus méprisables encore sont les fidèles du Vicaire de Belzébuth, à Rome, élu par les hommes et non par Dieu. Il sont plus bas encore que les athées, car ils pervertissent la parole de Dieu en son nom.

« Oui, nombreux sont les ennemis de Dieu. Et ils obtiendront ce qu'ils méritent. Pourtant, je n'ai pas nommé l'ennemi le plus puissant : L'ENNEMI DE L'INTÉRIEUR. Au sein de notre race chrétienne, nombreux sont ceux qui ont rejeté leur héritage. Les politiciens, fous de désir de pouvoir, nous vendent pour améliorer leur position. Dans leur cupidité, les hommes d'affaires nous vendent à nos ennemis. Les trafiquants de drogue fournissent du poison à nos jeunes et les entraînent sur le chemin de la damnation. Ceux qui humilient Notre Seigneur ont grandi au sein de l'amour de Notre Seigneur et l'ont rejeté.

« Par conséquent, la purification de l'Amérique doit commencer par l'élimination de cette lie qui nous affaiblit. Ce n'est qu'après avoir purifié notre maison que nous pourrons entreprendre la tâche grandiose qui nous est confiée. Alors, seulement, nous serons prêts à rendre à l'Amérique son statut de nation chrétienne blanche, soumise à la volonté de Dieu.

« Avant que je ne vous quitte afin de subir ma dernière épreuve, prions ensemble silencieusement pendant dix minutes. Ensuite, d'ici la fin de la semaine emplissez votre cœur de prières. Revenez ici dimanche, prêts à recevoir le plan d'action que nous avons si patiemment attendu.

« Maintenant, prions. »

Sur les dernières paroles du Révérend Clyde, la lumière baissa progressivement, puis l'église fut plongée dans le noir. Tandis qu'un silence étrange s'abattait sur la salle, Jack perçut la manifestation d'une énergie et son intensification. Quelqu'un, au fond de l'église, cria. De plus en plus puissante, l'énergie parut palpable, tourbillonna autour de Jack et tenta de pénétrer dans les parties les plus intimes de son être. Il concentra son énergie entre ses yeux et se mit à méditer. Quand Jack s'ouvrit à l'énergie de plus en plus intense, sa malignité l'emplit d'une haine qui lui serra le cœur. Il plongea de plus en plus profondément dans la méditation, atteignit enfin l'endroit où la haine ne peut aller.

Réveillé en sursaut par les accords puissants du piano, il s'aperçut que la lumière était allumée et que tous les fidèles étaient debout. Le sol vibrait sous ses pieds et il ne comprit pas immédiatement que les gens marchaient sur place. Quand il se leva, les fidèles se mirent à chanter d'une voix puissante :

« Mes yeux ont vu la gloire de la venue du Seigneur ; Il piétine la récolte qui contient les raisins de la colère ; Il a lancé l'éclair fatidique de Son glaive rédempteur impitoyable ; Sa vérité est en marche. »

Quand Jack regarda autour de lui, un spectacle étrange s'offrit à ses yeux. Le Révérend Clyde avait disparu. Les yeux fanatisés de tous les fidèles fixaient la chaire vide tandis que leurs bouches grandes ouvertes hurlaient les paroles du cantique. Les gens marchaient sur place en balançant les bras, si bien que l'église tout entière semblait en mouvement.

Jack quitta sa place et s'engagea dans la longue allée centrale au début de l'*Alléluia*. Personne ne se tourna vers lui.

Quand il sortit enfin de l'église, Jack, oppressé, respira l'air frais de la nuit à grandes goulées. La vallée baignait dans la lumière argentée de la lune, qui s'était levée au-dessus de la crête. Dans les champs, Jack aperçut une haute silhouette en blanc qui se dirigeait à grands pas vers la montagne. Quand la silhouette eut disparu entre les arbres qui bordaient les champs, Jack regagna son pick-up en hâte et s'en alla.

CHAPITRE 17

La piste d'argile rouge et de gravier, creusée d'ornières profondes, qui conduisait chez Fate DeFoor, serpentait entre les champs et les pâturages avant de gravir le flanc abrupt de la montagne. Jack ne vit la lumière de la maison de rondins qu'au moment où il entra dans la cour, au sortir d'un virage en épingle à cheveux. Aussitôt, une meute de chiens agressifs entoura le pick-up dans un concert d'aboiements. Fate sortit sur le perron et tira sur le cordon d'une ampoule nue. Puis il descendit parmi les chiens et se dirigea vers le pick-up.

— Ça va, Boss, recule, Lady, dit-il, venez, couchés, tous, ça va, les chiens. Te laisse pas impressionner, Jack. Ils jappent, mais ils mordent pas. Viens, entre.

Jack prit son duvet et son sac à dos, puis descendit de voiture parmi les chiens excités.

— Bonsoir, Fate. Je vais accepter votre proposition, si elle tient toujours.

— Bien sûr qu'elle tient. J'étais justement en train de prendre un petit remontant. Tu vas te joindre à moi.

Quand il arriva sur le perron en bois, Jack eut l'impression que la maison était très vieille. Elle était en troncs assemblés, jointoyés par une sorte de plâtre blanc. À l'intérieur, la longue salle commune en occupait toute la largeur. À droite, trois portes donnaient directement sur cette pièce principale. Une grande cheminée occupait le milieu du mur de gauche. Du feu qui ronflait à l'intérieur émanaient un mur de chaleur et le parfum familier du chêne sec. Deux rocking-chairs se trouvaient de part et d'autre de la jolie table en cerisier placée devant la cheminée. Une jarre Mason d'un litre, qui contenait un liquide d'une transparence de cristal, était posée sur la table, près d'un petit pot à confitures.

— Mets tes affaires n'importe où, Jack, et assieds-toi. Je jure, mon gars, qu'on dirait que t'as vu un fantôme. J'ai exactement le remède qu'il faut.

Fate gagna le coin cuisine, au fond de la salle commune, et sortit un autre pot du placard qui se trouvait au-dessus de l'évier. Quand il revint, ses yeux verts brillaient d'un éclat malicieux.

— Assieds-toi, mon gars, dit Fate, qui montra le rocking-chair disposé à gauche de la cheminée.

Fate s'installa à la droite de Jack et servit cérémonieusement l'alcool de contrebande. Il donna un pot à Jack, prit l'autre et s'appuya contre le dossier de son rocking-chair.

— Ça va guérir ce qui te tracasse, tu verras.

Le parfum typique du maïs mûr monta dans les narines de Jack quand il porta le verre à ses lèvres. Il but une petite gorgée de whisky et constata qu'il était très moelleux et que son feu s'exprimait sur la fin. Après avoir vidé son verre d'un trait, il resta immobile et suivit la traînée de chaleur qui descendit de son gosier à son estomac, puis rebondit et envahit sa poitrine.

— Il est excellent, Fate.

— C'est un vrai nectar, Jack. Première distillation, sans mélange et cinq ans en fût de chêne. Je m'en envoie deux ou trois petits coups tous les soirs. Je l'ai toujours fait. On va en reprendre un.

Tandis que le vieillard servait une deuxième tournée, Jack s'aperçut qu'il était totalement détendu. Il avait l'impression de connaître Fate DeFoor depuis toujours et qu'il était parfaitement naturel de boire un verre avec lui.

Le silence confortable qui s'installa entre les deux hommes dura longtemps. Ils sirotèrent leur whisky et se balancèrent devant le feu. Finalement, Fate vida son verre, posa les mains sur les accoudoirs de son rocking-chair et prit la parole sans quitter les flammes des yeux.

— Alors, qu'est-ce que tu penses de cette bande ?

— J'ai eu une drôle d'impression pendant la cérémonie, Fate. C'est difficile à expliquer, mais il m'a semblé qu'une présence maléfique m'entourait. Je n'ai jamais rien éprouvé de semblable. Je suppose que ça a l'air un peu fou.

— Pas pour moi. Il y a bientôt six ans que je vis près de ces démons. Ces gens sont complètement pourris. Jusqu'à l'os.

— Est-ce que vous avez connu un certain Clint DuBois, qui était chef de la sécurité ?

Fate pivota brusquement sur sa chaise et ses yeux enflammés fixèrent Jack.

— Je l'ai connu, ce fils de pute, et bon débarras. Je l'ai chassé de chez moi trois fois à coups de chevrotine. J'ai pas perdu un chien depuis que ce sale fumier a foutu le camp.

— Qu'est-ce qui est arrivé à vos chiens ?

— Il y en a trois qui ont été égorgés. Juste après

que ces cinglés m'aient proposé d'acheter mes terres. C'est arrivé à quelques mois d'intervalle. La première fois, ils ont été très bien. Ils m'en ont offert un bon prix. Quand je les ai envoyés promener, ils se sont introduits chez moi vêtus de leurs faux uniformes de l'armée. Ils étaient carrément agressifs quand je leur disais de s'en aller. C'est à ce moment-là que le premier chien a été égorgé. Et puis ils m'ont fait une deuxième offre. Un peu plus basse que la première. Je les ai encore envoyés promener et je leur ai dit de plus m'ennuyer avec ça. Un autre chien a été tué. Cette fois, j'y suis allé et j'ai pas mâché mes mots. J'ai dit au Révérend Clyde que s'il demandait pas à ses gars de me laisser tranquille, on réglerait le problème d'homme à homme, lui et moi.

« Et voilà que le Révérend Clyde me dit que Dieu veut mes terres et qu'il les aura d'une façon ou d'une autre. Et puis il demande à ses voyous de me raccompagner. Le lendemain matin, je trouve le cadavre d'un autre chien.

— Merde, Fate, qu'est-ce que vous avez fait ?

— J'ai commencé par enfermer mes chiens. Après, je me suis assis et j'ai réfléchi. Tu vois, petit, il arrive un moment où chacun doit regarder l'éternité en face sans ciller. Pour moi, il y a pas mal de temps que ce moment est arrivé. J'ai enterré à peu près tous les gens qui comptaient pour moi, sauf le vieux salaud d'à côté. Je supporte pas l'idée qu'il pourrait mettre la main sur ces terres, qui sont dans ma famille depuis la guerre entre les États. Je me dis, pendant que je réfléchis, qu'ils essaient de m'obliger à faire quelque chose qui les débarrassera de moi. Ma seule famille vivante est le fils d'un cousin au deuxième degré. C'est à peine si je le connais, ce gamin. La première chose qu'il fera, c'est vendre les terres, y a pas de doute. Donc, j'ai décidé de vivre plus longtemps que le Révérend Clyde. Quand il sera plus là, je suis bien sûr que tout ce cirque va tomber en quenouille. Quand on coupe la tête, le corps meurt, tu me suis ?

« Enfin, j'ai enfermé mes chiens et j'ai attendu. Quand ce Clint a fichu le camp, au début de l'année dernière, j'ai libéré les chiens et j'ai pas eu le moindre ennui depuis. Le seul problème, c'est que le vieux démon d'à côté a pas l'air de baisser.

— Fate, ce n'est peut-être qu'une intuition, mais je ne crois pas que le Révérend Clyde sera encore longtemps de ce monde.

— Le fait est que moi non plus, donc j'espère que tu as raison. J'ai quelque chose à te dire, Jack Lee, et j'espère que ça te vexera pas ou que tu iras pas t'imaginer que je fourre mon nez dans tes affaires. Quand t'es arrivé, cet après-midi, j'ai cru que t'étais de la police. Et puis, après avoir parlé un moment avec toi, j'ai écarté cette idée. Maintenant, j'ai l'impression que tu as quelque chose contre le Révérend Clyde et, si c'est le cas, je dirais qu'on est du même côté, toi et moi. Donc, je te demande pas de me raconter quoi que ce soit. Je te dis seulement que si tu as besoin de l'aide d'un vieillard qui sait garder un secret, t'as qu'à demander. C'est pas dans mes habitudes de me lier vite avec les gens, mais je vois que tu es un homme droit. Maintenant, je me tais. J'ai pas causé aussi longtemps depuis je sais pas combien de temps.

— Je vous remercie de ce que vous venez de dire, Fate. Franchement, tout est un peu dans le vague, pour le moment. Si les choses se précisent et qu'on est du même côté, vous faire confiance ne posera pas de problème.

Un bruit dans la maison fit sursauter Jack. Il adressa un regard interrogateur au vieillard, qui sourit.

— C'est Bandit, mon raton laveur. C'est vers cette heure-là qu'il se réveille. Tu veux le voir ?

— Bien sûr.

Le vieillard gagna la porte de droite. Quand il l'ouvrit et entra dans la pièce, Jack entendit le raton laveur pousser des glapissements de joie et s'agiter dans sa cage. L'animal gagna la cheminée sur l'épaule droite de Fate et dévisagea Jack d'un air méfiant, la tête juste sous le nez de son maître. Quelques instants plus tard, le raton laveur quitta l'épaule de Fate et alla derrière le rocking-chair, où il s'assit et fixa Jack de ses yeux noirs et insolents.

— Il met un peu de temps à s'habituer aux inconnus. Dans cinq minutes, tu pourras plus t'en débarrasser.

— Il s'entend comment avec les chiens ?

Fate tendit le bras et versa un peu d'alcool dans les verres.

— Bon, on a un petit jeu. Ce que j'adorais, tu vois, c'était partir avec mes chiens dans les montagnes et les écouter chanter. Maintenant, je suis trop vieux, alors je sors ce vieux Bandit et je le perche dans le grand chêne qui se trouve à côté de la maison. Ça rend les chiens complètement fous. Assis sur une branche, ce vieux Bandit crache et gronde, et, moi, je bois deux ou trois petits coups et je profite du spectacle jusqu'à ce que les chiens en puissent plus. Évidemment, c'est pas pareil que la chasse, mais, à mon âge, on prend le plaisir où on le trouve.

— Ça doit faire un sacré vacarme ?

— Sûr, on entend les chiens des kilomètres à la ronde. J'espère que c'est une épine dans le pied des gens d'à côté.

Bandit avait avancé lentement et s'était immobilisé devant Jack. Assis, il se léchait les pattes, les yeux fixés sur lui.

— Il essaie de t'escroquer quelque chose à manger.

— Qu'est-ce qu'il aime ?

— Il mange à peu près de tout. Mais c'est surtout le sucré qui lui plaît. Jamais vu un animal aussi gourmand de sucreries.

Jack fouilla dans son sac à dos, qu'il avait posé près de lui, et en sortit un gros cookie au beurre de cacahouète. Bandit escalada sa jambe droite, s'assit sur sa cuisse et tendit les deux pattes vers le cookie. Quand Jack, après l'avoir déballé, lui en tendit un petit morceau, Bandit le prit délicatement.

— Tu t'es fait un ami pour la vie, Jack.

Quand Bandit eut mangé le cookie, il sauta sur le sac à dos et se mit à fouiller dedans. Fate se leva, prit l'animal par la peau du cou et l'installa sur son épaule.

— Faudrait qu'on aille se coucher, Bandit et moi, Jack. Tu peux mettre tes trucs dans l'autre chambre, si tu veux.

Jack prit ses affaires et suivit Fate dans la chambre glaciale. Quand Fate tira sur le cordon accroché au plafond, Jack vit, dans la faible lumière de l'ampoule nue, un vieux lit de cuivre que recouvraient des couvre-pieds en patchwork, une commode surmontée d'un grand miroir et une petite table de nuit sur laquelle étaient posés un broc et une cuvette en porcelaine.

— En général, je laisse le feu s'éteindre, donc tu

peux laisser la porte ouverte ou la fermer, comme tu veux. C'est du pareil au même. La salle de bains est à côté. À demain.

— Bonne nuit, Fate.

Jack poussa la porte, la laissant légèrement entrebâillée, se déshabilla et se coucha. Dès qu'il fut allongé entre les draps de flanelle, le lit l'avala. Après un instant de confusion, Jack comprit qu'il était sur un vrai matelas de plumes. Allongé dans le noir, il attendit que son corps chauffe le lit, tandis que des pensées errantes roulaient dans son esprit comme des feuilles mortes poussées par le vent. Le projet divin du Révérend Clyde. Pourquoi les Noirs n'avaient-ils pas été mentionnés dans son sermon ? L'absence de Clint. Les chiens égorgés de Fate. Le chien de Darrell Day. Y avait-il un lien ? Le coup de téléphone anonyme à Courtney Fowler. Était-il réel ? Smiley sur la croix. Deborah. Quand l'image de Deborah O'Hara apparut, Jack s'y cramponna et l'emporta avec lui dans un sommeil sans rêves.

Un bruit inhabituel le réveilla et, immobile, il tenta de l'identifier. Une pâle lumière, qui mettait l'obscurité en relief, entrait par la porte entrouverte. Quelques instants plus tard, le parfum du café frais permit à Jack d'identifier le bruit.

Jack tendit la jambe droite et la replia aussitôt. Toutes les parties du lit qui n'étaient pas directement en contact avec son corps étaient glacées. Au terme d'une longue minute de réflexion, Jack se leva d'un bond. Le froid lui coupa le souffle et le fit trembler violemment. Il s'habilla aussi vite que possible et fonça jusqu'à la cheminée.

Après être resté trente secondes debout devant le feu, Jack lui tourna le dos et, reconnaissant, sentit la chaleur se répandre dans ses mollets et ses cuisses.

Fate sortit de la cuisine, souriant et une tasse de café fumant à la main. Il donna la tasse à Jack et s'assit près du feu.

— J'espère que t'aimes le café sucré, parce que c'est comme ça qu'on le sert ici.

— Bonjour, Fate. C'est parfait.

Jack porta la tasse de café noir fort à ses lèvres et estima que chaque gorgée contenait l'équivalent en caféine de trois cachets de No-Doz.

— T'es sorti de cette chambre comme une flèche, Jack. J'espère que t'as pas eu froid.

— Je suis un peu froid de nature. Mais j'ai dormi comme une souche. Et j'ai une faim de loup.

— J'imagine qu'on va pas tarder à s'occuper de ça. Qu'est-ce qui te ferait envie ?

— J'ai, dans mon sac, des boîtes de chili que je n'ai pas mangées, du pain et du fromage..., je crois que ça ira. Il y en a largement pour deux, si vous voulez.

— Ça vaudrait peut-être le coup d'essayer. Qu'est-ce que tu vas faire aujourd'hui, Jack ?

— Il faut que je sois à Atlanta avant midi. Mais je me demandais s'il n'y a pas un endroit, dans le coin, d'où je pourrais jeter un coup d'œil sur la propriété du Révérend ?

— Il y a rien de plus facile. Un peu plus haut, derrière la maison, il y a un promontoire qui donne juste sur l'église. Il est pas à dix minutes de marche.

Au terme d'un petit déjeuner de chili, de pain grillé, d'olives et de fromage de chèvre, Fate se leva de table et secoua la tête.

— Si quelqu'un m'avait dit que je mangerais du chili sans viande et tous ces trucs au petit déjeuner ce matin, je l'aurais pris pour un fou. Mais c'était très bon. Maintenant, qu'est-ce que tu dirais d'une petite promenade ?

Le sol couvert de gelée blanche étincelait sous le soleil matinal. Jack et Fate restèrent quelques instants immobiles près de la porte de derrière, prirent la mesure du silence immense et regardèrent la brume de leur haleine. Un bruit de course rompit le silence et les chiens les entourèrent, les pattes raides et tremblants de froid.

Après dix minutes de marche sur une pente abrupte, ils atteignirent un promontoire rocheux de six mètres de long qui, perpendiculaire au flanc de la montagne, dominait les terres de l'église. Ils gagnèrent l'extrémité du promontoire et découvrirent l'ensemble de la propriété du Révérend. Il y avait beaucoup d'activité autour des étables.

— J'ai l'impression qu'ils se préparent à tuer des cochons, dit Fate.

— À quoi servent les dortoirs ? Qui les occupe ?

— Il y en a pour les hommes sans logis, d'autres pour les femmes sans logis, et d'autres encore pour les hommes célibataires, les jeunes voyous, la milice comme ils disent. Il paraît que le Révérend Clyde ramasse ces gens sans logis, enfin ceux qui ont une allocation, et qu'il les persuade de donner leur chèque à l'église. C'est surtout des vieux ivrognes et des veuves, je crois.

Sur leur gauche, plus haut, Jack vit clairement la croix en bois de la veille au soir. Elle se dressait sur une petite terrasse herbue bordée par une formation de roches nues. Sous une fissure séparant deux gros rochers, il y avait apparemment une ouverture où un homme passerait sans difficulté.

— C'est la Caverne du Fémur, dit Fate, qui avait suivi le regard de Jack.

— Elle est grande ?

— Elle est assez profonde, une dizaine de mètres. Assez haute pour qu'on puisse se tenir debout sans baisser la tête. Il y a une toute petite source, au fond. L'eau est excellente.

— Je ne vois pas de gardiens. Est-ce que le Révérend est seul, pendant ses jeûnes de prière ?

— Seulement lui et Dieu. Personne a le droit d'être près de la caverne quand il parle à Dieu. Il doit croire que Dieu le protège.

— Où se trouve la piste qui descend de The Pocket ?

— Tu es dessus. Elle commence juste derrière la clairière que je t'ai montrée, là-haut, et elle descend à flanc de montagne. À peu près à la hauteur de la croix, elle se divise. À gauche, elle conduit à la croix, à droite elle vient jusqu'ici.

Jack jeta un dernier coup d'œil sur la communauté qui s'étendait devant lui. L'activité se faisait plus intense et les gens accomplissaient énergiquement leurs tâches matinales. Les éoliennes tournaient paresseusement sous l'effet de la brise et les panneaux solaires réfléchissaient le soleil. Jack entendit les éclats de rire des enfants et il se demanda comment il était possible que cette scène pastorale puisse receler une telle malignité.

— Bon, Fate, je crois qu'il est temps que j'y aille.

— Ouais. Faudrait que je descende ouvrir le magasin.

Après avoir fait le lit, Jack chargea ses affaires dans le pick-up et lança le moteur. Pendant qu'il chauffait, il sortit le dernier cookie au beurre de cacahouète de son sac à dos. Quand il leva la tête,

Fate se tenait près du pick-up. Jack sourit et lui donna le cookie.

— Pour Bandit.

— Et pour toi, Jack Lee, dit Fate, qui lui donna une jarre Mason d'un litre de whisky de contrebande. Bois un coup de temps en temps à la santé du vieux Fate DeFoor.

— Merci pour tout, Fate. Du fond du cœur.

— Reviens me voir. Ça me fera toujours plaisir.

— Peut-être plus tôt que vous croyez.

Jack fit une marche arrière, puis engagea le pick-up sur le chemin. Quand il se retourna, Fate leva le bras gauche et lui adressa un large sourire qui rida son visage. Le monde sera plus triste quand les hommes comme Fate DeFoor auront disparu, se dit Jack tandis qu'il prenait le chemin de la ville.

CHAPITRE 18

Quand Jack arriva à l'intersection de la I-75 et de la I-285, il sortit et téléphona au Maigre. Le Maigre décrocha pendant la première sonnerie et répondit d'une voix où l'enthousiasme transparaissait.

— Il faut qu'on se voie. Tu peux être ici quand ?

— Dans une demi-heure.

— Le portail sera ouvert.

Jack raccrocha et prit le chemin de chez Le Maigre, dopé par un espoir grandissant et par l'agitation inhabituelle qu'il avait perçue dans la voix du Maigre.

Quand Jack gara le pick-up derrière la maison de West Paces, Lucy taillait des bonsaïs dans le patio. Il portait un ample boubou orange et blanc, à motif de fleurs. Dans son énorme main, le sécateur minuscule évoquait un cure-dents en argent.

— Salut, Jack. Il t'attend dans le kiosque.

— Merci, Lucy. Je me demande ce que Paul Bunyan[1] penserait ? Lucy rejeta son énorme tête blonde en arrière et, de sa voix haut perché de soprano, rit de bon cœur.

1. Bûcheron géant du folklore américain *(N.d.T.)*.

— Jack, tu as toujours été *tellement* blagueur.

Jack gagna le grand kiosque aux parois ajourées qui se dressait au fond du vaste jardin, face à un bosquet de cornouillers et de saules. Le Maigre était assis dans une chaise longue en acajou. Il portait une sorte de pyjama en satin noir et des sandales indiennes. Quand il retira ses lunettes de soleil, la lumière qui pénétrait par les jours des parois accentua les reflets jaunes de ses yeux marron clair de chat.

— Assieds-toi, Jack, dit Le Maigre, qui montra une chaise longue disposée de l'autre côté d'une table grise, en fer forgé.

Jack s'assit sur la chaise longue en bois sculpté, dont un pied portait une plaque de cuivre sur laquelle on lisait : *SS Bremen*. Il aperçut, sous la table, un petit sac.

— J'ai reçu, hier soir, la visite intéressante d'un personnage avec qui je traite rarement. Ce type est un ancien combattant du Viêt-nam qui s'occupe principalement de trafic d'armes, mais touche parfois à l'herbe, en général à la variété commerciale. Il est venu me montrer ça.

Le Maigre prit le sac qui se trouvait sous la table et le donna à Jack. Jack l'ouvrit et y trouva un sac-poubelle fermé par un nœud. Quand il eut ouvert le sac, un parfum intense, épicé, emplit ses narines. Il y plongea la main et en sortit une longue tige intacte. Les fleurs, quand il les toucha, étaient humides. Même non préparée et imparfaitement sèche, l'herbe était aisément identifiable.

— Tu crois qu'il y a un doute ?

— Aucun, répondit Le Maigre. J'en ai fumé. C'est la dope de Smiley.

— Il y en a combien ?

— Soixante-dix kilos. On me l'a proposée à trois mille le kilo, en l'état.

— Et ?

— Je lui ai dit que je l'acceptais non préparée, mais pas humide. Je lui ai dit de demander à son ami de la faire sécher une journée de plus et de venir m'en montrer dix kilos demain à midi. J'ai ajouté que j'achèterais le reste samedi matin. Je ne savais pas quand tu reviendrais, donc j'ai pensé que le mieux était de faire un peu traîner les choses.

— C'est bien, tant que quelqu'un ne nous la souffle pas.

— Pas de problème. Le type a rappelé ce matin. Les conditions sont acceptables.

— Est-ce qu'il a mentionné le nom de son ami ?

— Eh bien, quand j'ai manifesté mon inquiétude, du fait que je ne connaissais pas l'origine de l'herbe, le type a dit que je n'avais pas de raison de m'en faire parce que son ami Clint était un mec réglo. Est-ce que ça te dit quelque chose ?

— Absolument. C'est le type qui a buté Smiley. Et maintenant, qu'est-ce qu'on fait ?

— J'y ai beaucoup réfléchi. Ce que tu as l'intention de faire doit être terminé avant samedi matin. Je ne peux pas prendre le risque d'exposer les gens avec qui je travaille. Le type vient chercher l'argent des dix kilos demain matin à onze heures et demie. Il doit rencontrer son gars, faire l'échange et m'apporter l'herbe. Si tout se passe bien, on fixe un rendez-vous samedi matin pour le reste.

— Donc il faut que je puisse suivre ton type, demain matin, quand il sortira d'ici.

— Exactement. À partir de là, tu seras seul, Jack. L'unique moyen est de suivre ce Clint après l'échange et d'espérer qu'il te conduira à l'herbe.

Dans ce cas, tu auras vingt-quatre heures pour faire ce que tu projettes de faire.

— Il va falloir que je fasse plusieurs passages dans la rue en attendant que ton type s'en aille. Qu'est-ce qu'il a comme voiture ?

— Une BMW 2002 restaurée. Rouge vif. Il va falloir que tu sois discret. Il ne sait rien. Je m'arrangerai pour qu'il s'en aille à midi moins le quart. C'est tout ce que je peux faire.

— C'est largement suffisant, Le Maigre. Merci.

— Inutile de me remercier. Quand j'ai dit que tu serais seul, ça signifiait que je ne peux pas agir personnellement. Mais, s'il y a autre chose, n'hésite pas à téléphoner. Je t'aiderai dans toute la mesure du possible.

— Bien. J'ai des préparatifs à faire. Je t'appellerai.

Le Maigre posa son regard lointain sur Jack et tendit sa longue main osseuse.

— Bonne chance, Jack. Surveille tes arrières.

— Toujours. Merci encore.

Jack serra la main du Maigre et la garda un instant dans la sienne. Une sorte de contrat fut scellé en silence entre les deux hommes qui, d'un sourire crispé, en reconnurent l'existence. Puis Jack pivota sur lui-même et regagna son pick-up.

Lucy rejoignit Jack près de son véhicule et posa ses mains puissantes sur ses épaules. Ses yeux de Viking, bleu de glace, exprimaient l'inquiétude.

— Sois très prudent, Jack Lee. Il ne faudrait pas qu'il t'arrive malheur.

Jack adressa un hochement de tête affectueux au doux géant, puis se dégagea.

— Merci, Lucy. À bientôt.

À la sortie du chemin privé, Jack s'arrêta et se demanda s'il devait appeler Darrell Day. Non, se dit-il, c'est le moment de le laisser en dehors. Inutile qu'on ait tous les deux de la merde sur les chaussures.

Jack suivit Moore's Mill Road jusqu'à la I-285, puis prit la direction du sud. Quand il atteignit la I-20, il obliqua vers l'ouest. Une heure plus tard, il prit le long chemin privé de Smiley puis s'arrêta devant le petit bâtiment que Smiley avait converti en atelier.

Quand Marge le rejoignit en haut des marches de la terrasse, Jack comprit immédiatement qu'elle souffrait. Les cernes de ses yeux étaient plus foncés et elle avait maigri. Elle se jeta dans les bras de Jack et pressa le visage contre son épaule. Jack la serra quelques instants contre lui, puis la conduisit à l'intérieur.

Il vit l'urne de métal argenté posée sur la cheminée à l'instant où il entra dans la salle de séjour. Quand il se tourna vers Marge, elle hocha la tête.

— Hier. Il a toujours dit qu'il voulait être incinéré. Je t'attendais pour répandre ses cendres dans la rivière.

Jack entraîna Marge jusqu'au canapé et s'assit près d'elle.

— Je dois faire quelque chose avant, Marge. Je reviendrai quand j'aurai terminé.

— Tu sais qui a tué Smiley ?

— Je crois. Où sont les enfants ?

— Ils sont restés à Atlanta, chez les parents de Smiley, après la cérémonie. J'ai besoin d'être seule, Jack. J'espère que tu ne m'en veux pas.

— De quoi, Marge ?

— D'avoir organisé la cérémonie sans toi. Il fallait que j'en finisse. Je regrette.

— Inutile. Tu as bien fait. Est-ce que tu as besoin de quelque chose ?

— Seulement de ce dont on a parlé. Trouver pourquoi. Tant que je ne saurai pas, je ne pourrai pas recommencer à vivre.

— Il faut que je prenne le matériel. Smiley ne l'a pas déplacé, n'est-ce pas ?

— Il ne m'a rien dit.

— Il me faut aussi la clé de l'atelier.

Marge gagna la cuisine et revint avec une clé sur une boucle de ficelle.

— Qu'est-ce qui va arriver, Jack ? Pourquoi tu as besoin du matériel ?

— Je ne sais pas comment ça va tourner, Marge. Il est probablement préférable qu'on n'en parle pas maintenant. On aura tout le temps plus tard.

Sur le chemin de l'atelier, Jack prit son sac à dos dans le pick-up. Quand il eut ouvert la porte de l'atelier, les odeurs du métal et de l'huile se mêlèrent dans ses narines. Il alluma la lampe et vida son sac sur une grande table en acier inoxydable qui occupait le centre de la pièce. Il trouva rapidement un bidon de vingt litres d'essence, un seau en aluminium propre, de l'huile minérale et un sac plein de chiffons propres. Il emplit le seau d'essence. Puis il ramassa son sac à dos vide, prit une pelle parmi les outils rangés à gauche de la porte et se dirigea vers la rivière.

Jack suivit la rive, en direction du nord, sur cent mètres. Quand il eut atteint un étroit bras mort, il prit à gauche et le suivit jusqu'à son extrémité, qui se trouvait dans la forêt, à une cinquantaine de mètres. Juste au-delà de l'extrémité du bras mort, le tronc d'un énorme châtaignier abattu pourrissait. Jack longea le tronc, depuis sa base déracinée, et trouva une pierre de forme irrégulière. Il posa le talon gauche contre la pierre, mesura soigneusement dix longueurs de pied, puis se mit à creuser. Dix minutes plus tard, il sortit de la terre humide un grand seau en caoutchouc muni d'un couvercle étanche.

Dans le seau, Jack trouva deux pistolets mitrailleurs 9mm Mac 10 dans la Cosmoline, deux silencieux Sionic, dix chargeurs et une réserve de cartouches de 9mm.

Après avoir pris un Mac 10, un silencieux, cinq chargeurs, une paire de lunettes de vision nocturne et la moitié des munitions, Jack enterra à nouveau le seau et disposa une couche de feuilles mortes sur la terre. Le poids du sac, qui heurtait son dos à chaque pas, l'amena à prendre conscience du fait qu'il était sur le point de franchir la ligne blanche alors qu'il s'était promis de ne plus le faire. Quand il atteignit la rive, Jack s'arrêta et écouta le murmure de la Chattahoochee. Qu'est-ce que je suis en train de foutre ? demanda-t-il à la rivière et à lui-même. En lui, un rire sarcastique, laid, retentit. La rivière murmura des propos inintelligibles et continua son chemin.

Quand il atteignit la limite du jardin, Jack vit Marge assise derrière la baie vitrée, les yeux fixés sur la rivière. Il se demanda brièvement s'il pouvait l'aider, s'il avait bien pensé à tout. Oui, se dit-il, elle ne peut trouver de consolation qu'en elle-même. Termine ce que tu as commencé.

Après avoir trempé les pièces de l'arme dans l'essence, Jack les essuya, les sécha soigneusement, puis passa une mince couche d'huile dessus. Il remonta l'impressionnant petit flingue, garnit les chargeurs et cacha le tout au fond de son sac à dos, sous des vêtements. Puis il nettoya l'atelier et regagna la maison.

Marge était toujours derrière la baie vitrée. Elle ne tourna pas la tête quand Jack entra dans la pièce.

— J'ai remis la clé à sa place, Marge. La porte de l'atelier est ouverte... Il a besoin d'être aéré.

— Je la fermerai. Quand donneras-tu de tes nouvelles, Jack ?

— Je ne sais pas exactement. Mais bientôt. Je vais dormir chez moi, maintenant, sauf si tu as besoin de quelque chose.

— Seulement de calme. Reviens sain et sauf.

Quand Jack ferma la barrière de son chemin derrière lui, il n'éprouva pas la sensation familière de soulagement. L'inquiétude s'empara soudain de lui, l'emplit d'une énergie nerveuse qui paraissait courir sur sa peau. Il connaissait cette sensation, mais il y avait plus de trois ans qu'il ne l'avait pas éprouvée et il ne la retrouva pas avec plaisir.

Après avoir déchargé le pick-up et fait du feu, Jack se changea et gagna le tas de bois. Il se mit à fendre des bûches de chêne d'un mètre avec une hache à long manche. Bientôt, il trouva un rythme qu'il maintiendrait jusqu'à l'intense épuisement physique qui assure un sommeil sans rêves.

CHAPITRE 19

Jeudi, à 7 h 45, quand la sonnette retentit, Darrell Day, furieux, faisait les cent pas dans son salon. Sa haine du monde, qui durait depuis trois jours, depuis l'assassinat de Courtney, s'était progressivement intensifiée depuis la mort de son chien et, à présent, depuis que Jack Lee n'avait pas pris la peine de le contacter. La conséquence était un sentiment de frustration d'une violence inégalée. Son sang bouillait si fort qu'il avait l'impression que ses veines allaient éclater. Il sortit brutalement son .45 de son étui d'épaule et gagna la porte à grandes enjambées. Il espérait y trouver le coupeur d'oreilles, mais pensait que ça serait Jack Lee et avait l'intention de lui passer un savon.

Mais, par le judas, Darrell vit un jeune homme de haute taille, blond, vêtu d'un imperméable marron. Darrell cacha l'arme derrière son dos et ouvrit la porte de la main gauche.

Quand Tommy Dalton glissa la main droite sous sa veste, Darrell plaça son .45 contre sa cuisse droite. Dalton écarta prudemment le revers de sa veste du pouce et de l'index de la main gauche, puis saisit ses papiers d'identité de la droite.

— Du calme, monsieur Day, dit Dalton tandis qu'il sortait son porte-cartes.

Darrell examina les papiers de Dalton, puis les lui rendit.

— Qu'est-ce que vous voulez, Dalton ?

— Je voudrais vous poser quelques questions. Est-ce que je peux entrer ?

Darrell s'écarta, fit signe à Dalton d'avancer, puis ferma la porte. Il ne lui proposa pas de s'asseoir.

— Alors, Dalton, qu'est-ce qui vous amène ?

— Courtney Fowler vous a téléphoné depuis son bureau lundi à treize heures cinq. Ensuite, à treize heures treize, elle a appelé le *Manuel's Tavern*. D'après le barman, vous y étiez bien à cette heure-là. Une femme vous a demandé au téléphone, puis vous êtes parti précipitamment. Je suis passé voir Miss Fowler à treize heures dix, pour l'interroger sur la crucifixion du comté de Carroll. Juste avant d'aller déjeuner, elle a dit qu'elle avait un coup de téléphone à donner et m'a demandé d'attendre dans le hall d'entrée. Je voudrais savoir pourquoi elle vous a appelé. Je voudrais savoir s'il y avait un lien entre cet appel et l'enquête sur les meurtres du coupeur d'oreilles, sur laquelle elle travaillait avant sa mort.

Les yeux fixés sur le visage de Dalton, Darrell se disait qu'il l'avait déjà rencontré. De toute façon, c'était un crâneur arrogant et prétentieux, et Darrell ne le supportait déjà plus.

— Elle m'a appelé au *Manuel's Tavern* à propos d'une affaire totalement différente. Est-ce que c'est tout ?

Dalton fixa Darrell, une expression méprisante dans ses yeux bleus et durs.

— Vous ne vous souvenez pas de moi, hein, Day ?

— Est-ce que je devrais ?

— Il y a dix ans. L'affaire de l'auto-stoppeur. J'étais chargé de l'enquête et vous me l'avez piquée. Putain de patron des Fédéraux ! Alors je vais vous dire un truc, monsieur l'ex-patron des Fédéraux. Maintenant, vous êtes plus que dalle et si vous gardez des informations pour vous, je vous retire votre licence et je vous inculpe d'entrave à la justice si vite que vous en aurez le vertige. Est-ce que c'est clair ?

Les propos de Dalton stimulèrent la mémoire de Darrell et le sang lui monta au visage. Il avança et s'immobilisa si près de Dalton que l'agent sentit son souffle brûlant sur son visage. Quand Darrell prit la parole, ce fut d'une voix rauque, les dents serrées.

— Tu me parles encore une fois sur ce ton, je t'arrache la langue et je te la fourre dans le cul.

Les paroles de Darrell liquéfièrent les entrailles de l'agent spécial Tommy Dalton et lui emplirent la bouche de coton. Pris de panique, il jeta un bref regard sur Darrell et crut pendant un instant qu'il allait lui mordre le cou. Il recula d'un pas et tenta de retrouver son assurance. Cette tentative échoua lamentablement quand il fixa les yeux noirs et brillants de Darrell. Au terme d'un long moment pénible, il renonça à cacher sa peur et gagna la porte. Quand il l'eut ouverte et fut sorti, Dalton tenta de parler, puis y renonça, pivota rapidement sur lui-même et se dirigea vers sa voiture.

Darrell ferma la porte et gagna la cuisine. Quand l'adrénaline se dissipa dans son sang, il éprouva une sensation d'accablement. Il se servait un verre de Maker's Mark quand le téléphone sonna. Après avoir bu le bourbon d'un trait, il décrocha et reconnut la voix du collègue à qui il avait demandé des informations sur Clint DuBois.

— J'ai tes renseignements.

— Quel est ton numéro ? Je vais sortir et te rappeler.

— On ne peut pas parler au téléphone. Je change demain soir à l'aéroport de Hartfield. On se retrouve au bar du terminal principal à vingt et une heures trente.

Darrell raccrocha et se demanda quel secret, dans la vie de Clint DuBois, exigeait un face-à-face. Il y a quelque chose qui cloche, se dit-il avant de se remettre à faire les cent pas.

CHAPITRE 20

Lundi matin, à 11 h 45, alors que Jack passait pour la cinquième fois devant chez Le Maigre, une BMW rouge vif s'arrêta au bout du chemin, puis tourna à droite et prit la direction de Peachtree Road. Jack s'engagea dans un autre chemin privé, fit demi-tour puis roula à tombeau ouvert jusqu'au moment où il aperçut la voiture rouge. Il la suivit jusqu'à Lenox Road, puis dans le parking de Lenox Square. Jack s'arrêta à l'entrée du parking tandis que le chauffeur de la BMW suivait lentement les allées bordées de voitures en stationnement, regardant à droite et à gauche. Quand la voiture rouge prit une place inoccupée, près d'une camionnette Ford verte, au milieu du parking, Jack suivit l'allée parallèle et trouva à se garer derrière une Honda Civic, de telle façon qu'il voyait clairement l'arrière des deux véhicules.

Un homme trapu et barbu descendit de la BMW, puis monta dans la camionnette par la portière du passager. À peu près une minute plus tard, on bougea à l'intérieur de la camionnette, qui oscilla légèrement. Un rideau masquait les vitres arrière de la camionnette.

Dix minutes plus tard, quand le barbu sortit par la portière latérale de la camionnette, il portait deux gros sacs en plastique. Il gagna tranquillement la BMW, ouvrit le coffre, y déposa les sacs, le ferma puis monta en voiture. Tout cela fut accompli sans un regard aux alentours et sans le moindre indice d'inquiétude. La camionnette resta deux minutes immobile, après le départ de la BMW, puis recula et prit la direction de Lenox Road. Jack attendit qu'elle ait dépassé sa rangée, et la suivit.

La camionnette prit Lenox à gauche, puis Peachtree à droite. Au carrefour de Peachtree et de Dunwoody, elle tourna à gauche, en direction du nord. Jack resta trois cents mètres derrière la camionnette et la suivit jusqu'au Highway 400. Quand elle s'engagea sur cette route en direction du nord, Jack lui laissa prendre un kilomètre et demi d'avance, et la suivit à cent kilomètres heure. Trente kilomètres plus loin, la camionnette emprunta le Highway 120 en direction de l'est. Juste après la petite ville d'Ocee, elle prit, à gauche, une route secondaire goudronnée. Quand Jack s'y engagea à son tour, l'arrière de la camionnette disparaissait dans un virage.

Jack fonça jusqu'au virage, le négocia et se trouva confronté à une longue ligne droite déserte. La camionnette avait disparu. Il ralentit et chercha un croisement à droite et à gauche. Trois kilomètres plus loin, il trouva un étroit chemin gravillonné, à gauche, qui rejoignait la route selon un angle aigu. Le croisement se trouvait au pied d'une côte abrupte. Jack parcourut encore quatre cents mètres puis se gara sur un large accotement, au milieu d'un virage à gauche. Il descendit, jeta un coup d'œil dans le chemin et constata que la camionnette verte était arrêtée devant une maison blanche, en bois.

À cinquante mètres de l'endroit où Jack se tenait, une ligne électrique courait dans la forêt et gravissait la colline, quelques centaines de mètres derrière la maison. Jack suivit la ligne et trouva un espace dégagé, défriché à l'intention des véhicules d'entretien, à soixante mètres du pied de la colline. Il regagna le pick-up, longea la ligne électrique jusqu'à l'espace dégagé et se gara. Quand il eut regagné la ligne, il s'assura que le pick-up, caché dans le sous-bois, était invisible depuis la route, puis s'engagea sur la pente. L'emprise de la ligne avait été récemment débroussaillée. Hormis un problème électrique, Jack ne voyait pas pourquoi quelqu'un s'aventurerait dans cette forêt.

Une fois arrivé au sommet de la colline, Jack mit un genou à terre près d'un gros chêne et regarda la ferme. Elle se dressait à l'extrémité opposée d'une prairie située en bordure d'un ruisseau, orienté est-ouest, qui se trouvait une centaine de mètres derrière la maison, entre elle et la colline sur laquelle Jack avait pris position. Un chemin en forme de croissant rejoignait la route goudronnée à ses deux extrémités. Jack avait manqué le premier croisement parce qu'il se trouvait à la sortie du virage où il avait momentanément perdu la camionnette de vue. La route courait au sommet d'une falaise abrupte, si bien qu'on ne pouvait voir la maison quand on y passait.

Au moment où Jack allait se lever, la porte de derrière de la maison s'ouvrit. Un homme brun, en jean et T-shirt noir, une poubelle en aluminium à la main, gagna un bidon de deux cents litres noirci et y versa le contenu de la poubelle. Il resta quelques secondes penché sur le bidon, puis recula. Un instant plus tard, une colonne de fumée s'éleva du bidon. L'homme regarda le feu pendant une minute avant de regagner la maison.

Jack s'assit au pied du chêne et examina la maison. Quand son regard se posa sur le poteau électrique qui se dressait près d'elle, un plan prit forme dans son esprit. Il y avait sûrement un interrupteur sur la boîte de fusibles située juste sous le compteur. S'il pouvait descendre jusque-là en silence et couper le courant, peut-être serait-il possible d'attirer Clint DuBois dehors, où les lunettes de vision nocturne lui donneraient un gros avantage. La lune se lèverait à 20 h 30, donc il lui faudrait agir au plus tard à 20 heures. Sauf si Clint s'en allait. Dans ce cas, il pénétrerait dans la maison, prendrait l'herbe et attendrait son retour.

Tandis que Jack songeait à l'occupant de la maison, la perspective de l'échec s'insinua dans son esprit. Quatre personnes avaient subi un sort terrifiant entre les mains de l'homme à qui il comptait rendre visite après la tombée de la nuit. S'il devenait la cinquième, personne ne le saurait. C'était en soi très désagréable. Mais, pire, Clint DuBois ne serait pas inquiété. Jack envisagea une nouvelle fois de téléphoner à Darrell Day, puis y renonça. Quand un plan de rechange lui traversa l'esprit, il se leva et regagna le pick-up. Il se dit que Clint ne partirait sûrement pas tout de suite après avoir fait du feu.

Jack regagna la route goudronnée aussi rapidement que possible, puis reprit le chemin d'Ocee et du Highway 400. À plusieurs reprises, il nota les indications du compteur kilométrique.

Quand il eut atteint le Highway 400, Jack téléphona au Maigre depuis une cabine. Le Maigre décrocha à la quatrième sonnerie.

— C'est encore moi.

— Bonne promenade ?

— Très productive. Tu as dit que je pouvais t'appeler si j'avais besoin d'aide.

— Qu'est-ce que tu veux ?

— Je voudrais qu'on se voie. Je suis sur le 400. Est-ce que tu peux me retrouver au McDonald du carrefour de Holcomb Bridge Road et du 400 ? Ce que je veux ne prendra que cinq minutes.

— Je pars. Donne-moi vingt minutes.

Jack regagna le pick-up, prit un stylo et une feuille de papier dans la boîte à gants. D'un côté, il dessina un plan détaillé de la maison de Clint DuBois et, de l'autre, indiqua comment se rendre chez Darrell Day, ainsi que son numéro de téléphone.

La Jaguar grise du Maigre était garée au fond du parking du McDonald quand Jack arriva. Il se gara près d'elle et descendit de voiture quand Le Maigre lui eut fait signe de le rejoindre.

— Alors, ça s'est bien passé ?

— Pour le moment, tout va bien. J'ai suivi Clint jusque chez lui. J'aurai des informations plus précises après la tombée de la nuit.

— Tu vas y aller seul ?

— Ouais. C'est pour ça que je voulais te voir. Si je n'ai pas donné de nouvelles à vingt-deux heures, il faudrait que tu remettes ça à un type qui s'appelle Darrell Day. De préférence en main propre.

— Qui est-ce ?

— Si je te le disais, tu ne me croirais pas. Il est mêlé à tout ça et, s'il m'arrive quelque chose, il faut qu'il soit averti.

Le Maigre examina les deux faces de la feuille de papier.

— Pas de problème, Jack. À propos, tout s'est bien

passé, ce matin. On a à nouveau rendez-vous demain à onze heures. Normalement, j'aurai eu de tes nouvelles avant.

— Normalement.

*

Quand Jack arriva à la ligne électrique, il jeta un coup d'œil dans le rétroviseur et constata que la camionnette verte était toujours devant la maison. Il longea la ligne et se gara au fond de l'espace dégagé. Dans son sac à dos, il prit un épais pull-over de camouflage, un bonnet de laine noire et une paire de gants noirs, légers, en coton, dont l'intérieur comportait de petites boules métalliques. Quand il fut habillé, il mit le sac sur son dos et gravit la colline.

Au sommet, Jack s'arrêta près d'un haut peuplier et resta un instant immobile. Quand il fut certain que Clint DuBois n'était pas dans la cour, il gagna le gros chêne, sortit une petite toile imperméable du sac à dos et l'étendit au pied de l'arbre. Il posa le sac derrière l'arbre, puis s'assit en tailleur sur la toile.

Le silence de l'après-midi, rarement troublé par le passage d'une voiture, s'insinua en Jack, poussa une part impatiente de lui-même à agir, puisque Clint DuBois était à présent dans son collimateur. Il décida de se concentrer sur sa respiration. Lentement, son souffle ralentit jusqu'au moment où il y eut de longues pauses entre les respirations. Au bout d'une heure, le soleil atteignit le sommet des arbres qui se dressaient au-delà du pâturage qui s'étendait derrière la maison. Les arbres jetèrent de longues ombres sur la prairie et y dessinèrent des motifs complexes tandis que le soleil descendait derrière eux. Sous les yeux de Jack, un énorme réseau d'ombres, relié aux quatre coins par une seule bande, se forma au milieu du pâturage. Soudain, une forme tomba du ciel à toute vitesse et se posa au milieu du réseau. Une buse à queue rousse s'éleva lentement, serrant un lapin dans ses serres, les ailes battant de toute leur puissance en raison du poids de la proie. Un cri de triomphe strident vrilla l'air quand la buse franchit la ligne d'arbres.

Jack sortit une petite Thermos et une boîte Tupperware de son sac à dos. Autant dîner en même temps que l'oiseau, se dit-il tandis qu'il se servait du café fort puis posait deux sandwiches au fromage et des chips à la farine de maïs devant lui, sur la toile imperméable.

Il mangeait la dernière chips quand Clint DuBois sortit par la porte de derrière et mit une nouvelle fois des ordures à brûler. Un nuage de cendres et de fumée se forma au-dessus du bidon. Jack braqua ses jumelles sur le visage de DuBois.

Les yeux fascinèrent Jack. Ils brûlaient dans les creux et les plans de son long visage maigre. Sa barbe d'un noir bleuté, très dense, montait haut sur ses joues et couvrait la moitié supérieure de son cou. Le long nez et la bouche aux lèvres serrées conféraient au visage une expression farouche. Les courts cheveux noirs poussaient très bas sur un front légèrement incliné.

DuBois était grand, mince et musclé. Quand il pivota sur lui-même et regagna la maison, Jack constata que sa démarche évoquait vaguement celle d'un singe. Le visage avait quelque chose de familier qu'il était incapable de préciser. Plusieurs minutes après qu'il eut cessé de se demander ce que c'était, ce qu'il avait cherché en vain lui revint en mémoire.

Il avait lu un article sur les hommes qui avaient un chromosome mâle supplémentaire, cas rare et anormal. Les porteurs de cette malformation génétique étaient souvent exagérément agressifs et portés à la violence extrême. L'article présentait, entre autres, une photo de Richard Speck. Le portrait de Clint DuBois y aurait eu sa place.

Quand la prairie fut complètement dans le noir, Jack sortit le Mac 10, un chargeur, le silencieux et les lunettes de vision nocturne de son sac à dos. Il sortit les quatre chargeurs restants du compartiment principal puis en plaça deux dans chacune des poches latérales, dont il tira les fermetures à glissière de telle façon qu'ils dépassent légèrement et soient de ce fait faciles à saisir. Ensuite, il fixa le silencieux et, de la paume de la main gauche, engagea le chargeur. Après avoir nettoyé les lentilles des lunettes, il se leva et gagna les arbres qui se dressaient au sommet de la colline. Dix minutes de gymnastique rétablirent la circulation dans ses jambes et ses pieds ankylosés. Le sang, qui bourdonnait derrière ses tympans, fredonnait une vieille chanson, une chanson dont le rythme martial stimulait ses surrénales. Il regagna la toile imperméable, s'assit en tailleur, se concentra sur sa respiration et écouta le flot de son sang, tandis que la fraîcheur de la nuit s'installait.

Quand les aiguilles luminescentes de sa montre indiquèrent 19 h 45, il rangea la toile imperméable dans le sac à dos, qu'il chargea ensuite sur ses épaules, et mit les lunettes de vision nocturne. Après avoir laissé à ses yeux le temps de s'accoutumer au nouvel aspect du paysage, qui évoquait à présent une radiographie, il prit lentement le chemin du pied de la colline. Quand il arriva en bas, quelque chose bougea, juste devant lui, au bord du ruisseau. Une biche et deux faons baissèrent la tête et burent. Quelques secondes plus tard, un chevreuil aux bois imposants les rejoignit. Le chevreuil leva la tête et huma l'air avant de boire. Quand ils eurent terminé, les animaux restèrent quelques instants immobiles, puis prirent le chemin de la lisière de la forêt.

Quand Jack atteignit le ruisseau, la lumière qui éclairait la fenêtre de gauche depuis la tombée de la nuit s'éteignit. Jack se cacha derrière les buissons de la rive et attendit. Une porte claqua, puis un moteur démarra. Les phares de la camionnette balayèrent la prairie quand elle recula et s'engagea sur le chemin. Parvenue à la route goudronnée, la camionnette tourna à gauche et accéléra. Jack se redressa quand le grondement du moteur eut disparu.

Jack resta un long moment immobile, puis franchit le ruisseau d'un bond et couvrit les cent mètres qui le séparaient de la maison en longues enjambées rapides. Il abaissa l'interrupteur de la boîte de fusibles, puis fit le tour de la maison, au cas où il y aurait un système de sécurité. Quand il fut certain qu'il n'y en avait pas, il gravit les marches du perron de derrière et cassa la vitre inférieure droite de la porte à demi vitrée. Après avoir armé le Mac 10, il passa la main gauche à l'intérieur et tourna le bouton du verrou.

Jack entra ensuite dans une grande cuisine, reliée au reste de la maison par une porte qui, à gauche, donnait sur un large couloir. Deux portes s'ouvraient sur le côté gauche du couloir. La première pièce était vide, hormis un futon, sur lequel se trouvait un sac de couchage ouvert, un appareil de musculation et, au-dessus de la cheminée, un poster géant d'Adolf Hitler. L'autre pièce ne contenait qu'un fauteuil encadré à gauche par un lampadaire et à droite par une petite table, ainsi qu'un Sony Trinitron de trente centimètres sur une caisse en bois. Les placards des deux pièces étaient vides.

De l'autre côté du couloir, Jack trouva une grande salle de séjour nue et une salle de bains. Le placard et l'armoire à pharmacie de la salle de bains étaient vides. Une brosse à dents, du dentifrice, du fil dentaire, un rasoir jetable et de la mousse à raser se trouvaient sur le lavabo. Sur une étagère, au-dessus de la grande baignoire à pattes de lion, il y avait un savon et du shampooing dans un flacon en plastique.

Au milieu du plafond du couloir, Jack vit une trappe à laquelle une corde était fixée. Quand il tira sur la corde, la trappe bascula et révéla un escalier pliant en plastique. Jack déploya l'escalier, monta et constata que le grenier était vide.

Troublé, Jack regagna la cuisine. Derrière la porte ouverte, qui se trouvait à sa gauche, il découvrit une autre porte. Après l'avoir tirée, il entra dans un cellier qui ne contenait que quelques boîtes de conserve. Il y avait une autre porte, au fond. Jack l'ouvrit et trouva un escalier descendant au sous-sol. À mi-chemin, l'odeur de ce qu'il cherchait emplit ses narines.

La pièce principale du sous-sol était vide, hormis une chaise en plastique qui trônait dans une piscine gonflable posée au milieu du sol bétonné. La partie située sous la chaise, découpée, laissait voir une bonde métallique.

À gauche, il y avait une porte et un robinet auquel était fixé un tuyau d'arrosage, qui était enroulé dessous. Derrière la porte, Jack trouva une buanderie équipée d'une machine à laver et d'un sèche-linge. Il trouva aussi, dans un placard, vingt-trois sacs poubelle à moitié pleins. Une odeur malsaine, une puanteur de pourriture, se mêlait au parfum de la marijuana. Quand Jack jeta un coup d'œil au fond du placard, il en découvrit l'origine. Sur une ficelle suspendue à la corde à linge, huit oreilles humaines évoquaient les perles du collier d'un vampire. Jack les fixa avec un mélange de révulsion et de fascination. Puis il entendit comme un sifflement et le monde devint noir.

Jack revint lentement à lui dans un tourbillon de vertige et de nausée. À la base de son cou, juste audessus de l'épaule droite, une intense douleur palpitait. Quand il tenta de lever la tête, il fut victime d'une nouvelle nausée et vomit sur ses genoux. La chaleur du vomi, sur ses cuisses, lui indiqua qu'on lui avait retiré ses jeans. Il fit le point et constata qu'il ne portait plus que son caleçon. Il était assis sur une chaise, les mains immobilisées dans le dos par des menottes et les chevilles attachées aux pieds de la chaise. Le noir total qui régnait dans la pièce le privait de tout point de repère et le froid le faisait trembler violemment. Jack se força à respirer profondément plusieurs fois de suite et tenta de s'éclaircir les idées.

La porte située en haut de l'escalier s'ouvrit et un faisceau de lumière éclaira la partie supérieure du corps de Jack. Puis le plafonnier s'alluma et la porte fut fermée. Clint DuBois descendit l'escalier, un sac de sport dans la main gauche et, dans la droite, la petite table que Jack avait vue près du fauteuil. Il avait une serviette sur l'épaule gauche.

DuBois installa la table un mètre devant Jack et posa le sac de sport dessus. Du sac, il sortit un long cigare, un rasoir à manche de nacre et une peau de chamois couverte d'empreintes de dents humaines.

DuBois tourna le dos à Jack, sortit un briquet de la poche de droite de ses jeans et alluma le cigare. Puis il fit face à Jack, le visage dans un nuage de fumée. Quand il s'agenouilla au bord de la piscine gonflable et lui souffla une longue bouffée de fumée au visage, Jack eut un nouveau haut-le-cœur.

Clint DuBois gagna le robinet et l'ouvrit. Puis il prit le tuyau et dirigea le puissant jet d'eau glacée sur Jack. Quand la bonde eut évacué le vomi, DuBois coupa l'eau et revint s'agenouiller devant Jack.

— Alors, qu'est-ce qu'un Jackson Robert E. Lee ?

La voix de DuBois était grave et calme. Jack fixa ses yeux noirs et tenta de deviner comment il connaissait son nom. L'eau glacée avait précipité le début de l'hypothermie et son esprit était d'autant plus embrumé.

— J'ai fouillé ton portefeuille, Lee. Maintenant, tu es qui, et qu'est-ce que tu viens faire ici ?

— Je t'emmerde, marmonna Jack, dont les dents s'entrechoquaient.

DuBois se redressa vivement, saisit Jack par les cheveux, en arrachant presque une poignée, et lui bascula la tête en arrière. Il prit la serviette qui était restée sur son épaule et sécha la poitrine de Jack. Puis il tira à plusieurs reprises sur le cigare et le posa sur la poitrine de Jack, juste au-dessus du sternum.

Le corps de Jack se cambra quand l'extrémité incandescente du cigare toucha sa peau. Il entendit le grésillement de la peau brûlée et s'efforça de ne pas crier. Quand l'odeur des poils grillés et de la peau calcinée atteignit ses narines, un long rugissement de souffrance prit naissance au plus profond de son ventre et franchit ses lèvres. L'écho de ce hurlement le suivit quand il plongea dans un long tunnel de ténèbres.

CHAPITRE 21

Le vendredi, à 20 h 45, Darrell Day brancha son répondeur et prit le chemin de l'aéroport. Jack n'avait toujours pas pris contact avec lui et il était à présent moins furieux qu'inquiet. Son intuition lui disait que quelque chose avait mal tourné et que Jack avait des problèmes. Il avait téléphoné à Yeats Murphy qui, préoccupé, lui avait dit qu'il n'avait pas de nouvelles de Jack depuis lundi. La rencontre imminente avec son vieil ami Jim Weston accentuait son malaise. Jim le truqueur n'aurait pas exigé sans raison de le voir en personne.

Sur la route de Hartsfield, Darrell songea aux sentiments mêlés que Jim Weston lui inspirait. Ils avaient autrefois suivi ensemble les cours de l'Académie, et s'étaient fréquentés, même s'ils n'étaient pas vraiment amis. Lors de leur année de stage, ils avaient tous les deux été affectés à Washington, D.C. Plus tôt, Jim s'était montré capable d'emmerder tous ceux qui l'emmerdaient, de laisser tomber tous ceux qui le laissaient tomber et de rouler tous ceux qui tentaient de le rouler. Il s'était fait les dents sur des affaires intérieures qui nécessitaient d'infiltrer des réseaux, puis il avait accédé au niveau où les distinctions entre intérieur et international, entre un service de renseignement et un autre, s'estompent et disparaissent dans l'univers glauque des collaborations officieuses. Darrell avait choisi le rôle plus modeste d'agent de terrain. Après la nomination de Darrell hors de Washington, les deux hommes restèrent en relation, burent de temps en temps un verre ensemble quand une réunion au quartier général amenait Darrell dans la capitale fédérale. Jim Weston savait se montrer très agréable et Darrell l'appréciait. Jusqu'à un certain point. Il y avait chez lui quelque chose de fuyant, d'insaisissable, qui empêchait Darrell de lui faire entièrement confiance.

Darrell se gara au parking et gagna le terminal. Des gens de toutes couleurs et de toutes nationalités allaient et venaient, une expression hagarde sur le visage. Quand il franchit les portes coulissantes en verre, une sensation de dégoût lui crispa le ventre, impression familière qui lui aurait indiqué qu'il se trouvait dans un aéroport même s'il avait eu les yeux bandés. Il gagna les comptoirs, puis le bar immense qui occupait le centre du bâtiment. Jim Weston, qui avait pris une table proche de l'entrée, dans un coin, se leva alors que Darrell était à cinq mètres de lui.

Weston portait une veste de tweed marron, froissée, aux coudes en daim, sur un pull en V de cachemire jaune et une chemise blanche au col ouvert. Il avait un pantalon marron, légèrement trop large, à revers, et des chaussures de daim à lacets. Darrell savait que cette tenue ostensiblement décontractée couvrait un corps en excellente condition physique, qui aurait suscité la jalousie de beaucoup d'hommes deux fois moins âgés que Jim.

Seules les fines rides qui entouraient ses yeux bleus bienveillants et les profondes rides qui encadraient sa grande bouche aux lèvres sensuelles démentaient l'impression de jeunesse que le visage de Jim Weston donnait au premier regard. Une crinière bouclée de cheveux blond clair surmontait un visage d'une rondeur agréable, dont un nez long et extrêmement fin altérait la symétrie.

Darrell serra la main tendue de Jim Weston et son étreinte solide, assurée, lui rappela leur jeunesse.

— Content de te voir, Darrell. Merci d'être venu.

— Merci à toi, Jim. Quand je t'ai demandé un service, je ne comptais vraiment pas te voir en personne.

— Tu veux un verre ?

Les deux hommes s'assirent et se regardèrent, conscients de la tension qui pesait sur leurs retrouvailles. Jim leva le bras et attira l'attention de la jolie serveuse noire qui se tenait à l'extrémité du bar. Quand elle fut arrivée près d'eux, Jim commanda un Campari soda et Darrel un double Marker's Mark avec de la glace. Quand elle se fut éloignée, Darrell se tourna vers Jim et lui adressa un sourire crispé.

— Je ne veux pas te vexer, Jim, mais j'ai un problème sur les bras. Je n'ai pas le temps de boire plus d'un verre.

— Un problème où les gens perdent leurs oreilles ?

La question fit à Darrell l'effet d'une gifle. Sans lui laisser le temps de répondre, la serveuse apporta leurs consommations. Darrell but la moitié de son verre et se pencha sur la table.

— Qu'est-ce qu'il se passe, Jim ?

Weston but une gorgée de Campari, puis se pencha vers Darrell et le regarda dans les yeux.

— Il y a des gens qui ont été très contrariés quand je me suis renseigné sur Clint DuBois. Ces meurtres font les gros titres dans tout le pays depuis une semaine. Est-ce que j'ai raison de croire qu'il y a un lien entre eux et l'intérêt que tu portes à DuBois ?

— Peut-être. Qu'est-ce que tu sais ?

— C'est strictement entre nous. J'aurais peut-être besoin de quelque chose en échange. C'est une situation plutôt délicate, Darrell.

— Je ne peux rien promettre.

— Est-ce que c'est personnel ?

— Très.

— D'accord, pas de promesses. Écoute-moi jusqu'au bout et on verra. Au milieu de son troisième séjour au Viêt-nam, alors qu'il appartenait aux Forces Spéciales, Clint DuBois a eu une permission et a décidé de rester. D'après ce qu'on a pu reconstituer ensuite, il a pris des provisions puis il est parti à la chasse dans la cambrousse.

— À la chasse ?

— À la chasse au Viêt-cong. Il n'est pas rentré. Trois mois plus tard, une patrouille l'a retrouvé, à demi nu, dans un champ de riz, dans la partie supérieure du delta du Mékong. Il portait un collier d'oreilles qui lui arrivait presque aux genoux. Soixante-deux paires d'oreilles, pour être précis. Il délirait et avait la malaria. La patrouille l'a ramené, on a stabilisé son état dans un hôpital de campagne, puis on l'a renvoyé directement au pays. Après dix-huit mois de psychothérapie intensive, on a estimé qu'il était à nouveau capable de vivre en société. Ça pourrait s'avérer être une erreur de jugement très embarrassante, si DuBois est responsable de ces meurtres. Tu vois où ça conduit.

— Le gouvernement ne veut pas que DuBois passe en jugement dans une affaire comme celle-là.

— D'une façon ou d'une autre. De préférence d'une autre.

— À savoir ?

— À savoir qu'il serait peut-être bon que Clint DuBois disparaisse. Si c'est lui. Est-ce que tu en es sûr ?

— Pas à cent pour cent.

— Et les flics locaux ? Qu'est-ce qu'ils ont ?

— Que dalle, à ma connaissance.

Jim Weston glissa la main sous sa veste et sortit une carte de visite de la poche de sa chemise. Il y jeta un bref coup d'œil et la posa sur la table, devant Darrell.

— Il y a une équipe à Atlanta. Si tu localises DuBois, mort ou vif, appelle ce numéro. Elle en prendra livraison et nettoiera les lieux, sans poser de questions. Franchement, Darrell, à notre avis, il n'y a guère de doutes sur ce type.

— Je te propose un marché, Jim. Ne me fais pas surveiller, laisse-moi les mains libres et je te donnerai DuBois. D'une façon ou d'une autre.

— Tu as l'air très sûr de toi, Darrell.

— Ça n'est qu'une intuition.

Darrell se leva et serra la main de Weston. Quand Weston voulut se dégager, Darrell accentua son étreinte. Weston soutint son regard dur d'un air interrogateur.

— Pas de double jeu, Jim. Je ne le supporterais sûrement pas.

Quand Weston eut solennellement acquiescé, Darrell lui lâcha la main et sortit du bar. Il résista à l'envie de courir jusqu'aux portes coulissantes en verre. Dès qu'il fut dehors, il gagna sa voiture en petites foulées.

*

À 22 h 35, Darrell s'engagea sur son chemin privé et constata qu'une berline Jaguar était garée devant son garage. De la fumée sortait du tuyau d'échappement et une tête d'homme était visible par la lunette arrière.

Darrell s'arrêta près de la voiture, de telle façon que son aile avant droite se trouve à la hauteur de la poignée de la portière du conducteur de la Jaguar. Le chauffeur se tourna vers Darrell, qui distingua un visage long et étroit, ainsi que des yeux étranges, qui paraissaient jaunes dans la nuit.

Darrell ouvrit sa portière et descendit prudemment de voiture. Il maintint la tête sous la ligne du toit, protégea son corps derrière la portière et la carrosserie. Quand il glissa la main droite vers le .45 qu'il portait sous l'aisselle, deux bras puissants se refermèrent sur lui comme une camisole de force. Un menton se posa sur sa tête et une voix de soprano, rassurante, s'adressa à lui.

— On est des amis de Jack Lee, monsieur Day. Maintenant, je vais vous lâcher.

Dès qu'il fut libre, Darrell pivota sur lui-même et se trouva confronté à un géant blond qui le dominait de toute sa taille.

— Vous êtes qui ?

— Lucy.

— Et je suis Le Maigre, ajouta la silhouette fantomatique qui s'était matérialisée à la droite de Darrell.

Darrell, incrédule, regarda successivement les deux hommes et se demanda si ses yeux lui jouaient des tours dans la faible lumière de la lampe fixée au-dessus de la porte du garage.

— Vous dites que vous êtes des amis de Jack ? Où il est ? Le Maigre tendit une feuille de papier pliée à Darrell.

— Jack m'a demandé de vous remettre ça s'il ne m'avait pas donné de nouvelles à vingt-deux heures. Il n'a pas téléphoné.

Darrell se pencha et examina la feuille de papier à la lumière du plafonnier de sa voiture. Quand il prit conscience des implications de ce qu'il lisait, son sang se chargea d'adrénaline. Il sauta dans sa voiture, passa la marche arrière et baissa sa vitre.

— Merci, dit-il au couple étrange qui se tenait près de la voiture.

— Dites à Jack de me téléphoner, fit Le Maigre.

Darrell hocha la tête, puis sortit du chemin à toute vitesse et, tandis qu'il conduisait, espéra malgré tout.

CHAPITRE 22

Une succession de claquements, au loin, tira Jack de l'inconscience. Le bruit se fit plus fort et plus proche tandis qu'il sortait des profondeurs brumeuses et reprenait complètement connaissance. Finalement, il s'aperçut que le bruit était celui de ses dents, qui claquaient violemment. Il serra les mâchoires et ouvrit les yeux sur le noir total. Une odeur écœurante emplit ses narines et il comprit qu'il s'était fait dessus.

L'humiliation se mêla à la rage impuissante qui, froide et inutile, résidait au creux de son ventre. Le désespoir s'insinua dans ses os, et il eut la certitude qu'il mourrait ici. Cette conviction suscita une peur qui brûla dans des recoins de mémoire depuis longtemps fermés par les portes qui gardaient ses craintes et ses secrets les plus intimes. Des émotions douloureuses furent libérées, tandis que les portes brûlaient l'une après l'autre. Quand la dernière porte eut brûlé, Jack fut révélé à lui-même dans son humanité imparfaite. Après s'être vu clairement pour la première fois de sa vie, il accepta sa mort et trouva la paix. Dans cet instant lumineux d'acceptation paisible, Jack s'aperçut qu'il n'était pas seul. Il sentit la présence de Clint DuBois dans la pièce plongée dans le noir. Une question s'imposa soudain à lui et franchit ses lèvres alors qu'il n'avait pas encore décidé de la poser.

— Pourquoi tu l'as crucifié, Clint ?

Il y eut un faible bruit dans l'escalier. La lumière s'alluma et Jack constata que Clint DuBois se tenait en haut des marches. Quand il fut descendu et se fut agenouillé devant lui, Jack fut stupéfait par la transformation de son visage. Une expression extatique adoucissait la dureté des traits. Une lueur de vénération diabolique, qui trahissait une exaltation intérieure, brillait dans ses yeux sombres. Jack eut l'impression que cette créature, qu'il considérait comme pas tout à fait humaine, avait quelque chose d'enfantin.

— C'est le Révérend Clyde qui en a eu l'idée. Pourquoi ?

— Je voudrais comprendre.

Une expression de dégoût passa sur le visage de Clint.

— Tu pues. Je vais d'abord te laver.

Clint ouvrit le robinet puis braqua le jet d'eau glacé sur les cuisses de Jack et sur la chaise. Jack se souleva autant que possible et frissonna tandis que l'eau froide engourdissait toute la partie inférieure de son corps. Clint parut presque attentionné, pendant l'accomplissement de cette tâche, comme s'il faisait bénéficier Jack d'un acte de gentillesse.

Après avoir fermé l'eau et enroulé le tuyau sous le robinet, Clint revint et mit un genou à terre devant Jack. Il croisa les bras sur le genou levé et Jack put de ce fait jeter un coup d'œil sur la montre qu'il portait au poignet gauche. Il était 22 h 40.

— Ton heure est venue. Tu le sais, pas vrai ?

Jack acquiesça.

— Il faut que tu me dises comment tu m'as trouvé. C'était toi qui conduisais le pick-up bleu, cet après-midi, pas vrai ?

Jack acquiesça une nouvelle fois.

— La façon dont tu vas mourir dépendra de ce que tu me diras. Si tu es franc, je m'arrangerai pour que ça soit rapide. Sinon, bon, tu finiras tout de même par parler. C'est à toi de choisir. Dans les deux cas, j'y trouverai mon plaisir.

— Dis-moi pourquoi tu as tué Smiley et je te dirai ce que tu veux savoir.

— Tu n'es pas en position de négocier, mais je vois pas de raison de pas te dire ce que tu veux savoir. Ça te servira à rien, là où tu vas. Mais si tu me fais marcher, tu vas le regretter. Pigé ?

Jack acquiesça.

— Le Révérend Clyde, c'est un vieux cinglé qui croit qu'il va rendre l'Amérique aux Blancs. Il a un plan, et la première étape c'est purifier la race blanche. Alors, le Révérend a l'idée de crucifier les trafiquants de drogue, les politiciens progressistes, les journalistes de gauche et ainsi de suite. Foutre la trouille aux Blancs pour les rendre vertueux. Pour les remettre dans le droit chemin. Le Révérend Clyde trouve que je suis l'homme qu'il lui faut pour faire ce boulot. Puis ce petit connard de pilote d'hélicoptère paumé débarque. Il recherche les cultures d'herbe pour le compte de l'État. Celle de ce Smiley était seulement la première qui nous convenait. C'était un de tes potes, pas vrai ?

Jack acquiesça. Clint DuBois s'était levé et faisait les cent pas devant Jack. Chaque fois qu'il avait mentionné le Révérend Clyde, il avait prononcé son nom avec un mépris évident.

— Le programme du Révérend Clyde n'a pas l'air de te convaincre, Clint.

Clint tourna brusquement la tête vers Jack. Sur son visage, un sourire féroce avait remplacé la douceur.

— Je suis cinglé, mais pas à ce point. J'ai accepté de travailler avec ce vieux salaud dérangé simplement parce qu'il est plein de fric et que je me suis dit que je pourrais mettre le grappin dessus. Ça et les tâches de sang. N'importe quel crétin aurait compris qu'il y aurait des tâches de sang dans l'entourage de ce vieux cinglé. C'est les deux seules choses qui m'intéressent dans la vie, petit. Les tâches de sang et le fric. Ce petit pilote m'est tombé du ciel ; j'ai compris que c'était ma chance et je l'ai saisie. L'herbe qui est dans le placard, c'est ma liberté. Dès que j'aurai réglé quelques problèmes, je me barre. Au Brésil, petit. Les propriétaires terriens, là-bas, engagent des types qui savent faire ce que je sais faire. Il y a pratiquement pas de loi et des tas de tâches de sang.

Clint gagna la table et prit le cigare.

— Maintenant, tu vas me dire comment tu es remonté jusqu'à moi, dit Clint, qui alluma le cigare et tira longuement dessus à plusieurs reprises.

Jack regarda les yeux noirs de Clint et n'y lut que la concentration. La conversation était terminée.

— J'ai eu de la chance, j'imagine, fit Jack, sarcastique.

Clint se jeta sur Jack et, de la main gauche, lui tira violemment la tête en arrière. Il approcha le cigare de la peau, de telle façon qu'il puisse la brûler sans la toucher, et le maintint près de la profonde brûlure qui se trouvait au-dessus du sternum de Jack. Puis il baissa la tête jusqu'au moment où son visage fut à deux centimètres de celui de Jack, et il appuya légèrement le cigare sur la peau.

Jack serra les dents et fit tout son possible pour ne pas crier. Son front se couvrit d'une sueur glacée que le souffle brûlant, précipité, de Clint réchauffa. Jack vit, sur le visage de Clint, l'expression figée de l'excitation sexuelle. Quand Clint écrasa le cigare sur sa poitrine, Jack hurla et sentit qu'il perdait connaissance. Clint écarta le cigare et recula, le souffle court.

— Tu sais pas à qui tu as affaire, petit. Tu as intérêt à parler, sinon je te ferai bouffer tes oreilles.

Dans un souffle, Jack demanda à Clint de se pencher. Quand il l'eut fait, il lui cracha au visage. Clint se redressa et recula d'un pas. La bosse, à l'entrejambe de ses jeans, confirma ce que l'expression de son visage avait permis de supposer. Clint vit ce que Jack regardait et, les yeux pleins de haine, le foudroya du regard.

— Tu es une ordure et tu es complètement cinglé, DuBois, fit Jack d'une voix rauque, les dents serrées.

Le sang monta au visage crispé de Clint, le transforma en un masque démoniaque pourpre. Il s'empara du rasoir à manche de nacre qui se trouvait sur la table, l'ouvrit d'un coup de poignet. Deux enjambées rapides l'amenèrent près de Jack. Il prit Jack par les cheveux et le força à tourner la tête à gauche, offrant son oreille droite à la lame. Jack fixa le pied de l'escalier et attendit.

— Alors, petit, tu vas parler ?

Tandis que Jack, l'esprit vide, cherchait une réponse susceptible de retarder la perte de son oreille, un mocassin noir apparut sur la dernière marche. La lame se posa sur la peau, sous le lobe, et monta.

— D'accord, d'accord, d'accord, hurla Jack, traînant autant que possible sur les mots.

Tandis qu'il criait, les chaussures noires se déplacèrent rapidement sur le sol. La lame s'éloigna de l'oreille de Jack. Puis il y eut le cliquetis métallique caractéristique d'un pistolet qu'on arme. La main lâcha les cheveux de Jack et, quand il leva la tête, Darrell Day avait posé la gueule de son .45 sur le cou de Clint DuBois.

— Lâche ton rasoir et recule très lentement. Donne-moi une raison de le faire et je te bute sur-le-champ, dit Darrell d'une voix grave, calme.

Clint lâcha le rasoir et sortit lentement de la piscine gonflable.

— À plat ventre par terre. Lentement et sans gestes brusques.

Tandis que Clint s'allongeait, l'arme de Darrell ne quitta pas son cou.

— Les mains dans le dos, dit Darrell, qui sortit des menottes de la poche de sa veste.

Darrell passa les menottes à Clint, recula et regarda Jack. Il secoua sa grosse tête, une expression de soulagement et d'exaspération sur le visage.

— Tu es vraiment un phénomène, Rhett.

Une réplique spirituelle mourut sur la langue de Jack.

— Détache-moi, Darrell, fit-il d'une voix sourde.

Darrell entra dans la piscine gonflable et délia les jambes de Jack, puis il l'aida à se lever. Jack faillit tomber quand le sang se remit à circuler dans ses chevilles et ses pieds engourdis. Darrell fouilla dans le sac de sport posé sur la table, y trouva une clé et ouvrit les menottes de Jack. Jack se massa les poignets et tapa des pieds sur le sol de béton froid jusqu'à ce que la circulation soit complètement rétablie. Puis ils se tournèrent vers Clint DuBois et, sans un mot, le posèrent sur la chaise, aux pieds de laquelle ils lui attachèrent les chevilles. Le visage de Clint s'assombrit quand il vit Darrell.

— Qu'est-ce que tu fous ici ? demanda-t-il, une expression étonnée sur le visage.

— Ta gueule, répondit Darrell.

Darrell prit la peau de chamois et examina les marques de dents. Sa confusion se mua lentement en compréhension, puis il saisit les joues de Clint entre le pouce et l'index de la main droite, le força à ouvrir la bouche et y fourra la peau de chamois.

Jack quitta son caleçon souillé et se lava avec le tuyau d'arrosage. Il trouva ses vêtements sur le sol de la buanderie et s'habilla. Quand le pull-over toucha ses brûlures, il jura à voix basse.

— Il y a des doutes sur ce type ? demanda Darrell, qui était resté dans la pièce principale.

— Viens ici. Il faut que je te montre quelque chose.

Jack ouvrit la porte du placard, alluma la lampe et fit signe à Darrell d'entrer. Darrell vit le collier d'oreilles et baissa la tête. Un frisson secoua ses épaules et une plainte partiellement contenue franchit ses lèvres. Quand il regarda Jack, le désir de tuer faisait briller ses yeux.

— Putain d'animal.

— Qu'est-ce qu'on va faire de lui ? demanda Jack.

Darrell lui raconta sa conversation avec Jim Weston.

— Qu'est-ce que signifie au juste « nettoyer les lieux » ?

— Ça signifie qu'ils vont effacer tous les indices de sa présence ici. Il ne restera rien.

— Dans ce cas, qu'est-ce que devient DuBois ?

— Soit ils l'enterreront, soit ils le brûleront, parce que cet animal ne sortira de toute façon pas vivant d'ici.

— Dans ce cas, il n'y a plus qu'une question. Tu as une pièce ?

Darrell retira le gant de cuir noir de sa main droite et sortit une pièce de vingt-cinq cents de la poche de son pantalon.

— Choisis, dit-il lorsqu'il lança la pièce.

— Pile.

Darrell attrapa la pièce dans sa main gauche gantée et la couvrit de la droite. Il resta un instant immobile, puis dévoila la pièce. C'était pile.

— Merde, jura Darrell. Tu t'en sens capable ?

— Absolument.

— Tu veux que je fasse quelque chose ?

— Va-t'en. Je t'appellerai quand ça sera fini.

— La dernière fois que tu as dit ça, j'ai attendu deux jours. Tu donneras de tes nouvelles à quelle heure ?

— Quand j'en aurai terminé avec lui, il sera trop tard pour que je puisse rouler avec la dope dans la benne du pick-up, dit Jack, qui montra le placard de la tête. Je crois que je vais transporter l'herbe jusqu'à la ligne électrique, où je suis garé, et attendre l'aube. Je t'appellerai quand j'aurai rejoint l'autoroute.

— Appelle depuis la première cabine, insista Darrell. Plus vite les gars du nettoyage seront ici, mieux ça vaudra.

Ils regagnèrent la pièce principale et s'immobilisèrent devant Clint DuBois. Darrell le fixa pendant un long moment.

— Brûle en enfer, ordure, dit-il.

Clint eut un sourire aussi ironique que possible quand on a la bouche pleine.

Darrell pivota sur lui-même et gagna l'escalier. Quand il eut gravi la moitié des marches, il se retourna, comme s'il voulait ajouter quelque chose. Puis il y renonça et continua son chemin.

Jack enfila ses gants de coton et sortit la peau de chamois de la bouche de Clint. Il gagna la table et prit le rasoir.

D'un coup de poignet, il l'ouvrit et en contempla le fil luisant sous l'ampoule.

— Qu'est-ce que tu as à dire, maintenant, DuBois ?

— Tu as pas les couilles, ironisa DuBois.

Jack se tourna vers Clint. Quand Clint vit l'expression de son visage, il se pencha en arrière autant que le lui permettait le dossier de la chaise, les yeux dilatés et fixes. Ses lèvres articulèrent un « non » silencieux quand Jack se dirigea vers lui.

CHAPITRE 23

Le jour, triste et gris, arriva à contrecœur, dévoila la légère brume blanche qui dansait devant le fort vent du nord qui s'était levé juste avant l'aube. Jack Lee qui, glacé et épuisé, somnolait, se réveilla en sursaut et lança le moteur de son pick-up. Il s'efforça de reprendre ses esprits pendant qu'il chauffait, puis il suivit lentement la ligne électrique. Quand il atteignit la route goudronnée, il prit à droite et alluma les phares. Le traumatisme de la nuit passée et le manque de sommeil produisaient une étrange allégresse nerveuse, une légèreté troublante de la tête et du corps. Dans l'obscurité et la brume, sa vision lui joua des tours.

Quand il fut sur le Highway 400, Jack s'arrêta à une cabine et donna deux coups de téléphone. Darrell Day, impatient, décrocha à la première sonnerie.

— Allô.

— Tu peux appeler.

— Ça va ?

— Ouais. Plus ou moins.

— Yeats Murphy a téléphoné. Il veut que tu l'appelles.

— Je le ferai demain. Et je passerai te voir demain.

— Tu vas là-haut ? demanda Darrell après un long silence.

— Ouais.

— Tu devrais peut-être laisser tomber.

— Peut-être. À demain.

Le Maigre décrocha à la cinquième sonnerie.

— C'est toi, Jack ?

— Ce qu'il en reste. Il faut que je passe chez toi.

— Ton ami est avec toi ?

— Un vrai boute-en-train.

— Le portail sera ouvert. Va directement dans le garage.

— Une demi-heure.

Jack regagna Atlanta comme dans un rêve. Un désir étrange de rire s'empara de lui, un désir teinté d'hystérie. Il résista à cette envie de rire, de peur de ne plus pouvoir s'arrêter.

— Tu vois tout ça, Smiley ? demanda-t-il à haute voix.

Jack éprouva une intense sensation de soulagement quand il franchit le portail de la villa du Maigre. Il gagna le garage, qui pouvait accueillir quatre voitures, et franchit la porte de droite, qui était ouverte. Le battant descendit dès qu'il l'eut dépassé.

Le Maigre était assis sur l'aile de sa Jaguar, une tasse de café à la main. Une Thermos en argent et une tasse étaient posées près de lui.

— Bon sang, Jack ! Tu n'as pas l'air tellement en forme, dit-il.

Il versa du café dans la tasse, qu'il donna à Jack.

— Merci de t'en être aperçu, Le Maigre.

— Tu peux roupiller un peu dans la chambre d'amis, si tu veux.

— Merci, mais j'ai vraiment besoin de dormir dans mon lit. Dès qu'on aura déchargé l'herbe, je rentrerai chez moi.

— Sale affaire, hein ?

— Horrible. Je te raconterai un jour. Si ça ne t'ennuie pas, je te laisserai peser l'herbe.

— D'accord. Un acheteur vient la prendre à midi. Tu donneras de tes nouvelles quand ?

— Probablement demain matin. J'ai encore une chose à faire. Si je ne téléphone pas, donne l'argent à la femme de Smiley.

— Pas de problème. On va entasser les sacs dans ce coin et tu pourras partir.

Ils descendirent les sacs de la benne du pick-up et les comptèrent avant de les entreposer au fond du garage. Le Maigre en ouvrit un et hocha la tête, satisfait.

— Devrait pas y avoir de problème. Sois prudent, Jack.

— *Mañana*. Merci pour le café.

Un fort vent du nord balayait l'Interstate 20 tandis que Jack roulait vers l'ouest. À plusieurs reprises, une rafale faillit le pousser sur la voie voisine. Un faible soleil s'était levé dans un ciel clair, bleu pâle, et rendait la journée un peu plus lumineuse, mais pas plus chaude.

À Douglasville, il sortit et s'arrêta au *Home Depot*. À cause du vent glacial, les gens sortaient précipitamment de leur voiture et couraient se mettre au chaud dans le magasin. La température avait dû baisser de cinq degrés depuis le lever du soleil.

Dans le magasin, Jack se procura une massette et des clous de quinze centimètres. Pendant qu'il faisait la queue à la caisse, il entendit dire qu'une dépression venue de l'Alberta descendait vers le Sud et apportait de l'air exceptionnellement froid, si bien qu'il gèlerait sans doute le lendemain matin.

Quand Jack regagna le pick-up, une lourde odeur de pourriture avait envahi la cabine. Il fut décontenancé pendant un long moment, puis se souvint du sac d'oreilles qui se trouvait derrière le siège. Quand il se pencha dans l'intention de le mettre de l'autre côté, la bile lui monta à la gorge. Il se redressa et se cramponna au volant en attendant que la nausée passe.

Pendant les soixante kilomètres qui le séparaient de chez lui, Jack laissa la vitre partiellement ouverte. L'air pur et froid neutralisa la puanteur et l'aida à garder les yeux ouverts. Quand il arriva enfin sur la crête, il s'arrêta devant la barrière et se laissa aller contre le dossier du siège. La tentation de s'allonger sur la banquette et de dormir fut forte. Mais il se força à sortir dans le froid et à ouvrir la barrière.

Il semblait faire plus froid dans la maison que dehors. Jack mit des bûches dans la cheminée et disposa du petit bois dessous. Le fort parfum de résine du pin emplit ses narines quand il l'enflamma. Tandis qu'il se réchauffait les mains au-dessus du feu, les brûlures de sa poitrine le démangèrent et le piquèrent, comme la morsure d'une fourmi rouge. La peau, autour des plaies, se rétractait en contractions rythmiques. Quand il quitta son pull-over, il s'aperçut que la laine avait collé à la peau.

Les plaies le dévisagèrent, dans le miroir de la salle de bains, comme des yeux cancéreux. Ses yeux étaient pires encore, si sauvages et désespérés que Jack fut obligé de baisser la tête.

Il passa de l'eau oxygénée sur les plaies, puis les sécha et y appliqua un antiseptique. De ses doigts fatigués, maladroits, il confectionna un large bandage, puis il prit la chemise de flanelle souple suspendue à la poignée de la porte.

Il sortit son duvet du placard de la salle de bains, prit le réveil de la table de nuit, puis regagna la salle de séjour. Après avoir tiré les rideaux, il s'allongea sur le canapé et prit le réveil posé sur la table basse. Il était 10 heures. Il régla la sonnerie sur 18 heures et se laissa aller sur les coussins. La chaleur de son corps transforma rapidement le duvet en un cocon chaud, où il flotta, aussi en sécurité que dans une matrice, pendant quelques secondes. Puis il tomba dans les profondeurs aqueuses de l'oubli.

Huit heures plus tard, son corps résista à l'appel de la sonnerie stridente du réveil. Ses paupières semblaient collées sur des yeux pleins de sable et ses muscles paraissaient atrophiés jusqu'à l'os. Un doux murmure, dans son crâne, lui conseilla d'arrêter le réveil et de retourner entre les bras ouverts du sommeil. Finalement, l'insistance de la sonnerie le fit lever.

Après trois tasses de café fort, l'esprit de Jack redevint cohérent et sa volonté d'aller jusqu'au terme du projet terrible qui y était apparu, en totalité et de lui-même, s'en trouva renforcée. Il prépara un solide petit déjeuner d'œufs brouillés, de semoule et de toasts de pain complet, qu'il fit passer avec deux verres de lait. Il ne se rendit compte qu'il était affamé qu'au moment où, après la première bouchée, il se mit à dévorer.

Rassasié, il gagna la chambre et prit, dans la commode, d'épaisses chaussettes de laine ainsi qu'un caleçon long en propylène. Par-dessus, il enfila des jeans, une chemise de laine, un gilet de duvet et des chaussures de marche fourrées. Du sac à dos, il sortit le bonnet de laine et les gants en coton, qu'il remplaça par des gants en cuir fourrés.

Dehors, le vent du nord soufflait à trente kilomètres à l'heure et gémissait dans les arbres comme une vieille squaw abandonnée par sa tribu. Les étoiles brillaient intensément dans un ciel sans nuages.

Jack gagna rapidement l'abri de jardin, ouvrit la porte et alluma. Au fond, à droite, il trouva une pelle pliante et deux tubes métalliques qui, vissés l'un à l'autre, constituaient un manche de taille normale. Il ferma l'abri et, sur le chemin de la maison, prit la hache qui se trouvait près du tas de bois.

Le thermomètre, près de la porte de derrière, indiquait moins cinq. Jack entra dans la relative chaleur de la maison et prépara ses affaires. Il vida le sac à dos sur la table basse et alla chercher des serviettes dans la salle de bains. Dans le compartiment gauche du sac, il mit la massette, les clous et les tubes, puis il glissa des serviettes entre les objets métalliques, afin qu'ils ne s'entrechoquent pas avec bruit. Dans le compartiment droit, il rangea le Mac 10, les chargeurs et les lunettes de vision nocturne, qu'il sépara également avec des serviettes et cala soigneusement. Il coupa plusieurs morceaux d'un mètre de fine corde de nylon, qu'il mit dans une poche latérale. Enfin, il glissa le manche de la pelle dans un anneau du rabat du sac à dos et le fixa avec une lanière de cuir.

Après avoir mis des vêtements de rechange dans un petit sac, il resta quelques instants immobile et fit le point. Puis il posa le pare-feu devant la cheminée et sortit.

CHAPITRE 24

À 21 h 45, Jack Lee s'arrêta devant chez Fate DeFoor. Les chiens, réveillés, encerclèrent immédiatement le pick-up. Ils allaient et venaient comme des ombres fantomatiques dans la lumière de la pleine lune. Fate ouvrit la porte et sortit sur le perron.

— C'est toi, Jack Lee ?

Jack descendit de voiture et gagna le perron, escorté par les chiens excités.

— C'est moi, Fate. Désolé de vous déranger aussi tard.

— Content de te voir. Reste pas dans le froid, petit.

— Je n'ai pas le temps, Fate. Je voulais vous demander un service.

Fate leva le bras et tira sur le cordon de l'ampoule suspendue sous l'auvent du perron. Il dévisagea Jack pendant quelques instants, puis hocha la tête.

— Vas-y, Jack.

— Je me disais que, cette nuit, ça serait peut-être une bonne idée de mettre Bandit dans le chêne.

— Sûrement. Il y a longtemps que la lune a pas été aussi belle.

— Vous pourriez peut-être me laisser une heure d'avance ?

— C'est faisable. À ton avis, faudrait que Bandit fasse la nique aux chiens pendant combien de temps ?

— Jusqu'à ce qu'ils n'en puissent plus, Fate.

Les yeux scrutateurs de Fate fixèrent le visage de Jack et le vieillard frotta la repousse de barbe blanche qui couvrait son menton.

— Tu reviendras quand, Jack ?

— Pas avant un moment, Fate.

— Je t'ai dit, l'autre jour, que le but principal de mon existence était de vivre plus longtemps que le vieux démon d'à-côté. Bon, si j'en juge à ta figure, va falloir que je trouve une nouvelle raison de vivre. Faudra que je tienne le coup jusqu'à ce que tu reviennes, voilà tout. Je sortirai Bandit dans une heure. Sois prudent.

Les hommes se serrèrent affectueusement et longuement la main.

— Il y aura sûrement des questions, demain matin, Fate.

— J'ai vu personne, petit, dit Fate avec un sourire espiègle.

À 22 h 15, Jack s'arrêta dans la clairière de Pocket Road que Fate lui avait montrée. Au fond de la clairière, derrière un bosquet de peupliers, il y avait, dans le sous-bois, un espace permettant de cacher le pick-up. Jack coupa le moteur puis sortit dans la nuit froide et claire.

Le vent était tombé et ne soufflait plus qu'en rares rafales séparées par de longues périodes de silence. La lune, énorme, si proche qu'elle semblait à portée de main, se trouvait exactement au-dessus de lui, dans le ciel étoilé, et répandait une lumière froide, argentée, sur la campagne.

Jack vit l'entrée du chemin, juste derrière la clairière, sur sa gauche. Il mit le sac sur son dos, prit la hache dans la benne du pick-up puis écouta la nuit pendant une minute. Quand il fut certain d'être complètement seul, il gagna l'entrée du chemin.

Trente mètres plus loin, la pente conduisant à la vallée, qui demeurait invisible, s'amorça. Cinquante mètres plus loin, le chemin se fit plus raide et les lacets commencèrent. La rocaille rendit la progression difficile par endroits et Jack fut parfois obligé de s'appuyer sur le manche de la hache pour garder l'équilibre.

Vingt minutes plus tard, il arriva dans une clairière qui dominait la vallée. Cent feux de camp brûlaient dans les champs qui entouraient l'énorme église. Les tentes dressées tout autour faisaient penser à un campement de légionnaires assiégeant une forteresse. Les chromes et les vitres de rangées innombrables de voitures et de pick-up garés sur le parking réfléchissaient le clair de lune. Les fidèles sont venus écouter l'exposé du plan ultime, se dit Jack.

Après la clairière, le chemin devint plus abrupt. Jack fut obligé de se cramponner aux arbres et aux buissons. À un moment donné, il tomba et glissa sur trois mètres avant de pouvoir s'accrocher à un jeune sapin.

Une demi-heure après s'être mis en route, Jack atteignit le croisement dont Fate lui avait parlé. Il prit à gauche et arriva près d'un gros rocher qui se dressait au bord du chemin, à une cinquantaine de mètres du croisement. Sachant qu'il était près de la caverne, il s'arrêta et écouta.

Les aiguilles luminescentes de sa montre indiquaient 22 h 55. Bandit devrait commencer le spectacle d'un instant à l'autre, se dit-il. Il grimpa sur le rocher, s'installa et attendit. Quand il tourna la tête sur sa gauche, il vit le sommet de la croix, au-dessus des arbres, cent mètres plus bas.

À 23 heures, un chœur endiablé de chiens à la voix grave, qui aboyaient tous ensemble, fit voler le silence de la nuit en éclats. Jack descendit du rocher et ouvrit son sac. Il sortit le Mac 10, fixa le silencieux et engagea un chargeur, puis il referma le sac et le remit sur son dos. Il glissa la hache sous son bras, de telle façon que le manche se trouve derrière lui et la tête entre son biceps et sa poitrine. Le petit pistolet-mitrailleur appuyé contre l'épaule, il s'engagea silencieusement sur le chemin.

À vingt mètres du rocher, le chemin tournait à droite. Vingt mètres plus loin, un virage à gauche permettait de voir le bout du chemin et le bord de la terrasse herbue sur laquelle la croix se dressait. Il n'y avait personne sur la terrasse.

Jack la gagna lentement, ne levant un pied que lorsqu'il avait posé l'autre complètement par terre. Une fois parvenu au bout du chemin, il s'accroupit et écouta. Il n'y avait pas d'autre bruit que la musique des chiens déchaînés, où alternaient longs aboiements lugubres et jappements saccadés.

Une couverture noire obstruait l'entrée de la caverne depuis l'étroite fissure du haut jusqu'à l'ouverture d'un mètre de large, deux mètres plus bas, au niveau du sol. Jack suivit le périmètre de la terrasse et gagna le côté gauche de l'entrée. Une voix étouffée venait de l'intérieur. Il appuya la hache contre la paroi rocheuse et écarta légèrement la couverture.

Au fond de la caverne, à une dizaine de mètres, le Révérend Clyde était à genoux au milieu d'un tapis rond rouge, face à la paroi rocheuse de deux mètres cinquante de haut qui limitait la caverne. De gros quinquets, dans des bols en cristal pleins d'huile, étaient suspendus en cercle, à un mètre cinquante du sol, dans des paniers de corde accrochés au plafond. Les quinquets suivaient le périmètre du tapis et éclairaient le Révérend, vêtu d'une aube blanche, d'une lumière jaune et dansante. Son ombre agrandie était projetée sur la paroi du fond.

Jack tenta de comprendre les mots qui rebondissaient sur les parois de l'étroite caverne. Soudain, le Révérend Clyde leva les bras au-dessus de la tête et sa voix de basse prononça une litanie de phrases inintelligibles qui produisirent d'intenses vibrations à l'intérieur de la caverne. Jack entra et se débarrassa de son sac à dos, qu'il appuya contre la paroi. Il posa le Mac 10 à côté et dégagea la pelle.

Lentement, il franchit l'espace sablonneux qui le séparait du Révérend, dont la voix puissante prononçait de longues successions de mots dans une langue inconnue. Quand il arriva au bord du tapis, Jack s'immobilisa et examina le dos de l'homme aux cheveux blancs qui se trouvait devant lui.

Les mots étranges commencèrent à exercer un effet physique sur Jack, pénétrèrent dans sa chair et lui glacèrent le sang. Plus il restait à regarder le vieillard, plus il lui semblait difficile de pénétrer dans le cercle de lumière. Enfin, le Révérend Clyde se tut et baissa la tête.

Bizarrement, le silence libéra le corps de Jack. Il avança sur le tapis et s'immobilisa exactement derrière le Révérend. Son ombre, sur la paroi, visible au-dessus de la taille, parut dotée d'ailes parce que le Révérend avait les bras levés, et donna de ce fait l'illusion d'être une créature mythique, mi-homme, mi-oiseau.

Un long aboiement plaintif retentit dehors, bientôt accompagné par les jappements des autres chiens. Le Révérend Clyde leva la tête et sursauta quand il vit l'ombre.

— Bel-zé-buth, cracha-t-il. Ainsi, tu es enfin venu. Es-tu venu me tenter ou me supplier de laisser les tiens en paix ? Trop tard, Satan ! Le jugement terrible de Dieu s'est abattu sur tes serviteurs noirs. Il déclare que c'est une race déficiente et m'ordonne de faire disparaître sa lignée de la face de la terre. Qu'est-ce que tu en dis, ô prince des ténèbres ?

— Rien.

— Alors qu'est-ce que tu veux ?

— Je veux t'entendre hurler avec les chiens.

Le Révérend baissa les bras et tourna la tête. Ses yeux bleus déments se dilatèrent quand il vit Jack. Quand il ouvrit la bouche, Jack abattit le plat de la pelle sur sa tempe droite. Le Révérend Clyde tomba comme une masse.

Jack gagna rapidement l'entrée de la caverne et sortit les morceaux de corde de nylon de son sac. Le Révérend gémissait faiblement et ses paupières battaient quand Jack le rejoignit. Il mit le vieillard à plat ventre, puis lui attacha les mains dans le dos et lui lia les chevilles.

En chaire, le vieillard semblait maigre mais robuste. En réalité, la mince couche de chair flétrie qui couvrait ses os évoquait du parchemin desséché. Jack estima qu'il ne pesait pas plus de soixante-cinq kilos. Mais chaque gramme est nuisible, se dit-il, les yeux fixés sur le véritable meurtrier de Smiley.

Écœuré, il regagna l'entrée de la caverne et récupéra ses affaires.

Dehors, le chant des chiens retentissait dans l'air glacial et immobile. Jack prit la hache et traversa la terrasse herbue. En bas, les feux des fidèles mouraient. En haut, la lune brillante descendait vers l'occident. Devant, si intensément éclairée par la lune que le grain du chêne était visible, se dressait la croix. Pendant un long moment, Jack fixa la croix et songea à ce qu'il allait faire. Puis il leva la hache au-dessus de sa tête et l'abattit sur le pied de la croix.

CHAPITRE 25

Dimanche matin, à 7 heures, Darrell Day sirotait son deuxième café au bourbon, moitié moitié, dans une grande tasse. Pas rasé, pas lavé, en peignoir, il était assis sur un tabouret près du plan de travail de la cuisine. Tous les quatre ou cinq battements, son cœur se crispait légèrement, comme si un petit boa s'enroulait autour du muscle fatigué.

Le poison de trente ans consacrés à la fréquentation des minables avait fini par s'insinuer dans les recoins les plus retirés de son âme, par souiller la seule région encore pure de son être. Le cynisme s'était déposé sur lui comme une rouille et menaçait à présent de l'emprisonner dans une dépression dont aucune huile rédemptrice ne pourrait le libérer.

Tout l'avait rattrapé. La trahison du Bureau qu'il avait aimé et servi. L'échec de son mariage. L'hostilité de ses enfants. Et, maintenant, la mort de Courtney. C'était trop.

Il comprit, assis dans sa cuisine, qu'il mourrait s'il ne changeait pas de vie. Qu'il fallait qu'il trouve la paix. Il n'était peut-être pas trop tard. Il pouvait vendre la maison et tout ce qu'il possédait. S'installer dans les îles. Vivre de sa retraite. Prendre un peu de bon temps. Ça semblait si simple qu'il s'étonna de ne jamais y avoir pensé. Plus il y réfléchissait, plus ça lui plaisait. C'est ce que je vais faire, se dit-il. Il levait un verre de Maker's Mark sec à cette idée quand la sonnette retentit.

Darrell ouvrit la porte et trouva Jack Lee lourdement appuyé contre le chambranle. Ses boucles couleur de cuivre étaient plaquées sur son crâne. Son visage était livide et ses yeux bleu pâle semblaient morts. Des taches de sang et de terre maculaient les manches de sa chemise et ses jeans étaient couverts de boue jusqu'aux genoux.

— Merde, Rhett ! Tu es le portrait de ce que je ressens. Entre.

Jack fit deux pas dans le couloir et vacilla. Darrell prit le sac qu'il portait en bandoulière et passa le bras autour de sa taille. Il le conduisit à la cuisine, le fit asseoir sur un tabouret puis versa quatre doigts de bourbon dans un verre.

— Bois, ordonna-t-il.

Jack vida le verre d'un trait et le tendit.

— Je ne suis pas sûr que j'ai envie d'entendre cette histoire, dit Darrell après avoir rempli le verre.

— De toute façon, je ne suis pas en état de la raconter. Tu sais sur quelle station travaille Tom Doyle ?

— Le type de la télé ? L'ami de Courtney ? Ouais, je sais. Pourquoi ?

— Je l'ai appelé ce matin, à cinq heures et demie, et je lui ai donné un tuyau. Je me suis dit qu'il méritait bien ça. Montre-moi la salle de bains et allume la télé.

Darrell conduisit Jack dans la salle de bains de la chambre d'amis et lui donna des serviettes propres.

Quand Jack fut torse nu, Darrell vit le pansement sale et sortit une trousse de premiers soins du placard.

— Je serai au salon. Ça ira ?

— Ouais. J'en ai pour quelques minutes.

Jack se déshabilla et, instable sur ses jambes, monta dans le bac de douche. Il ouvrit l'eau, la régla sur la température la plus chaude qu'il lui soit possible de supporter, puis dirigea le jet sur le fond du bac et s'assit, la tête baissée, sous les aiguilles d'eau brûlante.

Quelques minutes plus tard, il se leva et se lava mécaniquement. Son esprit se cramponnait à l'idée que c'était enfin presque terminé. Il suffit de mettre un pied devant l'autre jusqu'à la fin de la journée, se dit-il. Ensuite, tu pourras te reposer.

Quand il se fut séché, eut changé son pansement et enfilé les vêtements contenus dans son sac, Jack se sentit seulement à moitié mort. Il gagna la cuisine, se servit un verre et rejoignit Darrell.

Darrell était assis dans un fauteuil face à la télévision. Sur l'écran, un évangéliste vêtu d'un costume en polyester demandait des dons sur un ton plaintif, d'une voix entrecoupée de sanglots. Darrell fit signe à Jack de s'installer sur le canapé.

— Alors tu as appelé Doyle, hein ?

Jack n'avait pas eu le temps de répondre quand l'évangéliste disparut et qu'une voix annonça la diffusion d'une édition spéciale d'informations. L'écran montra alors plusieurs centaines de personnes, debout dans un champ, tournant le dos à l'Église du Glaive Rédempteur.

Les gens, le bras tendu, montraient quelque chose qui se trouvait devant eux. À l'arrière-plan, les gyrophares bleus de plusieurs voitures de police palpitaient. Une voix couvrit le battement rythmique du rotor d'un hélicoptère et décrivit la scène.

— Ici Tom Doyle, à bord de l'hélico de *Skylink News*, en direct de Sugar Valley, Géorgie. Je dois avertir les parents que les images qui vont suivre sont violentes.

« Nous survolons actuellement l'endroit où s'est produit le cinquième meurtre d'une série bizarre qui a débuté il y a neuf jours. Vous pouvez voir, en bas, la nombreuse congrégation réunie ce matin dans l'espoir d'entendre le Révérend Clyde Causey, pasteur de l'Église du Glaive Rédempteur, exposer les projets de Dieu vis-à-vis de l'Amérique, tels que Dieu en personne les aurait transmis au Révérend Causey. Mais les fidèles ont été confrontés ce matin à un spectacle horrible que nous allons maintenant vous montrer. Une nouvelle fois, sachez que les images qui vont suivre risquent de choquer les enfants.

La caméra abandonna la foule rassemblée devant l'église et effectua un lent panoramique à droite tandis que l'hélicoptère amorçait un virage à 180 degrés. Au milieu du virage, la caméra resta un instant sur un vieillard en bleu de travail, debout au bord d'un promontoire rocheux, une meute de chiens couchés à ses pieds. Le visage du vieillard parut impassible jusqu'au moment où la caméra le prit en gros plan. De près, on voyait qu'une lueur joyeuse scintillait dans ses yeux d'un vert extraordinaire.

Finalement, la caméra montra le flanc de la montagne et s'immobilisa sur le corps squelettique du Révérend Causey, suspendu sur une croix en bois sur une terrasse herbue. De gros clous fixaient ses mains et ses pieds sur la croix. Il était nu, hormis un caleçon souillé, et sa peau avait une teinte bleuâtre. Son menton reposait sur sa poitrine et on voyait, autour de son cou, un collier d'oreilles humaines.

Quand la caméra proposa un gros plan de la tête du Révérend Clyde, Darrell Day compta les oreilles. Il y en avait dix. Un examen attentif lui permit de constater que le Révérend Clyde avait toujours ses oreilles. Il ferma la bouche, qu'il avait ouverte sans s'en rendre compte, et se souvint du soir où il était allé chez Clint DuBois. Oui, il en était sûr. Le collier ne comptait ce soir-là que huit oreilles. Quand il comprit que les oreilles de Clint DuBois avaient été ajoutées au collier, Darrell se tourna lentement vers Jack.

— Nom de Dieu, Rhett, tu…

Darrell s'interrompit quand il s'aperçut que Jack dormait profondément. Il éteignit la télévision avec la télécommande, soupira et se laissa aller contre le dossier de son fauteuil. Son esprit troublé se mit au point mort et tourna au ralenti, vide de pensées. Quand une crampe contracta son cœur, il sursauta et s'aperçut que des larmes coulaient en silence sur ses joues. Il se leva sans bruit et quitta la pièce.

*

Jack se réveilla dans la pièce silencieuse et garda les yeux fermés jusqu'au moment où son esprit fut complètement clair. Allongé, immobile, concentré sur le rythme de sa respiration, il prit conscience d'une autre présence. Il tourna la tête et vit la silhouette indistincte d'un homme dans le soleil qui pénétrait dans la pièce par les stores vénitiens partiellement ouverts.

— Bonjour, Yeats.

— Jack.

— Il y a combien de temps que tu es là ?

— Je ne sais pas. Un moment.

— Tu es au courant ?

— Oui. Et, pour une fois, je ne sais pas quoi dire. J'ai compris quand j'ai vu le reportage à la télévision. J'espère que tu ne m'en veux pas d'être venu. J'étais inquiet.

— Pas du tout, Yeats. Je suis content de te voir.

— Est-ce que je peux faire quelque chose ? Est-ce que tu as besoin de quelque chose ?

— Non. Mais merci tout de même. Je ne cherchais pas à t'éviter. Il semblait simplement préférable d'attendre que tout soit terminé.

— Alors c'est fini ?

— Fini.

— Et maintenant, Jack ?

— Il faut que j'aille voir une femme. Je n'ai pas réfléchi à la suite.

— Deborah ?

— Oui.

— Elle m'a téléphoné hier. Elle se faisait un sang d'encre, Jack.

— Qu'est-ce que tu lui as dit ?

— Je lui ai dit que tu étais un battant. Que tu l'aimais. Qu'elle devait avoir confiance.

— Merci. Quelle heure il est ?

— Un peu plus de quatorze heures.

Jack se leva et s'immobilisa devant Yeats Murphy. Le visage du vieillard exprimait la douleur et l'inquiétude.

— Je ne te demande pas de comprendre, Yeats. Je ne comprends pas moi-même.

— Je n'ai pas besoin de comprendre. Je suis seulement content que tu sois sain et sauf, mon gars. C'est drôle, j'ai prié pour la première fois depuis des années. En fait, ça m'a fait beaucoup de bien. Je prierai pour que les choses s'arrangent entre toi et ton amie.

Les deux hommes se donnèrent l'accolade et, bras dessus, bras dessous, sortirent de la pièce. Ils rejoignirent Darrell Day dans le patio. Il s'était rasé, avait pris une douche, portait un pantalon gris et un pull bleu. Un verre de Maker's Mark avec des glaçons était posé devant lui, sur la table. Il y avait aussi une bouteille presque vide, près d'un seau à glace et de deux verres.

— Asseyez-vous, messieurs, et buvez un verre avec moi, dit Darrell, qui montra les deux chaises voisines de la sienne.

— Je vais vous laisser, dit Yeats. Vous m'appellerez avant de partir, Darrell ?

Darrell hocha la tête. Yeats se tourna vers Jack et posa les mains sur ses épaules.

— Et tu viendras dîner chez moi, un de ces jours ?

— Sans faute. Je te téléphonerai, dit Jack.

Jack regarda Yeats Murphy s'éloigner. Quand il eut disparu au coin de la maison, il se servit un verre.

— J'espère que tu ne m'en veux pas de lui avoir dit que tu étais ici, fit Darrell. Il se faisait beaucoup de souci.

— Absolument pas. Qu'est-ce que c'est que cette histoire de départ ?

— Tu vois, Rhett, cette histoire a fait déborder le vase. Demain, je mets la maison en vente. À la fin de la semaine, je cherche un endroit au soleil.

— Tu penses à un endroit en particulier ?

— Un de mes amis m'a parlé d'une île. La Dominique. Pas de navires de croisière. Des indigènes accueillants. Quelques animaux et plantes rares. Il y a même encore un peu de forêt tropicale. J'ai envie de commencer par là. Et toi ?

— Je ne sais pas. Il y a quelques jours, j'avais plein de projets. Maintenant…

— Permets-moi de te donner un conseil. Ne reste pas aussi longtemps que moi sur le champ de bataille. Quand tu seras sorti d'ici, fais quelque chose qui te plaît. Laisse le monde courir à sa perte.

Jack dévisagea Darrell et constata que le feu de la colère ne brûlait plus dans ses yeux noirs. Son visage s'était adouci et son corps semblait détendu.

— C'est un bon conseil, Darrell. Une dernière question… Est-ce que tes amis ont fait le ménage chez DuBois ?

— C'est terminé. Les membres de l'équipe ont trouvé quinze mille dollars en liquide sur le corps de DuBois. J'ai dit à mon contact qu'ils pouvaient les partager. Une sorte de bonus.

— C'est sûrement le prix de l'échantillon d'herbe.

Ils burent en silence pendant quelques minutes. Les deux hommes savaient qu'il n'y avait en fait rien à ajouter. Quand il eut vidé son verre, Jack rompit le silence.

— Bon, *G-man*, il faudrait que j'y aille. J'ai deux visites à faire avant la nuit. Merci pour tout.

— Merci à toi. Je ne crois pas que j'aurais pu abandonner si cette affaire n'avait pas été réglée. Comme je l'ai dit, Rhett, tu es un vrai phénomène. L'expression ne convient pas parfaitement, mais il faudra qu'elle fasse l'affaire. Bonne chance.

Ils se levèrent et se serrèrent la main. Ce fut une bonne poignée de mains, affectueuse, solide.

— Je vais prendre mes affaires dans la salle de bains et je m'en vais. Je fermerai la porte à clé.

— Pas la peine. Si tu passes par les îles...

— Sûr. *Adios*.

CHAPITRE 26

Jack s'arrêta à une cabine et téléphona au Maigre. Lucy décrocha, essoufflé, à la dixième sonnerie.

— C'est toi, Jack ? Ça va ?

— Ça va, Lucy. Le Maigre est là ?

— Oui, il lit dans le kiosque. Il dit que tu peux venir quand tu veux.

— Je serai chez vous dans vingt minutes.

Quand Jack arriva derrière la maison du Maigre, Lucy, en robe bain de soleil rouge et chaussures de sport, plantait des pensées dans un parterre.

— Il n'y a plus de saisons, n'est-ce pas ? cria Lucy. Moins cinq un jour et vingt le lendemain. Vas-y. Il t'attend.

Jack sourit à Lucy et gagna le kiosque. Le Maigre, en combinaison noire, lisait *Pudd'nhead Wilson*, de Mark Twain, dans une chaise longue. Une théière, sous un couvre-théière matelassé, et deux tasses se trouvaient sur un plateau posé sur la table.

Le Maigre dévisagea Jack et lui montra la deuxième chaise longue. Il ferma le livre et fit la moue, une expression songeuse sur son long visage.

— J'ai vu les informations, ce matin, Jack. Il est difficile de me choquer, mais je dois dire que j'ai été stupéfait. J'ai toujours dit que, parmi les gens que je connais, il n'y a que toi qui sois aussi fou que moi. Je te sous-estimais peut-être.

— Je suis persuadé que tu n'as pas été TROP choqué.

Le Maigre se tourna vers Jack et sourit, découvrant ses dents minuscules, d'un blanc de perle. Au fond de leurs profondes orbites, ses yeux rêveurs évoquaient des tourbillons d'eau jaune foncé.

— Non, pas TROP. Tu n'as pas laissé d'indices ?

— Je ne crois pas. Comment ça a marché de ton côté ?

Le Maigre se baissa et ramassa une petite mallette noire. Il la posa sur la table et la poussa vers Jack.

— J'ai obtenu trois mille six cents. Il y en avait cinquante-neuf kilos. Si tu ajoutes les cinq kilos que j'ai achetés vendredi et si tu retires soixante-quatre aux soixante-dix du départ, tu obtiens six. Je suppose que c'est à cause des jours de séchage supplémentaires. Ça fait deux cent douze mille quatre cents dollars. Tout est dans la mallette.

— À l'origine, tu devais en garder la moitié.

— Tu as dit que Smiley avait deux mômes. Quand ils seront grands, ça suffira à peine à payer leurs études. Je n'ai pas besoin de cet argent. Donne-le à Marge.

— Depuis quelque temps, j'ai l'impression que je ne fais que dire merci. Elle te sera reconnaissante. Moi aussi.

— *Por nada,* Jack. Je suis heureux d'avoir pu t'aider.

Jack se leva et tendit la main au Maigre.

— Si jamais tu as besoin de quelque chose, Le Maigre, il faudra m'appeler. Je crois que je vais porter ça à qui de droit.

Le Maigre tendit le bras et serra la main de Jack entre ses doigts osseux.

— Ne me laisse pas sans nouvelles, Jack.

Lucy rejoignit Jack près du pick-up.

— Est-ce que ça va aller, Jack ?

— Tout ira très bien, Lucy. Prends soin du Maigre. C'est un homme bien.

— Toujours, Jack. Ne reste pas longtemps sans venir nous voir. Le Maigre t'aime beaucoup. Moi aussi.

— Moi de même. À bientôt.

Jack tendit la main à Lucy. Lucy parut sur le point de la saisir, mais serra finalement Jack entre ses bras puissants, lui coupant presque le souffle.

— Prends bien soin de toi, Jack, dit l'étrange géant quand il le lâcha.

Jack secoua la tête et sourit affectueusement à l'homme en robe rouge. Puis il monta dans son pick-up.

*

Jack éprouva un mélange de soulagement et d'inquiétude quand il constata que la voiture de Deborah était garée dans la cour de la maison d'Elizabeth Street. Il respira profondément à plusieurs reprises avant de prendre la mallette et de descendre du pick-up. Pendant qu'il traversait la cour, il aperçut une ombre derrière une des fenêtres de l'appartement. Il contourna la maison et gravit les marches deux à deux.

À l'instant même où il allait frapper, la porte s'ouvrit. Les traits fins du visage de Deborah étaient tirés en un masque crispé. Ses yeux noisette étaient accusateurs et exprimaient aussi autre chose, que Jack ne pouvait définir.

— C'est toi, Jack, n'est-ce pas ? demanda-t-elle sur un ton de reproche amer.

Jack, immobile devant elle, garda le silence.

— Merde, Jack ! Comment tu as pu faire une chose comme celle-là ? Je croyais te connaître, mais je ne te connaissais pas du tout. Pas si tu as été capable de faire ÇA !

Jack fit un pas vers le seuil. Deborah recula, les yeux dilatés par la peur, que Jack n'avait pas été capable d'identifier quelques instants auparavant. Cette peur était intense, irraisonnée, et il en était la cause. C'était une peur qu'il était impossible d'atténuer, à laquelle on ne pouvait remédier. En un instant, le chagrin passa en lui et fut remplacé par la résignation. Il vit clairement qu'ils appartenaient à des mondes si différents qu'ils ne pouvaient espérer se comprendre. Elle ne pouvait accepter aucune explication et, même si elle avait pu accepter des excuses, il n'avait pas de raison d'en faire. C'était manifestement une de ces situations où la réalité tue le rêve.

Immobile, silencieux, chacun contempla les ruines dans les yeux de l'autre. Puis elle poussa la porte jusqu'au moment où une étroite ouverture ne laissa plus voir que son visage.

— Va-t'en, Jack, dit-elle avant de fermer doucement le battant.

Une sensation de fatalisme s'empara de Jack tandis qu'il fixait la porte fermée. Il comprit que l'inévitable s'était produit et que l'instant était moins éprouvant qu'il l'aurait été quelque temps plus tard. Chaque marche, pendant qu'il descendait l'escalier, confirma cette conviction.

*

Le crépuscule approchait quand Jack arriva chez Smiley. Le visage de Marge apparut à la fenêtre de la cuisine lorsqu'il descendit du pick-up. Elle le rejoignit sur la terrasse, le prit par la main et l'entraîna dans le salon.

La télévision était allumée. Deux hommes, le premier brun et ridé, le deuxième blond et le visage lisse, se tenaient devant une église imposante. Le brun avait un micro.

— Ici Tom Doyle en compagnie de l'agent spécial Tommy Dalton, du Georgia Bureau of Investigation. Agent Dalton, pouvez-vous nous dire où en est votre enquête sur ces meurtres horribles ?

— Nous sommes actuellement en train d'analyser les informations et d'exploiter les indices.

— Est-ce que cela signifie que vous avez des indices ?

— Je regrette, mais je ne peux rien ajouter sur une enquête en cours.

Jack alla éteindre le poste. Un silence profond, qu'il n'avait pas envie de rompre, envahit la pièce. Debout, il regarda le soleil couchant jeter des rayons d'or et de sang sur la rivière. Au bout d'un long moment, Marge prit la parole.

— Je suis heureuse que cet homme soit mort. Je sais que c'est horrible, mais je suis heureuse. Mais je regrette que tu…

— Ne regrette rien, Marge. C'est fini. Si tu veux toujours savoir ce qui s'est passé, je peux te le dire.

Marge acquiesça et s'assit sur le canapé. Jack posa la mallette sur la table basse et s'installa près d'elle.

Elle lui prit les mains et ses yeux noirs voilés de larmes fixèrent son visage.

— Je veux tout savoir, Jack, souffla-t-elle.

Marge écouta Jack sans l'interrompre. Quand il eut terminé, elle s'appuya contre le dossier du canapé et ferma les yeux. Quand elle les rouvrit, ils semblaient presque paisibles.

— Savoir me fait du bien. Je ne comprends pas pourquoi, mais ça me fait du bien. Je ne verrai plus jamais le monde de la même façon, mais je m'en sortirai. L'ignorance faisait un effet étrange sur moi, Jack. C'était comme si le monde était soudain devenu un endroit dangereux, hostile, plein de monstres tapis derrière les rochers et les buissons, toujours prêts à bondir inopinément et à se livrer à des violences horribles. Savoir que c'était l'œuvre de déments pervers remet tout en perspective.

— J'en suis heureux, Marge. Tu mérites de trouver la paix.

— Et toi, Jack ? Est-ce que tu as vu Deborah ?

Jack acquiesça et garda le silence.

— Et ?

— Et rien, Marge. Il n'y a rien à dire.

— Oh, mon Dieu ! Tu lui as raconté ?

— Elle a deviné. N'en parlons plus, Marge.

Marge se laissa aller contre le dossier du canapé et posa les mains sur son visage. Jack la prit par les épaules et la berça lentement jusqu'au moment où elle résista et se redressa. Elle se tourna vers lui et lui adressa un pâle sourire. Ce n'était qu'une esquisse de sourire, mais c'était un début, un geste porteur de rétablissement et d'espoir.

— Il y a encore une chose que je voudrais te demander, Jack. Je crois qu'on a le temps avant la nuit.

Marge gagna la cheminée et prit l'urne argentée

qui contenait les cendres de Smiley. Jack saisit la mallette et la rejoignit. Il prit l'urne et lui donna la mallette.

— Range-la en lieu sûr. Je vais m'occuper du bateau.

Il sortit par l'arrière de la maison, gagna l'étroit bras de rivière où Smiley amarrait sa barque en aluminium et lança le petit moteur hors-bord. Marge le rejoignit un instant plus tard et détacha la corde fixée à un pieu métallique planté sur la rive. Elle monta dans la barque, prit l'urne que Jack lui tendit, puis s'assit, la serrant entre ses bras, sur le banc avant.

Jack gagna la rivière proprement dite et remonta lentement le courant. Quand ils eurent parcouru cinq ou six cents mètres, il fit demi-tour et coupa le moteur. Le soleil, qui se couchait au loin entre les arbres, enflammait la rivière. Tandis que le courant les emportait, le soleil plongea dans la rivière, juste devant eux, et transforma l'eau en un ruban d'or en fusion.

Marge se leva quand la barque arriva à la hauteur de la maison. Elle ouvrit l'urne et se tourna vers Jack. L'expression de son visage était si féroce que les poils se dressèrent sur la nuque de Jack. Il hocha la tête et elle versa les cendres de Smiley dans l'eau juste devant la maison.

Les cendres blanches accompagnèrent la barque pendant quelques secondes, puis elles se dispersèrent dans le courant et disparurent. Marge fixa l'eau un long moment avant de dire :

— Rentrons, Jack.

Ils regagnèrent la maison en se tenant par la taille. Quand ils arrivèrent au pied des marches de derrière, elle se dressa sur la pointe des pieds et embrassa légèrement Jack sur la joue.

— Je crois que j'ai besoin d'un peu de solitude, maintenant, dit-elle.

— Moi aussi. Je donnerai bientôt des nouvelles.

— Il y a des choses que je voudrais dire, mais pas maintenant… Peut-être plus tard.

— Peut-être plus tard, Marge. Viens.

Il restèrent un long moment serrés dans les bras l'un de l'autre, puis se séparèrent. Elle traversa rapidement la terrasse et entra dans la maison. Quand elle eut fermé la porte, Jack regagna le pick-up et s'en alla.

CHAPITRE 27

Jack Lee s'arrêta devant la barrière de son chemin privé et coupa le moteur. Dans le noir total, il profita du silence parfait pendant quelques minutes, puis il descendit du pick-up et ouvrit la barrière. Quand il eut fait entrer le pick-up et refermé la barrière, il posa les coudes dessus et se prit la tête entre les mains. Il comprit, immobile du bon côté de la barrière, qu'il serait longtemps sans avoir besoin de ce qu'il y avait de l'autre côté.

La maison était telle qu'il l'avait quittée. Il huma ses odeurs familières et son charme simple le réconforta. Quelques minutes plus tard, le feu ronflait et crépitait dans la cheminée. Jack alla à la cuisine et sortit du placard la cruche d'alcool de contrebande que Fate DeFoor lui avait donnée. Il en emplit un verre et alla s'asseoir devant le feu odorant.

Il sirota le whisky pendant un long moment, les yeux fixés sur les flammes, dans l'espoir d'arriver au vide de l'esprit qui conduit à un sommeil profond, sans rêves. Chaque fois qu'il trouvait le chemin de la quiétude, un éperon, dans quelque coin reculé, le piquait et les pensées se remettaient à tournoyer. Quand il comprit quelle était la cause de son trouble, Jack se leva, mit un bonnet de laine et des gants. Puis il prit son duvet ainsi que la cruche de whisky et gagna la terrasse.

Installé dans la chaise longue, au chaud sous le sac de couchage, il but méthodiquement. Au bout d'un moment, les barrières qu'il avait érigées autour du centre de son être le plus profond tombèrent lentement, une par une. Il balaya chaque résistance à l'aide d'une gorgée d'alcool de contrebande et, enfin, la dernière barrière tomba si bien qu'il fut révélé à lui-même, sans défense et sans armure. Il ferma les yeux et resta un long moment en compagnie de lui-même, en compagnie de son être vulnérable. Puis, lentement, il projeta les événements de la semaine écoulée sur l'écran de son esprit, s'attarda sur chaque image et analysa ce qu'il ressentait.

Quand la dernière image eut disparu, Jack Lee se laissa aller contre le dossier de la chaise longue, épuisé, et se vit tel qu'il était réellement. Il n'éprouvait ni culpabilité ni remords. Il n'éprouvait ni satisfaction particulière ni joie. Au fond de son être, il n'y avait que l'apaisement, le soulagement qu'on éprouve quand on est délivré d'une obligation.

Jack Lee ouvrit les yeux et contempla la nuit, enfin capable de dire au revoir à l'ami qu'il connaissait depuis toujours. Quand il leva son verre, une étoile filante apparut à l'est, traînant une queue jaune et vert jusqu'à l'horizon. Le salut que Jack avait sur les lèvres tint également lieu de souhait.

— Repose en paix, Smiley, dit-il à la nuit.

LIVRE II

Le paradis des dinosaures

À James Crumley, qui s'est engagé quand il le fallait.

Quelques-unes des gloires de ce monde ; et un
Souffle du paradis futur du Prophète ;
Va, prends l'argent et renonce à la promesse,
Et n'écoute pas davantage le tambour qui bat
au loin !

OMAR KHAYAM

CHAPITRE 1

Le soir des Ides de mars, à Atlanta, dans le quartier de Little Five Points, la musique inimitable du Colonel Bruce Hampton et de son *Aquarium Rescue Unit* faisait vibrer le *Point Lounge*. La foule mêlée, réunie au *Lounge* dans l'espoir de libérer l'énergie accumulée pendant trois jours au cours desquels il avait été impossible de sortir en raison du blizzard de 93, accueillait avec enthousiasme le Colonel et son groupe, de retour d'une tournée triomphale dans tout le pays. Une tempête de neige, rare à la fin de l'hiver, s'était abattue sur la Géorgie hébétée, et avait du même coup tué la promesse d'un printemps précoce.

Presque toutes les couches de la société étaient représentées dans cette soirée insouciante : médecins et prostituées, avocats et dealers, professeurs et hippies, charpentiers et cordonniers, végétariens et carnivores, Noirs et Blancs, Asiatiques et Latinos, gens de droite et gens de gauche, rétropunks et prédicateurs... il y avait absolument de tout. Moyeu de cette foule bigarrée, deux trafiquants d'herbe à la retraite occupaient une table située au centre même de la salle. Contrairement au reste de l'assistance, les deux hommes semblaient sombres, surtout celui qui avait, devant lui, une pyramide de verres.

Lugubre, Bobby Joe Looney compta les verres empilés devant Deveraux LeDux, son ami et associé depuis plus de vingt ans. Il fallait bien connaître Deveraux LeDux pour s'apercevoir qu'il était ivre mort, du fait que vingt et un Crown Royal couraient dans son sang. Comme seul Bobby Joe le connaissait bien, le secret de Dev ne risquait rien.

Bobby Joe avait traîné Dev en ville dans l'espoir qu'une dose de la musique énigmatique qui caractérisait le Colonel le tirerait de la dépression alcoolique qui s'était emparée de lui deux semaines plus tôt, quand un coup de téléphone l'avait étendu pour le compte. Vingt-sept ans auparavant, le Colonel et Dev avaient partagé le même dortoir à la Gordon Military Academy, maison de redressement qui se targuait d'être une école militaire. Au fil des années, les hommes s'étaient vus épisodiquement, et une soirée en compagnie du Colonel guérissait généralement les maux de Dev. La tristesse et l'insensibilité de Dev permettaient à Bobby Joe de tirer deux conclusions : le problème était grave et le problème se nommait Laura Malloy. Bobby Joe savait qu'il était inutile de s'inquiéter et que Dev parlerait de ce qui le tourmentait quand il aurait décidé de le faire.

Bobby Joe but une gorgée d'Anchor Steam et examina un problème, ou plutôt des problèmes plus pressants. Bobby Joe ne savait pas si les ennuis viendraient de droite ou de gauche, mais il était certain qu'ils surgiraient. Il prévoyait les ennuis comme d'autres prévoient le temps.

S'il avait été obligé de parier, Bobby Joe aurait misé plutôt sur la table qui se trouvait à sa gauche que sur le colosse à perruque blonde qui, accoudé au bar, regardait furtivement Dev et Bobby Joe depuis une demi-heure. L'homme semblait familier à Bobby Joe, mais il ne pouvait mettre un nom sur son visage.

À la table qui se trouvait à gauche de Bobby Joe, une rétropunk, aux cheveux violets dressés sur le crâne et au maquillage aussi voyant que celui de la Putain de Babylone, avait entrepris depuis peu d'adresser des regards lubriques et lascifs à Dev qui, comme c'était son habitude quand quelque chose le tracassait, balançait la tête de droite à gauche. Chaque fois que la tête de Dev s'inclinait à gauche, la punkette peinturlurée se penchait presque imperceptiblement sur la table et ajoutait ainsi un supplément d'expressivité à son sourire suggestif, manège qui n'échappait pas au skinhead vêtu de noir assis près d'elle. Chaque fois qu'elle se penchait, les narines du skinhead au visage fermé se dilataient au-dessus de l'anneau en argent qui perçait la partie inférieure de sa cloison nasale.

Sur scène, le Colonel Hampton s'était lancé dans une interminable salade verbale, sur un rythme de rap et dans une langue inconnue, qui déchaînait le public. La punkette se pencha tant que le décolleté de son boléro découvrit ses seins tombants, pointes comprises. Le skinhead posa alors les coudes sur la table et foudroya Dev du regard. Au terme d'un nouveau balancement de tête, les yeux violets de Dev furent confrontés au spectacle des ananas pâles, qui le tirèrent brutalement de sa rêverie morose. Il leva le nez, regarda les yeux qui se cachaient dans un océan de maquillage, eut un sourire machinal, distrait, puis se remit à ruminer.

Mais les jeux étaient faits. Il suffisait parfois que Deveraux LeDux esquisse un sourire pour que les femmes s'évanouissent, même quand elles se trouvaient à l'extrémité opposée de la pièce. Face au sourire sans conviction de Dev, les nichons tombants se soulevèrent et un souffle puissant, cousin éloigné d'un soupir, passa entre les lèvres peintes. C'en fut trop pour le skinhead, qui repoussa violemment sa chaise, se leva, déploya les un mètre soixante-quinze de sa maigre carcasse et se dirigea vers Dev, le tout sans cesser de le foudroyer du regard.

Un vague sourire apparut sur les lèvres de Bobby Joe quand l'homme en noir contourna leur table et fonça sur Dev d'un air décidé. Le pouvoir du sourire de Dev l'émerveillait toujours.

Le sourire de Bobby Joe se figea quand, sans s'arrêter, le skinhead arma son bras droit. La tête de Dev, arrivée en bout de course à droite, reprenait la direction de la gauche quand une gifle étonnamment puissante s'abattit en plein sur sa joue gauche. La gifle produisit un fort claquement qui immobilisa la tête de Dev.

La suite arriva si vite que Bobby Joe eut du mal, plus tard, à se souvenir s'il avait vu Dev quitter sa chaise. En un unique mouvement fluide, Dev se leva, saisit le skinhead à la gorge et le souleva. Au même instant, la lumière s'alluma dans la salle et la musique s'interrompit au beau milieu d'un accord, quelqu'un ayant débranché la prise qui alimentait la scène en électricité. Le Colonel Hampton, qui tournait le dos au public et ne se préoccupait pas de ce qui se passait autour de lui, poursuivit son rap inintelligible a capella. Le skinhead frappa frénétiquement la main énorme qui lui serrait le cou et lui coupait le souffle. Une succession de sons bizarres, étranglés, peu différents de ceux que le Colonel émettait sur scène, franchirent ses lèvres bleues et produisirent une harmonie involontaire. Pendant un long moment, le public demeura pétrifié, fasciné par le spectacle de cette pendaison sans corde et par l'harmonie gutturale, infernale, qui l'accompagnait.

Bobby Joe et la punkette furent les premiers à réagir, motivés dans un cas par le bleu de plus en plus foncé du visage du skinhead et, dans l'autre, par le désir d'aller au secours de son compagnon. Elle arriva la première, une bouteille de bière à la main, et frappa Dev en plein sur la tempe. En vain. Quand elle leva à nouveau la bouteille, Bobby Joe lui colla un court crochet du gauche, qui toucha la pointe imprécise de son double menton et l'envoya dinguer parmi les tables et les chaises dans un fracas de verres brisés.

Bobby Joe passa ensuite aux choses sérieuses. Les pieds du skinhead s'agitaient moins vigoureusement au-dessus du sol, ses yeux se révulsaient et son visage était bleu foncé. Convaincu que Dev ne savait plus ce qu'il faisait et que les mots étaient inutiles, Bobby Joe passa derrière lui, saisit une poignée de ses boucles brunes dans la main gauche et glissa la droite entre ses jambes. Quand il tint solidement les noix de Dev, Bobby Joe les serra énergiquement et lui tira sèchement les cheveux, lui basculant la tête en arrière aussi loin que possible. Dev rugit et lâcha le skinhead, qui s'effondra à ses pieds, la respiration sifflante et laborieuse.

Bobby Joe relâcha partiellement son étreinte sur les noix de Dev et, par les cheveux, lui fit prendre le chemin de la sortie. Le public, stupéfait, s'ouvrit comme la mer Rouge devant Moïse tandis que les deux hommes s'en allaient sans gloire. Derrière

Bobby Joe la Putain de Babylone, vexée, exprima son indignation d'une voix puissante :

— Allez vous faire foutre ! cria-t-elle. Allez vous faire foutre, espèces de... espèces de... DE VIEUX DINOSAURES ! BARREZ-VOUS !

Le videur, tellement sidéré par les événements qu'il n'avait pas eu le temps d'agir, avait ouvert les portes et, debout sur le trottoir, leur faisait signe d'approcher, comme un flic de la circulation sur les lieux d'un accident. Dès que Dev et Bobby Joe furent dehors, le videur rentra, poussa les battants et ferma à clé.

Bobby Joe entraîna Dev dans Moreland Avenue, jusqu'au carrefour d'Euclid, puis il le lâcha et recula de deux pas. Il était impossible de prévoir la réaction de Dev, quand il se mettait dans cet état, mais la prudence était conseillée.

— Merde, Bobby Joe. Qu'est-ce qui s'est passé ? demanda Dev, qui pivota lentement sur lui-même, la main gauche sur ses noix et la droite sur sa tête.

— Si tu es sûr que tu as retrouvé tes esprits, on va aller au *Yacht Club* et je t'expliquerai. En fait, tu devrais y aller et commander deux bières. Je te rejoindrai dans une minute. Il faut d'abord que je fasse un truc.

La salle était toujours éclairée quand Bobby Joe revint au *Point*. Quand il eut frappé à la porte, le videur jeta un regard inquiet d'un côté et de l'autre avant de le laisser entrer. Bobby Joe gagna directement le bar et tendit la main au colosse qui portait une longue perruque blonde mal ajustée. Les joues de l'homme devinrent cramoisies sous l'horrible tignasse jaune.

— Salut, Trois-B, fit Bobby Joe d'une voix forte. Je voulais pas être impoli, quand je suis parti, mais j'avais les mains pleines, pour ainsi dire. Serre m'en cinq, mon vieux. Ça fait un bail.

Le visage rond, sans méplats, de Bascomb Bonner Barr, surnommé Trois-B, exprima la confusion tandis qu'il considérait la main tendue. Finalement, il détourna ses yeux marron clair, laiteux, et tendit une main molle à Bobby Joe.

— Barman, appela Bobby Joe, qui jeta un billet de vingt dollars sur le bar, paie un double de son choix à cet excellent agent de la DEA et garde la monnaie.

À ces mots, les clients du bar s'éloignèrent de Trois-B comme s'il venait de lâcher le pet le plus puant du siècle. Ses joues, déjà cramoisies, s'enflammèrent. Il resta sans voix.

— Bon, Trois-B, il faut que j'y aille. Désolé, mais je dois m'occuper de mon associé. Vachement content de t'avoir rencontré. Prends bien soin de toi. J'oublierai pas de saluer Dev de ta part, ajouta Bobby Joe avec un sourire si large qu'un spectateur mal informé aurait pu croire que les deux hommes étaient amis.

Bobby Joe prit son temps pour gagner le *Yacht Club*, qui se trouvait dans Euclid Avenue. Sur le trajet, il se demanda si c'était le moment d'avertir Dev de sa décision de quitter les États-Unis et de s'installer au Brésil. Il y avait deux semaines qu'il voulait lui en parler, mais Dev était trop saoul pour qu'il soit possible de discuter avec lui. Il fallait absolument aborder le sujet au bon moment. Les événements de la soirée avaient convaincu Bobby Joe que l'Amérique était devenue plus dangereuse encore pour Dev que pour lui.

Il y avait beaucoup de monde au *Yacht Club*. Bobby Joe se fraya un chemin dans une foule mélangée de buveurs de bière professionnels. Épaule contre épaule au bar, cheveux longs et costumes trois-pièces buvaient de la Samuel Adams, de la Samuel Smith et de la Guiness à la pression. Le *Yacht Club* était un survivant d'une époque où les gens buvaient de la vraie bière et avaient de vraies conversations. Bobby Joe trouva Dev dans un box du fond de la salle, où il fixait un grand verre de stout d'un air morose. Il ne leva pas la tête quand Bobby Joe s'assit en face de lui.

— Je me souviens seulement que quelqu'un a crié le mot « dinosaures ». C'était à propos de quoi ? demanda Dev sans quitter son verre des yeux.

— Je crois que la jeune femme faisait allusion à nous. À juste titre, je dois dire. En réalité, le fait qu'on nous considère comme des dinosaures correspond assez bien à l'idée qui me trotte dans la tête depuis quelque temps.

Quand il entendit le mot « idée », Dev leva la tête et concentra péniblement son attention sur le visage de Bobby Joe. Cet effort confirma ses pires craintes. Tous les signes étaient là. La flamme enthousiaste qui accompagnait les grandes idées de Bobby Joe brûlait dans ses yeux noirs de Choctaw. Son visage mince et brun était pratiquement illuminé. Dev éprouva une sensation de crispation dans la région des intestins. Un gémissement monta de son ventre à sa gorge, puis se fraya un chemin entre ses lèvres serrées.

— Merde, Bobby Joe, je suis pas en état de supporter une de tes idées. Surtout si elle a un rapport avec les dinosaures.

— Écoute, Dev, c'est en fait plus qu'une idée. J'ai une intuition bizarre, depuis quelque temps. Et pas une bonne. D'après cette intuition, si on ne fait rien on va prendre le même chemin que les dinosaures.

Cette affirmation fit si peur à Dev qu'elle le dessaoula presque. Rares étaient les choses qui lui faisaient peur, mais les idées de Bobby Joe étaient en tête de liste. Elles provoquaient toujours le chaos et des bouleversements. Mais une idée liée à une « intuition », c'était différent. Ils étaient en vie grâce à quelques-unes des intuitions de Bobby Joe. Il était beaucoup plus difficile de lutter contre les intuitions que contre les idées. Il ne fallait pas prendre la double vue de Bobby Joe à la légère.

— Merde, Bobby Joe, accouche.

— Eh bien, Dev, j'ai l'intention de battre l'extinction à son propre jeu. De l'éviter carrément et d'aller directement au paradis. Nom de Dieu, Dev, c'est ça. On va au paradis des dinosaures !

— Et c'est où ? demanda Dev, résigné.

— Au Brésil. Je me suis renseigné, Dev. On peut être libre, là-bas, jusqu'à la fin de nos jours. Avec l'argent qu'on a mis de côté, on peut s'installer luxueusement et cesser de craindre les Fédéraux. Il y a pas inflation de flics, là-bas. Et, quand il y en a, ils sont comme ceux d'autrefois, ils respectent l'argent. C'est un pays qui te plairait.

— Depuis quand tu es un spécialiste du Brésil ?

— Si tu n'avais pas été si saoul, ces derniers temps, tu te serais aperçu que je me renseignais. Dans l'état où tu étais, il m'a pas semblé utile d'essayer de t'en parler.

— Je sais que je ne vais pas bien, ces derniers temps, Bobby Joe. J'avais l'intention d'aborder le sujet, mais j'ai pas eu le courage.

— Pas de problème, Dev. Je sais que tu parleras quand tu seras prêt. Revenons au Brésil. Tu te souviens de João Silva ?

Pour la première fois depuis deux semaines, un vrai sourire éclaira la visage de Dev, un authentique sourire à la Deveraux LeDux, malicieux et irrésistible.

— Long John Silver ? De l'université ? Comment j'aurais pu oublier ce beau parleur brésilien ? demanda Dev d'une voix pleine d'affection.

— Eh bien, ces derniers temps, j'ai eu plusieurs fois ce vieux Long John au téléphone. Apparemment, après l'université de Géorgie, John est allé à Stanford et a obtenu une licence en droit. Puis il est rentré chez lui et il a fait la même chose à l'université de São Paulo.

— Il est avocat ? Cet ancien hors-la-loi ? demanda Dev, incrédule.

— D'après ce qu'il dit, il n'est pas seulement avocat, loin de là. Ce qu'il fait n'a pas de nom en portugais, mais il est devenu une sorte de négociateur de haut niveau... des deux côtés de la frontière. D'après lui, il peut nous aider à nous installer là-bas, pas de problème.

— Je vais être franc avec toi, Bobby Joe : moi aussi, depuis quelque temps, j'envisage de partir. Finissons nos verres et rentrons. Je vais dessaouler et, demain, on mettra ça en route. Pourquoi pas ? Merde, je vois pas pourquoi je m'y opposerais.

— Il y a encore une chose qu'il faut que tu saches. On avait de la compagnie, ce soir. Et elle ne nous quittait pas des yeux.

— Qui ça ?

— Notre vieux copain Trois-B.

— *Vamos*, dit simplement Dev qui se leva, instable sur ses jambes, et prit le chemin de la sortie.

CHAPITRE 2

Une intense sensation de soulagement et de reconnaissance s'empara de Bascomb Bonner Barr quand les lumières de la salle s'éteignirent et que la musique reprit. Il posa un regard mortifié sur le double Jack Daniel's sec posé devant lui et inspira profondément. Son cerveau court-circuité tournait à vide et ses entrailles aqueuses exécutaient une danse péristaltique reptilienne. Les coups d'œil méfiants, hostiles et sournois des clients du bar semblaient l'emprisonner dans un champ de forces paralysant. Le long frisson qui secoua son corps mit un terme à son immobilité forcée et permit à sa main droite de saisir le verre. En une rapide gorgée, il livra le bourbon aux serpents de son ventre, puis il gagna rapidement la porte.

Sur le trottoir, Trois-B emplit ses poumons d'air vif et glacé. Après une brève bataille rangée contre l'humiliation, il ferma les yeux, en signe de capitulation, et les armées de la honte balayèrent ses pitoyables défenses puis occupèrent son cœur. Il ravala ses larmes et gagna lentement sa voiture, qui était garée devant *Five Points Liquor*.

Le coup frappé à la vitre fit sursauter Trois-B,

qui avait posé le front sur le volant, si violemment que son crâne heurta l'appui-tête. Il était totalement désorienté, absolument incapable de déterminer depuis combien de temps il était dans la voiture. Il tourna la tête et un faisceau lumineux puissant l'aveugla. Quand ses yeux eurent accommodé, il s'aperçut que c'était la torche d'un agent de la police d'Atlanta. De sa main libre, le policier en uniforme bleu fit signe à Trois-B de baisser sa vitre.

— Ça va, mon vieux ? demanda le flic quand Trois-B eut obtempéré.

— Euh, ouais, pas de problème, monsieur l'agent, marmonna Trois-B sans conviction.

— Veuillez descendre de voiture, s'il vous plaît, monsieur, dit le flic, qui prononça « monsieur » sur un ton vaguement sarcastique.

Trois-B regarda le visage du flic et y lut l'impertinence. Elle fit bouillir son sang, déclencha une colère qui balaya son trouble et lui éclaircit les idées.

— Pas question, poulet. Je suis Bascomb Barr, agent spécial de la DEA. Je suis en mission de surveillance et tu viens d'ailleurs de tout foutre en l'air. Maintenant, tu pourrais peut-être virer ton gros cul de nègre d'ici ?

— Il faudrait que vous me montriez une pièce d'identité, monsieur Barr, fit le flic avec un sourire narquois.

Trois-B tendit sa carte et, dévoré de haine, regarda le flic considérer attentivement le document. Après l'avoir examiné un long moment, le flic le ferma et le lui rendit. Il eut un large sourire qui dévoila des dents parfaites et d'une blancheur d'ivoire.

— Je voulais juste être sûr. Que vous étiez bien Bascomb BONNER Barr. Merde, le célèbre Trois-B, c'est vous ! Alors bonne nuit, hein ? dit le flic, qui eut un rire étouffé et s'en alla.

Quand il sortit du parking en faisant hurler les pneus et prit Moreland Avenue vers le nord, Trois-B comprit qu'il n'y avait qu'un antidote à la souffrance et à la fureur qui menaçaient de faire éclater son cœur torturé. Les nègres, se dit-il, écœuré, quand il prit Ponce de Leon en direction de l'ouest. Les nègres, les nègres, les nègres. Un nègre était la cause de tous ses problèmes et un pédé nègre aurait sa peau. Mais pas tout de suite, pensa-t-il, quand il ralentit devant le *Mockingbird*, bar homosexuel proche du carrefour de Poncy et de Boulevard.

Trois-B ne vit pas ce qu'il cherchait quand il prit lentement Boulevard à gauche, mais ça ne l'inquiéta pas. Il était encore tôt et il n'était pas pressé. La traque lui procurait presque autant de plaisir que l'assouvissement. Il gagna North Avenue, puis tourna à droite. Quand il atteignit Peachtree, la procession rituelle des souvenirs, qui accompagnait toujours la traque, passait dans son esprit. Lorsqu'il prit Peachtree à droite, en direction de Piedmont Park, le feu du souvenir réalisa à nouveau le miracle qui lui était propre. Le doux parfum de fumée de la vengeance emplit ses narines, lui fit oublier la honte et lui rendit sa sérénité.

La vie de Trois-B avait pris la mauvaise pente vingt-trois ans plus tôt, le jour où il s'était cassé le genou, pendant un match d'entraînement, à l'université de Géorgie. Jusque-là, il était sur la liste des joueurs susceptibles d'intégrer la NFL, si bien que la vie lui semblait simple et sans surprise. Il était sur le point d'obliger le passeur à quitter sa position de défense quand un sale petit arrière nègre le plaqua au niveau des genoux. Il comprit, à l'instant même où son genou cassa, que c'était terminé. Dans la brume rouge de la douleur, pendant qu'on l'évacuait sur une civière, une unique question tournoyait dans son esprit : Qu'est-ce que je vais devenir ? Qu'est-ce que je vais devenir ? Qu'est-ce que je vais devenir ?

La réponse à cette question fut deux trimestres d'absence pendant lesquels son genou guérit de telle façon qu'il lui fut possible de marcher normalement, et même de courir. Il ne fut pas étonné quand on lui annonça qu'il ne pourrait plus jouer au football. L'université accepta de le garder, sur la base d'une bourse partielle, jusqu'à la fin de sa dernière année. On lui offrit un emploi de bureau, au sein de la police de l'université, qui lui permit de s'en tirer financièrement jusqu'à l'obtention de son diplôme.

Trois-B s'aperçut que le maintien de l'ordre lui plaisait. Une fois diplômé, il posa sa candidature auprès de la police d'Athens et fut engagé. Ses bons résultats à l'école de police et la facilité avec laquelle on l'accepta, du fait que c'était un ancien sportif, lui permirent de gravir rapidement les échelons. En dix-huit mois, il devint chef de la brigade des stupéfiants. Il comprit rapidement que le meilleur moyen de s'élever dans la hiérarchie consistait à monter sur les crânes brisés du plus grand nombre possible de dealers minables. Il apprit à gonfler les chiffres et à tirer profit de tous les clichés pris sur le terrain. Bientôt, Trois-B fut une étoile montante.

Un jour, pendant une opération conjointe avec le Bureau of Narcotics and Dangerous Drugs, prédécesseur de la DEA, Trois-B fut invité à déjeuner par le responsable de la force spéciale d'intervention, l'agent Wayne Johns. Johns, lui-même ancien quarterback vedette de l'université de Caroline du Sud, laissa entendre que les jeunes talents frais avaient toujours leur place au sein du BNDD et encouragea Trois-B à poser sa candidature. Il proposa même d'appuyer cette candidature. Flatté, Trois-B accepta, sous réserve de pouvoir mener à bien l'enquête qu'il avait entreprise et qui, espérait-il, se traduirait par la plus grosse saisie de drogue de l'histoire de la Géorgie. À la fin du déjeuner, Trois-B s'engagea à fournir les documents indispensables, et l'agent Johns promit de hâter l'examen de la candidature.

Un mois plus tard, et trois jours après que le BNDD lui eut notifié son engagement, Trois-B investit, à la tête de dix policiers et d'un nombre égal de journalistes, une ferme située à la limite de la commune d'Athens. Les locataires de la maison, Bobby Joe Looney et Deveraux LeDux, étaient deux anciens étudiants chevelus dont la carrière, brève mais remarquable, s'était déroulée plus ou moins parallèlement à celle de Trois-B. Après les avoir traqués en vain pendant plus d'un an et demi, Trois-B avait enfin eu un coup de chance. Un informateur avait confirmé que les deux complices venaient de recevoir deux cents kilos d'herbe mexicaine de première qualité.

Le mandat dans une main et le pistolet dans l'autre, Trois-B frappa énergiquement à la porte, et jouit sans retenue de son heure de gloire devant les caméras. La porte s'ouvrit sur deux dangereux hors-la-loi complètement défoncés qui, face à Trois-B, furent pris d'un fou rire qui se propagea parmi les journalistes et affecta même quelques-uns des hommes de Trois-B. Parmi les rires, Trois-B présenta son mandat, puis fut conduit dans une pièce qui contenait uniquement deux cents kilos d'herbe mexicaine. Sous la lumière des projecteurs et devant les objectifs des caméras, Trois-B lut leurs droits aux deux jeunes hommes, qui se tordaient de rire. C'était une saisie énorme, au début des années soixante-dix, pas tout à fait le record de l'État, mais néanmoins un gros coup. Bizarrement, Trois-B eut l'impression que c'était trop facile. L'issue du procès démontra que son intuition ne l'avait pas trompé.

En fait, les choses se gâtèrent avant le procès. Le spectacle du fou rire de Bobby Joe et de Dev, abondamment retransmis par la télévision, séduisit l'imagination perverse du public. Les hors-la-loi rigolards, comme la presse les surnomma, avaient volé la vedette à Trois-B, qui parut vaguement ridicule aux yeux des téléspectateurs. Puis, juste avant le procès, la presse apprit, grâce à des fuites, que le mandat comportait une erreur technique. Le fait que Bascomb Bonner Barr fût responsable de l'essentiel des informations fournies au tribunal en vue d'obtenir le mandat ne fut pas passé sous silence.

La fuite se révéla exacte. Dans sa hâte d'obtenir le mandat, Trois-B avait mal orthographié le nom de la rue où se trouvait la maison et indiqué Thornton Road alors qu'il s'agissait de Thorneton Road. Cette erreur mineure serait sûrement restée sans conséquence s'il n'y avait effectivement eu une Thornton Road non loin des lieux de la perquisition. Cette circonstance aggravante créa les conditions favorables au passage, sous la table séparant le juge de l'avocat, d'une enveloppe brune destinée à garantir que le point de droit présenté par la défense serait pris en considération au pied de la lettre.

L'annulation du mandat entraîna l'abandon des

poursuites et la libération immédiate de Bobby Joe et de Dev. Sur les marches du palais de justice, un journaliste tendit un micro à Bobby Joe et lui demanda comment il interprétait les événements qui avait abouti à l'abandon des poursuites. Bobby Joe sourit à la caméra et du pouce, par-dessus son épaule, montra Bascomb Bonner Barr, qui se trouvait quelques pas derrière lui.

— Posez la question à Trois-B, répondit Bobby Joe, qui ensuite s'en alla.

C'est exactement ce que fit le journaliste. Il se planta devant Trois-B ébahi.

— Monsieur Barr, euh, Trois-B, pouvez-vous expliquer exactement pourquoi cette affaire n'a pas pu aller jusqu'à son terme ?

Trois-B bredouilla et hésita, si bien que les autres journalistes eurent le temps de converger sur lui et d'emprisonner sa haute stature dans une boucle humaine sans cesse plus étroite. Une panique telle qu'il n'en avait jamais connue créa un désir de fuir si violent qu'il baissa la tête, fendit la foule à l'endroit où elle était moins dense et, ce faisant, renversa une journaliste.

Le lendemain, la couverture de l'événement fut sans indulgence. Le journal le plus lu d'Atlanta publia, en première page, un article intitulé : ANATOMIE D'UN ÉCHEC. Deux photographies illustraient le texte. Sur la première, Bobby Joe montrait Trois-B. Sa légende indiquait : « Posez la question à Trois-B. » Sur la deuxième, on voyait la journaliste au regard affolé que Trois-B avait renversée au moment où il avait pris la fuite comme un taureau tentant de s'échapper de l'arène. La légende était : « Sans commentaire. »

Les images tournées par les caméras de télévision

se révélèrent si irrésistibles qu'elles furent diffusées à de nombreuses reprises. Les réseaux, qui connaissaient une semaine exceptionnellement pauvre en informations, les diffusèrent sur un commentaire légèrement humoristique.

Bientôt, dans tout le pays, les membres des services de maintien de l'ordre répondaient : « Posez la question à Trois-B », quand on les interrogeait sur des problèmes inexpliqués liés à leurs activités. Le remplacement de vieilles réponses standards telles que « la loi de Murphy », « Dieu seul le sait », « aucune idée », etc. conféra à Trois-B la pire célébrité qui soit. Des ricanements l'accueillirent le jour où il prit ses fonctions au sein du BNDD. L'incident le suivit pendant toute sa carrière, de même que le sobriquet de Trois-B. Quand le BNDD fut intégré à la DEA, nouvellement créée et disposant de pouvoirs plus étendus, Trois-B ne put s'empêcher d'espérer que sa nomination au sein de ce nouvel organisme lui fournirait l'occasion d'un nouveau départ. Ça n'arriva pas.

Pendant presque vingt ans, Trois-B croupit aux confins de la vie de la DEA. Quelques promotions mineures, dans son grade, furent le seul avancement qu'il connut. Il ne fut jamais muté hors de l'État de Géorgie, indice indubitable, du point de vue des initiés, d'une carrière manquée.

Le jour de son vingt-neuvième anniversaire, Trois-B épousa une serveuse de bar et eut deux filles dans les deux années qui suivirent. Après la naissance du deuxième enfant, la jeune femme de Trois-B fut victime d'une très longue dépression post-partum et le chassa pratiquement de leur lit conjugal, naguère actif. Trois-B, de ce fait, se consola avec la bouteille, maîtresse qui exigeait sa présence jusqu'aux premières heures de nombreux matins. En raison de la dépression, issue de la consommation continuelle de whisky, et du fardeau de l'humiliation professionnelle, qu'il portait sur ses épaules voûtées, il était dans un tel état, quand, comme par miracle, sa femme sortit de sa langueur et exigea ses attentions avec une férocité renouvelée, qu'il fut incapable d'assurer. Cette nouvelle humiliation enfonça un coin dans le couple et le mariage fut bientôt aussi mort que la queue de Trois-B.

Trois-B rejoignit donc les rangs des payeurs de pension alimentaire, des pères qui tentent d'entretenir deux foyers sur un seul salaire. À cette époque, son esprit indiqua les origines de ses difficultés aussi naturellement que l'aiguille de la boussole indique le nord magnétique. Il se persuada que le nègre qui lui avait brisé le genou l'avait fait intentionnellement. Trois-B devint une armée raciste à lui tout seul. Le désir de traîner Bobby Joe et Dev devant un tribunal devint également une de ses obsessions. Mais cette passion ne fut jamais assouvie.

Bobby Joe et Dev, après avoir esquivé une balle, ne se placèrent jamais plus dans la ligne de mire. Ils passèrent sur la scène internationale et exportèrent des herbes exotiques depuis des ports lointains. Trois-B lut des rapports subtilisés qui plaçaient les jeunes gens dans des pays éloignés tels que le Maroc, la Thaïlande, l'Inde, le Népal, et plus proches tels que la Colombie, le Panamá, la Jamaïque et Belize.

Malgré leurs errances continuelles, ils revenaient périodiquement en Géorgie. Trois-B étudia leurs biographies et leurs habitudes, se renseigna comme il put sur leurs préférences en matière de restaurants, de bars, de musique et ainsi de suite. Quand il avait des raisons de croire qu'ils étaient dans la région, Trois-B hantait, en dehors de ses heures de travail, les endroits qu'ils fréquentaient. En vingt ans, il ne les avait vus que cinq fois et n'était jamais parvenu à les suivre jusqu'à un de leurs nombreux repaires. La rencontre de ce soir était principalement due à la chance. Trois-B avait lu que le Colonel Hampton jouait au *Point* et, sachant que Dev appréciait la musique de ce cinglé, il avait décidé, presque nostalgique, d'aller vérifier. En réalité, les deux hommes occupaient une part de plus en plus réduite de son temps depuis que *le rêve* l'avait visité, dans sa trente-cinquième année. Mais il avait toujours l'intention de solder leurs comptes avant que Le Grand S l'emporte, surtout après la mésaventure de ce soir.

Avant le rêve, Trois-B n'avait pas eu d'érection depuis plus de cinq ans. La nature étrange du retour de sa puissance sexuelle transforma la vie de Trois-B, et serait, le moment venu, à l'origine de sa disparition. L'événement lui assena un grand coup de bâton ontologique sur le crâne, brisa les os fragiles de son courage et le catapulta dans un univers où seule l'obsession a un sens.

Au début du rêve, Trois-B se vit, nu, devant une porte noire. Puis il ouvrit la porte et entra dans une pièce plongée dans l'obscurité la plus totale. Il traversa la pièce sans hésitation et s'installa sur une pile de coussins moelleux. Il ne savait pas comment il avait appris qu'il pouvait le faire. Il perçut une autre présence, qui respirait doucement dans la pièce. Un air de flûte, lointain d'abord, puis de plus en plus proche, se joignit au bruit de la respiration. Une faible lumière apparut et révéla, au centre de la pièce, une silhouette qui oscillait. Lentement, la lumière, de plus en plus forte, éclaira une Noire d'une beauté surnaturelle, vêtue d'un arc-en-ciel de soie moulante. Son visage éthiopien, aux os fins, recelait des yeux noirs brillants qui, hypnotiques, restaient rivés à ceux de Trois-B. Un vague sourire, complice et suggestif, jouait sur ses lèvres pleines. Le rythme et le volume de la musique s'accentuèrent. Des bracelets tintèrent aux poignets et aux chevilles de la danseuse tandis que ses membres minces suivaient la musique. Elle commença de se débarrasser avec élégance des lambeaux de soie qui couvraient son corps. Du sang brûlant afflua dans le bas-ventre de Trois-B. Une érection énorme grandit entre ses jambes, une érection puissante qui parut sans limites. Quand le dernier voile tomba et révéla son corps parfait d'ébène poli, Trois-B ferma les yeux et rejeta la tête en arrière, transporté d'extase. Il entendit son nom, Bascomb, ouvrit les yeux et s'aperçut que la tête de la danseuse reposait sur un corps masculin musclé. Son érection grandit encore. La créature se mit à quatre pattes et fit bouger son joli derrière en cercles lents. Son visage aux os fins le regarda par-dessus l'épaule et, d'un mouvement de tête, elle lui fit signe d'approcher. Trois-B se leva et plaça son organe énorme en position sur l'orifice rose pâle qui roulait lentement devant lui. Il l'y plongea profondément et sentit son érection grandir à nouveau. À chaque poussée, il devint plus gros et, au moment où il jouit, il eut l'impression de toucher une sorte de bouche située à l'extrémité du conduit. Quelque chose tira violemment sur l'extrémité de son organe et il fut précipité dans une immense caverne obscure. Il tomba, suivi par le long hurlement de terreur qu'il poussa. Un sol parut se ruer à sa rencontre, puis ce fut le néant. Il se réveilla dans son lit, couvert de sueur, une flaque de sperme poisseux s'écoulant de part et d'autre de son ventre proéminent.

Trois-B prit la Quatorzième Rue à droite et fit glisser sa main droite de son sternum à la courbe grandiose de son ventre énorme. Il n'y avait que deux centimètres entre le volant et sa main, quand elle descendit couvrir sa queue gonflée. Il prit Juniper à droite, s'arrêta contre le trottoir, retira la perruque blonde et passa son mouchoir sur son crâne chauve luisant de sueur. Puis il essuya son front et sa lèvre supérieure. Le souvenir du rêve l'excitait toujours. Au cours des dix ans qui s'étaient écoulés depuis ce rêve, il n'avait rien connu de vaguement comparable dans son sommeil. Mais, dès le lendemain, il hanta ses journées, apparut devant ses yeux aux moments les plus inattendus en scènes fragmentaires et terriblement nettes. Ces interludes alimentèrent un désir intense contre lequel il lutta désespérément pendant plusieurs mois avant de s'y abandonner. Puis il se mit à payer les services de travestis noirs, comportement qui provoqua des crises violentes et prolongées pendant lesquelles il se dégoûtait. Enfin, à un moment donné, il franchit la frontière invisible de l'obsession et n'en revint plus.

Les symptômes apparurent au début de sa quarante-quatrième année. Au début, il ne se préoccupa guère du rhume chronique, de l'inflammation des glandes et des longues périodes de fatigue. Quand il lui devint impossible de nier l'existence d'un problème, il envoya des échantillons de sang à trois cliniques garantissant l'anonymat. Toutes les trois lui adressèrent un résultat positif. Il avait le Sida.

Trois-B remit la perruque et démarra lentement. Il se donna des tapes sur le ventre et eut un sourire sardonique. Bientôt, je serai vraiment au régime, se dit-il. Les malades en phase terminale, qu'il avait vus à la télévision, étaient aussi squelettiques que les détenus des camps de concentration, mais il n'avait pas l'intention de laisser les choses aller jusque-là. Il avait décidé de se faire sauter la cervelle avant. Mais, d'abord, il avait de nombreux comptes à régler.

Il ralentit après le carrefour de Juniper et de la Neuvième. Il y avait, un peu plus loin, une maison fréquentée par les « sœurs noires », comme elles se surnommaient. Quand il arriva près de la maison, la porte s'ouvrit et un travesti de haute taille, maigre, qui portait des escarpins à talon argenté et une courte robe rouge, sortit puis descendit les marches en ondulant de la croupe. Trois-B s'arrêta contre le trottoir opposé et baissa la vitre du côté du passager. Le travesti s'arrêta sur le trottoir, regarda à droite et à gauche, puis traversa la rue de la même démarche suggestive.

— Ça va, chéri ? demanda-t-il d'une voix relativement grave.

— Si on allait faire un tour, ma belle ? On pourrait justement parler de ce qui m'irait, dit Trois-B avec un sourire.

— Pas question, chéri. Avec tout ce qui se passe, on n'est jamais trop prudent.

Trois-B sortit deux Ben Franklin de la poche de sa chemise et les posa sur le siège.

— Ma jolie, je suis qu'un type qui a une grosse envie.

— Chéri, tu parles la même langue que moi, fit le travesti, qui ouvrit la portière et monta dans la voiture.

CHAPITRE 3

La crise d'angoisse s'abattit si violemment et si vite sur Deborah O'Hara qu'elle fut pendant quelques instants dépassée, totalement égarée dans un tourbillon de panique. Ses mains aux articulations blêmes se figèrent, crispées sur le volant de sa voiture, qui était arrêtée. Son cœur battait à toute vitesse, irrégulièrement, dans sa poitrine. Ses poumons ne supportait que de petites quantités d'oxygène, si bien qu'elle avait l'impression de manquer d'air. Quand son esprit reprit le dessus, elle se contraignit à respirer profondément, lentement. Lorsque ses sens se remirent à fonctionner, son nez reconnut l'odeur forte, aigre, qui montait de ses aisselles glacées et trempées de sueur. La peur à l'état pur.

Deborah répéta la litanie de la raison à voix basse. C'est le seul moyen. Le secret me détruit, me rend folle. Il faut que je parle à quelqu'un. Si je parle, les rêves cesseront. Je n'en peux plus. Pas un jour de plus. Vas-y. Maintenant.

Mets un pied devant l'autre, se dit-elle sur le chemin de l'entrée du siège du Georgia Bureau of Investigation. Ses jambes semblaient rencontrer une résistance invisible, comme si elle marchait dans l'eau. Quand elle arriva devant la porte, sa volonté l'abandonna et elle s'immobilisa, tel un mannequin, la main droite tendue vers la poignée.

Quand Deborah avait compris que Jack Lee était responsable de la mort du vieux prédicateur, elle l'avait chassé. Plus tard, elle avait regretté et s'était mise à espérer qu'il reviendrait. Quand il apparut qu'il ne reviendrait pas, la sensation d'avoir été rejetée se mua lentement en colère et, même si elle ne pouvait le reconnaître, en haine. Cette haine, dont elle n'admettait pas l'existence, prit le contrôle de sa vie et la priva de paix. Puis les cauchemars commencèrent, des rêves récurrents si hideux qu'ils la réveillaient en sursaut au milieu de la nuit, lui refusaient même le refuge du sommeil. Elle perdit l'appétit et maigrit dans des proportions inquiétantes. Elle haïssait les jours et redoutait les nuits. Ses émotions assiégeaient le donjon où résidaient son cœur, son esprit et son âme. De son désespoir naquit l'idée qu'elle serait peut-être débarrassée de son horrible fardeau si elle partageait son secret avec quelqu'un. L'idée qu'un désir de vengeance issu du rejet l'avait conduite jusqu'à cette porte qu'elle ne pouvait se résoudre à ouvrir ne lui traversa jamais l'esprit.

— Excusez-moi, madame. Est-ce que ça va ? demanda le jeune homme athlétique qui tenait la porte ouverte.

— Oui. Je suis simplement dans la lune. Désolée. Est-ce que vous pourriez m'indiquer le bureau de l'agent Tommy Dalton ?

— Premier étage, madame, troisième porte à gauche. Les ascenseurs sont en face.

Deborah remercia le jeune homme et gagna les

ascenseurs. Elle eut l'impression que son corps s'allégeait à chaque pas. Le désir de vider son cœur chassa ses hésitations. Un autre désir, ténébreux et anonyme, soufflait des promesses de paix en échange de sa collaboration.

*

L'agent Tommy Dalton regarda sa montre pour la cinquième fois en cinq minutes. La femme avait cinq minutes de retard. Il but une gorgée de café, parce que l'inquiétude lui desséchait la bouche, puis passa ses paumes moites sur les jambes de son pantalon. Il résista au désir de se lever et de faire les cent pas. Il se comportait comme un jeune détective face à sa première affaire, dont quinze ans et des meurtres innombrables le séparaient. Il le sentait. L'intonation de sa voix. Elle savait quelque chose. Et elle était presque mûre, nom de Dieu. Et elle était en retard.

Dalton regarda le dossier ouvert devant lui et se força à le lire une troisième fois. Ce n'était pas la peine. Il le connaissait par cœur. Il l'avait sur l'estomac depuis dix-huit mois, comme un repas indigeste. Ce type d'affaire n'était jamais résolu, après une aussi longue période, sauf si quelqu'un parlait.

Le mystère des oreilles non identifiées tourmentait Tommy Dalton. Tout ce qui restait inexpliqué le tourmentait. Il était certain que les oreilles supplémentaires avaient un sens. Qu'elles constituaient peut-être un message. Et il était également certain que la résolution de cette affaire lui permettrait sans doute d'occuper le fauteuil du directeur dans une dizaine d'années. La presse, qui ne l'avait pas ménagé quand l'affaire était arrivée au fond d'une impasse, le transformerait en héros du jour au lendemain s'il parvenait à la boucler. Il regardait sa montre pour la énième fois quand on frappa à la porte de son bureau.

Ils se dévisagèrent, sur le seuil, pendant un long et pénible moment. Ils ne savaient ni l'un ni l'autre ce que l'autre espérait. Dalton vit une belle jeune femme de haute taille, dont l'abondante chevelure auburn encadrait un visage parfait, vaguement félin. Il s'aperçut que la nervosité crispait les coins de ses yeux noisette et de sa bouche aux lèvres pleines. Péniblement, il renvoya ses hormones dans leur cage, puis esquissa un geste de la main droite afin de l'inviter à entrer.

Deborah O'Hara gagna la chaise qui se trouvait devant le bureau métallique gris et s'immobilisa, hésitante, comme si elle attendait des instructions. Le visage juvénile qu'elle avait trouvé derrière la porte l'avait surprise. Les cheveux blonds coupés en brosse, les yeux bleu clair et le visage d'adolescent, sans rides, ne correspondaient pas à la voix éraillée par la fumée et le whisky qu'elle avait entendue au téléphone. Un examen plus attentif de ce visage trompeur modifia cette première impression. Un réseau de fines rides s'étendait des coins des yeux au milieu des tempes. Et la bouche ! Cette bouche aux lèvres minces et serrées n'avait rien de juvénile.

D'un autre geste, sans un mot, Dalton montra la chaise. Deborah sentit ses yeux sur ses jambes quand elle s'assit. Elle tira sur la jupe de sa robe d'été vert clair et regretta de ne pas avoir choisi une tenue plus neutre.

Dalton tira sur les manchettes de sa chemise de soie marron foncé, souleva l'arrière de son blazer en poil de chameau et s'assit. Il joignit les doigts sous le bout de son nez et attendit, laissa le silence devenir embarrassant. Il n'avait pas l'intention de ménager la femme et voulait qu'elle soit déstabilisée dès le début. Il aurait, plus tard, tout le temps de la consoler.

Gênée, Deborah baissa la tête face aux yeux fixes qui semblaient la transpercer. Ce n'était pas ce qu'elle espérait. Une forte envie de se lever et de s'en aller l'avait presque emporté quand Dalton rompit enfin le silence.

— Mademoiselle O'Hara, je suis l'agent spécial Tommy Dalton et je vous prie d'excuser mon impolitesse. Je me demandais seulement comment une jeune femme aussi belle que vous peut avoir été mêlée au crime horrible que vous avez mentionné au téléphone.

— Je n'ai pas dit que j'y étais mêlée, protesta Deborah. J'ai dit que j'avais des informations sur le meurtre de ce vieillard, dans les montagnes. Sur la… crucifixion.

— Je suis heureux de l'apprendre, mademoiselle… Est-ce que je peux vous appeler Deborah ? Merci. Je suis heureux de l'apprendre, Deborah. D'apprendre que vous n'y êtes pas mêlée, j'entends. Est-il exact de supposer que vos informations concernent d'autres personnes qui, elles, y sont mêlées ?

— Une autre.

— Qui s'appelle ?

— Jack Lee, répondit Deborah, et le nom roula comme du vinaigre sur sa langue.

— Est-ce qu'il s'agit de Jackson Robert E. Lee ? demanda Dalton d'une voix légèrement tremblante.

Deborah acquiesça sans le quitter des yeux.

— J'espère que vous n'avez pas d'autres engagements, parce que ça va prendre un moment, dit Dalton, dont la voix se teinta de sollicitude. Détendez-vous et commencez par le commencement.

*

Des pas sur le gravier tirèrent Jack Lee de sa méditation à 5 h 50, par un matin qui avait commencé comme presque tous les matins depuis quatre ans et demi. C'était la première fois que sa méditation matinale était interrompue et l'adrénaline se répandit dans son sang tandis qu'il étendait ses jambes repliées en lotus. Dans cette petite maison située sur les hauteurs de l'ouest de la Géorgie, les visites étaient rares. Et elles ne se produisaient jamais avant l'aube. Il fut heureux qu'ils aient décidé de venir maintenant, alors que son esprit était encore concentré.

Il se leva et, debout sur le tapis de laine, resta parfaitement immobile dans le noir total, guetta les bruits de pas, tenta de déterminer le nombre de visiteurs et leur position. Sous la fenêtre du mur du fond, à un mètre cinquante de l'endroit où il se trouvait, le bruissement du tissu contre le bois fut perceptible. Trois paires de pieds, à peine audibles, crissèrent sur le gravier du chemin, puis parurent converger, et le silence reprit ses droits. Il y eut un faible bruissement à l'arrière de la petite maison.

Jack comprit qu'ils étaient au moins quatre. Il pouvait presque voir les trois hommes immobiles sur le chemin afin de laisser au quatrième le temps de gagner l'arrière de la maison. Quand les pieds se remirent à crisser sur les graviers, Jack gagna rapidement la salle de bains, qui donnait directement sur sa chambre. Il prit la combinaison de camouflage suspendue à un crochet et l'enfila silencieusement. Après avoir sorti le pistolet Browning 9 mm du sac à dos accroché au mur au-dessus de la commode, il le glissa dans la poche carrée de la jambe droite de son pantalon, puis il mit le sac sur son dos et ferma la ceinture ventrale. Il enfila rapidement les épaisses chaussettes de laine qu'il sortit de la botte gauche de la paire de bottes de moto qui se trouvait près de la commode. Il venait d'enfiler la deuxième botte quand des coups violents contre la porte firent voler le silence matinal en éclats.

Rapidement, Jack Lee écarta le tapis qui occupait le centre de la pièce, puis, à tâtons, chercha la poignée de la trappe. Il venait de sauter dans l'espace de quatre-vingt-dix centimètres de haut qui séparait le sol du plancher de la maison quand quelqu'un annonça d'une voix forte qu'il appartenait au GBI et lui ordonnait d'ouvrir.

À quatre pattes, Jack suivit une diagonale qui le conduisit jusqu'au pilier d'un mètre de haut, traité à la créosote, qui soutenait le coin postérieur gauche de la petite maison dépourvue de fondations. Il l'atteignit à l'instant où les gonds de la porte cédaient sous l'effet d'un coup de pied. Il y avait, près du pilier, une targette qui permettait d'ouvrir une petite porte ménagée dans l'habillage en planche du soubassement de la maison. Jack poussa le panneau et écouta en silence pendant quelques instants avant de sortir le Browning et de se glisser dehors.

Des pas lourds retentissaient à l'intérieur quand Jack se redressa, juste sous la fenêtre de la chambre. La lumière s'alluma et une lueur diffuse éclaira sa tête et ses épaules. Sur la terrasse, à sa droite, une voix lui ordonna de s'immobiliser. Jack se baissa et se mit à courir en zigzags vers la lisière de la forêt, qui se trouvait à cinq mètres de lui, sur sa gauche. Le faisceau d'une torche passa deux fois sur lui, mais aucun coup de feu ne fut tiré. Il était à deux foulées des arbres quand un nouveau cône de lumière apparut sur sa droite et qu'une voix différente lui cria de s'immobiliser. Un coup de feu claqua à l'instant où il entra dans la forêt. Les premières lueurs grises et paresseuses de l'aube lui permirent de voir un grand chêne avant de le heurter à toute vitesse.

Assis au pied de l'arbre, Jack, dont les oreilles bourdonnaient, entendit son poursuivant courir dans le sous-bois. Les yeux dilatés il aperçut, à trois mètres de lui, le faisceau d'une torche qui approchait. Quand il se redressa et descendit la pente, un autre coup de feu claqua et la balle toucha le chêne qu'il avait heurté. Des voix retentirent, derrière son poursuivant, et de nouvelles paires de jambes se joignirent à la traque.

Trois mètres plus loin, Jack s'arrêta derrière un gros arbre et attendit le poursuivant de tête. Quand l'homme fut presque sur lui, Jack sortit et tira deux fois, trente centimètres sous le réflecteur de la torche. L'agent cria, tomba, lâcha sa torche et son arme.

Jack descendit la pente aussi vite que possible dans la faible lumière et ne s'arrêta qu'au bord du ruisseau qui coulait deux cents mètres plus bas. Il sauta sur la rive opposée, puis s'arrêta et écouta. L'absence de bruits de poursuite l'amena à se demander s'il avait blessé l'homme plus grièvement que prévu. Il avait visé les jambes dans l'espoir de ralentir l'agent, pas dans celui de le tuer.

Jack s'agenouilla et but l'eau pure du ruisseau, puis il se redressa et dit silencieusement adieu à la terre qu'il avait appris à beaucoup aimer. Dix-huit mois plus tôt, il croyait encore qu'il y finirait ses jours. La perspective d'entrer dans le monde nouveau qui l'attendait ne lui procura aucun plaisir quand il s'engagea, en direction du sud, sur la piste de gibier qui courait parallèlement au ruisseau.

Il parcourut huit cents mètres au pas de course et atteignit l'endroit où le ruisseau se jetait dans une petite rivière au cours rapide qui coulait d'ouest en est après avoir franchi la frontière de l'Alabama, qui se trouvait à cinq kilomètres. Il traversa le cours d'eau bavard trente mètres en amont, sur le tronc d'un énorme châtaignier mort, tombé en travers du courant. Cinquante mètres plus loin, il pénétra dans un enchevêtrement dense de taillis et se fraya un chemin jusqu'à son centre. Il y trouva, sous une bâche de camouflage à motif sombre, une moto tout terrain BSA 441 Victor. Le petit monstre monocylindre démarra dans un rugissement au deuxième coup de kick et tourna régulièrement au ralenti tandis que Jack sortait des lunettes et des gants de son sac, puis les remplaçait par la bâche de camouflage humide.

Il perçut vaguement le *womp-womp* des pales d'un rotor, au loin, quand il passa sa longue jambe par-dessus le siège de la moto. Il fit lentement sortir la Victor de l'enchevêtrement de végétation, puis la dirigea vers la pente nord boisée qui surplombait la rive sud de la rivière. Quand il accéléra, la moto attaqua la pente et la gravit en première. Parvenu au sommet, Jack s'engagea sur un chemin de débardage et prit la route de l'Alabama dans les premières lueurs du jour.

CHAPITRE 4

Bobby Joe terminait une omelette au fromage et à l'avocat en écoutant les informations de la radio publique nationale quand Dev, vêtu d'un sarong balinais aux couleurs vives, descendit l'escalier d'une démarche incertaine. Un grognement ponctuait chaque marche. Quand il atteignit le rez-de-chaussée, il retrouva brusquement tout son entrain et fonça sur le réfrigérateur. Il sortait une bouteille de Stoly du freezer quand la partie du journal consacrée à la Géorgie commença. Le premier sujet fut le meurtre d'un nouveau travesti noir, le cinquième en onze mois. On avait trouvé le cadavre étranglé, mutilé, dans les hautes herbes d'un terrain vague proche de Grant Park. La victime, découverte par des enfants sur le chemin de l'école, portait une robe rouge et des escarpins à talons argentés. Le présentateur reprenait la demande d'informations publiée par la police quand Dev, la bouteille à la main, éteignit la radio.

— Merde, Bobby Joe ! Je suis désolé, mais je peux pas écouter ces conneries dès le matin, dit-il.

Puis il gagna le plan de travail et chercha un verre propre.

— Il est cinq heures moins deux, Dev. De l'après-midi, répondit Bobby Joe d'une voix teintée d'hostilité. Et je croyais que tu renoncerais à cette merde à dater d'aujourd'hui.

Dev contempla les quatre doigts de liquide visqueux qu'il avait versés dans une chope au décor élégant. Dev ferma ses yeux bouffis et s'envoya la gnole russe en une seule gorgée.

— C'est ce que je fais, croassa-t-il, les conduits saturés de vodka. Je soigne le mal par le mal, c'est tout.

— Je te prends au mot. On a des tas de trucs à faire dans les jours qui viennent.

— J'espère que ça commence pas aujourd'hui parce qu'il va falloir que je récupère une journée avant de pouvoir faire quoi que ce soit, répondit Dev, qui mélangea de la vodka et du jus d'orange en parts égales dans la chope.

— C'est ce que je me disais. Donc j'ai rien prévu. Mais demain matin, à la première heure, on quitte cette bonbonnière allemande et on file vers le Sud.

— On part pour le Brésil DEMAIN ?

— Non, Dev, on a des choses à régler avant d'aller au Brésil. On déjeune avec Zela Wylie demain, à Atlanta. Ensuite, il faut que j'aille à Double Springs pour dire au revoir à la famille. Toi aussi. Miss Amelia exige que tu viennes, impossible de te défiler. Je suppose que tu as toi aussi des trucs à régler avant de partir.

— C'est vrai, répondit Dev d'une voix lasse. Ça n'est que trop vrai.

Bobby Joe vit le visage de Dev s'assombrir, vit ses épaules s'affaisser de cinq centimètres, comme si on venait d'y déposer un fardeau. Il se leva et posa le bras sur ces épaules puissantes. Dev tremblait quand Bobby Joe l'entraîna dans le salon, puis sur la terrasse.

— Mon vieux, faut qu'on discute, dit Bobby Joe à son associé blessé.

Dans leur planque actuelle, chalet au toit pentu niché au flanc d'une colline boisée située à deux kilomètres de Helen, ville de montagne parfaitement atypique, seule la terrasse plaisait à Bobby Joe. Ce n'était pas vraiment une planque, puisqu'ils n'étaient pas en cavale. C'était plutôt le plus récent des trois déménagements annuels qu'ils s'imposaient à titre de mesure préventive destinée à éviter la cavale.

C'était face à des paysages comme celui qu'on découvrait depuis la terrasse que Bobby Joe regrettait de ne pas avoir une maison. Outre les belles montagnes de Géorgie, la terrasse permettait d'apercevoir, au loin, un « authentique village bavarois ». En quête d'une attraction touristique capable d'enrayer la décadence de leur ville, les bonnes gens de Helen avaient eu une idée si audacieuse qu'elle marchait. La « reconstitution de l'authentique village bavarois » attirait les touristes comme des mouches. Ils venaient, de partout, acheter « d'authentiques bijoux bavarois » et se bourrer de *knockwurst* qu'ils arrosaient copieusement « d'authentique bière bavaroise » produite par la minuscule brasserie locale. De nombreux voyageurs imprudents avaient provoqué des catastrophes automobiles, sous l'effet de la surprise, quand la route touristique les avait fait passer en un clin d'œil des délices bucoliques des montagnes de Géorgie à la Bavière.

Bobby Joe contemplait le joli village de Helen quand l'idée d'émigrer s'était imposée à lui. Ce fut comme si la lassitude qu'il éprouvait quand il se tournait vers le passé et la sensation de vide qu'il ressentait lorsqu'il envisageait l'avenir s'associaient pour conférer une cause logique au mauvais pressentiment qui s'était insinué dans son cœur quelques mois plus tôt. À cet instant de transcendance, un « Aha » sonore avait retenti et résonné dans son esprit. Quand il se tourna vers Dev, il se demanda s'il serait vraiment possible de guérir le mauvais pressentiment qui s'était insinué dans le cœur de son associé. Il avait eu l'intention d'attendre que Dev parle quand il en aurait envie, mais ce n'était tout simplement pas possible.

— Elle s'est mise à me dessiner, souffla Dev au moment où Bobby Joe allait prendre la parole. Elle ne parle plus et elle ne mange plus, sauf des bananes et du lait de temps en temps. Les médecins sont inquiets. D'après Beth, ils veulent que je rende visite à Laura, pour voir si ça peut la faire sortir de cette torpeur.

Bobby Joe hocha lentement la tête et resta silencieux. L'image du visage fragile et des yeux clairs, déments, de Laura Malloy lui traversa l'esprit. Dev avait rencontré cette jeune fille, qui appartenait à la haute société de Savannah, quinze ans auparavant, alors qu'il avait trente ans et elle vingt-deux. Elle était extraordinairement belle, grande, mince, avec des cheveux d'or et un visage d'ange. Le jour même où Bobby Joe avait découvert ses yeux bleu pâle, exceptionnellement brillants, dans leurs orbites profondes, il avait compris qu'elle était instable, ou pire. Il était resté impuissant tandis que Dev faisait passionnément la cour à Laura et finissait par obtenir sa main.

La famille de Dev, aristocrates français qui avaient échappé à la guillotine et s'étaient installés à Savannah en 1791, avait énergiquement poussé au mariage. À ses yeux, non seulement Laura était socialement acceptable, mais elle représentait aussi le dernier espoir de ramener le mouton noir au sein du troupeau. Elle accepta même sans protester que Bobby Joe soit son témoin.

La veille du mariage, Dev renonça à la tradition, qui consiste à enterrer sa vie de garçon avec ses amis, et passa le début de la soirée en compagnie de Bobby Joe, avant de dîner avec Laura. Autour d'un verre, Bobby Joe et Dev évoquèrent les huit ans qui leur avaient apporté de nombreuses aventures et une fortune considérable. Quand ils se séparèrent, Dev serra affectueusement Bobby Joe dans ses bras et lui conseilla, comme il avait à présent trente ans, de trouver une femme sérieuse et de se ranger.

Moins de quatre heures plus tard, ivre, le visage lugubre, Dev poussa la porte de communication de leurs deux suites et annonça qu'ils partaient. Immédiatement. Il refusa de répondre aux questions de Bobby Joe. Il refusa également d'avertir les familles de l'annulation du mariage et interdit à Bobby Joe de le faire. Sur la route d'Atlanta, Dev but presque deux bouteilles de Crown Royal, puis s'évanouit. Il n'expliqua jamais pourquoi il avait abandonné Laura au pied de l'autel.

Le prêtre attendit deux heures avant de s'entretenir avec les familles et de suggérer l'annulation de la cérémonie. Il fallut traîner Laura, qui avait craqué, hors de l'église et la transporter à l'hôpital, où on la mit sous sédatifs. Les longues minutes qu'elle passa devant l'autel, vêtue de sa robe de mariée, furent ses derniers instants de liberté. Son état mental était tel qu'on la transféra directement de l'hôpital dans une institution privée située au nord de Savannah. Elle plongea alors dans un univers de rêve si complexe et si cohérent que le problème du traitement ne se posait pas. La nature non violente de sa maladie lui permit de vivre pendant quinze ans, complètement repliée sur elle-même, dans le petit chalet que son père fit construire à son intention dans l'enceinte de l'institution.

La famille de Dev, hormis sa sœur cadette, Beth, le rejeta totalement. Beth rendait périodiquement visite à Laura et informait parfois Dev de son état, état qui était jusqu'ici demeuré inchangé.

— Je ne sais pas quoi faire, Bobby Joe, dit Dev qui, accablé, s'était installé sur une chaise longue. Je sais qu'il faut que j'y aille, mais je ne sais pas ce qu'il faut que je fasse une fois là-bas.

— Écoute, Dev, tu n'es OBLIGÉ à rien. Commence par dessaouler. On verra Zela demain et on ira à Double Springs dimanche. À ce moment-là, tu y verras plus clair. Crois-moi, mon frère, tu n'es pas en état d'aider qui que ce soit.

— Pigé, *amigo*. Pourquoi on doit voir Zela ?

— On va faire nos comptes. Trouver le moyen de transférer de l'argent dans le Sud.

— Ouais, dans le Sud, fit Dev après une longue gorgée de vodka-orange. Tu devrais peut-être me répéter toute l'histoire.

— La totale ?

— La totale.

Bobby Joe se mit à arpenter lentement la longueur de la terrasse. Dev, qui connaissait tous les signes précurseurs des discours de Bobby Joe, vida son verre et se carra confortablement sur sa chaise longue.

— Commençons par les faits, dit Bobby Joe, qui

accéléra le pas quand il rattrapa le fil de ses pensées. J'ai quarante-six ans et tu en as quarante-cinq. On a tellement d'argent qu'on ne pourra jamais le compter, et encore moins le dépenser. On n'a jamais travaillé, toi et moi, d'une façon que les gens ordinaires considèrent comme honnête. On n'a jamais payé d'impôts. Un homme adulte ne pourrait pas porter les dossiers que les Fédéraux ont réunis sur nous. On est retiré des affaires depuis seulement trois ans, donc on peut encore nous tomber sur le râble pour toutes sortes de motifs, qui peuvent tous nous valoir de tirer quinze ans à l'ombre. C'est ce que font quarante pour cent de nos anciens frères-en-herbe. Quarante autres pour cent sont morts. Sur les vingt pour cent restants, dix pour cent sont des mouchards professionnels et les dix restants sont comme nous et attendent que le couperet tombe. Si j'oublie quelque chose, n'hésite pas à intervenir.

Dev, qui ne voulait pas l'interrompre, lui fit signe de poursuivre d'un geste de la main et d'un hochement de tête.

— Et, à propos de mouchards, merde, on est devenu un pays d'informateurs. C'est le KGB rencontrant la Milice du quartier. Il y a des mômes qui dénoncent leurs parents. Ces putains de Fédéraux arrêteraient leur mère sous prétexte qu'elle a donné une aspirine à quelqu'un, et puis ils la renverraient dans les rues pour pouvoir arrêter d'autres mémés. Le mouchard est le nouveau héros américain. Bientôt, il y aura l'Oscar du mouchard. Et qu'est-ce qui prouve qu'un mouchard de notre passé, en taule, n'a pas lancé sa ligne devant sa cellule ?

« Ce n'est plus le pays qu'on connaissait. Ce pauvre vieux Ike n'avait compris qu'à moitié, quand il parlait du complexe militaro-industriel. Maintenant, on a le complexe militaro-industrialo-barbouzo-stups. C'est le plus grand syndicat du crime de l'histoire de l'humanité. Merde, Dev, merde, les barbouzes CONTRÔLENT complètement le trafic de cocaïne. On l'a bien vu quand on a passé l'été au Costa Rica, en 86. Tous ces bimoteurs affrétés par les barbouzes, que le colonel Taliaferro South envoyait au Nicaragua chargés d'armes, revenaient aux État-Unis bourrés de cocaïne jusqu'à la gueule. On a vu ce qui se passait. On a discuté avec les pilotes. Ces cowboys qui travaillaient au contrat ne se gênaient pas pour en parler.

« Ils tiennent tout. Les barbouzes importent la came et, ici, la DEA fournit les hommes de main. Elle élimine la concurrence et, pour étoffer les statistiques qu'elle publie, envoie les jeunes dealers noirs des rues en taule à vie. Il y en a plein qui font la queue pour les remplacer et les types de la DEA projettent de se servir d'eux jusqu'au moment où ils auront remis tous les Noirs à leur place. Ensuite, les bénéfices de ce terrorisme encouragé par l'État sont redistribués à n'importe quel dictateur minable désireux d'empêcher la démocratie d'infecter son pays. Parce que les sociétés libres sont difficiles à contrôler, et que, s'il y a une chose que les barbouzes en chef de Langley ne supportent pas, c'est qu'une bande de métèques prétentieux, dans un pays du tiers-monde, tentent de prendre leur destin en main.

« En fait, ils n'aiment pas davantage que, chez nous, les gens tentent de contrôler leur destin. C'est la raison d'être de cette soi-disant guerre contre la drogue. Ce n'est pas une guerre contre la drogue. La drogue est la poule aux œufs d'or qui fournit aux barbouzes les fonds secrets que le Congrès ne veut plus leur accorder gratuitement. C'est une putain de guerre contre les droits civiques. Tout État fasciste en formation a sa version des chemises brunes de Hitler, et la DEA est la nôtre. On l'a laissée intimider une population à la cervelle ramollie, à qui on a fait croire que la mort du *Bill Of Rights* est son seul salut. Ces malheureux moutons restent serrés les uns contre les autres et ne bougent pas quand, sous leurs yeux, ça arrive aux autres. Au vu et au su de tout le monde, des voyous surexcités enfoncent les mauvaises portes, terrorisent des innocents, puis s'en vont en rigolant sans même s'excuser. Ils coupent les autoroutes et fouillent systématiquement les véhicules. Ils confisquent les maisons sous prétexte que les propriétaires détiennent moins de vingt grammes d'herbe, ce qui est une simple infraction. Ils s'arrangent pour que les gens redoutent d'avoir de l'argent liquide, parce que la loi leur donne le droit de voler tout ce qui dépasse quelques centaines de dollars, quand des citoyens honnêtes ont une somme importante sur eux dans un aéroport ou une gare routière. Pourquoi ces gens ont-ils autant d'argent liquide ? demandent-ils. Ce sont forcément des trafiquants de drogue. Il n'y a qu'à le confisquer et inscrire leur nom dans le livre. Et ainsi de suite. Je te le dis, Dev, ce n'est plus le pays qu'on a connu. À cause des Fédéraux, il y a la moitié des gens qui pissent dans un flacon et l'autre moitié qui regarde par-dessus l'épaule.

« Et qu'est-ce que dit la Cour Suprême ? Ces vieux vautours réactionnaires en toge noire festoient, perchés sur le cadavre de la Constitution, puis essuient leurs augustes derrières avec le *Bill Of*

Rights, après avoir jeté ce qu'il en restait dans leurs chiottes suprêmes.

Bobby Joe s'immobilisa devant Dev. Ses yeux noirs de Chocktaw brillaient intensément. Dev, qui appréciait beaucoup le discours, sourit et dit :

— Amen, Révérend Looney. Faut pas se laisser faire !

Le corps mince de Bobby Joe se détendit, puis il s'inclina et sourit à Dev.

— En plus du merdier susmentionné, j'ai un mauvais pressentiment dont je ne peux pas me débarrasser. Ma petite voix intérieure me dit que c'est le moment de rejoindre Long John Silva. Fin du sermon. Les portes de l'Église de l'émigration brésilienne sont à présent ouvertes.

— Merde, Bobby Joe, j'ai été converti à peu près au moment où tu as parlé du complexe militaro-industrialo-barbouzo-stups. Mais je ferai remarquer que tu n'as pas prononcé le mot Brésil qui était, me semble-t-il, le sujet de ton intervention.

— Je me suis sûrement laissé emporter, reconnut Bobby Joe. On va se servir un verre et je verrai si je peux retrouver le fil.

Bobby Joe revint avec deux verres, le premier contenant essentiellement du jus d'orange, qu'il donna à Dev, et l'autre principalement de la Stoly. Après avoir bu une longue gorgée d'alcool, Bobby Joe s'installa sur la chaise longue voisine de celle de Dev et regarda affectueusement les montagnes.

— Tu sais, Dev, on n'était que deux jeunes types naïfs, quand on s'est lancé dans le commerce de l'herbe. On a déjà parlé de ça. On s'y est lancé surtout parce que l'État a dit non à une chose sur laquelle, selon nous, il n'avait pas son mot à dire. Il a dit non, et pendant plus de vingt ans, épaule contre épaule dans la brèche, on a dit oui. Si on avait fait ça seulement pour l'argent, on serait à la retraite depuis longtemps. Il y a des moments où je me demande si on n'a pas participé à la création du monstre qui, maintenant, détruit tout sur son passage.

« Quoi qu'il en soit, selon moi, j'ai fait ma part et toi aussi. Quant à la politique, j'en ai assez. Il y a un moment que je pense à partir. Sûrement plus longtemps que tu imagines. En fait, avant l'apparition de ce pressentiment bizarre.

« Chaque fois que des gens ont de bonnes raisons de partir, comme nous en ce moment, le Brésil fait partie du dernier carré. Au Brésil, quand on a de l'argent, on n'a pas de raison de s'inquiéter pour son passé. C'est bien connu. Tu sais ce qu'on dit : L'argent parle et l'extradition la ferme.

« Enfin, je me suis renseigné un peu sur le Brésil et plus j'apprenais de choses, plus ça me plaisait. Ensuite, j'ai pris contact avec notre vieil ami João Silva et il a confirmé l'essentiel de ce que j'avais appris, puis il a ajouté des arguments personnels. Mais, ce qui m'a décidé, c'est que j'ai appris que j'avais de la famille là-bas. Et, pour ainsi dire, toi aussi.

— Une minute, Bobby Joe. Il n'y a pas beaucoup de choses dont je sois sûr, mais l'une d'entre elles est que je n'ai pas de famille au Brésil.

— Patience, Deveraux, patience. J'ai précisé : pour ainsi dire, en tout cas en ce qui te concerne. Merde, il vaudrait mieux que je commence par le commencement. Quand je suis allé à Double Springs, l'année dernière, pour Noël, j'ai appris l'existence d'un arrière-grand-oncle dont je n'avais jamais entendu parler. Du côté des Looney. Je t'ai raconté que le comté de Winston, dont Double Springs est le chef-lieu, est un des rares comtés du nord de l'Alabama qui ont décidé de ne pas faire sécession pendant la guerre. Comme tu peux l'imaginer, ça a divisé de nombreuses familles. Dont la mienne.

« Mon arrière-arrière-grand-père, Cyrus, celui qui a épousé une Chocktaw, comptait au nombre de ceux qui ont décidé de ne pas participer à la guerre. À Noël, quand je suis rentré chez moi, j'ai trouvé une lettre adressée au grand-père Cyrus par son frère cadet, le Major Yancey Looney. La lettre avait été postée à Americana, au Brésil, le quinze août 1901. J'ai lu la lettre et j'ai compris ensuite pourquoi je n'avais jamais entendu parler de l'oncle Yancey. Les deux frères s'étaient violemment opposés à cause de la guerre. Cyrus était radicalement contre, et Yancey, qui était diplômé de West Point, voulait absolument défendre la Cause.

« À West Point, Yancey avait rencontré J.E.B. Stuart et, peu après Fort Sumter, il s'est préparé à rejoindre son vieil ami. À cette époque, les parents des deux frères étaient morts. Donc Cyrus, qui était l'aîné de cinq ans, a tenté d'exercer ses prérogatives de chef de famille et a interdit à Yancey de partir pour la guerre. Ils se sont querellés et fâchés. La lettre était une tentative de réconciliation, de la part de Yancey, avant qu'il soit trop tard. Il ne pouvait pas savoir que son frère aîné était décédé depuis deux ans. J'ai montré la lettre à Miss Amelia et elle m'a raconté le reste de l'histoire. Je n'avais jamais entendu parler de l'oncle Yancey parce que Cyrus avait interdit de prononcer son nom, à l'époque où ils s'étaient fâchés, et que sa volonté s'est exercée jusqu'à aujourd'hui, si tu peux croire ça.

— Bon sang, Bobby Joe, c'est une histoire extraordinaire. Mais comment un officier de la cavalerie confédérée a-t-il abouti au Brésil ?

— C'est là que ça devient carrément fascinant. Après la capitulation de Lee, à Appomattox, il y avait encore cent cinquante mille hommes sur les théâtres d'opérations de l'Ouest. Jefferson Davis espérait consolider ses forces dans le Sud-Ouest et continuer le combat. Évidemment, ça n'a pas marché. Les Yankees ont capturé Jeff Davis ici, en Géorgie, et l'essentiel des armées de l'Ouest a été contraint de se rendre.

« Mais écoute bien, Dev. La dernière capitale de la Confédération a été Marshall, au Texas. Marshall est devenu le point de ralliement des troupes qui ne s'étaient pas rendues et voulaient poursuivre la lutte. Le général Joseph Shelby, ainsi que quelques autres généraux et une poignée de gouverneurs confédérés ont élaboré des plans de bataille pendant quelques mois, puis ils ont décidé d'aller au Mexique et de proposer leurs services à l'empereur Maximilien.

« Le 4 juillet 1865, le général Jo Shelby a traversé le Rio Grande à la tête de la Brigade d'Acier de la cavalerie. Au milieu du fleuve, il a jeté le drapeau confédéré dans l'eau, puis il a gagné le Mexique. Le général Shelby n'était pas un enfant de chœur. Il avait été blessé trois fois, et vingt-trois chevaux étaient morts sous lui pendant la bataille. Je ne peux qu'imaginer la personnalité des hommes qui l'accompagnaient, mais je sais que l'oncle Yancey était du nombre.

« Ces hommes se sont frayé un chemin par la force des armes parmi les troupes de Benito Juárez et sont arrivés à Mexico en août 1865, au terme d'un voyage de mille huit cents kilomètres. L'empereur les a reçus chaleureusement et leur a offert sa protection, mais, comme tu l'as sûrement appris en Histoire, ce vieux Maximilien s'est retrouvé quelque temps plus tard du mauvais côté d'un peloton d'exécution. Peu après la disparition de Max la Marionnette, la chasse aux Gringos en uniforme gris a été ouverte. Parmi ceux qui en sont sortis vivants, beaucoup sont rentrés aux États-Unis, mais quelques-uns ont poursuivi leur chemin en direction du Sud, dont l'oncle Yancey.

« Quand Yancey est arrivé à Rio de Janeiro, en 1867, il y a retrouvé de nombreux confédérés, qui avaient quitté le Sud parce qu'ils refusaient de vivre sous l'occupation yankee. Entre 1865 et 1870, plus de vingt mille confédérés se sont installés au Brésil, avec la bénédiction de l'empereur, Dom Pedro II. La conséquence a été une série de colonies qui s'étendent de l'Amazonie à l'État de São Paulo. Bizarrement, Yancey a également épousé une Indienne. Il écrit, dans sa lettre, que c'est une belle princesse Tupi qui lui a donné quatre fils et deux filles.

« Dev, cet endroit existe toujours, et c'est pour cette raison que j'ai dit que tu avais de la famille là-bas, toi aussi, pour ainsi dire. La famille des confédérés. Americana est aujourd'hui une ville de cent soixante mille habitants. Il y a plus de cent mille descendants de confédérés, qu'on appelle *Confederados* au Brésil. Pas tous à Americana, mais répartis dans tout le Brésil. Beaucoup parlent encore le vieil anglais du Sud. Il y a même une Amicale des Descendants d'Américains, qui se réunit quatre fois par an à Americana.

— Merde, ça me donne la chair de poule, dit Dev, qui frissonna. Est-ce que Miss Amelia a d'autres informations sur la famille de ton oncle Yancey ?

Est-ce qu'elle est toujours à Americana ? Enfin, ses descendants.

— Cette lettre est la seule correspondance qu'il y ait eue entre les familles. Mais, merde, il a eu six enfants, donc il reste forcément quelqu'un. Une chose est sûre : j'ai l'intention d'aller voir ce qu'il en est.

« Mais Miss Amelia m'a montré quelque chose qui m'a laissé comme deux ronds de flan. C'est un portrait de l'oncle Yancey en uniforme de cavalerie... et je te jure, Dev, que j'ai failli faire une crise cardiaque. Je ne vais même pas essayer de te le décrire. Il faudra que tu le voies pour y croire.

— J'ai l'impression que mon malheureux cerveau embrumé ne peut plus rien assimiler, dit Dev, qui se leva. Je vais me remettre au plumard, essayer de dormir et espérer que je me sentirai mieux quand je me réveillerai. Mais c'est la première fois qu'on me raconte une histoire aussi folle, tu peux me croire.

Dev gagna la porte, puis s'immobilisa. Un souvenir terriblement désagréable avait jailli de la brume de sa gueule de bois et s'était présenté à sa conscience comme un télégramme indésirable.

— Encore une chose, Bobby Joe. Est-ce que tu as vraiment dit, hier soir, que Trois-B était au *Point ?*

— Effectivement.

— Qu'est-ce que tu en conclus ?

— Pas grand-chose. Je crois que Trois-B est un des mystères dont il faudra qu'on apprenne à se passer.

Derrière Bobby Joe, la porte vitrée coulissante se ferma. Devant lui, au loin, un soleil safran descendait derrière la montagne. Il vida son verre et s'installa confortablement dans la chaise longue. Une sensation de bien-être accompagna la brise fraîche venue du nord. Puis une chose étrange se produisit.

L'image de Zela Wylie apparut spontanément dans son esprit et le suivit dans le sommeil.

*

Les conversations cessèrent, dans la salle du restaurant de l'*Atkins Park Bar*, quand Zela Wylie entra. Dans toute la pièce, les hommes bombèrent le torse et, quand ils se remirent à parler, baissèrent la voix. Des femmes vérifièrent leur maquillage dans le miroir de poudriers précipitamment sortis des sacs à main, tandis que d'autres remirent une mèche rebelle en place. Il y eut aussi des regards jaloux qui auraient tué s'ils avaient touché une cible moins olympienne.

Zela qui, sur le seuil, regardait la salle de ses yeux gris argent très lumineux, perçut le changement. Elle acceptait la curiosité, que sa présence suscitait invariablement, avec l'indifférence qui lui était coutumière du fait qu'elle avait depuis longtemps déjoué le piège de la vanité.

Les auteurs des regards dissimulés qui se posèrent sur Zela furent récompensés par le spectacle d'une femme d'une beauté si exceptionnelle que, si les dieux grecs avaient existé, leurs épouses et filles l'auraient sûrement transformée en crapaud. On ne pouvait comparer la chevelure brillante, argentée et ondulée, qui couvrait ses épaules, qu'au pelage du renard argenté. Ses yeux gris argent, au centre de blancs d'une pureté parfaite, étaient presque exactement de la même teinte. Sa peau avait la couleur de la crème chantilly relevée d'une larme de cognac. Elle couvrait un visage aux os fins, d'une symétrie si fluide qu'il était difficile d'en isoler les traits. Un nez droit, presque trop long, pointait comme un défi entre un front large, haut, et une bouche généreuse, aux lèvres pleines. Ses pommettes saillantes surmontaient ses joues légèrement creuses et une mâchoire ferme. Une petite fossette, au milieu du menton, conférait à son visage un air d'autorité qui dépassait la beauté.

Quand Zela eut vu Bobby Joe et Dev, qui étaient assis à la table du fond, le dos au mur et face à la porte, les occupants de la salle eurent droit au spectacle de La Démarche. Le corps de Zela, beau dans l'immobilité, déployait toute sa grâce en mouvement. Quand elle prit le chemin du fond de la salle, ce fut comme un mètre quatre-vingts de splendeur vêtue de soie noire passant parmi les invités du bal des mendiants.

Bobby Joe et Dev, qui regardaient Zela approcher, surprirent chacun du coin de l'œil le sourire entendu de l'autre.

— Bon sang, c'est un phénomène, dit Dev tandis que Bobby Joe se levait paresseusement et tirait une chaise.

Zela leur rendit leur sourire, quand elle atteignit la table, découvrant une rangée de dents supérieures parfaites, assorties au blanc de ses yeux. Elle laissa Bobby Joe lui avancer la chaise et constata avec satisfaction qu'il le faisait sans la moindre trace de servilité. Zela était un renard dans un univers de fouines, dont les yeux cupides démentaient les flatteries auxquelles elles recouraient pour entrer dans le poulailler, et plus loin si possible. Les deux hommes assis en face d'elle ne pouvaient en aucun cas être comparés à des fouines et l'affection qui éclaira son visage, quand elle les salua, était sincère.

— Alors, comment vont mes clients préférés ? Ou

bien est-ce que c'est une réunion d'affaires ? demanda-t-elle après avoir montré d'un signe de tête la bouteille de Perrier-Jouet qui se trouvait dans le seau à glace posé près de Bobby Joe.

— D'affaires et de fête, répondit Bobby Joe, qui prit la bouteille de champagne.

Dev leva ses yeux violets au ciel, comme pour faire comprendre à Zela que Bobby Joe tenait les rênes.

Zela regarda successivement les deux hommes pendant que Bobby Joe emplissait les verres. Elle éprouvait, vis-à-vis d'eux, des sentiments tout à fait différents, même si elle les respectait également.

Elle avait l'impression de mieux connaître Dev. Ils avaient en commun les avantages et les inconvénients d'une apparence physique exceptionnelle. Elle avait de l'affection pour Dev et sentait qu'il éprouvait le même sentiment vis-à-vis d'elle, si bien qu'un lien fraternel les unissait. Dans la rue, il se tenait près d'elle et la dominait de toute sa taille, protecteur et solide, comme le ferait un frère, et elle aimait ça.

Pour Bobby Joe, c'était différent. Zela faisait un mètre soixante-dix-sept, deux centimètres et demi de moins que Bobby Joe, si bien qu'elle croisait son regard perpétuellement amusé chaque fois qu'elle se tenait devant lui. Ce qu'elle lisait dans ses yeux noirs d'Indien lui plaisait. Ses longs cheveux bruns, qui tombaient sur ses épaules et encadraient les traits légèrement irréguliers de son visage mince et sombre, lui plaisaient. Oui, elle éprouvait de la tendresse pour cet homme qu'elle savait turbulent, faiblesse qui l'avait amenée plusieurs fois à deux doigts de renoncer au principe selon lequel on ne mêle pas les affaires et le plaisir. Elle savait que Bobby Joe ressentait la même chose, pourtant il n'avait jamais tenté de franchir le pas, et c'était surtout ça qui lui plaisait.

— Et qu'est-ce qu'on fête, si je peux me permettre de poser la question ? demanda Zela.

— La délocalisation de Looney-LeDux Entreprises sous le soleil du Brésil, répondit Bobby Joe, qui leva son verre. Santé !

Quand ils trinquèrent et répétèrent « santé », Dev perçut l'altération de la voix de Zela et se dit que c'était la première fois, alors qu'il la connaissait depuis douze ans, que son professionnalisme était pris en défaut. Quand elle leva son verre et but, une fleur rouge et palpitante apparut à la base de son cou, exactement au-dessus du premier bouton de son chemisier en dentelle à col ouvert. Cette tache rouge grandit et, quand Zela eut vidé son verre, elle touchait son collier de perles.

— Eh bien, Bobby Joe, c'est le jour des surprises. Je suppose que tu attends les informations que tu m'as demandées, dit-elle sur un ton qu'elle aurait voulu moins sec.

Bobby Joe se tourna vers Dev, une expression troublée sur le visage, et reçut en retour un regard où il lut clairement qu'il était stupide.

— Bon sang, Zela, détends-toi et buvons cette bouteille. Et même peut-être une autre, dit Bobby Joe, plein d'entrain.

— Tu as peut-être le temps de te saouler au champagne à l'heure du déjeuner, mais pas moi. Tiens ! dit-elle une peu trop fort, d'une voix vaguement irritée, avant de lui donner un morceau de papier.

Bobby Joe déplia le morceau de papier et constata que Zela avait indiqué, de son écriture précise, « 24 620 000 ». Pendant quelques instants, il fut incapable de se concentrer sur le nombre. Zela était fâchée et il ne comprenait pas pourquoi. Il ne l'avait jamais vue ainsi. Il donna le morceau de papier à Dev et servit à nouveau du champagne. Zela posa la main sur son verre quand il voulut le remplir.

— Parlons affaires, dit Zela, dont le visage était crispé. Je suppose que vous prendrez les dispositions habituelles. Combien, où, quand, et à partir de quels comptes. Oh, à propos, le nombre indiqué sur ce morceau de papier représente votre avoir réel. Déduction faite de toutes les charges. Les comptes sont les suivants : Zurich, onze millions, Grand Cayman, dix millions, et le reste aux États-Unis. Alors, comment fait-on ?

Bobby Joe sortit un morceau de papier de la poche revolver de ses jeans et le donna à Zela.

— C'est le numéro de téléphone de João Silva, un de nos amis qui habite São Paulo, dit-il. Tu pourras nous joindre là-bas en cas de besoin. Autrement, l'un d'entre nous prendra contact avec toi quand on se sera fait une idée sur l'endroit. Si tout se passe bien, il nous faudra cinq millions en liquide, livrés comme d'habitude. Sors tout de Zurich.

— Ça va vous coûter cher, messieurs. Je suis au regret de vous informer que le prix a augmenté de deux points depuis notre dernière transaction. Il faudra que vous déboursiez douze cents par dollar. Mes honoraires n'ont pas changé, mais les gnomes s'énervent si vous voyez ce que je veux dire.

Bobby Joe et Dev se regardèrent, puis haussèrent les épaules et acquiescèrent. Ils connaissaient Zela depuis qu'elle avait obtenu son MBA à Wharton School et avait ouvert son cabinet atypique de gestion financière. Elle n'avait jamais tenté de les tromper, au cours de leurs nombreuses transactions, et ils lui faisaient implicitement confiance.

Une esquisse de sourire éclaira le masque professionnel de Zela. Elle savait qu'elle jouissait de la confiance des deux hommes et ne prenait pas cette marque d'estime à la légère. Ils étaient prêts à payer ce qu'il fallait pour que les choses restent simples et c'était une attitude qu'elle respectait. Presque tous ses clients, qui avaient gagné de l'argent au noir, ne pouvaient s'empêcher de tenter d'en gagner davantage alors qu'ils n'en avaient plus besoin depuis longtemps. Ils tenaient absolument à faire fructifier leur capital de telle façon qu'il laissait des pistes de papier que flairaient facilement les chiens de chasse du monde de l'informatique. Bobby Joe et Dev, qui avaient misé leur peau dans un jeu dangereux et avaient gagné, n'avaient jamais éprouvé le besoin d'investir leur argent. Ils le laissaient en liquide et payaient sans discuter le prix en vigueur quand ils avaient besoin de le déplacer d'un endroit à l'autre.

— Bon, si c'est tout, je m'en vais, dit Zela, qui se leva. Soyez prudents.

Bobby Joe et Dev se levèrent et il y eut quelques instants de silence tendu. Finalement, Dev contourna la table et serra affectueusement Zela dans ses bras.

— Il faudra que tu viennes nous voir quand on sera installés, Zela, dit Dev après qu'elle l'eut embrassé sur la joue.

— Merci, Dev, répondit Zela, qui tourna le dos à Bobby Joe, alors qu'il se dirigeait vers elle, et sortit au pas de charge.

Bobby Joe s'immobilisa et secoua la tête.

— Merde, Dev, qu'est-ce qu'elle a ?

— Bobby Joe, il y a des moments où tu ne comprends vraiment rien. Tu ne vois donc pas que tu n'es pas indifférent à cette femme ? Et, que tu le reconnaisses ou non, tu es dans la même situation qu'elle. Maintenant bouge ton cul et rattrape-la avant qu'elle soit partie, dit Dev, véhément.

Puis il poussa presque brutalement Bobby Joe vers la sortie.

Bobby Joe rejoignit Zela au carrefour de North Highland et de St Charles. Appuyée contre un lampadaire, elle retirait son escarpin gauche. Le talon, qui n'avait pas supporté la vigueur avec laquelle elle avait gagné sa voiture, ne tenait plus que par une mince bande de cuir. Il se détacha et fut projeté sur la chaussée quand, furieuse, elle lança la chaussure dans la poubelle fixée au lampadaire. Son pied frappa le sol, la forçant à lever la hanche droite d'une façon qui retint sérieusement l'attention de Bobby Joe. Quand il l'appela, elle pivota sur elle-même, quitta son autre chaussure et la leva au-dessus de la tête d'une façon qui, elle aussi, retint sérieusement son attention.

Quand Bobby Joe mit les bras devant le visage, pour se protéger, Zela fut complètement décontenancée. Sa colère s'envola et, troublée, elle fondit en larmes.

— Bobby Joe, je regrette. Je ne sais pas ce qui m'a pris, dit-elle, des traînées de Rimmel sur les joues. Quand tu as dit que tu partais, j'ai complètement perdu la boule.

Ce fut au tour de Bobby Joe d'être décontenancé. Le spectacle des larmes de Zela l'attira irrésistiblement. Quand il la prit dans ses bras, le parfum de sa chevelure argentée déclencha une mise à feu qui le propulsa directement dans l'orbite de l'amour.

— Zela, dit Bobby Joe d'une voix rauque, je suis censé avoir un don de double vue, pourtant je suis parfois complètement aveugle. Il me semble soudain clair comme le jour qu'il faut qu'on se préoccupe du sentiment qui nous unit. Tu pourrais peut-être fermer boutique et venir au Brésil avec moi ?

— C'est impossible, Bobby Joe. Je ne peux pas fermer et partir sur un coup de tête. J'ai des responsabilités. Tu pourrais peut-être rester un peu ? Nous donner l'occasion de nous connaître mieux ?

— Je ne peux pas, Zela. J'ai un pressentiment et si je n'en tiens pas compte, il va y avoir une catastrophe. Laisse-moi le temps de m'installer là-bas et je te téléphonerai. En attendant, arrange-toi pour avoir le temps de venir nous voir.

— D'accord, Bobby Joe. Mais je compte sur toi, pigé ? dit Zela, qui repoussa Bobby Joe et le regarda droit dans les yeux. On a déjà perdu assez de temps.

— Je ne vais même pas t'embrasser, Zela. Parce que si je commence, je ne pourrai plus m'arrêter. Prends bien soin de toi.

Bobby Joe pivota sur lui-même et il avait fait quelques pas quand Zela l'appela. Il se retourna et vit qu'elle fouillait dans son sac à main. Quand il la rejoignit, elle lui donna une coupure de journal.

— Je me suis tellement énervée que j'ai failli oublier. J'ai l'impression que je t'ai entendu mentionner le nom de ce type.

Bobby Joe jeta un coup d'œil sur l'article et hocha lentement la tête.

— Ouais, je le connais. C'est un ami. Je crois qu'il faut que je montre ça à Dev.

*

Dev termina la lecture de l'article et le posa devant lui sur la table. Les yeux pâles, souriant, du portrait de Jack Lee le fixaient, comme amusés.

— Son avocat n'était pas Yeats Murphy ?

— J'imagine que c'est toujours lui. Ils étaient proches. Tu sais, Dev, tout ce qu'il nous reste à faire, c'est acheter nos billets, remplir nos demandes de visa et les porter au bureau de Federal Express. Si mes souvenirs sont bons, le cabinet de Yeats Murphy est tout près.

— J'ai eu exactement la même idée, Bobby Joe.

*

Yeats Murphy s'appuya contre le dossier de son fauteuil et alluma le quinzième *Sobranie Balkan* de la journée, cinq de plus que sa ration quotidienne de dix. À 14 heures, son élégance caractéristique et son calme légendaire avaient cédé la place à la négligence et à l'inquiétude. Son épaisse crinière blanche était en désordre au-dessus d'un visage aux traits tirés, qui trahissait l'épuisement, et, pour une fois, il faisait ses soixante-dix ans. Il posait sur Bobby Joe et Dev, assis en face de lui, des yeux bleus ternis par le manque de sommeil et qui, contrairement à leur habitude, ne pétillaient pas.

— Le Brésil ? C'est sûrement une bonne idée, dit Yeats d'une voix lasse. J'ai conseillé à Jack de partir après… Enfin, il n'écoute pas ce qu'on lui dit. De toute façon, il est probablement trop tard.

— Il ne faut pas désespérer, Yeats, dit Dev avec conviction. Jack est un type plein de ressources.

— Si vous avez de ses nouvelles, donnez-lui ce numéro et dites-lui où on est, ajouta Bobby Joe, qui posa le numéro de João Silva sur le bureau de Yeats.

Quand le téléphone sonna, la main de Yeats jaillit et s'empara du combiné. Son visage crispé se détendit, tandis qu'il écoutait, puis prit une expression scandalisée.

— Où tu es ? Non ! Ne réponds pas. Ça va ? cria presque Yeats. Donne-moi le numéro. Dix minutes. Ne bouge pas, nom de Dieu.

Yeats ouvrit le tiroir de son bureau et en sortit deux rouleaux de pièces de vingt-cinq cents.

— C'était lui. Je vais faire un tour à l'Omni et l'appeler depuis une cabine dont je suis sûr. Vous pouvez m'accompagner.

CHAPITRE 5

Jack Lee sourit et raccrocha le téléphone public, qui se trouvait sur le parking d'un restaurant routier de Willacoochee, dans le sud de la Géorgie. C'était son dernier arrêt avant son arrivée à destination, dans le marais d'Okefenokee, et encore assez loin de là où il allait pour qu'il estime raisonnable de téléphoner.

Il étira son long corps et les muscles de ses reins se crispèrent, puis se tétanisèrent. Compte tenu de l'inconfort de la moto et du fait qu'il avait dormi, enroulé dans la bâche de camouflage, dans une forêt de pins de l'Alabama, il avait l'impression d'avoir chevauché le mauvais taureau pendant un rodéo.

Il sortit de la monnaie de sa poche et gagna les distributeurs automatiques de journaux, où il acheta les quotidiens de Waycross et de Jacksonville. Il constata avec satisfaction que l'*Atlanta Journal-Constitution* ne disposait pas de distributeur. Cette partie de la Géorgie était à quatre cent cinquante kilomètres de la capitale et, culturellement, à des années-lumière. L'endroit où il se rendait aurait tout aussi bien pu se trouver sur une autre planète.

Les journaux ne mentionnaient ni Jack ni les événements de l'avant-veille. Il fut rassuré et espéra que ça signifiait que l'agent sur lequel il avait tiré n'était pas grièvement blessé, ou pire.

Il décrocha à la deuxième sonnerie et entendit aussitôt la voix de Yeats Murphy, une voix à la fois vexée et soulagée.

— Nom de Dieu, petit, tu as failli me faire mourir d'inquiétude.

— Je ris depuis que tu m'as déchiré le tympan droit, il y a quelques minutes. À mon avis, Yeats, tu es tellement coriace que rien ne peut avoir raison de toi.

— Heureusement que tu as le sens de l'humour parce que tu vas en avoir besoin d'ici la fin de cette affaire. C'est grave. Maintenant, comment puis-je t'aider ?

— D'abord, comment va l'agent ?

— Il va s'en sortir, mais c'est vraiment un coup de chance. Une de tes balles a sectionné son artère fémorale et il a failli se vider de son sang avant que ses amis aient pu le transporter à l'hôpital. Qu'est-ce qui t'a pris, nom de Dieu ?

— Ce qui est fait est fait, Yeats. Je t'appelais simplement pour te dire que je vais bien et pour te faire mes adieux. À propos, si ça peut te rassurer, ils ont tiré les premiers.

— Ce n'est pas ce qu'ils racontent.

— Ce n'est jamais ce qu'ils racontent, Yeats.

— Maintenant, petit, tu retires les boules de cire que tu as dans les oreilles et tu m'écoutes. Je te considère pratiquement comme un fils et je ferai tout mon possible pour t'aider. Mais je ne peux rien entreprendre si tu n'es pas raisonnable. Pour le moment, tu n'es inculpé que de coups et blessures volontaires avec arme et, si tu revenais tout de suite, tu aurais de bonnes chances de t'en tirer. Mais ce n'est pas le problème. Le problème est lié à la raison pour laquelle ils sont allés chez toi. Jack, ils ont un témoin qui t'implique dans la crucifixion du Révérend Clyde Causey. D'après mes informateurs, tu seras inculpé dans la semaine. Inculpé de meurtre.

« Si tu ne t'es pas constitué prisonnier avant l'inculpation, tu donneras l'impression d'être coupable et il sera impossible d'élaborer une véritable défense. Je fais des pieds et des mains pour trouver l'identité de leur informateur. Quand je saurai qui c'est, j'aurai un point de départ solide. Est-ce que tu accepteras au moins de réfléchir à ce que je viens de dire et de me rappeler dans vingt-quatre heures ?

— Yeats, je vais te faciliter la tâche. Premièrement, Deborah O'Hara est leur témoin. Deuxièmement, j'ai déjà réfléchi et tout ce que tu peux faire c'est accepter l'idée que j'ai coupé les ponts pour de bon, cette fois, puis laisser tomber. J'ai mes raisons, mais je n'ai pas le temps de les exposer maintenant. On se reverra. Comme je l'ai dit, tu es trop coriace pour mourir et je..., bon, j'ai survécu à pire. *Adios*, Yeats.

— Ne quitte pas, Jack. J'ai près de moi quelqu'un qui veut te dire un mot.

Yeats tourna lentement le dos à l'appareil puis tendit le combiné à Bobby Joe et Dev. Sa tête baissée et ses épaules tombantes trahissaient l'étendue de sa défaite.

Bobby Joe se tourna vers Dev, qui lui fit signe de prendre l'appareil.

— Salut, mon vieux, dit Bobby Joe.

— Pas possible, fit Jack, stupéfait. Ça fait au moins dix ans. Comment tu vas ?

— Onze ans. En Colombie. Et le problème, pour le moment, n'est pas de savoir comment je vais. Le problème est de savoir si tu as besoin d'aide. Mon pote est près de moi et on en a discuté. Tu peux nous demander n'importe quoi.

— Je n'en attendais pas moins de vous, les gars, et je vous remercie, mais c'est une aventure solitaire et il est préférable qu'elle le reste. Il y a un orage de merde qui se prépare. Inutile que d'autres que moi se trouvent dessous.

— Tu files ?

— J'ai l'impression que c'est la seule solution intelligente.

— Tu as un endroit en tête ?

— Rien de sûr.

— Tu te souviens de Long John Silver, à l'université ?

— Parfaitement.

— Bon, il se trouve justement qu'on va s'installer sur ses terres. À São Paulo. Note ce numéro sur tes tablettes. Prêt ?

— Vas-y.

— 543-0085. C'est l'appartement de Long John. On y sera à la fin de la semaine. Tu y es le bienvenu.

— Merci. Je crois qu'il faut que je file. Salue Long John pour moi.

— Ça sera fait. Et, Jack, inutile de me remercier. Tu fais partie de la famille.

Tandis qu'il roulait dans un paysage plat de terres cultivées et de pins, Jack songea à sa jeunesse. À la fin des années soixante-dix, il était arrivé dans la région avec deux kilos et demi de graines de marijuana et une idée. L'idée consistait à semer dans la terre fertile à laquelle le chaud soleil de Géorgie du Sud accordait ses bienfaits.

Une étrange alliance s'était instituée entre les jeunes gens chevelus qui cultivaient de l'herbe, les bouilleurs de cru clandestins et les fermiers que le gouvernement, la récession s'étant installée, abandonnait au bord de la route. Le développement de cette activité nouvelle sauva de nombreuses fermes de la faillite et devint rapidement un des éléments essentiels de l'économie locale.

Quand la situation s'aggrava, dans les années quatre-vingt dominées par les Républicains, de plus en plus de gens cherchèrent le salut dans l'herbe. La terre, le climat et l'amélioration des techniques de culture firent bientôt de la forte sinsemilla de Géorgie du Sud une production très appréciée sur le marché des herbes de qualité. Il était logique que les gabelous modernes débarquent tôt ou tard.

Et ils débarquèrent, en force. Comme à l'époque de la prohibition, des comtés entiers furent pris pour cible.

Ils arrivèrent à grands renforts de publicité, accompagnés d'escadrilles d'hélicoptères ainsi que de meutes d'informateurs et d'agents chargés d'infiltrer les groupes de producteurs. L'objectif de cette infiltration, outre les propositions d'achats faites aux producteurs, consistait à susciter la méfiance et la division au sein de la communauté. Le recours systématique à la rumeur, aux mensonges et à la désinformation permit d'atteindre cet objectif. Les codes de bonne conduite implicites, qui caractérisaient souvent les relations entre bouilleurs de cru et gabelous à l'époque de la prohibition, furent jetés aux orties.

En deux ans, le zèle de Fédéraux indifférents détruisit le tissu social de communautés très unies. Les courageux défenseurs du bien public transformèrent, du jour au lendemain, des fermiers qui enseignaient le catéchisme le dimanche en Al Capone. Depuis les tribunes manipulatrices de la presse écrite et de la télévision, ces parangons de la moralité expliquèrent aux citoyens que les voisins qu'ils connaissaient depuis toujours et considéraient comme des gens convenables et serviables étaient en réalité de dangereux gangsters qui cherchaient à détruire leurs enfants et, du même coup, le pays.

Inévitablement, et comme prévu, la paranoïa et les trahisons engendrèrent la violence. Quelques informateurs furent abattus. Les voisins se bagarrèrent dans les bars. Les vengeances opposèrent des familles entières. La confiance se fit rare. Ce qui devait arriver arriva.

Après des centaines d'arrestations qui, dans de nombreux cas, laissèrent les familles sans père et donc sans ressources, des dizaines de confiscations de fermes qui étaient dans les familles depuis des générations, et la mort d'innombrables amitiés de toujours, les soldats du Bien embarquèrent dans leurs hélicoptères et allèrent combattre pour la bonne cause sur d'autres fronts. Leurs clairons jouèrent la sonnerie aux morts quand ils quittèrent la région pacifiée.

Jack se souvint avec affection des gens qu'il avait connus ici, tandis qu'il traversait leurs terres pour la dernière fois. Ils étaient pour l'essentiel bons et généreux et leur rudesse s'était révélée bien utile dans la lutte pour la vie sur une terre souvent implacable, qui lançait quotidiennement de nouveaux défis et n'offrait pas de sécurité au-delà du lendemain. Passer ses derniers jours en Amérique parmi eux, même si sa présence ne serait connue que d'un seul, lui semblait étrangement approprié.

Au sud de Pearson, sur le Highway 441, Jack croisa une autre moto tout terrain que pilotait un jeune homme roux, sans casque, en tenue de camouflage. Jack répondit à son signe amical, s'aperçut que ses rangers étaient boueux et se demanda si le jeune homme était allé en reconnaissance en prévision de l'ouverture de la chasse à la dinde sauvage, ou bien s'il était allé jeter un coup d'œil sur ses cultures d'herbe.

Il n'y avait pratiquement aucune circulation sur le ruban rectiligne qui disparaissait dans les miroitements de l'horizon. La chaleur du milieu de l'après-midi montait de l'asphalte, au loin, comme un gaz de soufre, et faisait penser à l'entrée des régions supérieures de l'enfer.

Au sud de Homerville, alors qu'il entamait les trente kilomètres monotones qui le séparaient de Fargo, l'esprit de Jack s'arrêta sur Deborah O'Hara. La vision de son visage consterné, effrayé, de ce visage que l'amour qu'elle lui portait avait autrefois illuminé, jaillit comme une accusation. Le visage qui lui apparut, à cet instant, fut celui qu'il avait vu le jour où elle l'avait chassé. Il avait lu la fureur, dans ses yeux noisette, ce jour-là, et compris qu'elle persisterait longtemps après la disparition de la douleur et de l'humiliation. Il avait compris quels actes cette fureur entraînerait. Il avait aussi compris qu'il ne les lui reprocherait jamais. Lui seul méritait des reproches.

La conviction qu'il l'aimait toujours l'accompagna tandis qu'il roulait vers le Sud. Il se demanda combien d'hommes, avant lui, avait joué sur les deux tableaux et perdu. Combien s'étaient replongés dans le passé pour y résoudre un dernier problème et en étaient restés prisonniers. Il lui sembla, quand il franchit la Suwannee, que tous les événements de sa vie conduisaient inexorablement à ce pont sur les eaux noires et mystérieuses qui, sous lui, coulaient vers le Sud. Ses intentions et ses idées sur la vie avaient exercé moins d'influence sur le cours de son existence qu'une araignée d'eau sur celui de la rivière.

Au sud de Fargo, Jack prit une piste de terre grise et s'enfonça dans le marais en direction de l'est. Après plusieurs changements de cap, la piste devint un chemin creusé d'ornières sur une levée bordée de marécages plantés de cyprès. Le chemin aboutissait à une petite anse où un vieux pick-up Ford déglingué et rouillé était garé près d'un ponton branlant.

Il coupa le moteur de la moto, retira son casque et écouta longtemps le vaste silence. Okefenokee. Le pays de la terre qui bouge.

Au loin, au-delà de la bouche de l'anse, un énorme héron gris s'éleva au-dessus des îles flottantes qui ont donné son nom au marécage. Jack regarda l'oiseau disparaître, puis descendit de moto et gagna le ponton. Une corne de brume ternie par les intempéries était fixée sur la balustrade de gauche. Il sonna un coup très long suivi de trois coups très brefs, signal qui indiquait à Pappy Blanton qu'il devait venir le chercher avec le bateau et pas avec la barque. Si Pappy était chez lui. Jack ne savait jamais à quoi s'attendre de la part du vieux coureur de marais mais, s'il devait patienter, il n'y avait à son avis pas de meilleur endroit pour le faire. Il n'était pas pressé.

Il regagna la moto, sortit un paquet de biscuits et

sa gourde de son sac. Tandis qu'il retournait sur le ponton, deux brefs coups de corne de brume lui indiquèrent que Pappy se mettait en route. Il sourit, s'assit au bout du ponton et attendit le dernier coureur de marais sans chaussures.

Pappy Blanton était une légende vivante dans le marécage. Dans sa jeunesse, il avait construit des cabanes aux quatre coins de l'immense étendue sauvage et avait installé une « épouse » dans chacune d'entre elles. Il parcourait un long périple, au cours duquel il surveillait ses nombreux alambics, et rendait visite à ses femmes quand il en avait envie. Souvent, il vivait dehors pendant des jours et des jours, ou bien « vivait simplement en paix » dans le seul foyer qu'il eut jamais connu. C'était son château et son domaine, son tout, et il en connaissait chaque centimètre. C'était un homme si proche de la nature que Jack s'était un jour trouvé dans l'impossibilité de lui expliquer le sens de l'expression « communier avec les éléments ».

Pappy enterra sa dernière épouse à peu près à l'époque où le gouvernement fédéral chargea une milice de gardes forestiers d'administrer le marécage qu'un autre gouvernement imbécile avait tenté, quelques dizaines d'années plus tôt, d'assécher. Pappy annonça à ses vingt et un enfants naturels qu'il avait l'intention de « vivre en paix » jusqu'à la fin de ses jours dans une petite propriété qu'il possédait au sud-ouest du marécage. C'était sa façon de leur dire que rien ne les obligeait à lui rendre visite. Il ne fréquentait que son benjamin, Red, qui ressemblait tellement à son père que les gens du coin disaient que Pappy hantait le marécage alors qu'il n'était pas encore mort.

Jack avait entendu parler de Pappy pendant des

années quand il le rencontra, par l'intermédiaire d'un de ses amis qui distillait de l'alcool de contrebande et cultivait de l'herbe. Les deux hommes s'étaient plu immédiatement et, à la stupéfaction de celui qui les avait présentés, Pappy invita Jack dans le marécage, « où on s'entend penser ». Les actions de Jack montèrent en flèche, dans le petit clan très uni des bouilleurs de cru, quand la nouvelle de l'invitation de Pappy se répandit. Pour eux, c'était l'équivalent d'un adoubement.

Au fil des années, Jack s'était aperçu qu'une sorte d'équilibre taoïste présidait à tous les actes de Pappy. Il avait souvent l'impression d'être en compagnie d'un sage à l'état de nature, d'un diamant brut.

Depuis quelques années, Jack recherchait plus fréquemment la compagnie de Pappy. Peu après la mort de Smiley et les événements horribles qui l'avaient suivie, il était venu voir Pappy, lui avait tout raconté et lui avait demandé conseil. Pappy avait écouté Jack sans un mot, puis avait dit :

— T'as fait ce qu'il fallait faire. Maintenant vis avec.

Il avait simplement ajouté qu'il devait mettre son argent en lieu sûr et attendre que les choses se tassent.

Jack avait confié son argent à Pappy puis était allé attendre chez lui. Il venait maintenant récupérer son argent et dire adieu, tâche qui ne lui faisait pas plaisir. Il s'aperçut, les yeux fixés pour la dernière fois sur l'eau noire, que Pappy était devenu pour lui beaucoup plus qu'un ami.

Quand le bruit d'un petit moteur hors-bord rompit le silence, Jack se leva et se tourna vers l'extrémité gauche de l'anse. Les rayons du soleil sur l'eau noire créaient l'illusion de flammes noir et or qui l'empêchaient de voir nettement. Il posa la main droite au-dessus des yeux et, les paupières plissées, fixa l'endroit d'où venait le bruit.

La proue droite du bateau bricolé franchit lentement la barrière de flammes imaginaires. Une seconde plus tard Pappy Blanton apparut, debout, la main droite sur le gouvernail et le bras gauche levé. La longue chevelure blanche de Pappy flottait derrière sa grosse tête et la brise poussait sa barbe de neige, qui lui couvrait ordinairement la poitrine, par-dessus son épaule gauche.

Jack gagna le débarcadère, qui se trouvait sur la rive gauche, près du ponton, et se prépara à attacher les amarres du bateau aux deux pieux métalliques fichés dans le sol. Le bateau, fait maison, se composait d'un pont de chêne fixé sur huit bidons de deux cent cinquante litres. Une rambarde en bois courait sur les deux flancs et sur l'arrière. Deux abattants de benne de pick-up, soudés l'un à l'autre, tenaient lieu de passerelle et de rampe de chargement.

Pappy coupa le moteur et les deux hommes se regardèrent tandis que le bateau courait sur son erre jusqu'à la berge. Pappy, comme de coutume, portait une salopette sur une combinaison de tissu léger. Ses pieds nus, calleux, semblaient plus résistants que toutes les chaussures susceptibles de les protéger.

Quand le bateau fut à un mètre du rivage, Pappy avança, lança les amarres à Jack, puis attendit l'impact et abaissa la rampe. Il gagna la berge d'une démarche souple, abattit ses grosses mains calleuses sur les épaules de Jack, qu'il serra tandis que ses yeux bleu sombre scrutaient le visage de Jack.

— Alors ils ont essayé de t'arrêter, pas vrai ?

La douceur de la voix prit Jack au dépourvu,

comme chaque fois qu'il restait quelque temps sans voir le vieillard. L'affabilité de cette voix s'opposait à la rudesse burinée de cette tête léonine. L'odeur de Pappy Blanton, à la fois sauvage et légèrement sucrée, pénétra dans ses narines quand il acquiesça.

— Il y a deux jours, Pappy. Je leur ai échappé de justesse.

— Tu dois être claqué. On va monter cette moto à bord. On va aller à la maison et tu vas boire un coup. J'ai l'impression que ça te fera pas de mal.

— Sûrement, Pap. Sûrement.

Ils voguèrent en silence, Pappy à la barre et Jack assis au milieu du bateau. À la sortie de l'anse, ils s'engagèrent à contre-courant sur une rivière qui, bordée de nénuphars et de marécages peu profonds, plantés de cyprès, coulait paresseusement en direction du Sud.

Cinq cents mètres plus loin, ils débouchèrent dans un étang de cinq hectares, couvert de nénuphars. Pappy tourna à gauche et engagea le bateau dans un chenal dégagé qu'il suivit sur deux cents mètres, puis prit une nouvelle fois à gauche et pénétra dans un bras de rivière juste assez large pour que l'embarcation puisse l'emprunter. Cinquante mètres plus loin, ils entrèrent sur un plan d'eau en forme de fer à cheval, qui faisait une centaine de mètres de large, et à quelque cent cinquante mètres de l'endroit où on y pénétrait, au sommet du U, à l'extrémité d'une étroite langue de terre d'une dizaine de mètres de long, se dressait la maison de Pappy. Une véranda, qui reposait sur des pieux plantés dans l'eau, courait sur les deux flancs et sur la façade de la construction en cyprès, couverte de tôle ondulée.

Quand ils entrèrent dans le domaine de Pappy,

Jack eut l'impression que le monde du temps et des hommes disparaissait. Il n'y avait pas d'autre mouvement, sur l'eau, que les ondulations d'un serpent aquatique marron d'un mètre de long qui, comme un éclaireur, précédait le bateau.

Quand ils eurent amarré l'embarcation et rangé la moto dans la remise, située derrière la maison, Jack gagna la pompe à main fixée au sommet du tube d'un puits et manœuvra le levier jusqu'au moment où un jet d'eau sulfureuse sortit. Il se lava le visage, puis suivit Pappy dans la maison.

La porte de derrière donnait sur une petite cuisine qui ne contenait que l'indispensable. Sur le plan de travail, qui occupait le mur du fond, se trouvait un réchaud à butane en fonte, à deux feux, qui était l'appareil le plus moderne de la maison. Deux cuvettes tenaient lieu d'évier et un petit poêle ventru complétait l'ameublement.

La pièce principale était à la fois la salle de séjour et la chambre. Un énorme lit en cuivre terni occupait le coin postérieur droit. Un canapé antique, aux coussins énormes, se dressait contre le mur de gauche, sous trois fenêtres dont les encadrements n'avaient jamais été peints. Une plaque de cyprès de dix centimètres d'épaisseur, posée sur quatre bidons de quatre-vingts litres, tenait lieu de table. De l'autre côté de cette table, deux rocking-chairs en chêne, à siège et dossier de vannerie, faisaient face au canapé. Un petit poêle joufflu, au milieu de la pièce, veillait en prévision des rares périodes de froid. Une lampe à pétrole, au bout d'une chaîne d'un mètre de long fixée au plafond bas, constituait le scul éclairage. Il n'y avait ni livres ni tableaux. Le plancher de chêne était nu, hormis une peau de daim près du lit. Un râtelier, sur lequel se trouvaient les fusils et les carabines de Pappy, était suspendu au mur près du lit. Les autres murs étaient nus.

Jack ouvrit la contre-porte de la façade et trouva Pappy sous la véranda, confortablement installé dans un des deux rocking-chairs à haut dossier. Il avait, dans la main droite, une tasse de liquide incolore. Une bonbonne de deux litres, bouchée et à moitié vide, trônait entre les deux rocking-chairs. Une tasse à l'anse cassée était posée sur le siège du rocking-chair inoccupé.

Jack prit la tasse et s'assit. Pappy se pencha et déboucha la bonbonne. Il emplit la tasse de Jack puis se remit à se balancer. Ils sirotèrent le feu liquide dans un silence confortable. Quand les tasses furent vides, Pappy s'éclaircit la gorge.

— Les brèmes sont sur le fond. Faudrait qu'on en prenne tant que le soleil est encore un peu haut. T'as pas l'intention de partir ce soir, pas vrai ?

— Ce n'est pas ce que je prévoyais. En fait, j'aurais besoin de quelques jours, pour faire le point, si je ne te dérange pas.

— Tu peux rester aussi longtemps que tu veux, mon gars. Aussi longtemps que tu veux.

Au lieu de partir à la pêche, Pappy reprit la bonbonne et remplit à moitié leurs tasses. Puis il adressa un regard étrange à Jack et leva sa tasse. Les deux hommes burent d'un trait, puis posèrent les tasses par terre. Le silence se fit moins confortable. Pappy s'éclaircit ostensiblement la gorge, comme s'il avait du mal à prendre une décision.

— Il y a quelque chose qui te tracasse, Pappy ?

— Ce que tu as dit il y a une minute. Faire le point. Je veux pas te décourager, mais... Bon, il y a des situations où on peut pas faire le point. De temps en temps, vaut mieux pas oublier ça.

Jack eut l'impression d'avoir déjà entendu ces mots. Les poils de sa nuque se dressèrent quand il tenta de se souvenir où et quand.

— C'est pas souvent que je cause autant, dit Pappy, qui se leva. Faudrait que j'aille m'occuper des brèmes si on veut dîner ce soir.

*

À la bibliothèque de la prison fédérale de haute sécurité d'Atlanta, Gregg Lovette posa l'*Atlanta Journal* et eut l'impression, au plus profond de lui-même, que le destin changeait de vitesse. Quand il avait pris le journal et vu l'article consacré à Jack Lee, il avait encore dix ans à tirer. Maintenant, les cinq ans de détention qu'il avait effectués appartenaient au passé, perdaient toute signification, et il lui semblait qu'il sentait les rues sous ses pieds. Il eut l'impression, quand il fila téléphoner au juge d'application des peines, que la saveur de la liberté lui déliait la langue.

CHAPITRE 6

Dante Ferro, responsable du bureau de la DEA à Atlanta, raccrocha et ferma les yeux, tandis que son sens de la promotion personnelle rassemblait les possibilités dans la cage de son esprit. Quand il ouvrit les yeux, il avait un plan d'action susceptible d'attirer favorablement l'attention du directeur, à Washington.

Le coup de téléphone venait du juge d'application des peines chargé du cas de Gregg Lovette, détenu qui était au frais depuis cinq ans et se déclarait prêt à donner un nommé Jackson Robert E. Lee. Jack Lee était irrémédiablement *persona non grata* au sein de la DEA, parce qu'il avait été reconnu non coupable de complicité d'importation de marijuana, cinq ans auparavant, à La Nouvelle-Orléans. Dante se souvenait de l'affaire. La presse avait présenté Lee comme un confédéré ayant forcé le blocus, et l'avait même comparé à Rhett Butler. La DEA avait eu du mal à avaler cette apologie.

Dante avait lu les journaux de la veille avec satisfaction. Jack Lee était en cavale, après avoir tiré sur un agent du GBI, et était suspecté dans une bizarre affaire de meurtre liée à la crucifixion d'un prédicateur fou. Mais c'était hier. Ce matin même, l'inculpation avait été officialisée et un avis de recherche national et international avait été lancé. Jack Lee était à nouveau la cible légitime d'une juridiction fédérale, dans le monde entier puisqu'un arrêt de la Cour suprême autorisait les agents fédéraux à capturer et rapatrier, aux fins de procès, tous les suspects figurant sur leur liste… avec ou sans l'accord du pays où ils se trouvaient.

Oui, se dit Dante, il y a là le potentiel d'une affaire génératrice de publicité, comme le directeur les aime. Il les aimait tant qu'il avait créé une petite unité secrète de relations publiques chargée d'analyser les affaires et de donner la priorité à celles qui avaient des chances de contribuer à la gloire et au prestige de la DEA aux yeux de la population. Sans parler de ceux des commissions de confiscation du Congrès.

Par chance, Dante Ferro était l'ami de Frank Jennings, chef de cette unité de relations publiques. Frank et lui avaient bu ensemble, pendant leur formation, et étaient restés en contact. Si le témoignage de Lovette lui permettait d'élaborer une argumentation solide et de mettre sur pied une opération permettant à la DEA d'arrêter un crucificateur qui n'hésitait pas à tirer sur les flics, en avant la musique ! La presse en ferait ses choux gras et il y gagnerait peut-être une promotion. Évidemment, il faudrait qu'il dirige personnellement l'opération. Il connaissait un photographe capable de réaliser un cliché avantageux de son visage élégant, à la mâchoire de granite, quand il arrêterait l'incarnation de Rhett Butler.

Dante appela sa secrétaire et demanda en urgence les dossiers de Gregg Lovette et de Jack Lee.

En attendant, il songea aux arguments promotionnels susceptibles d'impressionner Frank Jennings.

Dante lut la dernière page du dossier de Jack Lee et appuya sur le bouton de l'Interphone.

— Oui, patron ? demanda une voix sensuelle et empressée.

— Envoyez-moi Bascomb Barr. Au galop.

Trois-B s'efforçait de gonfler la valeur marchande de la saisie de la veille au soir, à la gare routière, quand un coup de téléphone lui apprit que le patron voulait le voir. En temps ordinaire, cette interruption lui aurait fait plaisir. Il était foutrement difficile d'arriver à cinq cent mille dollars, chiffre minimal que le chef estimait acceptable au terme d'une soirée de travail ayant mobilisé trente-sept agents de plusieurs services de maintien de l'ordre, alors qu'il ne disposait que de quelques kilos d'herbe et d'une livre de crack et de coke. Il n'était pas plus facile de transformer trois canifs, un couteau à cran d'arrêt et un .38 rouillé en un arsenal susceptible de menacer la sécurité publique, mais telle était sa tâche de responsable de la Brigade des transports en commun d'Atlanta, chargée de « frapper les dealers là où ça fait très mal ».

Dans le couloir qui conduisait au bureau du Rital, Trois-B toucha, du bout de la langue, une plaie ouverte à l'intérieur de sa joue. Ce petit métèque agressif ne lui avait apporté que des ennuis depuis son arrivée, trois ans auparavant, et était désormais en bonne place sur sa liste. Compte tenu de la façon dont Trois-B se sentait aujourd'hui, Ferro ne tarderait pas à passer à la caisse. Quelques jours auparavant, le virus s'était attaqué à Trois-B. Il sentait qu'il préparait l'assaut qui l'empêcherait de fonctionner normalement. Le moment de solder définitivement les comptes approchait.

Dante Ferro, penché sur le dossier de Gregg Lovette, leva la tête quand Trois-B, qu'il surnommait « Le Tas de graisse sudiste », frappa mollement à sa porte ouverte. Il y avait quelque chose, chez cet homme, quelque chose qu'il ne pouvait définir. Quelque chose de malsain, décida-t-il finalement. Ses yeux, ordinairement d'un marron laiteux, étaient plus ternes que d'habitude. Ses cheveux rares, qui entouraient la tonsure de sa calvitie, aussi. Bizarrement, l'absence d'énergie s'accompagnait d'une assurance étrange et nouvelle. Quelque chose qui allait au-delà de l'absence de la déférence de chien battu qu'il manifestait d'habitude.

— Asseyez-vous, Trois-B, dit Dante dans son anglais précipité de Brooklyn. Ça va, vous êtes pas maladc ?

— Un petit coup de froid. Rien de grave.

— Tant mieux, parce que j'ai deux ou trois trucs à vous demander. En priorité. Ce dossier indique que vous avez interrogé Gregg Lovette, à la prison d'Atlanta, il y a deux ans. Sur la question de savoir s'il avait passé assez de temps à l'ombre et s'il avait envie d'y envoyer Jackson Robert E. Lee à sa place. Vous vous souvenez de ça ?

Trois-B resta un instant silencieux, laissa sa colère se calmer avant de prendre la parole. Jamais, au sein de l'Agence, il n'avait haï quelqu'un comme il haïssait le petit Rital. Ce fumier basané ne parlait même pas correctement anglais, pourtant il gravissait régulièrement les échelons et, en plus, lui donnait des ordres. La perspective de ce qu'il réservait à M. Dante Ferro l'apaisa un peu.

— Je me souviens de cet interrogatoire. Lovette

m'a dit qu'il aimerait mieux coucher dans un lit plein de serpents à sonnette que donner Jack Lee. Ou, même, son associé, Jim Smiley.

— Bon, les choses ont changé. Le juge d'application des peines qui s'occupe de Lovette m'a téléphoné ce matin. Apparemment, Greggy a changé d'avis. Faut que vous alliez écouter son boniment, voir ce qu'il raconte. Après, faut que vous alliez chez nos amis du GBI et que vous voyiez un nommé Tommy Dalton. Il s'occupe de l'inculpation pour meurtre contre ce vieux Jacky. Dites-lui qu'on pourrait l'inculper nous aussi, qu'on voudrait coopérer, toutes ces conneries. Essayez de savoir comment ils envisagent cette affaire. Et venez me rendre compte. Vous avez vu les reportages sur cette affaire, hein ?

— Ouais, je les ai vus. Et le rapport sur lequel je travaille ?

— Apportez-moi ce que vous avez et je le donnerai à quelqu'un d'autre. Maintenant foncez.

Foncez ! mon cul ! se dit Trois-B pendant qu'il attendait Gregg Lovette dans la petite salle de conférence du bâtiment administratif de la prison fédérale d'Atlanta. Il n'avait pas digéré son entrevue avec Dante Ferro et l'idée qu'il faisait le sale boulot d'une magouille destinée à servir les intérêts de ce petit fumier n'arrangeait rien. Parce que c'était ce qui se passait, il le sentait, tout comme il avait senti l'ail qui suintait par les pores du petit métèque.

Trois-B jeta un coup d'œil sur sa montre et, pour la énième fois de sa carrière, maudit l'administration pénitentiaire. Ils étaient en retard, comme d'habitude, alors qu'il espérait pouvoir passer au siège du GBI avant le déjeuner. Finalement, vingt-deux minutes après l'heure prévue, un maton gigantesque, dont la coupe en brosse finissait vraiment en pointe, introduisit Gregg Lovette dans la pièce. Le phénomène de cirque se balança d'un pied sur l'autre, indécis, jusqu'au moment où Trois-B, écœuré, lui montra la sortie.

Gregg Lovette était une borne d'incendie aux muscles proéminents, aux yeux marron inquiets, qui scrutaient sans cesse la pièce. Compte tenu de son nez aplati, Trois-B se dit qu'il guettait le coup de poing suivant dans l'espoir d'en bloquer enfin un. La prison n'avait pas été tendre avec Gregg Lovette. Il ne ressemblait plus guère à ce qu'il était au début de sa détention.

— Assieds-toi, Gregg, dit Trois-B qui, d'un signe de tête, montra la chaise de métal gris installée devant le bureau de métal gris. Ça va ?

— Ça a été mieux, répondit Lovette dont les yeux, telles des libellules, se posèrent brièvement sur Trois-B avant de reprendre leur vol. J'ai réfléchi. Depuis la dernière fois qu'on s'est vus, je veux dire. Et, bon, je crois que je peux vous aider.

— Ah, ouais ? Comment ? demanda Trois-B, qui se dit que ce type était un paquet de nerfs.

— Vous savez. Avec Jack Lee et tout ça.

— Avec Jack Lee et tout quoi, Gregg ? La dernière fois que je suis venu, tu m'as fait perdre mon temps. Tu m'as dit que tu aimerais mieux dormir dans un lit plein de serpents à sonnette que donner Jack Lee. Si tu te fiches de moi cette fois, je ne t'accorderai pas d'autre chance, donc fais attention à ce que tu dis. Tu comprends, Gregg ?

— Je comprends.

— Regarde-moi quand je te parle, nom de Dieu, dit Trois-B, d'une voix vaguement menaçante, avant de se pencher et de poser ses avant-bras au milieu du bureau.

Gregg Lovette se tassa sur lui-même et tenta de maintenir ses yeux vagabonds sur Trois-B. Il put seulement les contraindre à adopter un mouvement latéral.

— Alors qu'est-ce que tu peux faire pour moi, Gregg ? Explique.

— Si je peux vous donner Jack Lee, est-ce que vous pouvez me faire sortir ? Me libérer ? Complètement. Je suis libre et je dois plus rien à personne ?

— Je ne suis qu'un messager, Gregg. Tu me dis ce que tu proposes, j'en informe mon chef, et il discute avec l'US Attorney. Tu sais comment ça marche. D'abord, il faut que tu me dises pourquoi tu as changé d'avis.

Le regard que Lovette adressa à Trois-B rendit les explications inutiles. Trois-B vit qu'il était sur le point de craquer. Il était tellement terrifié qu'il aurait signé son arrêt de mort en échange d'une journée dehors.

— J'en peux plus, mec. Vous savez pas ce qui se passe dans ce zoo. Mais je vais vous dire un truc. C'est pire que dormir avec des serpents à sonnette et c'est pire que ce que Jack Lee pourrait me faire. De toute façon, je crois que j'ai de bonnes chances. Il paraît que Jack Lee est en cavale. Smiley est mort. Je suis prêt à négocier. Dites à votre patron que je lui apporterai Jack Lee sur un plateau. Dans mon témoignage, je dirai que je faisais partie d'une équipe qui a chargé des tonnes et des tonnes de ganja sur les bateaux de Jack. Je mettrai Jack sur les lieux. Tout ce que vous voulez. En échange, je suis libéré sans conditions. Et venez pas me dire que c'est pas possible, parce que, merde, on sait tous les deux que vous pouvez tourner la loi comme vous voulez. Voilà ce que je ferai. Maintenant, à vous de proposer quelque chose.

Trois-B regarda Gregg Lovette et se dit qu'il serait bientôt libre. Il avait compris, quand il avait surpris une lueur de convoitise dans les yeux de Ferro, que Lovette serait libéré même si ce qu'il raconterait était à moitié crédible. Mais il n'avait pas l'intention de le dire au petit mouchard assis en face de lui. Qu'il se fasse de la bile ! Comme presque tous les représentants de l'ordre au moment où quelqu'un acceptait de collaborer, Trois-B perdit le peu de respect que lui inspirait Gregg Lovette.

— On verra, Gregg. Je te contacterai. Peut-être. Et surveille tes arrières, hein ?

*

L'agent spécial Tommy Dalton ferma silencieusement la porte de son bureau, s'appuya contre elle et desserra la cravate qui bloquait le flot de sang que son cœur, qui battait très fort, envoyait vers sa tête. Il posa la main gauche sur sa carotide et perçut un battement régulier, violent, qui correspondait aux vagues pourpres de douleur qui explosaient derrière ses yeux fermés. Respire profondément, se dit-il, dans l'espoir de reprendre le contrôle de son corps surmené.

Le directeur du GBI venait de le mettre sur la sellette et de lui remonter sérieusement les bretelles. La sortie au vitriol avait transpercé ses entrailles et pénétré dans ses os, lui avait coupé le souffle et l'avait privé de tout espoir d'occuper un jour le fauteuil devant lequel il se tenait.

Les causes des vitupérations du directeur étaient la fuite de Jack Lee et la blessure presque mortelle d'un agent. Sans parler de la publicité que ces événements avaient entraînée pendant que le directeur était en réunion avec le gouverneur.

Après avoir énuméré ses échecs et ses insuffisances, et après les avoir analysés sans pitié, le directeur baissa la voix et, sur un ton d'une politesse menaçante, lâcha sa bombe. La bombe s'appelait : « Les meurtres des sœurs noires », expression inventée par un journaliste local après la découverte du cadavre du cinquième travesti noir assassiné en onze mois.

On avait trouvé tous les corps dans la région d'Atlanta. La police de la ville, après une enquête lente à démarrer, qui n'avait absolument rien donné, avait demandé l'aide du GBI quand la communauté noire l'avait accusée d'indifférence motivée par le racisme. La communauté homosexuelle avait pris le train en marche et dénoncé la discrimination liée aux préférences sexuelles, allumant du feu sous le cul des politiciens locaux, qui se précipitèrent bientôt sur des combinaisons en amiante. Le conseil municipal demanda des comptes au maire. Le maire demanda des comptes au gouverneur. Le gouverneur demanda des comptes au directeur. Puis le directeur demanda des comptes au spécialiste des meurtres en série au sein du GBI, Tommy Dalton, et lui dit sans mâcher ses mots que, compte tenu du fait qu'il n'était pas parvenu à résoudre « l'affaire de la crucifixion », nom que la presse donnait à l'affaire où Jack Lee était impliqué, il avait intérêt à obtenir rapidement des résultats dans celle des travestis noirs, ou à chercher un autre emploi.

Dalton songeait à la réalité nouvelle qui s'imposait à lui quand l'Interphone annonça l'arrivée de

Bascomb Barr, agent de la DEA. Cette information nouvelle et inattendue le déconcerta complètement. Son esprit fut incapable de saisir le sens de la présence de Trois-B, le plus célèbre… non, le légendaire… raté des organismes de maintien de l'ordre. Trois-B ? Qui veut me voir ? Est-ce que c'est une blague ?

Tommy Dalton pivota sur lui-même et ouvrit brutalement la porte. Au même moment, Trois-B avait levé le bras dans l'intention de frapper. Son poing partiellement serré poursuivit sa course au-delà du battant ouvert et passa près du nez de Tommy Dalton. Le coude de Trois-B, qui fut déséquilibré, heurta légèrement l'épaule de l'autre homme, qui était plus petit. Dalton recula et, incrédule, fixa les yeux marron, laiteux, de Bascomb Bonner Barr.

— Je suis… euh… j'aurais dû téléphoner. Désolé… euh… Vous êtes Dalton ?

— Ouais, je suis Tommy Dalton. Vous êtes sûr que je suis le bon Dalton ?

— Euh, ouais, mon patron, Dante Ferro, à la DEA…, il m'a demandé de passer vous toucher un mot de Jack Lee. Est-ce que je peux entrer ?

Dalton blêmit quand Trois-B mentionna Jack Lee. Ces fumiers, se dit-il, viennent renifler mon affaire. La puanteur de la trahison enflamma ses narines et sa tension artérielle monta jusqu'à la lune.

— Je ne comprends pas, dit Dalton, qui ne comprenait que trop bien, parce qu'il savait par expérience ce qui se passait quand les Fédéraux se mêlaient d'une affaire.

— Euh, ça vous embête si je me pose ?

Dalton montra la chaise placée devant son bureau.

— Merci… Euh, est-ce que je peux vous appeler Tommy ?

— Ouais, et je vous appellerai Trois-B. Maintenant venez-en au fait et expliquez-moi ce qui se passe.

Trois-B devint cramoisi quand la gêne et la fureur dues au mépris ostensible de Dalton se répandirent dans son sang vicié. Dalton nota cette réaction avec satisfaction. Il haïssait les Fédéraux, tous les Fédéraux, avec une passion proche de l'obsession. Il avait souvent dû plier face à l'autorité arrogante qu'ils manifestaient chaque fois qu'ils prenaient part à une enquête conduite par la police locale ou par celle de l'État. Ils traitaient tous les locaux comme des péquenots débiles, leur faisaient faire tout le travail de routine et s'appropriaient toute la gloire.

— Le fait est, monsieur Dalton, qu'on va peut-être inculper Jack Lee dans une nouvelle affaire de drogue. Comme vous le savez, notre juridiction est un peu plus étendue que la vôtre, et M. Ferro croit qu'on pourrait peut-être s'entraider. Partager des informations par-ci, par-là, voyez.

— Ce que je crois, Trois-B, c'est que Jack Lee a quitté l'État, probablement le pays. Dans ce cas, il relève de la juridiction fédérale. Comme votre patron, M. Ferro, le sait sûrement, des mandats d'amener national et international ont été lancés contre M. Lee. Si vous voulez l'inculper, parfait. Je n'ai rien à dire. Faites votre enquête. Mais j'ai mon mot à dire sur l'affaire de meurtre, dans l'État de Géorgie, où Jack Lee joue un rôle important. Dans l'État de Géorgie, cette affaire est prioritaire sur les inculpations de trafic de drogue sans intérêt que les connards de vos services bricolent pour se faire de la publicité. Dites à M. Ferro de me foutre la paix DANS L'ÉTAT DE GÉORGIE. Est-ce que c'est clair ?

— Très clair. Je veillerai à tout lui répéter exactement comme vous l'avez dit.

— Parfait. Maintenant, si vous voulez bien m'excuser, cinq travestis noirs complètement morts viennent de me tomber sur les bras et requièrent immédiatement mon attention.

Les yeux fixés sur son nouvel adversaire, Trois-B éprouva la joie secrète du hors-la-loi. Il comprit immédiatement qu'il chasserait, ce soir, pour fêter ça. Il prendrait plaisir à réduire à néant les efforts du petit fumier arrogant qui venait de le congédier.

— Cinq quoi ?

— Travestis noirs. Vous savez, des drag queens. Au cas où vous ne seriez pas au courant, il y a un tueur en série à Atlanta. Un enculeur pervers qui les taillade comme il faut. Sûrement un nazillon blanc de la cambrousse.

Une nouvelle fois, Trois-B rougit. Dalton s'en aperçut et supposa que c'était la conséquence de la façon dont il traitait Trois-B. Merde, se dit-il, ce tas de graisse n'est qu'un messager. Pas la peine de s'en prendre à lui.

— Écoutez, Barr, je me suis laissé emporter. C'est une de ces journées qui commencent mal et qui ne font qu'empirer. Vous savez ce que c'est.

— Ouais, je ne vous en veux pas. Et bonne chance dans cette nouvelle affaire. Ça m'a l'air d'être une vraie merde.

Dalton regarda Trois-B sortir sans grâce du bureau. Quelque chose, dans ses épaules tombantes et son large dos surmontant un derrière maigre, évoquait une hyène. Drôle de mec, se dit-il. Et ses yeux ! Ses yeux marron, indéchiffrables, semblaient couverts d'une mince pellicule de lait.

Dalton chassa Trois-B de ses pensées et concentra son attention sur Deborah O'Hara. Il composa son numéro et obtint le signal occupé auquel ses appels se trouvaient confrontés depuis la matinée de la veille. Il avait tenté de la joindre à Greenpeace, où elle était plus ou moins biologiste spécialisée dans le milieu marin, mais l'écervelée qui lui avait répondu lui avait dit qu'elle prenait quelques jours de congé et s'était refusée à lui donner des informations supplémentaires. Il décida de passer chez elle, plus tard, puis se prit la tête entre les mains. Nom de Dieu de Bon Dieu, se dit-il, accablé, des putains de saloperies de travestis noirs.

*

Dans la pénombre de la chambre aux rideaux tirés de son appartement d'Elizabeth Street, à Inman Park, Deborah O'Hara, assise sur son lit, les genoux sous le menton, fixait le flacon de barbituriques posé sur la table de nuit. Il y avait trente-six heures qu'elle n'avait ni mangé ni dormi. Elle n'avait fait que se balancer. Se balancer d'avant en arrière, le menton sur les genoux et les yeux rivés sur le flacon. Trente-six heures qu'elle s'interrogeait interminablement. Qu'elle se demandait ce qu'elle devait faire maintenant que les impulsions ténébreuses de son cœur lui avaient été révélées. Qu'elle se demandait si elle pouvait vivre avec la personnalité qu'elle venait de découvrir.

Au terme de sa journée épuisante en compagnie de Tommy Dalton, elle était rentrée chez elle et avait fait les cent pas, jusqu'au moment où il lui avait été pratiquement impossible de garder les yeux ouverts, dans l'espoir de s'épuiser si complètement qu'il ne lui resterait plus qu'à s'abandonner à un sommeil profond, sans rêves.

Le sommeil était venu vite, et les rêves aussi. Des rêves tels qu'elle n'en avait jamais faits. Des rêves si pleins de terreur qu'elle s'était réveillée en hurlant.

Le lendemain matin, son voisin du dessous était venu prendre de ses nouvelles et lui poser une question. Il avait ouvert le journal et lui avait demandé si une photo ne représentait pas l'homme qu'elle avait fréquenté. Elle lui avait claqué la porte au nez et était retournée sur le lit, où elle s'était remise à se balancer.

CHAPITRE 7

— Le Nick-a-Jack, hein ? demanda Deveraux LeDux qui, comme chaque fois qu'il se trouvait en Alabama, avait l'impression d'être à l'étranger. J'ai jamais entendu parler de ça, Bobby Joe.

— C'est un vieux nom indien qui était fréquemment employé, dans l'est du Tennessee, avant la guerre de Sécession, répondit Bobby Joe, qui conduisait la jeep Cherokee. Mon arrière-grand-père, Cyrus, était un des dirigeants des Nick-a-Jackers, ou Nick-a-Jackists, en tout cas de ces gens qui voulaient constituer un nouvel État composé des comtés montagneux du nord de l'Alabama et de quelques comtés de l'est du Tennessee. Ces montagnards n'avaient pas grand-chose en commun avec les planteurs du sud de l'Alabama. En fait, il y a des historiens qui croient que le Nick-a-Jack aurait vu le jour si la guerre avait commencé un peu plus tard.

— Et Cyrus ne se contentait pas de faire sécession de la sécession. Il fallait en plus qu'il crée un nouvel État ! Je te jure, Bobby Joe, sans vouloir te vexer, que tu viens d'une lignée de gens contrariants.

— Carrément fantasques, Dev, des deux côtés. Je t'ai parlé de ma tante Lola, du côté de ma mère. Elle m'a rayé de son testament parce que j'ai décidé d'aller à l'université de Géorgie et pas à celle d'Alabama. Son mari, Jeeter, celui qui est mort un verre de bourbon dans une main et la Bible dans l'autre, a dit que c'était un acte d'apostasie équivalent à ce qu'a fait l'empereur Julien quand il a voulu amener Rome à renoncer au christianisme pour le culte de Mithra.

— Le culte de quoi ?

— De Mithra. Une bande d'adorateurs du soleil. Mais, en fait, tu as raison. Le patrimoine génétique dont je suis issu contient sûrement des mutants.

Bobby Joe eut un petit pincement au cœur quand il franchit la limite du comté de Winston. L'idée que ce serait peut-être la dernière fois qu'il verrait Miss Amelia lui avait traversé l'esprit à plusieurs reprises, ces derniers jours, et teintait de tristesse la joie de partir pour de nouveaux horizons. Sa grand-tante était la lumière la plus brillante de sa vie, surtout depuis la mort de ses parents, à une année d'intervalle, quinze ans auparavant.

Dev perçut que l'humeur de Bobby Joe changeait quand ils quittèrent l'US 278 et prirent, en direction du nord, la petite route de la ferme des Looney. Il avait toujours envié Bobby Joe parce qu'il appartenait à une famille très unie. Il savait que Bobby Joe était plus proche de ses parents morts qu'il ne l'était lui-même des siens, qui étaient en vie et, à cette idée, la perspective de son séjour à Savannah lui traversa l'esprit comme un nuage noir. Quand cette pensée importune se fut éloignée, Dev songea à Miss Amelia, qui comptait parmi les cinq femmes les plus âgées d'Alabama et était la seule dame de cent cinq ans avec qui il eût jamais eu le plaisir de flirter. Lentement, un sourire tendre éclaira son visage.

— Tu penses à Miss Amelia ? demanda Bobby Joe, qui connaissait les pensées de Dev sans savoir comment il les connaissait.

— Merde, mon vieux, ne fais pas ça, dit Dev d'une voix tendue. Après toutes ces années, ça me donne toujours le frisson.

— Désolé. Je pensais aussi à elle. Elle va vachement me manquer.

Ils s'engagèrent sur une piste gravillonnée bien entretenue, qui courait au sommet d'une crête orientée nord-sud, et roulèrent trois kilomètres en direction du nord, jusqu'au bout de la piste. Dev descendit de la jeep et ouvrit la barrière qui fermait l'étroit chemin, également gravillonné, qui suivait le flanc est de la colline et permettait de gagner la petite vallée que la ferme des Looney occupait.

À mi-pente, Bobby Joe s'arrêta dans un lacet, sur une éminence d'où on découvrait toute la vallée ainsi que les collines qui l'entouraient et la protégeaient. Il descendit de voiture et fit signe à Dev de le rejoindre. Ils restèrent immobiles, en silence, dans le vent frais du nord qui apportait les derniers souffles vifs et propres de l'hiver.

Le soleil, seul dans un ciel bleu pâle, illuminait la vallée. La maison en pierre, construite par l'arrière-grand-père de Bobby Joe en 1848, se dressait, telle une forteresse, au centre de cent quarante hectares de terre autrefois cultivée mais désormais devenue pâturages où paissait un des plus beaux troupeaux d'angus noirs de la région. La maison était la seule habitation de la petite vallée. Miss Amelia dirigeait toujours la ferme avec l'aide de sa benjamine,

Geneva, qui était veuve, et d'un jeune agriculteur qui, comme son père avant lui, s'occupait du bétail et était rémunéré au pourcentage.

— Paisible, pas vrai, Dev ?

— Très beau. Et si calme que le temps semble s'arrêter. J'avais justement l'impression d'être remonté dans le temps.

— Je comprends. Je ne sais pas pourquoi, mais j'hésite à descendre. J'ai envie de voir Miss Amelia, mais je n'arrive pas à me faire à l'idée de lui dire qu'on s'en va.

— Tu n'y as pas fait allusion ?

— Pas un mot.

— Tu sais, Bobby Joe, elle est plus solide que toi et moi. Après avoir enterré ses parents, son mari, ses frères et ses sœurs... merde, tous ses enfants sauf Geneva... bon, j'imagine qu'elle s'y fera. Sans doute plus facilement que toi.

— Je sais. Ce n'est pas elle qui m'inquiète. De toute façon, je suppose que le dîner refroidit pendant que je reste ici à faire du sentiment. On y va.

Miss Amelia était assise sur un rocking-chair, sous la véranda, un verre de vin de pêche — qu'elle faisait elle-même — dans la main droite et, dans la gauche, une pipe de tabac aromatisé à la cerise. La partie la plus secrète de son cœur se dilata quand la jeep gris métallisé s'arrêta dans la cour et que ses garçons, souriants, en descendirent. Un sourire éclaira son visage mince et ridé quand elle posa le verre et la pipe sur une table installée près d'elle, puis se leva pour les accueillir.

Elle était impressionnante, debout en haut des marches, maigre et droite, les bras tendus. Ses longs cheveux raides, gris acier, descendaient jusqu'à sa ceinture et tranchaient sur sa robe de laine vert clair, à manches longues, boutonnée jusqu'au cou et couvrant ses chevilles. Des yeux d'onyx, brillants, pétillaient continuellement de joie dans un visage fort, bronze clair, qui mettait encore en valeur la beauté du mélange de sang irlandais et indien en parts égales. Sa peau âgée et tendue épousait étroitement les hautes pommettes fières qui, placées presque à la hauteur des yeux, se déployaient vers les tempes. Son nez droit, un peu étroit, son menton ferme et sa mâchoire légèrement proéminente suggéraient que, dans sa jeunesse, sa détermination tempérait sa beauté. La bouche, toujours pleine, suggérait une autre caractéristique, une sensualité puissante et physique qui, à cent cinq ans, n'avait pas complètement disparu.

— Tu devrais appeler le shérif, Geneva, cria Miss Amelia à sa fille quand les deux hommes gravirent les marches. Il y a deux hors-la-loi en fuite qui viennent d'arriver.

Miss Amelia prit son petit-neveu par le sang et son petit-neveu d'adoption par la taille, puis les embrassa affectueusement sur les joues. Les deux hommes, quand ils lui rendirent son baiser, perçurent la force de son étreinte.

Geneva, portrait craché de sa mère, hormis ses yeux noisette, ajouta ses baisers et ses étreintes. Elle embaumait la bonne cuisine.

— Vous êtes encore en retard, voyous ! protesta Geneva d'une voix faussement furieuse. Mon beau dîner est en train de refroidir.

— Oh, Geneva, silence ! Apporte du vin de pêche aux garçons. Je veux qu'ils me parlent de leur voyage avant qu'on passe à table.

Bobby Joe et Dev échangèrent un regard interrogateur. Miss Amelia le surprit et eut un rire cristallin.

— N'ayez pas l'air étonné, surtout toi, Bobby Joe Looney. La double vue ne devrait pas avoir de secret pour toi. De toute façon, je n'en ai pas eu besoin pour voir que tu étais tombé sous le charme de la photographie de ton arrière-grand-oncle Yancey, la dernière fois que tu es venu. Alors, vous partez quand ?

Les entrailles de Dev se crispèrent. Cette histoire de double vue lui avait toujours fait peur. Il savait qu'elle était théoriquement entrée chez les Looney grâce au sang Choctaw pur de la mère de Miss Amelia, la femme de Cyrus, l'arrière-arrière-grand-père de Bobby Joe. Il s'agissait sans doute d'un sang exceptionnellement robuste parce que Bobby Joe n'en possédait qu'un huitième et que le don ne semblait pas faiblir. La famille de Dev était fière de sa généalogie aristocratique qui remontait, des deux côtés, à l'aube de l'histoire. Mais c'était différent, dans le cas de Bobby Joe. Plus vivant. C'était comme si ses ancêtres étaient véritablement présents dans le sang qui coulait dans les veines de leurs descendants.

— On part pour le Brésil la semaine prochaine, Miss Amelia, répondit Bobby Joe, qui prit le verre de vin de pêche que lui donna Geneva. On prend l'avion mardi à Miami.

— Tout de même… le Brésil, dit Miss Amelia, les yeux rivés à ceux de Bobby Joe. Bon, dis-moi, est-ce que tu fuis les ennuis ou est-ce que tu vas vers eux ? Avant de répondre, laisse-moi t'expliquer pourquoi je pose la question. J'ai le pressentiment, depuis quelque temps, que des ennuis vous menacent tous les deux. C'est un pressentiment vague, que je ne peux pas préciser.

— Je ne sais pas, Miss Amelia, mais j'ai ce pressentiment, moi aussi. Je suppose qu'il faudra attendre et voir.

— On parlera de ça plus tard. On met Deveraux mal à l'aise et je n'aime pas que son beau visage soit crispé comme ça. Geneva s'est affairée toute la matinée dans la cuisine, donc on devrait peut-être passer à table.

— C'est la première bonne nouvelle depuis un moment, dit Dev, qui se leva et offrit son bras à Miss Amelia.

Bobby Joe prit Geneva par la taille et ils gagnèrent la salle à manger, où la longue table en chêne ployait presque sous le poids des récipients et des plats couverts qui occupaient pratiquement toute sa surface. Bobby Joe tira la chaise de Miss Amelia, à la tête de la table, et s'installa à sa droite. Dev resta debout tandis que Geneva servait le thé glacé, tira sa chaise, puis s'assit à sa droite.

Miss Amelia donna une claque sur la main de Bobby Joe quand il tendit le bras vers le bol de tranches de cantaloup. Puis elle la porta à ses lèvres, l'embrassa, la retint et tendit l'autre main à Dev. Les deux hommes prirent aussitôt les mains de Geneva, et tous baissèrent la tête.

— Seigneur, merci de nous permettre de nous réunir une dernière fois. S'il vous plaît, bénissez le pain que nous allons maintenant rompre et, Seigneur… bénissez mes garçons qui s'en vont… en voyage, et écoutez la prière d'une vieille femme qui vous demande de les protéger du mal. Je vous le demande en votre nom béni. Amen.

Miss Amelia serra très fort la main de Bobby Joe, à la fin de la prière et, pour la première fois, Bobby Joe sentit trembler cette main qui parut soudain toute petite dans la sienne. Il entendit une sorte de faible hoquet, leva la tête et vit deux larmes énormes aux coins de ses yeux noirs. Sans leur laisser le temps de tomber, Miss Amelia se reprit et se redressa sur sa chaise.

— Maintenant, voyous, vous avez intérêt à rendre justice aux efforts de Geneva si vous ne voulez pas que j'aille couper une badine de pêcher.

Et ils leur rendirent justice. Geneva, femme silencieuse qui s'était exprimée toute sa vie par ses qualités de cuisinière, s'était surpassée. Il y avait du rôti de bœuf avec une sauce au jus de viande, des steaks de jambon de pays avec une sauce au café, du poulet et des beignets, des biscuits et du pain de maïs, du poulet frit, du chou vert, des pois chiches, de la salade de chou cru, de la citrouille à la cocotte, des haricots verts, de la purée de pommes de terre, des tomates rôties au gombo, des cantaloups et des melons en tranches, puis, en dessert, une tarte à la noix de pécan.

Quand Dev se fut généreusement servi trois fois, Bobby Joe et Miss Amelia deux et Geneva une seule, mais abondamment, il y avait encore de quoi nourrir l'équipe de football d'un lycée. Geneva eut son tendre et beau sourire, quand les hommes complimentèrent sa cuisine, rougit, puis, minimisant son succès, dit qu'elle regrettait de ne pas avoir pu leur servir les légumes frais du jardin et d'avoir dû se contenter de ceux du marché.

— Il va falloir que vous vous passiez un peu de moi, annonça Miss Amelia à la fin du repas. Je monte me reposer un moment.

— Repose-toi bien, Miss Amelia, dit Bobby Joe. À tout à l'heure. Est-ce que la photo de l'oncle Yancey est toujours dans ma chambre ?

— Sûrement, mon gars, dit Miss Amelia, les yeux

durs. Faites comme chez vous. Je n'en ai pas pour longtemps.

Bobby Joe gagna la cuisine et servit deux grands verres de vin de pêche. Quand il regagna le salon il fit signe à Dev, d'un mouvement de la tête, de le suivre. Geneva, qui débarrassait la table, leur sourit tendrement quand ils passèrent près d'elle.

Bobby Joe entraîna Dev sous la véranda de derrière et lui demanda de l'attendre quelques instants. Il revint peu après avec une grande photographie encadrée qu'il donna à Dev, qui était partiellement allongé sur une vieille balancelle.

Dev prit le cadre dans la main gauche et le tourna lentement vers lui. Quand ses yeux se posèrent sur le portrait, il se pencha, les pupilles dilatées, et renversa une partie du contenu de son verre. Il voyait son vieil associé Bobby Joe Looney debout près d'un énorme cheval noir, la main droite sur la poignée du sabre suspendu au ceinturon de son uniforme de la cavalerie confédérée et, dans la main gauche, un chapeau à plumet. Pendant quelques instants, Dev crut qu'il était victime d'une blague raffinée, que la photographie représentait en fait Bobby Joe. Puis il l'examina de plus près et constata que les yeux de l'homme photographié étaient clairs, en tout cas pas noirs, contrairement à ceux de Bobby Joe, que les cheveux étaient moins foncés et légèrement ondulés. À ces deux exceptions près, l'homme du portrait ÉTAIT Bobby Joe Looney.

Dev leva la tête et laissa ses yeux légèrement voilés errer sur la prairie, tandis que son esprit errait sous l'effet du choc.

— Merde, Bobby Joe ! QU'EST-CE QUE C'EST QUE CETTE CONNERIE ?

— Ça s'appelle l'atavisme, Dev. Je le sais parce

que je me suis renseigné, après avoir vu cette photo. Apparemment, il y a une sorte de joker génétique dans le jeu de cartes que les générations se transmettent…, les mômes ressemblent davantage à leurs ancêtres qu'à leurs parents. Un peu effrayant, pas vrai ?

Dev frotta ses bras couverts de chair de poule. Un frisson glacé parcourut son corps, et il eut l'impression qu'on venait de larguer les amarres du temps, qu'il flottait dans une dimension où le passé et le présent jouaient à une marelle sans règles. Quand le vertige eut cessé, il laissa derrière lui une sensation d'étrangeté, de lassitude sans fond, de vide.

Face au visage blême de Dev, Bobby Joe se souvint de sa réaction, le jour où il avait vu la photographie. Une peur différente de toutes celles qu'il avait affrontées teintait sa stupéfaction. Et la conscience d'un mystère. Quand la peur se fut dissipée, il eut l'impression d'être entraîné dans un mystère, un mystère qu'il se sentait tout à fait résolu à tenter de percer.

— Je ne sais pas ce que c'est, Bobby Joe, mais je sais que c'est très étrange. Et il faut que j'y réfléchisse tranquillement.

— Bonne idée. Je vais faire un tour, dire au revoir à la terre. Je ne la reverrai peut-être jamais.

Dev s'allongea sur la balancelle et posa la photo sur sa large poitrine. Le balancement l'entraîna bientôt vers le sommeil, auquel il s'abandonna sans résistance. Il fut immédiatement visité par un rêve où il était totalement perdu dans le noir total, où retentissaient le tonnerre d'une cavalcade et des hurlements assourdissants qui lui glaçaient le sang. Il se réveilla en sursaut et s'aperçut que Miss Amelia était penchée sur lui, une main posée sur son front trempé de sueur.

— Qu'est-ce que tu rêvais, Dev ? demanda Miss Amelia d'une voix presque dure, sans gentillesse, comme si elle avait un besoin urgent d'informations et ne pouvait prendre le temps de respecter les règles de la politesse.

— Je ne sais pas, Miss Amelia. J'étais perdu dans le noir et il y avait des martèlements de sabots et des cris déments, les cris des rebelles, je crois, et… Je ne sais pas. Il arrive quelque chose qui dépasse mon…, qui me dépasse, tout simplement. Qui me dépasse complètement.

Miss Amelia prit Dev par la main et le fit lever. Elle l'entraîna jusqu'à un long canapé, et, le visage à nouveau tendre, lui sourit.

— Assieds-toi près de moi, Deveraux. J'ai quelque chose à te dire.

Dev s'installa près de Miss Amelia et garda sa main dans la sienne. Au loin, Bobby Joe gagnait à grandes enjambées la lisière nord du pâturage, où s'amorçait la pente des collines.

— Il fait la paix avec la terre, Dev. Cette terre a un côté étrange que presque personne ne connaît. Elle s'attache à certaines personnes comme certaines personnes s'attachent à elle. Cette terre a toujours cru que Bobby Joe viendrait la prendre en mains. On sait, toi et moi, que ça n'arrivera pas. Ça n'est pas la première fois qu'un homme déçoit cette terre. C'est pourquoi je l'ai laissée au fils de Bobby Joe, quand il sera en âge de la reprendre. C'est pourquoi j'ai besoin de ton aide.

— Qu'est-ce que je peux faire, Miss Amelia ? Bobby Joe n'a pas de fils. Ni de fille, en fait.

— Pas encore, mais ça viendra… s'il vit. C'est

compliqué, Dev, mais je l'ai vu. En fait je l'ai vu vivant, heureux et père d'un fils, et je l'ai vu mort, abattu dans la cour d'une grande maison blanche. C'est pourquoi il faut que tu veilles sur lui. Je sais que vous veillez toujours l'un sur l'autre, mais c'est différent, ça sort de l'ordinaire. Promets-moi que tu n'oublieras pas cette conversation et que tu le protégeras.

— Vous pouvez compter sur moi. Vous avez ma parole. Bizarre que vous disiez que Bobby Joe va avoir un fils. Récemment, avant-hier, en fait, il s'est passé quelque chose entre lui et une femme qu'on connaît depuis longtemps, une femme bien… et, ensuite, je me suis dit pour la première fois qu'il aurait peut-être envie de vivre avec une femme, même de se marier.

— Une belle femme aux cheveux d'argent et aux yeux assortis ?

Dev eut une nouvelle fois l'impression que la réalité lui échappait et un frisson glacé le secoua.

— Oui, souffla-t-il.

Miss Amelia dégagea sa main droite, qu'il tenait dans la sienne, et retira la fine alliance usée qu'elle portait à la main gauche.

— Le moment venu, tu lui donneras ceci et tu lui diras que je voulais qu'elle l'ait. Quand ce jour viendra, je ne pourrai plus le faire moi-même.

— Vous ne devriez pas dire ça, Miss Amelia, ça me fait de la peine, dit Dev, les yeux fixés sur le mince anneau posé sur sa paume.

— Et ceci est pour toi, Deveraux, en souvenir de moi, dit Miss Amelia, qui posa un médaillon en or, sur une fine chaîne, dans sa main.

Dev ouvrit le médaillon et y trouva une photographie, un portrait réalisé pendant sa jeunesse. La beauté et la force qui transparaissaient dans le portrait semblaient d'une puissance presque inhumaine. Il tendit les bras, l'attira contre lui et l'embrassa très tendrement sur le front.

— Vous allez terriblement me manquer, Miss Amelia.

— Quelqu'un t'attend, là où tu vas. Ça aussi je l'ai vu. Pas clairement, c'était plutôt un pressentiment, mais c'était fort. Tu la rencontreras dans l'épreuve. Vous allez tous les deux vers des épreuves. Fais ce que je t'ai dit et sois vigilant. Je serai toujours avec vous.

Dev ferma les yeux et tenta d'assimiler. Il eut l'impression qu'il était dépassé et incapable d'analyser ce qu'il venait d'entendre. Quand il ouvrit les yeux, Bobby Joe gagnait le sommet de la colline qui limitait la vallée au nord.

*

— Et arrête cette saloperie de vent du nord, tu m'entends ? dit Bobby Joe, impérieux, à la colline, comme il le faisait dans son enfance. Ces deux vieilles dames ne peuvent plus le supporter, donc tiens-toi bien droite et arrête cette saloperie de vent.

Bobby Joe avait toujours parlé à la terre. Et aux créatures qui l'occupaient. Comme il était fils unique, la terre et ses créatures étaient son terrain et ses compagnons de jeu. Quand il jouait au général, ce qui était fréquent, les animaux et les oiseaux, les serpents et les lézards étaient ses armées et la terre son champ de bataille. Parfois, allongé sur l'humus chaud de l'été, il regardait une buse à queue rousse décrire des cercles dans le ciel, se concentrait si fort sur elle que son esprit jeune et pur montait jusqu'à elle et contemplait ce qu'elle voyait depuis le donjon des cieux.

Ce jour-là, accroupi sur la terre, la tête baissée, tandis qu'il lui faisait l'offrande des larmes d'adieu qui coulaient entre ses paupières fermées, une douleur monta des profondeurs de son être et lui gonfla le cœur jusqu'à le faire éclater. Il avait eu, autrefois, un projet. Dans un moment d'inattention, sans doute, le projet lui était tombé des mains et avait volé en éclats. Il était entré dans un nouveau pays qui ignorait tout de l'avenir. Il se demanda, tandis qu'il traversait une dernière fois le pâturage, ce que deviendraient la terre et son rêve brisé.

*

Un énorme soupir de soulagement prit naissance dans les orteils de Bobby Joe et siffla entre ses lèvres quand ils arrivèrent enfin dans la banlieue de Savannah. Il avait terriblement envie d'un verre et il avait tout aussi envie de descendre de la jeep que Dev, lugubre, dirigeait vers l'hôtel Hyatt de River Street. Au fil des kilomètres, le nuage qui s'était temporairement éloigné avait réapparu, avait enveloppé si étroitement Dev qu'il empestait pratiquement la dépression. C'était comme s'ils étaient revenus quinze ans en arrière, le soir où Dev avait annoncé qu'il n'épouserait pas Laura Malloy, et où ils étaient partis en voiture dans la nuit. Après les adieux douloureux du matin, et face au problème non résolu que Dev devait affronter, Bobby Joe commençait à se demander si le passé n'allait pas se dresser devant eux et les dévorer tout crus sans leur laisser le temps de fuir.

Bobby Joe et Miss Amelia s'étaient serrés dans

les bras l'un de l'autre, ce matin, certains que c'était pour la dernière fois même s'ils n'y avaient fait allusion ni l'un ni l'autre. Quand leur étreinte se fut prolongée trop longtemps, ils se séparèrent et attendirent l'« ornement » qui dédramatiserait leur séparation. Enfin, quand ils comprirent qu'il ne retentirait pas, Bobby Joe monta dans la jeep et fit au revoir de la main. Lorsqu'il s'arrêta dans le lacet et regarda une dernière fois la ferme, Miss Amelia leva le bras en un ultime salut, puis pivota sur elle-même et rentra dans la maison.

Et maintenant, ça, se dit-il. Ces putains de crétins de psy qui le font venir ici sous prétexte qu'il a une chance sur un million de résoudre un problème insoluble, alors que ça n'aidera pas Laura et que ça va sûrement lui déchirer le cœur. Aucun doute là-dessus, nom de Dieu ! Et je ne peux rien faire. Sauf peut-être une chose : boire tout le champagne du Hyatt et AGIR comme s'il y avait quelque chose à fêter. Oui, poser les pieds sur le bord de la fenêtre de la suite présidentielle et me bourrer la gueule en regardant les bateaux passer sur le fleuve.

La réceptionniste du Hyatt regarda les sept Ben Franklin posés sur le comptoir, puis l'homme brun vêtu de jeans délavés et d'un T-shirt sur lequel on pouvait lire : HARBOR DOCKS — SUCEZ LA TÊTE, MANGEZ LA QUEUE, en majuscules, au-dessus d'un dessin représentant une écrevisse. Il y a quelque chose qui ne va pas, se dit-elle, tentée d'appeler la sécurité, mais privée de toute raison rationnelle de le faire. Ils ne correspondaient pas à la suite présidentielle, voilà tout, ni le brun qui commandait du champagne, ni le colosse qui semblait sur le point d'assister à son enterrement.

— Est-ce que j'ai bien compris, monsieur ? demanda la grosse femme au visage lunaire. Six bouteilles de dom pérignon ?

— Oui, madame, vous avez bien compris et, si je puis me permettre, je n'ai pas bégayé. Et faites-moi monter ces soldats dans des seaux de glace, pour qu'ils soient au frais et prêts à servir.

Le visage de la femme s'assombrit et prit une expression scandalisée, comme si on venait de lui fourrer un tube de baume du tigre dans le derrière. Elle recula d'un pas, donna la clé à bout de bras puis recula vivement la main, comme si elle craignait que Bobby Joe la morde.

— Dérangez pas le groom, dit Bobby Joe. On connaît le chemin.

Dans l'ascenseur, Dev, qui n'avait pas prononcé un mot depuis presque une heure, dévisagea Bobby Joe.

— Qu'est-ce qu'on fête ? demanda-t-il finalement.

— Mon impuissance, Deveraux. Mon impuissance. Je vais siroter du champ' et ne me mêler de rien pendant que tu t'occuperas de tes affaires. Si tu as besoin de moi, fais-moi signe. Autrement, donne-moi simplement le signal du départ.

L'ascenseur s'arrêta au cinquième étage et ils gagnèrent la porte sur laquelle « Suite présidentielle » était indiqué. Bobby Joe ouvrit et trouva un interrupteur sur le mur de gauche. La lumière eut toutes les peines du monde à concurrencer l'humeur ténébreuse de Dev, qui fila droit sur le bar, prit un grand verre, qu'il emplit à moitié de Crown Royal, puis vida en deux lampées rapides. Il se servit à nouveau et, l'œil bilieux, regarda le salon confortable, aux meubles élégants.

— Pas terrible pour six cent cinquante dollars la nuit. De toute façon, qu'est-ce que tu avais besoin de louer ce truc ?

— Ne commence pas, Deveraux. J'ai pris cette suite parce que j'en avais envie. Et parce que, vu ton humeur, ça ne te fait de toute façon ni chaud ni froid. En plus, on n'a pas le droit de sortir plus de dix mille dollars par personne du pays et j'ai l'intention de dépenser le plus possible. Maintenant téléphone à Beth, ta sœur, pendant que tu es encore en état de parler.

L'arrivée de Beth, une demi-heure plus tard, rompit le silence inconfortable, tendu, qui semblait emprisonner la pièce dans un champ de forces. Elle était grande, d'une beauté exceptionnelle et, à quarante ans, toujours mince. Elle avait les yeux violets et les cheveux bruns bouclés de Dev. Ses jeans et son ample chemise d'homme étaient parsemés de traînées de peinture à l'huile, parce qu'elle travaillait dans son atelier, situé à l'extrémité opposée de River Street, quand Dev l'avait appelée.

— Alors, les gars, qu'est-ce qui ne va pas ? demanda Beth après avoir énergiquement serré son frère aîné, qu'elle adorait, dans ses bras et lui avoir donné un baiser sonore sur la bouche.

Bobby Joe, qui était assis près de la fenêtre, se leva et lui apporta un verre de champagne. Il leva les yeux au ciel avant de l'embrasser sur la joue et de la serrer affectueusement dans ses bras. Bobby Joe était ravi de voir Beth. C'était le seul membre de la famille de Dev qui lui eût adressé la parole en quinze ans et la seule personne au monde qui fût susceptible de l'aider à retrouver son équilibre avant sa visite à Laura, le lendemain.

Dev fit asseoir Beth près de lui sur le canapé, si bien qu'elle lâcha son gros sac à main, d'où tomba une feuille de papier à dessin roulée et retenue par un élastique. Ils se chamaillèrent pour rire pendant quelques instants, puis se séparèrent et se dévisagèrent de leurs yeux violets assortis. Il vit une sœur radieuse, heureuse, la seule famille qui lui restait. Elle vit un frère très troublé.

— Allons faire un tour au bord de la rivière, Dev, souffla-t-elle. Comme quand on était mômes. Viens.

Dev se laissa faire quand elle le prit par la main et l'entraîna vers la porte. Ils dirent au revoir à Bobby Joe, qui leur adressa un signe machinal sans quitter la rivière des yeux. Il regarda passer un cargo, qui remontait le courant, puis se leva et ferma la porte à clé derrière eux. Quand il regagna la fenêtre, Bobby Joe vit la feuille roulée au pied du canapé. Il la ramassa puis, après une brève hésitation, retira l'élastique et la déroula.

Il découvrit, sur le papier d'excellente qualité, un très bon portrait de Dev au fusain. C'était Dev jeune, tel qu'il était avant Laura Malloy. L'auteur du portrait l'avait de toute évidence connu à l'époque où son sourire, à la fois juvénile et malicieux, le rendait irrésistible. Bobby Joe examina attentivement le portrait et se figea quand ses yeux atteignirent le coin inférieur gauche. Les initiales L.M. y étaient tracées d'une écriture enfantine. Qu'ils aillent au diable, elle et sa famille, se dit-il avant de retourner à la fenêtre, au champagne et au fleuve.

*

Ils marchaient en silence, bras dessus, bras dessous, sur le quai. Un vent d'est vif faisait tourbillonner la brume qui se levait sur la rivière. Dev se souvenait de River Street telle qu'elle était dans sa jeunesse, avant que sa restauration l'eût transformée en attraction touristique clinquante. À cette époque, la rue était un quartier mal famé comme on en trouve dans tous les ports du monde, un dédale de bars à marins, de salles de jeu et de bordels où des hommes venus de ports lointains se mêlaient à la lie de la côte géorgienne, buvaient, fréquentaient les prostituées, jouaient. Et, souvent, s'entre-tuaient. Les reins transpercés et les yeux arrachés n'étaient pas rares dans l'agitation désordonnée d'un samedi soir de beuverie.

C'était un de ces quartiers qui font sourire le diable, et, quand Dev l'avait découvert, à seize ans, il était tombé sous son charme. Déjà doté d'une stature de colosse, et aussi téméraire que les notables de la rue, il avait acquis une réputation de bagarreur et de marin à qui l'alcool ne faisait pas peur.

Ce jour-là, parmi les boutiques huppées, les restaurants et les bars luxueux, il comprit que rien ne pourrait effacer complètement le mascara des yeux de cette vieille putain, qu'aucune peinture ne pourrait couvrir complètement la pellicule de crasse déposée sur son corps de briques. Machinalement, il posa sa main libre sur la cicatrice de ses reins, souvenir d'un coup de couteau reçu en cadeau le soir de son dix-huitième anniversaire.

— À quoi tu penses ? demanda Beth.

— À autrefois. À ce qui a changé. À ce qui va changer.

— Comment ça, Dev ? Qu'est-ce que tu veux dire ?

Dev lui parla du Brésil. Ils marchèrent un moment en silence.

— À t'entendre, c'est si… si définitif. Est-ce qu'on se verra de temps en temps ?

— Tu pourras nous rendre visite, quand on sera installés. Franchement, je ne sais pas très bien ce qui se prépare. Comment vont les parents ?

— Toujours pareil.

— Ils savent que je suis ici ?

— Ils sont au courant, Dev. Ils refusent toujours de te voir.

— Tu sais, Beth, j'y réfléchis de temps en temps et je trouve toujours ça incroyable. Qu'ils puissent être comme ça. Merde, ils ont tout de même essayé de me faire épouser une femme qui portait le bébé d'un autre. Eux, les parents de Laura, Laura... Nom de Dieu ! Si tu ne m'avais pas averti... Je ne sais pas, je ne comprendrai jamais.

— J'étais très naïve. Quand j'ai appris que Laura était enceinte et que je t'en ai parlé, je croyais que c'était ton enfant. Je n'ai pas compris pourquoi tu as pris la fuite. Et tu ne m'as pas dit que ce n'était pas ton enfant, que tu n'avais jamais fait l'amour avec Laura. J'étais terriblement troublée et, naturellement, les parents ne m'ont pas dit la vérité. Quand tu m'as avertie, un an plus tard, je n'en suis pas revenue. Depuis, ce n'est plus pareil. Je les vois, mais je ne suis pas plus proche d'eux que toi. Je ne leur pardonnerai jamais.

— Quelle famille, hein ? Sans toi... Oh, merde, inutile de parler de ça. On s'aime et ça ne changera jamais. Explique-moi ce que veulent les médecins.

*

— Voyons si je peux simplifier... Pardon ? fit le docteur Bertram Fielder.

— Je disais : faites attention, docteur, répondit Dev d'une voix vaguement menaçante. Faudrait pas que vous vous froissiez un muscle en essayant de simplifier.

Beth, qui craignait que son frère explose, lui

adressa un regard inquiet. Ils étaient dans le bureau du psychiatre de *Shady Oaks Sanitarium*, institution privée et luxueuse de la grande banlieue de Savannah. Le personnage condescendant assis face à eux, derrière le bureau, dévisageait Dev avec inquiétude, à travers les petits verres ronds de ses lunettes à monture métallique, derrière lesquels ses yeux verts et durs évoquaient ceux d'une chouette. Beth eut l'impression qu'il se demandait s'il avait une camisole de force susceptible d'aller à Dev.

— Comme je disais, quand vous ne vous êtes pas présenté au mar... euh, quand le mariage n'a pas pu avoir lieu... euh, Laura a rejeté la réalité, pour ainsi dire... et, euh, pour elle, le temps s'est arrêté. La femme que vous allez voir a, dans tous les sens du terme, toujours vingt-deux ans, et... euh, attend toujours votre retour... Quoique nous n'en soyons pas absolument sûrs. Nous espérons que votre présence, aujourd'hui, produira un choc capable de la faire sortir de cet état... Euh, si j'ai bien compris, votre sœur vous a informé que, du fait qu'elle vit depuis quinze ans dans un univers imaginaire très compliqué, qu'aucune thérapie n'a pu pénétrer, l'état de Laura s'est aggravé. Elle a presque complètement cessé de manger et dessine obstinément des portraits de vous qui sont, je dois le reconnaître, très bons. En outre, il y a trois semaines qu'elle n'a pas prononcé un mot.

— Qu'est-ce que vous attendez exactement de moi, docteur ?

— Pour le moment, que vous m'accompagniez jusqu'à son petit chalet et, comment dire, confronter est trop fort, euh, simplement que vous me permettiez de vous présenter comme un visiteur et de voir si elle vous reconnaît.

— Comment ça, voir si elle me reconnaît ? Elle me dessine, n'est-ce pas ?

— Nous ne savons pas vraiment ce qui peut arriver, monsieur LeDux.

Dev dévisagea le psy et se dit qu'il avait peut-être vu un malade de trop. Il n'avait jamais fait confiance aux hommes qui portent une boucle de soie autour du cou, surtout quand elle était nouée en forme de papillon comme celle, rouge à pois bleus, qui ornait la pomme d'Adam proéminente du docteur Bertram Fielder, laquelle sautait périodiquement du nœud papillon aux caroncules qui pendaient sous son menton, si bien que Dev avait l'impression que l'homme allait se mettre à glouglouter d'un instant à l'autre.

— Il y a deux choses que je voudrais savoir avant d'aller plus loin, dit Dev, un goût amer dans la bouche sous l'effet de l'appréhension. Premièrement : Est-ce que les parents de Laura savent que je suis ici ? Deuxièmement : Qu'est devenu le bébé qu'elle portait quand elle est arrivée ici ?

— En réponse à votre première question, oui, ses parents ont été consultés et ont donné leur accord à cette, euh, expérience. En réponse à votre deuxième question, je dois me contenter de dire que les règles du secret professionnel m'interdisent d'aborder ce sujet. Je suis tout à fait certain que vous comprenez.

— Parfaitement. Bon, allons-y.

Le psy se leva. La veste trop ample de son costume en coton pendouillait sur son corps maigre comme un regret. Il demanda à Beth d'attendre à la réception, puis précéda Dev dans un dédale de couloirs qui conduisaient à la porte de derrière du bâtiment administratif.

Ils empruntèrent un chemin bétonné bordé de

part et d'autre par de petits bungalows jaune pâle couverts de tuiles marron. Des chênes géants jetaient des taches d'ombre sur le terrain paysager bien entretenu, qui occupait une éminence dominant une rivière d'eau salée au-delà de laquelle une savane marécageuse s'étendait à perte de vue.

Cinquante mètres au-delà du groupe principal de bungalows, un modeste chalet de cèdre se dressait sous un chêne énorme, au bord de la rivière. Quand le psy se tourna vers lui et lui montra le chalet, Dev eut l'impression que la main glacée de la panique se refermait sur ses entrailles. Une angoisse proche de la terreur avait grandi à chaque pas et il trébucha parce que ses pieds, récalcitrants, se heurtèrent. La peur enfouie pendant quinze ans monta à la surface et se révéla à lui. Pour la première fois, cette peur eut un nom, et amour était ce nom, et il comprit que, depuis quinze ans, il ne savait pas s'il aimait encore Laura Malloy, que la réponse était imminente et que, si c'était oui, il serait perdu sans espoir de salut.

Quand ils arrivèrent, elle était assise dans la cour et leur tournait le dos. Un chevalet était dressé devant elle. Parfaitement immobile sur son tabouret, les mains croisées sur les genoux, elle fixait un dessin qui représentait Dev. D'abondantes boucles blondes couvraient son dos entre les bretelles de sa robe bain de soleil blanche.

Le psy s'éclaircit la gorge et, comme Laura ne réagit pas, recommença, plus fort. Elle resta silencieuse et impassible.

— Laura, je vous ai amené un, euh, visiteur, dit le psy, qui approcha.

Dev ne put s'empêcher de sursauter quand Laura se retourna partiellement et posa ses yeux brillants et exaltés sur lui. Ces yeux bleu pâle, tapis au fond d'orbites profondes, parurent émettre des rayons d'énergie démente qui pénétrèrent en lui, si bien que son cœur se ferma. Son pied gauche entamait un pas en arrière quand il se reprit et se força à approcher.

Laura Malloy se leva et attendit, tremblant de tous ses membres. Dev s'arrêta face à elle. Ils se regardèrent dans les yeux pendant un long moment qui comblait un vide de quinze années. Les lèvres de Laura bougèrent, formèrent des mots qui ne furent pas prononcés. Quand ils sortirent enfin, ils étaient rauques et chargés de haine.

— Je ne vous connais pas, dit Laura Malloy d'une voix si basse que seul Dev entendit. Allez-vous-en.

Elle retourna s'asseoir et reprit la contemplation de Dev tel qu'il était quinze ans plus tôt, objet au fusain qui appartenait au monde imaginaire de Laura. Il comprit à cet instant qu'il ne pouvait rien faire pour Laura Malloy et qu'il s'en fichait. La certitude qu'il était libre dissipa sa peur et il se demanda pourquoi il avait si longtemps évité ce moment. Il pivota sur lui-même et s'en alla, lentement au début, puis de plus en plus vite et, finalement, à petites foulées, certain qu'il courait vers l'avenir et ne fuyait pas le passé.

*

Bobby Joe ne se sentait pas du tout présidentiel, sur le canapé de la suite du Hyatt. Les bulles du champagne de la veille explosaient comme des mines sous-marines dans sa tête douloureuse et il gémit quand la clé tourna dans la serrure. Il n'avait pas la moindre envie d'affronter le cafard de Dev.

Quand Dev entra, Bobby Joe constata avec stupéfaction qu'il avait le sourire, un vrai sourire à la Deveraux LeDux.

— Tout est prêt pour qu'on foute le camp, Cochise ? demanda Dev sur un ton léger, employant le surnom que Bobby Joe méprisait et qui était réservé aux jours où Dev était dans une forme exceptionnelle.

— Les passeports et les visas sont arrivés ce matin, répondit Bobby Joe, qui montra l'enveloppe de *Federal Express* posée sur la table basse. Qu'est-ce qui se passe, Ô Prince des ténèbres ?

— Je te raconterai ça plus tard. Alors, où est le champagne ?

— Qu'est-ce qu'on fête, Dev ? demanda Bobby Joe, qui ne comprenait pas, mais à qui la transformation faisait plaisir.

— Mon impuissance, Bobby Joe. Mon impuissance.

CHAPITRE 8

Jack Lee sortit lentement de la méditation, remonta des profondeurs de la conscience, du refuge sans pensées où un seul mot, Brésil, était apparu spontanément dans son esprit au repos. C'était ainsi qu'il fonctionnait. Les réponses aux questions les plus difficiles venaient naturellement quand son esprit était au point mort. Il se dit, assis sur la berge à la limite de l'anse de Pappy, qu'il trouverait dans la méditation les seules réponses qu'il exigeait de sa vie. Le Brésil ferait l'affaire. Il pourrait y disparaître, trouver un endroit tranquille et poursuivre sa quête de la *sadhana*, aller au terme de sa méditation. Ensuite, de toute façon, rien n'aurait d'importance. Oui, le Brésil conviendrait. Il avait des papiers et un passeport qui n'expirerait que dans huit ans et demi. Le demi-million de dollars enterré à cinquante mètres de lui lui permettrait de subvenir à ses modestes besoins jusqu'à la fin de ses jours, s'il le gérait convenablement. Oui. Une maison toute simple. De l'air pur et de l'eau. Du riz, des haricots et des légumes. Et des alliés dignes de confiance. Oui, revoir Bobby Joe et Dev serait agréable. Et João Silva. Long John Silver en personne.

Il resta immobile, silencieux, et écouta la symphonie du marécage qui s'éveillait. Le chant des oiseaux, le coassement des grenouilles, le bourdonnement des insectes faisaient vibrer l'air. Au loin, le martèlement rythmique d'un pivert, qui cherchait son petit déjeuner dans l'écorce d'un arbre, retentissait à intervalles réguliers. Derrière lui, des ailes battirent l'air et quelque chose passa au-dessus de sa tête. Il ouvrit les yeux et vit une chouette de plus d'un mètre d'envergure survoler l'anse, puis suivre le reflet aveuglant, sur l'eau, du soleil qui venait de franchir le sommet du rideau d'arbres. À dix mètres de la rive, le ventre argenté d'un poisson, monté à la surface pour attraper un insecte, brilla. Des cercles concentriques se propagèrent et formèrent sur l'eau un mandala miroitant. Jack se demanda, assis dans le sein de cette sérénité, s'il existait des endroits comparables au Brésil.

Le bruit d'un petit moteur hors-bord interrompit sa rêverie. Quelques instants plus tard, une barque en aluminium apparut à l'entrée de l'anse. La chevelure flamboyante du benjamin de Pappy fit sourire Jack. Il avait demandé à Red de passer et de le conduire à la cabine téléphonique la plus proche. Il salua de la main, et reçut un signe du bras en réponse, ainsi qu'un sourire aux dents blanches qui plissa les traits rudes du visage barbu de Red.

— Tu causes avec Lui, ce matin, Jack Lee ? demanda Red, les yeux au ciel.

— Plus ou moins, Red, répondit Jack avec un sourire, quand il attrapa les amarres et les attacha au ponton. Merci d'être venu.

— De rien. J'ai dit que j'arriverai avec le soleil et je suis là. Mais je boirais bien un café avant de partir.

— Bonjour, petit, cria Pappy, qui se tenait sous la véranda. Je suis sûr que tu mangerais bien un biscuit, aussi.

— Si tu arrêtes pas de m'appeler comme ça, vieillard, je te fais la tête au carré, répondit Red avec un sourire. Viens, Jack, on va boire un café avec ce vieux bouc.

Le café était fort, amer, et des morceaux de grains moulus flottaient à la surface. Du café auquel les routiers eux-mêmes auraient ajouté du lait.

— Merde, papa ! marmonna Red, la bouche pleine de biscuit et de miel. Qu'est-ce que tu mets dedans, de l'huile de vidange ?

— Tu la fermes et tu bois, petit, répondit Pappy, qui adressa un clin d'œil à Jack. Ça te fera du bien.

— Peut-être si j'étais un putain de diesel, répondit Red, dans son rocking-chair.

— T'as plus ou moins décidé, pas vrai, mon gars ? dit Pappy à Jack, qui se tenait près de lui au bord de la véranda.

— Je crois, Pappy. Je saurai à peu près quand je partirai après avoir donné ces coups de téléphone.

— Bon, je te l'ai déjà dit. Tu peux rester aussi longtemps que nécessaire. Il y a que le petit et moi qui savent que t'es ici, et c'est comme si personne le savait.

*

Jack fixait la cabine et se demandait vaguement quelle part de sa vie il avait consacrée à ce type d'activité. Red et lui étaient dans le pick-up de Red, garé sur le parking d'un magasin général, juste après la frontière de la Floride. Ils étaient au milieu d'une plaine interminable et monotone, plantée de pins, dans une partie de l'État qui ne figure pas sur les dépliants touristiques.

Quand le téléphone sonna enfin, Jack descendit vivement de voiture et décrocha à la deuxième sonnerie. La voix de son correspondant fut celle de Langley Hughes, pilote émérite qui lui devait un grand service.

— Désolé de ne pas avoir rappelé plus tôt, Jack. Il y a tellement longtemps qu'on n'a pas utilisé ce truc que j'ai failli raccrocher quand la standardiste m'a dit que Ducky Jones appelait en PCV de la part de Gladys. Les deux premières cabines que j'ai trouvées étaient en panne. Je te demanderais bien comment tu vas, mais je suis au courant. Pas de problèmes ?

— Pas pour le moment. J'ai besoin d'un service, Lang. Un gros.

— Je crois que je t'en dois un. Un gros. Tu veux aller où, mon frère ?

— Au Sud. Loin. Je préfère t'en parler de vive voix.

— Tu peux rester quelques jours là où tu es ?

— Pas de problème.

— Tu te souviens de ma petite planque ? Sur l'île.

— Parfaitement.

— Dans trois jours. Une demi-heure après la tombée de la nuit. Ça me laissera le temps de me retourner.

— Merci, Lang. J'y serai.

— C'est la dernière fois que tu me remercies. Si je suis là, c'est uniquement grâce à toi. Surveille tes arrières et sois prudent.

— Salut.

Quelques secondes après qu'il eut raccroché, le téléphone sonna à nouveau. Il prit une profonde inspiration, retint quelques instants son souffle, puis décrocha.

— Bonjour, Yeats.

— Bonjour, mon gars. Tu es en sécurité ?

— Pour le moment. J'ai quelques jours d'attente et j'en profite pour venir aux nouvelles. Ça va ?

— Ça va, mon gars. C'est toi qui as un problème, ou plutôt des problèmes. Est-ce que tu es au courant du nouveau mandat d'amener ?

— L'État l'a délivré ?

— Meurtre. Et délit de fuite. National et international. Et, si mes informations sont bonnes, la DEA a fait parler quelqu'un et va t'inculper demain. Les chiens sont lâchés. La chasse est ouverte et les pressions seront intenses. Le téléphone que j'utilise est sûr, mais celui du bureau ne l'est peut-être pas. Ne l'appelle pas. Tu te souviens du numéro de rechange ?

— Ouais. Je resterai sans doute quelque temps sans appeler. Je voudrais que tu fasses quelque chose pour moi.

— Tout ce que tu veux.

— Va voir Deborah. Dis-lui de ne pas s'inquiéter. Que je comprends. Dis-lui que je regrette.

— Merde, Jack ! Tu es sûr ?

— Je suis sûr. Fais-le. S'il te plaît.

— D'accord, mon gars. Maintenant raccroche et ne reste pas dans les rues. Téléphone quand tu auras un point de chute. Tu pourras toujours compter sur moi.

— J'ai toujours pu, Yeats, et je t'aime à cause de ça. *Adios*.

*

Yeats Murphy regardait le visage pâle, aux traits tirés, de Deborah O'Hara, sur son lit de Piedmont Hospital, et se demandait comment une jeune femme aussi belle et intelligente s'était retrouvée dans une telle situation. Il s'aperçut que c'était une question qu'un avocat criminel ne devrait pas poser, surtout quand il avait quarante ans d'expérience. Pendant ces quarante années, il avait tout vu au moins une fois et le reste plus souvent qu'il l'aurait voulu. Pourtant, face à ses yeux noisette et douloureux, il ne pouvait comprendre comment l'amour de Deborah pour Jack Lee, un amour qu'il savait sincère, fort et propre, avait pu se muer en une haine qui l'avait poussée à des actes de vengeance, puis à une tentative.

La colère que lui inspirait Deborah quand il avait tenté de la contacter avait été remplacée par une tristesse écrasante quand il avait appris la nouvelle de sa tentative de suicide. Quand elle lui prit la main et tenta de parler à travers ses larmes, il n'éprouvait plus qu'une grande inquiétude et de la compassion.

— Tout va bien, jeune fille, dit Yeats d'une voix apaisante.

Puis il se pencha et écarta les cheveux qui couvraient son front.

— Oh, je regrette tellement, dit Deborah d'une voix étranglée et étrangement enfantine.

— Lui aussi, jeune fille. Jack m'a demandé d'aller vous voir et de vous dire de ne pas vous faire de souci. Qu'il comprend. Il m'a demandé de vous dire qu'il regrette.

— Il sait… ce que j'ai fait ?

— Non, Deborah. Je l'ignorais quand je l'ai eu au téléphone.

— Est-ce qu'il va bien, Yeats ?

— Jack est un battant, jeune fille. Il s'en tirera. Vous vous en êtes tirée, vous aussi, et je suis sûr que ça lui ferait plaisir. Il vous aime toujours, vous savez.

— Je me demande pourquoi. Oh, je donnerais tout pour défaire ce que j'ai fait.

— On en parlera plus tard. Quand vous irez mieux.

On pourra peut-être le défaire, avec un peu de chance, se dit Yeats, dont l'instinct juridique prit le pas sur le cœur généreux. Un fort raclement de gorge tira Yeats de sa réflexion. Il se tourna vers la porte et se trouva confronté à Tommy Dalton, qui avait un gros bouquet de fleurs à la main et une expression scandalisée dans les yeux.

— Un instant, je vous prie, monsieur Dalton, dit Yeats.

Deborah l'attira tout près d'elle, afin que sa bouche se trouve à quelques centimètres de son oreille.

— Dites à Jack que je regrette, Yeats. Dites-lui…

— Je le ferai, jeune fille. Et je reviendrai très vite.

Quand Yeats passa près de Dalton, sur le seuil, une main saisit son coude.

— Nom de Dieu, Murphy ! cracha Dalton à voix basse. Attendez-moi. Cinq minutes.

*

L'esprit de Tommy Dalton s'emballait. Au début de la matinée, on avait trouvé un nouveau travesti assassiné, une autre sœur noire. La signature était la même que celle qui caractérisait les cinq autres cadavres : la lettre H au-dessus de la lettre I, tracées au couteau sur les reins, la lettre V sur les fesses de telle sorte que la pointe se trouvait sur l'anus.

Comme les fois précédentes, il y avait du sperme dans le conduit anal.

Plus tard, la carte était arrivée. Une carte ordinaire, dont l'enveloppe ne comportait pas d'oblitération. Il n'y avait aucun texte, seulement quatre photos découpées dans des magazines et collées sur la page intérieure droite. La plus grande, qui occupait le milieu de la page, représentait un derrière de Noire, extrêmement joli et dans une pose provocante sur un coussin de velours rouge. Elle provenait apparemment d'une revue érotique. Il y avait, dessous, trois photos plus petites. Celle de gauche montrait une nuque bronzée, très ridée, qui était sans doute celle d'un fermier. Celle du milieu représentait une svastika. Sur la dernière, un membre du Klan en grand uniforme brandissait un drapeau confédéré.

Personne, au siège du GBI, ne savait pourquoi la carte était arrivée avec le courrier ordinaire. Pendant une heure, Dalton réfléchit à ce mystère, hypnotisé par la carte, qui était manifestement liée au sixième meurtre, lequel s'était produit très peu de temps après le cinquième, en contradiction avec la structure établie de huit à dix semaines d'intervalle. Toutes les questions qu'il posait en soulevaient cinq nouvelles. Finalement, il décida de laisser tomber et de rendre visite au témoin vedette de sa deuxième affaire en suspens.

Deux jours plus tôt, alors qu'il tentait en vain de joindre Deborah O'Hara au téléphone depuis trente-six heures, Dalton était allé chez elle. Son voisin du dessous confirma sa présence. Après avoir frappé à de nombreuses reprises sans obtenir de réponse, il avait ouvert la porte, qui n'était pas fermée à clé, et l'avait trouvée à l'agonie, le pouls à peine perceptible. Le flacon de médicaments, vide, posé sur la table de nuit déclencha une activité frénétique dont la conséquence fut l'arrivée rapide du Service médical d'urgence, qui lui prodigua des soins à temps et la sauva.

Pendant deux jours, le chef du Service psychiatrique refusa d'autoriser Dalton à voir Deborah. Lorsqu'il put enfin l'approcher, il se demandait comment ce vieux truqueur de Yeats Murphy s'y était pris pour obtenir l'autorisation de la voir. Il avait été difficile de localiser ses parents, qui arriveraient dans la journée, et on lui avait assuré qu'il serait le premier à la rencontrer. Et, maintenant, Dieu seul savait ce que l'avocat de Jack Lee, le meilleur avocat criminel du Sud, voulait à son unique témoin. Je me suis fait avoir, se dit-il tandis qu'il forçait son visage à sourire, je mc suis fait avoir, c'est tout.

Le cœur de Deborah se serra quand elle vit le sourire hypocrite et les fleurs de Tommy Dalton. Elle eut envie de ne l'avoir jamais rencontré. Qu'il soit arrivé trop tard pour la sauver.

— Comment allez-vous ? demanda Dalton, qui posa les fleurs sur la table de nuit.

— Je suis très fatiguée. J'ai sommeil.

— Je ne resterai qu'une minute. Je voulais m'assurer que vous alliez bien. Que personne ne vous tourmentait. Est-ce que cet homme vous tourmentait, Deborah ?

— Non, monsieur Dalton, il ne me tourmentait pas. Je ne suis vraiment pas en état de répondre à des questions pour le moment.

— Hé, c'est Tommy, vous vous souvenez ? fit Dalton qui, convaincu qu'elle lui échappait, se demanda ce que Yeats Murphy avait bien pu lui dire.

— Je me souviens de tout, monsieur Dalton. Je vous en prie, je suis très fatiguée.

— D'accord, Deborah. Je reviendrai quand vous irez mieux. Je suis heureux que vous vous en soyez sortie. Reposez-vous.

Deborah ne répondit pas et le congédia d'un regard hostile et méfiant. Il n'échappa pas à Tommy Dalton, et il ne lui plut pas. Il pivota sur lui-même et se contraignit à marcher lentement. Quand il eut franchi la porte, il se dirigea au pas de charge vers Yeats qui, près du bureau de la surveillante, bavardait avec une infirmière.

— Qu'est-ce que vous trafiquez, Murphy ? Si vous tentez d'influencer mon témoin, je vous fais inculper, croyez-moi.

— Nous devrions peut-être discuter ailleurs, agent Dalton, répondit Yeats d'une voix égale, une expression de dédain amusé sur son visage aristocratique.

— Et vous, dit Dalton, qui, sans tenir compte de Yeats, foudroya la surveillante du regard, pourquoi vous autorisez ce... ce truqueur à la voir ?

— Ce que je fais ne vous regarde en rien, monsieur, répondit l'infirmière robuste et de haute taille, ses yeux gris et durs rivés sur lui. Maintenant, comme M. Murphy l'a proposé, vous devriez peut-être poursuivre cette conversation plus loin.

Dalton pivota sur lui-même, constata que Yeats avait gagné l'ascenseur et tenait la porte ouverte. Il passa devant Yeats, entra dans la cabine, le visage en feu. Yeats y pénétra derrière lui, appuya sur le bouton du rez-de-chaussée, puis s'adossa à la paroi dans le coin opposé à celui que Dalton occupait et regarda droit devant lui, sans tenir compte de lui.

— Je ne plaisantais pas, Murphy. Je vous ferai inculper et je vous ferai rayer du barreau.

Yeats tourna la tête, ses yeux bleus à présent d'une dureté de silex.

— Écoutez-moi bien, petit connard. NE ME MENACEZ PAS. Vous êtes un petit merdeux incompétent et je ne supporte pas votre gueule. MAINTENANT DISPARAISSEZ !

Tommy Dalton se tassa dans son coin et, silencieux, fixa le vieillard. Quelque chose, dans la violence avec laquelle les mots avaient été prononcés, lui avait glacé les noix. Quand la porte de l'ascenseur s'ouvrit, il sortit précipitamment de la cabine et s'en alla sans se retourner.

Yeats Murphy traversa le hall d'entrée, un sourire crispé aux lèvres. Il était rassuré, parce qu'il disposait désormais d'une petite marge de manœuvre dans l'affaire du meurtre. Maintenant, s'il parvenait à trouver ce que mijotait la DEA, eh bien, qui sait ? Il avait vu plus étrange.

*

Dante Ferro dit au revoir à Frank Jennings, chef de l'unité chargée, à Washington, du choix des opérations de relations publiques, et raccrocha, la tête bourdonnante de possibilités. Sous l'effet d'une poussée d'adrénaline, il jaillit de son fauteuil. Il fit les cent pas comme un fou dans son bureau, brandit les poings et poussa de petits cris de joie. Le directeur de la DEA avait adoré la proposition ! Frank Jennings lui avait personnellement présenté les arguments ! Le mandat d'arrêt contre Jack Lee serait émis sur l'ordre du directeur. Le directeur en personne téléphonerait au ministre de la Justice dans la matinée. Le mandat serait prêt dans l'après-midi. Ce soir, la photo de Jack Lee serait envoyée par fax dans le monde entier, accompagnée d'un ordre d'arrestation prioritaire signé par le directeur. Et, quand il aurait été appréhendé ce serait lui, Dante Ferro, qui ramènerait personnellement le prisonnier au pays. Il se voyait descendre d'avion, Jack Lee menotté à lui. Une brève déclaration à la foule des journalistes, brève mais solennelle, atténuée par un soupçon de modestie. À partir de là, nom de Dieu ! rien ne pourrait arrêter son ascension.

Dante se calma le temps d'appeler Trois-B par l'interphone, puis se remit à faire les cent pas. Les idées rebondissaient contre les parois de son crâne, projetaient des étincelles brûlantes quand elles se heurtaient dans son cerveau enfiévré.

Trois-B franchit la porte ouverte en boitillant et s'arrêta court, ébahi par le spectacle qui s'offrit à ses yeux. Le petit Rital cinglé faisait les cent pas dans la pièce, le regard fixe et le menton en avant, comme un modèle réduit de Mussolini.

— Euh, patron, vous vouliez me voir ?

Dante s'immobilisa, un pied en l'air, et fut brutalement tiré de la contemplation de sa gloire future. Quand ses yeux furent à nouveau en mesure de voir, il alla se planter devant Trois-B et les plongea dans son regard marron laiteux. La lividité malsaine des yeux de Trois-B le troubla presque. Ce type a quelque chose, se dit-il.

— Écoutez, Trois-B, dit Dante d'une voix forte, l'index posé sur le sternum de Trois-B afin de donner davantage de poids à ses propos, faut que vous filiez chercher Gregg Lovette à la prison d'Atlanta. Vous le conduirez chez l'US Attorney. Je vous y retrouverai à..., disons à onze heures et demie, pile.

On commencera par recueillir sa déposition, puis on le fera passer devant le grand jury après déjeuner, donc annulez tout ce que vous aviez prévu jusqu'à ce soir.

Trois-B acquiesça d'un air las puis prit le chemin de la porte.

— Hé, Trois-B, vous êtes sûr que ça va ? demanda Dante, qui regrettait que Trois-B fût responsable de l'affaire Lovette et d'avoir de ce fait besoin de lui.

— Ouais, patron, c'est juste une espèce de grippe, répondit Trois-B, par-dessus l'épaule, avant de sortir.

T'en fais pas, patron, se dit Trois-B sur le chemin du parking, tu vas pas tarder de savoir comment je me sens. L'idée lui était venue à l'esprit pendant qu'il regardait une rediffusion de *Dracula* à la télé. Le sang. Le transfert de sang. Il avait réfléchi des heures au moyen de transférer le sang. Et puis une émission sur les animaux sauvages lui avait apporté la solution. Les fléchettes d'anesthésique. Elles étaient sûrement efficaces, puisqu'elles endormaient un grizzly en quelques secondes. Des fléchettes pleines de sang. Mieux qu'une balle dans la tête. Les gens de sa liste ne méritaient pas une mort rapide.

Oui, Dante, tu vas savoir comment je me sens, se dit Trois-B. Cette perspective lui donna de l'énergie, une énergie dont il avait besoin pour nourrir le monstre à mille bouches qui privait son corps malade de toutes forces. Toi aussi, M. Tommy Dalton. Je me demande ce que tu as pensé de ma carte, sale petit merdeux. Probablement un nazillon de la cambrousse, hein ? J'ai plein de sang à ma disposition, et je ne serai pas avare.

Une idée inquiétante troubla l'euphorie que suscitait la perspective de la vengeance. Bobby Joe

Looney et Deveraux LeDux. Sans eux, elle ne serait pas complète. Il faut que je sache où ils sont, se dit-il, tandis que le désir de chasser s'imposait soudain à lui. Et je trouverai.

CHAPITRE 9

La secousse de la sortie du train d'atterrissage tira Bobby Joe Looney de sa torpeur, due au champagne, dans la cabine de première classe du jet de la Varig qui descendait dans la brume qui stagne presque en permanence au-dessus de São Paulo. Il tourna la tête et constata que Dev, qui était près du hublot, se tenait très droit et regardait très attentivement le sol.

— Qu'est-ce que tu vois, Deveraux ?

Sans quitter le hublot des yeux, Dev tendit sa main énorme, prit Bobby Joe par les épaules et l'attira contre lui, si bien que leurs joues se touchèrent.

— Nom de Dieu, regarde ça, Bobby Joe, dit Dev d'une voix émerveillée.

Le spectacle réveilla Bobby Joe comme une gifle et lui donna le vertige. São Paulo s'étendait dans toutes les directions, cauchemar ultime d'un urbaniste psychotique. Des groupes de gratte-ciel se dressaient çà et là dans l'océan de béton qui poussait l'horizon jusqu'aux lisières de l'énorme vallée à laquelle la mégalopole adhérait comme une lésion purulente. Partout, des cheminées d'usine crachaient des tentacules blancs, noirs, gris et marron qui dansaient et oscillaient au-dessus de la ville comme des serpents captifs de la flûte.

Le contact léger d'une main sur son épaule ramena Bobby Joe sur son siège. L'hôtesse, très belle jeune femme aux tendres yeux marron et à la peau brune, lui demanda, sans quitter Dev des yeux, de redresser le dossier de son siège et d'attacher sa ceinture. Quand Dev lui rendit son sourire, Bobby Joe sentit que l'air, entre eux, se chargeait d'électricité. Il la regarda gagner l'avant de la cabine d'une démarche ondulante et constata, pour la centième fois en dix heures de vol, que la démarche des Brésiliennes était beaucoup plus gracieuse que celle de leurs cousines américaines.

— On dirait que tu as une admiratrice de plus, Dev.

— On ne peut pas nier que ces femmes soient belles et aient du charme, Bobby Joe. Mais il faut que je te dise un truc : celles qui habitent cette ville devront se passer de mes services. Je savais qu'elle était énorme, mais je n'imaginais pas ça. Il n'est pas question que je vive là !

— Calme-toi, Deveraux. D'abord, on ne vient pas vivre à São Paulo. Ensuite, je parie que c'est bien plus beau au niveau du sol. Et, de toute façon, n'en dis pas de mal à Long John. Il y est né. Moi, je suis prêt à franchir les portes de l'enfer si ça peut me permettre de descendre de cette saloperie d'avion.

Quand ils eurent débarqué et entrèrent dans l'aérogare de l'aéroport de Cumbica, ils virent immédiatement João Silva, Long John Silver en personne. João leur adressa un sourire d'une blancheur presque aveuglante, puis se rua à leur rencontre. Ses yeux couleur d'aigue-marine riaient dans un visage olivâtre long et mince, bronzé et sans rides. Un costume de soie vert foncé, à la coupe élégante, couvrait les angles aigus de son mètre quatre-vingt-douze. João écarta leurs mains tendues et les serra dans ses bras.

— Oh, mes amis, une poignée de main ne peut pas suffire, après si longtemps. Bienvenue dans mon pays ! Cette accolade s'appelle *abraço* en portugais. C'est ainsi qu'on salue les vrais amis et la famille. Vous êtes les deux. Quand j'étais en Géorgie, vous m'avez accueilli comme un des vôtres. Maintenant, c'est mon tour. Venez, allons chercher vos bagages et partons. On a beaucoup de choses à se raconter, non ?

— Inutile d'aller chercher les bagages, Long John, dit Bobby Joe, qui montra le sac qu'il portait en bandoulière. On n'a que ça.

— Vous voyagez toujours léger, dit João, approbateur. Et vous portez toujours des blue-jeans. Très bien. Je crois que je suis un peu trop habillé. J'avais une réunion en début de matinée, mais le reste de la journée est libre. Venez, la douane va vous faire passer en priorité. Ensuite, on ira chez moi et on parlera du bon vieux temps.

Tandis qu'ils suivaient João dans le couloir surpeuplé, Bobby Joe s'aperçut que son vieil ami avait lui aussi La Démarche, ce port sensuel, ondulant, qui transformait le simple fait de marcher en une sorte de danse gracieuse. Bientôt, la démarche des gens qui l'entouraient lui permit de les identifier : Brésiliens détendus et fluides, Gringos et Européens au corps plus raide. Bobby Joe constata que La Démarche était contagieuse et, quand ils arrivèrent à la douane, un peu de samba déliait ses mouvements et guidait ses pieds.

João gagna la tête de la file d'attente et salua

familièrement l'homme qui se tenait derrière le comptoir. Ils se serrèrent la main et bavardèrent quelques instants, puis João fit signe à Bobby Joe et Dev d'avancer. Ils donnèrent leur passeport à l'homme qui, remarqua Dev, portait au revers de son blazer bleu une carte d'identité indiquant qu'il appartenait à la police fédérale. Le policier tamponna leurs passeports et leur sourit de tout le visage sauf des yeux, qui les détaillèrent, aussi attentifs et entraînés que les yeux de tous les flics du monde.

— C'est un de tes amis, Long John ? demanda Dev pendant qu'ils gagnaient la sortie.

— Pas exactement un ami, Deveraux. Dans ma branche d'activité… On parlera de ces aspects pratiques demain. Aujourd'hui, buvons du champagne et fêtons votre arrivée. J'ai deux bouteilles au frais dans la voiture.

La voiture était une Lincoln Town Car bleu foncé, aux vitres teintées, sur le toit de laquelle se dressaient trois antennes. Un colosse en uniforme gris de chauffeur et casquette assortie ouvrit la portière arrière à leur arrivée. L'homme avait un visage large, pratiquement coupé en deux par une moustache noire extraordinairement épaisse, qui cachait sa bouche. Ce qui demeurait visible, notamment ses yeux d'onyx, très brillants, indiquait qu'il n'était pas prudent de le contrarier.

— Messieurs, permettez-moi de vous présenter Zé, un homme digne de confiance et détenteur de nombreux talents.

Bobby Joe et Dev, qui serrèrent la main de l'homme et se présentèrent, constatèrent que son regard était direct et sa poignée de main ferme.

Zé ferma la portière quand les trois hommes furent installés sur la banquette arrière. João sortit une bouteille de champagne d'un petit réfrigérateur, puis se tourna vers eux, un vague sourire aux lèvres.

— J'expliquerai tout ça plus tard, dit João, qui montra l'intérieur de la voiture d'un geste de la main. Pour le moment, permettez-moi de vous faire apprécier le très agréable résultat des efforts de Moët et Chandon en vue de produire un vin mousseux de qualité dans le sud du Brésil. Je dis vin mousseux parce que, comme vous le savez sûrement, aucun vin produit hors de Champagne, en France, ne peut prétendre à ce titre prestigieux. Cependant, comme nous avons exporté trente mille caisses de ce cru l'année dernière, principalement en Grande-Bretagne et en France, je crois que vous ne chipoterez pas sur l'appellation.

João emplit trois verres, puis s'adressa en portugais à Zé, qui démarra et engagea la limousine dans la circulation frénétique. Bobby Joe et Dev remarquèrent que le véhicule était extrêmement lourd.

— C'est une voiture blindée, Long John ? demanda Bobby Joe.

— Évidemment, répondit João, un sourire de pirate aux lèvres. Maintenant, un toast. À mes amis rebelles. Les deux hors-la-loi les plus sympathiques que j'aie connus.

Le champagne était bon. Les trois hommes burent d'un trait. Quand João eut rempli les verres, Dev leva le sien en direction du Brésilien.

— À Long John Silver, conquérant de virginités géorgiennes et véritable ami quand on en avait le plus grand besoin.

Les trois hommes restèrent quelques instants silencieux et se souvinrent de la fin des années soixante, époque à laquelle ils s'étaient rencontrés à l'université de Géorgie. Dev était entré en contact le premier avec João Silva, récemment admis à l'École de Commerce dans le cadre d'un échange d'étudiants. Leurs premières relations furent loin d'être cordiales et atteignirent bientôt les frontières de la violence. Le problème était une jeune fille, une tigresse coquette du Sud qui, pourvue de charmes abondants, aimait mettre les hommes en concurrence. Elle acceptait de sortir avec les deux hommes et s'arrangeait pour créer des situations où ils se rencontraient, dans des soirées où elle flirtait ostensiblement avec chacun d'entre eux, dans l'espoir de produire l'étincelle capable de déclencher l'explosion. Quand l'affrontement inévitable se produisit, João, qui faisait trois centimètres de plus que Dev, mais vingt kilos de moins, regarda alternativement la jeune femme et Dev, puis dit :

— Si tu as quelque chose contre moi personnellement, je te donnerai satisfaction. Sinon, prends-la. Je crois qu'elle n'en vaut pas la peine.

Dev rit et lui tendit la main. João et lui tournèrent le dos à la belle mortifiée et gagnèrent le bar, où ils burent jusqu'à l'aube et devinrent amis. Quand Dev présenta João à Bobby Joe, le courant passa immédiatement et ils devinrent les Trois Mousquetaires d'Athens, Géorgie. João se tenait à l'écart de leurs entreprises commerciales, mais il intervint, en une occasion, d'une façon qui entraîna leur relation au-delà de la simple amitié.

Au début de leur carrière, Bobby Joe et Dev commirent l'erreur d'accepter un arrivage d'herbe qu'un dur d'Atlanta leur confia en dépôt. Quand il s'avéra qu'il manquait dix mille dollars à un de leurs clients, ils demandèrent un délai de règlement qui leur fut refusé. Le dur exigea l'argent dans les vingt-quatre heures, sinon... C'était une situation désespérée, susceptible de ruiner leur carrière même s'ils parvenaient à se débarrasser du dur et de sa bande. Quand João apprit ce qui se passait, il donna rendez-vous à Bobby Joe et Dev le lendemain matin à neuf heures, devant sa banque.

João retira dix mille dollars, pratiquement tout ce qu'il avait, et les leur donna sur le trottoir, devant la banque. Il dit qu'il leur faisait confiance et qu'il n'avait pas besoin de garantie. Ils payèrent et remboursèrent bientôt João, avec vingt pour cent d'intérêt, somme qu'il accepta à condition qu'elle serve exclusivement à boire et faire la fête. Des larmes furent versées, deux ans plus tard, quand Bobby Joe et Dev mirent leur ami dans l'avion qui l'emporterait en Californie, où il obtiendrait sa licence en droit à Stanford. Il y avait vingt ans qu'ils ne s'étaient pas vus, pourtant ils avaient souvent bu à la santé les uns des autres, et souvent évoqué les bons souvenirs.

Dev sortit brusquement de sa rêverie quand la limousine obliqua brutalement pour éviter une camionnette Fiat, qui l'avait obligée à se déporter du fait qu'elle doublait une VW Coccinelle très lente. La pagaille qui suivit déclencha un concert de coups de klaxon ainsi qu'un mouvement d'ensemble de poings brandis et d'autres manifestations gestuelles de contrariété.

João surprit le regard que ses deux compagnons échangèrent, et rit.

— C'était un petit aperçu de la façon dont on conduit au Brésil. Ici, les gens sont fous de Formule 1. Tout le monde, hommes et femmes, se prend pour Ayrton Senna, un de nos champions. Plus tard, je vous donnerai un cour accéléré de conduite défensive.

La circulation se fit plus dense quand ils approchèrent du centre. Pendant quarante minutes, depuis qu'ils avaient quitté l'aéroport, ils avaient roulé dans un couloir ininterrompu de béton, parmi les zones industrielles et résidentielles. Quand Zé sortit de l'autoroute et s'engagea à toute vitesse dans une succession de rues et d'avenues, ils découvrirent un aspect de la ville qui n'était pas visible depuis les airs. Une flore stupéfiante prospérait dans l'air saturé de smog. Des ficus, des saules et des palmiers bordaient les rues et occupaient le terre-plein central qui séparait les voies montantes et descendantes des larges avenues. Une profusion de couleurs se déployait autour des immeubles, dans une abondance de fleurs et d'arbustes bariolés que Bobby Joe et Dev ne connaissaient pas.

Et les gens ! Des gens en bus, en camion et en voiture. Des gens sur les trottoirs. Des gens aux fenêtres. Une foule continuellement en mouvement. Bobby Joe, assis au milieu de la banquette arrière, projeté contre João ou contre Dev chaque fois que la limousine tournait sur les chapeaux de roue, fut pris de vertige quand il tenta d'assimiler tout ce qu'il voyait. C'était la première fois qu'il était confronté à des objets aussi nombreux se déplaçant à une telle vitesse. C'était comme un film en accéléré.

Finalement, ils atteignirent une place ronde qui donnait sur une large avenue bordée d'un côté par un parc immense dont la végétation luxuriante s'étendait à perte de vue. À l'entrée du parc, une haute statue de plus de cinquante mètres de long représentait des Indiens, des colons européens et des chevaux les uns derrière les autres. Chaque personnage semblait pousser celui qui le précédait et être poussé par celui qui le suivait.

— On est presque arrivé, dit João. C'est le parc Ibirapuera et c'est l'avenue Ibirapuera. Cette statue a un nom officiel, mais on l'appelle : « Poussez pas ». C'est un bon point de repère, si vous vous égarez. Le parc fait plus de deux cents hectares et c'est un des plus grands du monde. J'habite tout près d'une des entrées. On pourrait aller s'y promener, plus tard, pour que vous puissiez vous dégourdir les jambes.

L'immeuble de João, bâtiment blanc de quinze étages, se trouvait avenue Lavandisca, dans le quartier de Moema, au sud de São Paulo. Une clôture de deux mètres cinquante de haut, constituée de barres métalliques pointues, entourait le bâtiment. Un poste de garde, qui évoquait un bunker, donnait sur la rue et était occupé par un unique vigile, qui adressa un signe de la main à la voiture et commanda à distance l'ouverture de la porte qui permit à la limousine d'entrer dans le garage en sous-sol. Zé arrêta le véhicule près d'une Range Rover récente, qui occupait une des deux places situées à gauche d'un petit ascenseur. Sur le mur, devant chacune des deux places, le nom de João était indiqué à la peinture fluorescente, en lettres de soixante centimètres de haut.

João dit quelque chose à Zé en portugais, puis sourit et se tourna vers ses compagnons, qui n'étaient pas encore complètement remis du trajet.

— Venez, mes amis, et prenez vos sacs. Zé va s'occuper de la voiture et, nous, on va se détendre. Votre long voyage est terminé.

Bobby Joe et Dev suivirent João dans l'ascenseur, où il n'y avait qu'un bouton près duquel 15 était indiqué. Ils s'étaient regardés et avaient levé les sourcils, quand João avait ouvert la porte de l'ascenseur à l'aide d'un petit appareil électronique.

— L'appartement du toit ? demanda Bobby Joe pendant que l'ascenseur montait rapidement.

João adressa un bref sourire à Bobby Joe et, de la main, lui fit signe de prendre patience. Quand l'ascenseur s'arrêta et que la porte s'ouvrit, João tendit le bras gauche et dit :

— Bienvenue dans mon humble demeure.

Un plafonnier s'alluma et éclaira un petit couloir qui permettait d'aller de l'ascenseur à l'énorme porte métallique qui s'ouvrit en silence quand João appuya sur une des touches de sa télécommande. Ils entrèrent dans une grande pièce ensoleillée, aux murs de verre, qui offrait une vue panoramique sur la ville dans toutes les directions. Plusieurs tapis orientaux très colorés mettaient le parquet d'acajou en valeur. L'ameublement était exclusivement danois contemporain et en cuir blanc. Au milieu de la pièce, un escalier en spirale, aux courbes gracieuses, permettait de gagner l'étage supérieur. L'ensemble produisait une impression de simplicité élégante, La vue laissait supposer que l'occupant de ce nid d'aigle aimait la ville qui s'étendait en bas et qu'il en était fier.

Bobby Joe fit le tour de la pièce et constata que l'appartement n'occupait que la moitié de la surface du toit. Une moquette vert foncé couvrait l'espace qui l'entourait. Un jardin luxuriant de plantes et de fleurs en pots conférait une atmosphère agréable, presque rurale, à la grande cour bétonnée.

— Les chambres sont à l'étage, dit João. Venez, je vais vous les montrer, puis vous pourrez prendre une douche et vous mettre en short. On bavardera dehors quand vous aurez terminé.

L'escalier donnait sur un petit palier, à l'étage, et permettait ensuite d'accéder à un deuxième niveau. Un couloir s'ouvrait de part et d'autre du palier.

— Choisissez, dit João, un bras tendu dans chacune des deux directions. Les suites sont identiques et je suis convaincu que vous les trouverez confortables. Il y a du linge propre dans les placards des salles de bains. Si vous avez besoin de quelque chose, appelez. À propos, ma chambre est au-dessus et, au cas où vous vous inquiéteriez, les murs de verre du rez-de-chaussée sont renforcés à l'acier, donc il n'y a pas de risque d'effondrement. Prenez votre temps et, quand vous descendrez, rejoignez-moi sur la terrasse. Ana, ma cuisinière, a préparé un repas traditionnel pour vous souhaiter la bienvenue et il y a une caisse de champagne au frais.

*

— Alors, qu'est-ce que fait au juste un arrangeur, Long John ? demanda Dev.

Ils étaient installés autour de la table du patio, devant la cuisine qui, distincte du reste de l'appartement, occupait le coin nord-est de la terrasse. La table était chargée de spécialités brésiliennes dont une *feijoada* constituait l'attraction principale. Autrefois plat des esclaves, la *feijoada* est devenue le plat national du Brésil. Elle se compose de haricots noirs cuits avec du bœuf, du porc et des saucisses épicées, que l'on sert avec du riz, du chou frisé émincé, des tranches d'orange et de la *farofa*, sorte de farine de manioc frite au beurre avec de l'oignon. Il y avait aussi du *bacalhau*, morue salée cuite dans l'huile d'olive, des tomates, des poivrons verts, des pommes de terre, des oignons et de l'ail. Un plat d'œufs de caille complétait le festin.

— C'est étrange, dit João, qui empala un œuf de caille sur un cure-dents, le mot n'existe pas davantage en portugais dans ce sens. Pour vous expliquer ce que je fais, il faut d'abord que je vous dise un mot de la situation chaotique dans laquelle le Brésil se trouve en ce moment. Ce pays a la dixième économie du monde, pourtant nous sommes officiellement en état d'hyperinflation. Plus de mille pour cent par an. Pour vous c'est presque inimaginable.

« Comment nous en sommes arrivés là ? Eh bien... c'est une trop longue histoire que je ne peux pas raconter aujourd'hui. Simplement, notre situation actuelle est le fruit, la conséquence, de la corruption, d'une corruption si omniprésente et si répandue que même des hommes aussi expérimentés que vous ne peuvent sûrement pas en prendre la mesure. Ayant dit que nous sommes responsables de nos malheurs, je dois ajouter que, maintenant que nous sommes à terre, des vautours, qui lorgnent avec cupidité sur les extraordinaires ressources naturelles du Brésil, tournent en cercles audessus de nous. Les banques, les entreprises multinationales et les gouvernements étrangers, qui pourraient aider le Brésil à se relever, ne voient pas ce qu'ils gagneraient à le faire. Au contraire, la désintégration de mon pays leur paraît plus profitable et ils ont entrepris de collaborer dans ce but. Et il ne faut pas oublier le crime organisé. C'est devenu un acteur important, ces dernières décennies, qui a infiltré les niveaux les plus élevés du gouvernement, ce qui a eu pour effet d'accentuer la corruption d'un système politique où les élus découpent littéralement le pays en tranches et le vendent au plus offrant. Quand tous les droits d'exploitation de nos ressources auront été adjugés aux enchères, nous cesserons pratiquement d'exister en tant que nation souveraine.

« Après Stanford, je suis resté en Californie et j'ai travaillé dans la finance internationale. J'ai gagné beaucoup d'argent et j'ai appris les ficelles d'un jeu très complexe, d'un jeu qui, en termes de stratégie, ressemble aux échecs. À ceci près que, dans ce jeu, le plateau est la terre et les pièces sont les nations.

« À un moment donné, le jeu a cessé de m'intéresser et mon pays a commencé à me manquer. En 1982, j'ai réalisé mes avoirs et je suis rentré, dans l'intention de me retirer et de profiter de la vie. À cette époque, le soi-disant miracle économique des années soixante-dix tournait au cauchemar. L'inflation dépassait cent pour cent. Les gens commençaient à souffrir. Et leur souffrance a entraîné de mauvaises décisions. Des bandits à la langue bien pendue ont été élus à des postes importants. La curée a commencé. Les gens avaient tourné un instant le dos et, quand ils avaient à nouveau pivoté sur eux-mêmes, les caisses étaient vides.

« J'étais de plus en plus furieux. À mesure que ma colère a grandi, un vague projet, un plan d'action, a pris forme dans mon esprit. Je suis entré en contact avec des gens qui partageaient mon sentiment. Des gens comme moi, issus de familles influentes, qui avaient fait de bonnes études. On est rapidement arrivé à un consensus, à la conviction que la situation était trop dégradée pour que les méthodes traditionnelles puissent permettre de sauver ce qui restait du Brésil.

« Comme je l'ai dit, je connaissais les ficelles.

J'avais de nombreuses relations dans les cercles gouvernementaux, ici et à l'étranger. Ainsi que dans le monde des multinationales. Et dans la banque. Même parmi les familles du crime organisé. En bref, je connaissais le jeu et de nombreux joueurs. Dans ce pays, les choses importantes se passent toujours dans les coulisses. J'avais, de par ma naissance, un passe pour les coulisses. Les joueurs qui s'engraissent sur la misère du peuple ne peuvent mettre ma crédibilité en doute. Je suis un intermédiaire parfait. Un négociateur. Mais, contrairement à ce qu'ils croient, je ne négocie pas en fonction de leur ordre du jour. Mon ordre du jour est la reconquête du Brésil. Je trouve toujours stupéfiant qu'il soit possible de recourir discrètement à la subversion sous le nez des cochons cupides qui se bousculent près de la mangeoire. D'une certaine façon, je suis un opérateur secret sans portefeuille. »

Ébahis, Bobby Joe et Dev dévisagèrent leur vieil ami. Le torrent de propos passionnés qui avait franchi les lèvres de cet homme qui, dans une autre vie, était un fêtard insouciant et qui vivait au jour le jour les avait pétrifiés.

— Long John, est-ce que tu veux dire que tu travailles pour le gouvernement ? demanda Bobby Joe. Parce que si c'est le cas, bon, il ne faudrait peut-être pas qu'on...

— Du calme, Bobby Joe. Écoute. Je ne travaille pas pour le gouvernement, je travaille avec lui quand c'est possible. Même situation vis-à-vis des banques, des requins des multinationales, des gouvernements étrangers et des diverses familles mafieuses. Mais, pour l'essentiel, je travaille contre eux. Je joue les uns contre les autres. En réalité, je suis un renégat, un hors-la-loi en costume de soie, qui vit derrière les lignes, parmi des criminels sans scrupules. Si quelqu'un connaît la différence entre hors-la-loi et criminel, c'est bien vous. Vous êtes mes *compadres*. Quand vous m'avez annoncé que vous veniez, j'ai bondi de joie. Ne vous souciez pas de ce que je fais. Je suis toujours tel que vous m'avez connu. On va passer des moments formidables ensemble. Je vous aiderai à vous installer et je veillerai à ce que personne ne tente de profiter de vous. Vous ne pouvez pas imaginer à quel point votre présence me fait plaisir.

— Est-ce que tout ça n'est pas un peu dangereux, Long John ? demanda Dev. Tu joues un double jeu avec de sacrés puncheurs. Qu'est-ce qui se passera si quelqu'un pige ce que tu fais ?

— Allons, Deveraux, tu connais la réponse aussi bien que moi.

— Quand ce jour viendra, tu ne seras pas seul. J'espère que tu le sais.

— Un pour tous, tous pour un, dit Bobby Joe, qui leva son verre. Exactement comme autrefois.

Quand ils eurent vidé leurs verres, João les remplit puis fit signe à Bobby Joe et Dev de le suivre.

— Ne pensons plus aux choses sérieuses, dit João, par-dessus son épaule, tandis qu'il gagnait le muret qui bordait la terrasse.

Les trois hommes restèrent immobiles et silencieux dans le vent chaud venu du nord tropical. À leurs pieds, la ville semblait lointaine, inaccessible, intangible.

— Aujourd'hui, il y a seize millions d'habitants, dit João. Au début du siècle prochain, il y en aura vingt-cinq millions. Enfin, c'est ce que disent les prévisionnistes. Beaucoup de gens croient que cette estimation est beaucoup trop basse. Quelque chose me dit que vous n'avez pas l'intention de vous installer en ville. Alors, dites-moi, qu'est-ce que vous voulez ? La plage ? La montagne ? Une ferme dans les plaines ? Les trois ? Tu as dit que vous étiez à l'aise, Bobby Joe. J'ai quelques jours de congé. Vous voulez commencer par quoi ?

— Je ne sais pas ce que tu en penses, Dev, mais quelques jours de vacances ne me feraient pas de mal.

— C'est une bonne idée, Bobby Joe, répondit Dev.

— Dans ce cas, c'est décidé, dit João. Demain, on ira sur la côte, où ma famille a une maison sur la plage. Ce n'est qu'à une heure et vous pourrez vous détendre tant que vous voudrez.

— Il y a une chose que je dois mentionner, John, dit Bobby Joe. Tu te souviens de Jack Lee, à Athens.

— Jackson Robert E. Lee ? demanda João. Je me souviens de lui avec grand plaisir. Pourquoi cette question ?

João écouta attentivement le récit de Bobby Joe.

— Et tu crois qu'il pourrait venir au Brésil ? demanda João.

— J'ai le pressentiment qu'il viendra. Je lui ai donné ton numéro, au cas où, dit Bobby Joe.

— Dans ce cas, il va falloir qu'on se prépare à le recevoir chaleureusement, dit João, souriant. Je suis sûr que je peux m'arranger pour qu'il soit autorisé à rester. Il est incroyable que le destin ait conduit d'aussi bons amis jusqu'à ma porte.

CHAPITRE 10

Pappy Blanton tenait Jack Lee à bout de bras et ses mains puissantes pétrissaient ses épaules.

— Je crois bien que c'est au revoir pour de bon, mon gars. Je suis très fier de t'avoir connu. Ça m'étonnerait que ton affaire s'arrange, mais de toute façon..., si jamais tu reviens dans le coin, t'auras toujours ta place ici.

Les yeux de Jack s'emplirent de larmes et, pendant quelques instants, les traits fermes de Pappy se brouillèrent, se mêlèrent. Quand il vit à nouveau clairement, il s'aperçut que les yeux du vieillard brillaient aussi.

— Merci, Pappy. Pour tout. Je ne t'oublierai pas. Je... Ah, merde.

Jack avança et serra étroitement Pappy dans ses bras, si bien que le parfum sauvage, étrangement sucré, du vieillard emplit une dernière fois ses narines. Pappy lui rendit son étreinte, puis le repoussa doucement.

— C'est un chemin difficile que tu prends, Jack. Sois indulgent quand tu peux, et dur quand il faut. Si tu tombes, va jusqu'au bout. Un homme comme toi peut pas vivre en cage. Maintenant, vaudrait mieux que tu partes avant qu'on finisse de se ridiculiser.

Jack sourit et monta dans la barque où Red, dont la chevelure flamboyait dans les rayons obliques du soleil de la fin de l'après-midi, l'attendait.

— Et toi, petit, tu t'arranges pour qu'il arrive là où il va, compris ? ajouta Pappy tandis qu'ils s'éloignaient du ponton.

Red acquiesça gravement, puis fit pivoter l'embarcation. Quand ils atteignirent l'étroit chenal qui permettait d'accéder à l'anse de Pappy, Jack se retourna et vit le vieillard lever le bras droit très haut. Jack répondit par le même geste et se rendit compte que l'image qu'il avait devant les yeux s'imprimait dans sa mémoire. Les rayons de lumière intense qui franchissaient le rideau d'arbres cachaient le ponton, si bien que le vieillard aux cheveux blancs semblait flotter au-dessus des flammes de l'eau noire embrasée.

*

Le crépuscule cédait la place à la nuit quand Red engagea le pick-up sur l'A1A en direction du Sud et traversa Fernandina Beach, Floride. La petite agglomération côtière avait considérablement changé depuis le jour où, quinze ans plus tôt, Jack avait ramené ce qu'il restait de Langley Hughes à sa femme désespérée. Les petites maisons en bois qui bordaient autrefois la plage étaient à présent minoritaires et remplacées par des résidences de luxe construites touche à touche par les promoteurs, qui chassaient les autochtones, mais se réclamaient du charme discret que ces mêmes autochtones avaient conféré à l'agglomération. Jack nota la transformation de la ville, et nota aussi qu'il était presque dans la même situation que quinze ans plus tôt, lorsqu'il était allé pour la première fois clandestinement en Amérique du Sud.

Ce premier vol clandestin avait eu lieu quand la femme de Lang avait contacté Jack et lui avait annoncé que son mari avait disparu en Colombie. Jack avait fait passer le mot parmi ses amis contrebandiers et engagé un pilote. Le pilote attendit dans l'avion, sur une piste de la Guajira, tandis que Jack se rendait en voiture à Santa Marta, où on avait vu Lang pour la dernière fois. Au terme de deux journées éprouvantes, Jack avait trouvé Lang dans une prison insalubre, victime de la dysenterie et à deux doigts de la mort. Cinquante mille dollars et une langue bien pendue avaient finalement convaincu les officiels, que la mort d'un Gringo de plus sur leur sol ne gênait pas, de le libérer.

Oui, il était gonflé à bloc, quinze ans auparavant, et il l'était aussi aujourd'hui, percevait la contraction de ses entrailles alors que les premières gouttes d'adrénaline se répandaient dans son sang. Il posa la main sur son sac à dos et se demanda si le demi-million de dollars, caché sous les vêtements de supermarché récemment achetés, avaient autant de valeur que cinquante mille dollars autrefois.

Des pensées sans suite se mirent à tournoyer dans son esprit, quand ils quittèrent la route du front de mer et prirent le chemin de Fort George Island. Des gens, des moments et des endroits auxquels il n'avait pas songé depuis longtemps. Des tâches inachevées et des choses non dites.

Inopinément, une sensation de panique et de résistance s'empara de lui et son esprit se rebella contre l'idée de partir, se révolta contre le destin qui l'emportait vers l'inconnu. Il ferma les yeux, inspira profondément par le nez, retint son souffle pendant quelques secondes, puis chassa, lentement et régulièrement, l'air contenu dans ses poumons. Ainsi par trois fois, et son esprit cessa de lutter, réintégra le flot, le courant paisible de l'acceptation. Il se moqua intérieurement de lui-même, reconnut qu'il n'était pas aussi détaché qu'il croyait, et une esquisse de sourire accompagna cette constatation.

— Qu'est-ce qui te fait sourire, Jack Lee ? demanda Red d'une voix hésitante.

— Oh, simplement une idée, Red. Rien, en fait.

— C'est bien. Dans ta situation, faut avoir le sens de l'humour. Moi, je serais dans tous mes états si j'étais sur le point de partir et de tout abandonner. Y a pas de doute, Jack Lee, t'es un sacré phénomène.

— Ouais, c'est ça, fit Jack d'une voix teintée d'ironie. Un sacré phénomène.

Il y avait de la lumière, derrière les rideaux tirés de la salle de séjour de la petite maison en cèdre nichée parmi les chênes, au pied des dunes. Jack dit silencieusement au revoir à Red, puis resta immobile jusqu'au moment où les feux arrière du pick-up eurent disparu. Une brise salée lui apportait le bruit du ressac tout proche. Il avait toujours aimé cet endroit, situé au bout d'une étroite piste sablonneuse où il n'y avait pratiquement pas de circulation. Autrefois, alors qu'il avait besoin de solitude, Lang lui avait prêté la maison pendant un mois. Il y avait vécu une des périodes les plus heureuses de sa vie, un mois de douces journées de printemps et de nuits fraîches, silencieuses. Quand il était parti, il était meilleur qu'à son arrivée, et il se demanda, sous les premières étoiles de la nuit, s'il pourrait dire la même chose cette fois.

Un rai de lumière éclaira ses pieds, et, quand il leva la tête, il vit Lang debout sur le seuil, ses bras musclés croisés sur sa poitrine et sa tête aux cheveux en brosse légèrement inclinée.

— Tu montes à bord, matelot ? demanda Lang d'une voix grave et rocailleuse.

— Je jetais seulement un coup d'œil, Lang. J'avais presque oublié comme cet endroit est paisible.

Jack gravit les marches et Langley Hughes le serra dans ses bras comme dans un étau. Lang était un homme robuste d'un mètre soixante-quinze, aux épaules exceptionnellement larges, aux os lourds sous des muscles denses et durs. À cinquante ans, il n'avait pas cédé grand-chose aux années : un peu de gris dans ses courts cheveux blonds, quelques rides autour de ses yeux scandinaves d'un bleu de glace. Les traits réguliers de son visage carré suggéraient une personnalité paisible et démentaient l'énergie inépuisable qui l'animait. En général, c'était un type facile à vivre, qui aimait s'amuser, aux yeux pétillants d'espièglerie. Quand il se mettait en colère, cette espièglerie pouvait se muer d'un instant à l'autre en fureur, et malheur à la victime de ce tempérament volcanique.

— Tu as gardé un œil vigilant sur tes arrières, dit Lang.

Une affirmation plutôt qu'une question.

— Je n'ai pas été suivi, Lang. C'est le fils de Pappy Blanton qui m'a accompagné, et on a pris les petites routes, par Moniac, donc on aurait repéré une filature sur ces longues lignes droites.

— Bien. Personne ne sait que tu es ici, même pas Mary, qui me tuerait si elle apprenait que je ne lui ai rien dit. Elle ne t'a pas oublié, Jack. Ce que tu as fait pour nous.

— Elle va bien ? Et les mômes ?

— Ils sont tous en pleine forme. Thorny vient d'avoir seize ans et a eu son permis de conduire, et Alice a quatorze ans. Elle est belle, Jack, et très futée. Tout marche bien. Mon affaire de location tourne du tonnerre. Mieux que ça, en fait. Tous les riches qui s'installent ici, c'est une bonne clientèle. Ils louent un avion comme on prend un taxi.

Le plaisir qui éclaira le visage de son ami, quand il évoqua sa famille, n'échappa pas à Jack, qui se demanda s'il avait bien fait de téléphoner à Lang et de l'impliquer dans ce problème. Lang vit l'expression soucieuse qui passa sur le visage de Jack. Il baissa l'épaule gauche, feignit un crochet du droit au corps, puis se redressa et lui toucha légèrement la joue.

— C'est pas la peine d'en parler, grande asperge. J'ai dit que je ne voulais pas l'entendre et j'étais sérieux. En réalité, Jack, ça me manque, tu vois ? Enfin, balader ces vieux connards bourrés de fric d'un endroit à l'autre, qui l'aurait cru ? Donc, pas un mot. Je ne pense qu'à ça depuis que tu as téléphoné. Maintenant, viens dans la cuisine. On a du boulot.

Lang sortit deux petites bouteilles de Perrier du réfrigérateur et fit signe à Jack de gagner la table de la cuisine, sur laquelle des rouleaux de pièces de vingt-cinq cents maintenaient les cartes des Caraïbes et de l'Amérique du Sud ouvertes. Lang passa la main sur les cartes et sourit.

— Quand tu as parlé du Sud, je me suis dit que tu ne pensais pas à Miami. Choisis.

Jack trouva São Paulo et posa le bout de son index droit dessus.

— Tu as un appareil capable de couvrir cette distance ?

— Merde, qu'est-ce que tu racontes, mon gars ? Tu te souviens du vieux Cessna Titan 404 ?

— Lequel, Lang ?

— Lequel ? Celui qui t'a conduit en Colombie il y a quinze ans. Le type a été obligé de vendre son zinc, il y a cinq ans, et j'ai sauté sur l'occasion. C'est mon avion personnel, maintenant, un peu comme un porte-bonheur. Il a été complètement révisé, moteurs refaits, la totale. Ça va être comme au bon vieux temps, Jack, sauf que cette fois je ne porterai pas de couches-culottes.

Jack eut un sourire sans joie quand il songea à cet épisode bizarre. Lang, maigre et émacié à cause de la dysenterie, ne contrôlait pas ses entrailles et faisait souvent un liquide brunâtre accompagné d'effluves irrespirables. Jack s'était arrêté dans un magasin de Santa Marta et avait acheté des draps, avec lesquels il le langeait comme un bébé malodorant. Il avait laissé une piste de draps merdeux de Colombie en Floride, parce qu'il les jetait après avoir changé Lang.

— On en rit aujourd'hui, mais, merde, c'était un cauchemar, dit Lang, le nez plissé. Et je suppose que ta situation n'a rien de marrant. Voilà ce qu'on va faire, Jack. J'ai planqué des réservoirs supplémentaires chez un ami qui a un ranch dans l'ouest du comté de Duval. Il y a, là-bas, une piste et du carburant. Je viendrai te chercher demain matin avant l'aube, je t'y conduirai, puis j'irai chercher le zinc à l'aéroport de Fernandina. J'ai dit à tout le monde que je prenais une semaine de vacances et que j'allais pêcher à Bonefish Cay. Je décollerai de Fernandina et je viendrai te chercher. On chargera les réservoirs, on les remplira, et en route. Je me suis arrangé pour qu'on ait une autonomie de quatre mille cinq cents kilomètres et une petite réserve. Je me suis dit que tu voudrais t'arrêter le moins souvent possible, puisque tu as tout intérêt à rester discret. Tu as des papiers, au cas où ?

— Faits spécialement pour moi. D'après le passeport, je suis Louis Malone, de Knoxville, Tennessee.

— Et qu'est-ce qu'il y a dans ton sac ?

— Un demi-million et un flingue.

— Celui que tu avais quand tu as tiré sur le flic ?

Jack acquiesça. Lang prit une profonde inspiration, fixa le plafond.

— Tu n'as pas l'intention de te laisser prendre.

— Absolument pas.

— Bon, je vais l'emporter. Il ne faut pas qu'on le trouve sur toi. Il y a un automatique .45 qui n'a jamais servi, ici, et que tu peux prendre. Je le planquerai en lieu sûr.

— Écoute, Lang. Je le prendrai demain et on jettera celui-ci en pleine mer.

— Pas de problème, Jack. Maintenant, j'ai des tas de coups de fil à donner, dit Lang, qui fourra dix rouleaux de pièces de vingt-cinq cents dans un sac en toile. J'ai pris des contacts, ces derniers jours. Je me suis renseigné sur les possibilités de ravitaillement à l'aller et au retour. Elles ne sont plus aussi nombreuses qu'autrefois. Maintenant que je sais où on va, je peux préparer l'itinéraire. Il y a de la bouffe chinoise au frigo, du tofu et des légumes que j'ai achetés en venant ici. Tu sais où sont les choses. On aura tout le temps de parler du bon vieux temps dans les jours qui viennent, donc je file et je m'occupe de tout.

Jack accompagna Lang jusqu'à la porte de derrière, le regarda traverser le jardin et gagner un pick-up Toyota garé dans un bosquet de myrte. Il attendit que la voiture eût disparu avant de gagner la cuisine, où il sortit les plats chinois et les fit chauffer. Il nourrit son corps affamé mais ne put se concentrer sur la nourriture parce qu'il pensait à Deborah, d'une façon très insistante, qui exigeait son attention immédiate. Il tenta de la chasser de son esprit et, s'apercevant que c'était impossible, repoussa son assiette à moitié vide et gagna la véranda, qui donnait sur l'océan.

La brise s'était muée en un vent léger qui soufflait de la mer. Il s'installa dans un vieux hamac, ferma les yeux et, sans résister, la laissa entrer dans son esprit. Il forma l'image de son visage et la retint. Pendant qu'il fixait ses yeux noisette, des larmes en coulèrent, de grosses larmes qui roulèrent sur ses joues comme des gouttes de buée sur une vitre. Pour la deuxième fois de la journée, les yeux de Jack s'emplirent de larmes et, pour la première fois depuis qu'il l'avait perdue, il se laissa aller et permit au chagrin, refoulé depuis si longtemps, de s'exprimer en longs sanglots. Quand les larmes furent taries, il était totalement calme, apaisé, purifié.

*

Deborah O'Hara raccrocha le téléphone et se cacha le visage entre les mains. Elle avait désespérément envie qu'on la laisse tranquille. Surtout lui. Elle avait l'impression qu'il la cernait de toutes parts. Il n'y avait pas deux heures qu'elle était rentrée de l'hôpital et il était déjà au téléphone. Dalton. Comme un cerbère blond décidé à la traquer jusqu'au bout du monde. Dalton. Il fallait qu'elle lui échappe, qu'elle parvienne à défaire ce qu'elle avait fait. Qu'elle retrouve Jack et qu'elle explique. Qu'elle tente d'arranger les choses. Si elle n'y parvenait pas, peu lui importait le reste. Il fallait qu'elle voie Yeats Murphy. Demain. Qu'elle lui fasse comprendre. Qu'elle le persuade de l'aider à retrouver Jack. Qu'elle lui fasse comprendre qu'elle était prête à tout pour que les choses s'arrangent. À tout.

*

Tommy Dalton abattit violemment le combiné sur l'appareil. Il avait envie de frapper quelque chose, quelqu'un. Ce qui lui faisait vraiment envie, c'était piétiner ce vieux truqueur de Yeats Murphy. Aucun doute : Yeats Murphy avait influencé Deborah O'Hara. Elle venait de lui dire qu'elle ne voulait plus le voir. Ça n'avait pas grande importance. Selon la loi géorgienne, le tribunal considérerait sa déposition comme recevable, mais l'absence de coopération des témoins faisait mauvais effet. En ce moment, rien ne faisait bon effet. Il y avait eu un autre meurtre, une autre sœur noire. La septième. Le directeur ne le lâchait pas. Bordel de Dieu, se dit-il, il faut qu'il se passe quelque chose, sinon je vais craquer.

L'interphone sonna et sa secrétaire lui annonça que M. Gary Lewis était arrivé et qu'il se dirigeait vers son bureau. Dalton entendit le claquement des talons hauts, dans le couloir, et espéra que c'était le coup de chance qu'il attendait.

La créature qui s'immobilisa sur le seuil, une hanche plus haute que l'autre, ne ressemblait en rien aux Gary Lewis que Dalton avait connus. Il se leva machinalement, comme s'il s'agissait d'une femme. Quelque part, entre son cerveau et son bas-ventre, un court-circuit se produisit, si bien qu'il resta un instant sans voix et très troublé.

— Euh, entrez, euh... monsieur Lewis.

— Si vous m'appelez comme ça, je dirai rien. Mon nom, c'est Joséphine.

La voix lui permit de retomber sur ses pieds. Quand il entendit le contralto sensuel, il parvint à se reprendre et à proposer une chaise. Si Gary Lewis voulait qu'on le considère comme une femme, pas de problème. Il était prêt à le considérer comme la Reine de Saba, si ça pouvait lui permettre de résoudre l'affaire des sœurs noires.

Dalton gagna la chaise disposée devant son bureau et la tint pendant que Joséphine s'asseyait. Son parfum musqué emplit ses narines et lui tourna légèrement la tête, si bien que la confusion sexuelle qui s'était emparée de lui quand elle était arrivée réapparut. Elle était belle, il fallait le reconnaître. Elle avait un visage de renard, brun clair, encadré de courtes boucles de cheveux auburn foncé. Des yeux intelligents, marron clair, se moquaient de Dalton sous des cils longs et fins qui devaient être vrais. Des lèvres pleines et rouges lui adressaient un sourire boudeur. Et les seins ! La robe en satin bleu, sans bretelles, qui couvrait son corps mince mais bien proportionné comportait un décolleté dont Dalton eut toutes les peines du monde à détacher son regard. Comment est-ce possible ? se demanda-t-il. La chirurgie ?

— Oh, la la, fit Joséphine d'une voix rauque. J'ai comme l'impression que Joséphine a un ticket avec le petit frère du policier. Pas vrai, mon joli ? Vous vous demandez quel matériel cache cette jolie robe bleue.

Dalton rougit et déglutit péniblement. Un mélange bizarre de colère et de gêne le paralysa. Il se força au calme et se pencha sur son bureau.

— Vous êtes une personne très séduisante, Joséphine. Si j'ai bien compris, votre amie Johnny Mae était belle, avant hier soir. Est-ce que vous êtes venue vous payer ma tête ou m'aider à arrêter le malade qui rôde en ville ?

L'allusion à sa meilleure amie transforma l'expression du visage de Joséphine. Dalton nota avec satisfaction le mélange de colère, de peur et de chagrin. Cette expression indiquait qu'elle était prête à l'aider.

— Je veux que ce gros dégueulasse blanc grille sur la chaise. Je l'ai bien vu. Je peux vous aider à le retrouver.

— Vous m'avez dit au téléphone qu'un Blanc de haute taille a pris Johnny Mae au carrefour, devant *The Portal Lounge*, à Piedmont Park. Décrivez-le.

— Moi et Johnny, on causait dehors quand ce colosse blanc à face de lune, aux longs cheveux blonds, est arrivé. Il marchait bizarrement, comme s'il traînait les pieds. Et c'était pas ses vrais cheveux, mais une mauvaise perruque qui avait l'air d'un nœud de serpents prêt à sauter de dessus sa sale tête. Enfin bon, il baratine Johnny Mae. Il glisse deux Franklin dans le décolleté de sa robe. Il lui dit de venir avec lui, que sa voiture est au carrefour. Je lui dis de pas y aller, mais elle m'écoute pas. Le type me faisait peur.

— Est-ce que vous avez remarqué quelque chose de spécial, Joséphine.

— Rien, sauf ses putains d'yeux laiteux.

— Des yeux laiteux ?

— Ouais, il était sous un lampadaire et ses yeux,

mec, ils étaient bizarres. Ses grands yeux marron, c'était comme si on avait versé du lait dedans.

Quelque chose frémit dans l'esprit de Dalton, puis disparut sans lui laisser le temps de l'identifier. Des yeux pleins de lait, vraiment ! Et quoi, encore ? se demanda-t-il. J'ai enfin un témoin oculaire valable et voilà qu'elle parle d'yeux laiteux.

— Écoutez, Joséphine, vous dites que vous avez bien vu cet homme ? Vous pourriez l'identifier ?

— Jamais je l'oublierai, ce fumier. Jamais.

— Voilà ce qu'on va faire. Je vais convoquer une de nos dessinatrices et vous travaillerez avec elle. Vous établirez un portrait-robot. Vous réaliserez une image de cet homme. Vous comprenez ?

— Comme à la télé ?

— Comme à la télé, Joséphine. Ça va prendre du temps et ça va exiger de la patience. Vous voulez un café, ou quelque chose à manger ?

— Un café, merci.

— Très bien, Joséphine, retournez à la réception et voyez avec la secrétaire. Elle s'en occupera. Puis revenez directement ici. D'accord ?

— Vous en faites pas, mon joli. J'en ai pour une minute, dit Joséphine, espiègle.

Dalton fixa son derrière tandis qu'elle franchissait la porte, puis se prit la tête entre les mains. Les journées de douze heures prélevaient leur tribut. Une douleur sourde palpitait à la base de son crâne et une sensation de brûlure contractait son ventre à intervalles réguliers. Son esprit allait d'une affaire à l'autre comme un chien de berger nerveux chargé de surveiller deux troupeaux. De l'affaire des crucifixions à celle des sœurs noires. De Jack Lee à un homme aux yeux laiteux. Même s'il parvenait à inculper Jack Lee du meurtre du Révérend Clyde

Causey, il resterait quatre meurtres non élucidés dans l'affaire des crucifixions. Il savait que Jack Lee ne les avait pas commis. Et, maintenant, sept morts dans cette affaire de sœurs noires. Merde, s'il ne trouvait pas un indice, les Fédéraux prendraient l'enquête en main et il pourrait dire adieu à sa carrière. Et ce salaud de Yeats Murphy ! Depuis que Yeats l'avait humilié dans l'ascenseur, le simple fait de penser au vieillard faisait grimper sa tension de trente points. Oui, il ne supportait pas Yeats Murphy. Il fallait qu'il trouve le moyen de remettre ce vieux salaud à sa place.

*

Yeats Murphy faisait ce qu'il faisait toujours quand il était coincé. Il priait. Sa chapelle était le bureau du petit appartement situé au-dessus de son cabinet. Les objets sacrés de son eucharistie étaient une bouteille de bourbon de prix, du Booker Noe's, et un bol de noix de pécan grillées au beurre. La musique de sa cérémonie était les *Préludes* de Claude Debussy.

À de nombreuses reprises, quand la solution d'un problème difficile lui échappait, Yeats avait trouvé spontanément la solution en laissant son esprit dériver sur la mer immense de la conscience. Le whisky et la musique l'aidaient à rendre son esprit sensible aux explications subtiles que sa pensée consciente, linéaire, n'était pas capable de saisir. À la moitié de la bouteille de bourbon, il s'aperçut que, cette fois, ça n'arriverait pas. Qu'il n'y avait probablement pas de solution. Que Jack Lee ne pourrait jamais revenir.

Yeats se demanda où était Jack. Comment il allait. Il se demanda s'il pouvait atténuer le choc de l'exil de Jack. Oui, se dit-il, peut-être. Tout dépendrait de Deborah O'Hara. Et il faudrait aussi que Jack lui dise où il était.

*

Jack était assis sur une chaise de jardin, sous un grand chêne, au bout d'une piste d'un kilomètre située dans un ranch de l'ouest du comté de Duval, à vingt kilomètres de Jacksonville, Floride. Lang l'y avait déposé à l'aube, puis était allé chercher l'avion à Fernandina. Lang connaissait le propriétaire du ranch et avait confiance en lui, mais jugeait inutile qu'on voie le visage de Jack. Lang atterrirait puis roulerait jusqu'au petit hangar situé à l'extrémité opposée de la piste. Le propriétaire du ranch l'aiderait à installer les réservoirs supplémentaires. Quand le plein serait fait, Lang viendrait prendre Jack.

Le soleil se leva dans un ciel sans nuages. La lumière, qui dansait sur l'herbe couverte de rosée, transformait les pâturages en un tapis d'un vert étincelant. Jack entendit le grondement des moteurs, puis vit Lang amorcer sa descente, devant le soleil, et poser impeccablement l'appareil. Ils échangèrent un signe de la main quand Lang fit demi-tour et prit le chemin du hangar. Jack sourit et se souvint que Lang était surexcité, au petit matin, quand il était arrivé à la maison. Il débordait littéralement d'énergie, sourcils mobiles au-dessus d'yeux exagérément brillants, narines dilatées comme celles d'un vieux cheval de combat qui flaire le sang à la lisière du champ de bataille. Lang était visiblement drogué à l'adrénaline. Et c'était contagieux, puisque ça sauta de Lang à Jack aussi naturellement que le feu passe de la cime d'un arbre à l'autre sous l'effet du vent. La poussée d'adrénaline avait brûlé toutes les évocations du passé. Jack était absolument présent. Il était prêt.

Cinquante minutes plus tard, l'avion gagna l'extrémité de la piste où Jack attendait et pivota face au soleil. Jack prit son sac et gagna l'appareil à petites foulées. Quand il s'installa sur le siège de droite, Lang lui adressa un sourire de pirate et dit quelque chose que Jack ne comprit pas à cause du bruit des moteurs.

— Je dis qu'il est plus lourd qu'une éléphante enceinte, cria Lang à l'oreille de Jack.

Jack leva les pouces puis boucla sa ceinture. Lang mit les gaz, partit lentement, et le Cessna prit peu à peu de la vitesse tandis que les moteurs peinaient à soulever le poids du carburant supplémentaire stocké derrière eux. Ils étaient presque au bout de la piste quand l'appareil quitta le sol et prit lentement de l'altitude.

Au moment du décollage, quelque chose se brisa en Jack, un lien qui, une fois rompu, ne pourrait être réparé. Il regarda la terre s'éloigner, quand ils furent au-dessus de la mer et, lorsqu'elle eut complètement disparu, se rendit compte qu'il avait quitté l'Amérique sans même un adieu.

CHAPITRE 11

— Tu sais, Dev, je pourrais m'y habituer très vite.

— C'est exactement ce que je me disais, Bobby Joe.

Ils étaient assis à la terrasse ombragée d'un des nombreux cafés de la plage de Mongaguá, petite ville nichée entre les montagnes escarpées de la Serra do Mar et les eaux bleues de l'Atlantique. Leur tête bourdonnait encore, à cause de la forte herbe de Bahia qu'ils avaient fumée sans discontinuer pendant l'heure qu'il leur avait fallu pour venir de São Paulo. La boisson nationale, la *cachaça,* surnommée *pinga,* alcool généreux à base de canne à sucre, manifestait en outre sa présence avec force. Ils buvaient la pinga sous forme de *caipirinha,* le cocktail national composé de pulpe de citron vert et de sucre. Avant d'aller nager, João avait demandé à la matrone aux dents en or qui tenait la buvette d'en apporter un pichet.

— Tu as vu comme les gens ont l'air heureux ? demanda Bobby Joe. Ces gens s'amusent, un point c'est tout.

— Aucun doute. Et paisibles, aussi. Quand ils élèvent la voix, c'est qu'ils rient. Et… nom de Dieu ! Regarde ça !

Deux jeunes filles élancées, en « bikini à fil », passèrent et sourirent aux deux hommes. Leurs yeux noirs les détaillaient sans gêne et leurs corps bronzés semblaient mûrir à vue d'œil au soleil de midi. Le bikini à fil tire son nom du fil dentaire, dont la largeur est comparable à la capacité de dissimulation minimale de ce type de vêtement.

La femme aux dents en or apporta un deuxième pichet de caipirinha, ainsi qu'un plat de poissons et de crevettes grillés. Elle montra la nourriture et tapota son ventre rebondi, puis rit avec bonne humeur et, quand elle regagna le comptoir, ses hanches larges se balancèrent avec autant de panache que celles des deux jeunes beautés qui venaient de passer. João leur avait dit que cette femme était ici depuis son adolescence, quand ses parents avaient acheté la petite maison et passaient toutes leurs vacances à Mongaguá. Il avait repris cette tradition à son retour d'Amérique et y séjournait le plus souvent possible.

— Tu sais, Dev, j'avais envisagé de prospecter un peu avant de demander à Zela de nous faire parvenir notre argent, mais je commence à croire qu'on pourrait aussi bien y aller. Qu'est-ce que tu en penses ?

— Ça me plaît bien, Bobby Joe. Je regardais cette plage et je me disais qu'elle ressemblerait un peu à la côte atlantique de la Floride, vers St. Augustine ou peut-être Daytona, sans les montagnes qui sont derrière nous. Mais ce qui me frappe, c'est que les gens sont complètement différents. Comparativement, chez nous, les gens ont l'air carrément coincés. Et j'en ai assez des gens coincés. Donc appelle Zela. Je crois qu'on s'adaptera ici, qu'on peut essayer en tout cas.

João sortit du ressac, et son corps mince, mouillé, luit au soleil. Il hocha la tête, approbateur, quand il vit le deuxième pichet et la nourriture.

— Vous allez devenir de bons Brésiliens. Qu'est-ce que vous pensez de notre pinga ?

— Elle a du punch, Long John, répondit Bobby Joe.

— Ça me rappelle un peu l'alcool clandestin, ajouta Dev. Enfin, l'effet.

— C'est fort, effectivement, dit João, qui se servit. Aujourd'hui, beaucoup de gens méprisent la pinga. Ils font la caipirinha avec de la vodka d'importation et ont l'impression d'être beaucoup plus civilisés. Ils trouvent la pinga trop ordinaire. Pour moi, on ne peut faire la caipirinha qu'avec de la pinga. *Saúde*. À votre santé.

Ils burent et burent encore. La vieille femme, Ana, avait visiblement un faible pour João et leur apportait sans cesse des plats de fruits de mer. Au milieu de l'après-midi, ils étaient bien éméchés.

João bâilla et annonça :

— Messieurs, c'est l'heure de la sieste, habitude à laquelle je sacrifie toujours ici. Vous pouvez vous joindre à moi ou, si vous préférez, visiter Mongaguá. Vous savez où se trouve la maison et la ville est si petite qu'on ne peut pas s'y perdre.

— Je vais avec toi, Long John, décida Bobby Joe.

— Allez-y, dit Dev. Ma consommation de pinga a trouvé son deuxième souffle. Il y a longtemps que je n'ai pas été joyeusement ivre et j'ai l'intention d'y remédier.

— N'oublie pas, plaisanta João, que la ville est si petite qu'on ne peut pas s'y perdre... mais que la pinga a perdu beaucoup d'hommes.

Dev vida le pichet de caipirinha, puis se leva et

sourit à la Création. Il ne subissait pas seulement l'influence de la pinga, mais aussi celle de quelque chose de beaucoup plus fort. Il lui semblait que son corps était léger et son cœur joyeux. Une délicieuse sensation d'attente, dont il ignorait l'objet, bouillonnait dans son sang. Quand Ana vit l'expression de son visage, elle vint se planter devant lui, et un beau sourire aux dents en or, affectueux, éclaira son visage rond. Dev passa son bras droit autour de sa taille et saisit sa main droite grassouillette dans sa gauche. Il la fit pivoter une fois sur la terrasse, puis la fit valser sur la plage. Ils tournoyèrent, dansèrent sur la musique de leurs rires. Les gens qui se trouvaient sur la plage interrompirent ce qu'ils faisaient, se tournèrent vers eux, puis acclamèrent et applaudirent le beau géant et la grosse femme joyeuse. Quand ils s'arrêtèrent enfin, une foule d'admirateurs réjouis les entoura, et les gens tendirent des mains amicales, touchèrent leur bonheur pour se l'approprier. Avant de s'en aller, Dev prit le visage ovale d'Ana entre ses mains énormes et planta un gros baiser mouillé sur ses lèvres. Puis, sous les acclamations, il s'éloigna sur la plage.

Dev s'arrêta dans toutes les *cabanas* et goûta la caipirinha. Dans toutes les cabanas, on la lui offrit. Son exaltation n'échappait à personne. Les gens se réunissaient autour du grand Gringo et profitaient de la joie de vivre immense qui émanait de lui. La foule grandissait chaque fois qu'il s'arrêtait dans un bar. Quand Dev franchit le petit pont qui permettait d'accéder à la ville, plus de cinquante hommes, femmes et enfants chantaient et dansaient dans son sillage.

Dev ne s'interrogeait plus sur l'origine du puissant hymne à la liberté qui chantait dans son sang.

Plus il s'abandonnait à lui, plus il grandissait. Plus il grandissait, plus les gens qui l'entouraient en percevaient les effets. C'était comme un rhume bénéfique qui passait instantanément d'une personne à l'autre et lui transmettait des germes de libération. Partout où la foule passait, les gens s'arrêtaient dans la rue et souriaient. Les visages impassibles des policiers eux-mêmes s'éclairaient d'un sourire, et le gris de leurs uniformes paraissait devenir un peu plus clair.

Au cœur de Mongaguá, Dev trouva un bar assez grand pour accueillir toute sa troupe. Le *Serra Linda* occupait un coin, au carrefour de deux petites rues, non loin de la rivière qui traversait la ville et se jetait dans l'Océan. Les rues étaient encombrées de piétons attirés par la promenade aménagée au bord de la rivière, où des boutiques d'art et d'artisanat étaient installées à l'intention des touristes qui, pendant le week-end, venaient de São Paulo. Les murs du bar comportaient des jalousies qui laissaient entrer la lumière et permettaient aux clients de regarder la circulation.

L'endroit était à moitié plein, quand Dev y entra, et grouillait quand il atteignit le bar d'acajou ciré qui occupait toute la longueur du mur de droite, au fond de la salle. Il fouilla dans les poches de son short et en sortit des poignées de cruzeiros qu'il abattit sur le bar devant le barman souriant.

— Pinga ! s'écria Dev qui, d'un ample geste du bras gauche montra non seulement les gens qui étaient arrivés avec lui, mais aussi ceux qui étaient déjà là.

Un rugissement retentit dans la salle quand les clients quittèrent les tables et se massèrent au bar où le barman, sensible à la félicité de l'instant, disposa des verres et servit des doubles pingas avec une ardeur joyeuse. Quand l'alcool fut servi et que tout le monde eut un verre à la main, Dev leva le sien très haut et porta un toast à l'aide du seul autre mot portugais qu'il connût.

— *Saúde !* cria-t-il.

— *Saúde !* répondit la foule, ravie.

Puis tout le monde but. Tout le monde sauf un colosse au visage marqué, qui occupait une table du fond de la salle en compagnie de sept adolescents mornes. On trinqua de nombreuses fois et, chaque fois, l'homme refusa de lever son verre.

Quand l'après-midi céda la place au crépuscule, la foule qui était arrivée avec Dev commença de se disperser. Ivres, les gens partirent par groupes joyeux de deux ou trois, des louanges du Gringo généreux aux lèvres. Quand la nuit fut tombée, Dev fut le seul client, hormis l'homme au visage hostile et les sept adolescents de sa cour.

L'euphorie qui s'était emparée de Dev s'atténuait, mais il se sentait toujours extrêmement bien. Il comprit, tandis qu'il sirotait tranquillement sa pinga pure, que l'intense sensation d'allégresse qui s'était emparée de lui était la prise de conscience différée de sa liberté. Il n'était plus prisonnier du fantôme de Laura Malloy. De tout son passé. Il était libre de vivre heureux jusqu'à la fin de ses jours, comme il l'entendait. Comme c'était son droit naturel.

Telles étaient les pensées radieuses qui occupaient l'esprit de Dev quand il se tourna vers le fond de la salle et constata que le colosse le fixait avec une hostilité non dissimulée. Dev leva son verre dans sa direction puis se tourna à nouveau vers le bar, parce qu'il n'avait pas envie d'entrer en contact avec une énergie susceptible de souiller la pureté de sa bonne humeur. Les yeux soudain dilatés du barman indiquèrent à Dev que la situation se gâtait et, quand il pivota partiellement sur lui-même, il vit le colosse se lever et se diriger droit sur lui.

— *Cuidado*, souffla le barman.

Dev ne connaissait pas ce mot, mais il n'eut pas vraiment besoin de traduction. Il avait vu cent fois l'expression du visage du colosse. Sa démarche était très légère, compte tenu de sa taille et, quand il fut tout près, Dev constata que ses yeux étaient entourés de tissu cicatriciel et que les phalanges de ses deux mains étaient en mauvais état. Son nez épaté avait été cassé plus d'une fois, mais ses yeux noirs luisaient de haine. Il faisait trois centimètres de moins que Dev et à peu près le même poids : environ cent vingt kilos. Quand Dev s'aperçut qu'il prenait la mesure de l'homme, il tenta de trouver le moyen de désamorcer la situation. Il n'avait pas la moindre envie de se bagarrer bêtement, surtout ce soir. Mais il était clair que cet homme lui en voulait, pour des raisons que Dev ne pouvait imaginer.

L'homme s'immobilisa à quinze centimètres de Dev et, de ses yeux pleins de haine, le foudroya du regard. Il prit une profonde inspiration et lentement, sur un ton venimeux, souffla un seul mot : « G-r-i-n-g-o. » Gringo est un de ces mots qui n'est pas agréable à entendre, et telle n'était pas l'intention. Prononcé par cet homme, le mot exprimait un mépris si total qu'il aurait tout aussi bien pu le gifler avec son gant et le provoquer en duel. Dev comprit qu'on tentait de le mettre hors de lui et ne marcha pas. Il leva son verre et dit :

— *Saúde, senhor*.

L'homme arracha le verre de la main de Dev, le porta lentement à sa bouche et, les yeux rivés sur ceux de Dev, cracha dedans. Les oreilles et la nuque de Dev devinrent brûlantes, indices de l'irruption imminente de la fureur. Il ravala sa colère, voulut sortir, mais constata que l'homme, qui avait fait un pas de côté et posait une main sur sa poitrine, lui barrait le chemin. Quand Dev voulut écarter sa main, l'homme lui lança tranquillement le contenu du verre au visage. Des rires fusèrent à la table des sept adolescents mornes, des rires qui ulcérèrent Dev, si bien que le sang se mit à battre à ses tempes. Une nouvelle fois, il encaissa et contourna l'homme. Cette fois, il ne lui barra pas le chemin et Dev gagna rapidement la porte, décidé à éviter la bagarre et à protéger la formidable sensation de bien-être qui avait caractérisé la journée. Il était sur la deuxième marche de l'escalier qui conduisait à la rue quand un poing puissant s'abattit sur sa nuque et l'envoya rouler sur le trottoir.

Dev se mit à quatre pattes et secoua la tête dans l'espoir de chasser les étoiles qui dansaient devant ses yeux. Cela parut simplement les multiplier, ces novae de lumière blanche qui jaillissaient et tournoyaient sur le firmament rouge sang de son nouveau champ visuel. Quand sa vue eut lentement retrouvé sa netteté, il découvrit les pieds de son agresseur, à un mètre de lui. Puis, quand il se fut redressé, instable sur ses jambes, il vit un poing gauche énorme filer vers son visage comme au ralenti, conséquence du fait que ses yeux n'avaient pas retrouvé toute leur acuité. Le direct, précis et violent, lui cassa le nez et le fit reculer. Il rétablit également sa vision, parce qu'il identifia le deuxième direct : un coup de professionnel, rapide, exécuté avec l'aisance décontractée d'un homme qui avait consacré beaucoup de temps à le perfectionner. Le poing le toucha au-dessus de l'œil gauche et fendit l'arcade sourcilière, qui se mit aussitôt à saigner.

Dev recula, essuya le sang, gagna du temps. L'homme le suivit, les poings levés, calme, méthodique. Ils longèrent ainsi la façade du bar et entrèrent dans la plus étroite des deux rues qui se croisaient devant. Les adolescents mornes suivaient, quelques pas derrière leur chef, et encourageaient l'homme, qu'ils appelaient Lobo, à voix basse. Des passants s'arrêtèrent à l'entrée de la rue. À plusieurs reprises, des spectateurs appelèrent Lobo, mais l'homme ne réagit pas, ne quitta pas sa proie des yeux. Quand Dev cessa enfin de reculer et leva les poings, un sourire cruel joua vaguement sur les lèvres de Lobo, puis disparut quand il franchit lentement la distance qui les séparait.

Dev attendit Lobo, un large sourire aux lèvres. Il avait repris ses esprit et, puisqu'il ne pouvait éviter la bagarre, entendait en profiter. La colère, qui avait jailli quand le gros imbécile l'avait attaqué, fondit dans la joie irrépressible qui bouillonnait encore dans son cœur. Il se sentait prêt à jouir de l'enfer, si c'était ce qui l'attendait.

Lobo hésita un instant, conscient du fait que son adversaire avait quelque chose de tout à fait exceptionnel. Puis il chassa son inquiétude d'un haussement d'épaules et fit le combat de trop. Le troisième direct fut identique aux autres, précis, puissant et bien ajusté. Mais, cette fois, le poing heurta la main énorme que Dev avait levée à la dernière seconde, et y disparut. Quand Lobo voulut dégager son bras gauche, il n'y parvint pas, ne put le reculer d'un centimètre, et son visage prit une expression troublée. Lobo n'avait jamais été confronté à une force surnaturelle telle que celle de Deveraux LeDux. Lobo n'en revint pas.

Dev fit pivoter le poignet de Lobo d'un quart de tour dans le sens des aiguilles d'une montre, ce qui contraignit Lobo à baisser l'épaule droite de plusieurs centimètres afin d'atténuer la tension. Un deuxième quart de tour obligea pratiquement Lobo à présenter son profil à Dev. Dev saisit le poignet de Lobo de sa main droite et posa son pied gauche, très fermement, sous l'aisselle gauche de Lobo. Quand il tira brutalement, à deux mains, sur le bras de Lobo, l'articulation de l'épaule céda.

Lobo poussa un hurlement si strident que deux des adolescents mornes se couvrirent les oreilles. Dev lâcha le bras détruit de Lobo et lui donna un violent coup de pied sur la rotule gauche. Le hurlement de Lobo grimpa d'une octave et il voulut poser sa main droite sur son genou blessé. Dev ouvrit largement les bras et abattit violemment ses mains ouvertes sur les oreilles de Lobo, geste qui le redressa, les yeux dilatés et la bouche ouverte, mais le réduisit au silence. Dev approcha du loup incapable de hurler, le prit par les épaules et lui donna trois coups de boule au milieu du front. Au troisième coup de boule, Dev lâcha les oreilles de Lobo. La puissance de l'impact le projeta contre un mur de briques, contre lequel il glissa jusqu'au moment où, agité de spasmes, il se retrouva sur le trottoir.

Dev le rejoignit, considéra sa déconfiture pendant quelques instants, puis s'agenouilla et l'assit. Il tendit la main, leva le menton de Lobo de telle façon que ses yeux, désormais larmoyants sous l'effet de la douleur, puissent affronter les siens. Il sourit et tapota doucement la joue de Lobo avant de prendre la parole. Le seul mot qu'il prononça fut

« G-r-i-n-g-o », et il le prononça d'une voix extrêmement douce.

Quand Dev se redressa et pivota sur lui-même, il s'aperçut que les sept adolescents étaient disposés en demi-cercle devant lui. Il les regarda attentivement et constata que seul leur âge faisait encore d'eux des adolescents. Leurs yeux de prédateurs avaient l'aspect glacé, impitoyable, qu'on voit au sein des groupes de lions quand les proies se font trop rares. Dev sentit que ce n'était pas la première fois qu'ils maintenaient un homme plus grand, plus robuste, à distance, et ne se fit pas d'illusions sur le sort de ses prédécesseurs.

Cinq des sept adolescents étaient armés. Leur chef qui, plus grand que les autres, se tenait au centre du demi-cercle, serrait un rasoir dans la main droite. Dev vit en outre deux matraques en cuir, des coups de poing américains aux arêtes acérées et une dague mince, à deux tranchants, dont la lame faisait vingt centimètres.

Le chef siffla et les adolescents avancèrent, restant à une soixantaine de centimètres les uns des autres. Dev analysa rapidement la situation et décida qu'il ne mourrait pas le dos au mur. Quand il bondit parmi eux, les adolescents, surpris, cédèrent un peu de terrain. Mais ils réagirent rapidement et fermèrent le cercle autour de lui. Quand ils se mirent à tourner autour de lui dans le sens des aiguilles d'une montre, Dev s'aperçut, stupéfait, que son cœur était toujours empli de joie.

*

— Alors, qu'est-ce que tu penses de notre petit village ? demanda João.

Bobby Joe et lui se promenaient dans la rue pavée qui longeait la plage. Ils avaient fini leur sieste aux environs de cinq heures, pris le café, puis s'étaient mis en quête de Dev en prévision du dîner. Ils avaient l'intention d'aller dans un restaurant italien voisin, que João fréquentait.

Bobby Joe regarda autour de lui avant de répondre. Mongaguá baignait dans la douce lumière du crépuscule. Les couleurs vives de la journée avaient cédé la place à des pastels lumineux, si bien que l'Océan était d'un bleu délicat et les montagnes vert tendre. Entre les deux, les rangées de maisonnettes blanches faisaient penser à des maisons de poupée sous leurs toits de tuiles rouges que rosissait la lumière faiblissante. Une brise légère, venue de l'Océan, faisait bruire les feuilles des palmiers et apportait des odeurs de sel, de crème solaire et de crustacés grillés au charbon de bois.

— C'est une jolie petite ville, João. Je comprends pourquoi tu t'y plais, surtout comparativement à celle où tu passes le plus clair de ton temps. Sans vouloir dire du mal de ta ville natale.

— Cette idée ne m'a pas traversé l'esprit, Bobby Joe. On aime São Paulo, comme New York, quand on la connaît. Ceux qui l'aiment eux-mêmes la haïssent la moitié du temps. São Paulo, c'est pour les affaires, mais ici... ici, c'est pour l'âme. Vous pourriez peut-être acheter une petite maison ici, Dev et toi. On peut en trouver de jolies pour presque rien et j'aimerais bien qu'on soit proches les uns des autres. Quel que soit l'endroit où on vit, au Brésil, il faut avoir une maison au bord de la mer. Si je comprends bien, vous avez décidé de rester.

— Parfaitement, Long John. C'est un beau pays, du moins le peu que j'en ai visité. J'ai vu peu de côtes aussi belles que celle qu'on a découverte quand on a quitté le plateau, en venant de São Paulo, et qu'on est descendu à flanc de montagne. Je crois qu'on pourrait être très bien dans une petite ville comme celle-ci, du moins une partie de l'année. Mais, avant de prendre une décision, je veux aller à Americana, voir pourquoi j'y suis si fortement attiré. En fait, je voudrais y aller le plus vite possible.

— Ah, oui, les Confederados et ton grand-père. C'est une histoire extraordinaire, Bobby Joe. Moi aussi je suis impatient de voir cet endroit. Il n'est qu'à une heure au nord-ouest de São Paulo, tu sais. Si tu veux, on partira d'ici lundi matin. On évitera ainsi les embouteillages du week-end et on sera à Americana à l'heure du déjeuner. Qu'est-ce que tu en dis ?

— C'est une bonne idée. Je passerais bien encore une journée ici, et, comme Dev est resté seul, il a probablement eu le temps de tomber amoureux. Il lui faut au moins deux jours pour arriver au terme d'une aventure amoureuse.

Ils traversèrent le petit pont et prirent, à gauche, la promenade où de nombreux flâneurs s'arrêtaient devant les boutiques d'art et d'artisanat qui bordaient la rivière. Ils entendirent les cris tandis qu'ils admiraient les œuvres d'un peintre local. Bobby Joe adressa un regard interrogateur à João qui, d'un mouvement de la tête, lui fit signe de le suivre. Ils partirent d'un pas tranquille vers l'origine du brouhaha, qui était de plus en plus fort. Ce qu'ils découvrirent, quand ils tournèrent à gauche devant le *Serra Linda*, leur donna des ailes.

À l'extrémité opposée de la rue, couvert de sang et assiégé, Dev se tenait au centre d'un cercle d'assaillants qui lançaient des attaques basées sur des diversions sur le front accompagnées d'assauts sur les flancs et l'arrière. Un adolescent gisait, immobile, à l'extérieur du cercle, une jambe fléchie au niveau du genou suivant un angle contre nature.

Bobby Joe était à quinze mètres, et João le suivait de près, quand un adolescent maigre sauta sur les épaules de Dev et lui enserra la taille entre les jambes. D'une main, il couvrit les yeux de Dev et, de l'autre, lui donna des coups de matraque. Un autre adolescent également armé d'une matraque approcha rapidement sur le flanc et se mit également à frapper. Un rasoir fut brandi, s'abattit sur le dos de Dev et laissa une traînée rouge sur son passage, juste au-dessus de son omoplate droite. Bobby Joe était encore à sept mètres quand deux adolescents sans armes se cramponnèrent aux jambes de Dev et qu'un autre, armé d'une dague, s'immobilisa devant Dev et brandit sa lame. Bobby Joe poussa un rugissement si puissant que l'adolescent à la dague quitta Dev des yeux et chercha l'origine du cri. Puis il fut fauché comme le blé par la faux.

Semblable aux ailes d'un moulin, une forme humaine passa sur le trottoir, à droite de Bobby Joe, faisant la roue sur les mains et les pieds. Le talon du pied droit de la silhouette en mouvement toucha l'adolescent en plein sur la tempe, dans la partie descendante de la deuxième roue. Le choc du coup et le bruit du corps sur le trottoir parurent simultanés à Bobby Joe. Quand l'acrobate atterrit avec légèreté sur ses jambes légèrement fléchies et chercha une nouvelle cible, Bobby Joe constata avec stupéfaction qu'il s'agissait d'une femme. Il n'était pas revenu de sa surprise qu'elle bondissait sur les mains et s'élevait au-dessus de l'adolescent au rasoir, qui resta sans réaction, la bouche ouverte. Les jambes de la femme effectuèrent un ciseau et ses pieds s'abattirent sur les pommettes de l'adolescent, qui cassèrent dans un craquement écœurant.

Bobby Joe arriva près de Dev, projeta l'adolescent cramponné à son dos sur le trottoir et frappa sa tête aux cheveux gras sur le sol jusqu'au moment où il cessa de bouger. João donna un coup de pied à un des adolescents cramponnés aux jambes de Dev, et Dev se saisit du deuxième, qu'il lança contre un mur de briques proche comme s'il ne pesait pas plus lourd qu'un chaton. Ils pivotèrent sur eux-mêmes et virent l'adolescent au coup de poing américain adresser un ample coup circulaire à la femme, qui se baissa souplement. Elle s'accroupit sur la jambe gauche et exécuta de la jambe droite un balayage qui atteignit l'adolescent sous les genoux et le projeta violemment au sol. Quand il tenta de se lever, elle lui assena un coup de pied si violent, à la base du nez, qu'il exécuta un saut périlleux arrière. L'adolescent restant, qui frappait Dev à coups de matraque, avait déjà reculé à bonne distance. Il aida son compagnon à se relever, au terme de son saut périlleux, puis ils s'enfuirent sans un regard en arrière.

Pendant quelques instants, les trois hommes fixèrent l'apparition qui se tenait devant eux. Elle avait la grâce vigilante d'un athlète, les pieds écartés, et ses bras musclés contre ses flancs. Elle était grande, un mètre soixante-quinze peut-être, souple, et une impression de robustesse, de vitalité, émanait de son corps tout entier. Son boléro noir et son short de cycliste très collant couvraient des formes auxquelles les attributs féminins ne faisaient pas défaut et sa force physique n'éclipsait en aucun cas sa féminité. Mais on comprenait au premier coup d'œil, quand on regardait son corps et quand on voyait son visage, que c'était une guerrière.

Une dense crinière de cheveux noirs et luisants encadrait un visage mince, d'un olivâtre foncé, que dominaient des yeux brillants, d'un noir de charbon et très écartés, qui étaient rivés à ceux de Deveraux LeDux. Les narines de son nez romain étaient légèrement dilatées au-dessus d'une bouche large, aux lèvres pleines. La structure osseuse proéminente de ce visage, et la peau tendue qui la couvrait produisaient une expression volontaire, presque sévère. C'était un visage de déesse guerrière venue guider les humbles créatures de la terre. Ce ne fut qu'au moment où ces lèvres, dans un large sourire, découvrirent des dents d'ivoire poli que se révéla la jeune femme qu'elle était. Face à la beauté tendre de ce sourire, les trois hommes retinrent un instant leur souffle.

Deveraux LeDux mit un genou à terre. Son cœur bondissait dans sa poitrine, comme une loutre de mer dans le ressac. La prophétie de Miss Amelia roulait dans son esprit quand il tendit les bras vers cette femme qu'il avait attendue toute sa vie. Lorsqu'elle entra dans le cercle de son étreinte, il referma les bras sur sa taille et cacha le visage entre ses seins. Des larmes de joie jaillirent de ses yeux et, quand il leva la tête vers elle, une larme coula sur son visage bien-aimé et tomba dans son œil droit.

— Est-ce que tu m'appartiens ? demanda Dev.

— Oui. Et tu m'appartiens, répondit-elle.

*

— Est-ce que tu as vu la façon dont elle bougeait, Long John ? demanda Bobby Joe. Qu'est-ce que c'est que ça ?

Bobby Joe et João faisaient les cent pas dans la salle d'attente de la petite clinique où João avait conduit Dev, afin qu'on panse ses blessures. Le médecin était un ami de João et avait répondu à son appel à l'aide.

— C'est la *capoeira*, l'art martial du Brésil, répondit João, une expression de crainte respectueuse sur le visage. C'est une chose que je peux facilement expliquer. Mais est-ce que tu as vu ce qui s'est passé entre eux ? Ça, c'est un mystère. Tu sais, Bobby Joe, le Brésil est, en surface, un pays machiste, dominé par les hommes, mais, en profondeur, le Brésil est une femme ardente, indomptable. Quand cette femme est venue au secours de Dev, c'était comme si la Mère Brésil en personne avait jailli de la terre pour le sauver. Je n'ai jamais rien vu de comparable. Sans elle, l'adolescent armé de la dague l'aurait tué. On ne serait pas arrivé à temps. Et je n'ai jamais vu de femme dominant aussi bien la capoeira. Elle a sûrement étudié avec un maître de Bahia.

— Qu'est-ce que la capoeira, João ? On dirait un mélange de karaté, de savate, de judo et de je ne sais quoi d'autre. Je n'en ai jamais entendu parler et je n'ai jamais rien vu de tel.

— À l'époque de l'esclavage, les maîtres blancs interdisaient aux esclaves de se battre, dit João. Les châtiments étaient extrêmement sévères, surtout quand ils employaient des armes. Avec le temps, une forme de lutte africaine principalement pratiquée avec les pieds a donné naissance à la capoeira, écran de fumée principalement destiné à cacher au maître la nature véritable des combats. C'est devenu une sorte de danse rituelle pratiquée sur un accompagnement musical. Très acrobatique et très stylisée. Cette partie était destinée au maître. La vraie capoeira, la capoeira de combat... c'est autre chose, une chose redoutable. Il est très rare, c'est arrivé mais c'est très rare, qu'une femme pratique la capoeira, et surtout qu'elle acquière la compétence dont cette femme a fait preuve. Presque toutes les écoles de capoeira sont à Bahia, dans le Nord noir. Pourtant cette femme est originaire de São Paulo, c'est une *Paulista*. On a un mystère sur les bras, Bobby Joe.

— Un mystère bénéfique, Long John. Je jure que j'ai cru qu'on allait le perdre, sous nos yeux. Compte tenu de ce qui s'est passé entre eux, je crois qu'elle ne va pas rester mystérieuse longtemps. Je n'ai jamais vu Deveraux regarder une femme de cette façon. C'était comme s'il la connaissait. Comme s'il l'attendait.

La porte du service de chirurgie s'ouvrit et Dev la franchit, rayonnant de bonheur, le bras si étroitement serré autour de la taille de la femme qu'ils semblaient attachés par la hanche. Son nez cassé avait enflé et des bleus noirâtres formaient des lunettes de raton laveur autour de ses yeux. Des contusions irritées apparaissaient sur sa tête, son cou et ses épaules, où il avait reçu des coups de matraque. Il pivota lentement sur lui-même sans lâcher la femme et montra les agrafes qui fermaient l'entaille de quinze centimètres qu'il avait dans le dos, et il parut, ce faisant, être l'homme le plus heureux du monde.

— Trente-deux agrafes pour fermer l'entaille la plus douce, sans laquelle je n'aurais pas rencontré la nouvelle propriétaire de mon cœur. Messieurs, permettez-moi de vous présenter Valéria Santos, qui va désormais partager ma vie. Je lui ai parlé de vous et je lui ai dit à quel point vous comptez pour moi. Maintenant, puisqu'on va former une famille, vous devriez peut-être vous embrasser et dire bonjour.

Valéria s'éloigna de Dev et se dirigea vers Bobby Joe, qui avança d'un pas et lui tendit ses mains ouvertes. Quand elle posa les paumes sur les siennes, un courant d'énergie bienfaisante passa entre eux, si bien qu'ils eurent l'un et l'autre un sourire entendu et complice. Ils se regardèrent franchement dans les yeux et, quand les mots furent prononcés, ce furent de simples formalités.

— D'après Dev, ta grand-tante a prévu tout ça, dit Valéria en anglais, presque sans accent. Il dit que tu as aussi le don de double vue. Est-ce que tu savais que ça allait arriver ?

— Je t'attendais, mais j'ignorais tout de la prédiction de Miss Amelia, répondit Bobby Joe. Je comprends ce qui est arrivé et, même si tu n'as pas besoin de mon approbation, tu l'as entièrement. On n'a pas grand-chose à dire là-dessus, toi et moi. On peut être comme les membres de la même famille. Mais il faut que tu saches que je suis très heureux que tu sois parmi nous.

— Et je suis heureuse d'avoir un frère tel que toi. Je serai ta sœur dans tous les sens du terme et je ne me mettrai jamais entre vous. En général, ces propos n'ont pas de sens, mais tu peux me croire quand je parle de cette façon.

— Je te croyais alors que tu n'avais encore rien dit, fit Bobby Joe, qui se pencha et l'embrassa sur le front.

Valéria prit Bobby Joe dans ses bras et, tandis qu'elle le serrait, il vit, par-dessus son épaule, le sourire radieux de son associé, qui les regardait. À cet instant, tandis que son cœur allait vers la créature exotique qu'il serrait dans ses bras, ainsi que vers Dev, il prit tristement conscience du vide de son existence et décida de téléphoner à Zela Wylie le soir même.

Bobby Joe lâcha Valéria et la regarda se diriger vers João. Les deux Brésiliens s'embrassèrent sur les joues et se donnèrent l'accolade, puis ils se lancèrent dans une conversation animée en portugais. Dev traversa la pièce et posa son énorme bras droit sur les épaules de Bobby Joe.

— Merci, Bobby Joe. La journée a été miraculeuse et je suis heureux d'avoir eu ta bénédiction. Je le pense de tout mon cœur. À propos du miracle et de ta bénédiction. Je suis tellement heureux que j'ai l'impression que je vais exploser. Et, tu sais, je me disais, en vous regardant, qu'il serait peut-être grand temps que tu téléphones à Miss Zela.

— Cette idée m'a déjà traversé l'esprit, Dev. J'ai l'intention de le faire ce soir. Est-ce que Miss Amelia avait vraiment prévu que ça arriverait ?

— Elle m'a dit, à Double Springs, que je rencontrerais une femme, ici, pendant ce voyage, et que ça se produirait dans les difficultés. Je crois qu'on peut effectivement parler de difficultés, pas vrai ?

— Sûrement, Deveraux. Est-ce que Miss Amelia a prévu d'autres choses ?

Pour la deuxième fois de la journée, l'inquiétude s'insinua dans la sensation d'allégresse qui s'était emparée de Dev. Quelques instants plus tôt, pendant que le médecin lui posait des agrafes, la certitude que les propos de Miss Amelia sur son avenir étaient entrés dans les faits l'avait amené à réfléchir au reste de la vision ambiguë de la vieille femme. Bobby Joe mort devant une maison blanche et Bobby Joe avec Zela et un fils. Sa demande de surveiller les arrières de Bobby Joe lui était revenue en mémoire avec force et il avait décidé de se montrer extrêmement attentif à proximité des maisons blanches, et d'inciter Zela à venir. La question de Bobby Joe le troubla à nouveau. Comment était-ce possible ? Bobby Joe mort ET Bobby Joe avec une femme et un enfant. Miss Amelia avait dit que ce serait l'un ou l'autre, pas les deux. Mais pourquoi avait-elle vu les deux ?

— Dev ! Deveraux ! Ça va, mon vieux ? demanda Bobby Joe. On dirait que tu as vu un fantôme. Viens t'asseoir.

— Non, non, ça va, fit Dev qui, brutalement tiré de sa rêverie, s'aperçut que tout le monde le regardait avec inquiétude.

— J'ai demandé ce que Miss Amelia avait dit d'autre et tu as plongé dans une sorte de transe, dit Bobby Joe.

— Je crois que je suis un peu faible, à cause de la pinga et de l'exercice. On parlera de Miss Amelia plus tard. Pour le moment, il faudrait que je mange et que je boive un coup.

— Et que tu prennes un bain et que tu te changes, ajouta Valéria, qui rejoignit Dev.

— Il y a une station de taxis tout près. Je vais en chercher un et je vous retrouve devant la clinique dans cinq minutes au maximum, dit João. Ensuite, on ira à la maison pour que tu te laves, Dev, puis on fêtera ça par un dîner inoubliable.

*

De retour chez João, Bobby Joe écoutait nerveusement la septième sonnerie du téléphone de Zela.

Il allait raccrocher quand, à la fin de la huitième sonnerie, sa voix essoufflée retentit au bout du fil.

— J'espère que tu montais simplement l'escalier en courant.

— Bobby Joe ! C'est toi ? Je n'arrête pas de penser à toi. Ne quitte pas une seconde, laisse-moi reprendre mon souffle. Voilà. C'est exactement ce que je faisais. Je montais l'escalier en courant. Je viens de rentrer et... Bon sang, comme je suis heureuse d'entendre ta voix. Ça va ?

— Très bien, Zela. Sauf une chose.

— Je m'en suis occupée. Il suffit que tu me donnes un endroit et tu seras livré dans trente-six heures sans faute.

— Ce n'était pas de ça que je parlais, mais il faut qu'on s'en occupe parce qu'on a décidé de rester, du moins pour le moment. Tu as de quoi noter ?

— Vas-y.

— Le *Mofarrej Sheraton* de São Paulo. Disons mercredi après-midi. Si ça marche, téléphone ici, au numéro que je t'ai donné à Atlanta, et laisse un message. On part lundi pour le pays des confédérés, mais j'appellerai. On prendra les dispositions habituelles ?

— Professionnel et sûr. Alors, Bobby Joe, qu'est-ce qui te tracasse ? Ça va vraiment ?

— Très bien. Enfin, je n'ai pas d'ennuis ni rien. Aujourd'hui, il est arrivé une chose absolument incroyable. Dev a failli se faire tuer et il est tombé amoureux et... merde, Zela... ce que je veux dire, c'est que tu me manques beaucoup et que je crois que je suis amoureux de toi depuis des années et que je voudrais que tu fermes ta boutique, que tu prennes un avion et que tu viennes ici.

— Bobby Joe, on ne m'a jamais rien dit d'aussi

gentil. J'y ai beaucoup réfléchi et j'éprouve la même chose que toi, mais je dois m'organiser, ici, et il faudra que tu me laisses un peu de temps. Tu veux bien ? Attendre un peu et ne pas laisser une de ces beautés brésiliennes te tourner la tête ?

— Rien ne peut me tourner la tête quand j'ai pris ma décision, Zela. J'attendrai et je vais te faire une promesse. Quand tu viendras ici, je te rendrai heureuse de l'avoir fait, jusqu'à la fin de tes jours.

— Comme je te l'ai déjà dit, j'y compte bien. Mais tu sais quoi, Bobby Joe ?

— Quoi, chérie ?

— Je suis certaine que c'est ce qu'il faut faire.

— Absolument, Zela, et tu sais quoi encore ?

— Dis-moi tout, Bobby Joe.

— Je ne crois pas seulement que je t'aime. Chérie, je n'ai jamais été aussi sûr de quelque chose.

— Divise par deux le temps pendant lequel tu m'attendras, Bobby Joe. Je t'aime aussi et j'espère pouvoir bientôt te montrer à quel point. En attendant, prends bien soin de toi, d'accord ?

— *Adios*, chérie.

— À bientôt, Bobby Joe.

Au cours d'un dîner très généreusement arrosé de vin, la vie exceptionnelle de Valéria Santos fut dévoilée. C'était la fille unique de Paulo Santos, riche industriel et familier des coulisses de la politique, que João connaissait très bien. Sa conception stricte, typiquement latine, de la façon d'élever sa fille avait conduit, au terme de nombreuses années de conflit chronique, à une rupture si définitive que le père et la fille ne s'étaient pas vus depuis dix ans. À vingt ans, grâce à une rente constituée à son intention par une tante décédée, Valéria était partie de chez elle et avait entrepris des études politiques à l'université catholique de São Paulo. Son père, qui lui avait déjà choisi un mari, l'avait désavouée sur-le-champ et avait déclaré qu'elle portait atteinte à l'honneur de la famille. Quand elle raconta cet épisode de sa vie, Dev, qui ne comprenait que trop bien, la prit par les épaules et l'embrassa sur la joue.

À l'université, qui était de loin la plus progressiste de São Paulo, Valéria avait fréquenté un milieu libéré et, inaccoutumée à une telle liberté, avait rapidement plongé dans une existence dissolue. Elle avait abandonné ses études, emprunté les voies de la licence et rejoint l'embryon de génération perdue des années quatre-vingt, laquelle grandissait en relation directe avec l'inflation et le chaos économique qui privaient les Brésiliens de leurs espoirs. Au terme de cinq ans de drogues, d'alcool et d'errances, Valéria, épuisée et au bord de la mort, avait échoué à Bahia. Un ami l'avait conduite chez Gato, vieux maître de capoeira, qui dirigeait une des écoles de capoeira les plus fermées de la ville. Cette rencontre transforma sa vie. Gato avait perçu sa personnalité profonde et eu pitié d'elle, si bien qu'il l'avait autorisée à fréquenter son école et s'était personnellement beaucoup consacré à elle. Sous sa direction stricte mais bienveillante, elle avait appris la valeur de la discipline et du sacrifice. Pendant cinq ans, elle avait pratiqué l'art et assimilé l'enseignement de Gato. Puis, deux mois plus tôt, il l'avait envoyée dans le monde, à la rencontre de son destin, en lui disant qu'il lui serait révélé au moment où elle s'y attendrait le moins.

— Et quand je t'ai vu, dit Valéria qui leva la main et caressa la joue de Dev, j'ai compris au premier regard que j'avais trouvé mon destin. Après ce que tu m'as raconté sur Miss Amelia, il ne peut pas y avoir de doute. Jamais une chose aussi improbable n'a semblé aussi pertinente.

Dev se pencha, l'embrassa tendrement, puis eut un mouvement de recul quand son nez douloureux toucha sa joue. Ceci déclencha un fou rire qui nécessita une nouvelle bouteille de vin. La simplicité avec laquelle Valéria avait raconté sa vie avait créé entre eux une forte intimité. De ce fait, comme cela se produit seulement lorsque la confiance est immédiate, chacun raconta son passé. Jusqu'à l'heure de la fermeture, ils partagèrent leurs expériences et rêvèrent d'un avenir commun. Quand le reste du vin fut servi, Bobby Joe leva son verre et porta un toast :

— À notre joli quatrième mousquetaire ET à la venue rapide du cinquième, ma belle Zela Wylie.

Quand João, qui n'avait guère parlé, posa son verre, il s'aperçut que Valéria Santos le fixait d'un air interrogateur.

— Alors, João, demanda-t-elle, est-ce qu'il faudrait qu'on lève notre verre à un sixième mousquetaire ?

— C'est une histoire qui conviendrait mieux à une autre soirée, répondit João, dont le visage mince s'assombrit un instant. Pas à une soirée comme celle-ci. Venez, il est tard et il est temps de rentrer.

Plus tard, Dev et Valéria étaient serrés l'un contre l'autre sur les draps propres du grand lit de la chambre de João, qu'il leur avait gentiment prêtée pour la nuit. Le bruit régulier du ressac tout proche berçait leur esprit et la brise chaude et salée qui entrait par les fenêtres, orientées à l'est, effleurait leur corps de caresses tendres et humides. Immobiles, ils partageaient un désir sans impatience, jouissaient de la magie de ce qui leur arrivait.

— Il y a cinq ans que je n'ai pas partagé le lit d'un homme de cette façon, Deveraux. Tu veux bien qu'on attende quelques jours, avant de faire l'amour ? Jusqu'à ce que tu sois rétabli. Il faut qu'on soit... forts et prêts, cette première fois..., qu'on puisse s'aimer sans craindre la douleur. Est-ce que tu comprends ?

— Oui. C'est un mot que tu vas m'entendre dire souvent. Oui. Donc, fais attention à ce que tu demandes, parce que tu n'entendras jamais non. Je suis tellement heureux, en ce moment... que je n'ai même pas envie d'en parler.

— Merci, mon amour. Mon premier et mon dernier amour. Une chose encore et, ensuite, je me tairai. Je sais que quelque chose t'inquiète. S'il te plaît, quand tu seras prêt, dis-moi ce que c'est. Vivons sans secrets. Vivons ensemble librement, Dev.

— D'accord, Val. Je pensais à une chose que Miss Amelia m'a également dite, mais il est inutile qu'on en parle pour le moment. Pour le moment, viens et serre-moi dans tes bras jusqu'au matin.

*

La première crise se produisit quinze kilomètres au sud d'Americana quand João, qui conduisait et faisait le guide, montra une parcelle récemment labourée de terre rouge et riche qui ressemblait beaucoup à la terre rouge du nord de la Géorgie. Bobby Joe, qui était près de João, venait à peine de se tourner vers le champ quand il fut pris d'un violent vertige. Il eut l'impression de tomber, puis d'atterrir dans le noir, sur un sol inégal qui se mit à trembler sous l'effet des sabots qui l'entourèrent soudain. Des cris de bataille et le tintement sec d'épées entrechoquées déchiraient l'air. Bobby Joe leva les bras, hurla, puis se tassa sur lui-même, inconscient.

João arrêta la Range Rover sur l'accotement. Dev, qui était à l'arrière en compagnie de Valéria, se glissa entre les sièges et secoua Bobby Joe jusqu'au moment où ses yeux s'ouvrirent lentement, regardèrent vaguement autour d'eux sans comprendre ce qui les entourait, puis se dilatèrent sous l'effet de la terreur. Dev, qui n'avait jamais vu une telle expression dans les yeux de quelqu'un, eut peur. Il gifla Bobby Joe sur la joue gauche du plat de la main, puis ajouta une claque du dos de la main, sur la droite, pour faire bonne mesure. Bobby Joe reprit immédiatement connaissance. Il tremblait de tous ses membres et une mince pellicule de sueur luisait sur son visage blême. Il regarda Dev dans les yeux et secoua lentement la tête de droite à gauche.

Tout le monde resta plusieurs secondes silencieux. Valéria tendit le bras et posa la main sur la tête de Bobby Joe. João mit une main sur son épaule tremblante.

— Je n'y comprends rien, dit Bobby Joe d'une voix faible. J'étais ici et tout d'un coup... j'étais... ailleurs. J'ai jeté un coup d'œil sur ce champ de terre rouge, et j'ai été emporté.

— Tu as hurlé et tu as perdu connaissance, dit Dev. Tu t'en souviens ?

— Non. J'ai senti que je tombais, et j'ai atterri dans le noir. Il y avait comme une bataille... des chevaux au galop, des cris et des hurlements, le fracas de l'acier contre l'acier. Vachement effrayant, pas vrai ?

Dev ne fut pas seulement effrayé. Pendant qu'il

écoutait Bobby Joe, les poils se dressèrent sur ses bras et sa nuque.

— C'est exactement ce qui m'est arrivé chez Miss Amelia, Bobby Joe, dit Dev d'une voix altérée. J'étais allongé sur la balancelle, je me suis assoupi et la même chose s'est produite. J'avais le portrait de ton oncle Yancey. Quand j'ai repris mes esprits, Miss Amelia était debout près de moi et avait l'air bizarre. Qu'est-ce qui se passe, Bobby Joe ?

— Je ne sais pas, mon frère, mais j'ai l'intention de trouver. Allons à Americana, João. Je crois que j'ai besoin d'un cocktail... ou de deux.

L'atmosphère fut lourde, pendant les quinze derniers kilomètres, si lourde qu'ils étaient tous pressés de quitter l'espace confiné que l'habitacle de la voiture était devenu. Jusque-là, les choses avaient été complètement différentes. Après un dimanche paisible à la plage, ils s'étaient levés d'excellente humeur et, après un petit déjeuner paresseux, avaient pris la route de montagne qui permet de gagner le plateau. À plusieurs reprises, sur les huit cent cinquante mètres de l'ascension, ils s'étaient arrêtés pour boire l'eau glacée des chutes, qui dévalaient le flanc abrupt des montagnes, et contempler le bleu étincelant de l'Atlantique. Tandis que João et Valéria fournissaient un commentaire ininterrompu, Bobby Joe et Dev furent une nouvelle fois ébahis par l'énormité de São Paulo. Au nord de la métropole, la variété de la flore, qui bordait l'autoroute moderne qui montait et descendait à perte de vue sur le plateau, les fascina. Des bouquets d'eucalyptus côtoyaient des bois de pins. Il y avait des papayers partout et une myriade de fleurs subtropicales parsemaient le tapis vert du paysage d'une palette d'impressionniste devenu délicieusement fou.

Quand les toits de tuiles rouges d'Americana apparurent, l'impatience se mêla au malaise. Bobby Joe perçut les effets d'un courant moins puissant que celui qui l'avait emporté quelques instants plus tôt, mais identique à lui. Dev fut conscient de la transformation de Bobby Joe, comme toujours quand le sixième sens de son associé entrait en action. Valéria serrait la main de Dev et concentrait son énergie juste au-dessus de son nombril comme son maître, Gato, lui avait appris à le faire chaque fois que l'énergie se transformait, autour d'elle, et devenait instable. João gara la Range Rover devant l'hôtel *Nacional* et adressa un large sourire à ses amis.

— Mes *amigos*, dit João, les *espíritos*, les esprits sont très actifs aujourd'hui. Je crois qu'on devrait les inviter à boire un verre et à partager un bon repas brésilien avec nous. Non ?

Le déjeuner fut silencieux. L'ambiance bizarre qui s'était imposée dans la voiture les avait suivis dans la salle à manger vide de l'hôtel et stagnait au-dessus de leur table comme les nuages d'un ciel d'hiver. Une levure étrange transformait le sang de Bobby Joe, qui ne fit pratiquement que boire du Glenfiddich sec tandis que les autres se consacraient au poulet rôti accompagné de riz, de haricots noirs et de salade, que les cuisines avaient rapidement fourni. Quand le silence fut devenu presque insupportable, João proposa d'aller faire la sieste et de se retrouver pour le café vers quatre heures.

Après être passés à la réception, ils gagnèrent le douzième étage par l'ascenseur et se séparèrent, Bobby Joe et João ayant chacun une chambre tandis que Dev et Valéria en partageaient une. Ils se séparèrent en silence et rapidement.

Bobby Joe gagna directement le petit réfrigérateur de sa chambre et y prit une bière Brahma. Il était aussi nerveux qu'un chat, et il comprit, quand il se fut mis à faire les cent pas dans la chambre agréable et confortable, qu'il ne pourrait ni dormir ni rester enfermé. Il tira le rideau tendu devant la grande baie vitrée et regarda Americana. C'était une petite ville propre, symétrique, comme si une idée directrice avait présidé à l'établissement de son plan. Hormis une poignée d'immeubles de dix à quinze étages, la ville se composait essentiellement de maisons d'habitation d'un ou deux étages, et d'immeubles de bureaux de même taille. Les maisons du centre étaient principalement des constructions en béton armé, blanchies à la chaux et couvertes de tuiles rouges. Les rues étaient bordées de grands arbres qui ombrageaient les chaussées pratiquement désertes. Plusieurs zones boisées suggéraient la présence de parcs. L'impression d'ensemble invitait le spectateur à descendre faire un tour.

Bobby Joe était presque arrivé à la porte quand l'idée lui traversa l'esprit. Il gagna la petite table de nuit sur laquelle le téléphone était posé, ouvrit son unique tiroir et se demanda pourquoi il n'y avait pas pensé plus tôt. Ses doigts étaient maladroits, son esprit paralysé et brumeux quand il ouvrit l'annuaire et y chercha Looney. Lorsque son doigt s'immobilisa sur Looney Yancey, son cœur se mit à battre à toute vitesse et une sueur glacée mouilla ses aisselles. Il nota l'adresse, 70 Rua Guilherme de Almeida, sur une feuille de papier à lettre, puis il sortit en hâte.

À la réception, Bobby Joe montra l'adresse à une belle jeune femme qui ne parlait pas anglais. Elle écouta, une expression de plus en plus étrange sur le visage, tandis qu'il tentait de se faire comprendre dans un espagnol approximatif. Finalement, elle appela le directeur adjoint, mulâtre mince, élégant, à la peau couleur de miel et aux yeux gris, qui dit à Bobby Joe, dans un anglais lent et précis, que l'adresse se trouvait tout près, à moins de huit cents mètres.

— *Sim, senhor*. Oui, c'est très simple. Tournez à gauche en sortant et allez jusqu'à l'endroit où la rue se divise. Il y a un monument que vous ne pouvez pas manquer. Prenez à gauche et, cinq ou six cents mètres plus loin, vous trouverez la rue. Je crois que l'adresse que vous cherchez est à droite.

Il y avait un petit parc à l'endroit où la chaussée se divisait. Un monument modeste, en forme d'obélisque, se dressait au centre du parc, un monument si peu imposant que Bobby Joe allait passer sans s'arrêter quand le drapeau confédéré, à la base de la structure, attira son regard. Il approcha et constata que quarante-huit noms étaient gravés dans la pierre du socle du monument. Une petite plaque indiquait qu'il s'agissait des noms des familles confédérées qui avaient fondé Americana au siècle dernier. Entre King et McKnight, Bobby Joe trouva Looney. Son cœur se remit à cogner et le vertige le reprit. Plus calme, après avoir respiré profondément à plusieurs reprises, il se remit en marche.

Ça se produisit pour la première fois deux cents mètres plus loin, devant un petit marché. Quelqu'un cria :

— Yan-say, Yan-say.

Bobby Joe se retourna et vit un colosse au ventre énorme, qui balayait le trottoir devant une boutique. Quand leurs regards se rencontrèrent, le visage de l'homme exprima une intense stupéfaction et il fit le signe de croix, puis baissa la tête et se remit à balayer. Bobby Joe envisagea un instant de tenter de parler avec lui, puis décida de poursuivre son chemin.

Cinquante mètres plus loin, une femme cria :

— *Bom dia,* Yansay.

Quand Bobby Joe tourna la tête, dans l'intention de répondre, elle rentra précipitamment chez elle, comme si elle avait vu un fantôme. Il continua son chemin et, quand il prit la Rua Guilherme de Almeida, faillit heurter une femme âgée qui serrait un gros sac de courses entre ses bras. Quand elle vit Bobby Joe, ses yeux se dilatèrent et elle lâcha ses courses, qui tombèrent sur le trottoir. Quand il se baissa et voulut l'aider à ramasser les objets éparpillés, elle s'enfuit en marmonnant, en portugais, une litanie effrayée dont Bobby Joe ne comprit pas un mot. Au carrefour, elle regarda par-dessus son épaule, yeux marron affolés dans un visage crayeux.

Trois maisons plus loin, Bobby Joe trouva le numéro soixante-dix près de l'étroite barrière de la grille, constituée de barreaux métalliques d'un mètre quatre-vingts de haut, qui entourait complètement l'imposante maison de plain-pied édifiée au milieu d'un demi-hectare de terrain paisible et bien entretenu. Derrière la maison, de très vieux pacaniers, qui dominaient tout aussi loin que le regard portait, ombrageaient le jardin. Dans la cour, des bougainvillées en fleurs et des rosiers offraient un peu de beauté aux passants. De toute évidence, c'était une maison que son propriétaire aimait beaucoup.

Bobby Joe appuya sur le bouton du pilier et une forte sonnerie retentit près de la porte de derrière.

Comme il n'obtint pas de réponse, il fit une nouvelle tentative. Enfin, après plusieurs échecs, il laissa un mot bref, où il indiquait son nom, son hôtel et le numéro de sa chambre. Puis il rebroussa chemin.

Quand João descendit, Bobby Joe buvait de la bière seul au bar.

— Tu n'as pas fait la sieste, Bobby Joe ?

— Non, Long John, j'étais trop nerveux. J'ai fait un tour à pied. En fait j'ai trouvé, dans l'annuaire, un nom qui peut être celui d'un membre de ma famille. Je suis allé chez lui, mais il n'y avait personne.

— C'est sans importance, dit João. Il rentrera. Au moins, tu as meilleure mine. Comment ça va ?

— Mieux. Aucun doute. Mais je me sens toujours un peu bizarre. Il se passe quelque chose d'étrange, ici, et je ne sais pas si c'est bon ou mauvais. Je suppose qu'il faut attendre et voir.

— Tu as toujours eu de la chance, Bobby Joe. Quelle que soit la situation, je parie sur toi. Écoute, j'ai bavardé avec le directeur adjoint et je lui ai demandé de me parler un peu de cet endroit. Il m'a dit qu'il y a un cimetière confédéré, près d'ici, à quinze ou vingt kilomètres. D'après lui, les vieux Confederados s'y réunissent. Apparemment, c'est plus ou moins un endroit sacré, pour eux, un lieu de pèlerinage. On pourrait y faire un tour après le café.

— J'ai lu quelque chose sur cet endroit. C'est le Campo quelque chose. Plusieurs générations de confédérés et leurs ancêtres y sont enterrés. Dès que Dev et Valéria seront descendus, on ira.

Au même instant, les amoureux apparurent, bras dessus bras dessous sur le seuil. Des cercles d'un noir bleuté entouraient les yeux de Dev et son nez cassé était très enflé. Sa démarche était hésitante, mais il souriait.

— Hé, tu as l'air d'aller mieux, Cochise, blagua Dev.

— Tu ne peux pas en dire autant, Deveraux, répliqua Bobby Joe. Même si la jolie femme qui t'accompagne compense ta sale gueule.

Valéria alla embrasser Bobby Joe sur la joue.

— Merci, Bobby Joe, dit-elle. Tu as bien meilleure mine. On s'inquiétait.

— Il faudra commencer de t'inquiéter quand j'aurai cette allure-là, dit Bobby Joe, qui montra Dev d'un signe de tête.

— À vrai dire, j'ai l'impression qu'on m'a enroulé dans un drap et tabassé avec une batte d'entraînement, reconnut Dev, qui grimaça quand il s'assit sur un tabouret de bar. Tu sais ce que c'est. On prend conscience des dégâts deux jours après une bagarre.

— Bobby Joe et moi, on a l'intention d'aller au cimetière confédéré, après le café, dit João. Vous voulez venir ?

— Pourquoi pas ? fit Dev, qui adressa un regard méfiant à Bobby Joe. Comment ça va, Cochise ? Les fantômes se sont calmés ? J'ai vu assez de trucs bizarres pour aujourd'hui.

— T'en fais pas, mon vieux, dit Bobby Joe sur un ton léger qui ne correspondait pas complètement à ce qu'il ressentait. Je suis sûr que le drame est fini pour aujourd'hui.

*

La piste de terre rouge, creusée d'ornières, qui conduisait au cimetière ressemblait étrangement aux petites routes de campagne du nord de la Géorgie. Les champs de canne à sucre qui bordaient la piste s'étendaient à perte de vue.

— Si les cannes étaient du maïs, on pourrait se croire du côté d'Athens, pas vrai ? demanda João. Ici, cet humus rouge s'appelle *terra roxa*. C'est une des terres les plus fertiles du Brésil.

Quand João ralentit, à proximité du cimetière, le nuage de poussière rouge soulevé par la Range Rover les enveloppa et cacha le paysage pendant trente bonnes secondes. Le spectacle qu'ils découvrirent quand la poussière fut tombée était si inattendu qu'il leur fit presque l'effet d'une apparition. Un terrain clos d'environ deux hectares, planté d'eucalyptus, de palmiers, de sapins, de bananiers et de pins à longues aiguilles s'étendait au milieu des cultures de canne à sucre. Une pancarte, audessus de l'arche du portail métallique, indiquait : CEMITÉRIO DO CAMPO MUNICÍPIO DE SANTA BARBARA D'OESTE.

Juste derrière le portail, ils s'arrêtèrent près d'un grand pavillon, construit dans le style du Sud, dépourvu de murs, couvert de tôle ondulée et au sol bétonné. Des tables de pique-nique étaient disposées au centre.

Quand ils descendirent de voiture, le silence absolu les frappa. Quelque chose, dans l'atmosphère, suggérait que l'Histoire ne s'était pas arrêtée, ici, qu'elle n'était pas complètement entrée dans la mémoire. Que la terre elle-même s'accrochait à un vestige de vie qui l'avait touchée et qu'elle refusait d'abandonner au passé.

Au-delà du pavillon, derrière la fenêtre ouverte de la maison en bois du gardien, le visage d'une jeune femme noire apparut brièvement, puis disparut. Ce visage fit basculer la réalité de Bobby Joe. Le sol parut bouger sous ses pieds et le monde lui sembla d'un éclat surnaturel. Un bruit, bourdonnement grave et ininterrompu, assaillit ses oreilles et ses pieds bougèrent de leur propre chef.

Dev fut le premier à remarquer qu'il arrivait quelque chose à Bobby Joe, qui se dirigeait d'une démarche lente et fluide, comme s'il glissait au-dessus du sol, vers le monument dressé au centre du cimetière. Dev prit Valéria par la main, suivit Bobby Joe et, d'un mouvement de la tête, fit signe à João de les accompagner.

Le monument était identique à celui que Bobby Joe avait vu à Americana. La base de l'obélisque était hexagonale et deux faces présentaient le drapeau confédéré. Douze noms de famille étaient gravés sur chacune des autres faces. Bobby Joe passa à plusieurs reprises la main sur Looney. Quand les autres arrivèrent près du monument, il leur adressa un regard songeur, lointain, puis il prit le chemin de la petite chapelle qui se dressait au-delà du monument, à quelques mètres.

Un étroit chemin bétonné, bordé de palmiers minces, permettait d'accéder à la jolie petite église de briques orangées. Bobby Joe gravit les cinq marches et franchit la porte voûtée, suivi par ses trois amis. L'intérieur était d'une simplicité presque dépouillée, mais élégante. L'allée centrale, dallée de carreaux roses et blancs et bordée de part et d'autre par dix rangées de prie-Dieu tout simples, aboutissait à la chaire. Sous les yeux de ses amis, immobiles sur le seuil, Bobby Joe allait et venait en touchant les objets. Il passa la main sur les prie-Dieu, s'agenouilla et posa les mains sur le dallage. Il caressa le bois ciré de la chaire, puis il gagna le mur courbe du fond et passa les doigts sur la croix de pierre qui y était scellée. Quand il regagna la porte, il suivit le mur de droite, dont il caressa de la main la surface blanchie à la chaux. Il passa près de ses compagnons sans les voir, comme un somnambule, le regard fixe.

Ils le suivirent derrière la chapelle, puis parmi les longues rangées de tombes qui s'étendaient à droite et à gauche sur toute la largeur du cimetière. Bobby Joe marchait entre les rangées, passait la main sur le marbre des pierres tombales, s'arrêtait de temps en temps devant une sépulture et prononçait à voix basse des mots que les autres, qui suivaient à quelques mètres, ne comprenaient pas.

Bobby Joe s'immobilisa devant une tombe située à l'extrémité de la dernière rangée, dans le coin gauche du cimetière. Il reprit conscience de ce qui l'entourait et se demanda ce qu'il faisait là. Il vit, à ses pieds, la tombe blanche et passée de Yancey Looney. Sur la pierre toute simple, on lisait :

YANCEY AUGUSTUS LOONEY
1832-1901
Confederate States of America
Ne s'est jamais rendu

Le bourdonnement s'amplifia dans les oreilles de Bobby Joe et un vertige violent le jeta à genoux. Un courant électrique lui parcourut le corps et il fut une nouvelle fois précipité dans les ténèbres. Il tomba dans un tunnel obscur et atterrit sur un cheval au galop, les rênes dans la main gauche et un sabre de cavalerie dans la droite. Autour de lui, le vacarme horrible de la bataille retentissait dans le noir. Les odeurs de la poudre, du sang et des entrailles emplissaient ses narines. Il galopait dans un paysage de ténèbres où se mêlaient les coups de feu, le fracas des sabres, les cris de victoire, les hurlements des blessés et les hennissements déments des chevaux. Il donnait des coups de sabre désespérés à droite et à gauche, se taillait un chemin à l'aveuglette dans le carnage. Finalement, il se dégagea et galopa dans un espace découvert. Puis il heurta violemment un autre cavalier, fut désarçonné et projeté sur le sol. Un bourdonnement étrange emplit ses oreilles et il s'éleva, dans un tunnel obscur, vers un point lumineux. Trois visages indistincts, penchés au-dessus du bord du tunnel, le regardaient. Il vit leurs lèvres bouger et perçut des sons étranges, comme déformés par l'eau. Puis les visages devinrent nets et il entendit clairement son nom.

Bobby Joe regarda les visages inquiets penchés sur lui, puis tenta de fuir le lit sur lequel il était allongé, parce qu'il ne reconnaissait pas ce qui l'entourait. Dev posa deux mains sur sa poitrine et le contraignit fermement à se recoucher. Bobby Joe voulut se débattre, mais s'aperçut qu'il n'en avait pas la force. Au bout d'une minute, il comprit qu'il était de retour à l'hôtel.

— Nom de Dieu, Dev, je suis aussi faible qu'un chaton. Comment je suis rentré ici ?

— Repose-toi, Bobby Joe, répondit Dev. Tu as eu une nouvelle crise, au cimetière. On t'a transporté dans la voiture et ramené ici. Tu as été dans le cirage plus d'une heure, mon vieux. Tu te souviens de ce qui s'est passé ?

— C'était un peu la même chose que la première fois, mais plus fort. Je vais être franc avec toi, Dev : je ne sais absolument pas ce qui arrive. Mais ça m'a complètement vidé. Je crois que j'ai besoin de dormir. Vous devriez aller faire un tour en ville. Je serai très bien ici.

— Si tu es sûr que ça va. Est-ce que tu as besoin de quelque chose ?

— Non, ça va. J'ai seulement besoin de me reposer. Allez, ne restez pas là.

Quand la porte fut fermée derrière eux, Bobby Joe, immobile, tenta de donner un sens aux événements de la journée. Il n'obtint pas d'autre résultat qu'un surcroît de fatigue, qui l'entraîna dans un sommeil profond et sans rêves. Juste avant de céder au sommeil, il décida de téléphoner à Miss Amelia.

*

Quand Bobby Joe se réveilla, il se sentait fort et reposé. Miss Amelia occupait toujours ses pensées. Il gagna la salle de bains, se passa de l'eau sur le visage, puis revint s'asseoir sur le lit et décrocha le téléphone. Il composait les chiffres de l'international quand on frappa légèrement à sa porte. Il envisagea un instant de continuer d'appeler Miss Amelia, puis il raccrocha et gagna la porte, persuadé que c'était Dev.

Bobby Joe ouvrit et se trouva face à... lui-même. Un frisson glacé prit naissance sur ses poignets, monta le long de ses bras jusqu'à ses épaules, puis descendit sur son dos et le laissa couvert de chair de poule. Incrédule, il ferma les yeux et secoua la tête. Quand il les rouvrit, il était toujours face à une reproduction parfaite de lui-même, une reproduction identique sur tous les plans, hormis les yeux. Les yeux ébahis qui fixaient Bobby Joe étaient du même bleu tendre que les œufs de merle, parsemés de points du même jaune doré que les étoiles, et d'une luminosité impossible.

Bobby Joe fixa, hypnotisé, ce visage sombre et mince que seul un miroir aurait dû lui renvoyer, et ces yeux si extraordinaires et si beaux que seul un artiste divin avait pu les créer. Il voulut parler mais la vision qui se tenait devant lui l'avait rendu muet. Au terme d'un long moment de gêne, l'amusement remplaça l'ébahissement dans les yeux bleus de l'homme. Un doux sourire, teinté d'ironie, joua sur son visage.

— Je suis Yancey Looney, dit-il dans l'anglais pur et mélodieux du Sud. Et il semblerait que je ne me suis pas trompé de chambre.

— Bonjour, cousin Yancey, répondit Bobby Joe, la main tendue. Je suis Bobby Joe Looney, de Double Springs, Alabama. J'ai l'impression qu'on a beaucoup de choses à se raconter. Entre donc.

CHAPITRE 12

Le Cessna filait à cent quatre-vingts nœuds, quinze mètres au-dessus des eaux moutonneuses de l'Atlantique, quand la côte du Brésil, d'un vert intense, apparut. Jack Lee éprouva un fort sentiment de soulagement, qui allégea les membres lourds de son corps engourdi et clarifia son esprit émoussé par la monotonie épuisante de trois jours de vol. Il tendit le bras et passa la main sur les cheveux coupés en brosse de Lang qui, le regard fixe, lui sourit. Lang montra, droit devant, une petite ville qui apparaissait dans le ruban miroitant de brume derrière lequel la côte disparaissait partiellement.

— Ça devrait être Caraguatatuba, dit Lang. À partir de là, on ne vole plus aux instruments… c'est en visuel jusqu'au bout. Une cinquantaine de kilomètres après cette petite ville, dans les montagnes, on verra un grand bâtiment blanc à gauche d'une route goudronnée à deux voies. Il devrait y avoir des autocars devant. Et aussi beaucoup de voitures. D'après mon ami, c'est la seule aire de repos touristique sur des kilomètres. Elle devrait être facile à trouver. Ensuite le ranch — ils s'appellent *fazendas*, ici — le ranch qu'on cherche est à six kilomètres plein sud. On y fait de l'élevage. Il y a une énorme villa blanche et un patio dallé de mille mètres carrés derrière. C'est notre point de repère. Il y a un motif en forme de roue de chariot sur le dallage du patio. Théoriquement, il y a une piste de neuf cents mètres, derrière.

— Je suis prêt, Lang, dit Jack, qui prit le bidon de lait de huit litres posé à ses pieds. Je ne veux plus voler avant longtemps et je ne veux plus JAMAIS pisser dans un de ces trucs.

— Tu as intérêt à te dépêcher, Jack, dit Lang, qui rit tandis que Jack introduisait son pénis dans le col du bidon, parce qu'on va grimper dans une minute.

Jack se demanda, quand l'odeur âcre de l'urine emplit l'habitacle, combien de fois il avait pissé dans ce bidon en plastique depuis trois jours. Combien de fois il avait changé de position dans l'étroit habitacle. Le premier jour n'avait pas été trop désagréable. Ils avaient volé toute la journée et atterri en fin d'après-midi à la pointe sud-ouest de la République Dominicaine, où un ami de Lang les avait reçus royalement dans sa propriété isolée. La deuxième nuit n'avait rien eu à voir. Le privilège de faire le plein et de nourrir les moustiques impitoyables d'un coin perdu du sud de la Guyane française, non loin de la frontière brésilienne, leur avait coûté cinq mille dollars. Compte tenu des exigences en carburant du plan de vol qu'il avait préparé, Lang n'avait pu obtenir une introduction personnelle que pour ce terrain d'atterrissage primitif. L'ami qui avait téléphoné pour le compte de Lang lui avait dit de garder les gens à l'œil et de rester le moins longtemps possible. Ils avaient fait le plein immédiatement après l'atterrissage, puis s'étaient couchés dans une cabane sans fenêtres plantée au bord de la piste. Entre les moustiques et la méfiance que lui inspiraient les bandits taciturnes qui géraient l'endroit, Jack n'avait dormi qu'une heure sur les six qu'il avait passées dans le hamac déchiré, son sac plein d'argent sous les jambes et le Colt .45 que Lang lui avait donné sur l'estomac, une cartouche dans la culasse. Il regretta plus d'une fois d'avoir jeté le Browning dans les eaux profondes, au large de la Floride.

Ce matin, plusieurs heures avant l'aube, Jack et Lang s'étaient levés, jurant et se grattant, et avaient décidé de quitter cet enfer pendant qu'ils avaient encore du sang dans les veines. Le « directeur » de l'établissement, au visage de fouine et aux yeux fuyants, avait protesté avec mauvaise humeur, quand ils l'avaient réveillé et lui avaient demandé d'allumer l'éclairage de la piste, puis avait accepté à contrecœur quand il avait vu le .45 glissé sous la ceinture de Jack et l'expression de son visage. Ils suivirent le type maigre comme un clou, râleur, dans un petit bâtiment en bois, où il fit démarrer un groupe électrogène antique qui toussa et cracha. Quand il manœuvra l'interrupteur mural les faibles ampoules de l'éclairage de la piste s'allumèrent. Certaines étaient bleues, d'autres jaunes et d'autres grillées. Ils avaient poussé des cris de joie quand l'avion s'était élevé au-dessus de ce qu'ils considéraient tous les deux comme le bord ridé du trou du cul du monde.

Cap au sud-ouest, ils avaient survolé la jungle du nord tropical du Brésil. Les étendues vertes, immenses et inhabitées, sous l'œil furieux du soleil équatorial qui se levait, les émerveillèrent. À Ilhéus, ville côtière de l'État de Bahia, ils avaient ravitaillé une dernière fois, puis ils avaient gagné le large et, sur les conseils d'un ami bien informé de Lang, qui lui avait recommandé de passer hors de la portée du réseau de surveillance des radars de l'armée de l'air brésilienne entre Rio de Janeiro et São Paulo, ils étaient sortis de la limite des deux cents miles avant de mettre le cap au sud.

Et, tandis qu'ils survolaient les sommets tourmentés et les vallées luxuriantes de la Serra do Mar, Jack commença vraiment à croire qu'il y avait une destination au terme de ce vol interminable. Que ce pays immense serait peut-être en mesure de lui fournir le refuge qu'il désirait si ardemment. Une main posée sur son épaule le tira de sa rêverie. Lang montra, droit devant, un bâtiment blanc imposant, près d'une route qui serpentait dans les montagnes. De nombreux autocars et automobiles étaient garés sur le parking.

Lang vira et mit le cap au sud, puis réduisit les gaz et descendit lentement. Une minute plus tard, une roue de chariot aux rayons noirs, au milieu de l'énorme patio dallé de blanc qui s'étendait derrière une villa d'un étage, apparut. Le ranch occupait une vallée entourée de montagnes boisées. Une piste à l'herbe soigneusement tondue s'étendait à une centaine de mètres du patio, partiellement dans l'ombre, parce que le soleil orange, qui se couchait, avait à moitié disparu, à l'ouest, derrière la montagne.

Lang amorça son atterrissage par le nord, posa l'avion en douceur sur le tapis couleur d'émeraude, puis gagna l'extrémité de la piste et coupa les moteurs près d'un petit hangar en aluminium. Quelques instants plus tard, un 4 ∞ 4 Toyota jaune, aux roues démesurées, apparut près de la villa et s'engagea sur l'étroit chemin gravillonné qui permettait de gagner la piste. Lang leva l'index et le secoua pour donner du poids à ses propos.

— N'oublie pas ce que je t'ai dit. Je ne connais pas ce type. Tout ce que je sais, c'est que c'est un ancien trafiquant gringo, Tommy White, qui a pris sa retraite, a épousé une Brésilienne et est venu s'installer ici. Aaron Thomas, de Caroline — tu te souviens d'Aaron, de Beaufort ? — Aaron m'a indiqué ce type et m'a dit qu'il était franc comme l'or. Je ne sais pas ce qu'il nous réserve. Il peut nous demander de filer *pronto* ou nous inviter à passer la nuit chez lui. Quoi qu'il en soit, il connaît mon nom mais pas le tien, donc tu seras Louis Malone, comme c'est indiqué sur ton nouveau passeport, d'accord ?

— Parfait. Maintenant quittons cette boîte de conserve et foulons la terre ferme.

Ils descendirent de l'appareil et contournaient la queue quand la voiture s'arrêta. Un gros homme en short blanc, sandales de cuir et ample *guayabera* blanche sortit péniblement du véhicule. Puis il se redressa, tira sa guayabera sur son ventre énorme et leur adressa le sourire le plus blanc qu'un dentiste puisse fournir. Ses cheveux poivre et sel étaient coiffés en arrière au-dessus d'un front large et collés sur son crâne par une substance huileuse qui luisait dans le crépuscule. Des yeux marron souriants et une longue moustache d'une blancheur de neige affermissaient les traits lourds de son visage bronzé. Jack comprit immédiatement qu'il l'avait rencontré, mais ne put déterminer où et quand.

— Bienvenue, messieurs, dit le gros homme qui, la main tendue, se dirigea vers eux. Je m'appelle Tommy White et il y a longtemps que je n'ai pas vu deux hommes aussi épuisés.

— Je m'appelle Lang Hughes, Tommy, dit Lang,

qui serra la main de Tommy White. Et voilà Louis Malone, un de mes vieux amis et une relation d'Aaron.

Jack serra la main de Tommy et lut, dans ses yeux marron et souriants, qu'il le reconnaissait.

— Merci de nous recevoir, Tommy, dit Jack. J'espère que ça ne te crée pas des ennuis.

— Pas de problème, euh, Louis. Les amis d'Aaron sont mes amis et sont toujours les bienvenus. Il m'a dit que vous aviez besoin d'atterrir et de vous ravitailler discrètement. J'ai souvent été à votre place et je sais ce que ça signifie, quand on voyage. Mais je vais être franc avec vous : j'avais l'intention de remplir vos réservoirs et de vous renvoyer, mais je ne peux pas m'y résoudre. Il m'est arrivé d'être aussi fatigué que vous. Il y a un moment, mais je n'ai pas oublié. Ma femme, Dulce, reçoit, ce soir, donc je ne peux pas vous inviter chez moi, mais j'ai une petite maison destinée aux amis, dans la forêt, à l'extrémité ouest de la vallée, où vous pourrez passer la nuit.

Lang et Jack se regardèrent, puis acquiescèrent.

— C'est très gentil de ta part, Tommy, dit Lang. Et, à propos, je partirai à l'aube, mais Louis va à São Paulo. Je ne suis pas sûr qu'Aaron t'en a parlé.

— Il n'a rien dit, mais il n'y a pas de problème, dit Tommy. Quand tu auras fait le plein et décollé, je conduirai Louis à la gare routière que vous avez survolée. Il y a un départ toutes les heures. Je regrette de ne pas pouvoir faire davantage, mais je suis hors du coup maintenant et, bon…

— Compris, dit Jack. Tu fais déjà beaucoup.

Quand ils eurent poussé le Cessna dans le hangar, Tommy les conduisit, par un chemin creusé d'ornières, à l'extrémité ouest de la vallée. Parmi les arbres se dressait une petite maison de plain-pied, aux murs de béton et au toit de tuiles rouges.

— Bon, dit Tommy, prenez une douche, buvez un verre et, quand vous aurez fini, j'aurai demandé à quelqu'un de vous apporter à manger. Je crois que vous trouverez tout ce qu'il vous faut sans problème. Je regrette de vous laisser, mais j'ai des choses à terminer avant la réception.

La maison était toute simple : salle de séjour, cuisine et coin repas sur le devant, deux chambres et la salle de bains au bout d'un petit couloir, sur l'arrière. Lang laissa la douche à Jack et se mit en quête du whisky.

Jack resta longtemps debout sous le jet d'eau brûlante, dans l'espoir qu'il ferait disparaître les tremblements laissés par les vibrations de l'avion dans ses épaules et sa nuque. Quand la vapeur étouffante eut empli la petite salle de bains, et que ses genoux furent devenus cotonneux, il s'assit dans le bac et supporta la chaleur jusqu'au moment où il lui sembla que sa peau allait s'en aller en lambeaux. Une brise fraîche entra dans la salle de bains quand il ouvrit la porte. Il baissa le couvercle des toilettes, s'assit dans le courant d'air et se sentit purifié, comme si l'eau n'avait pas emporté seulement la crasse accumulée pendant le voyage. Quand il eut retrouvé toutes ses forces, il enroula une serviette autour de sa taille et, pieds nus, gagna le salon, où Lang était allongé sur un canapé en rotin, un grand verre de liquide ambré à la main. Il y avait, sur la table basse, une bouteille de *Johnnie Walker Black*, un verre vide et un seau à glace.

— Il va m'en falloir quelques-uns pour que mon fuselage cesse de vibrer, dit Lang, un sourire satisfait aux lèvres. Mes vieux os ne sont plus aussi résistants.

— Il y a toute l'eau chaude que tu veux, à côté, dit Jack, qui versa trois doigts de scotch dans son verre. Je suis aussi mou que l'homme-caoutchouc du cirque.

— Je prendrai une douche après le prochain verre, dit Lang, qui s'assit et fixa attentivement Jack. J'ai une question à te poser. Est-ce que c'est mon imagination ou est-ce qu'il s'est passé quelque chose entre toi et Tommy White ? Pendant une minute, j'aurais juré que vous vous connaissiez.

— Il n'y a pas grand-chose qui t'échappe, Lang. J'ai l'impression de l'avoir rencontré, mais je ne me souviens pas où et quand. Évidemment, là je ne marche que sur un cylindre. Ma mémoire sera peut-être plus en forme après une bonne nuit de sommeil.

— Ouais, c'est ça, faut dormir. Je n'ai pas envie de manquer ce qui est sûrement notre dernière soirée ensemble, mais je ne crois pas que je tiendrai longtemps le coup après dîner.

Jack vida son verre d'un trait et s'assit dans un fauteuil en rotin à haut dossier.

— Ne regrette rien, Lang, dit Jack. Tout ce que tu risques de manquer, c'est une conversation avec un piquet.

Des coups frappés à la porte tirèrent Jack, groggy, d'un sommeil de plomb. La nuit était tombée et seule l'ampoule du couloir qui conduisait à la salle de bains, où Lang prenait une douche, éclairait la maison. Jack se leva, trouva l'interrupteur et ouvrit la porte.

— *Tudo bem, senhor ?* demanda un jeune homme

mince, qui donna un panier de pique-nique à Jack. Tout va bien ?

— Oui, merci, répondit Jack.

Le parfum de la nourriture fit gronder son estomac.

— *Comida*, ajouta le jeune homme, qui porta les doigts joints de sa main droite à sa bouche. Nourriture.

— Oui, merci.

— *De nada, senhor. Boa noite*. Bonne nuit.

— *Boa noite*, dit Jack, qui regarda ensuite le jeune homme disparaître dans le noir.

— C'est très différent de l'espagnol, constata Lang, la peau rougie par l'eau brûlante, quand il rejoignit Jack à la table du coin repas. Je suppose qu'il va falloir que tu te mettes rapidement au portugais.

— C'est mon intention. Merde, Lang, je me suis endormi comme une masse, dans ce fauteuil.

— Au milieu d'une phrase, mon frère. On n'est plus bon à rien. Mangeons et allons nous coucher. On pourra parler demain matin.

Ils ouvrirent le panier de pique-nique, où ils trouvèrent des steaks et du poulet grillés, du riz, des haricots noirs, de la salade et des petits pains frais.

— Comme tu ne manges pas de viande, dit Lang, prends le riz et les haricots. On partagera la salade. Nom de Dieu, après tous ces sandwiches et ces biscuits, c'est un vrai festin.

Ils se jetèrent sur la nourriture avec cet abandon que seule la vraie faim peut excuser. Ils dévorèrent sans un mot. Quand la dernière bouchée fut avalée, ils levèrent la tête et sourirent. Leurs sourires exprimaient l'amour, l'amitié et la tristesse de la séparation. Leurs sourires leur épargnèrent les propos gênants des adieux.

Après avoir remis de l'ordre dans la cuisine, ils éteignirent et gagnèrent leurs chambres. Ils hésitèrent, dans le couloir, puis se serrèrent vigoureusement dans les bras l'un de l'autre.

— Ne recule pas d'un pouce, *amigo*, dit Lang dans un souffle rauque.

— Tu peux y compter, répondit Jack avant de pivoter sur lui-même.

Allongé dans le noir, Jack resta parfaitement immobile. Juste avant de s'endormir, il imagina qu'il se laissait emporter par le courant lent du cercle extérieur d'un tourbillon. Au loin, retentissait le bruit de succion du centre de l'entonnoir, mais il n'en tint aucun compte. Quand le courant se fit plus rapide, il murmura :

— Oui.

Puis il plongea dans les caves aqueuses de l'oubli.

*

Dante Ferro raccrocha le téléphone, des étoiles dans ses yeux humides et le doux parfum du succès dans les narines généreuses de son nez en forme de tremplin de saut à ski. Tout se mettait en place. Il le sentait. Le coup de téléphone qu'il venait de recevoir émanait du Service des renseignements. On avait vu Jack Lee en Guyane française, à la frontière du Brésil. Le type qui avait envoyé le rapport, un informateur rémunéré qui jouait sur les deux tableaux avec la bénédiction de la DEA, avait indiqué que Lee allait vers le sud à bord d'un Cessna Titan. Toutes les annexes d'Amérique du Sud avaient aussitôt été placées en état d'alerte. Mais dix contre un que c'est le Brésil, se dit Dante, qui se voyait déjà dans le Learjet confisqué qui, les réservoirs pleins, attendait à Charley Brown Airport.

Dante appuya sur le bouton de l'interphone et, impatient, attendit.

— Oui, patron ? demanda la voix sensuelle de la secrétaire.

— Envoyez-moi Bascomb Barr au galop.

— Désolée, patron. Barr est parti après déjeuner. Il a dit qu'il ne se sentait pas bien.

— Trouvez-le et envoyez-le-moi, fit sèchement Dante. Téléphonez chez lui. Bipez-le. Mais envoyez-moi ce crétin. C'est pigé ?

Dante se leva et se mit à faire les cent pas dans son bureau, corps minuscule chargé d'adrénaline et tête énorme palpitant à cause d'un cerveau surchargé d'électricité, où les réflexions tournoyaient sur un rythme frénétique. Putain, faut rien laisser au hasard, se dit-il. Sûrement pas la peine d'envoyer Trois-B au GBI mais, merde, on n'est jamais trop prudent. Ces péquenots ont peut-être trouvé quelque chose, on ne sait jamais.

*

Trois-B prit une profonde inspiration, serra la sarbacane en aluminium d'un mètre vingt de long et s'efforça de ne faire qu'un avec la cible fixée à six mètres de lui, sur le mur opposé du salon : un cliché agrandi du visage de Dante Ferro, sur le nez énorme duquel une éponge de cuisine était fixée par des épingles. Quand il sentit qu'il était prêt, il souffla moyennement fort dans l'embout en caoutchouc et, satisfait, vit la fléchette hypodermique pleine d'eau colorée en rouge se ficher au centre de l'éponge. Aussitôt, une tache rouge foncé forma un cercle irrégulier.

— Bientôt, sale Rital, dit Trois-B quand il sortit la fléchette de l'éponge. Bientôt.

Trois-B s'immobilisa au milieu de la pièce et attendit que ses forces, qui l'avaient quitté, reviennent. Le monstre à mille bouches le dévorait à présent furieusement et il imaginait que le virus était une colonie de termites qui mangeaient son corps de l'intérieur. Il avait parfois l'impression d'entendre les mandibules qui réduisaient ses entrailles à néant. Il avait clairement conscience de la fuite du temps. Le moment était venu, aucun doute.

Trois-B regarda fixement le mince cylindre d'aluminium qu'il tenait à la main et éprouva une sensation de plaisir. L'expérience était un succès complet. Il avait commandé la sarbacane sur catalogue et trouvé les fléchettes hypodermiques dans une boutique de produits vétérinaires. La précision de l'arme l'avait stupéfié. Les fléchettes aussi fonctionnaient formidablement. Maintenant, il fallait faire couler le sang et expérimenter sur le terrain.

Trois-B gagna la cuisine et considéra ses achats récents, le matériel de ses tâches de sang. Il y avait, sur la table de la cuisine, une seringue, un garrot en caoutchouc et une petite glacière en plastique dur, munie d'une bandoulière. La glacière faisait trente centimètres de haut, vingt centimètres de large et neuf centimètres d'épaisseur. Elle comportait deux conteneurs en plastique plein de liquide bleu qui, gelé, maintenait à l'intérieur une température proche de zéro pendant douze heures. C'était la banque du sang portative parfaite. Trois-B passa la bandoulière par-dessus sa tête puis y glissa le bras droit, si bien que la courroie reposa sur son épaule gauche et la glacière contre son flanc droit. Il sortit une poignée de fléchettes de la poche de sa chemise et s'assit devant la table. Il garrotta son bras gauche et visualisa la procédure en attendant l'apparition de la veine : prélever du sang, emplir rapidement les fléchettes, ouvrir la glacière, y mettre les fléchettes, fermer la glacière. Il avait l'intention de s'entraîner jusqu'au moment où il mettrait au maximum deux minutes.

Le téléphone sonna à l'instant où Trois-B glissait l'aiguille dans la veine. Il hésita, puis retira l'aiguille et attendit que son répondeur se déclenche. Après la quatrième sonnerie, la voix sensuelle de la secrétaire de Dante Ferro lui demanda de décrocher s'il était chez lui. Elle dit qu'il y avait une urgence et qu'elle continuerait de parler afin de lui laisser le temps de venir décrocher.

Trois-B poussa un soupir dégoûté, dénoua le garrot et, d'une démarche traînante, gagna le téléphone mural de la cuisine. La secrétaire lui dit de ne pas quitter et, quelques instants plus tard, Dante Ferro rugit au bout du fil :

— Salut, Trois-B. Ça va pas très fort, hein ? Désolé de vous déranger, mais faut que vous alliez au GBI. Que vous rencontriez ce Dalton. Il y a du nouveau dans l'affaire Jack Lee. Voyez si vous pouvez tirer quelque chose de ce petit Tommy. Voyez s'ils ont des indices qu'on n'a pas. Et venez me faire votre rapport. Ça vous fera du bien de travailler un peu. C'est pigé ?

Ferro raccrocha sans laisser à Trois-B le temps de prononcer un mot. Il était sur le point de protester, de dire à ce petit métèque que Dalton l'avait envoyé sur les roses, la première fois, et qu'il allait sûrement recommencer. Connard qui sent l'ail et a un petit pois dans la tête ! Putain, ça va bientôt être ton heure ! Foutre oui ! Tu verras comme tes spaghetti vont tourner autour de ta fourchette, quand tu auras mille bouches de plus à nourrir.

*

Il n'y avait personne, à la réception, quand Trois-B sortit de l'ascenseur au premier étage du siège du GBI. Il attendit une minute, puis gagna le bureau de Tommy Dalton. La porte était ouverte, mais Dalton n'y était pas. Trois-B frappa deux fois, puis entra et attendit dans le bureau vide. Il gagna la table et constata qu'il y avait, dessus, une chemise brune ouverte qui contenait un rapport. Après avoir jeté un coup d'œil en direction de la porte et guetté d'éventuels bruits de pas, il retourna la chemise et parcourut rapidement son contenu. Le sujet du rapport était Johnnie Mae Welch, septième victime de l'affaire des meurtres des sœurs noires. Pendant qu'il lisait, une émotion secrète fit battre son cœur plus vite. Puis il vit les mots « témoin » et « portrait-robot », et l'émotion se mua en panique.

Quand des pas retentirent dans le couloir, Trois-B fit précipitamment pivoter la chemise et se tourna vers la porte. Une femme en blue-jeans passa sans le voir. Son soupir de soulagement fut brusquement interrompu quand il vit son portrait-robot agrafé au mur, juste en face du bureau. Les traits du visage, sous sa perruque de chasse, n'étaient pas absolument exacts, mais ils étaient foutrement ressemblants. C'étaient les yeux qu'on remarquait. Les yeux troubles, laiteux. Est-ce que c'était ce que le rapport indiquait ? Des yeux laiteux. Nom de Dieu !

Trois-B gagna précipitamment la porte et jeta un coup d'œil dans le couloir. Comme il n'y avait personne, il retourna rapidement à la réception, qui était toujours inoccupée. Il appuya sur le bouton de l'ascenseur et attendit, le souffle court et la peau couverte d'une sueur glacée sous sa chemise. Quand l'ascenseur arriva enfin, il se précipita dans la cabine et appuya sur le bouton du rez-de-chaussée, une prière de remerciement aux lèvres parce qu'il parvenait à fuir sans être vu. Au moment où la porte se fermait, il aperçut Tommy Dalton qui, d'une démarche hésitante, presque boitillante, passait devant la réception.

Le sang malade de Trois-B chanta d'allégresse quand il franchit les portes du quartier général du GBI sans se faire remarquer. Pendant quelques instants, il eut l'impression d'être redevenu tel qu'il était dans sa jeunesse : résistant, compétent, débordant d'énergie et fort comme un Turc. La peur rétrospective d'avoir failli être démasqué conféra une lucidité pimentée à ses pensées, et il comprit, tandis qu'il gagnait sa voiture, que Tommy Dalton n'avait pas fait le lien entre le portrait-robot et lui. Le désir de chasser, puissant, grandit en lui, ainsi qu'une idée qui le fit sourire. Il fallait de toute façon qu'il teste son matériel sur le terrain. Parfaitement. Il dirait à Dante Ferro que Tommy Dalton refusait de coopérer, puis il ferait un tour dans la salle des pièces à conviction. Elle contenait, entre autres, des milliers de flacons de solution de Demoral. Personne ne s'apercevrait de la disparition de quelques-uns d'entre eux. Du moins pas avant longtemps. Oui, trois cents centimètres cubes devraient suffire. Abattraient une de ces salopes comme une balle dans l'oreille tue un éléphant. Quand il se mit au volant de sa voiture, il se dit qu'il ne faudrait pas qu'il oublie de se débarrasser de la perruque blonde. Quand son bas-ventre se crispa, Trois-B rit. Pas une mauvaise journée, après tout. Pas mauvaise du tout.

*

Tommy Dalton gagnait son bureau d'une démarche prudente et se tenait très droit, afin de minimiser les frictions dans la région de son rectum. Vingt minutes atroces de marathon intestinal avaient joué une symphonie de souffrance sur ses hémorroïdes enflammées, si bien qu'il était trempé de sueur et que sa chemise bleue collait à sa peau. Il entra dans son bureau d'un pas hésitant, ferma la porte puis gagna sa table et tira le tiroir du bas. Il en sortit une petite chambre à air gonflée, la posa sur son fauteuil et s'assit lentement, laborieusement. La crise d'hémorroïdes durait depuis trois jours, si violente et ininterrompue qu'il grimaçait chaque fois qu'il passait devant les toilettes.

Dalton posa les coudes sur son bureau et se prit la tête entre les mains. Les pressions liées aux meurtres des sœurs noires avaient atteint un tel niveau qu'il avait fini par en avoir littéralement plein le cul. Et Jack Lee ! La fuite de Lee avait remis l'affaire des crucifixions sur le tapis si bien que son échec revenait le hanter. Scandale parmi la population. Pressions insultantes de la part du directeur. Nom de Dieu, ça irait jusqu'où ? La veille au soir, seul chez lui, ivre, il avait sérieusement envisagé de mettre le canon de son arme dans sa bouche et d'en finir.

Dalton ouvrit les yeux et fixa le dossier de Johnnie Mae Welch. Quelque chose le troubla. Il n'était pas à l'endroit où il l'avait laissé. Il était certain de l'avoir placé exactement au centre de sa table. Mais qui entrerait dans son bureau et déplacerait le dossier de cinq centimètres ? Putain, je perds la boule, se lamenta-t-il.

Dalton regarda le portrait-robot agrafé au mur. Pour la centième fois, quelque chose bougea, dans son esprit, puis s'enfuit. Comme chaque fois que l'identification lui échappait, il se sentit découragé. Mais il était certain d'avoir déjà vu ce visage. Depuis trois jours, il refusait de communiquer le portrait à la presse, pendant que ses hommes le montraient aux barmen homosexuels des bas-fonds et à tous les travestis connus de la ville. Sans résultat. Maintenant, il ne lui restait plus qu'à le publier et à espérer que l'assassin ne prendrait pas la fuite.

Comme c'était souvent le cas, depuis quelque temps, quand son esprit se rebellait et refusait de réfléchir plus longtemps à une affaire, Dalton porta son attention sur l'autre, sur Jack Lee et Deborah O'Hara. Il fallait qu'il trouve le moyen de la retourner à nouveau. Sinon, ce fumier de Yeats Murphy parviendrait à contester sa déposition. Cette idée jaillit de son esprit comme un missile guidé par la chaleur et explosa dans son anus douloureux. Dalton cria, se leva d'un bond, puis sortit une boîte de suppositoires du tiroir de son bureau et prit le chemin des toilettes.

*

Yeats Murphy gravit l'escalier de derrière et frappa à la porte de l'appartement de Deborah O'Hara. Elle lui laissait des messages depuis deux jours, mais sa ligne était occupée chaque fois qu'il tentait de la rappeler. Il n'était pas en ville quand elle avait laissé le premier message et, tandis qu'il attendait, il regretta de ne pas avoir demandé à quelqu'un de passer la voir. Il allait frapper à nouveau quand la porte s'ouvrit à la volée et que Deborah, qui sanglotait et tremblait comme un faon effrayé, se jeta dans ses bras.

— Allons, allons, jeune fille, dit Yeats, qui l'entraîna dans l'appartement. C'est fini. Racontez-moi tout.

Yeats la conduisit au salon. Il la fit asseoir près de lui sur un grand canapé et la tint à bout de bras. Le tourment et l'épuisement tiraient les traits de son visage trempé de larmes. Il y avait des demi-lunes sombres sous ses yeux noisette bordés de rouge et sa chevelure auburn était sans vie, raide et terne, semblable à de l'étain oxydé. Elle semblait porter le même survêtement gris depuis des jours.

— J'ai cru que vous ne viendriez pas, sanglota Deborah. J'ai cru que vous ne vouliez plus me voir.

— J'étais en voyage d'affaires, jeune fille. C'est tout. J'ai tenté plusieurs fois de vous appeler, mais c'était occupé.

— Il m'a téléphoné tellement souvent que j'ai fini par décrocher. Dalton. Il me rend folle, Yeats.

Yeats sortit un mouchoir de la poche poitrine de sa veste et sécha tendrement les yeux de Deborah. Il continua de frotter doucement son visage, quand les larmes furent essuyées, parce qu'il s'aperçut que ce contact la calmait.

— Est-ce que vous dormez, Deborah ? demanda Yeats d'une voix douce.

Deborah secoua légèrement la tête, leva la main, la posa sur la sienne et l'appuya fermement sur sa joue. Quand elle redressa la tête, elle le regarda dans les yeux et soutint son regard.

— Je ne dors pas, je ne mange pas et je ne peux pas continuer comme ça, Yeats. J'aimerais mieux mourir que continuer comme ça. Je vous ai téléphoné pour vous demander votre aide, mais je sais que je n'en avais sans doute pas le droit. Je sais que vous me haïssez probablement, à cause de ce que j'ai fait à Jack, de ce que je vous ai fait. Mais je n'ai personne d'autre, c'est pourquoi je vous demande de m'aider à retrouver Jack, pour que j'essaie de m'expliquer, que j'essaie d'arranger les choses, parce que je vous jure que je l'aime de tout mon cœur. Je sais que ça semble fou, après ce que j'ai fait, mais c'est vrai et je sais qu'il m'aime encore. Je veux le rejoindre et essayer d'arranger les choses. J'irai n'importe où, je ferai n'importe quoi. Je reviendrai sur mon témoignage et je renoncerai à tout ce que j'ai ici. N'importe quoi. Je suis prête à tout. Je ne comprendrai jamais ce que j'ai fait, ni pourquoi. Je ne comprendrai jamais comment l'amour a pu conduire à ça. J'ai terriblement honte, Yeats. Je vous en prie, aidez-moi.

Yeats attira Deborah contre lui, la berça, lui caressa les cheveux. Il savait, au plus profond de lui-même, qu'elle aimait Jack et que Jack n'avait jamais cessé de l'aimer. Il savait aussi que l'amour blessé compte au nombre des fauves les plus redoutables. Jack et Deborah lui inspiraient de la compassion. Il éprouvait même de la compassion vis-à-vis de lui-même, parce qu'il savait que ce qui était encore possible pour eux était définitivement hors de sa portée pendant les quelques années qui lui restaient. Il prononça son nom à voix basse et, comme elle ne répondait pas, s'aperçut qu'elle s'était endormie.

Yeats la souleva et la porta dans la chambre, heureux d'avoir encore la force de le faire à soixante-dix ans. Il la posa doucement sur le lit et étendit un couvre-pieds sur elle. Immobile, il contempla son visage maintenant paisible et, pendant quelques instants, laissa sa beauté le fasciner. Puis il regagna le salon, où il monterait la garde jusqu'à son réveil. Tout dépend de toi maintenant, Jack, se dit-il quand il s'assit sur le canapé. Téléphone, vite.

*

Assis à la table du coin repas, les trois hommes buvaient le café fort que Tommy White avait apporté dans une Thermos.

— J'espère que ça ne t'ennuie pas, Lang, mais j'ai pris la liberté de faire sortir ton zinc du hangar et de demander à mes gars de s'en occuper. Ils ont rempli les réservoirs et vérifié les niveaux. Tout est en ordre.

— Merci, Tommy. Merci pour tout, répondit Lang, qui bâilla. L'air est si bon, dans ces montagnes, que j'aurais pu rester au plumard jusqu'à la nuit, mais il faut que j'y aille.

Tommy se tourna vers Jack et le considéra, un sourire entendu sur le visage.

— Tu as trouvé, euh… Louis ?

— Ça m'est revenu quand je me suis réveillé, répondit Jack. Turbo. Colombie. 1977. On était dans le même hôtel.

— Et on travaillait tous les deux sur la dernière grosse cargaison d'herbe rouge, dit Tommy, qui souriait maintenant d'une oreille à l'autre. J'ai su que je te connaissais dès que je t'ai vu, mais je ne me suis souvenu où qu'hier en fin de soirée.

— Le monde est petit, fit Jack, qui rendit son sourire à Tommy.

— Et il le devient de plus en plus, surtout le nôtre. On n'est plus aussi nombreux qu'autrefois. Il faut qu'on s'entraide quand on peut. C'est pourquoi j'ai apporté ça. Je me suis dit que tu n'avais probablement pas de cruzeiros. Il faut montrer son passeport, quand on change de l'argent, et je me suis aussi dit que le tien n'était probablement pas tamponné, donc voilà cinq cents dollars en monnaie locale. Ça devrait te permettre de tenir jusqu'à ce que tu aies contacté tes amis, si tu en as. J'espère que tu en as parce que pour s'en sortir, ici, il faut des amis et de l'argent. Il est aussi préférable d'épouser une fille d'ici et de faire rapidement un môme. Enfin, si tu es en cavale, comme ça m'en a tout l'air. Je ne me mêle pas de tes affaires, mais j'essaie simplement de dire que c'est la dernière fois qu'on se voit et que je te souhaite bonne chance. Si tu n'as pas de fric, considère cet argent comme un cadeau d'adieu. Il y a aussi, là-dedans, la carte d'un petit hôtel convenable de São Paulo, où on ne pose pas de questions.

Jack prit le sac en papier que Tommy lui tendait, puis se leva.

— Merci beaucoup, Tommy, dit Jack. Pour tout. Je vais chercher de l'argent. Je ne suis pas encore à la rue.

Quand Jack revint, Tommy et Lang étaient debout. Lang donnait l'impression d'être déjà en l'air et de voler vers le nord.

— Messieurs, on y va, dit Lang. J'ai beaucoup de chemin à faire.

— Tu devrais aller chercher tes affaires, Louis, dit Tommy, qui prit les cinq cents dollars de Jack.

Je vais te conduire à la gare routière, puisque c'est sur mon chemin.

Un concert de chants d'oiseaux les accueillit, quand ils sortirent dans la douce lumière du matin. Le ciel était bleu pâle, sans nuages, et une brise légère poussait l'air frais qui s'était accumulé dans la vallée pendant la nuit.

Jack s'installa à l'arrière de la Jeep. Il fixa la nuque de Lang et, malgré sa résolution, son cœur se serra quand la certitude d'un nouvel adieu, d'une nouvelle rupture dans l'histoire de sa vie, s'imposa à lui. Les adieux étaient trop fréquents, depuis quelque temps, et tous apportaient une sensation de dislocation, une atténuation du sentiment où rôdait la peur qu'une séparation de plus coupe le dernier lien, le condamne à errer, invisible, dans un monde qu'il ne comprendrait plus.

Quand ils atteignirent le hangar, Lang descendit de voiture et fit lentement le tour de l'appareil. Quand il eut terminé son inspection visuelle, il monta à bord et fit les derniers préparatifs. Quelques minutes plus tard, il descendit du Cessna, serra la main de Tommy et se tourna vers Jack. Ils restèrent une trentaine de secondes immobiles et ne se décidèrent ni l'un ni l'autre à franchir la distance qui les séparait. Finalement, ils échangèrent un vague sourire ironique. Ils se saluèrent de la tête, puis Lang se tourna vers l'appareil. Sur la deuxième marche, il pivota sur lui-même et se tourna vers Jack.

— Si jamais tu as envie de rentrer, matelot, tu sais qui appeler, dit Lang avant de monter à bord.

Jack recula de quelques pas et resta immobile dans le sillage des hélices quand Lang lança les moteurs. Leur rugissement pénétra dans ses oreilles et se propagea jusqu'à ses pieds. Quand Lang mit les gaz, le grondement rauque se mua en mugissement strident. L'appareil oscilla légèrement, puis avança et prit de la vitesse. Trente mètres avant le bout de la piste, le Cessna décolla et gagna rapidement de l'altitude. Jack le regarda franchir la crête septentrionale de la vallée et mettre lentement le cap à l'est. Il regarda jusqu'au moment où le point noir, au loin, disparut dans le bleu du ciel, puis il fixa l'azur désert jusqu'au moment où la voix de Tommy White le ramena sur terre.

La gare routière était plus grande qu'elle semblait l'être depuis les airs. Huit longs autocars Mercedes étaient alignés devant son entrée voûtée et devant la véranda qui courait sur toute la façade du bâtiment. Des gens allaient et venaient, un soda et un sandwich à la main, et regardaient autour d'eux en se dégourdissant les jambes. Tommy gara la jeep, dit à Jack de ne pas bouger et entra dans le bâtiment. Il revint cinq minutes plus tard, un billet dans la main droite.

— Le troisième car part pour São Paulo dans trois minutes, annonça Tommy. Le trajet dure à peu près trois heures et demie. Le terminus est à Tietê, la gare routière principale de São Paulo. Je te suggère une chose. Si tu as des raisons de croire qu'on te recherche, descend avant Tietê. Quand tu atteindras les banlieues, tu constateras que le chauffeur s'arrête fréquemment pour faire descendre des passagers. Descends près d'un hôtel ou d'un bar, si possible. Fais le reste du trajet en taxi. S'il n'y a pas de taxi, demande au réceptionniste ou au barman d'en appeler un. Maintenant, il vaudrait mieux que tu y ailles. Tu as la place 26B. Bonne chance.

— Merci encore, dit Jack quand il serra la main du gros homme.

— De rien, répondit Tommy White. Surveille tes arrières. Et ton cul.

Jack monta dans l'autocar et constata que sa place était au milieu, à gauche de l'allée, près de la vitre. De l'autre côté de l'allée, un homme maigre comme un clou, aux cheveux d'une blancheur de coton et aux yeux d'onyx, adressa un sourire édenté à Jack et dit :

— *Bom dia.*

Jack salua de la tête et sourit au vieillard, puis posa son sac à dos par terre et mit les pieds dessus. Quand les passagers furent installés, le chauffeur lança le puissant moteur diesel, qui émit un grondement sourd et fit vibrer l'autocar d'un bout à l'autre. Une faible odeur de gazole brûlé monta aux narines de Jack. Quelques minutes plus tard, sous les effets conjugués des virages, des vapeurs et des vibrations, Jack s'endormit.

Quand il se réveilla, l'autocar n'était plus sur l'étroite route de montagne et il n'était plus à moitié plein, comme lorsqu'il avait quitté la gare routière. Il était bourré au point qu'il y avait des gens debout dans l'allée, et il roulait sur une autoroute moderne, à quatre voies, où la circulation était dense. Un panneau indiqua que São Paulo était à 143 kilomètres. Jack secoua la tête, groggy, et se demanda pendant combien de temps il était resté dans le cirage. Il prit une profonde inspiration et constata que l'air était riche en odeurs humaines et pauvre en oxygène. Il tenta d'ouvrir la vitre, mais s'aperçut qu'elle était coincée. Des dizaines de conversations animées, qui assaillaient ses oreilles comme un bavardage malintentionné, retentissaient dans l'air étouffant, chauffé par la chaleur animale, et accentuaient la sensation de claustrophobie qui lui comprimait la poitrine comme une main oppressante, invisible. Incapable de bouger, Jack se réfugia dans la méditation. Il ferma les yeux et se concentra sur sa respiration, jusqu'au moment où elle trouva un rythme lent et régulier. Il dériva pendant un long moment, puis perdit connaissance.

Une main secoua doucement Jack par l'épaule et le tira d'un sommeil si profond qu'il resta quelques instants sans savoir où il était. Il leva la tête et vit le visage souriant du vieux monsieur noir qui l'avait salué avant le départ de l'autocar.

— São Paulo, São Paulo, dit le vieillard d'une voix chantante et haut perchée. Tietê.

Jack se tourna vers la vitre et constata que le car était arrêté contre un long quai, entre d'autres autocars qui déversaient des flots de passagers qui, en un fleuve humain, gagnaient le terminal.

— Merci, dit Jack.

Il descendit de l'autocar et rejoignit le flot de voyageurs sur le trottoir qui, au milieu du quai, permettait de gagner la porte du terminal. Une clôture grillagée, derrière laquelle amis et parents saluaient les arrivants à grands cris, flanquait la porte. Jack s'injuria en silence, parce qu'il ne s'était pas réveillé avant la gare routière et espéra que personne ne l'attendait de l'autre côté de la porte.

*

Rodrigo da Silva vit le Gringo mince, de haute taille, aux yeux bleu pâle et aux boucles cuivrées, gagner lentement la porte. Il écarta la satisfaction qu'il éprouvait et, dans son esprit tortueux, examina les solutions. Quelle attitude adopter ? Prendre l'argent facile, vite gagné, de ces connards de Gringos de la DEA ou penser à l'avenir, trahir les Gringos et le livrer à la Polícia Federal ? On racontait que le nouveau président américain était sur le point de démanteler la DEA, de l'intégrer dans le FBI. Dans ce cas, il perdrait une bonne partie des revenus que lui rapportaient les sales boulots qu'il effectuait pour ces débiles. La veille, ils l'avaient convoqué, lui avaient montré la photo du Gringo de haute taille qui se dirigeait vers lui, lui avaient donné cinquante dollars pour qu'il surveille la gare routière et lui en avaient promis deux cents s'il le voyait. Edward, le cochon obèse qui était son contact, s'était même montré presque poli. Cet homme était important. Peut-être assez pour lui attirer les bonnes grâces de la Polícia Federal, lui permettre d'y entrer. Il fallait renoncer à deux cent cinquante dollars, une petite fortune, mais merde, c'était un vieux rat et il savait quand quitter un navire en train de couler. Il emmerdait les Gringos. Il les emmerdait tous.

Rodrigo da Silva gagna rapidement un téléphone et sortit une *ficha*, un jeton, de sa poche. Il composa le numéro d'un petit bureau situé dans les entrailles du sous-sol de la gare routière. Quand une voix grave annonça : Polícia Federal, Rodrigo donna des explications précipitées, d'une voix étouffée, puis il attendit la réponse. Quand il l'eut obtenue, il raccrocha et suivit le Gringo de haute taille, qui venait de franchir la porte et se dirigeait vers l'escalier mécanique.

*

En haut de l'escalier mécanique, Jack déboucha dans une salle immense, dont l'activité frénétique évoquait celle d'une ruche. Des gens allaient dans toutes les directions, comme s'ils suivaient les courants invisibles, mais précis, qui les emportaient vers leur destination. Désorienté, Jack s'immobilisa au milieu de la salle et chercha des yeux un panneau indiquant la sortie. Finalement, il leva la tête et découvrit une grande pancarte verte juste au-dessus de lui. Il recula d'un pas et vit le mot : Taxi, surmonté d'une flèche, qui indiquait la direction qu'il suivait. Pendant un instant d'hésitation, il envisagea de trouver un téléphone et d'appeler le numéro de João Silva, que Bobby Joe Looney lui avait donné, puis il prit le chemin de la porte. Il vaut mieux sortir d'abord d'ici, se dit-il et, son sac serré contre le flanc, il accéléra le pas.

Devant l'entrée principale, des taxis étaient garés contre le trottoir. En tête de la file, un homme de haute taille, en uniforme beige, attribuait les taxis aux clients qui faisaient la queue derrière lui. Jack gagnait l'extrémité de la queue quand des pas précipités retentirent derrière lui. Il leva la tête, jeta un coup d'œil sur la droite et constata que des hommes, l'arme au poing, couraient dans sa direction. Quand il porta la main à la fermeture éclair de son sac, l'homme de tête leva son pistolet. Puis quelque chose le frappa derrière les genoux et il tomba. Une main plongea dans ses cheveux et lui tourna brutalement la tête. L'extrémité du canon d'un pistolet automatique entra dans son oreille. Des mains brutales lui écartèrent bras et jambes, puis d'autres mains, plus douces et compétentes, le fouillèrent soigneusement. On le fit lever, on lui passa les menottes puis on le poussa vers l'arrière d'une fourgonnette blanche, qui s'était arrêtée dans un crissement de pneus un instant plus tôt. La dernière chose qu'il vit, quand on l'enferma à l'arrière de la fourgonnette, fut un petit homme souriant, au visage rond et aux vêtements crasseux qui, debout sur le trottoir près de la sortie, tendait une main ouverte à un homme de haute taille, barbu, vêtu d'un blazer bleu.

CHAPITRE 13

— Alors nous voilà, cousin Yancey, dit Bobby Joe. Les derniers Looney. Il faudrait qu'on fasse un fils avant qu'il soit trop tard.

— J'y ai souvent pensé, Bobby Joe, répondit Yancey d'une voix grave et douce. Comment une famille autrefois nombreuse, en tout cas la branche brésilienne, a pu se réduire progressivement à moi ? Au bout du compte, il est apparu que j'aime ma peinture par-dessus tout, sauf ma liberté. J'ai aimé plusieurs femmes mais, chaque fois que les choses sont devenues sérieuses, j'ai refusé de m'engager. Si l'avenir de la lignée t'inquiète, je te suggère de t'y mettre.

Les yeux fixés sur les premières lueurs de l'aube, Bobby Joe pensa à Zela Wylie. Pour la première fois de sa vie, la perspective d'une famille ne lui parut pas totalement improbable.

— C'est peut-être ce que je vais faire, Yancey, dit Bobby Joe. Mais, pour le moment, je crois qu'il faudrait que je dorme un peu. On a parlé toute la nuit.

— Eh oui, dit Yancey. Et il y a longtemps que je n'ai pas autant apprécié une conversation. Je voudrais te montrer quelque chose, avant de rentrer chez moi. Le lever du soleil est spectaculaire, depuis le toit de l'hôtel. Si tu peux tenir le coup encore quelques minutes, on va prendre l'ascenseur et aller le voir.

— Avec plaisir, cousin Yancey. L'air frais me fera du bien.

Les idées se bousculaient dans l'esprit de Bobby Joe tandis qu'ils gagnaient le seizième étage par l'ascenseur. La conversation marathon de neuf heures, qui s'était déroulée dans sa chambre, le laissait à la fois épuisé et plein d'allégresse. Au fil des heures, il avait eu de plus en plus nettement l'impression de retrouver plutôt un frère depuis longtemps perdu de vue qu'un cousin éloigné. La nature douce, placide, de Yancey Looney avait complètement désarmé Bobby Joe. La sérénité et la pondération de Yancey, qualités qui lui faisaient cruellement défaut, l'avaient séduit. Quand il arriva sur le toit et sentit la brise fraîche sur son visage, Bobby Joe s'aperçut qu'il envisageait déjà de vivre près de Yancey, de s'installer à Americana.

— C'est peut-être ton paradis des dinosaures, dit Yancey, comme s'il avait lu les pensées de Bobby Joe. Ces expériences étranges que tu m'as racontées… il y a peut-être quelque chose qui te demande de rester. Je peux te dire que la perspective d'avoir à nouveau de la famille près de moi est très agréable. Est-ce que tu y penseras ?

— C'est ce que je fais depuis quelques instants, répondit Bobby Joe, tandis qu'ils gagnaient le bord est du toit et s'accoudaient au mur d'un mètre vingt de haut. Il faut que j'en parle à mon associé, Dev, avant de prendre une décision mais, comme tu l'as dit, quelque chose semble me demander de rester. On pourrait peut-être se réunir tous, dans la journée. Je voudrais que tu rencontres Dev et son amie. Et aussi João.

— D'après ce que tu m'as dit, ce sont des gens que j'aimerais voir. Déjeunons chez moi, disons vers quinze heures. Ça nous laissera le temps de nous reposer et il nous restera quelques heures de jour. J'aimerais vous faire visiter la ville et les environs.

— Excellente idée, Yancey. Si on décidait de s'installer ici, est-ce qu'on peut facilement trouver un endroit ? Comme je l'ai dit, l'argent ne pose pas de problème. Il nous faut une grande maison avec un peu de terre, quelque chose qui permette à quatre personnes de vivre sans se gêner.

— Ah, oui, ton amie va bientôt arriver. Zela, exact ?

— Très bientôt, j'espère. C'est pour ça qu'on a besoin de place, Yancey. Dev et moi, bon, on a été seuls pendant des années et les choses se sont mises à changer si vite, tout d'un coup, qu'on va avoir besoin d'espace pour s'y habituer.

— Regarde, dit Yancey, le bras tendu vers le nord, tu vois cette maison au sommet de la colline ? La villa jaune à un étage ? Elle est à vendre. Elle est énorme et se trouve dans un bois d'eucalyptus. Elle appartient à une famille de Confederados qui s'est installée à São Paulo. Je les connais bien. Après déjeuner, on pourra peut-être aller y jeter un coup d'œil. Elle n'est qu'à cinq kilomètres d'ici. Maintenant, silence, et regardons le soleil.

Quand Bobby Joe pivota sur lui-même, il s'aperçut que l'horizon était en feu. La pâle lueur rose qui les avait accueillis à leur arrivée, quelques minutes plus tôt, s'était muée en un pourpre furieux, menaçant, qui bouillonnait d'une intensité sans cesse croissante, comme s'il annonçait la conflagration finale. Bobby Joe demeura immobile, fasciné, quand le bord orange du soleil apparut au-dessus de la lèvre de la terre, puis monta rapidement et prit possession du ciel. Jamais, à ses yeux, le retour du jour n'avait été animé d'une beauté aussi violente.

— La maison que je t'ai montrée est orientée à l'est, dit Yancey, donc tu pourrais en profiter tous les matins, si tu décidais de rester.

— J'ai beaucoup voyagé et vu beaucoup de levers de soleil, Yancey, mais celui-ci les bat tous. Pendant une minute, j'ai cru que c'était le début ou la fin du monde. Maintenant, même si tout ça m'a énormément plu, il faut que je roupille, sinon je vais tomber.

— À quinze heures, alors, dit Yancey quand l'ascenseur s'arrêta au douzième étage.

— À quinze heures, répondit Bobby Joe tandis que les portes s'ouvraient.

Quand les portes de l'ascenseur dévoilèrent le visage de Deveraux LeDux, blême et aux yeux dilatés, Bobby Joe s'immobilisa le pied en l'air et voulut parler, mais constata qu'il ne pouvait que rire. Les yeux violets de Dev, qui allaient rapidement de Bobby Joe à Yancey, se dilatèrent de plus en plus tandis qu'ils sautaient d'un cousin à l'autre, si bien que le blanc fut bientôt entièrement visible. Yancey se mit également à rire, et l'hilarité de Bobby Joe se mua en fou rire. Dev recula et ne s'arrêta qu'au moment où son dos toucha le mur opposé du couloir. Quand il tendit le bras vers l'ascenseur et que ses lèvres formèrent des mots sans qu'il puisse émettre un son, Yancey fut également pris de fou rire. Bientôt, appuyés contre les parois de l'ascenseur, Bobby Joe et Yancey s'esclaffèrent si fort qu'ils en pleurèrent. Après plusieurs tentatives infructueuses,

Bobby Joe retrouva partiellement son calme et sortit de l'ascenseur.

— File, Yancey, dit Bobby Joe. Je vais expliquer tout ça à Dev et on se verra vers quinze heures.

Yancey acquiesça, toujours hilare, puis disparut derrière les portes coulissantes de l'ascenseur. L'écho de son rire retentit dans la cage tandis que la cabine descendait.

Bobby Joe rejoignit Dev, posa la main sur son épaule et s'appuya sur lui. Il mit une minute entière à reprendre son souffle.

— Je m'excuse, mon vieux, dit Bobby Joe face au visage mortifié de son associé. Je ne voulais pas me moquer de toi, mais si tu avais pu voir ta tête, tu rirais toi aussi.

— Si ces conneries ne cessent pas bientôt, je vais perdre complètement la boule, Bobby Joe. Maintenant, qui c'est ? Nom de Dieu ! Quels yeux !

— C'est mon cousin Yancey, Dev, et j'ai failli chier dans mon froc quand je l'ai vu. Écoute, je ne veux pas être obligé de raconter cette histoire plusieurs fois, donc il faudrait que tout le monde se retrouve dans ma chambre cet après-midi, vers deux heures et quart. Yancey nous invite à déjeuner chez lui à trois heures et je vous raconterai avant de partir. Pour le moment, j'ai tellement sommeil que je suis sur le point de tomber. On a parlé toute la nuit.

Bobby Joe prit Dev par le bras et l'entraîna vers leurs chambres.

— De toute façon, qu'est-ce que tu fais debout à cette heure ? demanda Bobby Joe quand ils s'arrêtèrent devant la porte de sa chambre.

— J'allais boire un café avant de venir voir comment tu allais, répondit Dev. Comme on n'avait pas de nouvelles, on a cru que tu avais dormi toute la nuit. Va te coucher, Bobby Joe. Je crois que j'ai tout de même besoin d'un café. Et d'un double cognac.

*

Bobby Joe ouvrit la porte de sa chambre à deux heures et quart, fit entrer ses amis et, d'un ample geste du bras droit, les invita à s'asseoir. Quand ils furent installés, il regarda leurs visages attentifs et se mit à faire les cent pas dans l'allée étroite qui séparait la commode du mur.

— Hier soir, vers huit heures, j'étais sur le point d'appeler Miss Amelia quand on a frappé. Je téléphonais à Miss Amelia dans l'espoir qu'elle pourrait m'expliquer ce que signifient les événements bizarres qui se sont produits. Enfin, je suis allé ouvrir et je me suis trouvé face à un homme exactement semblable à moi, à mon double pour ainsi dire. Sauf les yeux, qui...

— Qui sont d'un bleu que je n'ai vu chez aucun être humain. Et qui sont parsemés de points dorés, en plus, coupa Dev.

— Valéria, João, poursuivit Bobby Joe, vous verrez bientôt les yeux de mon cousin Yancey, parce que vous allez le rencontrer dans quelques minutes. Je voulais seulement mettre tout le monde au courant de ce qui s'est passé cette nuit avant qu'on aille déjeuner chez lui.

« On a parlé toute la nuit, Yancey et moi. Je peux affirmer honnêtement que c'est l'homme le plus doux et le plus gentil du monde, et je ne dis pas ça parce qu'il fait partie de ma famille. Yancey est l'héritier de quatre générations de confédérés, ce qu'on appelle ici un Confederado. Il est peintre, passionné par la nature si j'ai bien compris, et il a voyagé dans tout le Brésil afin de transposer la beauté naturelle de ce pays sur la toile. C'est le dernier descendant mâle des Looney d'ici comme je le suis de ceux des États-Unis. En réalité, il en est le dernier descendant, point.

« Yancey n'a pas subi les trucs bizarres qui me sont arrivés depuis que je suis ici. Évidemment, tout ce qui m'est arrivé suffirait à une bande de Looney, ou d'autres. Ce qui m'amène à la raison de cette petite réunion. Je me suis senti tout de suite très proche de Yancey ; j'ai eu l'impression de le connaître depuis toujours. Quelque chose me demande de rester ici et de trouver la solution, d'essayer de comprendre ce qui se passe.

« Maintenant, ce que je vais dire s'adresse essentiellement à toi, Dev, et aussi à Valéria, évidemment. En fait, si vous voulez prendre vos distances, je comprendrai parfaitement. Dans la mesure où ça te concerne, ça vaut aussi pour toi, João. J'ai réfléchi et je me suis dit que j'avais des raisons personnelles de venir ici et que vous n'aviez peut-être pas envie d'y être impliqués. Mais ce qui se passe est grave. Je parierais mon dernier dollar là-dessus. Quand je dis grave, je veux dire que ça peut être dangereux. Peut-être pas, en tout cas je l'espère, mais je crois que c'est tout à fait possible. Donc je voulais seulement mettre ça sur le tapis. Il faut que j'aille jusqu'au bout, mais je ne veux pas obliger les autres à le faire aussi. »

Valéria se pencha et parla à l'oreille de Dev. Dev acquiesça et eut un sourire tendre.

— Merde, Bobby Joe, dit Dev, il y a vingt ans qu'on est dans le même bateau. Tu ne crois tout de même pas que quelques fantômes vont changer quelque chose, pas vrai ? Quant à Valéria, bon, elle reste avec moi quoi qu'il arrive, mais je crois qu'il n'y a pas que ça.

— Quand j'ai dit que tu étais mon frère, je le pensais, dit Valéria, une expression grave sur le visage. Ce sujet est clos. Quoi qu'il arrive, on l'affrontera ensemble.

— En ce qui me concerne, Bobby Joe, dit João, un vague sourire aux lèvres, disons que le monde des esprits est plus familier aux Brésiliens qu'aux Gringos, même parmi ceux qui prétendent le mépriser. Donc ne te fais pas de souci pour moi.

« Mais il est arrivé quelque chose qui m'oblige à retourner en ville. Et vous devez aussi y aller, je crois. Quand j'ai pris connaissance de mes messages, il y a quelques instants, il y en avait un d'une certaine Zela. Tu as rendez-vous avec un nommé M. Klein mercredi à midi. D'après elle, tu sais où et tu le contacteras comme d'habitude. Quoi qu'il en soit, j'ai demandé à Zé de venir me chercher ce soir à l'hôtel. Si tu veux venir avec moi, tu peux. Vous pouvez garder la Range Rover, Dev et Valéria, si vous voulez. J'ai pensé que vous aimeriez être un peu seuls.

— C'est vraiment gentil, João, dit Dev. Sauf si tu as besoin de moi pour récupérer l'argent, Bobby Joe, je crois qu'on va rester ici.

— Je te ramènerai quand on aura mis l'argent en lieu sûr, Bobby Joe, dit João.

— Bon, dans ce cas tout est réglé, dit Bobby Joe. Allons chez Yancey.

*

Yancey cueillait des roses près du portail ouvert quand João entra dans la cour et s'arrêta derrière un pick-up Toyota rouge. Yancey posa son sécateur et gagna la Range Rover, des roses à la main et le sourire aux lèvres. Il tendit la main à Dev à l'instant où il descendit de voiture.

— S'il te plaît, Deveraux, excuse ma conduite de ce matin, dit Yancey. Il est très impoli de se moquer de la stupéfaction de quelqu'un. J'espère que tu ne m'en voudras pas.

— N'y pense plus, Yancey, répondit Dev, qui lui rendit son sourire et lui serra la main. Je me suis depuis longtemps résigné à l'impertinence des Looney. Permets-moi de te présenter Valéria Santos.

Yancey offrit une rose à Valéria et l'embrassa sur les joues.

— Tant de beauté fait honneur à ma maison, dit Yancey, qui s'inclina légèrement.

— C'est trop gentil, dit Valéria, rouge et souriante. Je vois qu'il faudra que je me souvienne de la façon dont on doit se comporter en présence d'un gentleman.

— Yancey, voici notre vieil ami João Silva, de São Paulo, dit Bobby Joe.

Yancey négligea la main tendue de João et lui donna l'accolade.

— Bienvenue, João, dit Yancey. À toi, je peux donner un vrai *abraço*. Bobby Joe ne voulait pas que je donne l'accolade à Dev, à cause de sa blessure. *Muito prazer en conhecê-lo, senhor*.

— *Muito prazer*, Yancey, tout le plaisir est pour moi, répondit João.

— Avant de déjeuner, dit Yancey, il y a quelque chose que je voudrais vous dire. On se ressemble tellement, Bobby Joe et moi, que c'est sûrement un peu troublant, déconcertant même, pour moi comme pour vous. Donc n'hésitez pas à regarder, et même à fixer en cas de besoin, jusqu'à ce que vous soyez accoutumés à cette… comment dire ? À cette anomalie improbable ? Maintenant venez, ma cuisinière a préparé un bon repas.

Yancey les conduisit derrière la maison, où une terrasse se trouvait dans l'ombre fraîche de pacaniers énormes. Une longue table couverte d'une nappe blanche en occupait l'extrémité. Cinq couverts y avaient été disposés, ainsi que des plats et trois bouteilles de vin. Yancey plaça Dev et Valéria à sa droite, João à sa gauche, et Bobby Joe en face de lui, à l'autre extrémité de la table.

— Mes amis, c'est un repas brésilien, très informel, dit Yancey. Donc, servez-vous. D'abord, goûtez ce vin. C'est du Merlot Sommelier, un des meilleurs crus du Brésil.

— Si tu permets, Yancey, dit João, qui se leva, une bouteille à la main, et servit le vin. Je connais bien ce vin, Yancey. Avec ton autorisation, je voudrais porter un toast.

— Je t'en prie, répondit Yancey.

— Depuis une semaine, commença João, ma vie s'est considérablement enrichie. À la joie de retrouver de vieux amis, s'est ajoutée l'occasion d'en rencontrer de nouveaux. D'abord toi, Valéria, et puis toi, Yancey. Grâce à cette accumulation d'énergies, je suis devenu plus confiant en l'avenir qui, depuis de nombreuses années, me semblait inquiétant. Donc buvons au bonheur de cet instant et à la promesse du futur.

Tout le monde but avec le sourire. Une vague sensation de malaise était tapie derrière le sourire de Bobby Joe, l'impression d'être sur des sables mouvants. Un mauvais pressentiment passa dans l'esprit de Dev, tandis que le vin passait aisément dans son gosier. Il tourna la tête et s'aperçut que les yeux noirs de Bobby Joe étaient rivés sur lui, comme pour dire : « Je comprends, mon frère. J'ai aussi ce pressentiment. » Pour la troisième fois depuis le début de la matinée, Dev se dit qu'il ne devait pas oublier de demander des armes à João, avant son départ pour São Paulo.

L'étrange échange silencieux entre Bobby Joe et Dev n'échappa pas à Yancey.

— Ça va, Bobby Joe ? Dev ? demanda-t-il.

— Très bien, cousin, répondit Bobby Joe d'un air dégagé. Très bien.

— Ça ne pourrait pas aller mieux, Yancey, ajouta Dev. J'ai très faim et il y a plein de bonnes choses sur la table. Je vais attaquer.

La conversation se réduisit au minimum quand ils eurent retiré les couvercles des plats et dévoilé une soupe aux légumes, de petites saucisses de poulet épicées accompagnées de tomates, d'ail et d'oignon, du rosbif aux pommes de terre nouvelles et aux carottes, des haricots rouges et du riz, une salade de laitue et de tomates assaisonnée à l'huile et au vinaigre. Pendant le repas, Yancey déboucha une quatrième et une cinquième bouteille de vin. Quand le café fut servi, l'atmosphère était excellente autour de la table.

— Bobby Joe nous a appris que tu peins, Yancey, dit Valéria. Est-ce qu'il serait possible de voir ton travail ?

— Pratiquement toutes mes toiles non vendues sont dans un petit entrepôt que je loue en ville, répondit Yancey, mais quelques-unes de mes préférées sont ici, dans la maison, et je serai heureux de te les présenter. On peut le faire tout de suite, si tu veux. Ensuite, avant la tombée de la nuit, on ira voir cette maison que j'ai promis de montrer à Bobby Joe. J'ai téléphoné aux propriétaires, Bobby Joe, qui m'ont autorisé à prendre la clé et à la faire visiter. J'ai appris qu'elle est entièrement meublée et qu'elle est soit à louer soit à vendre. Venez, apportez votre café au salon, si vous voulez. On va jeter un coup d'œil sur mes tableaux avant de partir.

Yancey les précéda dans un petit couloir qui donnait sur la salle de séjour. La vaste pièce occupait tout le quart postérieur de la maison et il y régnait l'ambiance domestique confortable d'un espace fréquemment utilisé, où on passe de nombreuses heures paisibles. Deux grands canapés dominaient le centre de la pièce, le premier face à la cheminée et le deuxième face à un mur blanc, nu, hormis trois tableaux rectangulaires, encadrés, à hauteur d'yeux. Yancey traversa la pièce au sol dallé de carreaux noirs cirés, puis, le bras droit tendu et une expression dubitative sur le visage, montra les tableaux.

— Mes amis brésiliens vont sûrement reconnaître les endroits que j'ai tenté de capturer dans au moins deux de ces toiles. Celle de gauche représente le lever du soleil sur les chutes d'Iguaçu, à la frontière de l'Argentine. C'est un des spectacles les plus impressionnants du monde, si majestueux que, d'après Eleanor Roosevelt, les chutes du Niagara ont l'air, comparativement, d'un robinet de cuisine.

Dev siffla entre ses dents. Face à la puissance brute et à la beauté saisies par la main de son cousin, Bobby Joe s'aperçut qu'il retenait son souffle. Sur fond de forêt d'un vert intense, la cataracte énorme déversait une masse d'eau gigantesque dans une gorge voilée de brume, parcourue d'arcs-en-ciel de couleurs vives qui dansaient dans la vapeur d'eau.

— Celle-ci, poursuivit Yancey, qui montra la toile du milieu, a été peinte au Pantanal, dans le Mato-Grosso do Sul. C'est un paradis écologique aussi grand que la Hollande, la Belgique et la Suisse réunies. Très sauvage. Très beau.

Le tableau représentait le crépuscule sur un lac immense entouré de marécages. Des vols d'oiseaux passaient au loin et accentuaient l'ambiance de liberté et d'espace qui se dégageait de l'œuvre.

— Et celle-ci, conclut Yancey, devant la dernière toile, a été peinte à...

— Visconde de Mauá, coupa Valéria. C'est un endroit que je connais bien. Et tu l'as magnifiquement saisi, Yancey.

Yancey sourit et se tourna vers le tableau. Il représentait une vallée immense entourée de montagnes vertes et escarpées derrière lesquelles un massif énorme, dénudé et inquiétant se dressait sur un ciel bleu pastel.

— Je suis heureux qu'il te plaise, Valéria, dit Yancey. Cette toile est ma préférée et Mauá est sans doute, selon moi, le plus beau paysage du Brésil.

— Tout à fait d'accord, ajouta João, qui se tourna vers Bobby Joe et Dev. Ça se trouve à la frontière de trois États : Rio de Janeiro, São Paulo et Minas Gerais. C'est très pur, sans pollution. Un jour, on ira.

— À propos, intervint Yancey, on devrait peut-être partir tant qu'il fait encore jour.

Yancey prit place à côté de João et le guida jusqu'aux faubourgs nord d'Americana. Quand ils se furent engagés sur une route de terre rouge bien entretenue, Yancey demanda à João de s'arrêter devant une petite maison jaune située au pied d'une haute colline. Près du jardin de la maison, une arche et un portail métalliques barraient le chemin privé pavé et tortueux qui permettait d'accéder à la maison jaune édifiée au sommet de la colline. Yancey s'excusa, descendit de voiture et alla chercher la clé.

— Je trouve que ton cousin est un homme extraordinaire, dit João, qui se tourna vers la banquette arrière.

— C'est un phénomène, pas vrai ? fit Bobby Joe. C'est comme s'il était tout ce que je ne suis pas. C'est un artiste, il est gentil et, pour ainsi dire… je ne sais pas…, pur.

— C'est comme si Yancey était la meilleure partie de toi-même, dit Dev, un sourire espiègle aux lèvres.

— Silence, Deveraux, protesta Valéria, qui, mi-blagueuse mi-sérieuse, lui donna un coup de coude dans les côtes.

Yancey sortit de la maison, montra la clé puis le portail. Il traversa la cour d'un pas rapide, ouvrit le portail et attendit la Range Rover au bord du chemin.

— C'est la maison du gardien, expliqua Yancey quand il remonta en voiture. Si vous avez des questions, n'hésitez pas.

À mi-chemin, il apparut à tous les occupants de la voiture que la colline était très abrupte. Quand ils arrivèrent au sommet, ils constatèrent qu'on découvrait le paysage sur des kilomètres dans toutes les directions. Au milieu d'un petit bois d'eucalyptus, au sommet même de la colline, se dressait une grande maison d'un étage, aux murs de béton jaune et au toit de tuiles rouges. Chaque niveau avait une véranda sur tout son périmètre, le toit de celle du bas formant le plancher de celle du haut. D'énormes colonnes en acajou, taillées dans des troncs entiers, soutenaient la véranda supérieure et le large avant-toit.

Une brise d'est fraîche les accueillit, quand ils descendirent de voiture, et leur apporta le parfum légèrement âcre des eucalyptus. Les feuilles minces bruissaient agréablement, seul bruit dans cet endroit silencieux et paisible.

Tous restèrent un long moment sans parler. Chaque seconde intensifia le silence, qui devint presque total quand la brise tomba, si bien que chacun put entendre sa respiration et le battement de son sang dans ses oreilles. Bobby Joe se tourna vers Dev et sourit. Dev hocha la tête et répondit à son sourire.

— J'ai l'impression qu'on a trouvé le paradis des dinosaures, Deveraux. Cet endroit a quelque chose.

— On dirait qu'il nous attendait, Bobby Joe, reconnut Dev. Qu'est-ce que tu en penses, Val ?

— C'est très beau. Ça me plaît. Visitons la maison.

Yancey les précéda sur les marches du perron et gagna la porte à double battant en acajou. Ils pénétrèrent dans un vaste hall d'entrée au plancher de parquet luisant. Deux pièces s'ouvraient de part et d'autre du hall. Au bout, un escalier à double révolution permettait de gagner l'étage.

Ils entrèrent dans la pièce de droite et découvrirent un salon meublé qui comportait une grande cheminée en briques. Les portes-fenêtres des murs est et sud laissaient entrer la lumière diffuse de l'après-midi, qui y créait une ambiance intime.

— Je devrais peut-être donner quelques explications sur la famille qui habitait ici, dit Yancey, les mains posées sur le dossier d'un fauteuil ancien. Les Cole sont des Confederados de la cinquième génération et ont participé à la fondation d'Americana. Il y a quatre mois, deux générations de Cole vivaient encore ici, les parents au rez-de-chaussée, leur fils aîné et sa famille à l'étage. Les parents sont morts à un mois d'intervalle et le fils a décidé d'aller s'installer à São Paulo. Pour lui, ce mode de vie n'a plus lieu d'être. Il a décidé de vendre la maison, en l'état, au premier acheteur qui lui fera une offre raisonnable.

— Y compris les meubles ? demanda Bobby Joe.

— Le tout, répondit Yancey. Y compris, également, les champs de canne à sucre qui occupent les flancs est, nord et sud de la colline, environ cent vingt hectares, je crois, et un petit chalet destiné aux invités, derrière, que je vous montrerai quand vous aurez visité le reste de la maison.

— Ça me paraît bizarre, dit Dev. C'est comme si ces gens vendaient leur passé.

— C'est exceptionnel, mais ça arrive. Les gens qui ont toujours vécu loin de tout se laissent parfois séduire par l'attrait de la ville. Après tout, vous avez bien tout abandonné, Bobby Joe et toi, même votre pays, pour recommencer ici. Assez parlé d'Histoire, voyons le reste de la maison.

La visite de la maison dévoila en fait deux grands appartements qui comportaient chacun deux chambres, un bureau, une salle de séjour et deux salles de bains. La seule pièce commune était la grande cuisine, qui occupait toute la largeur de l'arrière, au rez-de-chaussée.

Quand ils eurent terminé, ils sortirent sous la véranda de derrière, le soleil était bas sur l'horizon et apparaissait entre le bas dénudé des troncs des eucalyptus.

— Ceux qui ont planté ces arbres savaient ce qu'ils faisaient, constata Bobby Joe. Ils sont assez proches les uns des autres pour faire de l'ombre, mais pas assez pour cacher le paysage. Je crois que cet endroit serait une base parfaite. Qu'est-ce que tu en penses, Dev ?

— Je suis plutôt d'accord, Bobby Joe, répondit Dev. Yancey, est-ce qu'on pourrait occuper la maison pendant un mois, pour se rendre compte, avant de prendre une décision ?

— Je crois que ça peut s'arranger, répondit Yancey. En fait si vous voulez vous y installer demain, Valéria et toi, pendant que Bobby Joe et João seront à São Paulo, je suis sûr que ça ne posera pas de problème. Venez, je vais vous montrer le chalet des invités.

Le chalet se trouvait cinquante mètres derrière le bâtiment principal, sur la pente ouest, à la limite de la partie plantée d'arbres. Construit dans les mêmes matériaux que la maison principale, il n'avait qu'une véranda fermée sur la façade, qui donnait sur la pente ouest, et la porte à double battant qui s'ouvrait sur la salle de séjour était la copie réduite de celle du bâtiment principal. Un petit couloir desservait la chambre et la salle de bains. Au-delà, sur l'arrière, il y avait une cuisine, petite mais bien aménagée, et un coin repas.

— Messieurs, ça sera parfait quand je viendrai vous voir, dit João tandis qu'ils regagnaient le sommet de la colline. Je crois que...

— Merde, qu'est-ce que c'est ? coupa Dev, le bras tendu vers une silhouette immobile près d'un eucalyptus, à une vingtaine de mètres de la face sud du chalet des invités.

Tout le monde s'arrêta et regarda dans la direction que Dev indiquait. Debout, d'une immobilité de granite, une vieille femme aux yeux noirs et fixes dans un visage plat et ridé, les considérait. Ses longs cheveux de jais, parsemés de mèches blanches, tombaient jusqu'à sa taille sur un vêtement de couleurs vives qui ne laissait voir que ses pieds chaussés de sandales. Elle portait à la ceinture un long poignard dans un fourreau de cuir et un sac en toile sur l'épaule gauche. Elle avait, dans la main droite, un long bâton dont l'extrémité reposait près de son pied.

— Ah, c'est la *bruxa*, la sorcière locale, répondit Yancey, qui leva la main droite, paume offerte, en direction de la femme.

La bruxa lui rendit son salut et lui adressa un large sourire édenté. Puis, d'une voix de soprano, elle poussa une sorte de « Ooh », qui se prolongea pendant dix ou quinze secondes, pivota sur elle-même et partit en direction du pied de la colline.

— Cette femme est un grand mystère, dans la région, expliqua Yancey. On croit qu'elle est indienne, mais personne ne sait à quelle tribu elle appartient. On ignore son nom et où elle vit. Beaucoup de gens croient qu'elle a des pouvoirs magiques. Souvent, quand il y a des malades, on trouve des compositions étranges de plumes, de fleurs, de racines et de lianes sur les portes et les portails des maisons touchées par la maladie. Il arrive que des guérisons miraculeuses se produisent peu après l'apparition de ces bouquets énigmatiques. Quoi qu'il en soit, elle va et vient à sa guise, et on la considère comme une force du Bien, une sorcière blanche, pour ainsi dire. Aucune raison de s'inquiéter, je vous l'assure.

Dev pivota sur lui-même et regarda la femme disparaître au pied de la colline. Bonne sorcière ou pas, elle le troublait. Quelque chose bascula, en lui, et rompit l'équilibre qui s'était rétabli lentement et laborieusement, après l'expérience de Bobby Joe au cimetière et l'apparition stupéfiante de Yancey. Au moins, la maison n'est pas blanche, se dit-il, se souvenant de la vision de Miss Amelia tandis qu'il suivait ses amis vers le sommet de la colline.

À l'entrée du chemin, tandis que Yancey fermait le portail à clé, un cavalier monté sur un cheval gris de haute taille apparut sur la route, près de la maison du gardien. Il portait une longue capote grise et un chapeau à bord plat, orné d'un plumet. Son assiette était parfaite, sur sa monture qui marchait au pas et, bien qu'il se tînt très droit, il semblait parfaitement à l'aise, comme s'il ne faisait qu'un avec l'animal. Quand Yancey le salua d'un signe de la main, l'homme dirigea son cheval vers l'entrée du chemin et s'arrêta devant la Range Rover.

— Bonsoir, colonel Cadmus, dit Yancey, qui alla lui serrer la main.

— Bonsoir, Yancey, répondit l'homme d'une voix grave.

Il se pencha et serra la main de Yancey.

Quand le colonel se pencha, les passagers du véhicule virent un visage mince, bronzé, aux rides profondes, dont le nez crochu et les yeux marron jaune, qui luisaient dans la lumière du crépuscule, évoquaient un rapace.

— Je crois que je vous ai trouvé de nouveaux voisins, colonel, dit Yancey. Mon cousin Bobby Joe, d'Alabama, et son associé.

Le colonel Cadmus hocha la tête en direction de la voiture puis porta le pouce et l'index de la main droite au bord de son chapeau.

— J'espère pouvoir faire bientôt leur connaissance, Yancey, répondit le colonel, qui fit pivoter sa monture. Mais il faut que je ramène Voyageur à l'écurie avant la nuit. Dis-leur que je passerai leur rendre visite un de ces jours.

Le colonel engagea son cheval sur la route, prit à droite et partit au trot.

— C'est votre voisin, le colonel Cadmus McAlpine, expliqua Yancey quand il fut remonté en voiture.

— Quel visage ! fit Bobby Joe d'une voix teintée de crainte et de respect. Tellement ridé qu'on dirait la carte du bout du monde. Il était colonel dans quelle armée, Yancey ?

— Celle de São Paulo. L'État de São Paulo a tenté de se séparer du Brésil en 1932, répondit Yancey. Le colonel avait vingt ans, à l'époque, et s'est battu avec un tel courage, dans les rangs des rebelles, qu'il a été promu à ce grade sur le champ de bataille et que c'est ainsi qu'on l'appelle depuis. C'est une histoire formidable, mais il faut l'entendre la raconter. Beaucoup de descendants de confédérés ont combattu contre le gouvernement fédéral du Brésil. Une deuxième cause perdue. Le colonel est un de ceux qui contribuent à faire vivre la tradition. Un dimanche par mois, il se met en grand uniforme de la cavalerie confédérée, sabre d'apparat compris, et va au Campo, au cimetière, sur Voyageur. Il donne une sorte de cours d'histoire de la confédération aux jeunes garçons. Le colonel vous plaira. Il n'y a presque plus d'hommes tels que lui.

*

Après avoir déposé Yancey chez lui, ils regagnèrent l'hôtel, devant lequel la Lincoln blindée bleue de João était garée. Zé, le chauffeur, était debout sur le trottoir, ses bras puissants croisés sur la poitrine, le visage impassible.

João coupa le moteur et donna les clés à Dev.

— Fais comme si c'était la tienne, Dev, dit João. Toi aussi, Valéria. Bobby Joe, dépêchons-nous de rassembler nos affaires. Il faut qu'on se mette en route rapidement.

Dev prit João par le bras au moment où il allait suivre Bobby Joe dans l'hôtel.

— Une petite minute, João, dit Dev à voix basse. Il faut que je te demande un service.

— Tout ce que tu veux, Deveraux. Vas-y.

— Je serais plus rassuré si on avait des armes à feu. J'espérais pouvoir en commander et que tu les apporterais quand tu reviendras. Est-ce que ça pose un problème ?

— Aucun, répondit João, qui fit signe à Zé d'approcher. Qu'est-ce que tu veux ?

— Rien de compliqué. Est-ce que tu peux obtenir des armes américaines ?

En portugais, João interrogea Zé, qui acquiesça puis posa une brève question.

— Tu as besoin de quoi ? demanda João.

— Quatre fusils à pompe Remington 870 calibre 12, dont deux au canon scié à quarante centimètres. Apporte cinq cents cartouches, quatre cents double zéro et cent balles. Je voudrais aussi quatre Ruger Blackhawk .44 et mille cartouches. Ça devrait aller comme ça.

— Tu as l'intention de partir en guerre, Deveraux ? demanda João.

— Pas du tout, répondit Dev sur un ton léger. J'aime bien être en mesure de me protéger, c'est tout.

— C'est comme si c'était fait, dit João. Maintenant, il faut vraiment que j'aille faire ma valise.

Dev rejoignit Valéria et la prit par les épaules. Elle passa le bras autour de sa taille, se dressa sur la pointe des pieds et l'embrassa sur la joue.

— Je crois qu'il va falloir faire comme si j'étais complètement guéri, dit Dev, un sourire suggestif aux lèvres. Cette attente est plus douloureuse que tout ce que tu pourrais me faire.

— C'est exactement ce que je me disais, fit Valéria, dont le sourire ne fut pas moins sensuel.

— Oh-ho, blagua Bobby Joe quand il les rejoignit. Ça m'a l'air risqué.

— On contrôle la situation, Cochise, répondit Dev. Tu es sûr que tu peux t'occuper seul de cette histoire d'argent ?

— Ouais, amusez-vous et ne vous faites pas de souci. Je vais rencontrer ce M. Klein, prendre livraison du fric, prélever de l'argent de poche et laisser le reste à João. Ensuite, je reviendrai directement. Du gâteau.

— Tu vas tout de même appeler Miss Amelia ? demanda Dev.

— Probablement demain matin, répondit Bobby Joe. Ah, voilà João et il est pressé, donc on parlera de ça plus tard. Détends-toi, Deveraux, amuse-toi. C'est pour ça qu'on est venus ici, pas vrai ?

— Si tu le dis, Bobby Joe, fit Dev, qui regarda ses amis monter dans la Lincoln, puis la voiture disparaître dans la nuit.

CHAPITRE 14

Les oreilles de Dante Ferro battaient et vibraient comme des fusées à carburant solide sur le point de mettre leur tête démesurée en orbite. Frank Jennings, vieil ami de Dante et chef de l'Unité de relations publiques secrète du directeur, était à l'autre bout de la ligne téléphonique sécurisée.

— Exactement, Dante, dit Jennings. Jack Lee est détenu par la police fédérale brésilienne, à São Paulo. Foutrement regrettable que nos gars n'aient pas pu lui mettre le grappin dessus avant, mais tant pis, hein ? Bon, avant que tu partes le chercher, le directeur veut te dire un mot. Écoute, Dante, dans cette affaire je suis autorisé à aller jusqu'au bout. C'est ton heure, mon vieux, donc il faut en profiter. On t'attendra quand tu reviendras à Atlanta. Maintenant, je te passe le directeur.

Dante prit une profonde inspiration, dans l'espoir de calmer les battements précipités de son cœur.

— C'est vous, Ferro ? demanda le directeur, qui prononça le nom de famille de Dante : FAY-ro, d'une voix de baryton puissante et traînante.

— Oui, mmonssieur lle Ddirecteur, bredouilla Ferro qui, indécis, ébahi par cette voix imbibée de whisky, se demanda s'il était effectivement vrai que le directeur buvait deux bouteilles de bourbon par jour.

— Alors écoutez, petit, poursuivit le directeur avec le fort accent, aux voyelles modulées, de sa Caroline du Sud natale, cette histoire est devenue un peu compliquée. Ces connards de métèques nous mettent sous pression. Pour le moment, tout est officieux. Ils ne lâcheront Lee que si on leur graisse la patte. Normalement, je dirais à ces ordures où ils peuvent se carrer le pognon, mais ça ne va pas très fort, ici, à D.C., Fay-ro. Le numéro deux du Président, ce putain de connard d'écolo, est chargé d'élaborer un projet destiné à réinventer le gouvernement et, d'après nos sources, il propose de dissoudre la DEA, de l'intégrer au FBI ou je ne sais quelle connerie. En bref, Fay-ro, on a foutrement besoin de presse positive.

« Donc, voilà ce qu'on va faire. Quand vous arriverez à l'aéroport, un homme vous donnera une mallette contenant un quart de million de dollars. Vous irez à São Paulo et vous donnerez la mallette au capitaine Cunha, de la police fédérale brésilienne. Le capitaine Cunha vous livrera Jack Lee et vous rentrerez. Jennings vous attendra à l'aéroport en compagnie des journalistes. On leur aura expliqué que Lee a été arrêté dans un coin perdu du Brésil, conformément à la loi qui nous autorise à capturer les fugitifs à l'étranger et à les rapatrier pour les juger. L'US Attorney et l'Attorney General de Géorgie seront également présents. Dans une conférence de presse conjointe, il sera clairement affirmé que la DEA et le ministère de la Justice sont prêts à remettre Lee à l'État de Géorgie, qui veut le juger pour meurtre. Tout ce que vous aurez à faire, c'est sourire et vous taire. Si on vous demande des détails sur la capture de Lee, répondez simplement qu'un communiqué sera publié. Ensuite, aucun commentaire.

« Vous comprenez, Fay-ro, que l'histoire des Brésiliens n'existe pas. L'argent que vous donnerez provient de notre... de notre fonds auxiliaire. Est-ce que c'est clair ?

— Oui, monsieur le Directeur, répondit fermement Dante, qui avait repris ses esprits quand il avait appris qu'on attaquait son agence bien-aimée. Vous pouvez compter sur moi, monsieur le Directeur.

— Parfait, dit le directeur d'une voix dégoulinante de paternalisme. Si cette affaire se passe bien, l'agence sentira la rose à la sortie. Et, Fay-ro... ?

— Oui, monsieur le Directeur ?

— Vous aussi. Maintenant bon voyage et appelez-moi quand vous serez dans les airs avec Lee. Il y aura un système de transmissions sécurisées à bord.

— Oui, monsieur le Directeur, répondit Dante alors que son correspondant avait déjà raccroché.

Dante fixait le combiné quand sa secrétaire entra et posa une feuille de papier sur son bureau.

— Votre ordre de mission, monsieur, dit la femme, genre char d'assaut, de sa voix sensuelle. Ça va, monsieur ?

— Ça va, répondit Dante, qui tenta de libérer le combiné de l'étreinte mortelle dans laquelle sa main aux phalanges livides le serrait. Qui est là ? Il faut que quelqu'un me conduise à Charley Brown Airport.

— Presque tout le monde participe à l'opération antidrogue conjointe qui barre la I-75. Il y a quinze kilomètres de bouchon dans les deux sens et il paraît qu'il y a eu des incidents. Un touriste furieux a tiré sur un motard et l'a blessé à la jambe. Mais je crois que l'agent Barr est en bas et travaille sur la descente d'hier soir à la gare routière. Est-ce que je dois l'appeler ?

— Immédiatement. Et fermez la porte en sortant. Il faut que je me change.

Dante dégagea de la main gauche le combiné prisonnier des doigts de sa main droite, puis le posa dans le logement de la valise ouverte sur son bureau. Il la ferma, la prit et gagna un placard. Après avoir tiré la porte du placard, il y rangea la valise et en sortit une Samsonite qu'il y avait déposée deux jours plus tôt. Il referma, puis ouvrit la valise sur son bureau et se déshabilla, ses doigts aussi légers, sur les boutons de sa chemise, que les pieds d'une écolière dans les carrés d'une marelle.

*

Un frisson de panique secoua le corps usé de Trois-B quand la secrétaire de Dante Ferro lui demanda, par téléphone, de monter. Il était très agité depuis qu'il avait constaté que le gant en caoutchouc qu'il avait utilisé lors de sa dernière chasse était déchiré au bout de l'index droit. Il était à vingt mètres de la putain quand il avait tiré une fléchette de trois cents centimètres cubes de Demoral et il avait pu constater, stupéfait, que la drogue agissait rapidement. Elle avait poussé un petit cri, puis tendu les deux mains en direction de la fléchette plantée entre ses omoplates, comme pour écraser une guêpe. Quelques secondes plus tard, elle avait vacillé et trébuché. Quand Trois-B était arrivé près d'elle, elle était sur le point de s'effondrer. Il avait été obligé de la prendre par la taille et de la traîner jusqu'à sa voiture. Ses talons hauts raclaient le trottoir, tandis qu'il transportait péniblement sa victime inerte.

Après s'être débarrassé du cadavre, il s'était arrêté et avait retiré ses gants. C'était à ce moment-là qu'il avait vu l'extrémité nue de son index, qui sortait de deux bons centimètres par une déchirure. Il avait fait demi-tour, dans l'intention de récupérer les vêtements, les chaussures, le sac à main, tout ce sur quoi il aurait pu laisser une empreinte. Mais Trois-B avait constaté, ébahi, que les voitures de police et l'ambulance étaient déjà sur les lieux.

Tandis qu'il gagnait l'ascenseur d'une démarche traînante, Trois-B se demanda ce qui l'attendait dans le bureau de Dante. Ses empreintes étaient dans les archives, ici et à l'endroit où on conservait les documents relatifs à son diplôme de l'École de Police. En tout cas elles étaient dans les archives et, s'il avait laissé une empreinte, ça n'était qu'une question de temps. Son esprit tournait à toute allure, calculait le temps écoulé, imaginait des scénarios. Impossible, décida-t-il enfin. Ils ne peuvent pas avoir identifié l'empreinte en moins de quarante-huit heures.

Trois-B décida cependant de mettre immédiatement son plan à exécution. Cette entrevue avec Dante lui fournirait peut-être des informations intéressantes. Car il avait décidé que ce serait le jour de Dante. Ce soir, leurs sangs se mêleraient.

Après sa dernière chasse, Trois-B avait passé presque toute la nuit à réfléchir. La situation changeait, les priorités étaient altérées, du fait qu'il avait peut-être laissé des indices. À l'aube, il n'y avait plus que trois noms sur la liste des comptes qu'il faudrait absolument régler : Dante Ferro, Bobby Joe Looney et Deveraux LeDux. Dante, qui était le plus accessible, serait le premier.

Trois-B était arrivé tôt et, grâce à l'ordinateur, avait tenté de localiser Bobby Joe et Dev. Il avait touché le gros lot quand il avait examiné la liste des vols internationaux. Ils avaient gagné São Paulo par la Varig moins de deux semaines plus tôt et y étaient sûrement toujours puisque leur départ n'était pas mentionné. Le plan était apparu, en une fraction de seconde, tandis qu'il fixait l'écran de l'ordinateur. Il tirerait une fléchette sur Dante ce soir, puis il partirait pour le Brésil. Il avait ses documents officiels et un magot de cent mille dollars, gratté au fil des années sur les saisies. Les uns et les autres devraient lui permettre d'obtenir de l'aide, quand il traquerait Looney et LeDux. Il n'avait plus rien à faire ici. Et, en plus, le Brésil serait un terrain de chasse tout neuf, et excitant si ce qu'il avait entendu dire était vrai. Quand Looney et LeDux auraient reçu leur piqûre, il enverrait peut-être une petite carte postale à Dante, depuis Rio. Pour lui indiquer la nature de sa vaccination.

*

— Entrez, chanta presque Dante quand on frappa à sa porte.

Trois-B pénétra dans la pièce, où le petit Rital faisait le beau devant un miroir qu'il tenait à la main. Trois-B se demanda comment le nain hydrocéphale avait gagné six centimètres, puis vit qu'il portait des mocassins à semelle compensée soigneusement cirés. Il regarda le costume en soie gris, la chemise à manchettes et boutons de manchette en argent, d'un blanc éblouissant, la cravate de soie noire, et il fut obligé de reconnaître que le petit merdeux était élégant.

— Vous vouliez me voir, patron ? demanda Trois-B, qui jeta un coup d'œil sur la valise posée sur le bureau.

— Salut, Trois-B. Entrez, mon vieux, dit Dante, expansif, les bras légèrement écartés, comme pour se faire admirer. Comment vous me trouvez ?

— Très chic, patron, très chic, répondit Trois-B, très perplexe face au défilé de mode et à la valise. Qu'est-ce qu'il se passe ?

Dante hésita un instant et se dit : et puis merde, il faut que j'en parle à quelqu'un. Il rejoignit Trois-B et le prit par le coude.

— On le tient, Trois-B, annonça Dante d'un air de conspirateur. C'est entre vous et moi, mais on tient Jack Lee. Faut que vous me conduisiez à l'aéroport. Je vais le chercher.

— Vous allez le chercher où, patron ?

Dante vint tout près de Trois-B et leva le visage. Ses yeux noirs étaient un kaléidoscope d'étincelles très lumineuses.

— Au Brésil, souffla Dante.

Le mot pénétra dans les oreilles de Trois-B et lui court-circuita le cerveau. Il resta pétrifié, muet, le regard rivé sur les yeux dansants de Dante, jusqu'au moment où le petit homme lui donna une claque sur l'épaule, pivota sur lui-même et prit sa valise.

— Pas un mot, Trois-B, fit Dante, qui lui adressa un clin d'œil. Maintenant, filons.

— Pas un mot, patron, répéta Trois-B, dont le cerveau embrumé reprenait lentement du service.

Quand ils arrivèrent devant l'ascenseur, le cerveau

de Trois-B tournait à cent à l'heure, établissait des corrélations. Le Brésil. Jack Lee. Bobby Joe Looney. Deveraux LeDux. Athens, Géorgie. L'université. Les trois hommes étaient amis. Trois-B avait enquêté sur eux. Trop de corrélations pour son esprit de flic. Et Dante. Il se passait des choses très bizarres.

— Euh, patron, demanda Trois-B, vous serez absent longtemps ?

— Hé, Trois-B, ça me touche, vous savez ? Je vais vous manquer, hein ? Pas longtemps, Trois-B. Pas longtemps du tout.

J'attendrai, se dit Trois-B, satisfait. Oui, pas de problème, je t'attendrai. Quelques jours de plus ne comptent pas. Même si j'ai laissé une empreinte, ces crétins du GBI ne sont pas près de l'identifier. Ça me laissera le temps de chasser encore une fois. Peut-être deux.

— Hé, patron, dit Trois-B quand ils sortirent de l'ascenseur, vous voulez que je porte votre valise ?

*

Tommy Dalton raccrocha brutalement le téléphone et reposa son derrière douloureux sur la petite chambre à air installée sur son fauteuil. Deux putains de semaines ! Il avait enfin une piste, une empreinte partielle et brouillée relevée sur la ceinture en cuir de la sœur noire numéro huit, et qu'est-ce que le labo du FBI lui disait ? Deux semaines minimum. Minimum ! Ils étaient débordés, avait dit le connard content de lui. Des affaires prioritaires. Qu'est-ce qui était plus prioritaire qu'un tueur en série qui avait huit meurtres récents à son actif ? Dalton eut envie de hurler. Mais il connaissait la réponse. Son patron, le directeur du GBI, avait mis les choses au point, ce matin, quand il l'avait convoqué. Les affaires qui concernaient les Blancs étaient prioritaires.

La matinée avait très mal commencé. Dalton avait appris chez le médecin, où il avait rendez-vous à 9 heures, qu'une ablation serait nécessaire si les médicaments et les suppositoires ne réduisaient pas rapidement l'inflammation galopante de ses hémorroïdes. Cette perspective agréable lui occupait l'esprit, quand il était arrivé au bureau, et on l'avait immédiatement informé que le directeur voulait le voir. Dans le couloir, un employé de l'identité l'avait abordé et lui avait parlé de l'empreinte. Dopé par cette nouvelle, Dalton était entré d'une démarche moins accablée dans le bureau du directeur, soulagé d'avoir enfin une nouvelle positive.

Le directeur avait écarté l'existence de l'empreinte d'un geste et lui avait annoncé un pronostic analogue à celui du médecin : ablation s'il s'avérait impossible de faire changer Deborah O'Hara d'attitude dans l'affaire Jack Lee. Ablation sous deux jours, faute de résultats. Ablation définitive.

Dalton demanda s'il y avait un élément nouveau, un élément qu'il ignorait. On lui dit qu'il y avait eu une « évolution ». Une « évolution » significative et c'était tout ce qu'il avait besoin de savoir, à ceci près que l'affaire devait absolument être bouclée dans les deux jours. Il devait provisoirement laisser tomber cette histoire de nègres travestis. Elle n'était pas prioritaire. Il fallait qu'il mette tout le personnel disponible sur l'affaire des crucifixions. S'il s'en sortait, il y aurait de la notoriété pour tout le monde. Maintenant, au boulot.

Dalton s'était rué chez Deborah O'Hara. Partie, d'après le voisin du dessous. Elle avait déménagé la veille. Oui, un homme âgé l'accompagnait. Un monsieur très distingué, parfaitement. Non, il ignorait où ils étaient allés. Ils n'avaient rien dit. Oui, il téléphonerait s'il avait des nouvelles.

Dalton se cacha le visage entre les mains puis regarda le portrait-robot, agrafé devant lui sur le mur, du suspect des meurtres des sœurs noires. Une nouvelle fois, l'impression fugace de connaître ce visage. Une nouvelle fois, impossible de préciser cette impression. Il était tout près et, maintenant, on lui retirait carrément l'affaire. La politique. Il la flairait. La politique. Le glissement des priorités. Les priorités des Blancs. Et Dalton entre le marteau et l'enclume. Le moment était venu de mettre sous pression un monsieur distingué nommé Yeats Murphy.

*

Yeats Murphy appuya le plateau contre le chambranle et frappa légèrement à la porte. Quand elle eut répondu, il ouvrit et gagna le lit. Une forte brise salée apportait le bruit du ressac tout proche dans la chambre, par la fenêtre ouverte, et faisait voleter les boucles auburn qui encadraient le visage de Deborah, un visage dont les traits gonflés par le sommeil et les paupières lourdes indiquaient que le siège de l'insomnie avait été brisé.

— Le meilleur moment de la matinée, jeune fille, dit Yeats. Apparemment l'air marin vous fait du bien.

— Je me sens beaucoup mieux, grâce à vous, dit Deborah, qui leva les bras et aida Yeats à poser le plateau sur ses cuisses. Il y a une éternité que je n'ai pas aussi bien dormi. Quelle heure est-il ?

— Presque onze heures et demie. Je vous laisse prendre votre petit déjeuner. N'en laissez pas une miette, puis rejoignez-moi. On va faire un tour sur le front de mer. Vous avez besoin d'exercice.

Deborah regarda l'omelette et les frites puis s'aperçut, stupéfaite, qu'elle était affamée. La présence attentionnée de Yeats Murphy avait accompli les miracles du sommeil et de l'appétit. Elle se sentait en sécurité près de lui. Protégée.

À son réveil, la dernière fois que Yeats était venu chez elle, il se tenait près du lit, un sourire tendre et affectueux aux lèvres. Il lui avait gentiment demandé de mettre des vêtements de rechange dans un sac, puis il l'avait emmenée chez lui, l'avait fait dîner et remise au lit. Le lendemain matin, il avait supervisé le déménagement de ses meubles et de ses affaires dans un garde-meubles. Après avoir payé les déménageurs et réglé six mois d'avance au garde-meubles, il l'avait accompagnée aux sièges des compagnies de téléphone et d'électricité, où elle avait résilié ses abonnements. Puis ils étaient allés en voiture à Jeckyll Island, île proche de la côte de Géorgie, et avaient loué une petite maison au bord de l'Océan. Pendant le trajet, Yeats lui avait dit qu'il expliquerait tout plus tard. Elle avait accepté ses instructions affectueuses avec reconnaissance, persuadée d'être en sécurité sous sa protection, certaine, pour la première fois depuis des mois, qu'elle pouvait se fier à ce qui l'entourait.

*

Debout sur la véranda située à l'arrière de la maison, Yeats respirait à pleins poumons l'air salé de la liberté. Yeats Murphy, champion de l'amour, voilà ce que je suis, se dit-il, un large sourire aux lèvres. Quand Jack téléphonerait, il conduirait Deborah auprès de lui. Ensuite ? La tournée des grands ducs sur le Vieux Continent, bon sang. Paris, Rome et Athènes pour commencer. Et puis Vienne, peut-être Prague, parce qu'il avait entendu dire qu'elle débordait à nouveau de vie, comme pour rattraper le temps perdu. Nom de Dieu, oui. Combattre la vieillesse grâce à l'argent. Se payer une troisième enfance. Une quatrième, même, si le corps tenait le coup. Un rire grave monta des profondeurs de son ventre quand il s'imagina, Yeats le débauché, vagabondant dans les capitales du monde.

— À quoi vous pensez ? demanda Deborah, qui était arrivée silencieusement derrière Yeats et avait posé les mains sur ses yeux.

— Ça ne vaut pas la peine d'en parler, jeune fille, répondit Yeats sur un ton guilleret. Je songeais simplement à la folie des vieillards. À la mienne, plus précisément. Et, je dois l'avouer, avec grand plaisir.

— Vous avez l'air en pleine forme, dit Deborah, qui, la bonne humeur de Yeats étant contagieuse, sourit. Jack a téléphoné ? C'est ça ?

— Pas encore, jeune fille, mais il appellera. Oh, mais quel bonheur de voir un sourire sur votre joli visage ! En attendant son appel, on va faire refleurir les roses rouges de la santé sur vos joues et on va se préparer au nouvel avenir qui s'offre à nous. C'est ce qu'il faut faire, jeune fille. Quand un avenir meurt, il faut vite en trouver un autre et y placer nos espoirs et nos rêves. Est-ce que vous avez confiance en moi, jeune fille ?

— Oh, oui, fit Deborah, dont les yeux noisette s'emplirent de larmes. Oh, oui, j'ai confiance en vous.

— Alors venez, conclut Yeats, qui offrit son bras droit à Deborah, allons nous promener sur le sable doré de cette île enchanteresse.

*

Assis dans la faible lumière de la pièce de trois mètres de long sur un mètre cinquante de large, Jack entendit, pour la cinquième fois depuis qu'on l'y avait enfermé, un pas léger approcher de la porte. Comme les fois précédentes, un gros œil noir apparut dans le judas du battant métallique, puis disparut, son propriétaire apparemment convaincu que tout était en ordre. Il aurait été difficile qu'il en soit autrement. Jack se leva et arpenta le périmètre de la pièce de briques, la tête baissée parce que le plafond ne se trouvait qu'à un mètre quatre-vingts du sol. Il examina les murs de briques en quête d'un indice, d'une fissure, d'un défaut, d'une irrégularité susceptibles de receler un espoir d'évasion. Il regagna la chaise pliante dressée au milieu de la cellule, l'unique meuble de la pièce, et examina le plafond. Rien. Mais il ne s'attendait pas à trouver quelque chose. Et, même s'il avait trouvé, il n'aurait rien pu faire. Il se força à bouger les mains, malgré les menottes qui les lui immobilisaient dans le dos, dans l'espoir de favoriser la circulation, de permettre à un peu plus de sang d'arriver jusqu'à ses doigts engourdis.

On l'avait conduit directement de la gare routière ici. D'après son estimation, le trajet avait duré un quart d'heure. Il avait été ballotté sur le plancher de la cage sans fenêtre de l'arrière de la camionnette, qui roulait à tombeau ouvert, et violemment projeté contre les portières quand elle s'était brusquement arrêtée dans un hurlement de pneus. Puis il y avait eu le bourdonnement d'un moteur électrique et le bruit d'une porte de garage glissant sur ses rails. Quelques instants plus tard, on l'avait sorti de la camionnette, dans un parking souterrain vide, hormis une Mercedes au toit hérissé d'antennes, et on l'avait traîné jusqu'à un ascenseur rudimentaire, à la porte grillagée. Ils s'étaient arrêtés au troisième étage et étaient sortis sur un palier sordide. Ils avaient pris à gauche et franchi la première porte à gauche. On avait ensuite poussé Jack dans un appartement pouilleux, puis on l'avait enfermé dans la pièce en briques dépourvue de fenêtre. Quand le plus imposant des deux hommes en blazer bleu, un géant d'un mètre quatre-vingt-quinze et de cent vingt-cinq kilos, qui avait des yeux verts ironiques, une barbe brune clairsemée et des oreilles minuscules perpendiculaires aux flancs de sa petite tête, avait poussé la porte, Jack avait demandé un avocat en espagnol. Aux mots *quiero abogado*, le géant avait répondu par un rire creux, sans joie, et lui avait claqué la porte au nez.

Il y avait cinq ou six heures de ça, selon Jack, à en juger par sa vessie désagréablement distendue et par les intervalles d'une heure qui semblaient séparer les apparitions de l'œil derrière le judas. Il était sûr d'une chose : ce n'était pas une arrestation ordinaire, s'il s'agissait effectivement d'une arrestation. Ses ravisseurs étaient des flics, mais les apparences officielles s'arrêtaient là. Après l'avoir enfermé, on ne l'avait pas interrogé et on s'était complètement désintéressé de lui.

Le bruit de la clé dans la serrure fit lever Jack. La porte métallique pivota et dévoila un homme dont le seul attribut moyen était la taille. Des yeux noisette, intelligents, des yeux sans âme, dont les blancs luisants trahissaient une puissante vitalité animale. Des yeux de félin. Sa crinière élégante de cheveux noirs, brillants et en bonne santé, était coiffée en arrière au-dessus d'un front haut et proéminent. Des pommettes saillantes et anguleuses surmontaient ses joues creuses. Son nez, au-dessus d'une bouche pleine, à la fois dure et sensuelle, était fort, long et relativement étroit. Le menton à fossette soulignait une mâchoire ferme qui exprimait la détermination. La coupe et le drapé de son costume de laine noire, ultra-léger, trahissait la touche d'un maître tailleur.

— Je suis le capitaine Bernardo Cunha, annonça l'homme-chat, les yeux brillants d'autosatisfaction, d'une voix aux inflexions nasillardes du Sud-Ouest américain.

Face à cet accent, tout à fait inattendu dans cet endroit, Jack ne put cacher son étonnement.

— Ah, l'accent, oui ? demanda le capitaine Cunha. Université du Texas, 1968-1972. J'ai obtenu une licence d'économie. Il faut apprendre la langue et les coutumes des Gringos quand on a l'intention de... euh, de faire des affaires avec le Colosse du Nord, la nouvelle Rome, non ? Et, oh, oui, n'oublions pas le reste de mes études. La *School of the Americans*, à Colombus, Géorgie, votre État d'origine, si je ne m'abuse, monsieur Lee. Oui, pendant les six premiers mois de 1985, j'ai étudié les fondements de la démocratie américaine à Fort Bennings. Vous connaissez cet établissement ? Ce qu'on y enseigne ?

— Je crois qu'il délivre des diplômes en matière d'assassinat, de torture, d'escadrons de la mort et de matières connexes, telle que la constitution des

États-Unis, répondit Jack sans chercher à cacher son dégoût.

— Allons, monsieur Lee, dit le capitaine Cunha, que la conversation réjouissait visiblement, une telle attitude morale de votre part, vous qui avez crucifié un homme d'Église ! C'est tout à fait extravagant !

— La *School of the Americans* forme du personnel militaire sud-américain, dit Jack. Est-ce que c'est ce que vous représentez ? De quoi suis-je accusé ? Quand pourrai-je voir un avocat ?

— Je ne représente que moi-même, monsieur Jackson Robert E. Lee, que moi-même, répondit le capitaine Cunha. Et vous n'êtes pas inculpé, de sorte que vous n'avez pas besoin d'avocat. Non, vous êtes, comment dire… ? simplement détenu jusqu'à demain matin. Vous serez alors remis à un représentant de la DEA. En échange d'une petite indemnité, bien entendu.

— Dans ce cas, vous n'êtes pas un militaire ? demanda Jack.

— Plus maintenant. Je suis entré dans la police il y a sept ans. Beaucoup plus lucratif dans une démocratie telle que le Brésil. Thomás ?

Le géant barbu aux oreilles de phénomène de cirque apparut sur le seuil, un Walther dans la main droite. Le capitaine Cunha s'adressa à lui en portugais, puis se tourna à nouveau vers Jack et montra une petite clé.

— Je vais vous retirer vos menottes qui, j'en suis convaincu, sont devenues très inconfortables. J'ai demandé à Thomás de vous tirer dans les genoux au moindre geste suspect. Croyez-moi, c'est un excellent tireur. Maintenant, voulez-vous utiliser nos installations sanitaires avant le dîner ?

Jack pissa longuement sous le regard attentif de Thomás qui, debout sur le seuil, braqua son Walther sur sa queue, fit semblant de tirer dessus et agrémenta l'exercice d'effets sonores. Quand Jack eut terminé, Thomás sortit une serviette d'un placard. Il la lança à Jack, montra le lavabo et exécuta des mouvements circulaires de la main gauche pour indiquer à Jack qu'il devait se passer de l'eau sur le visage. Quand Jack se fut lavé les mains et la figure, Thomás le conduisit jusqu'à la porte de l'appartement pouilleux. Il ouvrit et montra la porte qui se trouvait de l'autre côté du palier. Jack traversa le palier, ouvrit une porte crasseuse, tachée, et hésita sur le seuil, un instant pétrifié par le spectacle qui s'offrait à son regard. Le salon était impeccable et confortablement aménagé de meubles en bois de rose aux coussins bordeaux. Le petit lustre en cristal, suspendu au plafond crème, jetait une lumière argentée sur l'épaisse moquette bleue.

Thomás posa le canon du Walther entre les omoplates de Jack et le poussa vers le couloir qui s'ouvrait à droite. À la hauteur de la deuxième porte sur la gauche, Thomás grogna et poussa Jack dans la salle à manger, de son énorme paluche, qui resta serrée sur l'épaule de Jack jusqu'au moment où il s'immobilisa devant une chaise en acajou à haut dossier, disposée devant une table rectangulaire dont l'extrémité opposée était occupée par le capitaine Cunha qui, sans se lever, fit signe à Jack de se joindre à lui. Quand Jack fut installé, le géant prit position dans un coin, derrière l'épaule droite de Jack.

Quand ses yeux furent accoutumés à la faible lumière des deux hautes bougies du chandelier en argent, posé au milieu de la table de telle façon qu'elles encadraient parfaitement le visage de

Cunha, Jack prit véritablement conscience de l'opulence déployée devant lui. À elle seule, la nappe en dentelle devait bien valoir mille dollars. Des carafes en cristal dans de lourds seaux à glace en argent étaient disposées à portée de chacun des deux hommes. Belle porcelaine. Argenterie brillante.

Le capitaine Cunha prit la serviette posée sur une bouteille de champagne, enroula la bouteille dedans, emplit sa grande flûte en cristal d'un souple mouvement tournant du poignet, puis fit signe à Jack de l'imiter. Quand la flûte de Jack fut pleine, Cunha leva la sienne.

— Au condamné ou au gracié ? demanda Cunha, un sourire narquois sur son visage olivâtre. À un dernier dîner ou à la célébration de la liberté dans un nouveau pays ? Nous boirons aux uns ou aux autres avant la fin de cette soirée. Pour le moment, contentons-nous de boire. *Saúde, senhor !*

Jack but une gorgée de champagne et garda le silence. Le capitaine Cunha dirigeait les opérations et il n'avait pas l'intention de s'y opposer. Le problème de l'argent planait au-dessus de la table comme un voile transparent et le bon capitaine l'aborderait quand il jugerait le moment venu.

Une femme magnifique, à la peau couleur de bronze et aux traits indiens, franchit le seuil et servit des plateaux d'huîtres ouvertes sur un lit de glace pilée.

— Vous devrez me pardonner d'avoir établi le menu sans vous consulter, dit Cunha, qui empala une huître sur une fourchette minuscule. Je suis certain que tout sera conforme aux critères auxquels vous êtes accoutumés.

— Je suis accoutumé à une nourriture beaucoup plus simple, répondit Jack, qui n'avait pas mangé d'huîtres depuis cinq ans, mais je vous remercie de votre prévenance.

— Parfait, monsieur Lee, absolument parfait, dit Cunha, d'une voix sincèrement admirative. Vous savez vous tenir…, un soupçon d'ironie, une petite pincée de sarcasme, mais rien qui soit ouvertement insultant. Vous connaissez la musique.

Une nouvelle fois, Jack demeura silencieux. Les huîtres furent suivies d'une soupe au crabe, au maïs et aux poivrons. Ce fut pendant le plat principal, une langouste rôtie, farcie de basilic frais et de coquilles Saint-Jacques à l'ail, que Cunha décida de passer aux choses sérieuses.

— Vous vous interrogez peut-être sur tout ceci, dit Cunha, qui montra la table d'un geste indifférent de la main. Vous vous demandez peut-être pourquoi je bois et dîne avec vous de cette façon. Il est possible que je m'interroge également, monsieur Lee. Que je m'interroge sur la nature d'un homme qui crucifie les gens. Sur un homme qui arrive dans mon pays avec quatre cent quatre-vingt-treize mille cinq cent soixante-cinq dollars en liquide et un faux passeport d'excellente qualité, dépourvu de visa d'entrée. Oh, oui, et un pistolet automatique de calibre .45. Il y a effectivement de quoi s'interroger. Il est tout à fait possible que vous soyez un homme comme je les aime. Peut-être pas, mais ce n'est pas la question pour le moment. Non, comme vous l'avez sûrement deviné, je suis essentiellement préoccupé par la question de l'argent. Et, plus précisément : est-ce qu'il y en a davantage ? Je suis convaincu qu'un homme tel que vous a sans doute accès à des ressources supplémentaires. Dans ce cas, on pourra peut-être s'arranger.

« Je vais jouer cartes sur table, monsieur Lee. Un

agent de la DEA est en ce moment même en route pour le Brésil. La DEA tient absolument à vous mettre le grappin dessus. Elle y tient au point de débourser un quart de million de dollars. Je fais des affaires très rémunératrices, avec la DEA, depuis de nombreuses années et, si nous parvenions à nous entendre, il me serait impossible de travailler à nouveau avec elle. Il est donc tout à fait indispensable que votre offre soit substantiellement plus élevée..., disons le double de la leur. Un demi-million. C'est pour cette raison que j'ai contraint la DEA à attendre vingt-quatre heures. Malgré les protestations véhémentes de ses responsables, bien entendu. Maintenant, la question est : mon jugement a-t-il été sain dans cette affaire ? Vous est-il possible de réunir une telle somme en un délai aussi bref et en quoi puis-je vous aider à y parvenir ?

— Votre proposition est très aimable, capitaine Cunha, répondit Jack, qui analysait les scénarios possibles, supputait les poids respectifs du gain et des conséquences. Si cette transaction pouvait être organisée, sur quelle base serais-je libéré ? Dans quelle mesure pouvez-vous me garantir que ce jeu ne recommencera pas dans l'avenir ? Non seulement vis-à-vis de moi, mais aussi vis-à-vis des amis que je serais obligé de contacter ici ?

— Allons, monsieur Lee, fit Cunha d'une voix d'aristocrate blasé, nous savons l'un et l'autre que la seule garantie véritable serait ma mort, et je peux vous assurer que j'ai l'intention de vivre très, très longtemps. Permettez-moi de vous soumettre deux idées susceptibles d'apaiser vos inquiétudes, à défaut de vous rassurer.

« En premier lieu, j'ai l'intention de prendre rapidement ma retraite. Le million de dollars que me rapporterait cette transaction, ainsi que ce que j'ai mis de côté, au fil des années, dans des situations similaires, m'assurera une retraite très confortable, luxueuse, en fait. Je suis las de ce jeu, monsieur Lee. Ces deux appartements, celui-ci et celui qui se trouve de l'autre côté du palier, sont plus ou moins une métaphore de ma vie. Je ne puis jouir du luxe qui nous entoure qu'à condition de fréquenter des environnements déprimants, tels que celui de l'appartement voisin. Ça ne signifie pas que j'habite cet immeuble. Tel n'est pas le cas. Mais je passe beaucoup trop de temps ici et l'élégance de ces lieux ne parvient pas à me faire oublier, même une minute, qu'ils se trouvent sur un tas de fumier.

« En second lieu, comme je l'ai déjà dit, il n'y a aucune trace de votre arrestation. Si j'ai bien compris, la DEA a l'intention de porter votre capture et votre retour au pays à son crédit. Votre libération ne soulèvera, au Brésil, aucune difficulté juridique. Telle serait la base de votre libération : vous seriez libre comme l'air. Dans un monde idéal, nous ne nous reverrions jamais. Et telle est, monsieur, la seule garantie que je sois en mesure de vous proposer. Poursuivre cette discussion entraînerait des spéculations sans intérêt. Qu'est-ce que vous en dites, monsieur Lee ? »

Jack dévisagea l'homme assis en face de lui et ce qu'il vit n'incitait pas à lui faire confiance, pas même crédit. Au bout du compte, il se demanda s'il voudrait que Bobby Joe et Dev l'appellent, si la situation était inversée. La réponse fut oui. Même chose pour João Silva.

— Il faut que je téléphone, capitaine Cunha. C'est un appel local.

— Parfait.

Cunha s'adressa en portugais à Thomás, qui sortit un téléphone cellulaire de la poche de son blazer, le donna à Jack et resta près de lui pendant qu'il composait le numéro. À l'extrémité opposée de la table, Cunha sortit un appareil identique de la poche de sa veste et le porta à son oreille. À la deuxième sonnerie, un enregistrement de la voix de João indiqua que le correspondant était bien au 543-0085 et demanda, en portugais et en anglais, de laisser un message. Quand Jack voulut parler, Cunha adressa un signe de la main à Thomás, qui s'empara du téléphone.

— Qui avez-vous appelé ? demanda Cunha, une expression troublée sur le visage. Je jurerais que j'ai déjà entendu cette voix.

Jack sourit et secoua légèrement la tête.

— Peu importe, fit Cunha, qui lui rendit son sourire. Je saurai le moment venu. À propos, j'ai un rendez-vous important et je suis déjà en retard. Nous ferons une nouvelle tentative demain, monsieur Lee. Vous aurez peut-être plus de chance. Terminez votre repas. Ensuite, afin de manifester ma bonne volonté, Thomás vous installera dans une chambre, de ce côté du palier. Je suis convaincu que vous la trouverez beaucoup plus agréable que celle que vous venez de quitter.

Comme si elle n'attendait que cet instant, la femme entra et servit du café fort dans de petites tasses. Cunha y ajouta une grosse cuiller de sucre et le but d'un trait, d'une torsion souple du poignet.

— Il faut absolument que je m'en aille, dit Cunha, qui se leva, le sourire aux lèvres. Faire attendre une jolie femme est impoli. Buvez tranquillement votre café. Nous prendrons contact avec vos amis demain. Je veillerai à arriver tôt. Si le cochon de la

DEA doit attendre, tant mieux. Soyez sûr que je vous laisserai tout le temps, dans la mesure du raisonnable, de rendre leur proposition caduque. Bonne nuit, monsieur Lee. Et n'oubliez pas que Thomás est un excellent tireur. Ses réactions sont parfois... un peu trop vives, donc pas de mouvements brusques.

Cunha sortit de la pièce d'un pas léger, en fredonnant un air de samba. L'ironie de la situation dans laquelle Jack se trouvait était aussi amère que le café qu'il sirotait tandis qu'il l'analysait. Vingt années d'une existence vigilante, prudente, de survie dans des circonstances difficiles, pour en arriver là. Un petit somme dans un autocar ! Combien de fois s'était-il interrogé, incrédule, sur les petites erreurs qui avaient causé la perte des autres ? Un somme dans un autocar, se dit-il, et un rire ironique prit naissance au creux de son ventre. Quoi de plus foutrement ordinaire ? Le rire franchit son diaphragme puis ses lèvres, fit trembler la tasse délicate dans sa soucoupe, et le bruit sans grâce de l'autodérision emplit la pièce.

CHAPITRE 15

Bobby Joe voulut se servir une troisième tasse de café, puis y renonça et remit la cafetière sur le trépied posé au milieu de la table. Il leva les bras au-dessus de la tête et inspira profondément l'air frais du début de la matinée que la pluie, avant l'aube, avait presque complètement lavé. Pour des raisons qui lui échappaient, la perspective de téléphoner à Miss Amelia l'inquiétait. Par trois fois, en trois quarts d'heure, il s'était levé dans l'intention de l'appeler, puis s'était laissé retomber sur sa chaise, la poitrine contractée par la tension.

— Belle journée, n'est-ce pas ? demanda João qui le rejoignit sur la terrasse, très élégant dans un costume en soie marron foncé et animé d'une énergie pétillante, pleine d'entrain. Est-ce que tu as appelé Miss Amelia ?

— Très belle, répondit Bobby Joe. Et, non, je ne lui ai pas téléphoné, mais j'étais sur le point de le faire. À quelle heure commence ta réunion ?

— Le premier groupe arrive à dix heures et demie, dans à peu près une heure. Ça te laisse tout le temps de donner ton coup de téléphone et de prendre une douche. J'ai demandé à Zé de te conduire au *Mofarrej Sheraton*. J'ai aussi pris la liberté de retenir une suite, où tu pourras attendre qu'on vienne te chercher. Quand tu te présenteras à la réception, tu pourras y retirer une clé. Tu n'auras rien à payer. Je travaille beaucoup avec le *Mofarrej* et la direction me rend souvent ce type de service. Quand tu en auras terminé avec M. Klein, va directement dans la suite et attends-moi. Ma deuxième réunion devrait se terminer vers treize heures. Je te retrouverai à l'hôtel à quatorze heures au plus tard. N'hésite pas à commander quelque chose à manger, si tu as faim. On partira pour la banque dès mon arrivée. Ça te va ?

— C'est parfait, João, répondit Bobby Joe, qui se leva. Je crois qu'il faudrait que je donne ce coup de téléphone.

Bobby Joe composa la longue succession de chiffres permettant de joindre directement l'Alabama et attendit. Il avait le pressentiment que Miss Amelia décrocherait avant la deuxième sonnerie, pourtant il fut stupéfait quand ce fut exactement ce qu'elle fit, puisqu'elle répondit exactement à la fin de la première.

— C'est toi, petit ? demanda Miss Amelia, d'une voix forte et claire, comme si elle n'était pas à huit mille kilomètres, mais dans la pièce voisine. Bobby Joe ? C'est toi ?

Son nom, prononcé alors qu'il ne s'était pas encore identifié, paralysa Bobby Joe, pétrifia sa langue. Pour la première fois de sa vie, parler avec Miss Amelia le mit mal à l'aise. Sa résistance s'exprima physiquement, prit la forme d'une panne d'électricité dans son cerveau, d'une interruption du fonctionnement des synapses. Il lutta contre une forte envie de raccrocher.

— Parle, petit, dit Miss Amelia d'une voix teintée de dureté. Je sais que c'est toi.

— C'est moi, Miss Amelia, répondit Bobby Joe d'une voix qui lui parut étrangère. Je ne sais pas ce qui m'arrive, Miss Amelia. Je savais que tu attendais mon appel mais j'ai eu toutes les peines du monde à me forcer à téléphoner. Depuis ce matin, le simple fait d'y penser me rend aussi nerveux qu'un chat. Il se passe des tas de choses, ici, Miss Amelia. Des choses très bizarres.

— Il faut que tu écoutes attentivement ce que je vais te dire, Bobby Joe. Il faut que tu essaies de te détendre et que tu me racontes tout ce qui s'est passé. Tout. Essaie de ne rien oublier. Je ne cesse pas de voir des choses depuis le jour de ton départ, petit. Il y en a qui sont claires, d'autres pas. Une chose est sûre… ce qui était tapi dans l'ombre est sur le point de sortir en pleine lumière. Donc prends ton temps et raconte tout ce que tu peux.

Bobby Joe sentit que son corps se détendait, apaisé par la voix de Miss Amelia. Les mots sortirent d'abord lentement, puis se précipitèrent, torrent qui roula, implacable, d'un événement à l'autre, et les captura dans un langage évocateur. Quand il se tut, il se sentit vide, sans énergie. Pendant trente secondes il n'y eut, sur la ligne, que son souffle et celui de Miss Amelia.

— Bobby Joe, dit Miss Amelia, d'une voix altérée et lasse, je t'aime comme un fils et tu le sais. Je voudrais de tout mon cœur pouvoir te dire quelque chose de réconfortant. Te dire que j'ai vu l'avenir et que tout va s'arranger. Mais je ne peux pas, parce que je n'ai pas vu une chose, mais plusieurs. Ça ne m'est jamais arrivé et je ne sais absolument pas quoi en penser. Je pourrais te raconter ce que j'ai vu, mais tout en moi me dit que ça serait une erreur. Donc, je vais seulement te dire quelques choses susceptibles de t'aider à résoudre ce qui se prépare. Je ne serai peut-être pas très cohérente, donc sois patient.

« Presque toutes les âmes qui quittent ce monde pour l'autre le font d'une façon tout à fait bien organisée. Je veux dire par là qu'elles semblent avoir accompli ce qu'elles avaient à faire ici et qu'il ne reste d'elles, après leur départ, que le souvenir de ceux qui les ont connues. Mais il y a des gens qui ne quittent pas ce monde tranquillement, qui ne font pas tout ce qu'ils avaient à faire pendant leur vie, et quelque chose d'eux reste, dans l'espoir d'y remédier. Ça complique énormément les choses pour ceux qui habitent encore la chair. Des événements qui semblent sans rime ni raison terrestres se produisent. Je crains, Bobby Joe, que tu sois impliqué dans une de ces situations et qu'elle soit liée à ton arrière-grand-oncle Yancey, qui est mort depuis très longtemps.

« Je ne peux pas te dire ce qui va arriver, mais je peux te dire ce que tu ne dois pas espérer. Premièrement, n'espère pas que ce qui arrive puisse être compréhensible d'une façon normale. Il y a des causes à ces choses, mais il ne nous est pas toujours permis de les percevoir. Deuxièmement, n'espère pas que la fuite pourra te permettre de changer la situation. Tu dois affronter carrément ce qui arrivera. Même si tu y laisses la vie, ce qui est possible. Il y a une raison à ta présence là-bas et il faut que tu ailles jusqu'au bout. Je sens que, quelle qu'elle soit, l'issue n'est pas gravée dans le marbre et qu'il y a plusieurs fins possibles. Donc, mon garçon, je te conseille, même si c'est un maigre réconfort, de tenir bon et de te servir de ta tête. Et reste près de Dev quand les ennuis commenceront. Promets-le-moi.

— D'accord, Miss Amelia, dit Bobby Joe. Tu as ma parole. Mais je ne comprends toujours pas pourquoi tu ne peux pas me dire ce que tu as vu. En quoi ça pourrait être dangereux ?

— Ce n'est qu'une intuition, Bobby Joe, mais elle est forte et je trouve préférable de tenir compte d'elle. Je fais confiance à mes intuitions… depuis toujours. J'imagine qu'il faudra que tu adoptes le même comportement.

— S'il faut que je fasse confiance à quelque chose, j'aime autant que ça soit à une de tes intuitions qu'à autre chose, Miss Amelia. Avant que j'oublie, le cousin Yancey m'a demandé de te saluer. Il espère te rencontrer un jour. Et Dev t'embrasse.

— Dis au cousin Yancey que je ne l'oublierai pas dans mes prières et que je serai heureuse de le rencontrer, si Dieu le veut. En ce qui concerne Deveraux, embrasse-le bien fort de ma part et dis-lui de ne pas oublier ce que je lui ai demandé. Dis-lui aussi que je suis heureuse qu'il ait rencontré une jeune femme. À propos, parle-moi de la belle femme aux cheveux d'argent et aux yeux assortis. Est-ce qu'elle est arrivée ?

— Dev t'a parlé de Zela ? demanda Bobby Joe, troublé. Je suis sûr qu'il ne l'a pas fait.

— Non, mon garçon, Dev ne m'a rien dit. Je l'ai vue plusieurs fois en rêve. C'est elle, Bobby Joe, si Dieu le veut. Et elle arrivera plus tôt que prévu. J'espère que tu envisageras sérieusement de fonder une famille, quand tout ceci… enfin, je crois que j'en ai assez dit pour le moment. N'oublie pas que je t'aime. Que je t'ai toujours aimé et que je t'aimerai toujours, où que je sois.

— Moi aussi je t'aime, Miss Amelia, mais je te jure que tu n'as fait que m'inquiéter davantage. De toute façon, il faut que je m'en aille. J'ai un rendez-vous important dans un moment. Je te rappellerai bientôt.

— On aura à nouveau l'occasion de parler dans deux semaines. Au revoir, mon garçon.

Bobby Joe raccrocha et fixa droit devant lui, tandis qu'une vague sensation de trouble circulait en lui, au même rythme que le sang qui coulait un peu trop vite dans ses veines. Il était perturbé par les propos mystérieux de Miss Amelia, mais aussi par quelque chose de primitif, qui engendrait une sensation de dérive, d'errance, un vide presque douloureux. Il n'avait jamais possédé complètement le don de double vue mais, jusqu'à ce jour, une source profonde d'intuition avait toujours coulé en lui et éclairé son jugement, de telle façon qu'il pouvait négocier l'existence en toute confiance. Mais, quand il se contraignit à se lever et à gagner la douche, il comprit que le don l'avait progressivement abandonné dès l'instant où il avait posé le pied au Brésil et qu'il avait emporté avec lui l'essentiel de son assurance naturelle. Quand il se déshabilla, une sensation de nudité sans lien avec les vêtements emplit son cœur de panique. Pour la première fois de sa vie, il eut envie de protection, d'un refuge face à une vie qui devenait brusquement incontrôlable.

*

À midi moins dix, Bobby Joe Looney entra dans le hall élégant du *Mofarrej Sheraton*. Il portait un

T-shirt publicitaire noir du *Blind Willie's Blues Club*, un bar d'Atlanta, des jeans délavés et des sandales. Le contraste avec l'élégance ostensible des autres occupants du hall mit immédiatement Bobby Joe en contact avec un membre du service de sécurité de l'hôtel, qui, bombant la poitrine, lui demanda la raison de sa présence. Mais ce défi, lancé par un représentant d'une autorité, stimula Bobby Joe et chassa la dépression qui l'accablait depuis qu'il était parti de chez João.

— Ça ne te regarde pas, crétin, mais j'ai rendez-vous avec un client, répliqua Bobby Joe qui, très satisfait, vit le visage de l'homme virer au cramoisi.

— Vous devriez venir avec moi, dit le membre du service de sécurité, qui approcha et referma une main sur le coude gauche de Bobby Joe. On va régler ça dans mon bureau.

— Ah, le voilà, dit Bobby Joe qui, d'un signe de tête, montra un point situé derrière l'épaule droite de l'homme.

Quand le flic de l'hôtel tourna la tête, Bobby Joe approcha un peu plus, glissa le genou droit derrière le genou droit du vigile, qui se trouva contraint d'écarter les jambes. Bobby Joe monta discrètement la main droite, saisit les noix de l'homme et exerça sur elles une pression modérée, opération qui contraignit le vigile à se mettre au garde-à-vous sur la pointe des pieds. Le visage rouge, aux yeux dilatés, de l'homme, exprima l'humiliation, l'incrédulité et la douleur. Bobby Joe pencha la tête de telle façon que sa bouche se trouve à deux centimètres de l'oreille du vigile. Il serra un peu plus fort et l'homme poussa un grognement qui se mua en plainte stridente.

— Maintenant écoute, connard de caniche de

combat boursouflé, souffla Bobby Joe, qui retrouvait toute son assurance, je viens voir quelqu'un et c'est pas toi. On va aller comme ça jusqu'à la réception et régler ce problème. Tu tentes la moindre chose et j'arrache tes noix ridicules. Pigé ?

Le vigile, dont les yeux, sous l'effet de la peur, clignotaient comme des néons de mauvaise qualité, hocha énergiquement la tête. Bobby Joe poussa l'homme, le contraignant à reculer, et ils gagnèrent la réception, qui se trouvait à une dizaine de mètres, en une sorte de tango chaloupé. Bobby Joe obligea l'homme à s'adosser au comptoir et pesa sur lui de façon à l'immobiliser. Une jeune femme de haute taille, extraordinairement belle, à la peau couleur de miel et aux yeux noirs rieurs, s'immobilisa derrière le comptoir. Quand elle voulut parler, un rire aussi pur que le tintement de clochettes d'argent jaillit de sa jolie gorge. Elle plut immédiatement à Bobby Joe.

— Je m'appelle Bobby Joe Looney, mademoiselle. Je crois que le senhor João Silva a annoncé ma venue par téléphone.

— Oh, oui, monsieur Looney, excusez mon hilarité, mais ce paon vaniteux mérite une leçon depuis longtemps. Vous pourriez peut-être..., euh, le lâcher maintenant.

Bobby Joe libéra l'homme, qui fit un pas sur le côté, comme un crabe, et posa les deux mains, comme une feuille de figuier, sur ses parties intimes. En portugais, la réceptionniste adressa un torrent de propos humiliants et ironiques à l'homme ébahi, qui blêmit, pivota sur lui-même et quitta les lieux d'une démarche rapide et boitillante.

— Monsieur Looney, d'après João, vous ne resterez que quelques heures, dit la jeune femme, qui insista tendrement sur le nom de João. Est-ce exact ?

— Deux ou trois heures tout au plus, répondit Bobby Joe. Vous êtes une amie de João, vous aussi ?

Les joues de la jeune femme rougirent, puis son visage tout entier.

— Nous sommes... Je ne sais pas quoi dire, fit-elle.

— Pardonnez-moi, mademoiselle, dit Bobby Joe, souriant. C'était une question stupide que je n'avais pas le droit de poser. Je dois voir M. Felix Klein et je crois que vous avez une clé pour moi.

— Oh, oui, répondit la jeune femme, qui retrouva rapidement son aplomb, voici la clé de votre suite, la 1025. La personne avec qui vous avez rendez-vous m'a demandé de vous faire monter directement dans la suite 1050, qui est également au dixième étage. J'espère que j'ai bien fait de choisir des chambres voisines.

— Absolument, répondit Bobby Joe, qui prit le chemin des ascenseurs.

— Et, monsieur Looney ?

— Oui ?

— Quand João a téléphoné, il m'a dit que vous étiez..., euh, un phénomène. S'il vous plaît, je ne parle pas très bien anglais. Qu'est-ce que cela veut dire au juste ?

— Ma chère, vous parlez très bien anglais. Quant à votre question, eh bien, je laisserai à João le soin d'y répondre, quand vous le verrez.

Bobby Joe se sentait véritablement beaucoup mieux, tandis que l'ascenseur l'emportait vers la chambre de la saucisse humaine nommée Felix Klein. Il avait rencontré Klein à Tanger, quand Dev et lui préparaient le transport de leur dernière cargaison de hasch. L'image du visage rougeaud de Klein, et du cou épais, strié de bourrelets de graisse, sur lequel elle reposait, apparut dans l'esprit de Bobby Joe et priva son cerveau d'air. Klein travaillait dans la banque suisse qui assurait un service de livraison d'argent liquide auquel Bobby Joe et Dev recouraient depuis des années. Du personnel diplomatique de bas niveau effectuait les livraisons, mais un représentant de la banque les réceptionnait toujours à l'arrivée et supervisait personnellement sa remise au destinataire. Bobby Joe n'avait l'intention de supporter la compagnie de M. Klein qu'aussi longtemps que la politesse l'imposait. Il projetait, ensuite, de goûter les scotches pur malt que proposait le service dans les chambres.

Bobby Joe s'immobilisa devant la chambre 1050, se cacha le visage entre les mains et respira profondément, afin de se calmer. La porte s'ouvrit brusquement, pendant qu'il chassait l'air contenu dans ses poumons et, étonné, il baissa les mains. Le spectacle qui s'offrit à ses yeux transforma l'étonnement en stupéfaction et sa bouche s'ouvrit. Devant ses yeux ébahis se tenait Zela Wylie, vêtue d'un long déshabillé de soie noire qui, très décolleté, révélait des surfaces de peau crémeuse que Bobby Joe n'avait jamais vues. Ses yeux argentés exprimaient un amusement espiègle et quelque chose d'autre, quelque chose de plus grave. Quelque chose qui força l'air resté dans ses poumons à sortir d'un seul coup, dans un sifflement.

Quand Bobby Joe voulut parler, Zela posa tendrement un doigt sur ses lèvres, puis le prit par la main et l'attira dans la chambre obscure. Une petite bougie, sur la table de nuit, éclairait faiblement la moitié du lit et le seau à glace posé près d'elle. Il y avait, près du seau, deux flûtes en cristal sur une desserte.

Zela conduisit Bobby Joe près du lit, posa un doigt sur ses lèvres puis sortit une bouteille de Perrier-Jouet du seau à glace et emplit les verres. Un frisson parcourut l'échine de Bobby Joe quand les glaçons tintèrent contre la bouteille.

Zela donna un verre à Bobby Joe, puis passa le bras sous le sien. Ils vidèrent leurs verres puis restèrent immobiles dans un silence si total qu'il parut hors du temps. Une énergie qu'ils perçurent et reconnurent, un léger sourire aux lèvres, dansa et se mêla entre leurs yeux.

Zela prit le verre de Bobby Joe et le posa près du sien, sur la table. Elle leva le bas de son T-shirt sur sa poitrine, puis au-dessus de sa tête. Elle prit son visage entre ses mains et passa trois fois, très légèrement, les lèvres sur les siennes. Elle embrassa ses yeux, puis l'espace qui les séparait, posa ensuite sa bouche chaude sur une oreille et sur l'autre, en suivit la bordure extérieure du bout de la langue, y souffla des courants enivrants d'air chaud, qui firent trembler Bobby Joe de tous ses membres. Quand il voulut la serrer contre lui, elle repoussa tendrement ses bras contre ses flancs, puis s'agenouilla, non sans avoir pris le temps de caresser ses seins du bout de la langue. Elle lui retira ses sandales, ouvrit la ceinture de ses jeans puis tira lentement la fermeture Éclair sur son membre gonflé. Quand il fut nu, elle resta à genoux et prit tendrement ses noix dans la main droite. Du bout de la langue, elle lécha délicatement l'unique goutte de rosée qui était apparue au bout de sa queue. Elle la prit dans sa bouche, descendit et monta trois fois le long de la hampe, puis elle se redressa et quitta le voile de soie qui la couvrait.

Émerveillé, Bobby Joe contempla sa féminité dans toute sa splendeur. Des tintements déments retentirent à ses oreilles. Une douleur exquise naquit dans la région de son entrejambe. Quand Zela posa les mains sur ses épaules et le regarda dans les yeux, la bouffée de chaleur qui envahit tout son corps lui roussit le cœur.

— Maintenant écoute, Bobby Joe Looney, dit Zela d'une voix à la fois tendre et autoritaire. Je suis venue pour être ta femme et pour que tu sois mon mari. Désormais, tout ce que j'ai t'appartient. Il n'y a qu'une chose que tu as besoin de savoir sur moi et l'amour : j'aime aller jusqu'au bout et j'aime que ce soit souvent. Donc, comme je te l'ai déjà dit, ne me ménage pas, Bobby Joe. Ne me ménage pas du tout.

*

La tête de Bobby Joe reposait sur le doux oreiller du sein gauche de Zela. Ses yeux aux paupières lourdes fixaient vaguement la pointe rose de son autre sein. Le bouton rose de ce sein semblait danser dans la lumière vacillante de la bougie. L'envie de se pencher et de l'embrasser apparut, puis fut emportée par le rythme lent de leurs souffles unis. Ils avaient fait l'amour deux fois, la première dans l'impatience sauvage du désir longtemps refoulé, puis sur le rythme sans hâte, presque alangui, des rêveurs dont le réveil n'a pas anéanti les rêves.

— Bon sang, Zela, qu'est-ce qu'on a fait pendant toutes ces années ? demanda Bobby Joe dans un souffle rauque.

— Ça n'a plus d'importance à présent, Bobby Joe, répondit Zela au terme d'un long soupir. C'est la façon dont on vivra le temps qui nous reste qui compte. Traite-moi comme il faut et on en vivra une grande partie comme ça.

— Tout à fait d'accord, Zela. Il y a une éternité que je n'ai pas été aussi apaisé. Il s'est passé des tas de choses, ici. Je ne croyais pas qu'il puisse en arriver autant en une semaine. Il y en a des bonnes : Dev a rencontré Valéria et on a retrouvé Long John... C'est notre vieux pote João Silva, du temps où on était étudiants. Mais il y en a qui sont carrément inquiétantes, et je crois qu'il faudrait que je t'en parle tout de suite.

— Je veux tout savoir, Bobby Joe, dit Zela, qui appuya la main de Bobby Joe sur son sein. Surtout ce qui concerne Dev et son amie. Tu crois qu'on s'entendra, elle et moi ?

— Absolument. C'est une femme formidable, Zela. J'ai déjà l'impression que c'est ma sœur.

— Tant mieux, parce qu'il m'a toujours semblé que Dev était mon frère. Peut-être même qu'on pourra être comme une vraie famille, Bobby Joe. Ça me plairait. Je me demande ce qu'ils font, en ce moment.

*

Valéria regarda Dev ouvrir la dernière fenêtre de la cuisine et constata avec satisfaction qu'il n'avait pas évité de solliciter son épaule blessée. Le parfum des eucalyptus entra dans la pièce, apporté par la légère brise d'ouest qui faisait bruire les feuilles des arbres. Elle était heureuse d'avoir pu persuader Dev d'attendre encore une journée, la veille au soir, quand il avait voulu faire l'amour avec elle. Elle avait compris dès leur arrivée que leur nouveau foyer était l'endroit qui convenait. La veille au soir, à l'hôtel, quand il s'était enfin endormi, elle était restée éveillée et avait imaginé cet instant, l'instant où ils seraient vraiment seuls.

Dev pivota sur lui-même et s'aperçut que Valéria le regardait intensément, yeux étincelants dans un visage aux traits adoucis, presque mous. L'expression de ces yeux noirs était la même que le jour où il l'avait rencontrée, pendant la bagarre, à Mongaguá. Des yeux de déesse guerrière, se dit-il tandis qu'il la rejoignait.

— Tu es heureuse ? demanda Dev.

L'expression du visage de Valéria passa dans le corps de Dev, fit vibrer toutes ses terminaisons nerveuses, juste sous la peau.

— Je suis plus qu'heureuse, Deveraux.

— Le moment est venu.

— Le moment est venu.

Dev se pencha, passa le bras gauche sous ses genoux, puis la souleva. Il prit conscience de sa force comme ce n'était ordinairement le cas que face à la violence ou à l'exercice physique extrême. Valéria perçut cette bouffée de vitalité et comprit qu'elle était, dans ses bras, aussi légère qu'un enfant. Quand elle passa les bras autour de son cou et l'embrassa, Dev eut l'impression de percevoir, dans son étreinte, la puissance sauvage, impatiente, d'un félin de la jungle.

Il la porta jusqu'à l'imposant lit à baldaquin de la première chambre. Les vêtements s'envolèrent. Le parfum fort et cuivré du sexe se répandit dans l'air et l'humidité dense du plaisir emplit la pièce. La tendresse des premiers jours se mua presque en férocité. Ils se chevauchèrent mutuellement jusqu'aux limites de l'épuisement. Le possesseur devint possédé, puis possesseur à nouveau dans un fandango qui les emporta hors d'eux-mêmes et l'un dans l'autre. Quand Valéria jouit, une éruption de chaleur humide jaillit de son centre, et arracha un cri à Dev, qui répandit sa semence en elle. Quand ce fut terminé, ils restèrent immobiles l'un sur l'autre, comme des créatures impudiques de l'Éden.

*

Dev regarda Valéria poser le plateau du café sur le lit. Le frémissement de ses muscles, sous sa peau olivâtre, le fit sourire. Elle était assez forte pour lui ; il avait rencontré la femme de sa vie.

— Tu es content qu'on ait attendu ? demanda Valéria, quand elle tendit une tasse de café noir à Dev.

— Je suis simplement heureux, répondit Dev, qui lui prit la main. Le bonheur est une chose dont j'ai été privé jusqu'ici, Val. Je ne sais pas comment m'exprimer.

— Il est inutile de parler, Deveraux, dit Valéria, une lueur de satiété dans les yeux. L'amour a baptisé notre nouvelle maison. C'est suffisant pour le moment.

— Je suis content qu'on s'y soit installés les premiers, dit Dev. Pas d'une façon égoïste, mais… c'est comme si on avait allumé le feu pour que la maison soit chaude quand Bobby Joe et…

— Et Zela, dit Valéria. Oui, il faut qu'on s'arrange pour qu'elle ne tarde pas. Bobby Joe a besoin d'amour, en ce moment. Je me fais du souci pour lui, Deveraux. À ton avis, qu'est-ce qu'il fait, en ce moment ?

— Oh, en ce moment, je suppose qu'il compte des billets en compagnie d'un Suisse obèse nommé Felix Klein.

*

— Tu es sûre que tu veux toujours rester ? demanda Bobby Joe à Zela quand il eut raconté sa première semaine au Brésil.

— Bon sang, Bobby Joe, quelle histoire ! Et, oui, je reste. Il y a longtemps que j'attends ça et personne ne me fera revenir sur ma décision, surtout pas des esprits hystériques qui n'ont aucune raison de se mêler de notre vie. J'ai fermé boutique. Je suis ici pour le meilleur ou pour le pire… sauf si tu as décidé que…

— Chut, Zela, dit Bobby Joe, qui lui posa un doigt sur les lèvres. Ta présence ici est ce qui m'est arrivé de mieux. C'est la première fois de ma vie qu'une journée commence aussi mal et se termine aussi bien.

Zela prit la main de Bobby Joe et la fit glisser lentement sur son sein droit, puis sur son ventre, jusqu'à sa toison couleur d'argent. Bobby Joe se souleva et l'embrassa mais, à cet instant, on frappa à la porte.

— Nom de Dieu, s'écria Bobby Joe, qui se leva d'un bond et ramassa ses jeans. Tu attends quelqu'un, Zela ?

Zela secoua la tête et voulut se lever. Bobby Joe l'en dissuada d'un geste de la main, puis gagna la porte. Il regarda par le judas et vit, dans le couloir, João et Zé.

— Enfile quelque chose, Zela, reprit-il. C'est João.

Zela prit un peignoir dans le placard. Quand elle l'eut mis, Bobby Joe ouvrit la porte et recula tandis que João entrait, pivotait sur les talons et donnait des instructions à Zé en portugais. Zé acquiesça, écarta le pan gauche de sa veste sur un Uzi, puis prit position devant la porte. João poussa le battant, et se tourna vers Bobby Joe, le visage rouge sous l'effet de la surexcitation. Il voulut parler mais se tut quand il vit Zela.

— Je te présente Zela Wylie, João, dit Bobby Joe. Alors, mon pote, qu'est-ce qui se passe ? Qu'est-ce qui explique tes yeux brillants et ce pistolet-mitrailleur ?

— Désolé de vous déranger, Miss Wylie, dit João. Bobby Joe, je viens de recevoir un coup de téléphone de Jack Lee.

— C'est formidable, s'écria Bobby Joe. Alors ce vieux forban a réussi à s'échapper ?

— Bobby Joe, écoute, il est entre les mains de la police fédérale. Ici, à São Paulo. Pas véritablement détenu par la police fédérale, mais par un capitaine renégat... je n'ai pas le temps d'expliquer. Il faut un demi-million de dollars pour le libérer. Nous n'avons que deux heures. Ensuite, on le remettra à la DEA, qui le rapatriera aux États-Unis. Qu'est-ce que tu décides ?

— Ce que je décide ? fit sèchement Bobby Joe, les yeux brillants. On va le sortir de là. Merde, Zela, je ne t'ai même pas parlé de l'argent.

Zela ouvrit le placard et montra deux mallettes en aluminium posées dans un coin.

— J'ai vu Klein ce matin, expliqua Zela. Jack Lee est le type de l'article que je t'ai donné à Atlanta, pas vrai ?

— En personne, répondit Bobby Joe. Bon, João, qu'est-ce qu'il faut que je fasse ?

— Donne-moi l'argent et attends, répondit João. C'est quelque chose que je dois faire seul. Et il me faut quelque chose où mettre l'argent. Je suis parti si vite que j'ai oublié de prendre un sac.

— Tu en as un, Zela ? demanda Bobby Joe, qui sortit une des mallettes du placard et la jeta sur le lit.

Zela prit un grand sac en cuir dans le placard et en déversa le contenu sur le lit, puis elle se pencha et ouvrit la serrure à numéros de la mallette. Bobby Joe et elle comptèrent, avec l'adresse d'une longue habitude, cinq cents liasses de mille dollars, qu'ils mirent dans le sac. Bobby Joe pivota sur lui-même et donna le sac à João.

— C'est un des nôtres, João, dit Bobby Joe. Fais ce qu'il faut. Si tu as encore besoin d'argent, n'hésite pas. Fais tout ce qu'il faut. Il ferait la même chose pour nous. Tu l'amèneras ici ?

— Ça risque d'être long, dit João. Je suis sûr que vous ne vous ennuierez pas. *Adeus*.

— Bon sang, Bobby Joe, dit Zela quand la porte se fut fermée sur João. Il se passe toujours quelque chose, ici, aucun doute. Ton ami João est un sacré personnage, pas vrai ? Et ce Jack Lee… quelle est son histoire ? On ne parle que de lui, dans les journaux, depuis ton départ. Est-ce qu'il a vraiment crucifié ce vieux prédicateur fou ?

— Tu sais, Zela, je crois qu'il vaut mieux que Jack Lee raconte tout ça lui-même, s'il en a envie. Mais je peux dire une chose : Jack est un type bien. Aucun doute. Maintenant remettons-nous au lit et fêtons la libération de Jack.

CHAPITRE 16

João remarqua le géant barbu posté juste derrière la porte au moment où Zé engagea la Lincoln dans le parking souterrain. L'homme avait une télécommande dans une main et une arme automatique dans l'autre. La porte bascula dès que la Lincoln eut franchi le seuil. Hormis le géant, le parking était désert.

— C'est un des hommes de Cunha ? demanda João.

— Oui, répondit Zé. Il s'appelle Thomás. On se connaît. Attendez dans la voiture. Je vous ferai signe.

— Cunha, fit João d'une voix méprisante. J'étais sûr d'avoir reconnu la voix de ce salaud au téléphone. J'attends, mais fais vite, Zé.

Zé descendit de voiture et tranquillement, l'Uzi à la main, alla à la rencontre de Thomás, qui traversait le parking. Quand il reconnut Zé, Thomás s'immobilisa et sa jambe gauche esquissa machinalement un pas en arrière.

— Zé, souffla Thomás, les traits déformés par la terreur, les yeux rivés sur l'homme qui lui faisait face.

— C'est exact, Thomás. C'est moi, mais je ne

viens pas régler notre vieux compte. Obéis et tu seras toujours en vie quand je m'en irai. Maintenant donne-moi ton arme.

D'une main tremblante, car la peur déferlait en vagues de mouvements incontrôlés, Thomás tendit son Mac-10.

— Où est Jack Lee ? demanda Zé.

— En haut, répondit Thomás. Avec le capitaine Cunha. Je dois vous conduire.

Zé fit un large geste du bras en direction de la voiture. João descendit et les rejoignit, le sac de voyage en bandoulière et un automatique Glock 9mm dans la main droite. Il vit les grosses gouttes de sueur qui roulaient sur le visage de Thomás et se tourna vers Zé.

— Une affaire personnelle, Zé ? demanda João. C'est lui ?

Zé acquiesça, impassible, comme toujours.

— Il faudra attendre une autre occasion, dit João. Tu comprends ?

Zé acquiesça une nouvelle fois puis pointa l'Uzi sur Thomás, qui leva les yeux au ciel puis pivota sur lui-même et prit le chemin de l'ascenseur. La cabine grinçante les conduisit au troisième étage. Thomás les précéda jusqu'à la porte située à droite du palier, laissant une forte puanteur de peur dans son sillage.

— Combien de personnes à l'intérieur ? demanda João à Thomás.

— Seulement deux, répondit Thomás. Seulement Cunha et le Gringo.

— Combien dans l'immeuble ?

— Personne.

— S'il a menti, commence par le tuer, dit João à Zé avant de frapper trois fois contre le battant de la crosse de son pistolet.

La porte s'ouvrit immédiatement sur le capitaine Cunha, très élégant et un revolver contre la cuisse.

— Il ne ment pas, Silva, dit Cunha d'une voix lasse. J'ai renvoyé les autres quand j'ai reconnu ta voix au téléphone.

— Moi aussi je t'ai reconnu, fit João. Il n'y a que Zé avec moi.

— Ah, oui, le sinistre Zé, dit Cunha, qui le salua sèchement de la tête. Thomás, tu peux dire à tes noix qu'elles peuvent sortir de ton ventre, maintenant. Je suis sûr que M. Silva ne laissera pas Zé te tuer pendant cette transaction. À présent, Silva, on a du travail. Laissons-les se regarder en chiens de faïence et allons dans la salle à manger, où on pourra bavarder discrètement.

— S'il te plaît, Zé, attends au salon avec ton ami, dit João, qui montra deux fauteuils disposés face à face et sortit à la suite de Cunha. Et ferme la porte à clé.

Cunha offrit un siège à João à une extrémité de la table et servit, dans de grands verres, deux solides rasades du cognac contenu dans une carafe en cristal. João fit tourner le cognac, le huma puis adressa un sourire condescendant à Cunha.

— Du cinq étoiles, Bernardo. Mais comment s'en étonner de la part du légendaire capitaine Cunha ? Dans le domaine du cognac comme dans tous les autres, hormis l'honneur.

— À ta mort prochaine, João, dit Cunha sur un ton dégoûté, avant de vider son verre d'un trait.

— Et à la tienne, répondit João, qui but son cognac tout aussi vite.

— Je ne baisserai pas mon prix d'un dollar, déclara Cunha, légèrement agressif.

— Tu feras exactement ce que je te dirai de faire,

Bernardo. Ni plus, ni moins. Est-ce que tu doutes de ce qui peut t'arriver, si je le décide ?

— Non, reconnut Cunha, je n'en doute pas, mais ce n'est pas juste. Je me suis mis d'accord avec ces maudits Gringos de la DEA. Ils veulent ce Lee, absolument. Si je les double, je ne pourrai plus traiter avec eux, ou pire. Ils sont très culottés, depuis quelque temps. Ils ne respectent pas les frontières internationales. De toute façon, pourquoi tu t'intéresses à ce Lee ?

— C'est un vieil ami, Bernardo. De l'époque où j'étais étudiant aux États-Unis. J'espère pour toi qu'il est intact.

— Il est en pleine forme, répondit Cunha. Est-ce que tu as apporté l'argent ?

— Ferme ta gueule, Bernardo, dit João sans hausser le ton. Et va chercher Jack Lee. Tout de suite !

Cunha se leva, le visage blême et crispé. Il sortit une clé de la poche de sa veste et tendit la main vers le revolver posé sur la table.

— Laisse cette arme, Bernardo, ordonna João.

Cunha sortit de la pièce à grands pas. Quelques instants plus tard, João entendit le cliquetis d'une serrure, puis le bruit caractéristique d'un poing s'abattant sur la chair et le choc sourd d'un corps tombant sur le plancher. João saisit le Glock, se précipita dans le couloir et vit Zé à son extrémité droite, l'Uzi levé et braqué. D'un signe de tête, Zé montra l'autre bout du couloir. João pivota sur lui-même, partit au pas de course et heurta Jack Lee, qui venait de tourner au coin du couloir. Ils reculèrent, se dévisagèrent, les yeux dilatés, jusqu'au moment où ils se reconnurent, sourirent puis se mirent à rire. João avança et donna l'accolade à Jack.

Quand il sentit le corps de Jack se crisper, João recula, puis constata que Jack fixait Zé, posté au bout du couloir.

— Il est avec moi, Jack, dit João. Pas de problème. On s'en ira dans un moment. Et Cunha ?

— Il n'était pas armé, quand il a ouvert la porte, et je l'ai envoyé au tapis, répondit Jack, qui fit signe à João de le suivre. Ça ira quand il sera revenu à lui.

Ils trouvèrent Cunha sur le plancher, devant la chambre luxueuse où Jack avait passé la nuit précédente.

— Au moins, tu étais bien logé, Jack, fit remarquer João.

— Ouais, ce petit magouilleur de merde a débouché les bonnes bouteilles dès l'instant où il a flairé l'argent, répondit Jack. Tu connais ce type, João ?

— Depuis pas mal de temps, répondit João. On dirait qu'il sort du cirage.

Cunha gémit puis se redressa progressivement et, finalement, s'assit. Sa paupière droite était très enflée et, tel un grain de raisin distendu, couvrait pratiquement son œil. Il tendit une main à João et marmonna en portugais.

— Allons, Bernardo, dit João pendant qu'il l'aidait à se lever, parle ton bon anglais du Texas en l'honneur de notre invité.

Quand Cunha ouvrit la bouche, João lui balança, sur l'œil gauche, un direct du droit qui le remit sur le cul.

— Maintenant, tu seras crédible quand tu expliqueras à tes amis de la DEA que, malheureusement, Jack Lee s'est enfui, affirma João, qui aida une nouvelle fois Cunha à se lever. Viens, Bernardo, encore deux petits problèmes à régler et on filera.

João conduisit Cunha dans la salle à manger, le fit asseoir et prit son revolver, qui était resté sur la table. Il donna l'arme à Jack, puis servit un grand cognac, qu'il posa devant Cunha. Cunha l'avala d'un trait, sans prétention à l'élégance, et tendit le verre.

— Qu'est-ce que tu veux ? demanda Cunha après avoir à nouveau vidé le verre.

— Tu as un téléphone ? demanda João, qui écarta la carafe, dont Cunha voulait s'emparer.

Cunha sortit un téléphone cellulaire de la poche de sa veste.

— À quel aéroport la DEA est-elle autorisée à atterrir ? demanda João. Elle utilise son propre appareil, comme d'habitude, n'est-ce pas ?

— Oui, fit Cunha, qui hocha la tête, le regard fixe. Ils se poseront à l'aéroport de Congonhas.

— À quelle heure ?

— À dix-huit heures, répondit Cunha.

— Bien, Bernardo, dit João, qui adressa un clin d'œil à Jack, voilà ce que tu vas faire. Appelle l'aéroport et dis à tes hommes que l'appareil pourra se poser et faire le plein, mais qu'aucun passager ne sera autorisé à débarquer. Dis-leur que tu attendras personnellement l'avion et que tu expliqueras la situation, après quoi il devra être autorisé à décoller immédiatement.

— Ils seront fous de rage, quand je leur dirai que Lee s'est échappé, João, s'écria Cunha d'une voix plaintive. Ils ne me croiront pas. Je te l'ai dit : les Gringos sont devenus culottés. Il peut m'arriver n'importe quoi. Même ici, au Brésil.

— C'est possible, Bernardo, dit João d'une voix chargée de haine. Mais ce qui va t'arriver, ordure de merde, si *je* le décide, ne fait absolument aucun doute. Maintenant téléphone.

Cunha composa le numéro et attendit, tassé sur lui-même.

— Je m'excuse, Jack, dit João. Face à ce type de crapule, j'ai honte d'être brésilien.

— Inutile, João, répondit Jack, qui le rejoignit et le prit par les épaules. Comparativement aux Gringos avec qui il traite, ce type n'est qu'un bouton sur le cul d'une punaise. Cunha a raison d'avoir peur d'eux.

Cunha raccrocha et se tourna vers João. Sa paupière droite avait doublé de volume et s'était transformée en un polype violacé qui touchait presque sa joue.

— Tu as dit deux problèmes, soupira-t-il. Alors ?

— Où sont tes affaires, Jack ? demanda João.

— Cunha m'a tout pris. Y compris presque un demi-million de dollars en liquide.

— Bernardo ? fit João.

— Dans l'autre chambre, répondit Cunha. Face à celle où Lee était enfermé.

— Jack, va chercher tes affaires, souffla João.

Quand Jack fut sorti, João considéra Cunha et secoua la tête.

— Donc tu espérais obtenir un demi-million de dollars de la part de mon ami et un demi-million de ma part ou, à défaut, deux cent cinquante mille dollars de la part de la DEA, dit João. Tu es un vrai magnat, Bernardo. Un vrai magnat.

Jack revint avec son sac à dos et adressa un signe de tête à João.

— Tout y est ? demanda João.

— Même mon passeport et mon pistolet.

— Un pistolet ? fit João. Dis-moi, Jack, comment t'es-tu fait prendre ?

— Par ma faute, João. J'étais vidé. Je suis arrivé

à bord d'un avion privé. Voyage éprouvant. Je me suis endormi dans un autocar et je me suis réveillé à la gare routière. Quelqu'un m'a repéré. On m'avait pourtant dit de descendre avant la gare routière. J'ai été stupide, João, tout bêtement.

— Montre-moi ton passeport, dit João.

Jack lui donna le passeport. João l'examina pendant une minute entière, puis gonfla les lèvres et hocha la tête.

— Excellent travail, monsieur Louis Malone, du Tennessee, dit João, qui répéta le nom indiqué sur le passeport. Bernardo, est-ce que tu as ton matériel sous la main ?

Morne, Cunha acquiesça.

— Vois-tu, Jack, reprit João, la police fédérale est responsable du contrôle des frontières, des visas, des prolongations de visas et ainsi de suite. Pourquoi un organisme aussi important est-il chargé d'une tâche aussi modeste ? Pour que de nobles officiers tels que le capitaine Cunha puissent fournir discrètement des documents officiels aux gens qui sont trop occupés pour se joindre aux visiteurs en règle qui se présentent au service des douanes brésiliennes, ou bien à ceux qui préfèrent éviter de le faire. Oui, en échange d'une rémunération modeste, le capitaine Cunha et ses acolytes sont prêts à rendre service. Excuse-nous un instant, Jack. Viens, Bernardo, je vais t'accompagner jusqu'à ton bureau.

Quelques minutes plus tard, João et Cunha regagnèrent la salle à manger. Cunha avait une petite boîte métallique. Il posa la boîte sur la table et l'ouvrit. Elle contenait un assortiment de timbres et de tampons. Il en sortit une boîte en bois de taille plus réduite et adressa un regard interrogateur à João.

— Quel visa ? demanda Cunha, qui montra l'encreur.

— Un visa d'un an permettant d'entrer et de sortir à volonté, Bernardo, répondit João. Plus tard, Jack, on organisera quelque chose de plus permanent. Pour le moment, ça ira.

Cunha tamponna le passeport et le donna à João, qui hocha la tête et le rendit à Jack.

— Tu as parlé de deux problèmes, João, dit Cunha. Ils sont réglés. Si c'est tout, il faut que je réfléchisse avant de rencontrer les représentants de la DEA.

— Patience, Bernardo, fit João. Il y a encore une chose. Il faut qu'on parle de la rémunération du service que tu es sur le point de rendre et de celui que tu rendras dans l'avenir.

Le visage de Cunha s'éclaira quand il entendit le mot « rémunération » et son œil encore ouvert se mit à briller. Jack adressa un regard dur à João.

— Donne-lui cent mille dollars, Jack, dit João, dont les yeux couleur d'aigue marine demeurèrent rivés sur Cunha.

— Cent mille ! protesta Cunha, qui montra d'un signe de tête le sac que João avait apporté. Si tu avais l'intention de ne me donner que cent mille dollars, pourquoi tu as pris la peine d'apporter un demi-million ?

— Au cas où tu n'aurais été que le représentant d'un gros poisson, répondit João. Le silence d'un vairon tel que toi ne vaut même pas cent mille dollars. Encore un mot et tu n'as rien. Quant à toi, Jack, il faut que tu comprennes une chose. Mon seul but est de te libérer et de prévenir les ennuis futurs. Je ne veux pas tuer le bon capitaine, mais je ne peux pas le laisser sans rien et espérer que l'affaire sera classée. Si je le faisais, plus tard, quand le whisky enflammera son machisme, il cherchera à te nuire. Il faut que tu me fasses confiance. Je connais son prix. Honnêtement, il semble équitable que tu paies.

— Puisqu'il le faut, fit Jack, qui eut un rire sans joie et se mit à compter les billets. Mais c'est sûrement un record... une sieste à cent mille dollars.

— Quant à toi, Bernardo, dit João, quand tu joueras la comédie à la DEA, il faudra que tu sois totalement convaincant. Je suis persuadé que tu seras irrésistible, quand tu expliqueras à tes hommes que tu as dû payer de ta personne pour faire une meilleure affaire avec nous.

— Et le service que je dois rendre dans l'avenir ? demanda Cunha, les yeux rivés sur les liasses qui s'entassaient devant lui.

— Le silence, tout simplement, Bernardo. Tout ceci n'a pas existé. Je veux que mon ami Jack Lee puisse vivre au Brésil sans être inquiété. C'est tout ce que tu dois faire : persuader la DEA qu'il s'est enfui et oublier toute l'affaire. Si tu le fais, tu pourras continuer tes rapines. Si tu me doubles, tu mourras dans des circonstances pénibles.

— Tu as ma parole, dit Cunha, sur un ton presque joyeux, quand la dernière liasse de mille dollars tomba sur le tas.

— Épargne-moi ça, Bernardo, fit João sur un ton neutre. Maintenant, il faut vraiment qu'on y aille.

Cunha voulut se lever. João posa une main sur son épaule et le força à rester assis.

— Inutile, Bernardo. On connaît le chemin.

— Tu ne laisseras pas Zé tuer Thomás ?

— Je t'ai déjà dit que non, répondit João. En tout cas pas aujourd'hui. *Adeus*, capitaine Cunha.

Dans le salon, João s'adressa à Zé en portugais. Zé ordonna à Thomás de se lever puis le rejoignit et prit la télécommande que le géant serrait dans sa main aux phalanges blanches. Zé chercha le regard de Thomás et, impassible, le fixa pendant quinze secondes. Puis il pivota sur les talons et franchit la porte. João fit signe à Jack de suivre Zé. Jack refusa et, d'un geste, indiqua à João qu'il devait sortir le premier. Quand il fut seul avec le géant barbu aux oreilles de phénomène de cirque, Jack arma le revolver de Cunha et le braqua sur l'entrejambe de Thomás. Quand Jack émit un bruit d'explosion, le géant se pissa dessus et se laissa tomber dans son fauteuil.

*

João et Jack buvaient du champagne dans la limousine que Zé conduisait dans les rues encombrées de São Paulo.

— Bienvenue au Brésil, Jack, dit João, le verre levé.

— Merci, João, dit Jack, qui trinqua avec son ami. Je ne suis pas sûr de comprendre ce qui s'est passé, mais je te remercie.

— Tu as eu beaucoup de chance, mon ami, beaucoup. Vraiment.

— Pardonne-moi, João, mais j'ai l'impression que la chance n'a pas joué un grand rôle. Cunha était carrément terrifié. Qu'est-ce que tu fais, ici ?

— Plus tard, répondit João, qui sourit. Pour le moment, profite du champagne. Bientôt, tu retrouveras d'autres vieux amis.

— Une question ?

— Oui ?

— Qu'est-ce qui s'est passé entre ton chauffeur et le géant aux oreilles de Dumbo ?

— Ah, fit João. Thomás a violé une des cousines de Zé, il y a quelque temps. Disons que le jour où Zé l'enverra en enfer, le voyage sera long et lent.

*

Dante Ferro boucla sa ceinture quand le Lear amorça sa descente sur São Paulo. Dante était soulagé d'en avoir terminé avec la première partie du voyage. Si soulagé qu'il en venait à espérer la compagnie de Jack Lee, au retour. Tout était préférable à la présence du seul Gimble. Dante n'avait pas prévu Gimble et son silence hostile. Ni ses yeux qui évoquaient des balles à pointe creuse.

Gimble était à l'avant et s'entretenait avec les pilotes depuis dix minutes. Quand il regagna la cabine, Gimble fixa sur Dante ses yeux sans vie, couleur de plomb, qui semblaient avoir été repoussés au fond de leurs orbites profondes par une presse mécanique. Les sourcils proéminents de Gimble surplombaient ces orbites profondes comme le bord supérieur de l'entrée d'une caverne. Son visage émacié était dominé par des os proéminents, lourds, qui conféraient à sa tête l'aspect d'un crâne. La peau pâle, marquée par la petite vérole, de ce visage, était presque translucide et très tendue sur les os. Ferro se dit que, lorsqu'il était enfant, Gimble n'avait sûrement pas besoin de masque le jour du carnaval.

Gimble s'assit juste derrière Dante, où il avait passé, en silence, l'essentiel du voyage. Gimble attendait Dante à l'aéroport d'Atlanta. Quand Dante avait tendu la main au géant maigre, Gimble n'en avait pas tenu compte et avait marmonné :

— Gimble. Sécurité.

Puis il avait pivoté sur lui-même et était monté dans l'avion, une grosse mallette à la main.

Quand Dante lui avait demandé si le quart de million de dollars était dans la mallette et si Gimble n'était pas censé la lui remettre, Gimble s'était contenté de fixer ses yeux de balles à tête creuse sur lui jusqu'à ce qu'il s'asseye. L'air entêtant du succès et de la détermination, qui avait gonflé la poitrine de Dante pendant sa conversation avec le directeur, s'était échappé comme l'air vicié sort d'un ballon percé. Dante reprit vaguement courage quand les roues touchèrent le sol. Peut-être pourrait-il reprendre le contrôle de la mission.

— Pas la peine de bouger, dit Gimble d'une voix caverneuse, quand Dante détacha sa ceinture et se leva. Vous restez ici.

— Comment ça, je reste ici ? demanda Dante d'une voix qui évoqua le couinement d'une souris et le fit rougir.

— On nous refuse l'autorisation de débarquer, champion. Les métèques foutent le bordel. Faut qu'on fasse demi-tour dès que les réservoirs seront pleins. Un capitaine de merde va tout vous expliquer avant qu'on décolle. Maintenant asseyez-vous et fermez-la.

*

Le capitaine Cunha engagea sa Mercedes noire sur le tarmac et gagna directement le Lear. Il sortit son téléphone cellulaire de la poche de sa veste et ordonna à un de ses hommes, qui se trouvait dans la tour de contrôle, d'annoncer aux Gringos qu'un de leurs représentants pouvait descendre s'entretenir avec lui. Cunha se regarda dans le rétroviseur et constata que son œil gauche, enflé, prenait de belles couleurs. Il laissa volontairement le droit hors de cadre ; il était trop hideux et ça lui faisait trop de peine.

*

— Vous mettez pas entre lui et moi, quand vous discuterez, ordonna Gimble à Dante avant de poser des écouteurs sur ses oreilles.

Dante fixa le poste d'écoute complet contenu dans une mallette que Gimble avait posée en équilibre sur l'accoudoir, et dont le micro se trouvait juste sous un hublot.

— Maintenant, filez, cracha Gimble. Et quand je sifflerai, restez pas à côté de ce connard.

*

Cunha attendit, debout, tandis que la passerelle s'abaissait. Il regarda le Gringo de petite taille, à la tête énorme, sortir et descendre à sa rencontre. Le petit homme semblait désorienté, presque hébété.

— Je suis le capitaine Bernardo Cunha, dit Cunha qui, la main tendue, grimaça un sourire.

— Ouais, euh, Dante Ferro, fit Dante, qui lui serra la main et le fit pivoter de quarante-cinq degrés sur la droite, de telle sorte qu'ils furent respectivement tournés vers le nez et la queue du Lear. Qu'est-ce qui se passe, capitaine ? Je fais huit mille kilomètres et vous me dites qu'il faut que je fasse demi-tour ? Merde, où est Jack Lee ? Et qu'est-ce qui est arrivé à vos yeux ?

— Je vous en prie, permettez-moi d'expliquer, fit

Cunha d'une voix huileuse et complaisante. Il y a quelques heures, ce démon de Jack Lee s'est échappé. Il a tué un de mes hommes et m'a infligé ces blessures alors que j'étais sans arme et sans défense. Je crains, senhor Ferro, que ce soit désormais un problème brésilien, qui doit être réglé à la manière brésilienne. Vous pouvez affirmer à vos supérieurs que ce monstre sera traqué sans pitié et qu'il aura ce qu'il mérite. Dites-leur que Jack Lee paiera le prix le plus élevé et qu'il le paiera d'une façon que votre système juridique n'autorise pas. Vous avez sur ce point la parole du capitaine Bernardo Cunha. Maintenant, le devoir m'appelle. Il faut que je lance immédiatement les recherches et je suis certain que vous voulez avertir vos supérieurs le plus rapidement possible. Je vous prie d'accepter mes excuses les plus plates et je vous souhaite un bon voyage.

Dante était sur le point de protester quand un sifflement strident retentit derrière lui. Il fit deux pas en arrière et Cunha ouvrit la bouche quand plusieurs éclairs de flash jaillirent de la porte du Lear. Cunha resta pétrifié, comme un lapin dans le faisceau des phares, et ses yeux noisette, dilatés, réfléchirent les éclairs du flash. Finalement, il courut jusqu'à sa voiture où il attendit, secoué, que Dante, ébahi, eut hissé sa carcasse dans le Lear.

Dante avait trouvé une bouteille de *Jack Daniel's* peu après le décollage et en fournissait sans interruption, depuis quarante-cinq minutes, à son esprit assoiffé d'oubli quand le Lear vira sur la gauche et descendit brutalement. Derrière lui, les bruits que fit Gimble ressemblaient à s'y méprendre à ceux d'un passager rassemblant ses bagages avant de débarquer. Dante vida son verre d'un trait, s'en servit un autre puis attacha sa ceinture. Par le hublot, il vit le Lear descendre vers une piste goudronnée qui semblait se trouver en pleine brousse. Les lampes bleues qui bordaient la piste étaient les seuls indices de civilisation.

Gimble s'arrêta près de Dante et laissa tomber la mallette pleine d'argent sur ses genoux, ce qui eut pour effet de renverser le contenu de son verre sur son pantalon.

— Je descends, rase-bitume, fit Gimble, sarcastique. Je vous confie l'argent.

Ébahi, Dante vit une jeep s'arrêter près du Lear et Gimble y monter. Quand le copilote ferma la porte, des vagues de confusion se brisaient sur les récifs déchiquetés de l'esprit de Dante.

— Qu'est-ce qu'il se passe, bordel ? demanda-t-il à l'univers. On est où ?

— Dans une de nos petites installations discrètes du coin, monsieur Ferro, répondit le copilote. Ne vous en faites pas. Installez-vous confortablement et on sera rentrés en un rien de temps.

Dante Ferro s'appuya contre le dossier de son siège. Des larmes roulèrent sur ses joues et dans les sillons qui séparaient les bourrelets naissants situés sous son menton. Quand l'appareil eut décollé, il eut très envie de courir jusqu'à la porte et de se jeter dans le vide. Mais il prit simplement la bouteille de whisky et but de longues lampées au goulot.

CHAPITRE 17

— Arrête-toi ici une minute, João, dit Bobby Joe.

João gara la Range Rover neuve au bord de la piste de terre rouge et, de la main gauche, fit signe à Zé, qui suivait au volant de la Lincoln, de s'arrêter derrière lui.

— C'est là, mon frère, dit Bobby Joe à Jack, qui était à l'avant près de João.

— Là-haut ? demanda Jack, le bras tendu vers la maison jaune qui se dressait au sommet de la colline.

— Exactement, répondit Bobby Joe, qui serra Zela contre lui et lui montra la maison. Qu'est-ce que tu en penses, ma douce ?

— Elle est belle, Bobby Joe, répondit Zela, qui lui planta un baiser sur la joue. Simplement belle.

— Cette route fait vraiment penser à celles du nord de la Géorgie, constata Jack.

— Merde ! Tu n'as encore rien vu, mon vieux, s'écria Bobby Joe. Allons-y, João.

Le portail était grand ouvert, et Bobby Joe s'en étonna. Il s'aperçut que la voûte de fer forgé qui surmontait le portail avait été repeinte et qu'on y avait fixé des attaches métalliques, comme pour y suspendre une pancarte.

— Je suis étonné que Dev laisse ouvert, dit Bobby Joe. Je devrais peut-être aller fermer derrière Zé.

— Laisse ouvert pour le moment, dit João. Je vais redescendre dans un instant. Je dois aller voir quelqu'un, dans les environs, avant le dîner.

Dev et Valéria attendaient sur le perron quand les voitures arrivèrent au sommet de la colline.

— Regarde qui je ramène, Deveraux, dit Bobby Joe, un bras autour de la taille de Zela et l'autre sur les épaules de Jack.

— J'ai entendu les mots hier soir, au téléphone, mais je n'y crois que maintenant que je le vois de mes propres yeux, dit Dev tandis que Valéria et lui descendaient les marches. Bon sang, je suis vraiment content de te voir, Zela. Je ne pouvais plus tenir ce fichu Indien. Maintenant que tu es là, tu vas pouvoir le faire filer droit.

— Dev, je suis très fière d'être ici, dit Zela, les bras autour du cou de Dev. Et voilà Valéria…

— Je suis très heureuse de te rencontrer, dit Valéria, qui tendit la main à Zela.

Les femmes se dévisagèrent pendant un long moment, qui dura presque jusqu'à l'instant où le malaise s'installa. Puis il s'évanouit quand des sourires étranges, complices, apparurent sur leurs visages et qu'elles se serrèrent affectueusement dans les bras l'une de l'autre.

— On aura beaucoup de choses à se raconter, plus tard, dit Valéria sur un ton légèrement mystérieux.

— Parfaitement, répondit Zela à qui cette femme vigoureuse et belle plut immédiatement.

Bobby Joe et Dev se regardèrent, convaincus que quelque chose d'exceptionnel venait de se passer entre les deux femmes, mais incapables de deviner ce que c'était au juste. Dev se tourna vers Jack, qui se tenait à quelques pas du groupe.

— Je te jure, Jack, que le bleu de tes yeux est devenu plus clair depuis notre dernière rencontre, dit Dev d'une voix affectueuse. On est resté beaucoup trop longtemps sans se voir.

— Je suis très heureux de te retrouver, Dev, dit Jack, qui le rejoignit et lui donna l'accolade. Je pensais souvent à vous, les gars. Je me demandais ce que vous deveniez.

— Nous aussi, Jack, dit Dev, qui prit la main de Valéria. On aura tout le temps de parler de ça plus tard. Pour le moment, je voudrais te présenter Valéria Santos. Valéria, voilà notre vieil ami et collègue Jack Lee.

— Bienvenue, Jack, dit Valéria, la main tendue. Deveraux m'a beaucoup parlé de toi depuis que Bobby Joe a téléphoné. Et il n'en a dit que du bien. Je regrette que mes compatriotes se soient aussi mal comportés vis-à-vis de toi.

— Inutile, Valéria, je suis seul responsable de mes difficultés, répondit Jack, qui lui serra la main et en perçut la puissance. Je suis ravi de te rencontrer. Ravi d'être en présence de tout cet amour. Il y avait longtemps.

— Dans ce cas, il faut que tu restes. Je sais que Dev et moi... Enfin, Dev et Bobby Joe t'expliqueront plus tard. On a pratiquement passé la journée à préparer un festin. Tu pourras nous dire ce que tu décides pendant le dîner. Je vais faire visiter la maison à Zela pendant que Bobby Joe et Dev te conduiront au chalet. Tu restes aussi, João ?

— Je reviendrai dîner, et puis il faut que je retourne à São Paulo, répondit João, qui embrassa Valéria sur les joues.

Les hommes regardèrent Valéria et Zela gagner la maison main dans la main. Au pied des marches, elles éclatèrent d'un rire un peu coquin, comme deux gamines ravies de partager un secret.

— Elles se plaisent, aucun doute, dit Bobby Joe à Dev. J'espérais que ça arriverait.

— Je crois que la présence de Zela nous met à égalité, répondit Dev.

— Elles auront besoin l'une de l'autre pour vous supporter, dit João, qui jeta un coup d'œil sur sa montre. Il faut que je m'absente pendant quelques heures. Mais, d'abord, Zé a apporté ce que tu lui as demandé, Dev. On y va ?

— Qu'est-ce que tu penses de notre nouvelle bagnole, Deveraux ? demanda Bobby Joe, qui frappa le flanc de la Range Rover du plat de la main tandis qu'ils gagnaient la Lincoln, où Zé se tenait près du coffre ouvert.

— Très jolie, Bobby Joe. Les questions d'argent sont réglées ?

— Pour le nôtre et pour celui de Jack, répondit Bobby Joe. J'ai aussi commandé un pick-up Toyota. Grand modèle. João va nous laisser sa Range Rover jusqu'à ce qu'on nous le livre. On trouvera quelque chose à Jack quand il saura ce qu'il fait. Qu'est-ce que tu as commandé à Zé, Deveraux ?

Zé salua Dev d'un signe de tête et montra le coffre d'un geste du bras gauche, la main ouverte. Dev se pencha sur le coffre et y trouva quatre étuis à fusil en cuir souple et à fermeture Éclair, ainsi que deux mallettes en cuir à fermoir en cuivre et poignée en os. Dev prit la clé que Zé lui donna et ouvrit les mallettes. Chacune contenait deux revolvers Ruger Blackhawk de calibre .44. Dev ouvrit les étuis à fusil et y trouva quatre fusils à pompe Remington 870 de calibre .12, dont deux au canon impeccablement scié à quarante centimètres. Zé sortit deux boîtes à munitions étanches, de type militaire, les posa aux pieds de Dev et dit quelque chose à João en portugais.

— Zé dit que les cartouches destinées aux revolvers sont dans une boîte et celles des fusils dans l'autre, traduisit João, qui sortit du coffre un paquet de papier brun fermé par de la ficelle. Et voilà mon cadeau à l'occasion de votre installation... un kilo de la meilleure herbe de Bahia. Profitez-en bien !

— Merci, João, dit Dev, qui lui donna une claque sur l'épaule puis tendit la main à Zé. *Muito obrigado*, Zé.

— *Nada, homem*, répondit Zé, dont le visage s'éclaira d'un sourire fugace.

— Tu peux me remercier en préparant un gros joint pour mon retour, dit João. *Adeus*.

— Merde, Dev, on livre l'artillerie lourde quand ? demanda Bobby Joe, une note de reproche dans la voix.

— Ne commence pas, Cochise, dit Dev, dont les yeux violets brillaient. Maintenant sois gentil et aide-moi à rentrer tout ça. Toi aussi, Jack, si tu veux bien. Ensuite, on ira installer Jack dans le chalet et on reviendra décharger les bagages de Zela.

— À vos ordres, général LeDux, répondit Bobby Joe, qui effectua un salut militaire.

Jack et Dev éclatèrent de rire.

Ils portèrent les armes et les munitions dans la maison et les déposèrent dans la chambre de Dev, au rez-de-chaussée.

— J'espère que ça ne t'ennuie pas qu'on ait pris cette chambre sans en discuter, Bobby Joe, dit Dev.

Les choses se sont pour ainsi dire enchaînées et… enfin, tu comprends.

— Pas de problème, Dev. De toute façon, je pensais plus ou moins à l'étage. Maintenant installons Jack chez lui.

— Mesdames, si vous voulez nous rouler un pétard, n'hésitez pas, dit Bobby Joe, qui posa le paquet d'herbe sur le plan de travail, quand les hommes traversèrent la cuisine où Valéria tournait une sauce et bavardait avec Zela.

— Laissez vos mocassins à la porte et on les mâchera, aussi, pendant votre absence, répliqua Zela sur le ton de la blague, mais non sans ironie.

— Nom de Dieu, ça va me plaire, dit Dev quand il vit l'expression perplexe du visage de Bobby Joe.

À l'instant où Jack découvrit le petit chalet niché parmi les eucalyptus, il comprit que c'était un endroit où il pourrait méditer. Le bonheur et l'affection qui liaient Bobby Joe et Dev et leurs nouvelles amours, dont il venait d'être témoin, avaient réveillé le souvenir douloureux de la brève période pendant laquelle il avait partagé la vie de Deborah, souvenirs auxquels il ne pouvait échapper qu'au plus profond de la méditation. Il s'arrêta devant la porte de la véranda fermée et écouta le bruissement des feuilles d'eucalyptus, puis il ouvrit le battant et entra, suivi par Bobby Joe et Dev. Jack pivota sur lui-même et vit le soleil orange qui, bas sur l'horizon, jetait des rais d'ombre et de lumière entre les arbres plantés à flanc de colline.

— Bel endroit, pas vrai ? demanda Bobby Joe.

— Tu ne sais pas depuis combien de temps je rêve d'un endroit comme celui-ci, répondit Jack sur un ton empreint de respect. Laissez-moi le temps de poser mon sac et de jeter un coup d'œil. Ensuite il faut que je vous parle.

Jack traversa la salle de séjour jusqu'au petit couloir, et nota avec satisfaction la simplicité et la robustesse de l'ameublement, l'aspect aéré de la pièce. Il entra dans la chambre, qui donnait sur le couloir, et sourit quand il vit les deux hautes fenêtres placées au-dessus du double lit. La perspective d'être réveillé par les premières lueurs de l'aube lui plut. Il visita rapidement la salle de bains et la cuisine, puis il rejoignit Bobby Joe et Dev sous la véranda.

— Qu'est-ce que tu en penses, Jack ? demanda Dev.

— J'ai l'impression d'avoir trouvé mon refuge, dit Jack. Du moins provisoirement. J'ai dit qu'il fallait que je vous parle, mais je dois d'abord vous remercier de me recevoir. Je vis, depuis quelque temps, une période étrange. On pourrait dire que le centre n'a pas résisté. J'ai été emporté par un mauvais courant sur un fleuve dont je suis prisonnier. Définitivement. Vous vous souvenez peut-être que j'ai passé deux ans en Inde, après avoir quitté Athens… J'ai vécu avec un vieux swami qui m'a dit « d'aller jusqu'au cœur et d'y vagabonder ». J'étais trop jeune pour comprendre, à l'époque, mais il avait planté en moi une graine qui s'est mise à pousser tout de suite après la fin de mon procès, à La Nouvelle-Orléans, il y a quelques années. Vous vous en souvenez peut-être parce que les médias en ont fait tout un plat.

— Merde, oui, je m'en souviens, dit Bobby Joe. On a entendu parler de Smiley et de toi presque tous les jours, pendant un moment. Surtout de toi. Jack Lee, le confédéré qui forçait les blocus. La réincarnation de Rhett Butler. La première fois que la presse a pris le parti d'un importateur de marijuana ! La dernière aussi.

— Ouais, et ça m'a vraiment impressionné, dit Jack. Quelque chose, en moi, a changé. Je me suis installé dans ma petite maison, sur la crête, près de la frontière de l'Alabama — vous la connaissez — près de Blackjack Mountain. Enfin, les choses que le vieillard, Baba, m'avait enseignées en Inde — la méditation, le chant, le calme intérieur —, tout ça a pris racine et fleuri. Une sorte de guérison s'est engagée, mais, surtout, une prise de conscience nouvelle s'est développée en moi. Je suis resté trois ans sur cette crête. Seul. Dans une solitude totale. Puis, un jour, j'ai compris que j'étais prêt à en sortir... à retourner dans le monde. Et c'est ce que j'ai fait. Je suis tout de suite tombé amoureux d'une belle jeune femme... Ça me rappelle un peu ce qui vous arrive, après toutes ces années. Et puis il y a eu l'affaire Smiley et — je ne sais pas — quelque chose s'est brisé en moi, quand j'ai vu Smiley, crucifié dans son champ d'herbe. Vous avez dû lire ça dans la presse.

— On l'a lu et on a suivi l'affaire de très près, confirma Dev. C'est presque devenu une obsession chez Bobby Joe. J'ai pratiquement été obligé de l'enchaîner pour l'empêcher de s'en mêler. Je lui ai dit que c'était ton associé et que tu réglerais le problème à ta façon.

— C'est vrai, Jack, dit Bobby Joe, et tu l'as réglé, aucun doute. Quand j'ai vu ce vieux prédicateur sur la croix, une couronne d'oreilles sur la tête, je n'en suis pas revenu ! Il faut que je te pose deux questions, quand tu auras terminé.

— Bon, vous savez ce qui s'est passé ensuite. J'ai fait ce que je devais faire, mais j'ai perdu un amour, que je ne connaîtrai jamais plus, et l'espoir d'une vie nouvelle. Donc, je suis retourné sur la crête et j'ai accepté la situation. J'ai repris la pratique de la méditation — j'ai partiellement retrouvé la paix — et compris que je voulais aller jusqu'au bout de la méditation. Et tout a volé en éclats dix-huit mois plus tard et me voilà. Tout ce que je veux, à présent, c'est vivre tranquillement et finir ma méditation. S'il est possible de le faire ici, dans un petit coin de votre tente, pour ainsi dire, je ne demande pas mieux. Mais il faut réfléchir, les gars, parce qu'ils tiennent absolument à me mettre le grappin dessus. Comme dit Yeats Murphy, « les chiens sont lâchés ». Je ne veux pas vous attirer des ennuis. Donc, je vous demande d'y réfléchir d'ici le dîner. Demandez l'avis de Valéria et de Zela. Je vais rester ici, chanter, puis je vais méditer et voir ce que j'en tire. On pourra en parler à nouveau au dîner.

— Comme j'ai dit, Jack, j'ai deux questions, commença Bobby Joe. Il y en a pour une minute et il vaut probablement mieux les poser maintenant qu'au dîner. Smiley et trois autres personnes ont eu les oreilles coupées. Ça fait huit oreilles. Sur sa croix, le vieux prédicateur portait une couronne d'oreilles. Dix oreilles, je les ai comptées. D'où vient la paire supplémentaire ?

— C'étaient celles du bras droit du Révérend Clyde, une ordure qui s'appelait Clint DuBois, répondit Jack. DuBois était le meurtrier. Il… Bon, c'est une histoire que je préfère garder pour une autre fois… pas très jolie. Toute cette affaire est comme un cauchemar qui reste parfois tapi pendant des jours aux frontières de ma conscience, puis jaillit et me prend à la gorge. Honnêtement, je ne me croyais pas capable de ça.

— Merde, Jack, si quelqu'un peut comprendre, c'est nous, dit Bobby Joe. Si un salaud faisait ça à Dev, je serais prêt à tout. En fait, je trouve que tu n'as pas été assez dur avec ce vieux salaud, mais je ne t'en veux pas. L'autre question est celle-ci : qui t'a donné et a relancé toute l'affaire ? Après tout ce temps, c'est presque obligatoirement un informateur.

— C'est un sujet que je ne suis pas encore tout à fait prêt à aborder, Bobby Joe, répondit Jack, le visage un instant profondément triste. Je peux dire que c'est quelqu'un que tu ne connais pas et qui n'exerce aucune influence sur ta vie. Si tu veux bien, j'aimerais qu'on en reste provisoirement là.

— Pas de problème, Jack, répondit Bobby Joe. Je ne veux pas me mêler de ce qui ne me regarde pas. Je crois que je vais aller décharger les bagages de Zela. On se verra au dîner et, oh..., je t'ai parlé de mon cousin Yancey. Il vient dîner, donc essaie de ne pas faire une crise cardiaque quand tu nous verras ensemble. Tu viens, Dev ?

— Vas-y, Bobby Joe. Je te rejoins.

Dev et Jack restèrent silencieux jusqu'au moment où le bruissement des feuilles des eucalyptus couvrit le bruit des pas de Bobby Joe.

— Je ne suis pas heureux que tu sois là seulement parce que je suis content de te voir, Jack, dit Dev sur un ton grave. Si mes souvenirs sont bons, on peut toujours compter sur toi dans les moments difficiles. Est-ce que Bobby Joe t'a raconté ce qui s'est passé, ici, ces derniers temps ?

— L'histoire de Miss Amelia et de son oncle Yancey ?

— Et aussi les crises, au cimetière, et la rencontre de son cousin Yancey. Il se passe quelque chose, ici, Jack, quelque chose... merde, je ne sais pas quoi. Ça me dépasse totalement, mais je suis sûr que ça n'est pas fini. Je veux seulement que tu saches qu'il ne faut pas se fier aux apparences et que si tu décides de rester... je serai vachement content que tu sois là.

— Bon sang, Dev, je sais que tu n'es pas du genre à t'inquiéter sans raison, mais ça semble sérieux. Quelle que soit la décision qui sera prise, je resterai aussi longtemps que tu voudras. Merde, vous étiez prêt à lâcher un demi-million de dollars... c'est le moins que je puisse faire. Évidemment, je crois que tu sais que c'est bien loin d'être seulement ça.

— Je sais, Jack. Pour nous, tu fais partie de la famille. Je vais te laisser à ta méditation. En fait, ça m'intéresse. Tu pourras peut-être m'en parler plus longuement un de ces jours ?

— Avec plaisir, Dev. Je voulais aussi te demander... En général, je chante un peu, à cette heure... c'est un beau chant, mais parfois un peu bruyant. Tu crois que ça risque de gêner ?

— Mon vieux, chante tout ton saoul, répondit Dev. On n'a pas fait huit mille kilomètres pour s'emmerder avec ça. À tout à l'heure.

Jack prit une douche, puis sortit sa natte, un portrait de Baba et un pantalon léger, en coton, de son sac. Il enfila le pantalon, regagna la véranda et posa la natte par terre. Il s'assit face au soleil couchant, le portrait devant lui. Il respira profondément à plusieurs reprises, par le nez, poussant l'air jusqu'à un point situé sous son nombril, puis se mit à chanter l'*Om Namah Shivaya*. Il chanta d'une voix chaude de baryton, étira les six syllabes sur quinze : « Oh-oh-oh-oh-ommmmmm-Nah-mah-ahhhhhh-

Shi-va-ah-ayayaaaaaa. » Au terme de quelques répétitions, il ne fit plus qu'un avec le chant.

*

La conversation était tombée, sous la véranda, quand le chant commença. Bobby Joe et Dev sirotaient du scotch pur malt tandis que Valéria et Zela partageaient le vin apporté par le cousin Yancey. Un gros joint faisait lentement le tour de la longue table dressée à l'extrémité nord de la véranda. Bobby Joe tira une longue bouffée et secoua la tête, stupéfait, puis passa le joint à Dev.

— C'est un vrai chanteur d'opéra, dit Bobby Joe. Bon sang, ça me donne des frissons dans le dos.

Dev, qui était sur le point de répondre, lâcha le joint quand un soprano puissant et modulé se joignit au chant. Toutes les têtes se tournèrent vers le chalet.

— C'est la bruxa, affirma Yancey au bout d'une minute, la femme qu'on a vue la première fois qu'on est venus.

— Je n'étais pas là, Yancey, dit Zela, qui était encore sous l'effet du choc provoqué par la présence du double de Bobby Joe. Qu'est-ce qu'une bruxa ? Qui est-ce ?

— Une bruxa est une sorcière, expliqua Yancey, qui se tourna vers Zela. Un peu comme un chaman. Je ne peux pas être plus précis en anglais. Comme je l'ai dit aux autres, la première fois qu'on est venus, les gens du coin considèrent cette femme comme une présence bénéfique. Tu n'as rien à craindre.

Quand Zela glissa la main dans celle de Bobby Joe, il s'aperçut qu'elle tremblait et la prit par les épaules.

— Tu peux encore partir, Zela, dit Bobby Joe, qui ne blaguait qu'à moitié.

— Silence, Bobby Joe, répondit Zela, qui eut un petit sourire déterminé, mais pas tout à fait aussi déterminé que celui qu'elle lui avait adressé à São Paulo, quand il lui avait raconté ce qui se passait.

*

Quand Jack sortit de sa méditation, la voix de soprano pénétrante retentissait toujours dans sa tête. Lorsqu'elle s'était jointe à la sienne, il avait tout d'abord cru à un rêve éveillé. Puis, à la fin du chant, il avait distinctement entendu, à l'extrémité sud de la véranda, un bruissement de tissu au moment où quelqu'un s'était levé et éloigné à pas de loup. Quoi qu'il en soit, cette voix l'avait touché et profondément ému. Pendant qu'il s'habillait, en prévision du dîner, il eut l'intuition très forte d'avoir rencontré un esprit frère et en déduisit qu'il devait rester. Son pas fut léger, sur le chemin de la maison principale. Quand la véranda apparut, il vit cinq personnes, en haut des marches, qui semblaient l'attendre. Et il y avait deux Bobby Joe Looney.

— Je te présente mon cousin Yancey, dit Bobby Joe, un éclat espiègle dans les yeux.

— Ravi de te rencontrer, dit Jack, fasciné par les yeux très bleus de Yancey Looney. Je regrette de te dévisager, mais…

— Inutile de t'excuser, Jack, répondit Yancey, dont la voix posée contrastait nettement avec celle de Bobby Joe. Bienvenue à Americana. Il paraît que tu vas rester quelque temps ?

— Peut-être, répondit Jack. Surtout après ce qui vient d'arriver. Est-ce que quelqu'un sait qui chantait avec moi ?

— Si tu permets, Jack, dit Yancey. Je parlais de la bruxa à Zela.

Jack écouta l'histoire de la bruxa.

— Est-ce que je pourrai la rencontrer ? demanda Jack.

— Je ne connais personne qui lui ait parlé, répondit Yancey. C'est une créature très furtive. Peut-être plus tard, si tu restes.

— À propos, dit Dev, qui rejoignit Jack et posa une main sur son épaule, on a discuté pendant que tu méditais, et la décision est unanime... Tout le monde veut que tu restes.

— C'est ta place, en ce moment, Jack, ajouta Bobby Joe, qui posa une main sur l'autre épaule de Jack.

Valéria vint embrasser Jack sur la joue gauche. Zela, dressée sur la pointe des pieds, l'embrassa sur la joue droite.

— Tu es le bienvenu ici, Jack Lee, dit Valéria d'une voix tendre et sincère.

— Il est difficile de trouver de bons frères, Jack, dit Zela. Reste avec nous et fais partie de la famille.

— J'ai envie de rester, dit Jack, qui regarda alternativement les deux femmes, touché par leur geste. Beaucoup. Est-ce que Bobby Joe et Dev vous ont expliqué dans quelle situation je suis ? Ce que j'ai fait et les ennuis que ça risque de causer ?

— Merde, Jack, on a tout raconté, dit Bobby Joe, agacé. C'est le passé. La décision est prise : tu restes. Maintenant, mangeons. On emmerde les Fédéraux... Enfin, qu'est-ce qu'ils vont faire ? Envahir le Brésil ?

*

La dernière chose que vit le capitaine Bernardo Cunha, quand on lui mit une cagoule de toile noire sur la tête, fut un visage spectral aux yeux sans vie, couleur de plomb. Des yeux semblables à des balles à pointe creuse. Pendant le long trajet en automobile, puis quand on le poussa dans un couloir humide, l'image de ce visage demeura aussi présente que la mort dans son esprit. Il avait compris, à l'instant même où ces yeux s'étaient posés sur lui, que ce visage représentait l'annonce de sa mort. À cet instant, il avait eu l'impression de ne plus participer aux événements qui le rattrapaient, la sensation d'être moins un acteur qu'un témoin.

Une porte s'ouvrit dans un grincement métallique. Un air froid, humide, passa à travers le tissu et se déposa sur son visage. On le poussa dans une pièce, on lui fit faire quelques pas, puis on l'assit sur une chaise. On retira la cagoule et ses yeux sensibles furent exposés à la lumière brutale d'une ampoule nue, de forte puissance, suspendue au plafond. En face de lui, quelqu'un respirait péniblement et bruyamment. Quand ses yeux furent accoutumés à la lumière, Cunha vit Rodrigo da Silva, dans un état épouvantable, ligoté sur une chaise à moins d'un mètre de lui. Derrière da Silva, les mains posées sur le dossier de la chaise, se tenait Edwards, l'agent obèse de la DEA qui dirigeait le réseau d'informateurs de São Paulo. Gimble, qui était derrière Edwards, entra dans le cercle de lumière.

— Regarde bien, Cunha, dit Gimble d'une voix neutre et sans inflexions. Voilà ce qui arrive aux gens qui nous doublent.

Cunha examina l'épave qui se trouvait devant lui et ses entrailles se dilatèrent. Da Silva, l'informateur qui avait trahi la DEA et lui avait livré Jack Lee ne vivait plus qu'au sens le plus théorique du terme. Son visage n'était qu'une plaie. Un œil était fermé et l'autre pendait, au bout d'un filament, hors de l'orbite brisée. On avait fendu le nez en deux et rabattu les narines sur les joues de da Silva, comme les ailes d'un papillon infernal. L'extrémité d'une côte cassée pointait sous la chemise trempée de sang. Les doigts et les pouces cassés de ses mains faisaient penser à des morceaux de boudin. Les pieds nus étaient également cassés et on distinguait, sur des hématomes de la taille de melons, le talon de la botte qui avait brisé les os. L'état de Rodrigo da Silva eut raison du détachement de Cunha, qui fut remplacé par la peur. Elle chanta dans son sang, battit à ses oreilles et lui souleva le cœur.

— J'ai laissé cette ordure en vie pour que tu puisses comprendre le choix que je vais te donner, dit Gimble, qui sortit un garrot de cuir tressé, muni de poignées en bois, de la poche de son pantalon. C'est ça ou une balle quand tu m'auras dit ce que je veux savoir.

Gimble fit signe à Edwards de s'éloigner, puis prit position derrière da Silva et lui passa la lanière de cuir autour du cou. Il fixa Cunha de ses yeux profondément enfoncés dans leurs orbites puis, impassible, croisa les poignées en bois et serra avec force.

Dans un mélange de fascination et d'horreur, Cunha vit le corps de da Silva se crisper, comme sous l'effet d'un choc électrique. Il porta ses mains mutilées à sa gorge et se débattit faiblement. L'œil enflé s'ouvrit et Cunha y décela un bref éclair de reconnaissance. Dans cette brève lueur, Cunha vit une expression accusatrice, expression qui fut confirmée quand une main hideuse se leva et le montra. Puis la main tomba et le corps s'immobilisa. Fasciné, Cunha vit la langue enflée glisser entre les lèvres bleues, des lèvres plus foncées que le bleu foncé du visage. Elle sortit comme une anguille de son trou. Sa longueur et sa grosseur stupéfièrent Cunha. Finalement, le bout dépassa le menton de da Silva et s'immobilisa.

Cunha regarda le visage de Gimble et n'y vit rien, pas trace d'émotion. Gimble desserra le garrot et recula.

— Où est Jack Lee, Cunha ? demanda Gimble sans hausser le ton. Dis-le-moi, sale métèque, et je mettrai fin à tes malheurs.

Gimble tendit la main, dans laquelle Edwards posa un pistolet équipé d'un silencieux.

— Vous êtes dans mon pays, s'écria Cunha, d'une voix où transparaissait une stupéfaction enfantine. Vous êtes au Brésil !

— Je n'ai pas le temps de t'expliquer le nouvel ordre du monde, répondit Gimble, le pistolet dans une main et le garrot dans l'autre, comme sur les plateaux d'une balance. Alors, qu'est-ce que tu choisis ?

Cunha regarda le pistolet et le garrot, puis la résignation s'insinua en lui. Pendant une brève seconde, son absence de révolte et son détachement l'émerveillèrent. Puis il se mit à parler.

*

Gimble décrocha le combiné du téléphone contenu dans la mallette et composa un long numéro. À la troisième sonnerie, la voix saturée de bourbon du directeur répondit.

— J'ai les informations dont j'ai besoin, patron, annonça Gimble. Je devrais pouvoir les exploiter rapidement.

— Donc tu es arrivé à un accord ? demanda le directeur.

— Pour ainsi dire, répondit Gimble, qui jeta un coup d'œil sur le cadavre de Cunha, sur le trou bien propre qu'il avait au milieu du front. Lee a été libéré par un nommé João Silva. Edwards a entendu parler de lui... il ne devrait pas être difficile à localiser. Le problème est que c'est un gros bonnet. Je ne pourrai peut-être pas utiliser la, euh, tactique, que je viens d'employer... Il faudra peut-être que je fasse des reconnaissances avant d'enlever Lee. Le moment venu, j'aurai probablement besoin de mon équipe.

— N'hésite pas, répondit le directeur, qui but ensuite une gorgée d'alcool. Je te renverrai aussi le petit Rital d'Atlanta. Au cas où ça tournerait mal et où tu aurais besoin d'un lampiste... Au moindre problème, tu fais porter le chapeau à ce petit merdeux. C'est pigé ?

— Parfaitement, patron.

— Et, écoute, Gimble, poursuivit le directeur, dont les voyelles se firent plus longues qu'un jour sans pain, c'est confirmé... Le petit connard du Président va proposer de nous intégrer au FBI, donc ne t'y trompe pas : c'est la priorité numéro un. Ramène Lee, et vite.

— Compris, patron. Dès que j'aurai fait le ménage ici, je m'y mets.

*

Dante Ferro posa la fléchette hypodermique sur son bureau et secoua lentement la tête, incapable de donner un sens à l'objet qui s'était fiché dans le pilier en bois de son perron, la veille au soir, au moment où il se baissait pour ramasser son journal. Il n'était certain que d'une chose : s'il ne s'était pas penché à cet instant précis, la fléchette se serait plantée dans son corps et y aurait injecté le sang qu'elle contenait. C'était arrivé comme dans un ralenti. Il avait entendu la fléchette heurter le bois, puis du bruit dans sa haie de lierre et des pas lourds, précipités en direction du rideau d'arbres qui bordait son jardin. Il avait regardé successivement la fléchette et la haie par deux fois quand la certitude que la fléchette lui était destinée précipita les battements de son cœur.

Dante prit la fléchette et, terrifié, vit la dernière goutte de sang apparaître au bout de l'aiguille, puis s'écraser sur le buvard du sous-main. Le souvenir du rêve de la nuit précédente jaillit à la surface de sa conscience, et il frissonna. Il avait rêvé que Gimble, armé d'un fusil à fléchettes, le poursuivait dans les rues de São Paulo et lui tirait dessus. Gimble était derrière lui à l'entrée d'une rue, et, quand Dante arrivait au bout de la rue, Gimble était devant lui, ses yeux semblables à des balles à pointe creuse rivés sur lui, et lui tirait des fléchettes dessus. Le rêve s'était poursuivi implacablement, jusqu'au moment où Dante s'était enfin réveillé, sur le dos, les bras levés et les jambes faisant de la bicyclette.

Qui, se demanda Dante ? Qui peut faire une telle chose ? Et pourquoi du sang dans la fléchette ? Dante eut l'impression que son univers donnait dangereusement de la gîte, la sensation que toutes les certitudes qui maintenaient l'équilibre de sa vie glissaient sur les ponts intérieurs de son être. Qui, nom de Dieu ? Et pourquoi ?

*

Trois-B fixait le journal posé sur son bureau, fasciné par le portrait-robot qui, en première page, le représentait avec sa longue perruque blonde. Il avait compris à l'instant où il avait vu le portrait, dans le bureau de Dalton, qu'il serait publié tôt ou tard, mais il avait tout de même été choqué quand il l'avait vu. Il emplit d'air ses poumons encombrés de liquide et s'appuya contre le dossier de sa chaise. Ça doit être un début de pneumonie, se dit-il. Il avait lu que les malades du Sida développaient toutes sortes d'infections. Il passa la langue sur l'intérieur de ses joues et grimaça de douleur quand elle toucha les abcès purulents qui s'y étaient formés. Il était abattu, trop fatigué pour chasser et même pour réfléchir. Et déprimé. Pas à cause de la perspective de la mort. Non, le monstre à mille bouches lui faisait à présent l'effet d'un allié. Il était prêt à mourir, mais pas tant qu'il n'aurait pas réglé ses comptes. La veille au soir, chez Dante, il avait failli s'évanouir quand il avait pris la fuite. Ce putain de métèque avait eu de la chance de se baisser à l'instant où il avait tiré la fléchette. Il fallait qu'il trouve le moyen de vivre assez longtemps pour terminer ce qu'il devait faire.

De l'énergie, voilà ce qu'il me faut, se dit Trois-B, qui fourra les mains dans les poches de son coupe-vent. Sa main droite toucha un objet froid, lisse, qu'il sortit et posa sur la table. Les yeux fixés sur le flacon de cocaïne il se demanda, comme il le faisait depuis deux jours, si c'était la solution, si la coke pouvait lui apporter le jus dont il avait besoin pour mener ses projets à bien. Ou si elle aurait l'effet inverse et le ferait mourir plus vite. Il prit une nouvelle inspiration spongieuse et se dit : Merde. Qu'est-ce que j'ai à perdre ? Dans l'état où je suis, je n'y arriverai jamais.

Il déboucha le flacon et y plongea la cuiller fixée au bouchon par une chaînette. Il plaça la cuiller débordante sous sa narine droite et inspira brièvement. Il appliqua le même traitement à la narine gauche, puis s'appuya contre le dossier de sa chaise et attendit. Trente secondes plus tard, une agréable sensation d'engourdissement se répandit dans les sinus de Trois-B, puis son cœur se mit à battre un peu plus vite et son bas-ventre frémit. Une brume épaisse parut se dissiper dans son esprit. Les idées se mirent à courir, agiles, dans sa tête soudain très claire. Une euphorie enivrante chassa la dépression. Les yeux fixés sur le flacon, Trois-B s'estima très heureux, puis il le prit et traita une nouvelle fois ses narines désormais dégagées.

L'esprit de Trois-B était à présent une ampoule allumée autour de laquelle les pensées tournoyaient comme des insectes. La confiance nageait, comme un dauphin joueur, dans le sang assaini qui courait dans ses veines. Une pensée avança sur le devant de la scène de son cerveau lumineux et sonna du clairon avant d'annoncer : « Il y a un lien ! Un lien entre Jack Lee et la présence de Bobby Joe Looney et de Deveraux LeDux au Brésil ! »

Pourquoi ne s'en était-il pas aperçu avant ? Le petit Rital était revenu sans Jack Lee et il flairait l'implication de Bobby Joe et de Dev dans toute cette histoire. Il fallait qu'il trouve le moyen de faire parler Dante. Et de sortir un kilo de coke de la salle des pièces à conviction, se dit-il quand il reprit le flacon. Il sniffa deux nouvelles cuillers de poudre blanche puis lut l'article qui se trouvait sous son portrait. Ses yeux volèrent de mot en mot. Son esprit agile analysa rapidement les informations. Il ne mentionnait ni empreintes digitales ni autres pistes. Tommy Dalton, l'agent du GBI, était à l'hôpital. Ils n'avaient pas encore compris. Il faudrait qu'il prenne le temps de localiser Jack Lee. LeDux et Looney seraient au même endroit. Il fallait qu'il y arrive le premier. L'agence faisait tout son possible pour capturer Lee, Trois-B le sentait. Malgré les risques, il fallait qu'il parte du principe que le GBI n'avait pas relevé d'empreintes. Attendre, laisser traîner les oreilles, trouver la planque de Lee, puis tirer une fléchette sur Dante et partir pour le Brésil. Et si ses noix ne cessaient pas de le démanger, il pourrait même se remettre à chasser.

*

Tommy Dalton fixait le portrait-robot collé sur le mur, au pied de son lit d'hôpital. Ses pieds, placés dans des étriers fixés à l'extrémité de chaînes suspendues à des crochets scellés dans le plafond, encadraient parfaitement le dessin qui, désormais, l'obsédait. Il connaissait cette personne. Il n'avait plus de doutes, maintenant. Parfois, son identité montait presque jusqu'à la surface de sa mémoire, puis regagnait les profondeurs brumeuses d'où elle avait émergé et laissait une démangeaison exaspérante dans son crâne. Une démangeaison tangible, palpable, qui lui faisait presque perdre la tête. Il imaginait parfois qu'une colonie de fourmis rouges avait investi son cerveau, qu'elles y étaient entrées en file indienne par un canal auditif et qu'elles s'y étaient installées. Dans les instants les plus pénibles, quand le souvenir était tout près de la surface, il sentait des piqûres brèves, brûlantes, dans des régions précises de son cerveau, et imaginait que les fourmis attaquaient des synapses, sabotaient les impulsions électriques qui auraient permis au souvenir de se former.

Il était entré à l'hôpital l'avant-veille, le lendemain du jour où il avait découvert que Yeats Murphy avait fermé son cabinet et disparu en compagnie de Deborah O'Hara. La tension et la frustration accumulées au fil des semaines avaient eu raison de lui. Il s'était méchamment saoulé au whisky et avait constaté, au réveil, qu'il avait le derrière en feu. Il était allé voir son médecin, qui l'avait admis immédiatement et avait opéré en urgence ses hémorroïdes en pleine hémorragie. Maintenant, il était allongé sur le dos et portait une couche-culotte, une vraie Kotex collée sur son derrière. Immobilisé et pris au piège, il était vulnérable, incapable d'échapper aux idées obsessionnelles qui le tourmentaient. Quand il parvenait à oublier l'affaire des sœurs noires, il pensait aussitôt à Jack Lee et aux crucifixions. Parfois, elles tournaient toutes les deux dans son crâne, de plus en plus vite, comme une sarabande démente, jusqu'à lui donner le vertige. Associées, l'immobilité forcée et l'hyper-activité cérébrale produisaient une sensation que Dalton n'avait jamais ressentie, une sensibilité de nerf à vif, brute, frénétique, qui lui donnait l'impression d'être à deux doigts de craquer définitivement. Il décrocha le téléphone et appela son assistant. Il écouta, désespéré, la même litanie : aucune nouvelle du labo du FBI sur l'empreinte partielle… non, pas d'informations sur l'endroit où se trouvaient Yeats Murphy et Deborah O'Hara. Rien ! *Nada !* Que dalle !

Dalton appuya sur le bouton d'appel de l'infirmière. Il demanderait un analgésique plus puissant. Verrait si on pouvait le mettre sur le côté, maintenant, pour qu'il ne voie plus la sale gueule de ce salaud aux cheveux longs et aux yeux laiteux. Il demanderait peut-être à l'infirmière s'il pouvait manger quelque chose de solide. Son .38, par exemple. Se le fourrer dans la bouche et en finir avec toutes ces conneries.

*

Une nouvelle fois, la résurrection de la beauté de Deborah O'Hara stupéfia Yeats Murphy. Un traitement tout simple à base de sommeil, de bonne nourriture et d'exercice avait accompli cette renaissance. Ses cheveux auburn eux-mêmes, ternes et raides à leur arrivée, quatre jours plus tôt, avaient subi une transformation et, lumineux et lisses, luisaient maintenant de santé.

Approbateur, il la regarda attaquer le repas de crevettes bouillies, de soupe de crabe et de salade composée qu'il avait préparé et servi sur la table de pique-nique dressée au bord de la plage, dans le jardin de leur maison de Jekyll Island. Il but une gorgée de Montrachet glacé et regarda le chêne énorme sous lequel ils étaient assis. Ses branches tortueuses faisaient de l'ombre bien au-delà du pied de son tronc énorme. L'endroit a été bien choisi, se dit-il, et lui a permis de se rétablir. La question est maintenant de savoir si elle ne perdra pas patience. Il adressa une pensée à Jack Lee : Téléphone, nom de Dieu !

— Vous pensez à Jack, Yeats ? demanda Deborah d'une voix tranquille, plus grave depuis qu'elle n'était plus tendue.

— Oui, jeune fille, exactement, répondit Yeats, qui buvait sa beauté par les yeux, avait l'impression qu'elle le faisait renaître, d'autant qu'aucun sentiment compliqué ne le liait à elle. Je pense aussi à vous. J'espère que vous serez patiente, maintenant que vous êtes rétablie. Il va téléphoner, jeune fille. Je n'en doute pas, mais il faut être patient.

— Grâce à vous, ça ne sera pas difficile. Et grâce à cet endroit. Cette île a quelque chose de magique. Quelque chose de profond et de mystérieux. Même l'eau trouble est belle, comme si elle recelait des secrets venus du fond des âges. Je serai patiente, Yeats. Et avec reconnaissance. Et je vous remercie de tout ce que vous avez fait. Tant que je vivrai, je me souviendrai de votre gentillesse. Je me remets à espérer. À espérer ce que je croyais avoir perdu définitivement. Je crois même qu'on peut avoir un avenir, Jack et moi. Si je parviens à le retrouver. Je me fais du souci pour lui, Yeats. Et même si j'ai confiance en l'avenir, il faut que j'accepte le fait qu'il est dans cette situation par ma faute. J'ai très peur qu'il se détourne de moi, même si je réussis à le retrouver.

— On le retrouvera, Deborah, et ce qu'il y a dans son cœur vous étonnera peut-être, le jour où ça arrivera. Dans le cas de Jack Lee, on ne peut être sûr de rien. Je le côtoie depuis longtemps et, honnêtement, je ne connais personne qui fonctionne selon les mêmes codes que lui. Mais je suis sûr d'une chose : vis-à-vis de ce à quoi il est attaché, il est constant. Pour le meilleur ou pour le pire. Je sais qu'il vous aime profondément, jeune fille. Il faut que vous fassiez confiance à l'amour. À lui seul. Je ne serais pas étonné s'il pensait à nous en ce moment.

*

Jack Lee entendit des pas sur le chemin, tourna la tête et vit Dev qui se dirigeait tranquillement vers le chalet.

— Bonjour, Deveraux, dit Jack, qui était assis sur le rocking-chair de la véranda. Tiens-moi compagnie un moment.

— Bonjour, Jack, répondit Dev, qui gagna le rocking-chair voisin de celui de Jack et s'y installa. Je voulais te voir avant de partir. Te demander un service.

— Demande, Dev. Où vous allez encore ?

— Dans un endroit qui s'appelle Visconde de Mauá… dans les montagnes, à peu près à cinq heures d'ici vers le nord. D'après Valéria, c'est un endroit plein de magie. On ne sera absents que trois jours. On rentrera dimanche soir. Je voulais te demander… bon, tout est très calme depuis quelque temps, mais je voudrais que tu gardes un œil sur Bobby Joe. Il n'a pas l'intention de partir, mais ça peut changer d'un instant à l'autre et, si ça arrivait… bon, tu pourrais peut-être l'accompagner.

— N'y pense plus, Dev. C'est comme si c'était fait et amuse-toi bien, là haut. J'ai fait très attention et la seule chose un peu bizarre est la présence de la bruxa, tous les après-midi, quand je chante. Assez étrange, mais étrange dans le bon sens, si tu vois ce que je veux dire. Je ne l'ai toujours pas vue.

— On ne l'a vue qu'une fois… le jour où on a visité la maison. Mais je vais te dire une chose : Ce chant est plein de puissance. L'atmosphère change dès que tu commences. D'après Val, il y a toute une bande de médiums et de chanteurs, là où on va.

Elle dit qu'ils chantent tous ensemble à la nouvelle lune et à la pleine lune. Apparemment, ce sont des gens qui viennent de tous les coins du monde. Je te raconterai à notre retour. Je crois que je te tiendrai compagnie, un jour, quand tu méditeras, si ça ne t'ennuie pas.

— Pas du tout, Dev, au contraire. Je voulais te demander quelque chose. Les oreilles me brûlent, depuis quelque temps. Je crois qu'il faudrait que je prenne contact avec Yeats Murphy. Que je lui dise où je suis. Tu crois que je pourrais lui donner le numéro de João, au cas où il aurait besoin de me joindre ?

— C'est drôle que tu poses cette question, parce que João est justement à la maison. Il est arrivé ce matin. Bobby Joe lui a demandé s'il pouvait donner son numéro à Miss Amelia et João a dit qu'il n'y avait pas de problème. Je suis certain qu'il sera d'accord. C'est une bonne solution, parce qu'on a décidé de ne pas faire installer le téléphone ici. Le gardien, qui vit au pied de la colline, a accepté de nous prévenir en cas d'appel urgent, donc Yeats pourrait te joindre en cas de besoin. J'avertirai João en partant. Il faudrait d'ailleurs qu'on y aille si on veut arriver avant la nuit. Prends bien soin de toi, Jack Lee.

— Tu peux y compter, Dev. Amusez-vous bien, là-bas.

Jack écouta les pas de Dev jusqu'au moment où ils disparurent, puis resta immobile dans le giron du silence que seul peuplait le bruissement des feuilles des eucalyptus. Les ennuis, si proches, parurent soudain lointains, presque oubliés.

*

Gimble baissa ses jumelles et s'autorisa un sourire, ce qui lui arrivait rarement. Il s'adossa aux sangles de son harnais et enfonça les crampons de ses bottes un peu plus profondément dans le tronc de l'eucalyptus qui lui fournissait une vue panoramique sur la maison et le chalet. Il remit les jumelles dans son sac à dos et en sortit un appareil photo équipé d'un téléobjectif. Jackpot, se dit-il. Trois jackpots, en fait, si on ajoute LeDux et Looney.

Gimble avait filé João Silva depuis São Paulo, ce matin, dans l'espoir qu'il le conduirait à Jack Lee. Trouver Bobby Joe Looney et Deveraux LeDux, légendes insaisissables qui avaient échappé à la DEA un nombre incalculable de fois, avait été une coïncidence presque trop belle pour être vraie. En fait, se dit Gimble, ce n'est pas une coïncidence. Quelque chose se dénoue ici. Quelque chose de très spécial. Il n'avait eu cette impression qu'une fois… pendant l'opération Phénix, au Viêt-nam, quand il était tombé presque par hasard sur une réunion de hauts responsables du Viêt-cong. Oui, Jack Lee serait renvoyé aux États-Unis, mais LeDux et Looney rejoindraient ces ordures de Viêt-congs en enfer. En ce qui les concernait, l'ordre était déjà donné : Éliminer à vue.

Gimble prit une dernière photo et descendit de l'arbre. À mi-chemin de la pente nord, il s'arrêta et scruta l'immense champ de cannes à sucre qui s'étendait en bas. Il nota mentalement un point, situé à environ mille mètres de lui, où le terrain formait une dépression et où les cannes s'arrêtaient au pied d'un rideau d'arbres. Une rivière, se dit-il. Poser l'hélico de l'autre côté du rideau d'arbres. Parfait. Quand il arriva au pied de la colline, il pivota sur lui-même, choisit un eucalyptus malingre comme point de repère, puis disparut entre les cannes. Le directeur serait satisfait. Plus que satisfait. Tous les dix pas, Gimble fit glisser une boule de mille dollars d'un côté à l'autre du boulier de son esprit. Oui, vraiment, le butin serait gros.

CHAPITRE 18

À la sortie de la petite ville de Rosende, Valéria montra un panneau qui indiquait la route de Visconde de Mauá. Dev sortit de l'autoroute à quatre voies et prit, à gauche, une route goudronnée à deux voies. Un panneau annonçait que Visconde de Mauá se trouvait à quarante-quatre kilomètres.

— On y est presque, chérie, dit Dev, qui posa une main sur le genou de Valéria. Je ne sais pas ce que tu en penses, mais je ne serais pas fâché de descendre de voiture.

— On va faire une halte dans quelques kilomètres, dit Valéria, qui posa ses deux mains sur la sienne. On est près en distance, mais pas en temps. L'autocar qui part de Rosende met plus de deux heures pour parcourir ces quarante-quatre kilomètres. La route devient très vite une piste et monte beaucoup. Tu verras.

Ils commencèrent l'ascension dès que le revêtement disparut. Les virages devinrent de plus en plus serrés et débouchèrent souvent sur des lacets. Dans les vallées, le blanc des lys en fleurs tranchait sur le tapis vert du feuillage. Les pentes étaient parsemées d'arbres aux fleurs rouges et jaunes que Dev n'avait jamais vus.

— Des ipécas, dit Valéria, qui avait prévu la question de Dev. Les rouges s'appellent *ipê-roxo* et les jaunes *ipê amarelo*.

— Et celui-ci ? Celui qui est tout seul sur la pente ? demanda Dev, qui montra un conifère au tronc énorme, très droit, de quinze ou vingt mètres de haut, dont les quelques branches se trouvaient au sommet et se terminaient par des grappes de pommes de pin.

— Ah, mon préféré, l'araucaria, dit Valéria. Chaque fois que je vois un de ces arbres, j'ai l'impression qu'il est intelligent, qu'il possède un niveau très élevé de conscience.

— Il a quelque chose de mystérieux, dit Dev, qui baissa sa vitre, respira profondément l'air propre et vif des montagnes et apprécia son mordant à l'intérieur de ses narines.

Ils s'arrêtèrent dans un bar et prirent une table à la terrasse, au soleil. Valéria dit à Dev d'attendre pendant qu'elle commandait. Dev s'assit et écouta le grondement d'un torrent tout proche. Un vol, couleur d'émeraude, de perroquets ironiques et bavards passa dans le ciel. Un nœud de tension se défit en lui, nœud dont il ignorait l'existence. Il perçut les effets du paysage sur lui, sentit qu'il plongeait dans sa paix omniprésente.

Valéria rapporta deux bouteilles de bière brune. Dev regarda le taureau de l'étiquette et en but une gorgée. La bière avait du corps et bon goût.

— Cette marque, *Caracu*, va bien avec ce paysage, non ? demanda Valéria. Elle te plaît ?

— La bière et le paysage me plaisent, Val. Il y a ici quelque chose de plus que la beauté des montagnes.

Au terme d'une côte abrupte, ils franchirent un col et découvrirent un paysage qui émerveilla Dev.

À leurs pieds, tout en bas, s'étendait une grande vallée. Une petite ville, ensemble de constructions en rez-de-chaussée et d'un étage, couvertes de tuiles rouges, s'étendait à une extrémité de la vallée. À l'autre bout, le massif énorme que Yancey avait peint se dressait comme un donjon interdit dans le crépuscule.

— Bon sang, le ciel, souffla Dev, qui s'arrêta sur le bas côté.

Une brume rose et délicate formait un bol inversé au-dessus de la vallée et, très haut, rencontrait et maintenait à distance le ciel nocturne bleu foncé. Le croissant de la lune, à moitié dans le rose et à moitié dans l'indigo de la nuit, occupait le sommet de la courbe du bol. Vénus se trouvait deux degrés au-dessus de la pointe supérieure du croissant, joyau d'un vert vibrant dans les cieux parsemés de diamants.

— Bon sang, Val, c'est magique.

— Demain soir, on dormira dans les montagnes. Quand on lève les bras, on peut toucher les étoiles. Est-ce qu'on descend ?

Dans la vallée, ils arrivèrent à un carrefour où un panneau indiquait Mauá tout droit et Maringá et Moromba à gauche. Valéria fit signe à Dev de prendre à gauche.

— Je croyais qu'on allait à Mauá, fit remarquer Dev.

— C'est la ville de Mauaá, une des villes de Visconde de Mauá, répondit Val. Visconde est un titre d'autrefois. Il y a longtemps, une famille royale régnait sur ces terres, ce territoire en fait. Non, je te conduis à Moromba. Ça te ressemble davantage, je crois. Le bout de la route. Le dernier endroit où il y ait l'électricité et le téléphone. Le dernier arrêt de l'autocar. Il y a une jolie *posada*. Une sorte d'auberge. La *Posada Águas Claras*, l'auberge des eaux claires, va te plaire.

Ils traversèrent la petite ville de Maringá, station touristique où les auberges et les restaurants étaient nombreux, mais, tout comme les maisons, ne dépassaient pas deux étages. À la sortie de la ville, ils furent obligés de ralentir près d'un restaurant devant lequel de nombreuses personnes, qui avaient souvent les cheveux longs, bavardaient et buvaient par petits groupes. Dev lut l'enseigne :

— *Zorba le Bouddha*, dit-il. Drôle de nom pour un restaurant.

Valéria vit quelqu'un qu'elle connaissait et fit signe à Dev de s'arrêter. Elle appela : « Ajanta. » Un homme aux longs cheveux blonds pivota sur lui-même et se dirigea vers eux, un large sourire aux lèvres quand il reconnut Valéria. Il portait une chemise marocaine rouge et un large pantalon de coton blanc. Il avait deux chapelets au cou. Quand il fut arrivé près de la Range Rover, il se pencha à l'intérieur et embrassa Valéria sur le front. Elle présenta l'homme à Dev, puis recula pour qu'ils puissent se serrer la main.

— Bienvenue, mon frère, dit Ajanta avec un léger accent allemand.

— Ravi, répondit Dev, qui lui rendit sa solide poignée de main, aima ce qu'il lut dans ses yeux bleus, ce qu'il sentit dans l'étreinte de ses doigts.

— On va à Moromba ce soir, mais demain soir on sera à la maison de pierre de Santa Clara, dit Valéria. On chante toujours pour la pleine lune ?

— Oh, oui, répondit Ajanta. Il y a de plus en plus de gens. Vous irez ?

— On y passera. Bonne nuit, dit Valéria.

— Ce type a de bonnes vibrations, dit Dev alors qu'ils roulaient lentement sur la piste déserte.

— C'est une des personnes dont je t'ai parlé, expliqua Valéria. Un des voyageurs occidentaux qui aboutissent ici. Ajanta est moitié anglais et moitié allemand. Il a passé de nombreuses années aux Indes, avant de venir ici. Cet endroit est comme un pôle énergétique, un aimant qui attire ceux qui cherchent. Tu verras, demain, quand on ira les écouter chanter. Il y aura des gens du monde entier. Il y a aussi des hors-la-loi, des gens comme toi et Bobby Joe. Et Jack. Je crois que cet endroit plairait à Jack. Ralentis. Arrête-toi ici.

Dev se gara devant la clôture d'un pâturage rectangulaire. Une grande maison blanche, une sorte d'hacienda, se dressait à l'extrémité opposée du pâturage. Dans le faisceau des phares, Dev vit une pancarte qui indiquait, en anglais et en portugais, qu'elle était à vendre. Il coupa le moteur et entendit le bruit d'un cours d'eau. L'air frais était chargé d'un parfum qu'il ne put identifier. Il interrogea Valéria sur cette odeur et elle inspira profondément.

— Ah, c'est l'odeur de Mauá, répondit-elle. L'eucalyptus et le pin se mêlent. Agréable, non ? Et ça, c'est le bruit de Mauá, le bruit de l'eau qui dévale. Les Tupis-Guaranis appelaient ces montagnes le pays des cascades et des sources pures. Le Rio Preto est juste derrière la maison. On entend la rivière dans toute la vallée. Les propriétaires de cette maison étaient mes amis. Ils élevaient des chevaux. C'est un endroit incroyable. On peut repartir, maintenant. Je voulais simplement jeter un coup d'œil.

— Tu sais, Val, on vient d'arriver et cet endroit exerce déjà une forte attraction sur moi.

— Attends demain matin, mon amour, de le voir

à la lumière du jour. Mais, maintenant, dépêche-toi. On est près de la *posada* et je veux te faire un cadeau qui ne peut pas attendre plus longtemps.

*

Il faisait chaud, dans le chalet, qui embaumait le sexe et le cèdre. Ils étaient, épuisés, dans les bras l'un de l'autre, et il n'y avait pas d'autre lumière que celle des bûches qui brûlaient dans la cheminée. Dev regardait les motifs d'ombre et de lumière qui dansaient sur les murs lambrissés de pin.

— Mon cadeau t'a plu ? demanda Valéria d'une voix ensommeillée, apaisée.

— Je ne peux pas exprimer à quel point, répondit Dev, qui se leva et posa une bûche sur le feu.

La fraîcheur du sol d'ardoises fut agréable sous ses pieds. Il déplaça les bûches à l'aide du pique-feu, puis gagna la fenêtre, qui donnait sur le balcon, et ouvrit partiellement les jalousies. Un courant d'air frais entra et sécha la sueur qui couvrait sa peau. Le parfum qui l'amenait à comparer Visconde de Mauá à une femme lui emplit les narines. Il se dit qu'il était heureux qu'ils aient attendu avant d'acheter une maison à Americana. Et il s'aperçut aussi qu'il était content d'être loin d'Americana.

— J'ai froid, Deveraux, souffla Valéria d'une voix rauque, dont la sensualité démentait les propos. Reviens te coucher et couvre-moi.

*

Un chœur d'oiseaux réveilla Dev. Une douce lumière passait entre les jalousies. Un faible parfum de cannelle monta jusqu'à lui quand il se pencha et embrassa Valéria sur le sommet du crâne. Elle se cramponna brièvement à lui, lorsqu'il se leva, puis croisa les bras sur la poitrine et se blottit sous les couvertures, un vague sourire aux lèvres. Dev enfila un pull et des jeans, puis sortit sur le balcon.

Des traînées de brume dansaient devant une faible brise de nord-ouest. Moromba baignait dans l'aube dorée, et les pastels se faisaient plus intenses et plus vifs à mesure que le soleil réaffirmait sa souveraineté. Une société diversifiée de créatures ailées voletait et planait, mosaïque animée de formes et de couleurs dont les chants saluaient le jour nouveau. Au flanc d'une colline, une vache broutait selon un angle impossible, presque à la verticale, la tête en bas tandis que son postérieur semblait flotter au-dessus d'elle. Les premiers bruits de la rue, invisible, lui parvinrent, faibles claquements de sabots, aussi lents et réguliers qu'un métronome. Quand le cavalier, un vieillard sur un *burro*, passa, il porta la main au bord de son chapeau de paille et sourit à Dev. Dev lui rendit son salut, le regarda s'éloigner et l'élégance naturelle du vieil homme l'émut comme un cadeau.

Valéria, enroulée dans une couverture en laine de couleur vive, le rejoignit. Ses cheveux noirs, en désordre, couvraient ses épaules et, face à sa splendeur païenne, Dev sentit sa gorge se serrer et ses yeux s'emplir de larmes. Il l'attira contre lui, conscient du fait que cet endroit semblait en quelque sorte couronner l'amour qu'elle lui inspirait.

— Cet endroit..., je suis ensorcelé, comme si j'y avais ma place aussi sûrement que j'ai ma place auprès de toi, dit Dev. Est-ce que tu savais que ça arriverait ? Que je succomberais au charme de cet endroit ?

— Franchement, répondit Valéria, oui, je l'espérais. Une part de moi-même a toujours aimé cette vallée, a toujours espéré pouvoir y vivre. Je ne t'ai pas conduit ici pour t'attirer loin d'Americana. Je voulais seulement te montrer ce pays, y être avec toi. On est à peine arrivés, Dev. Il y a beaucoup de choses à voir. Viens, on va prendre le café en face, chez un de mes vieux amis, et puis je te ferai visiter.

Le café-restaurant *Serra Negra* se trouvait à l'extrémité sud de la place pavée rectangulaire qui constituait le centre de Moromba. Les portes s'ouvrirent quand Dev et Valéria gravirent les marches de la terrasse en béton qui courait sur toute la façade de l'établissement. Un homme trapu, dont la magnifique chevelure blanche était coiffée en arrière au-dessus d'un front haut, poussa un cri de surprise quand il vit Valéria, puis la serra dans ses bras. Valéria se dégagea, s'adressa à l'homme en portugais, puis montra Dev.

— Dev, voici José, qu'on surnomme Joe, dit-elle. C'est un homme très bon et un vieil ami.

Dev serra la main de l'homme et sourit quand il soutint le regard des yeux marron, rieurs et espiègles qui, sous d'épais sourcils argentés, le jugèrent. Une moustache blanche, touffue et tombante, encadrait une bouche sensuelle, aux lèvres aussi charnues que des grains de raisin. La dignité de son attitude et la noblesse absolue de sa tête de patriarche biblique conféraient une grande élégance à la chemise et au pantalon de travail gris, tout simples, qu'il portait. Dev songea aux colonels des romans de Jorge Amado. Joe dit quelque chose en portugais à Valéria, puis adressa un large sourire à Dev.

— Joe dit que tu as ta place, ici, traduisit Valéria. Que tu y es à ta place. Il dit que beaucoup de gens viennent mais que rares sont ceux qui y sont à leur place. Il dit : Bienvenue dans ton pays. Il dit aussi que tu as beaucoup de chance de m'avoir.

Quand Dev se tourna vers Joe, les yeux du vieillard n'étaient plus rieurs mais graves, presque durs, et contenaient une question que Dev ne saisit pas.

— Dis-lui que je le remercie de me souhaiter la bienvenue — que j'ai effectivement de la chance de t'avoir — et demande-lui si j'ai des chances d'obtenir une tasse de café à une heure aussi matinale.

Joe écouta la traduction de Valéria, puis sourit et fit :

— *Sim*.

Il posa la main sur l'épaule de Dev et montra un établi de boucher disposé sur la terrasse. Dev s'assit face à la place tandis que le couple entrait dans le restaurant en bavardant. Tous leurs gestes exprimaient l'affection qui les liait.

La place faisait une centaine de mètres de long sur une cinquantaine de large. Sur la gauche de Dev se dressait une église catholique modeste, aux murs de béton blanc et aux huisseries vertes. Valéria lui avait expliqué, la veille au soir, qu'un prêtre itinérant célébrait la messe une fois par semaine, le jeudi, parce que Moromba ne pouvait entretenir un *padre* à plein temps. Au-delà de l'église, il y avait un autre restaurant et une petite auberge crasseuse, dont les chambres donnaient directement sur la place. Face à Dev, de l'autre côté de la place, au coin d'une rue, il y avait un troisième restaurant. De l'autre côté de la rue, il y avait plusieurs petites boutiques et une école derrière un mur de béton. À sa droite se trouvait la *Posada Águas Claras*. Ses chalets coquets, récemment repeints, et les bacs de fleurs colorées disposés sous les fenêtres de la salle à manger, indiquaient qu'il s'agissait de l'établissement le plus luxueux de la place. Le spectacle rappela à Dev un autre temps et un autre lieu, un temps et un lieu au-delà de la mémoire, mais qui semblaient tout de même vivre dans son expérience. Il s'attendait presque à voir deux cow-boys entrer sur la place par ses deux extrémités opposées et se diriger lentement vers le centre afin de s'affronter. Mais ce fut un vieil autocar Mercedes qui arriva, dans un grondement de moteur diesel, puis recula jusque devant l'église et libéra une joyeuse bande de romanichels tels que Dev n'en avait pas vus depuis le deuxième festival pop d'Atlanta. Ils sortirent au soleil, dans un tintamarre de rires et de chansons, doux dingues aussi bariolés que des papillons dans leurs vêtements voyants et colorés... longs cheveux au vent, boucles d'oreilles scintillantes, bonheur communicatif qui se répandit sur toute la place. Ils se rassemblèrent devant une des boutiques d'en face et se mirent à chanter, accompagnés par deux guitares et un harmonica. Le parfum de l'herbe se répandit dans l'air.

Valéria apporta deux tasses de café et s'assit près de Dev. Joe la suivit, un petit verre de liquide incolore dans chaque main. Il posa un verre devant Dev et leva le sien.

— *Cachaça !* dit Joe, qui leva ses sourcils argentés, eut un sourire espiègle puis bascula la tête en arrière et but d'un trait.

Dev l'imita et des larmes brûlantes lui montèrent aux yeux. Un rire prit naissance dans son ventre et il comprit, à l'instant où il franchit sa gorge, que seule sa promesse à Miss Amelia le contraindrait à quitter cet endroit. Il chassa cette idée, certain qu'il ne serait obligé de partir que dans trois jours. Jack Lee était resté. Il était aussi capable que Dev. À son retour, dimanche, il faudrait que Dev ait une longue conversation avec Bobby Joe.

*

Bobby Joe, Zela et João prenaient le café sous la véranda de derrière quand Zé apparut au coin de la maison. Il tendit un téléphone portable à João et donna de brèves explications en portugais.

— C'est l'avocat de Géorgie qui rappelle Jack, traduisit João.

— Passe-moi ce vieux Yeats, dit Bobby Joe, qui tendit la main. Tu veux bien aller chercher Jack, João ?

João acquiesça, vida sa tasse et partit d'un pas vif.

— Salut, vieux truqueur ! dit Bobby Joe. Comment ça va, dans le Sud ?

— Les vieux démons tels que moi ont la peau dure, petit, répondit Yeats, dont la voix était légèrement déformée par la liaison radio. Comment va mon ami Jack ? Je me fais du souci pour lui.

— Il est en sécurité chez nous, Yeats. Il y a eu quelques petites difficultés, à son arrivée, mais maintenant c'est du gâteau. Il va vous raconter ça lui-même. Il arrive. Vous venez nous voir quand vous voulez, pigé ?

*

L'index levé, Yeats Murphy avertit Deborah O'Hara.

— Pas un mot, jeune fille. Il faut que vous me fassiez confiance.

— Allô, Yeats, dit Jack d'une voix forte et affectueuse.

— Bon sang, mon garçon, tu m'as mis dans tous mes états, fit Yeats, qui voulait bluffer mais fut incapable de cacher sa joie. Pourquoi tu n'as pas téléphoné, nom de Dieu ?

— Il y a eu de petits imprévus, ici, il y a quelque temps, et j'ai préféré attendre que les choses se tassent. Tu es où ?

— Je suis à Jekyll Island. Crois-moi si tu veux, mais j'ai raccroché. Je n'ai eu ton message qu'hier en fin de soirée. Je suis allé à Cumberland Island et je suis finalement resté dîner au *Greyfield Inn*.

— Tu as raccroché, hein ? Un peu précipité, pas vrai, Yeats ?

— Pas tellement, petit. J'y pense depuis un moment. Je me disais que je pourrais voir le monde pendant que j'en suis encore capable. À propos, grossier personnage, est-ce que je suis invité ou bien est-ce que je dois m'imposer ?

— Tu peux venir quand tu veux... Tu le sais très bien. Écoute, est-ce que tu as vu Deborah ? Est-ce qu'elle va bien ?

— Je l'ai vue et je lui ai transmis ton message. Elle va bien, Jack. Elle te demande de ne pas l'oublier.

— Si tu la revois, dis-lui que je lui écrirai un de ces jours. Dis-lui que je ne l'oublie pas un instant.

— Je transmettrai. En ce qui concerne le courrier, eh bien elle a changé d'adresse. J'essaierai d'apporter sa nouvelle adresse quand je viendrai. Tu es sûr que tout va bien, au Brésil ? Tu es en forme ?

— Tout va bien, Yeats. Écoute, avant de venir, avertis João et prends contact avec lui à São Paulo. Il te conduira ici. Je préfère ne rien dire au téléphone.

— Compris, mon garçon. Essaie d'éviter les ennuis. On se verra très vite.

Yeats raccrocha et se tourna vers Deborah, qui était debout près de lui, les mains croisées, les yeux dilatés et interrogateurs.

— Comme vous avez entendu, jeune fille, Jack va bien. On partira au début de la semaine prochaine.

— Mais pourquoi ne lui avez-vous pas dit que j'étais là ? demanda Deborah, à la fois vexée et hostile. Pourquoi je n'ai pas pu lui parler ?

— Je vous ai dit, Deborah, qu'il fallait que vous me fassiez confiance. Croyez-moi, c'est la meilleure solution. Si vous avez des courses à faire ou des problèmes à régler, c'est le moment. Maintenant ne soyez plus triste et venez m'embrasser. Il est sain et sauf, jeune fille, et vous le verrez bientôt.

*

Jack posa le téléphone sur la table et regarda les visages interrogateurs de ses amis.

— Je crois qu'on va bientôt avoir de la compagnie, dit-il. Yeats a pris sa retraite.

— Yeats Murphy est l'avocat de Jack et un vieil ami de la famille, expliqua Bobby Joe à Zela et João. Je serai content de le voir, Jack. Du neuf sur ta situation ?

— Apparemment non. Il m'aurait averti si elle avait évolué. Comme je te l'ai dit, je n'espère pas d'amélioration.

Le grondement du moteur d'un camion, qui peinait dans la côte, interrompit la conversation. Quand le véhicule fut arrivé devant la maison, le moteur s'arrêta avec bruit et un klaxon retentit.

— S'il y a une chose qui va s'améliorer, c'est la

couleur de cette maison, dit Bobby Joe, qui se leva. Ça doit être les peintres. Je pensais qu'ils pourraient attaquer le chalet quand ils auront terminé la maison, si ça ne t'ennuie pas, Jack.

— C'est parfait, Bobby Joe. De quelle couleur ?

— En blanc. Je regardais ce jaune, l'autre jour, et je me suis aperçu que je ne le supportais pas. Autre chose. Yancey a peint une pancarte, qu'on va suspendre au-dessus du portail. On va la dévoiler et l'accrocher aujourd'hui. Dev l'a aidé à installer des crochets sous l'arche, pendant qu'on était à São Paulo, et il était juste assez grand pour les installer quand il était sur le dernier barreau de l'échelle. Le cousin Yancey a remarqué que tu fais la même taille que Dev et a demandé si tu pouvais lui donner un coup de main. J'imagine que Dev n'en reviendra pas, dimanche, quand il rentrera et verra tous ces changements.

*

Dev but une gorgée de café au cognac, posa sa tasse sur une des pierres qui entouraient le feu et offrit les paumes de ses mains aux flammes. Il était assis devant la maison en pierre, d'une pièce, édifiée au sommet d'une haute montagne qui dominait Santa Clara, village situé face à Moromba, sur l'autre rive du Rio Preto. Dans l'après-midi, ils avaient rendu visite au propriétaire de la maison, qui l'avait également construite, et avaient obtenu l'autorisation d'y passer deux jours. Il leur avait prêté deux bidons de vingt litres, et ils avaient passé le reste de l'après-midi à y monter leurs provisions. Valéria avait chassé Dev de la maison dès leur arrivée et l'avait chargé de faire du feu dehors pendant qu'elle préparait le dîner. Derrière l'unique fenêtre, il apercevait les flammes du foyer en pierre sur lequel elle faisait la cuisine.

Dev ajouta une rasade de cognac dans sa tasse et regarda le firmament scintillant. Elle avait raison, se dit-il, ici, il suffirait de lever les bras pour toucher les étoiles. Mais ce serait une transgression.

La nuit était tombée vite, ce soir-là. Assis, à l'air pur des hauteurs, il avait regardé les ombres des pics voisins s'étendre sur les vallées et se rejoindre, former des étangs d'obscurité qui grandirent et montèrent, comme de l'eau noire, à la rencontre des sommets plongés dans la nuit. Quand les étoiles apparurent et qu'il vit la Croix du Sud, Dev eut l'impression d'être exposé au souffle silencieux d'une bénédiction.

Quand la lune se leva, le battement des tambours et des tambourins, qui se mirent à jouer dans l'étroite vallée qui séparait le pied de la montagne sur laquelle il se trouvait de celui de sa voisine, lui parvint. Un harmonium se joignit à eux, puis de nombreuses voix qui chantèrent, d'abord lentement, puis sur le rythme de plus en plus rapide que les percussions imposèrent. Dev ne comprenait pas les paroles, mais il s'aperçut que les mêmes vers étaient inlassablement répétés, montaient, atteignaient leur apogée puis descendaient, en une succession régulière.

Il se leva et gagna le bord de l'étroite plate-forme sur laquelle se dressait la maison. Ce qu'il vit en bas le prit au dépourvu. Des dizaines de personnes, deux cents peut-être, assises autour d'un feu énorme, chantaient. Les longues langues jaunes des flammes, dressées dans la nuit, projetaient des braises rouges vers le ciel. Quand les tambours se mirent à battre sur un rythme effréné, les chanteurs se dressèrent tous ensemble et se mirent à danser, tournant autour du feu d'une démarche sautillante, les bras levés.

Quand la brise tourna et estompa le bruit, Dev leva la tête et contempla la nuit. La tension, qu'il n'avait pas ressentie pendant la journée, réapparut et se ferma comme un poing dans sa poitrine. Après le café, Valéria l'avait conduit dans un endroit où le Rio Preto, tumultueux, rugissait au fond d'une gorge qui débouchait sur la vallée. Le bruit de l'eau, le parfum de l'air, la beauté grandiose de Visconde de Mauá avaient pris possession de lui. Alors que la magie des lieux s'insinuait en lui, le souvenir de la promesse que Miss Amelia avait obtenue de lui s'opposa à son désir de rester. Il fut déchiré entre sa fidélité à Bobby Joe et la certitude d'avoir trouvé sa place. Le poids importun de la vision étrange de Miss Amelia pesa sur ses épaules. Il serait obligé de retourner à Americana et d'y rester jusqu'à ce que tout soit terminé. Après, s'il y avait un après, il pourrait envisager de rompre avec son vieil associé et de suivre son propre chemin.

— Tu penses à Americana, mon amour ? demanda Valéria, qui s'immobilisa derrière Dev, passa les bras autour de sa taille et se pressa contre lui.

— À Americana et à ici. À nous, à Bobby Joe et à tous ces événements inquiétants. Vues d'ici, les choses semblent différentes. Quelque chose, ici, m'a amené à comprendre ce que je veux vraiment. C'est sans rapport avec ce qui se passe à Americana, mais il faut que je reste là-bas jusqu'à ce que ça soit réglé. Ensuite, on reviendra. Toi et moi et tous ceux qui voudront venir. Mais en tout cas toi et moi.

— Mauá a produit sur toi un effet extraordinaire,

mais j'ai aussi perçu le conflit. Je t'ai dit que je n'avais pas l'intention de me mettre entre toi et Bobby Joe, et j'étais sérieuse. Si tu es inquiet parce que tu es loin, on peut partir demain matin. On aura tout le temps de revenir plus tard.

— Non. On partira dimanche matin, comme prévu. Je ne peux pas surveiller Bobby Joe continuellement. En plus, il passait le week-end à la maison et Jack y est. Je lui ai demandé de se tenir sur ses gardes. La vision de Miss Amelia avait deux fins. D'après elle, le don de double vue n'a jamais fonctionné de cette façon, n'a jamais été aussi flou. Dans la première fin, Bobby Joe est en vie et heureux, avec une femme et un fils. En fait, elle a vu Zela. Dans la deuxième fin, Bobby Joe a été abattu devant une maison blanche. J'ai cru comprendre que c'était notre maison. C'est en partie pourquoi j'ai accepté tout de suite cette maison jaune d'Americana. Mais ça ne m'empêche pas de la trouver inquiétante. Tu devrais peut-être rester quelque temps ici… chercher une maison.

— Écoute, Deveraux, dit Valéria d'une voix résolue, les bras autour de la poitrine de Dev. Tu peux tout me dire, sauf ça. Ne me demande jamais de te quitter. Jamais. On rentrera ensemble. Maintenant, n'en parlons plus. Viens manger. Ensuite, si tu veux, on descendra rejoindre les chanteurs.

— Tu as raison. N'en parlons plus, dit Dev, qui souleva Valéria. Mais restons ici ce soir. On rejoindra les chanteurs une autre fois.

CHAPITRE 19

Le directeur de la DEA vida les trois doigts de Jack Daniel's que contenait sa tasse de café et alluma une cigarette, l'esprit plus irrité par ce qu'il venait d'apprendre que la paroi fragile de son estomac par son deuxième whisky sec. Il dévisagea l'agent du FBI assis en face de lui, de l'autre côté du bureau, et ne flaira pas d'embrouille. L'agent travaillait au laboratoire du FBI. Il travaillait aussi pour le directeur et était un de ses nombreux espions au sein de l'administration.

— Vous en êtes absolument sûr ? demanda le directeur, les voyelles aussi coulantes que du beurre sur de la semoule brûlante.

— Il n'y a pas d'erreur, monsieur le Directeur, répéta l'homme. L'empreinte partielle envoyée par le GBI dans le cadre de l'affaire des sœurs noires appartient à l'agent Bascomb Bonner Barr, qui est affecté à votre bureau d'Atlanta. Un type du GBI d'Atlanta, un nommé Tommy Dalton, exige qu'on lui communique le résultat. J'ai pensé qu'il fallait vous avertir immédiatement.

— Vous avez bien fait. Merde, on ne peut pas se permettre ce genre de publicité en ce moment.

Combien de personnes sont au courant ? Quelles sont les solutions ?

— Un seul autre type sait, un génie des empreintes, le type qui a effectué l'identification. Il marchera... à condition de s'y retrouver. Les solutions ? Eh bien, on peut gagner du temps..., égarer les documents, demander une nouvelle copie de l'empreinte. On peut faire traîner pendant des semaines. Ou on peut leur dire que les recherches n'ont rien donné. C'était tangent dès le départ. Empreinte partielle. Très brouillée. Ça devrait régler le problème. Mais le type des empreintes est très nerveux. Il ne sera pas bon marché.

— Qu'est-ce qui lui calmera les nerfs ? demanda le directeur, qui emplit sa tasse de bourbon et alluma une Pall Mall sans filtre au mégot de la précédente.

— Vingt mille dollars et quatre abonnements pour les matches des Redskins à domicile. Sur la ligne des cinquante mètres.

Le directeur réfléchit, les yeux fixés sur son whisky. L'argent n'était rien. Merde, il y avait un demi-milliard de dollars dans la caisse destinée aux opérations spéciales. Mais les abonnements étaient, à Washington, la monnaie du vrai pouvoir. Putain de connard de Trois-B. Bascomb Bonner Barr. Comment régler ce problème ? Un de ses hommes qui enculait des travestis noirs ! Nom de Dieu ! Les tuer, c'était une chose, mais les baiser ? Et se faire prendre ? Inexcusable ! Il aurait la tête de Trois-B. Ce débile n'avait apporté que des ennuis à l'agence, depuis qu'il y était entré.

Le témoin rouge des communications d'urgence se mit à clignoter sur l'interphone du directeur. Il appuya sur le bouton et demanda :

— Qu'est-ce qu'il y a, Flora ?

— Désolée de vous déranger, Patron, mais une transmission prioritaire de Gimble arrive sur votre ligne de fax sécurisée.

— Apportez-la dès qu'elle sera sortie, Flora.

La porte s'ouvrit et une blonde à la poitrine avantageuse entra. Ses talons claquèrent sur le plancher et les ondulations de ses hanches, sous sa minijupe, créèrent une brise parfumée dans son sillage. Quand elle tendit une chemise au directeur, elle se pencha et le directeur put profiter du spectacle admirable de ses seins crémeux, dont son décolleté ne cachait que les pointes, lesquelles, le directeur le savait, étaient roses comme des jeunes framboises. D'un geste de la main, le directeur lui fit signe d'attendre, puis il ouvrit la chemise. Quand il découvrit les photos de Jack Lee, Bobby Joe Looney et Deveraux LeDux, il recracha une gorgée de Jack Daniel's sur le buvard vert de son sous-main.

— Gimble attend sur votre ligne personnelle, Patron, dit Flora, qui prit un Kleenex sur le bureau et épongea le buvard maculé de whisky, la pointe de son sein droit presque sur l'œil du directeur.

— Il faut que vous m'excusiez, dit le directeur à l'agent du FBI. Il se passe quelque chose dont je dois m'occuper immédiatement. Flora, veuillez donner à ce monsieur vingt mille dollars en petites coupures. Inutile de lui faire signer un reçu. Et veillez à lui faire obtenir quatre abonnements aux matches des Redskins, sur la ligne des cinquante mètres. Ensuite, appelez Don-tay Fay-ro, à Atlanta. Vous me le passerez quand j'en aurai terminé avec Gimble.

Quand la porte se fut fermée sur le joli derrière de Flora, le directeur s'envoya une solide gorgée de Jack Daniel's et sortit son téléphone personnel du tiroir inférieur droit de son bureau.

— C'est toi, Gimble ?

— Affirmatif, Patron.

— On dirait que tu as touché le jackpot, petit, fit le directeur d'une voix traînante, la tuyauterie engorgée par le whisky.

— J'ai failli décharger dans mon caleçon, Patron. Euh, les deux bonus… vous voulez que je poinçonne leur billet ?

— Parfaitement. Aller simple, jusqu'au bout de la ligne. Veille seulement à ramener Lee. Tu penses attaquer quand ?

— Dimanche en fin d'après-midi. Mon équipe peut être ici quand ?

— Pas plus tard que samedi matin. J'enverrai McCarthy, Harper et le petit Rital d'Atlanta. Il croira qu'il est responsable, donc joue le jeu. Et laisse-le en dehors du nettoyage.

— À propos, Patron, il y a des femmes, euh, comment il faut…

— Seulement LeDux et Looney… sauf si tu ne peux pas faire autrement. Le plus important, c'est Lee… en un seul morceau. Il faut qu'il soit ici mardi matin, pour la conférence de presse. Renvoie-le avec Fay-ro. Mets-toi au vert quelques jours là-bas. Et n'oublie pas : si ça tourne mal, fais porter le chapeau au petit Rital et tire-toi. Je ne peux pas me permettre de te perdre, petit.

— Compris, Patron. Ça sera fait comme il faut. Terminé.

*

Dante Ferro pressait le combiné contre son oreille moite et la sueur créait un phénomène de succion entre la peau et le plastique, si bien qu'il était littéralement collé au téléphone. Son système nerveux en surcharge était à une étincelle de l'embrasement total. Depuis l'échec de la mission au Brésil et l'épisode de la fléchette pleine de sang, peu après son retour, il était psychologiquement et physiquement en cavale. Surtout à cause de la fléchette. Il vivait dans un état d'hyperparanoïa depuis, habitait l'hôtel, en changeait parfois au milieu de la nuit, quand la terreur le réveillait en sursaut. Lorsque la voix imbibée de bourbon du directeur retentit sur la ligne, Dante se leva d'un bond, écarta le combiné dans un bruit d'éponge mouillée tombant sur le carrelage.

— C'est vous, Fay-ro ? rugit la voix traînante dans le combiné que Dante tenait à bout de bras.

— Oui, monsieur le Directeur, répondit Dante quand il eut à nouveau appliqué l'appareil contre son oreille. Je suis là.

— Pas pour longtemps, petit. J'ai des bonnes nouvelles. Maintenant écoutez bien. Gimble a localisé Jack Lee et vous repartez cet après-midi. Il y aura une petite différence, cette fois. Il y aura pas de métèques qui se mettront en travers et foutront le bordel. On agit directement. Vous me suivez ?

— Je crois, monsieur le Directeur. Vous voulez dire qu'on va enlever Jack Lee. Le capturer carrément.

— C'est ça, Fay-ro. On a prévu une conférence de presse mardi matin. La même chose que la première fois, donc vous emporterez votre beau costume et vous le mettrez au retour. Vous dirigez l'opération, mais Gimble est un spécialiste de ce genre de chose, donc vous le laisserez s'occuper de l'organisation matérielle de l'assaut. Je vais envoyer deux des hommes de Gimble, qui partiront avec vous. Encore une chose, maintenant : il y a un gros problème, à Atlanta. Un problème qu'il faut régler immédiatement.

— Oui, monsieur le Directeur, répondit Dante d'une voix faible, les entrailles soudain crispées.

— Vous avez un agent qui s'appelle Bascomb Bonner Barr... Trois-B. Licenciez-le sur-le-champ. Débrouillez-vous comme vous voulez, mais faites-le. J'expliquerai plus tard. Dès que vous aurez raccroché, allez attendre mon fax. Quand vous verrez les documents que je vous envoie, vous constaterez que l'objectif de cette mission au Brésil s'est un peu élargi. N'oubliez pas que votre seule préoccupation est Jack Lee. Laissez le reste à Gimble. Et n'oubliez pas ce que je vous ai dit : cette mission est capitale pour la survie de l'agence que nous aimons tous. Appelez-moi quand vous serez sur le chemin du retour.

— Oui, monsieur le Directeur, vous pouvez compter sur moi, répondit Dante, qui reprenait espoir. C'est comme si c'était fait.

*

Trois-B termina son rapport et s'appuya contre le dossier de sa chaise. Il sortit ses nouveaux amis de la poche de sa veste et les posa sur la première page du rapport, qui serait probablement son dernier. Le spectacle des deux flacons, dont le premier contenait de la cocaïne péruvienne pure et l'autre de l'héroïne thaï n° 4 à 89 %, le fit rire, un rire sifflant, annonciateur de mort, qu'il trouva également hilarant. Trois-B riait beaucoup, depuis quelques jours, comme il ne l'avait pas fait depuis les années glorieuses de sa jeunesse, dont il ne gardait qu'un souvenir vague. D'accord, il avait un peu forcé sur la coke, la première fois... il avait eu une sorte d'attaque. Son cœur et ses poumons s'étaient bloqués et il était resté longtemps sans pouvoir respirer correctement. Le lendemain, une petite visite dans la salle des pièces à convictions avait résolu le problème. Oui, l'héroïne était la solution. Les junkies appelaient ça un speedball. La Cadillac de la défonce. Il comprenait pourquoi maintenant. L'héroïne lissait la cocaïne, absorbait les cahots plus efficacement que des amortisseurs neufs. Quand il eut trouvé les bonnes proportions, toutes ses difficultés s'envolèrent. Pas de douleur. Plein d'énergie. Et aucun problème de concentration. Il avait l'impression que son esprit était un rasoir récemment affûté.

Trois-B sniffa deux cuillers de cocaïne et une, plus petite, d'héroïne, puis il remit ses nouveaux amis dans sa poche et gagna la pièce où se trouvait le fax. Il était sur le point de composer le numéro de l'US Attorney quand la machine se mit en marche et imprima une photo qui le galvanisa. La bouche ouverte, il vit apparaître le portrait de Jack Lee, puis ceux de Bobby Joe Looney et de Deveraux LeDux. La dernière page était un plan permettant d'accéder à une maison située dans la banlieue d'Americana, au Brésil. Une note, signée par un certain Gimble, confirmait la présence de Lee, Looney et LeDux sur les lieux. En bas de la page, dans un bref message signé de sa main, le directeur souhaitait « bonne chasse » à Dante Ferro.

L'esprit de Trois-B se mit à clignoter comme un bandit manchot sur le point de cracher le jackpot. Il scruta une nouvelle fois la dernière page, mémorisa le plan, vit quelque chose qui lui avait échappé la première fois : l'opération se déroulerait dimanche. Nom de Dieu ! Ses trois cibles principales seraient au même endroit dans trois jours. Il y avait réfléchi pendant des journées entières, depuis qu'il avait manqué Dante... injecter du sang à Dante ici, puis aller au Brésil et tenter de localiser LeDux et Looney par ses propres moyens ? Ou bien laisser tomber Dante et concentrer ses efforts sur LeDux et Looney, ses cibles véritables, les vrais responsables de sa chute ? Ou bien attendre encore, comme il l'avait fait, dans l'espoir d'obtenir une information ? Ce genre d'information, nom de Dieu ! Ses valises étaient faites et il était prêt à partir. Il suffisait de prendre l'avion. Il jeta le rapport dans la corbeille puis pivota sur lui-même. Et tomba sur Dante Ferro.

*

Dante avait raccroché et pris l'escalier. Ses pieds ailés survolaient les marches et il se mit à chanter. L'air de *Figaro*, que la joie de la Rédemption nouvelle de Dante emportait vers des sommets jamais atteints précédemment, résonna dans la cage d'escalier. Il avait toujours la confiance du directeur ! Il aurait sa conférence de presse ! Au diable l'échec ! Au diable la fléchette ! Il était Dante Ferro, nom de Dieu ! Et il gagnerait !

Dante valsa dans le couloir, sans cesser de chanter son air d'opéra. Devant la porte de la pièce où se trouvait le fax, il exécuta une pirouette élégante et heurta violemment la masse imposante de Bascomb Bonner Barr. Il rebondit, se retrouva dans le couloir et dévisagea Trois-B. L'engueulade du siècle mourut sur la langue de Dante, quand il vit les yeux de Trois-B. Ces yeux marron, naguère ternes et laiteux, brillaient d'un éclat presque démoniaque. L'homme lui-même semblait différent. Il se tenait très droit, la poitrine bombée. Il semblait physiquement dominateur, inquiétant et dangereux. Et l'expression de son visage, nom de Dieu, cette ironie cruelle ! Trois-B n'était plus le chien battu dont Dante aimait se moquer. C'était… il ne savait pas ce que c'était.

— Place, petit homme, dit Trois-B, qui fit un pas en direction de Dante.

— Euh, je suis content de vous rencontrer, Trois… enfin, agent Barr, euh, il faut qu'on parle, euh, je regrette de devoir vous…

Trois-B se pencha, prit Dante par les coudes, le souleva et le fit pivoter sur cent quatre-vingts degrés. Il posa Dante presque tendrement puis, sans lâcher ses coudes, se pencha et l'embrassa sur le front.

— Je n'ai pas le temps, petit homme, dit Trois-B, qui pivota sur lui-même et prit le chemin de la porte.

Dante voulut protester, mais se tut quand Trois-B, sur le seuil, se retourna.

— Mais on se reverra, ajouta Trois-B, un sourire sardonique aux lèvres. Promis.

CHAPITRE 20

Dimanche, peu après midi, Dev arrêta la Range Rover devant le portail de la maison d'Americana et coupa le moteur. Il se pencha et embrassa Valéria.

— C'était de loin les plus beaux jours de ma vie, souffla-t-il au terme du long baiser.

Valéria posa les mains sur les joues de Dev et acquiesça, les yeux brillants, le visage illuminé par un sourire.

Dev vit la pancarte quand il descendit ouvrir le portail. Il la regarda pendant une minute entière, puis éclata de rire.

— Qu'est-ce qu'il y a, mon amour ? demanda Valéria, dans la voiture.

— Tu devrais venir jeter un coup d'œil, répondit Dev.

La pancarte suspendue sous la voûte faisait un mètre quatre-vingts de long sur quatre-vingt-dix centimètres de large. Quatre dinosaures étaient assis autour d'une table de poker couverte de feutre vert, cinq cartes déployées devant eux, tandis qu'un tas de jetons rouges, blancs et bleus occupait le centre de la table. Sur une desserte, près du donneur, un tyrannosaure qui avait un cigare énorme à la bouche et une visière verte sur le front, des bouteilles de whisky côtoyaient le plateau des jetons. Le tyrannosaure serrait un jeu de cartes entre les griffes de ses bras courts et regardait les autres joueurs d'un air ironique. À droite du tyrannosaure, un ptérodactyle était perché sur le dossier d'une chaise, ses ailes parcheminées ramenées, comme une capuche, derrière sa tête longue et mince, qui baignait dans la fumée du cigarillo qu'il serrait entre ses mâchoires hérissées de dents. Ses yeux jaunes étaient braqués sur le tyrannosaure. Un iguanodon aux bras courts et aux mains palmées, des excroissances osseuses dressées sur sa petite tête, était assis près du ptérodactyle. Les lunettes rondes, perchées sur son bec, lui donnaient un air sérieux. Un tricératops, le regard fixe et sinistre entre les cornes jumelles de son front et celle, plus petite, de son nez, complétait le tableau. Un chapeau de la cavalerie confédérée, à galon doré, sur lequel flottait un petit drapeau confédéré, était posé selon un angle désinvolte sur son crâne blindé. Tous les dinosaures avaient une auréole, et LE PARADIS DES DINOSAURES était écrit en lettres d'imprimerie au-dessus d'eux. Le nom de Yancey Looney était indiqué en bas à droite.

Dev riait toujours quand il se tourna vers Valéria et s'aperçut qu'elle ne regardait pas la pancarte mais le sommet de la colline. Le rire se figea dans sa gorge quand il vit que la maison, jaune quatre jours plus tôt, était à présent d'un blanc éclatant. Il ferma les yeux et les rouvrit lentement. Un frisson lui parcourut l'échine quand l'incrédulité se mua en acceptation terrifiée du spectacle qui s'offrait à lui. Un bruit de sabots, derrière lui, détourna son attention de la maison, si bien qu'il pivota sur lui-même et se trouva face au colonel Cadmus McAlpine, monté sur Voyageur, son cheval gris, et en grand uniforme de la cavalerie confédérée, sabre compris.

— On dirait que vous avez vu un fantôme, jeune homme. J'espère que je ne vous ai pas fait peur. Bonjour, madame.

— Ce n'est pas vous, colonel, répondit Dev. Content de vous voir. La nouvelle couleur de la maison m'a étonné, c'est tout. Vous venez nous voir ou vous ne faites que passer ?

Le colonel Cadmus mit souplement pied à terre et se dirigea vers Dev, la main tendue. Le tintement de son sabre ranima le souvenir du rêve étrange que Dev avait fait, sous la véranda de Miss Amelia, alors qu'il avait la photo du Major Yancey Looney entre les mains.

— Vous êtes sûr que ça va ? demanda le colonel Cadmus, dont la voix grave et les yeux marron doré exprimaient l'inquiétude.

— Un verre me remettra d'aplomb, répondit Dev, qui lâcha la main du colonel. Vous voulez m'accompagner ?

— Parfaitement, répondit le colonel Cadmus. En réponse à votre question de tout à l'heure, votre associé m'a invité à un barbecue. Je rentre du cimetière, où je parle de notre héritage aux jeunes tous les dimanches matin. C'est pour ça que je suis en grande tenue. Passez devant. Je vous suivrai.

— Très bien, colonel, dit Dev, qui gagna le portail. On va laisser ouvert et vous fermerez en partant, si ça ne vous ennuie pas.

— Pas du tout, jeune homme. À tout à l'heure.

*

Trois-B vit la Range Rover s'arrêter devant la maison. Il vit Deveraux LeDux en descendre et retint son souffle quand la portière du passager s'ouvrit. S'il y avait deux LeDux, il s'en allait. Deux Bobby Joe Looney suffisaient. Il s'était cru victime d'une hallucination, plus tôt, quand Bobby Joe était arrivé au volant d'un pick-up Toyota rouge, puis quand son double avait descendu les marches du porche et lui avait serré la main. Oui, quand il avait vu ça, il avait cru que la drogue et le manque de sommeil lui faisaient perdre la boule. Ou que le monstre à mille bouches s'attaquait à son cerveau. Mais non, c'était vrai. Il y avait deux Bobby Joe. D'ailleurs ils apparaissaient. Ils descendaient les marches du perron et allaient à la rencontre de LeDux et de l'Amazone. Et qui arrivait, sur un grand cheval gris ? Oh, nom de Dieu ! Trois-B leva ses jumelles, regarda attentivement le cavalier, et ses yeux s'arrêtèrent sur le sabre. Qu'est-ce que c'étaient que toutes ces conneries confédérées ? Il était passé à côté d'un monument confédéré, en venant. Puis il avait vu cette pancarte débile, au-dessus de la porte. Des dinosaures saouls qui avaient tous une auréole et jouaient au poker. Et celui qui avait des cornes portait un chapeau confédéré semblable à celui du cavalier.

Les oreilles de Trois-B se mirent à bourdonner et il s'aperçut qu'il retenait son souffle. Il poussa un long soupir gargouillant parce que, telles des éponges gorgées d'eau, ses poumons peinaient sous le fardeau du fluide qu'ils contenaient. Le vol l'avait épuisé. Et aussi le manque de sommeil. Malgré de fortes doses d'héroïne, il lui était presque impossible de dormir. Il prenait de plus en plus de coke, pour rester lucide, et de plus en plus d'héroïne, pour moins souffrir. Au moins, dans ce domaine, il n'avait pas de problème. Il avait franchi la douane sans difficulté, un kilo de coke et cinquante grammes d'héroïne collés sur sa peau. La sarbacane était dans un étui tubulaire contenant des cannes à pêche. Le douanier l'avait ouvert, avait partiellement tiré une section de canne, puis l'avait repoussée dans l'étui. Il n'avait même pas regardé dans ses chaussettes, où le matériel de prise de sang était caché. Connards de métèques... il aurait pu passer avec une putain de bombe atomique sous le bras.

Faut que je me calme, se dit Trois-B quand le groupe entra dans la maison. Ils sont tous là, maintenant. Tous sauf Dante, mais ce n'est pas grave. Quand il avait vu Bobby Joe, au début de la matinée, Trois-B avait compris que Dante n'était pas si important. Oh, il lui balancerait une fléchette si l'occasion se présentait. Mais c'était surtout Looney et LeDux qu'il voulait. Ils étaient à l'origine de tout. La vie avait été une longue pente glissante depuis le jour où ils l'avaient ridiculisé. « Demandez à Trois-B. » Cette phrase, lancée négligemment sur les marches du palais de justice, vingt-deux ans plus tôt, l'avait tué aussi sûrement qu'une balle. Eh bien, les mecs, vous pourrez demander à Trois-B ce qu'il y a dans les fléchettes que Trois-B va vous planter dans le cuir. Et demander ensuite à vos jolies femmes, quand elles sauront, si elles veulent toujours coucher avec vous.

Trois-B sniffa de la coke et son cerveau retrouva sa logique vive, objective. Il scruta les environs de la maison. Aucun signe de Dante. Il se demanda combien d'hommes participaient à ce type d'opération, un type d'opération qu'il devrait diriger, aurait dû diriger pendant des années. Des rires retentirent derrière la maison et, à l'abri des arbres, il gagna un endroit d'où il voyait la véranda de derrière et le chalet où, un peu plus tôt, il avait aperçu Jack Lee. Jack Lee était la cible principale. Ils commenceraient par attaquer le chalet et capturer Lee. Et ensuite ? À sa connaissance, il n'y avait pas de mandats contre Looney et LeDux. Alors quoi ? Ça ne voulait rien dire. Il fallait qu'il réfléchisse... Qu'il élabore un plan avant l'arrivée des autres.

*

Dante Ferro suivait péniblement, en queue de la colonne de quatre hommes qui se dirigeait vers la maison blanche distante d'environ mille mètres, au sommet d'une colline. Gimble ouvrait la marche, suivi par Harper, qui était plus petit que Dante, et par McCarthy, rouquin au visage couvert de taches de rousseur, qui était resté pendant tout le vol le nez dans un livre bizarre : *L'être et le néant*. Dante avait essayé de lire ce livre, à l'université, et n'y avait rien compris. Le type qui l'avait écrit — Sartre, ouais, un philosophe français — racontait des tas de trucs où Dante ne pigeait pas un mot. Et ce type, McCarthy, reste plongé dedans pendant dix heures d'affilée. Bizarre. Mais pas aussi bizarre que l'autre. Harper. À intervalles réguliers, pendant tout le voyage, il avait bu au goulot le contenu d'un flacon et adressé à Dante des regards fous, des regards vraiment déments. Et son sourire ! Les noix de Dante s'étaient recroquevillées la première fois que Harper lui avait souri.

Au milieu du champ de cannes à sucre, Gimble leva le poing à la hauteur de l'oreille, s'agenouilla et appuya son fusil d'assaut Heckler & Koch contre une tige de canne. Les autres le rejoignirent et s'agenouillèrent tout près de lui.

— Qu'est-ce qu'il se passe, patron ? demanda Harper, les traits tirés par la surexcitation, ses yeux noirs brillant sous l'effet de l'adrénaline.

— Bizarre, fit Gimble. La maison était jaune la dernière fois que je suis venu.

— Qu'est-ce que vous en déduisez ? demanda Dante, son accent de Brooklyn d'autant plus fort qu'il était nerveux.

Gimble fixa un instant ses yeux semblables à des balles à pointe creuse sur Dante, puis se tourna vers Harper et McCarthy et donna des instructions sans tenir le moindre compte de la présence de Dante. C'était ainsi depuis le moment où Gimble les avait accueillis à la descente d'avion, la veille en début de matinée, sur un aérodrome désert. Il avait fallu qu'il insiste lourdement pour qu'on lui donne un H & K, comme aux autres. Ensuite, Gimble avait essayé de lui refuser les munitions. La tenue de camouflage qu'on lui avait donnée était beaucoup trop grande, si bien qu'il avait dû rouler les manches et le bas du pantalon. C'était carrément humiliant. En plus, il y avait quelque chose qu'ils ne lui disaient pas... quelque chose qui concernait LeDux et Looney. Quand Dante les avait interrogés, ils lui avaient répondu que ça ne le regardait pas.

— Bon, dit Gimble, l'index posé sur le X d'un plan dessiné à la main et posé sur le sol au milieu du cercle. On s'arrêtera ici, au pied de la colline. J'irai en reconnaissance, je localiserai tout le monde et je reviendrai. On a tout prévu, mais s'il y a des questions c'est le moment de les poser.

— Et moi ? demanda Dante, qui tendait le cou dans l'espoir d'apercevoir le plan.

— Vous ne vous en mêlez pas, cracha Gimble, qui abattit l'index sur le X du plan. Vous restez au pied de la colline et vous bougez pas. On vous récupérera au retour. Maintenant, on y va.

*

Dev venait de mordre dans une côte de porc quand ça arriva. Il écoutait le colonel Cadmus raconter la guerre de 32, époque à laquelle l'État de São Paulo avait tenté en vain de se séparer du Brésil, quand il cessa d'entendre. Un instant plus tard, il sentit la présence de Miss Amelia, la sentit avec une force extraordinaire, comme si son esprit s'était introduit en lui. Puis il entendit sa voix, très distincte, dire : « Le moment est venu, Deveraux. »

Bobby Joe surprit l'expression troublée du visage de Yancey et se tourna vers Dev, qui se leva, comme dans une transe, quitta la table sans un mot et gagna la maison. Quand Valéria voulut le suivre, Bobby Joe lui posa la main sur le bras afin de l'en empêcher.

— Excusez-moi un instant, dit Bobby Joe, qui se leva et suivit Dev. Désolé, colonel. On revient dans une minute.

Bobby Joe trouva Dev dans sa chambre. Les revolvers et les fusils étaient posés sur le lit et Dev en vérifiait le chargement.

— Qu'est-ce que tu fous ?

— Pourquoi tu as fait repeindre la maison en blanc sans m'en parler, Bobby Joe ? souffla Dev d'une voix lointaine, à peine présente.

— Merde, Dev, j'en sais rien. Je ne supportais plus ce jaune. Je ne savais pas que ça te contrarierait. Écoute, tu es bizarre, depuis ton retour. Qu'est-ce qu'il se passe ?

Dev fit tourner le barillet d'un. 44 puis le remit en place.

— J'ai chargé tous les fusils à pompe, dit Dev, qui prit un Remington et entrouvrit la culasse afin de s'assurer qu'il y avait une cartouche dans le canon. Il y a une balle dans la culasse et de la chevrotine dessous.

— Merde, mon vieux, tu déraillles. Allez, viens. On a des invités. C'est dimanche après-midi et on fait un barbecue. Allons-y. Les autres vont se demander ce qu'il se passe. On discutera plus tard. Apparemment, c'est nécessaire.

— Parfaitement, dit Dev. Et de plusieurs sujets. Mais pour le moment, s'il arrive quelque chose, reste près de moi. D'accord ?

— Sûr, Dev, sûr. Maintenant, viens. Allons boire un verre et profiter de l'après-midi. Merde, on dirait que la cavalerie est sur le point d'attaquer. Calme-toi, mon vieux. Ici, c'est le paradis des dinosaures.

Dev prit Bobby Joe par les épaules.

— Tu ne sens rien de bizarre, en ce moment, Bobby Joe ? Absolument rien ?

— J'ai perdu le don de double vue pratiquement dès notre arrivée ici. Il a disparu, comme ça. Je ne comprends pas. Écoute… en fin de soirée, on va ouvrir une bouteille, toi et moi, et discuter. C'est pas le moment, donc viens avec moi.

*

Trois-B vit un reflet, à deux ou trois mètres du sol, dans le rideau d'arbre qui se dressait en face de lui, de l'autre côté du grand jardin. Il leva ses jumelles et découvrit un homme en tenue de camouflage sur la fourche d'un arbre. L'homme braquait ses jumelles sur la maison principale. Trente secondes plus tard, les jumelles pivotèrent en direction du chalet. Trois-B identifia le visage marqué par la petite vérole et les yeux profondément enfoncés. Gimble. Une légende au sein de la DEA. Un tueur.

Trois-B balaya le périmètre du jardin. Rien. Il reporta son attention sur l'arbre et vit Gimble descendre, puis prendre la direction du pied de la colline. Il repérait les lieux, voilà. Ils n'étaient pas encore prêts à attaquer. Trois-B s'interrogea sur la présence de Gimble. Il avait entendu dire que l'Agence avait entrepris d'éliminer les gens qu'elle ne pouvait inculper. Si c'était le cas, son plan ne valait pas un clou. Quel plan, se dit-il, amer. Des dizaines de plans étaient passés au galop dans son cerveau bourré de cocaïne, comme un troupeau de chevaux sauvages la queue en feu, mais il n'en restait rien. La meilleure solution était peut-être de gagner le pignon de la maison, puis le coin, et de tirer des fléchettes. Commencer par LeDux : il n'y en avait qu'un. Et ensuite ? Les deux Bobby Joe ? Il était impossible qu'il y ait deux Bobby Joe Looney. Comment trouver le bon ? La perspective d'injecter le virus à un innocent ne lui plaisait pas. La façon dont son cerveau fonctionnait ne lui plaisait pas. Trop de réflexions. Trop d'événements bizarres. Alors que tout semblait si simple !

Trois-B sortit un flacon et y plongea la cuiller. Il sniffa et comprit son erreur dès que la poudre toucha ses sinus. C'était de l'héroïne. Merde ! Il s'était trompé de flacon. Ses paupières s'alourdirent. Il fouilla frénétiquement dans la poche de sa veste, en sortit la coke et s'envoya deux sniffs énormes. Presque immédiatement, ses idées s'éclaircirent mais, quand il voulut se lever, son corps le trahit. Puis le chant commença.

La mélopée, qui venait du chalet, grave et profonde, effraya Trois-B. Oh-oh-oh-oh-oh-ommm-mmm—Nah-mah-ahhhhhh—Shiva-ah-ay-ayaaaaaa. Il voulut poser les mains sur les oreilles, mais elles refusèrent de bouger. Il se tourna vers le chalet et vit quelque chose qui l'amena à fermer les yeux. Quand il les rouvrit, elle était toujours là, gravissait la colline juste derrière les premiers arbres. Une espèce d'Indienne en longue robe à rayures. Visage plutôt plat et cheveux noirs jusqu'à la taille. Et un long poignard à la ceinture. Trois-B crut qu'elle se dirigeait vers lui, mais non... elle s'assit parmi les arbres, juste derrière le chalet. Quand sa voix de soprano se joignit au chant, un éclair de peur monta le long de la colonne vertébrale de Trois-B et explosa dans son cerveau.

*

Gimble s'interrompit une deuxième fois quand la voix de soprano se joignit au chant. Il s'était interrompu une première fois quand la voix masculine avait retenti et saboté la concentration de ses troupes aux yeux dilatés. Mais cette nouvelle voix avait quelque chose d'effrayant. Il ne pouvait pas expliquer cette voix. Il n'avait pas vu de femme avec Jack Lee.

— Bon, écoutez, dit Gimble. C'est Lee qui fait ce vacarme. Il doit avoir une cassette, parce que j'ai vu personne d'autre que lui. Il faisait de la gymnastique de pédé... du yoga, ce genre de connerie. De toute façon, il est dans le chalet qui se trouve en contrebas de la maison principale. McCarthy, tu vas y aller, lui balancer une grenade aveuglante et assourdissante, lui passer les menottes et le ramener ici. Harper et moi, on va rester à couvert dans les arbres et gagner la façade de la maison principale. Les autres sont sur la véranda de derrière. Ils sont six. En plus de LeDux et de Looney, il y a un vieux type en uniforme de confédéré et un autre mec dont j'ai pas vu la tête... Il me tournait le dos et était assis en face de Looney. Des cheveux noirs longs, donc ça peut être un homme ou une femme. C'est sans importance, parce que seuls LeDux et Looney nous intéressent. Harper, quand la grenade éclatera, on ira jusqu'à la façade, puis on longera le mur jusqu'à la véranda de derrière. On les prendra entre deux feux : tu t'occupes de LeDux et moi de Looney. Seulement eux, Harper... sauf s'ils se défendent les armes à la main. Ce sont les ordres du sommet. Et vous, Ferro, me regardez pas comme ça. Fermez votre gueule et bougez pas, comme je vous l'ai dit. Contentez-vous d'imaginer que vous serez la vedette de la conférence de presse, quand vous ramènerez Lee à Atlanta. Harper, on y va. McCarthy, donne-nous dix minutes avant d'attaquer.

*

Le colonel Cadmus McAlpine repoussa son assiette, sourit et toutes les rides de son visage se creusèrent. Il occupait la place d'honneur en bout de table. Il se leva et regarda affectueusement les convives, la main gauche sur la poignée de son sabre et la droite, ouverte, sur le cœur.

— Il faut que vous sachiez que votre invitation a réchauffé le cœur d'un vieil homme. Il est très agréable de partager le repas de deux jolies femmes et de jeunes gens venus du Vieux Pays. Même le chant bizarre de Jackson Robert E. Lee me plaît. Et si on m'avait raconté que la bruxa chantait avec lui, je ne l'aurais pas cru si je ne l'avais pas entendu de mes propres oreilles. Oui, c'était un bon après-midi et je vous remercie.

— Il est tôt, colonel, dit Bobby Joe. Restez encore un peu.

— Écoute, Bobby Joe, dit le colonel Cadmus, je vais m'absenter quelques minutes et je reviendrai aussitôt. J'ai passé l'après-midi à vous regarder, Yancey et toi, et j'ai un cadeau à vous faire. Quelque chose que, d'après moi, vous devez avoir. Ne bougez pas. Je connais le chemin.

Le tintement du sabre du colonel Cadmus, quand il quitta la véranda, rappela une nouvelle fois à Dev ce qui lui était arrivé chez Miss Amelia. Il sortit le médaillon en or de la poche de ses jeans. Le médaillon parut brûlant, dans sa main, presque vivant.

Quand les sabots de Voyageur retentirent sur le chemin gravillonné, Bobby Joe sortit un gros joint de la poche de sa chemise et l'alluma. Yancey annonça qu'il allait chercher des bouteilles de vin supplémentaires dans son pick-up. Quelques secondes après que la contre-porte eut claqué derrière lui, un éclair de lumière intense illumina la pente près du chalet. Une explosion sèche et puissante retentit presque en même temps que l'éclair. Pendant un long moment, personne ne bougea. Puis une arme automatique crépita, sur la façade, et tout le monde se leva d'un bond. Dev saisit Valéria et Zela par les bras et les tira vers la porte, puis il les poussa à l'intérieur derrière Bobby Joe, qui avait foncé chercher les armes dès la première rafale.

*

Trois-B ouvrit les yeux quand la voix de soprano se tut. Il regarda l'endroit où l'Indienne était assise. Elle avait disparu. Un rouquin en tenue de camouflage progressait vers le chalet, l'arme braquée, à l'abri des arbres. L'homme resta parmi les arbres jusqu'au-delà de la véranda du chalet, où Jack chantait toujours d'une voix extatique. L'homme sortit d'entre les arbres et gagna le mur du chalet, près de la porte latérale de la véranda. Trois-B le vit appuyer son fusil contre le mur, puis sortir un cylindre métallique du sac qu'il portait à la ceinture. L'homme tira sur un anneau, ouvrit la porte et lança l'objet sous la véranda. Il pivota sur lui-même, s'adossa au mur, puis ferma les yeux et posa les mains sur les oreilles.

Trois-B ferma les yeux et tenta de lever ses mains engourdies par l'héroïne. Elles étaient à mi-chemin de ses oreilles quand l'objet explosa. La détonation sèche lui vrilla les tympans. Il ouvrit les yeux et vit le rouquin ouvrir la porte latérale. Un hurlement de douleur strident, semblable au cri d'un animal agonisant, venait de la véranda. Juste devant les arbres, derrière le rouquin, Trois-B vit un reflet sur un objet métallique. Puis l'Indienne avança rapidement, lui plongea son poignard dans le dos et, à deux mains, poussa la lame de bas en haut entre ses côtes, derrière le cœur. Au moment où l'homme s'effondrait sur le seuil, des coups de feu éclatèrent près de la maison principale. L'Indienne enjamba le cadavre et entra sous la véranda. Un instant plus tard, elle en sortit, tenant Jack Lee par la main. Jack Lee fermait les yeux si fort qu'il grimaçait et il vacillait comme un marin ivre, levait le pied très haut à chaque pas, le balançait, comme si la terre se soulevait et s'abaissait. La femme guida Jack Lee jusqu'aux arbres, puis sur la pente en direction des cannes à sucre. Trois-B vit ensuite Dante Ferro qui, à découvert de l'autre côté de la pente, se dirigeait vers le chalet.

Trois-B s'envoya deux sniffs titanesques de cocaïne et se leva péniblement. Les premiers effets de l'héroïne s'étaient partiellement dissipés si bien qu'il put, d'une démarche incertaine, gagner le flanc du chalet. Il prit deux fléchettes dans la glacière qu'il portait autour du cou et en glissa une dans la sarbacane. Il gagna l'arrière du chalet et prit position derrière un eucalyptus, près du coin, de façon à pouvoir couvrir un endroit, à six mètres de lui, où Dante serait obligé de passer pour accéder à la véranda. De nouveaux coups de feu claquèrent près de la maison principale. Des revolvers de gros calibre et des fusils répliquaient aux tirs automatiques. Trois-B se demanda ce qu'il se passait, puis chassa cette idée quand Dante pressa le pas. Il faudra que je me contente de lui, se dit-il. Au moins, j'en aurai eu un. De toute façon, ça ne semblait plus tellement important. Le monstre à mille bouches finissait de le dévorer. Permets-moi de souffler fort encore une fois, pria-t-il quand il leva la sarbacane et visa.

*

Bobby Joe se rua hors de la chambre, un. 44 dans chaque main, jeta un « Yancey » par-dessus l'épaule, puis fonça vers la porte principale. Dev poussa les femmes dans la chambre et gagna le lit. Il fourra deux .44 sous sa ceinture et prit un fusil à canon scié. Une ombre apparut derrière la vitre de droite de la haute fenêtre qui donnait sur la véranda latérale. Dev poussa les deux femmes par terre au moment où une rafale d'arme automatique faisait voler la fenêtre en éclats. Un homme en tenue de camouflage sauta par la fenêtre et se retrouva debout sur le lit, le H & K crachant des flammes. Dev, qui était derrière lui, tira une balle de calibre 12 dans la poitrine du petit homme, qui fut partiellement projeté hors de la fenêtre, puis fit jouer le mécanisme qui chargea une chevrotine dans la culasse et le renvoya sous la véranda. Deux détonations de revolver claquèrent devant la maison. Dev se redressa, sauta sur le lit, puis par la fenêtre. Dès que ses pieds touchèrent le plancher de la véranda, il se mit à courir vers la façade.

Quand Bobby Joe ouvrit la contre-porte à la volée, un homme, debout près de Yancey, le faisait rouler sur le dos du bout de son ranger. Quand il entendit Bobby Joe, l'homme pivota sur lui-même, leva son H & K, puis hésita. Son visage marqué par la petite vérole exprima l'incrédulité. Les yeux couleur de plomb, au fond de leurs orbites creuses, le fixèrent. Ils allèrent du visage de Bobby Joe à celui de l'homme qui gisait à ses pieds, puis revinrent sur Bobby Joe.

— Mais tu es mort, souffla l'homme, ébahi, tandis que Bobby Joe armait et levait son .44.

Bobby Joe tira. Les pieds de l'homme quittèrent le sol. Il fut projeté d'un bon mètre en arrière, et retomba. Bobby Joe se précipita auprès de Yancey et mit un genou en terre quand il vit sa poitrine couverte de sang. Il entendit son nom, leva lentement la tête, comme dans un rêve, et vit Dev qui courait dans sa direction. Le monde était comme un film au ralenti et il ne comprit pas ce que Dev montrait.

Puis il tourna la tête et s'aperçut que l'homme qu'il venait d'abattre était à genoux et levait son arme.

Un froissement métallique retentit, suivi par le tonnerre d'un cheval au galop. Un hurlement à glacer le sang déchira l'air. Gimble tourna la tête et vit la lame brillante du colonel Cadmus qui décrivait une courbe de haut en bas en direction de son cou. Le corps sans tête resta plusieurs secondes à genoux, un geyser pourpre jaillissant du moignon du cou. Puis il bascula en avant et tomba presque sur la tête coupée, dont les yeux terrifiants, semblables à des balles à pointe creuse, fixaient le ciel.

Bobby Joe et Dev s'immobilisèrent près du corps et le regardèrent. Bobby Joe voulut s'éloigner, mais Dev le retint et montra les pieds du mort. Une photographie encadrée était appuyée contre le talon du ranger gauche. Le verre était cassé et tomba dans un tintement cristallin quand Bobby Joe ramassa le cadre. La photographie représentait Yancey Looney, l'arrière-grand-oncle de Bobby Joe, à la fin de sa vie. Le visage était très ridé et exprimait la tristesse. Les yeux étaient désespérés, presque hagards, et soulignés par des demi-lunes sombres.

— C'est le cadeau que j'étais allé chercher, Bobby Joe, dit le colonel Cadmus, toujours sur Voyageur. Mon grand-oncle William et Yancey étaient amis. Hé, où est Jack Lee ?

La question rompit le charme, fit éclater la bulle irréelle, hors du temps, où le déchaînement de violence avait enfermé Bobby Joe et Dev. Ils se regardèrent et prirent le chemin du chalet.

*

Dante Ferro sortit d'entre les arbres quand les premiers coups de feu éclatèrent au sommet de la colline. Il ne savait pas ce qu'il se passait, mais il avait l'intention d'emmener son prisonnier quoi qu'il arrive. Gimble n'avait qu'à aller se faire foutre. Tout le monde n'avait qu'à aller se faire foutre.

Dante regarda le chalet et ne vit personne. Aucun mouvement. Rien. Il s'arrêta et appela McCarthy. Rien. Il pressa le pas quand de nouvelles détonations claquèrent au sommet de la colline. Il s'immobilisa lorsqu'il atteignit l'extrémité de la véranda. McCarthy gisait face contre terre de l'autre côté, une tache sombre sur le dos de sa chemise de camouflage. Dante eut l'impression que ses entrailles se liquéfiaient. Il posa l'index sur la détente de son H & K. Quelque chose le piqua au visage, entre la mâchoire et la pommette. Il pensa tout de suite aux abeilles tueuses. Il y en avait, ici. Il portait la main au visage quand quelque chose le piqua en haut du bras droit. Il baissa la tête et vit la fléchette, puis retira celle qui était fichée dans sa joue et, fasciné, la regarda. Une goutte de sang tomba dans sa paume. Quelque chose bougea, juste au-dessus de lui.

Dante leva la tête et vit Trois-B soulever le couvercle d'une boîte blanche qu'il portait au cou. Trois-B fourra la main dans la boîte et sortit quelque chose, puis il fit basculer un tube en aluminium à la verticale et y glissa l'objet qu'il venait de sortir de la boîte. UNE PUTAIN DE SARBACANE. BASCOMB BONNER BARR ! ICI, AU BRÉSIL ! TROIS-B QUI ME TIRE DESSUS AVEC UNE PUTAIN DE SARBACANE !

L'esprit de Dante pétarada une fois. Deux fois. Puis quelque chose d'autre pétarada. Le H & K s'était réveillé de son propre chef entre ses mains et avait arrosé Trois-B du bas ventre à la base du cou en un clin d'œil. Les membres de Trois-B s'agitèrent en tous sens, comme si un marionnettiste spasmophilique en tirait les ficelles. Quand Trois-B eut fini de danser et fut tombé, Dante alla s'immobiliser près de lui. Les lèvres de Trois-B bougeaient en silence et ses yeux laiteux étaient si dilatés qu'il n'y avait plus qu'une mince bordure de marron autour des pupilles noires. Dante voulut parler, mais s'aperçut que ses lèvres bougeaient aussi en silence. Il se pencha et arracha la petite glacière que Trois-B portait au cou. Il y trouva des fléchettes ainsi qu'un flacon de sang et une seringue.

— Qu'est-ce que c'est ? souffla Dante d'une voix emplie d'appréhension, l'esprit si dilaté par la peur qu'il crut que sa tête allait éclater. Qu'est-ce qu'il y a dans ces fléchettes ?

Un gargouillis, un rire spongieux et écœurant, franchit les lèvres de Trois-B.

— Le monstre aux mille bouches, fit Trois-B d'une voix sifflante, tandis qu'une bulle de sang se formait sur ses lèvres.

— Le monstre aux mille bouches ? répéta stupidement Dante dans un souffle. Qu'est-ce que ça veut dire, Trois-B ? Expliquez-moi.

— Demandez aux sœurs noires, répondit Trois-B, dont les derniers mots chevauchèrent un ultime soupir sifflant.

Les yeux fixés sur le cadavre, Dante sentit son cœur se glacer quand le sens des paroles de Trois-B lui apparut. Un bruit de pas précipités et de sabots le tira de son ébahissement. Il leva la tête et constata que Bobby Joe Looney et Deveraux LeDux couraient vers lui. Quand il vit le cavalier confédéré sur sa monture lancée au galop, Dante lâcha son arme et se mit à courir en hurlant en direction du champ de cannes à sucre.

*

Dev saisit le bras de Bobby Joe et le força à s'arrêter près du chalet.

— Laisse-le filer, Bobby Joe. Il faut qu'on trouve Jack.

Bobby Joe acquiesça et suivit Dev dans le chalet. Ils le fouillèrent et se retrouvèrent sous la véranda.

— Tu crois qu'il s'est enfui ? demanda Dev.

— Je ne sais pas ce qui s'est passé, mais je sais qu'il est sain et sauf, répondit Bobby Joe d'une voix ferme et confiante. Il n'est pas loin.

— Tu es redevenu toi-même ? demanda Dev. La double vue est de retour ?

— À l'instant où le sabre du colonel Cadmus s'est abattu. Foutrement bizarre. Un rideau s'est levé et j'ai retrouvé mon intégrité.

Dev s'accroupit près du cadavre qui gisait sur le plancher de la véranda et saisit une poignée de cheveux roux. Il leva la tête et adressa un regard interrogateur à Bobby Joe. Bobby Joe haussa les épaules.

— Moi non plus, dit Dev, qui lâcha la tête et se redressa. Je n'ai jamais vu ces types.

— Vous devriez venir jeter un coup d'œil sur celui-ci, cria le colonel Cadmus, qui se trouvait sur la pente, au-dessus du chalet.

— Nom de Dieu ! fit Bobby Joe quand il vit le cadavre.

— Trois-B ? demanda Dev, incrédule, à personne en particulier.

— Putain, c'est bizarre, dit Bobby Joe, qui montra la sarbacane et la petite glacière. Regarde ce bordel.

Dev, mon vieux, je ne veux même pas savoir. C'est fini, ici. Il faut qu'on trouve un autre endroit. Vite.

— Pas tant qu'on ne saura pas ce qu'est devenu Jack. Et ce qu'on va faire de ces cinq cadavres. Merde, Bobby Joe, on a des tas de choses à régler.

Des pneus crissèrent sur le gravier, près du portail. Quelques instants plus tard, la Lincoln bleue de João apparut, roulant à tombeau ouvert sur la partie inférieure du chemin. Ils regagnèrent le sommet de la colline à toute vitesse et trouvèrent Valéria et Zela près d'une des Range Rover. Penchée en avant, les deux mains sur le pare-chocs d'une voiture, Zela hoquetait. Valéria avait un bras sur les épaules de Zela. Elle serrait un fusil à canon scié dans sa main libre.

La Lincoln s'arrêta au terme d'un dérapage et João et Zé en jaillirent, l'arme au poing. João regarda autour de lui et tapa par deux fois du talon.

— J'arrive trop tard, nom de Dieu, dit João d'une voix chargée de dégoût. Est-ce qu'ils ont eu Jack ?

— Il a disparu, mais on ne sait pas où il est, répondit Dev. Qu'est-ce qu'il se passe, João ?

— Je n'ai pas tellement le temps d'expliquer. D'abord, dites-moi si les affaires de Jack sont toujours dans le chalet ?

— Je suis pratiquement sûr qu'elles y sont, João, répondit Bobby Joe. Maintenant, qu'est-ce qui se passe ?

João donna des instructions en portugais à Zé, qui hocha la tête et partit au pas de course en direction du chalet. João regarda le corps de Yancey, puis Bobby Joe et secoua la tête.

— On a découvert ce matin le corps du capitaine Bernardo Cunha, ainsi que celui d'un informateur de la DEA. Cunha est l'homme qui détenait Jack. Quoi qu'il en soit, la DEA a envoyé ici une équipe chargée d'enlever Jack. Ils ont écumé les rues de São Paulo avant de trouver Cunha. J'ai essayé de joindre le gardien d'ici toutes les dix minutes dès que j'ai été mis au courant. Quand j'ai fini par comprendre qu'il n'était pas là, je suis venu aussi vite que possible. Il faut que vous m'écoutiez et que vous agissiez très vite... Il n'y a pas beaucoup de temps.

João s'interrompit quand le grondement d'un rotor trahit le décollage d'un hélicoptère à quelque distance. Un instant plus tard l'appareil, qui se dirigeait vers le sud, apparut, et le battement rythmique des pales s'estompa rapidement à mesure qu'il prit de l'altitude.

— Un putain de Huey, fit Dev, écœuré.

— Faites vos valises. Immédiatement, dit João sur un ton autoritaire. Prenez tout ce que vous avez apporté ici. Tout. Zé s'occupe du chalet. Vite. Il faut absolument que vous soyez partis quand les autorités arriveront.

— Une minute, João, protesta Bobby Joe. On ne peut pas abandonner Jack ici. Je sais qu'il est près. Et Yancey. Je ne peux pas laisser mon cousin dans la poussière. Il faut que je m'occupe de son enterrement.

— Tu es dans mon pays maintenant, Bobby Joe, répondit João. Il faut que tu m'écoutes et que tu me fasses confiance. Le colonel McAlpine s'occupera des funérailles de Yancey. Et s'il est possible de retrouver Jack, je le retrouverai. Si tu restes, tu vas au-devant de gros ennuis. Et pas seulement toi. Dev et les femmes aussi. Si tu restes, j'ai les mains liées. Si tu t'en vas, je peux m'arranger. Maintenant, vite... il faut choisir l'endroit où vous irez.

— On va à Visconde de Mauá, dit Dev sur un ton

sans réplique. Maintenant, faisons ce que João demande.

Valéria et Zela les rejoignirent. Bobby Joe posa un bras protecteur sur les épaules de Zela qui, blême, avait les traits tirés. Valéria, dont la peau olivâtre était un peu terne, se plaça près de Dev.

— On prend deux voitures, décida Dev. Bobby Joe et moi dans l'une, les femmes dans l'autre. S'il y a de nouveaux problèmes, c'est Bobby Joe et moi qu'ils voudront arrêter. Val et Zela, ne mettez que vos affaires dans votre voiture. Bobby Joe et moi, on vous suivra jusqu'à Mauá. Maintenant, on y va.

Quand les voitures furent chargées, ils restèrent tous un long moment silencieux. Finalement le colonel Cadmus, toujours sur Voyageur, vint s'arrêter entre les Range Rover. Il quitta son chapeau à plumet et regarda successivement les visages.

— Vous êtes des gens bien qui ont été confrontés à de graves difficultés. Mais vous avez survécu et, maintenant, la vie continue. Prenez soin les uns des autres. Je doute que vous reveniez dans la région, mais, si c'est le cas, vous y serez toujours les bienvenus. Maintenant il faudrait que vous partiez.

— Téléphonez quand vous serez installés, dit João. Je me charge de régler ce qui s'est passé ici.

Zé avança et leva la main droite.

— *Adeus*, dit-il simplement sur un ton grave et respectueux.

Au pied de la colline, quand les voitures eurent franchi le portail, Bobby Joe, qui occupait le siège du passager, tendit le bras et klaxonna. Quand Valéria, qui les précédait, se fut arrêtée, Bobby Joe prit un fusil et descendit. Il visa les anneaux auxquels la pancarte peinte par son cousin était suspendue et tira deux fois. Il ramassa la pancarte, la mit à l'arrière de la Range Rover puis remonta en voiture.

— Le paradis des dinosaures, hein ? dit Dev sans regarder Bobby Joe.

— Ouais, répondit simplement Bobby Joe tandis qu'ils s'éloignaient.

CHAPITRE 21

Il ne faisait qu'un avec le chant quand ça arriva. À tel point qu'il ne se rendit que très vaguement compte que la voix de la bruxa s'était tue. Qu'il entendit à peine le grincement de la porte de la véranda, le bruit de l'objet qui tomba près de lui. Il ouvrit les yeux et distingua un cylindre métallique, une trentaine de centimètres devant ses chevilles croisées. Il y eut un faible bruit et quelque chose se sépara de l'extrémité du cylindre, roula puis s'immobilisa une trentaine de centimètres sur sa droite. Jack Lee se pencha et tenta d'identifier l'objet, le visage à quelques centimètres de lui. Un avertissement lui traversa l'esprit quand, trop tard, il le reconnut. Sans lui laisser le temps de s'écarter, un éclair aveuglant, une supernova de lumière, lui brûla les yeux. Un coup de tonnerre puissant ravagea ses oreilles, rugissement de timbales qui paralysa ses sens, fit disparaître la pesanteur et le projeta dans un univers sans références.

Jack bascula en arrière et hurla mais, incapable d'entendre dans le vacarme assourdissant des timbales, ne perçut son hurlement que sous la forme d'une sensation physique. Des mains se saisirent de lui, l'aidèrent à se lever. Il fit un pas et le monde oscilla follement sur un axe ivre. Les bras vigoureux le tirèrent. Il trébucha sur un corps. Puis il courut d'un pas saccadé, instable sur ses jambes, près de son guide inconnu qui avait à présent passé un bras autour de sa taille. Il courut dans la nuit noire et rugissante et des branches fouettèrent ses mollets et ses cuisses. Ils descendirent, le parfum de la terre très faible, dans ses narines, parce que le vacarme insupportable qui résonnait à ses oreilles affectait son odorat. Ils coururent entre les pieds de cannes à sucre et des feuilles humides fouettèrent son visage. Nausée. Des jets de vomi montèrent violemment jusqu'à sa gorge, mais il ne put s'arrêter parce que le bras vigoureux qui lui serrait la taille l'entraînait toujours. Ils montèrent. Ils descendirent. Ils coururent sur un terrain plat qui se soulevait et s'abaissait brusquement sous ses pieds imbéciles. Nouvelle montée, puis nouvelle descente. Arrêt. Un coup sur l'arrière du crâne. Plafond rocheux bas. Changement d'air. Plus frais. Humide.

Il était allongé sur le dos sur une natte. Que ses yeux soient ouverts ou fermés, le monde était noir. Le rugissement régnait en maître. Il crut qu'il aurait sa peau. Il resta parfaitement immobile. Le moindre mouvement, même celui d'un doigt, faisait tournoyer le monde sur lui-même. Son esprit était douloureux, se débattait dans son crâne comme un animal sauvage enfermé dans une cage invisible. Le rugissement l'attaquait sans relâche, unique réalité de Jack, tyran furieux dans les ténèbres.

Il perdit toute notion du temps. Il était absolument épuisé, mais ne pouvait dormir. Il se força à se souvenir qui il était, à se concentrer sur la vie avant le bruit. Quand le vacarme parut avoir atteint les limites du possible, il devint plus fort encore, dépassa les capacités de résistance de Jack. Puis ce furent les images.

Les images apparurent, nettes et horribles, sur l'écran de l'esprit délirant de Jack, lentement d'abord, puis en une succession si rapide qu'elles se mêlèrent les unes aux autres. Des croix en flammes. Smiley crucifié dans son champ d'herbe, une couronne de fleurs de marijuana sur sa tête les oreilles coupées. Le Révérend Clyde Causey sur la croix, au flanc de la montagne, une couronne d'oreilles humaines sur sa chevelure blanche. Le visage de Deborah O'Hara, effrayé et creusé par la douleur, le jour où, debout sur le seuil de son appartement, elle l'avait chassé. D'autres croix en feu. Puis la succession se répéta, de plus en plus vite, jusqu'au moment où l'esprit de Jack largua les amarres et partit à la dérive, sans timonier, dépassa le marché portuaire de l'équilibre psychique puis gagna l'océan aveuglant et terrifiant de l'imagerie hypnagogique.

*

Yeats Murphy regarda le visage fermé et tendu de Deborah O'Hara, qui se tenait de l'autre côté de la suite, et jura intérieurement. Ils étaient arrivés à São Paulo trois jours plus tôt et étaient descendus dans un endroit charmant, le *Ceasar Park Hotel*, fatigués mais stimulés par l'espoir de voir rapidement Jack Lee. Yeats avait téléphoné à João Silva dès leur arrivée. Après avoir laissé un message sur le répondeur, il était convaincu qu'il le rappellerait rapidement. Tel n'avait pas été le cas et, alors que la quatrième nuit tombait, leur suite luxueuse était devenue une prison. Deborah devenait de plus en plus sombre au fil des heures. La veille, il s'était levé au milieu de la nuit et l'avait surprise tandis qu'elle regardait fixement les lumières de la ville. Il avait tenté à plusieurs reprises de la persuader de sortir, de rompre l'atmosphère de forteresse assiégée qui régnait dans ces pièces confortables. Il avait fini par renoncer, s'était résigné à attendre que le téléphone sonne. Il ne voulait pas le reconnaître, mais il avait un mauvais pressentiment. Il décrocha le téléphone et laissa un message plus ferme, plus impatient sur le répondeur de João.

— Vous le sentez aussi, Yeats, dit Deborah. Il se passe quelque chose.

— Non, jeune fille, nous ne pouvons pas le savoir, répondit Yeats, qui se trouva hypocrite parce qu'il voulait la rassurer, qui perçut la perfidie dans la faiblesse du ton de sa voix. Il semblerait que ce João Silva soit un homme très occupé. Je suis sûr qu'il est simplement absent pour quelques jours. Il appellera, jeune fille, il appellera.

*

João Silva but une gorgée de scotch, les yeux fixés sur le téléphone de sa chambre de l'hôtel *Nacional* d'Americana. Il était las, vidé par quatre jours de négociations avec des officiels corrompus et les enterrements, quatre officieux et, dans la journée, celui de Yancey Looney au cimetière confédéré. Il était également furieux. Il avait appelé une relation au sein de la police fédérale, un responsable de haut rang qui était en mesure d'étouffer l'enquête. On avait pris les empreintes digitales des quatre agents américains morts, avant de les déposer dans une tombe commune. Une intrusion discrète dans les ordinateurs des Services secrets américains avait démontré qu'il s'agissait de quatre agents de la DEA. Oui, il était furieux. Furieux face à l'arrogance du gouvernement américain, face à son mépris total de la souveraineté des autres nations. Furieux parce qu'il était prêt à recourir à l'enlèvement et au meurtre au nom du droit. Il était convaincu qu'ils ne se seraient pas contentés d'enlever Jack Lee, mais qu'ils auraient aussi abattu Bobby Joe et Dev. Comment expliquer autrement l'assassinat de Yancey, qui n'était pas armé ? On l'avait manifestement tué parce qu'on l'avait pris pour Bobby Joe.

Et où était Jack ? Compte tenu des informations qu'il avait pu réunir, Jack avait échappé à l'enlèvement. João avait chargé Zé d'enquêter dans toute la région, sans regarder à la dépense pour obtenir des collaborations et des renseignements. Il avait fouillé toutes les pistes et toutes les maisons dans un rayon de quinze kilomètres. Il avait aussi écouté les informations américaines, convaincu que, si Jack avait été capturé et rapatrié, la nouvelle serait largement diffusée. Non, Jack avait disparu et João avait retardé le moment de l'annoncer à Yeats Murphy, dans l'espoir d'avoir rapidement de meilleures nouvelles. João avait téléphoné au directeur du *Ceasar Park Hotel* et lui avait demandé de l'avertir sur-le-champ si Murphy décidait de s'en aller. Le directeur avait indiqué que le vieillard était en compagnie d'une belle jeune femme qui ne semblait pas être liée sentimentalement à lui. João savait qu'il y avait une femme dans le passé de Jack et se demanda si c'était elle. Quoi qu'il en soit, s'il n'avait pas de nouvelles de Jack d'ici le lendemain matin, João serait obligé de partir. Il attendrait ce moment-là pour répondre aux messages de plus en plus pressants de Yeats Murphy.

*

Jack Lee ouvrit les yeux sur les ténèbres. Il sentit qu'il était seul. Il ne se souvenait ni de s'être endormi, ni de la disparition du bruit et des images. Son esprit était maintenant aussi noir et vide qu'une matrice stérile. Son corps était raide et les extrémités de ses membres engourdies, comme s'il était resté très longtemps allongé. Il avait terriblement soif, l'impression de n'avoir jamais éprouvé un tel désir d'eau. Il bougea une main, constata que le monde ne se mettait pas à tournoyer follement et s'assit. Le simple fait de se redresser provoqua une sensation de vertige où il reconnut les symptômes du manque de nourriture et d'eau. Il posa les mains par terre pour éviter de perdre l'équilibre. Sa main gauche toucha un petit seau, qui produisit un bruit liquide, lequel provoqua une série incontrôlable de déglutitions à sec. Il prit le seau et huma son contenu, puis il en absorba une petite gorgée et, ayant constaté que c'était de l'eau, but à longues gorgées avides. Des gouttes froides tombèrent sur son cou et sa poitrine. Apaisé et un peu fatigué, il s'allongea et analysa la situation.

Il y avait eu une attaque. Une grenade aveuglante et assourdissante l'avait rendu aveugle. Ces armes n'étaient pas destinées à provoquer une cécité permanente. Mais, bon sang, il était trop près d'elle, à quelques centimètres. C'était peut-être seulement temporaire. Quelqu'un était venu à son secours. Qui ? Pourquoi ? Où était-il ? Il avait l'impression de se trouver dans une caverne. Il leva les bras au-dessus de la tête et toucha une paroi rocheuse fraîche, humide. Depuis combien de temps était-il là ? Impossible de dire si c'était une heure ou un mois.

Aveugle. Et habité par une vérité qui n'était pas là quand le bruit et les images lui avaient fait perdre la tête. Une vérité qui l'emplissait comme l'eau emplit une tasse et forme un ménisque convexe audessus du bord, une tasse qu'une goutte supplémentaire fait déborder. Une vérité qui l'apaisait, qui exigeait et obtenait l'acceptation d'un fait unique : il était coupable. Il avait commis le pire crime. Quand il avait vengé Smiley, Jack avait brisé un cœur humain, celui de Deborah O'Hara. Il lui avait brisé le cœur après s'être engagé vis-à-vis d'elle, après avoir pris son cœur et s'être chargé de le protéger. Il n'y avait pas de crime plus grand... ni le meurtre, ni le viol, ni le blasphème le plus abominable. Restait à savoir si une telle chose pouvait être pardonnée et si le pardon contenait en lui-même le baume du salut. Son unique avenir consistait désormais à retrouver Deborah O'Hara et à lui demander pardon.

Un bruissement de tissu trahit une présence près de lui. Des mots que Jack ne comprit pas furent prononcés, mais il reconnut la voix de soprano de la bruxa. Le tissu effleura ses genoux et il comprit qu'elle était debout au-dessus de lui, un pied de chaque côté de ses jambes. Des mains parcheminées prirent les siennes, le firent asseoir puis l'aidèrent à se lever. La bruxa lui fit faire quelques pas et s'arrêta. Elle posa la main sur sa tête, le força doucement à la baisser et le fit sortir de la caverne.

Jack sentit le soleil sur son visage, et la chaleur chassa le froid accumulé dans ses os. Une odeur de cuisine emplit ses narines, parfum si séduisant que son estomac gronda. Un élancement douloureux traversa sa vessie et il s'aperçut soudain qu'elle était dilatée à la limite de la rupture. Il agita la main devant son pénis et prononça à plusieurs reprises le mot « agua ». La bruxa fit « ah » et l'entraîna quelques mètres plus loin, puis elle le prit par les épaules et le fit pivoter, de telle façon qu'il lui tourne le dos. Il baissa la fermeture Éclair et lâcha un jet puissant qui sentait l'ammoniac. Jamais il n'aurait cru possible de pisser aussi longtemps et d'éprouver de ce fait un sentiment proche de l'extase religieuse. Quand il eut terminé, la bruxa le fit à nouveau pivoter sur lui-même et le conduisit auprès du feu. Elle le fit asseoir sur une pierre et plaça un bol de nourriture brûlante entre ses mains. Il porta avidement le bol à sa bouche et goûta le ragoût à base de gibier. La première bouchée déclencha une ingestion frénétique de nourriture. Il vida le bol et le tendit. La bruxa eut un rire léger, cristallin, puis remplit le bol et le lui rendit. Cette fois, il mastiqua lentement la viande, savoura ce goût qu'il avait complètement oublié au terme de nombreuses années d'abstinence. Quand il eut terminé, Jack se tourna vers l'endroit où se tenait la bruxa et tenta de trouver les mots capables d'exprimer la nécessité d'aller chez le colonel Cadmus.

— *Bruxa, quero viagem a la casa do Colonel. Comprende ?*

— *Sim*, répondit simplement la bruxa.

Puis elle le fit lever.

Le bruit de l'eau versée sur le feu fut suivit par une forte odeur de braises mouillées. Ils marchèrent plus lentement que le jour où ils avaient fui. Ils se tenaient par la taille et progressaient du même pas, sans hâte. Il y avait un chemin, et, quand Jack eut compris que son attention n'était pas absolument indispensable, il se concentra sur l'acuité nouvelle de ses sens, qui transmettaient des informations à son cerveau. Son ouïe était beaucoup plus aiguisée, si bien que les chants des oiseaux, la brise dans les arbres, le bruit de leurs pas sur le chemin étaient distincts et nets. Le toucher était extra-ordinairement sensible — texture de la main de la bruxa, caresse de l'air sur sa peau — et, en fait, toute la surface de son corps lui faisait l'effet d'un organe sensoriel nouveau et très développé. Des odeurs qu'il n'avait jamais remarquées se mêlaient dans son nez revivifié. Au plus profond de lui, un témoin depuis longtemps endormi se réveilla et interpréta ce flot puissant d'informations nouvelles. L'ensemble produisit une sensation de lucidité que Jack trouva agréable. Il s'interrogea, tandis qu'ils marchaient, sur la sérénité avec laquelle il acceptait sa cécité. Il avait l'impression de s'être soumis, mais d'être victorieux dans la soumission. Son chemin semblait simple et clair. Il mettrait un pied devant l'autre jusqu'au jour où le chemin le conduirait à Deborah O'Hara.

Ils traversèrent une route gravillonnée. Une barrière s'ouvrit en grinçant. Ils suivirent un court chemin pavé, puis gravirent quatre marches. Jack tendit le bras et toucha un pilier, masse carrée, en bois, à la peinture écaillée. Quatre coups secs furent frappés contre une porte. La main de la bruxa lâcha la sienne. Des pas s'estompèrent rapidement derrière lui. La porte s'ouvrit et une respiration se précipita.

— Dieu tout-puissant, mon garçon ! s'écria une voix grave. Entre, Jack Lee. Et fais vite parce qu'il ne faudrait pas qu'on te voie.

— Bonjour, colonel Cadmus, répondit Jack sans bouger. Il va falloir que vous m'aidiez. Je ne vois pas grand-chose.

*

João dit à Zé d'aller s'arrêter derrière la maison du colonel Cadmus, comme le vieillard l'avait demandé. Le colonel avait été sibyllin, au téléphone, s'était contenté de dire que Jack était chez lui et avait un problème visuel. Quelque chose, dans la voix du colonel, avait troublé João, et il descendit de voiture à l'instant même où elle s'arrêta, puis courut jusqu'à la porte de derrière, où le colonel l'attendait.

— Il est sain et sauf, colonel ?

— Pour ainsi dire, il me semble. La bruxa l'a conduit jusqu'à ma porte et l'y a laissé. Il est aveugle, João, mais... je ne sais pas comment expliquer. Il reste assis, tout à fait serein. Comme s'il ne s'était rien passé. Un peu effrayant, à dire vrai. Venez vous rendre compte par vous-même.

*

Le colonel a raison, se disait João tandis que la Lincoln filait sur l'autoroute en direction de São Paulo. João était assis près de Jack, sur la banquette arrière, et le silence n'était ni gênant ni tendu, mais bizarrement troublant. Hormis le bref récit des événements précédant son arrivée chez le colonel, Jack était resté silencieux, détaché et distant, même quand João lui avait appris l'arrivée de Yeats Murphy. Il n'avait pas parlé de la jeune femme. Quand il avait interrogé Murphy à son propos, après lui avoir dit qu'il ramenait Jack à São Paulo, l'avocat lui avait fait promettre de passer sa présence sous silence. Il se demandait s'il avait bien fait d'accepter, mais il y avait quelque chose d'irrésistible dans la voix de Murphy. Il n'avait pas parlé de la cécité de Jack et s'était contenté de dire qu'ils se verraient dans la soirée. Il fallait d'abord qu'il fasse examiner Jack par un ophtalmologiste.

*

Le médecin entra dans la salle d'attente et, une expression troublée sur le visage, se dirigea vers João, qui se leva et attendit avec impatience qu'il prenne la parole. Le médecin ouvrit la bouche, hésita puis, perplexe, secoua la tête.

— Monsieur Silva, votre ami est effectivement aveugle, annonça le médecin sur un ton teinté d'exaspération, mais, du point de vue médical, sa cécité ne repose sur rien. Comprenez-vous ce que je veux dire ?

— Je ne sais pas, docteur. Est-ce que vous dites que c'est psychologique ? Qu'il s'agit d'une sorte de réaction hystérique ?

— Je ne dis pas que la cause est psychologique, ni qu'elle est autre. En ce qui concerne l'hystérie, je ne peux pas imaginer qu'on puisse être moins hystérique. Non, je dis simplement ceci : la cause n'est pas physique. Je ne peux rien ajouter. Je peux vous indiquer d'autres spécialistes, si vous souhaitez d'autres opinions, mais je suis tout à fait sûr de la mienne. Le temps s'avérera peut-être bénéfique. Pour le moment, installez-le confortablement et veillez à ce qu'il prenne du repos. Téléphonez-moi demain matin.

*

João, nerveux, faisait les cent pas dans son appartement en attendant Yeats Murphy et la femme mystérieuse qui l'accompagnait. Il craignait d'avoir eu tort d'autoriser la femme à venir. Jack n'attendait que Yeats Murphy et João répugnait à imposer une surprise à Jack dans l'état où il était, quelle que soit, en réalité, la nature de cet état. João alla jeter un coup d'œil sur Jack. Toujours pareil. Depuis une heure, telle une statue, il était assis sur la terrasse. Quand l'interphone retentit enfin, João se rua dans l'entrée et appuya sur le bouton qui ouvrait la porte de l'ascenseur, au sous-sol.

Ils n'étaient pas tels qu'il les imaginait. Yeats n'était pas un vieillard fragile mais un homme vigoureux, qui se tenait très droit, avait des yeux bleus perçants et une crinière léonine de cheveux blancs. Rien n'aurait pu le préparer à Deborah O'Hara, dont la présence retourna la dague fichée depuis longtemps dans son cœur. La chevelure auburn et les yeux noisette suffirent à faire resurgir un souvenir enfoui depuis sa jeunesse.

João conduisit Yeats et Deborah au salon et les fit asseoir. Ils écoutèrent en silence le récit de ce qui s'était passé à Americana. Le visage de Yeats Murphy demeura impassible, indéchiffrable. Quand João mentionna la cécité de Jack, les yeux de Deborah s'emplirent de larmes, qui roulèrent ensuite sur ses joues et tombèrent sur ses genoux. Yeats sortit un mouchoir de la poche intérieure de sa veste et le lui donna.

— Allons, allons, jeune fille, dit Yeats sans quitter João des yeux, il faut que vous preniez sur vous. Ce n'est pas de ça que Jack aura besoin.

Le visage de Deborah resta une minute entière caché dans le mouchoir. Quand elle l'écarta, ses yeux étaient secs et elle avait partiellement retrouvé son calme.

— Monsieur Silva, João, si vous permettez, dit Yeats, cette femme a fait huit mille kilomètres pour voir Jack Lee. Je vous serai reconnaissant de la conduire jusqu'à lui.

João se leva et accompagna Deborah jusqu'à la porte vitrée qui donnait sur la terrasse. Il lui indiqua le chemin de gauche puis ferma la porte et rejoignit Yeats.

— Monsieur Murphy, Yeats, j'ai besoin d'un grand cognac. Voulez-vous vous joindre à moi ?

— Plus il sera grand et mieux ça sera, João. J'avais l'intention de dire deux mots sur les amants malheureux, dont Jack et Deborah sont un bon exemple. Mais, à en juger par la façon dont vous avez regardé Deborah, je crois que ça ne sera pas nécessaire.

— Vous êtes très sensible, Yeats, dit João, qui lui tendit un verre plein. Au bonheur. À tous les bonheurs.

*

Jack entendit la porte se fermer et soupira. Il prit une profonde inspiration et se prépara à affronter la colère qu'il déclencherait quand il demanderait à Yeats de l'aider à retourner aux États-Unis afin de retrouver Deborah.

— Je suis ici, Yeats.

Deborah se figea quand elle entendit sa voix. Tout ce qu'elle avait l'intention de dire lui sortit de l'esprit. L'idée qu'il puisse lui pardonner lui parut soudain ridicule, un rêve irréalisable.

— Alors, mon vieux, tu ne dis pas bonjour ?

— Bonjour, Jack.

Les mots, la voix, plongèrent l'esprit de Jack dans la confusion. Son souffle se précipita et les vents tourbillonnants de l'émotion secouèrent son cœur.

— Deborah ?

— Oui.

— Comment est-ce possible ?

— Ne me renvoie pas. Je t'en prie.

Jack se leva et se tourna vers la voix. Il fit quelques pas hésitants puis s'arrêta.

— Par ici.

Jack tendit les mains et avança vers le bruit. Quand leurs mains se touchèrent, les mots jaillirent de leurs bouches, des mots brûlants d'amour et de regret, des demandes de pardon. Un long silence suivit les mots, un silence pendant lequel chacun s'aperçut que l'autre demandait la même chose que lui. Jack l'attira contre lui. Ils restèrent immobiles et il n'y eut, pendant un long moment, d'autre mouvement que les battements de leurs cœurs dans le refuge de leur étreinte.

— Il ne nous reste plus qu'à nous pardonner nous-mêmes, dit enfin Jack.

— C'est le seul moyen, répondit Deborah.

CHAPITRE 22

Bobby Joe et Dev buvaient le café dans la cour de la villa, édifiée au bord du Rio Preto, devant laquelle Valéria et Dev s'étaient arrêtés lors de leur premier séjour à Visconde de Mauá. Peu après leur arrivée, quatre jours plus tôt, Valéria avait pris contact avec les propriétaires, qui habitaient Rio, et l'avait louée. Les quatre ailes de la villa d'un étage, en stuc blanc, formaient un carré. Le premier étage comportait, sur tout son périmètre, un balcon extérieur, d'où on découvrait les montagnes, et un balcon intérieur, qui donnait sur une grande cour dallée.

Comme João et Jack devaient arriver dans la journée, Zela et Valéria étaient allées faire des courses à Maringá et Mauá, si bien que Bobby Joe et Dev étaient seuls pour la première fois depuis qu'ils avaient quitté Americana.

— Long John a dit qu'ils arriveraient à quelle heure ? demanda Dev.

— Oh, vers midi, midi et demi, répondit Bobby Joe.

Puis ce fut à nouveau le silence. Ils n'avaient guère parlé, dimanche, pendant le trajet. Puis, à leur arrivée, les couples s'étaient installés dans des ailes distinctes de la maison et avaient gardé leurs distances.

— Ça nous laisse une heure ou deux, dit Dev. C'est peut-être l'occasion d'avoir cette conversation qu'on n'a pas pu avoir.

— J'ai envie de marcher, Deveraux. Pas toi ?

Dev acquiesça et ils se levèrent. Ils traversèrent la grande salle de séjour, passèrent devant la haute cheminée, sur laquelle trônait la pancarte peinte par Yancey. Ils traversèrent le cercle gravillonné qui s'étendait devant la maison, puis s'engagèrent sur le chemin conduisant à la route. Le soleil, d'un jaune vif, brillait dans un ciel d'un bleu pastel délicat et avait pratiquement chassé la fraîcheur du matin. De petites taches de brume s'attardaient au pied des sapins qui bordaient la route, et une brise légère apportait leur parfum mêlé à celui des eucalyptus. Bobby Joe inspira profondément, puis souffla lentement.

— Tu avais raison, Dev. Cet endroit a un parfum de femme. On s'y sent bien. Et je t'assure que cette fois... eh bien, disons que je suis en possession de TOUTES mes facultés. J'ai perdu la boule, pendant un moment, et je nous ai entraînés sur un chemin dangereux. Merde, Dev, je ne sais pas quoi dire. Je regrette de tout mon cœur, mais je vais être franc : si je devais recommencer, je ferais sans doute exactement pareil. Je sais que c'est une excuse faible et pitoyable, mais j'ai l'impression qu'il FALLAIT que ça arrive. Miss Amelia m'avait dit que ce qui m'arriverait serait peut-être incompréhensible. De ne pas essayer de comprendre. Elle m'a dit que je devais aller jusqu'au bout... que je ne devais pas tenter d'y échapper. En réalité, je n'ai même pas de chagrin, après la mort de Yancey. Il me manque, évidemment, et je trouve sa disparition injuste, mais l'impression qu'il FALLAIT que tout ça arrive est si forte qu'elle ne laisse pas de place à la peine. Merde, je sais que ça paraît incompréhensible, mais une chose est sûre : Je regrette sincèrement de t'avoir entraîné là-dedans et j'espère que tu ne m'en veux pas.

— N'y pense plus, Bobby Joe. Il y a quelque chose que je ne t'ai pas dit. Je me sens un peu coupable de ne pas t'en avoir parlé, mais Miss Amelia me l'avait fait promettre. Tu vois, quand on est allés à Double Springs, Miss Amelia m'a dit qu'il se passerait quelque chose comme ça. Pas exactement ça, mais elle savait que des événements étranges se produiraient et elle m'a fait promettre de rester à tes côtés. Elle avait eu une vision bizarre, différente de toutes les précédentes. Quoi qu'il en soit, elle ne voulait pas que je t'en parle, et c'est ce que j'ai fait. J'espère que tu comprends.

— À moi non plus elle n'a rien voulu dire, Dev. Comme, en plus, j'ai perdu mon don de double vue, c'est comme s'il ne fallait pas que je sache. J'ai l'impression d'avoir été un pion dans une partie que je me suis résigné à ne pas comprendre. Mais je sais qu'elle est terminée. Je le sais aussi sûrement qu'on marche sur cette route. Mais il y a quelque chose qui me tracasse. C'est comme s'il y avait deux niveaux à ce qui est arrivé dimanche. Le premier me concerne et est lié à ma famille. C'est ce qui est terminé. Mais sur un autre niveau, le niveau du quotidien... Merde, Dev, celui qui a lâché ces chiens sur Jack avait l'intention de nous tuer du même coup.

— J'ai réfléchi et j'ai abouti à la même conclusion, Bobby Joe. Ces ordures étaient chargées de nous tuer. Mais je ne comprends pas pourquoi. Merde, on est à la retraite depuis trois ans. Même si on ne l'était pas, nom de Dieu… tu crois qu'ils se mettent à assassiner les gens parce qu'ils importent de l'herbe en contrebande ?

— Je ne connais pas la situation des autres, Dev, mais le message me semble très clair. Je crois qu'il ne faut pas qu'on envisage de rentrer au pays avant longtemps. À dire vrai, ça me fout en rage. J'ai envie de me remettre au boulot, de recommencer à leur fourrer le nez dans leur merde. Ou de déclarer la guerre à cette putain de saloperie de gouvernement américain, même si ça ne semble pas tellement réalisable. J'ai l'impression qu'on ne peut pas rester sans RIEN faire.

— Calme-toi, Cochise, dit Dev, qui prit Bobby Joe par le coude et l'entraîna sur le chemin du retour. Et il y a de bonnes choses ici aussi. En fait, il y a des années qu'on n'a pas eu l'occasion de vivre aussi bien. Ce qui s'est passé à Americana… Bon, il fallait peut-être que ça arrive. Mais Americana n'était qu'une étape. Quant à cet endroit… Il me semble que c'est le paradis des dinosaures que tu cherchais. Attendons d'avoir vu João… de savoir s'il a réussi à arranger les choses. De savoir où on en est. Si les problèmes sont réglés, je me vois bien rester ici et vivre tranquillement. C'est pour ça qu'on est venus.

— Quand on parle du loup, Deveraux… Regarde. Tes réponses arrivent.

La Lincoln de João était arrêtée à l'entrée du chemin privé de l'hacienda. Un pick-up Toyota vert foncé, flambant neuf, la suivait. D'un geste du bras, Bobby Joe fit signe aux véhicules d'entrer.

— Merde, Dev, ils ont amené notre pick-up neuf. Maintenant, n'oublie pas ce que je t'ai dit à propos de Jack. Il n'est pas lui-même, d'après Yeats Murphy, et il ne faut l'interroger ni sur sa cécité ni sur ce qui s'est passé à Americana. Ce vieux Jack semble avoir besoin d'affection et Yeats dit qu'il a amené la personne capable de lui en donner. Je suis impatient de rencontrer cette Deborah O'Hara.

— Moi aussi, répondit Dev, qui accéléra le pas. Allons les recevoir comme il faut.

Zela et Valéria s'arrêtèrent sur le cercle gravillonné au moment où Bobby Joe et Dev y arrivaient. Soudain, il y eut huit personnes devant la maison, neuf en comptant Zé, qui avait conduit le pick-up et donna les clés à Bobby Joe, un de ses très rares sourires aux lèvres. Quand les présentations furent terminées, Dev demanda à Valéria de conduire tout le monde dans la salle à manger. Discrètement, il fit signe à Yeats, João et Bobby Joe de rester. Quand les femmes et Jack furent entrés, João alla donner des instructions à Zé, puis rejoignit les trois autres, qui parlaient à voix basse mais avec animation.

— Merde, João, qu'est-ce que Jack a ? s'emporta Bobby Joe. Qu'est-ce qu'il lui est arrivé, là-bas ?

— Qu'est-ce que vous leur avez dit, Yeats ? demanda João qui adressa un signe distrait à Zé au moment où il prenait le chemin de Moromba.

— Simplement que la cécité de Jack n'a pas de cause médicale et qu'il... qu'il est docile, soumis et accepte ce qui lui arrive... en d'autres termes qu'il est le contraire du Jack Lee que nous aimons et respectons. Vous voulez ajouter quelque chose, João ?

— Seulement qu'il faudrait laisser à Jack le temps de se retourner. Le reste s'adresse à tout le monde. Les nouvelles sont relativement bonnes et, oh, ceci est arrivé pour toi hier soir, Bobby Joe.

João sortit une lettre exprès de la poche intérieure de sa veste et la donna à Bobby Joe.

— C'est de Miss Amelia, dit Bobby Joe. Entrez. Je vous rejoins dans une minute.

Quand Bobby Joe arriva, tout le monde était assis autour de la grande table ronde en acajou de la salle à manger ensoleillée. Il prit place près de Zela et voulut parler, mais sa voix s'étrangla. Il baissa la tête, s'éclaircit la gorge et fit une nouvelle tentative, en vain.

— João, tu devrais nous dire ce que tu sais, intervint Dev, inquiet, sans quitter Bobby Joe des yeux.

— Tout d'abord, Bobby Joe, ton cousin Yancey a été enterré mercredi dernier, dit João. Il repose au cimetière confédéré, près des autres Looney. J'ai contacté un marbrier d'Americana. Il attend que tu lui communiques le texte de l'inscription.

Des larmes roulaient sur les joues de Bobby Joe.

— En ce qui concerne le reste, poursuivit João, je m'efforcerai d'éliminer les détails inutiles. Les quatre autres morts de la maison d'Americana étaient tous des agents de la DEA. Trois d'entre eux étaient en mission. Le quatrième, un nommé Barr, ne l'était pas. Ces informations proviennent de deux sources, la police fédérale et une autre que j'évoquerai tout à l'heure. Il s'est en effet avéré que les protestations adressées via les canaux officiels seraient inutiles. Mon but consistait à obtenir que le gouvernement américain s'engage à renoncer à toute action, en échange de la promesse de garder le secret sur cette affaire. C'est pourquoi j'ai pris contact avec le président d'une entreprise multinationale très influente, qui est sur le point de conclure un contrat de plusieurs milliards de dollars au Brésil. Je lui ai exposé mon intérêt dans l'affaire et j'ai ajouté que j'étais en mesure d'entraver les négociations qu'il était en train de conduire. Il a aussitôt décroché le téléphone et appelé la Maison-Blanche. La conséquence de cet appel a été la promesse de renoncer à toute tentative d'appréhender Jack Lee au Brésil. Et de ne plus tenter de vous abattre, Bobby Joe et Dev. Je suis sûr que vous aviez compris que vous étiez également visés. Seul le temps permettra de juger de la valeur de ces promesses. Je peux seulement dire que je me fie davantage à la personne qui les a négociées qu'à mon gouvernement, s'il s'était chargé de cette négociation. Du point de vue du gouvernement brésilien, votre présence ne pose pas de problème.

Le silence se fit, autour de la table, quand João se fut tu. Tous les regards se tournèrent vers Bobby Joe, qui avait posé deux lettres devant lui. Ses yeux étaient secs, à présent, mais il était toujours incapable de parler. Il poussa les lettres vers Dev et fit un geste de la main.

— Tu veux que je les lise ? demanda Dev.

Bobby Joe acquiesça.

Dev regarda les lettres et prit celle de Miss Amelia. Elle n'était pas datée.

Cher Bobby Joe,

Quand tu recevras ceci, je serai partie. Je sais, au moment où je te quitte, que tu as survécu à l'épreuve que tu devais affronter. En fait, je me suis attardée dans ce monde bien après mon heure, incapable de renoncer à la vie avant d'être rassurée sur ton destin. Je ne te lègue, dans ce monde, que l'amour que je te porte. Sous la forme de cet amour, je serai toujours à tes côtés. Maintenant, confronté au reste de ta vie, tiens compte de mes souhaits. Premièrement, récupère l'objet que j'ai confié à Deveraux et fais une femme honnête de la personne aux yeux d'argent qui sera la mère de ton fils. Deuxièmement, quand ce garçon sera né, explique-lui, dès son plus jeune âge, qui il est et que son héritage attend qu'il en prenne possession. J'entends par là la terre des Looney, qui lui reviendra à dix-huit ans. Maître Holsumback, de Double Springs, t'informera à ta convenance des dispositions que j'ai prises. Troisièmement et dernièrement, je te souhaite, à toi qui m'as été plus cher que ma vie elle-même, la paix, le bonheur et le courage de les accepter avec élégance. Je t'embrasse.

Miss Amelia

P.-S. Un de tes proches est souffrant. Le chant le guérira.

P.-P.-S. Tu trouveras ci-joint une lettre envoyée d'Americana, Brésil, par ton arrière-grand-oncle Yancey à son frère Cyrus. Elle a glissé du cadre un jour où, sur la balancelle, je regardais la photo. Je suppose que Cyrus l'y a mise il y a de très nombreuses années. Elle précède la lettre que tu as lue d'environ vingt-cinq ans et je crois qu'elle est liée aux événements récents de ta vie.

Dev leva la tête et regarda Bobby Joe, qui lui fit signe de continuer sa lecture. Dev prit la deuxième lettre, qui était datée du 11 mai 1874. L'encre avait beaucoup pâli sur le papier cassant. Dev s'éclaircit la gorge et commença :

Cher Cyrus,

Je prends la plume à trois heures, par un matin calme, dans l'espoir que la rédaction de cette lettre me permettra de retrouver un peu de ce lien fraternel que nous partagions autrefois. Car, en vérité, cette époque me manque, de même que ta compagnie, plus que je ne saurais dire, surtout en ce dixième anniversaire de la mort de mon vieil ami et condisciple de West Point, J. E. B. Stuart, à la bataille de Yellow Tavern. J'étais près de lui quand il est tombé, et cet événement, ainsi qu'un autre qui s'est produit plus tôt, au cours de ce mois maudit de 1864, ont transformé ma vie d'une façon que je n'aurais pu imaginer quand j'ai chargé pour la première fois, sabre au clair, pour défendre la Cause. En ce jour, il y a dix ans, la mort n'a pas seulement emporté le noble Stuart. Elle a emporté un rêve et la mort de ce rêve a fait naître en moi une mélancolie dont je ne serai jamais libéré. Cette mélancolie, toutefois, est supportable et s'est un peu estompée avec le temps. C'est un autre événement, qui s'est déroulé quelques jours plus tôt, pendant la bataille de la Wilderness, qui m'emplit quotidiennement d'horreur, empoisonne mes rêves et transforme le sommeil en ennemi. Pardonne-moi, mon frère, mais il faut que je raconte cet épisode à quelqu'un, après toutes ces années. La bataille de la Wilderness a été une chose si horrible que seule la main du diable a pu la créer, une scène jaillie des enfers s'il y en a jamais eus sur cette terre. Le soleil lui-même parut déserter le ciel et, pendant des jours, la mort et le chaos régnèrent sous un voile nauséabond de brouillard sinistre et de poudre à canon. Les mourants gémissaient en un chœur diabolique tandis que les vivants combattaient à l'aveuglette, presque toujours sans savoir si, devant et derrière, le terrain était occupé par des amis ou des ennemis. Pendant cette abomination, un détachement de cavalerie appartenant à mon unité s'égara. À l'occasion d'une accalmie, je passai derrière les lignes ennemies, en compagnie de quelques hommes, dans l'espoir de le retrouver. Et je le retrouvai effectivement. La cruauté, la barbarie, du spectacle que je découvris est indescriptible. Quinze hommes, brisés et torturés, gisaient sur le sol dans un bosquet de chênes. Des cordes imbibées de sang étaient restées collées aux arbres auxquels on les avait ligotés. Un seul homme restait debout, attaché à un chêne énorme, agonisant. Les plaies que je vis ne ressemblaient à rien de ce que j'avais rencontré en quatre ans de guerre sanglante et étaient beaucoup trop horribles pour que je puisse les décrire ici. J'aperçus un officier nordiste, au loin, et me lançai à sa poursuite. Je le rattrapai à la lisière d'une clairière et le défiai. Quand il se retourna, je fus confronté à une physionomie si démoniaque qu'il me parut impossible qu'elle pût être celle d'un être humain. Des yeux gris haineux, profondément enfoncés dans leurs orbites, me fixaient sous des sourcils proéminents. La peau de ce visage surnaturel était pâle, presque transparente, et marquée par la petite vérole. Nous chargeâmes et nous rejoignîmes, dans le fracas des sabres, au milieu de la clairière. Je fus désarçonné et je serais mort à cet endroit si mes hommes n'étaient pas arrivés au même instant. Le capitaine nordiste qui, je l'appris plus tard de la bouche de l'unique survivant, s'appelait Gimble et appartenait aux Services secrets yankees, rit et s'en alla. Ce rire hante mes rêves et me suivra dans la tombe. Je sais, mon cher frère, que tu n'as pas compris pourquoi je suis parti, après la guerre. C'était simplement parce que je ne pouvais vivre sur la même terre que de tels hommes. Aujourd'hui encore, je suis obligé de me contraindre à ne pas rentrer et tuer cette créature répugnante qui, si elle a survécu à la guerre, pourrait être retrouvée, j'en suis sûr. Quand des rêves horribles me réveillent en sursaut, je contemple mon épouse et mes jeunes enfants endormis et je me persuade de renoncer à ce projet, que je ne puis cependant oublier. En vérité, je crains que mon âme ne connaisse pas la paix, même quand je serai passé dans l'autre monde, tant cette haine est puissante. Je dois te laisser, maintenant, et je ne suis pas sûr que je posterai cette lettre. Le simple fait de la rédiger m'a soulagé un peu. Peut-être pourrai-je dormir. Si je te l'envoie, j'espère qu'elle t'éclairera sur mes actes.

J'ai l'honneur d'être, Cher Frère, ton serviteur obéissant,

Yancey Looney, Major, CSA

Les poils se dressèrent sur les avant-bras et la nuque de Dev quand il regarda Bobby Joe.

— Ce visage, souffla Dev, c'est celui de l'homme qui a tué le cousin Yancey, Bobby Joe. Celui que le colonel…

— Gimble, murmura Bobby Joe et quelque chose frémit, au plus profond de son esprit, quand il prononça le nom.

— Les quatre agents d'Americana s'appelaient Barr, que j'ai mentionné, McCarthy, Harper et… Gimble, dit João d'une voix tendue. Celui que le colonel a décapité… c'était Gimble.

Le silence s'abattit sur eux, un silence inquiet, qui menaçait d'être interminable. Au bout d'un moment, Dev fouilla dans la poche de ses jeans et en sortit un mince anneau d'or. Il posa l'alliance de Miss Amelia sur la table et, du bout de l'index, la poussa vers Bobby Joe. Bobby Joe fixa l'alliance pendant trente secondes avant de la prendre. Il la leva à la hauteur de ses yeux, la contempla et, émerveillé, secoua la tête.

— Elle savait depuis le début, dit Bobby Joe. Elle savait tout. Est-ce qu'il y a encore quelque chose d'autre que tu as négligé de me dire, Deveraux ?

— Absolument rien, répondit Dev, distrait parce que son esprit rongeait déjà l'os du post-scriptum de Miss Amelia… (« Un de tes proches est souffrant. Le chant le guérira. »)

— Je crois que je dois t'annoncer une nouvelle, dit Zela, qui posa les mains sur la main gauche de Bobby Joe. Je voulais attendre, mais il n'y a plus de raison de le faire. Bobby Joe, je n'ai pas eu mes règles. J'ai plus d'une semaine de retard et j'ai toujours été aussi précise qu'une horloge et, bon, je le sais, c'est tout. Chéri, je suis enceinte.

Bobby Joe prit sa main gauche et glissa l'alliance usée sur son annulaire. Elle lui allait parfaitement. Ils se sourirent, mais restèrent silencieux. Le silence se fit pesant. Tous étaient muets, écrasés par l'abondance des révélations, noyés sous le flot des informations. Seul Jack Lee semblait imperturbable. Il était aussi immobile qu'une statue et ses yeux clairs, aveugles, étaient ouverts, aussi fixes que ceux d'un cadavre. Lentement, tous les regards se tournèrent vers Jack Lee et s'attardèrent sur lui. Deborah O'Hara se tourna successivement vers toutes les personnes présentes autour de la table.

— Je crois qu'on a besoin de repos, dit Deborah. Est-ce que quelqu'un pourrait nous conduire dans notre chambre ?

CHAPITRE 23

Assis sur le balcon qui surplombait la cour, Jack Lee écoutait le grondement de la rivière, comme il le faisait du matin au soir depuis son arrivée, huit jours plus tôt. Il contemplait le paysage ténébreux de son nouvel univers grâce à un œil intérieur récemment ouvert, un œil qui devenait plus pénétrant au fil des jours. Les ténèbres n'étaient pas uniformes, mais évoquaient plutôt une mosaïque mouvante de tons contrastés qui tournoyaient et changeaient sans cesse comme sur un écran. Son esprit était aussi lisse et plat que les galets du fond de la rivière voisine, usé par le flot de bruit et d'images qui s'était déversé sur lui dans la caverne de la bruxa aussi sûrement que les pierres l'avaient été par les eaux rapides du Rio Preto. De temps en temps, des pensées montaient des profondeurs et apparaissaient à la surface étale de son esprit au repos. Il les regardait monter et descendre, mais ne les analysait pas, même celles qui lui disaient que quelque chose n'allait pas. Non, l'analyse exigeait trop d'énergie, trop d'effort. Et tout effort était trop pénible. Il lui suffisait, pour le moment, de rester assis, de tenir la main de Deborah et d'écouter la rivière.

Deborah restait près de Jack, silencieuse, et l'épuisement qui s'était abattu sur elle peu après l'avoir retrouvé était un bienfait, comparativement aux longs mois de folie et de souffrance qu'elle avait vécus. Sa cécité, son apathie, l'inquiétaient de temps en temps. L'avenir. Mais, pour le moment, tout ça pouvait attendre. Il lui suffisait d'être auprès de lui. Elle s'occuperait du reste quand elle aurait davantage d'énergie. En attendant, elle continuerait d'aller chercher leurs repas, d'entretenir leur logement spacieux, de vivre dans la bienheureuse intimité de leur petit univers protégé.

*

Yeats Murphy, qui prenait le café dans la cour en compagnie de Bobby Joe et de Dev, regarda le balcon. Jamais il ne s'était senti aussi impuissant, impuissant et frustré.

— Regardez-les, souffla Yeats. Combien de temps vont-ils rester assis là ?

— Allons, Yeats, il faudra qu'on soit un peu patients, dit Bobby Joe, qui posa une main sur l'épaule de Yeats. Vous savez ce que les médecins ont dit. João devait se renseigner sur le front médical. Il nous apportera peut-être des nouvelles.

— Il doit arriver quand ? demanda Dev.

— Après la tombée de la nuit, d'après lui, répondit Bobby Joe. Il ne voulait pas manquer la pleine lune. Il dit que c'est magique, là-haut, quand la lune est pleine.

Zela et Valéria apportèrent des plats de fruits frais et de pain. Bobby Joe prit Zela par la taille et l'attira sur ses genoux. Depuis qu'ils attendaient un enfant, ils se comportaient comme des adolescents.

Valéria s'assit près de Dev et fit claquer les doigts devant son visage.

— Il y a quelqu'un ? demanda Valéria.

Dev se tourna vers elle, une lueur dans ses yeux violets. Il s'était mis à rêver, quelques instants plus tôt, quand Bobby Joe avait mentionné la pleine lune. Les mots « le chant le guérira » avaient murmuré dans son esprit.

— Comment s'appelle le type qu'on a rencontré sur la route de Moromba ? demanda Dev à Valéria. Le type aux cheveux longs, devant *Zorba le Bouddha*... la première fois qu'on est venus.

— Ajanta ? demanda Valéria.

— Ouais. Tu sais où le trouver ?

— Sûrement. Pourquoi ?

Dev se leva et fit lever Valéria. Il sortit de la cour au pas de charge, Valéria sur les talons, puis réapparut devant ses trois amis médusés.

— Bobby Joe, je crois que j'ai compris, annonça Dev. Rassemble tout le monde ici à six heures pile. Bon pied bon œil et sobre, en plus !

— Qu'est-ce que tu racontes, Deveraux ? demanda Bobby Joe alors que Dev lui tournait déjà le dos et s'en allait.

*

À six heures moins cinq, Dev arriva dans la cour où Bobby Joe, Zela, Yeats et João, perplexes, l'attendaient.

— Mais tu étais passé où ? demanda Bobby Joe.

— Je faisais répéter un chœur, répondit Dev. Où sont Jack et Deborah ?

— Euh, ils n'ont pas envie de sortir ce soir, Dev, répondit Bobby Joe. Je suis allé les chercher et ils ont dit qu'ils préféraient rester. Qu'est-ce que c'est que toute cette histoire ?

— Je n'ai pas le temps d'expliquer, fit Dev. Prenez des vêtements chauds pendant que je vais chercher Jack. On ne peut pas partir sans l'invité d'honneur.

Dev gravit l'escalier quatre à quatre et frappa à la porte de Jack. Deborah ouvrit et inclina légèrement la tête quand elle vit l'expression du visage de Dev.

— On y va, dit Dev d'une voix ferme.

— Mais on a dit à Bobby Joe…

— Je sais, coupa Dev, qui entra dans la chambre et se dirigea vers Jack, assis dans un fauteuil. Mais c'est quelque chose qu'il ne faut pas manquer. Debout et en avant, Jack.

Sans laisser à Jack le temps de protester, Dev se pencha et le fit lever.

— Vaudrait mieux prendre de quoi vous couvrir, dit Dev à Deborah tandis qu'il entraînait Jack dehors. Il va faire un peu frais, là où on va.

*

Ils garèrent les Range Rover dans la clairière où finissait la piste, au pied de la montagne qui dominait Santa Clara. Une cinquantaine de véhicules s'y trouvaient déjà. Le bourdonnement du *Om Namah Shivaya* emplit leurs oreilles dès qu'ils eurent ouvert les portières des voitures. Le chant retentissait avec force dans l'air immobile, se répercutait sur les parois du canyon et semblait de ce fait démultiplié. Le paysage tout entier baignait dans la lumière argentée de la pleine lune qui, levée tôt, était à son zénith. Une lueur jaune s'élevait au-dessus de la crête de faible hauteur qui constituait la paroi la moins élevée du canyon où le chœur chantait. Dev prit Jack par le bras et l'entraîna vers le sommet de cette crête. Deborah et Valéria restèrent sur leurs talons et les autres suivirent en échangeant des regards interrogateurs.

Le chant électrisa Jack dès l'instant où il l'entendit. Son corps se couvrit de sueur, son souffle se fit précipité et court, des courants d'énergie traversèrent les paumes de ses mains et montèrent le long de sa moelle épinière. Quelque chose s'ouvrit dans sa poitrine, juste derrière son sternum. Le chant se faisait plus présent à mesure qu'ils approchaient du sommet de la crête, et Jack, soudain faible, eut l'impression de ne plus pouvoir bouger les jambes. Dev passa un bras puissant autour de sa taille et le porta pratiquement jusqu'au sommet. Le groupe s'arrêta sur la crête et découvrit un spectacle qui fit sursauter tout le monde. Un feu énorme brûlait au milieu d'une dépression circulaire naturelle située entre les pieds de deux montagnes jumelles. Les langues jaunes de flammes de six mètres de haut léchaient le ciel et projetaient des braises vers les cieux. Cinq rangs de chanteurs vêtus de couleurs vives étaient assis autour du feu et, dans la lumière, leurs vêtements évoquaient des arcs-en-ciel changeants. Une place était réservée au milieu du cercle intérieur et les gens s'écartèrent quand Dev y conduisit Jack et les autres. Le chœur gagna encore en puissance, quand ils s'assirent et se joignirent au chant.

« O-o-o-o-o-ommmmmm Na-mah-ahhhhhh Shi-va-ah-ayayaaaaaa. » Toutes les syllabes du chant résonnèrent en Jack Lee, ouvrirent des portes fermées à clé, libérèrent des courants qui se répandirent dans son système nerveux à une vitesse stupéfiante. Il chanta pendant quelques instants, puis se tut, incapable de bouger et de parler. Une tension étrange, semblable à une accumulation d'énergie électrique, grandit en lui. Son corps se mit à vibrer, et un bourdonnement, comparable à celui d'un courant électrique passant dans un transformateur surchargé, emplit ses oreilles. Une odeur âcre de fil électrique brûlé emplit ses narines. La base de sa moelle épinière se mit à palpiter, à battre. Le flot d'énergie monta et descendit selon un rythme régulier. Sa respiration devint aussi puissante que celle d'un soufflet de forge. Il croisa les jambes en lotus. L'air contenu dans ses poumons jaillit avec une puissance telle que ses poumons s'aplatirent. Aussitôt après, une inspiration gigantesque menaça de les faire éclater. Il retint son souffle sans le moindre effort. Une pression impatiente emplit sa tête, appuya douloureusement contre le haut de son crâne. Soudain, il fut hors de lui-même et contempla le réseau incroyable des nerfs de son corps. Une spirale bleu cobalt et or monta de la base de sa moelle épinière, tournant sur elle-même dans le sens inverse des aiguilles d'une montre. La vibration de son corps atteignit une stridence insupportable. Le grésillement de transformateur explosa dans ses oreilles et l'odeur de fil brûlé devint implacable. La spirale bleu et or monta le long de sa moelle épinière, vola en éclats à la base de son cerveau, créa un univers d'étoiles dorées et bleues qui s'agglutinèrent et volèrent à nouveau en éclats, puis ouvrirent violemment ses yeux et sortirent par eux. Il tendit brusquement les jambes et bascula en arrière. Émerveillé, il vit l'essaim d'étoiles bleues et dorées filer vers le ciel et rejoindre les joyaux scintillants de la tapisserie de la nuit. Il concentra son attention sur la Croix du Sud et comprit qu'il avait recouvré la vue. En cercle au-dessus de lui, les visages de ses amis souriaient. Et Deborah O'Hara, plus jolie que dans son souvenir le plus tendre. Il se leva et la prit dans ses bras. Il serra Bobby Joe, Dev, Zela, Valéria et João dans ses bras puis, enfin, Yeats dont le visage était trempé de larmes. Il regarda autour de lui et vit deux cents visages, des visages radieux, les visages de nouveaux amis qui avaient chanté pour le guérir. La conviction que tel était l'aboutissement de sa quête fit monter le rire jusqu'à ses lèvres. Un rire qui jaillit d'une source de joie et la répandit tout autour de lui. Le rire prit de l'ampleur, puis davantage d'ampleur. Un courant passa dans l'assemblée et tout le monde se mit à danser autour du feu. Le cercle tourna de plus en plus vite et le mouvement unit le rire en un vers unique, qui s'éleva dans le même mouvement que les braises rougeoyantes et fit aux cieux l'offrande de l'expression de la joie.

ÉPILOGUE

L'ex-agent spécial Tommy Dalton avait l'impression de rêver, tandis qu'il vidait son bureau, au siège du GBI, à Atlanta. Le directeur l'avait débarqué, pas vraiment viré, mais contraint à prendre sa retraite anticipée. La raison officielle était la réduction du nombre des fonctionnaires dans tout l'État, mais Tommy Dalton n'y croyait pas. Le directeur l'avait averti deux mois plus tôt : Mettez les sœurs noires et Jack Lee au placard.

Il y avait un lien entre les deux affaires. Dalton n'avait pas de preuves, mais son intuition, ses tripes lui disaient qu'il existait. Malgré la déposition sous serment de Deborah O'Hara, déposition qui aurait tenu la route devant le tribunal si on avait jugé Jack Lee par contumace, l'Attorney General avait brusquement décidé de renoncer aux poursuites, au motif de l'absence du témoin clé et d'autres « insuffisances de preuves ». Il faisait ainsi porter le chapeau à Tommy Dalton. Ouais.

Le directeur avait convoqué Tommy Dalton le jour où l'Attorney General avait annoncé sa décision et lui avait dit de classer non seulement l'affaire Jack Lee, mais aussi celle des sœurs noires. Dalton avait expliqué que l'analyse de l'empreinte partielle qu'il avait transmise au labo du FBI ne le satisfaisait pas. Le directeur lui avait pratiquement répondu de laisser tomber, dans son propre intérêt. Mais Dalton n'avait pas obéi. Il avait poursuivi l'enquête discrètement, en dehors des heures de travail. Une semaine auparavant, il avait eu l'idée de faire analyser l'empreinte par un laboratoire privé. Quand il alla chercher l'empreinte originale dans le dossier, elle avait disparu. Carrément. Il avait ruminé pendant six jours et, la veille, avait téléphoné au labo du FBI et exigé qu'on lui renvoie la copie de l'empreinte. Une demi-heure plus tard, le directeur l'avait convoqué et lui avait dit d'aller se faire voir ailleurs.

Oui, se dit-il quand il ouvrit le dernier tiroir, il y a un lien, mais je ne saurai jamais lequel. Il posa la main sur une enveloppe à son nom. Elle n'était pas timbrée. Il sortit une carte de l'enveloppe et l'ouvrit. Quatre photos étaient collées sur la page de droite. En haut, il y avait un joli derrière noir sur un coussin de velours rouge. Il stimula la mémoire de Dalton : la carte était arrivée mystérieusement sur son bureau après le meurtre du sixième travesti noir. Sous le derrière, de gauche à droite, il y avait une nuque bronzée et creusée de rides profondes, une svastika et un membre du Ku-Klux-Klan, en grand uniforme blanc, qui brandissait un drapeau confédéré. Dalton se souvint qu'il avait tenté de déchiffrer le message. Nazillon de la cambrousse... ? Dalton fixait le membre du Klan depuis une minute quand il comprit. Blanc ! Nazillon blanc de la cambrousse. Il avait prononcé ces mots lui-même, persuadé qu'ils décrivaient le meurtrier des sœurs noires. Devant qui les avait-il prononcés ? Devant le type aux yeux laiteux. Comment s'appelait-il ? Barr, ouais ! Le type de la DEA. Il avait eu une réaction bizarre quand Dalton avait prononcé ces mots. Il avait presque eu l'air vexé. Une minute. DES YEUX LAITEUX ! C'est ce que Gary Lewis-Joséphine avait dit quand il avait décrit le suspect. Quand il avait établi le portrait-robot en compagnie de la dessinatrice. NOM DE DIEU !

Dalton regarda le portrait-robot, qui était toujours agrafé au mur devant son bureau. Il se leva et l'arracha sur le chemin de la porte. Il traversa la réception et gagna les ascenseurs, sans répondre à la secrétaire qui l'appela à plusieurs reprises.

— Monsieur DALTON, à quelle heure votre bureau sera..., commença la secrétaire tandis que la porte de l'ascenseur se fermait.

*

La secrétaire de la réception du siège de la DEA dévisagea Dalton bizarrement avant de répondre.

— Euh, l'agent Barr n'est plus ici, monsieur Dalton. Il a, euh, disparu il y a deux mois. À ma connaissance, personne n'a eu de nouvelles de Trois... euh, de l'agent Barr depuis.

— Dans ce cas, je voudrais voir son patron. Ferro, il me semble.

— Oui, euh, bon, euh, c'est le bureau B125. C'est au sous-sol. En fait, c'est l'ancien bureau de l'agent Barr. Vous connaissez peut-être le chemin ?

*

Dante Ferro tentait de se concentrer sur l'estimation de la saisie de la veille au soir à la gare routière. Il n'était pas facile d'arriver à cinq cent mille dollars quand on ne disposait que d'un kilo et demi d'herbe dégueulasse, de quarante grammes d'héroïne trafiquée et d'un fusil à canon scié rouillé. Mais c'était ce que son patron, Frank Jennings, exigeait. Jennings, naguère son ami et naguère chef de l'Unité secrète des relations publiques du directeur de la DEA, avait remplacé Dante peu après son retour du Brésil, deux mois plus tôt. On avait essayé de se débarrasser de lui, mais Dante avait tenu bon. Même quand on l'avait renvoyé sur le terrain, même quand on lui avait donné le boulot et le bureau de Trois-B. Rira bien qui rira le dernier, se disait Ferro. Leur heure viendrait. Ils étaient sur la liste.

Dante sortit l'avis de la poche de sa veste pour la dixième fois depuis le début de la matinée. Il avait reçu le résultat la veille. Il ne l'avait pas surpris. Il faisait, anonymement, une analyse de sang toutes les deux semaines depuis son retour. Ça avait pris du temps, mais il en avait eu la confirmation la veille. Il avait le virus. Il s'y était préparé, si bien qu'il n'avait pas perdu les pédales. Maintenant, ces fumiers ne pouvaient plus rien contre lui. Rien qui puisse égaler le virus. Ils s'étaient foutus de lui, ils l'avaient manipulé, ils lui avaient craché dessus quand il était à terre. Mais c'était sans importance. Nom de Dieu, Dante Ferro n'avait pas dit son dernier mot. Quand il leur réglerait leur compte, NOM DE DIEU, ils le comprendraient. Maintenant qu'il avait le résultat du dépistage, il pouvait commencer les préparatifs.

On frappa à la porte et Dante sortit brutalement de sa rêverie.

— Ouais, ouais, entrez. C'est toujours ouvert.

Tommy Dalton poussa violemment la porte et abattit un dessin sur le bureau de Dante.

— Qui c'est ? s'enquit Dalton.

— Salut, patron. Vous êtes qui ?

— Je suis Tommy Dalton, du GBI… euh, retraité du GBI. Faites pas le malin, Ferro. J'ai compris. Dites-moi qui est ce connard et j'essaierai de m'arranger pour que vous vous en tiriez.

Dante regarda le portrait-robot de Trois-B et secoua la tête.

— Je ne vois pas ce que vous voulez dire, patron. Jamais vu ce type. Mais il a une jolie perruque.

Dalton fit brutalement lever Dante, le gifla sur la joue droite, puis sur la gauche du dos de la main.

— Maintenant écoutez, sale petit métèque, je vais…

— Vous allez quoi ? demanda Dante, qui arma le .45 appuyé sur le ventre de Dalton. Je vais vous dire, patron, devriez vous barrer tant que vous en êtes encore capable.

Dalton lâcha Dante et recula. Son visage prit des couleurs. Quand il fut écarlate, il pivota sur ses talons et s'en alla.

Dante Ferro s'assit et sortit un petit carnet noir du tiroir de son bureau. Il l'ouvrit à la première page et sourit. Sous les noms du directeur de la DEA et de Frank Jennings, il ajouta celui de Tommy Dalton.

DU MÊME AUTEUR

Aux Éditions Gallimard

Dans la collection La Noire

LE PARADIS DES DINOSAURES, Tome 1, 1998

LE PARADIS DES DINOSAURES, Tome 2, 1999

Dans la collection Série Noire

LES PUTAINS DU PELOURINHO, n° 2699

PAVILLON NOIR, n° 2668

L'AGONIE BIEN EMPLOYÉE D'EIGHTBALL BARNETT, n° 2608

BAD KARMA, n° 2741

Dans la collection Folio Policier

LE PARADIS DES DINOSAURES, LIVRES I et II (n° 380)

Composition Nord Compo
Impression Novoprint à Barcelone,
le 3 juin 2005
Dépôt légal : juin 2005
Numéro d'imprimeur :

ISBN 2-07-030798-0/Imprimé en France.

135403